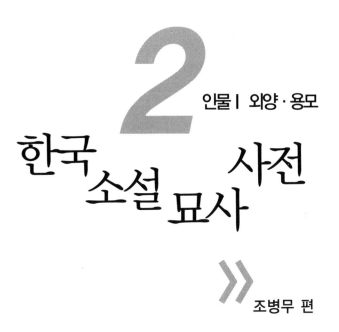

2

인물 ┃ 외양 · 용모

한국 소설 묘사 사전

>>

조병무 편

푸른사상
PRUNSASANG

한국소설묘사사전 2

인물 | 외양 · 용모

책머리에

　작품에서 그리고 있는 묘사는 바로 그 작품의 문학성과 예술성에 접근하려는 주제와 더불어 작가정신의 핵심이기도 하다. 이 사전 묘사(描寫; description)란 언어에 의한 사물의 전달, 물체의 독특한 행위를 기술적이고 의도적으로 나타내는 데 있다. 그러므로 작가가 표현하고자 한 가장 구체적이면서 중심적 항목을 분류, 설정한 것이다. 소설은 주인공의 행동이 벌어지는 마당이다. 그러므로 표현의 구체성을 주축으로 이를 분류하여 그 해당 항목의 묘사부분을 찾아보도록 하였다.

　'인물 I'편은 '인물'의 외양(外樣), 용모(容貌), 행동, 몸짓에 중점을 두었다. 묘사를 분류함에 있어 독자의 이해를 돕기 위해 이야기의 앞뒤가 더러 덧붙기도 했는데, 이는 인물에 대한 중심 관점을 잡기 위한 흐름이라 보면 된다.

　이 사전에서 '묘사의 분류'를 시도한 의의는 바로 작가 지망생에게 여러 분야의 소설 속의 표현이 어떠한 방법으로 그려지고 있는가에 대한 문학수업을 목적으로 하고 있다. 작품은 사전식 분류의 특수성으로 일부분만 발췌하게 됨은 편제상으로 어쩔 수 없음을 밝혀둔다.

이 사전을 엮는 십여 년 동안 독회, 카드작성, 분류, 검토, 워드작업과 검색을 동덕여대 국문과, 문창과, 한국소설묘사연구회 여러분과 나의 외손녀 유정원, 정진의 아름다운 손길, 푸른사상사 한봉숙 대표, 김현정 편집실장에게 감사한다.

2002년
산본 思無邪室에서
편자 **조 병 무**

차례

소설에 묘사된 인물의 외양과 용모

소설에서 인물은 소설 구성의 요체가 된다. 작중 사건을 형성해 가며 이야기를 끌어내고 전체적인 주제와 함께 작가의 의도를 읽을 수 있는 것이 작중 인물이다. 작중 인물은 주인공과 함께 조연급인 부수적인 인물도 작품에서는 중요한 위치를 확보한다. 작가는 자신의 작품에서 인물을 만들어 내는 것은 이 세상에 새로운 한 인간을 탄생시킨다는 책임을 지녀야 한다. 그래서 세계적인 문호가 탄생시킨 인물이 얼마나 많은가. 돈키호테가 있고, 햄릿, 맥베스가 있다. 우리의 고전에서는 심청과 춘향, 그리고 장화홍련이 있고, 홍길동과 임꺽정이 있다. 이들은 모두가 작가가 탄생시킨 소설 속의 인물이 이 지구상에 중요한 위치를 확보하고 있다. 그들은 인간 세상에서 하나의 전형적인 성격을 지닌 영원한 인물로 지구인이 되고 있다.

작중 인물은 허구의 인물이지만 작품이 인식되는 강도에 따라 살아 있는 인물로 느끼고 기억되는 상황에서 중요한 위치를 확보한다.

작가들은 이러한 인물을 탄생시키면서 그 인물을 잉태할 때 그 인물에 알맞은 외양과 용모를 만들어 낸다. 이것은 중요하다. 그 외양과 용모는 때로는 작품의 구성과 성격을 가름하는 경우가 허다하기 때문이다. 작가는 작품의 스토리에 의해 특정한 인물의 전형을 만들고 있다. 외양의 골격과 체격의 생김에서부터 용모의 생김이 이목구비의 구체적 모양까지 그려내어 작품의 주제와 방향을 설정하고 끌어가려는 의도를 나타낸다.

그래서 우리의 고대 소설에서 춘향은 정절을 나타내고, 심청은 효심을 표현하며, 홍길동은 의협심을 나타내기도 한다. 이미 이것은 굳어진 하나의 성격을 형성하고 있다. 오히려 가상적인 이러한 인물이 실제 인물화 되고 있음은 작품이 지닌 작가의 책임이 큼을 알 수 있다.

작가가 외양과 용모를 보다 구체화시키는 것은 그러한 인물이 작중에서 차지하는 비중이 크고 작품의 전체적인 윤곽을 뚜렷하게 인상지어주는 위치에 있기 때문이다. 일반적으로 작가가 그리는 외양 용모는 과격한 성격을 나타낼 때 용모를 우락부락하게 설정하여 외형적으로 강하게 그려낸다. 내성적인 성격은 연약하고 순박한 이미지를 나타내게 함으로 가련한 인상을 심어주려는 의도가 일반적이다.

그러나 최근의 신예작가들의 인물의 용모나 외양을 그려낼 때 다소 달라진 것은 인상적인 핵심을 들추어내려는 시도가 강하다는 점이다. 인물의 골격이나 생김새에서 어떤 성격적인 요인을 나타내려는 것보다 표정이나 태도, 강한 이미지의 윤곽을 더 부각시키려는 의도가 보이기도 한다. 소설의 인물은 성격과 함께 그 외양과 용모의 설정이 동일한 기술이 필요하다.

초봉이의 그처럼 끝이 힘없이 스러지는 연삽한 말소리와, 그리고 귀가 너무 작은 것을, 그의 부친 정주사는 그것이 단명할 상이라고 늘 혀를 차곤 한다.

말소리가 그럴 뿐 아니라 얼굴 생김새도 복성스러운 구석이 없고 청초하기만 한 것이 어디라 없이 불안스럽다. 티끌 없이 해맑은 바탕에 오뚝 날이 선 코가 우선 눈에 뜨인다. 갸름한 하장이 아래로 좁아 내려가다가 급하다할 만큼 빨랐다.

눈은 둥근 눈이지만 눈초리가 째지다가 남은 것이 있어 길어 보이고, 거기에 무엇인지 비밀이 잠긴 것 같다.

윤곽과 바탕이 이러니 자연선도 가늘어서 들국화답게 청초하다. 그래서 보는 사람으로 하여금 웬일인지 위태위태하여 부지중 안타까운 마음이 나게 하던 것이다.

이와 같이 말하자면 청승스런 얼굴이나 그런 흠을 많이 가려 주는 것이 그의 입과 턱이다.

조그맣게 그려진 입이, 오그하니 둥근 주걱턱과 아울러 그저 볼 때도 볼 때지만 무심코 해죽이 웃을 적이면 아담스런 교태가 아낌없이 드러난다.

그의 의복이야 노상 헙수룩한 검정치마에 흰 저고리를 받쳐입고 다니지만 나이가 그럴 나이라 굵지 않은 몸집이 얼굴과 한가지로 알맞게 살이 오르고 피어나, 미상불 화장품 장사까지 겸하는 양약국에는 마침 좋은 간판감이다.
— 채만식 「탁류」에서

그처럼 언년이는 얼굴이 못생긴 데다 못 생긴 추물이었다. 툭 불거진 이마
가 떡을 두어 말 치리 만큼 넓은 데다가 그 밑에 툭 불거진 두 알의 왕방울
눈은 금붕어를 연상시키었다. 두 눈이 툭 불거진 사이로 콧마루는 아주 없는
셈이어서 이른바 '꺼꺼대 상판'인 데다가 편편하게 내려오던 코가 입 바로 위
에까지 와서는 뭉툭하게 솟아오른 콧잔등 좌우 쪽으로 개발코가 벌룩벌룩 하
였다. 윗입술은 언청이가 되어서 왼편이 버그러졌는데 아랫니는 뻐드렁니가
되어서 언제나 입을 꼭 다물 수는 없는 형편이었다. 턱은 웬일인지 앞으로 쑥
내뻗치어서 고개를 숙인다고 해도 남 보기에는 언제나 쳐들고 있는 듯이 보이
는 것이었다.
— 주요섭 「추물」에서

채만식의 작품에서 초봉이의 생김새를 구체적으로 기술하고 있다. 생김새
뿐만 아니라 말소리와 표정과 동작까지 곁들여 표현함으로 그 인물의 전체
적인 윤곽을 알 수 있게 한다. 이러한 인물의 묘사를 보면 초봉이의 이목구
비와 말소리 동작 표정에 이르기까지 하나의 윤곽을 지닌 몽타주의 그림으
로 나타나게 된다. 그리고 인물의 느낌인 〈비밀이 잠긴 것 같다〉〈들국화답
게 청초하다〉〈청승스런 얼굴〉〈아담스런 교태〉 등에서 보듯 용모에서 느끼
는 감정을 나타내어 인물의 외양 용모와 함께 인물에서 풍기는 느낌과 정감
을 읽을 수 있다.

주요섭의 작품에서 언년이의 추물 모습을 자상하고 구체적인 구석구석까
지의 형상을 들추어내어 묘사하고 있다. 특이한 묘사 방법은 어떤 다른 사물
에 빗대어 비교하고 있는 점이다. 특히 〈불거진 이마=떡을 두말 치리만큼 넓
은 데〉〈툭 불거진 두 알의 왕방울 눈=금붕어〉 등으로 묘사하고, 그 형상을
비교함으로 더욱 인상을 구체화시킨다. 추물의 형상을 〈꺼꺼대 상판〉〈개발
코가 벌룩벌룩〉〈윗입술은 언청이〉〈아랫니는 뻐드렁니〉 등 그 상판의 모습
을 가장 추한 대상을 다 들추어 묘사함으로 인물의 추함이 어떤 것인가를 가
름될 수 있게 묘사되고 있다.

특히 초봉이의 상을 〈단명할 상〉으로 설정하여 인물의 말소리, 귀, 코, 하장, 눈, 입, 턱 등 세부 부분이 열거되어 단명할 상을 묘사하고 있다. 브루크스(C. Brooks)와 워렌(R. P. Warren) 교수는 이러한 묘사 방법을 지배적 인상이라고 말하면서 '세부의 생동성은 그것이 없이는 상상 속에 그 대상을 실제로 파악할 수 없으므로 중요하다. 그러나 그 세부의 생동성만으로는 좋은 묘사를 보증하기에는 충분하지 못하다. 그러므로 그것이 기억할 만한 것이 되게 하기 위해서는 감정의 기본적 계열, 통일된 관념이 있어야 한다.'라고 말하고 있다. 세부적인 부분의 묘사는 단명할 상을 지칭해 주기 위한 구체적이고 세부적인 인상의 단서를 주기 위한 것이다.

이처럼 인물이 갖고 있는 용모의 외양 형상을 구체화시켜 나타내는가 하면 그 인물의 외양에서 풍기는 분위기를 그려 줌으로 인물의 특성을 묘사하기도 한다.

> 나비부인은 미망인이라는 그 사실을 가련한 것으로써 사랑하고 있다. 그렇다고 그것으로 남의 동정을 사기 위한 수단으로 삼는다거나 그것을 간판처럼 내건다는 이야기는 천만 아니다. 그는 미망인이라는 가련하고 애달픈 숙명의 굴레 속에 자기 자신을 가두어 놓고 감상적인 눈으로 자기 자신을 보기 원하는 것뿐이다. 그는 자기의 처지에 대해 단 한번의 불평을 해본 일도 없고 불편하게 생각한 일도 없었다. 조금도 수선스럽지 않고 그저 조용하기만 한 여자다.
>
> 나비부인이란 별칭이 과히 엉뚱한 것만도 아니다. 언제나 그는 팔랑팔랑 날고 있는 것만 같다. 날개를 파득이기에도 힘에 겨운 듯이 나른한 모습이다. 가벼운 듯 하면서 힘에 겨운, 부단한 움직임 그것이 나비부인의 인상이다. 그렇다고 그 움직임이 방정맞은 가벼움이 아니다. 무엇인지 쓸쓸하고 애달픈 선율을 불러일으키는 듯한 것이어서 떫은맛이 없다. 그 애잔함, 그것이 그 여자가 지닌 사랑스러움이다.
>
> 조용조용한 몸가짐과 그것을 싸고도는 우수와도 같은 분위기. 조작인 것 같기도 하고 타고난 기질인 것 같기도 해서 그것을 분별하려고 기웃거리는 사람은 어느 사이엔가 그 여자가 풍기는, 조용하고 부드러우나 강한 분위기에 이끌려 가게 마련이다.
>
> ― 정연희 「나비부인」에서

판사는 잿빛 슈트에 레이스 깃이 보이는 흰 블라우스를 받쳐입은 정장이었고 그 사이에 파마를 새로 했는지 지난번보다 머리카락이 약간 더 곱슬거렸다. 여전히 화장기는 없었고 숱이 너무 많은 눈썹을 약간 손질한 흔적이 있었다. 그래서 그런지 더욱 깔끔한 인상이었다. 감색 양복으로 정장을 한 박상술은 여전히 말쑥했다. 나이답지 않게 젊어 보였고 염색을 해서 그런지 센머리카락은 한 올 없이 가지런했다.

— 김만옥 「결혼 실험실」에서

작중 인물을 그려내는 작가는 인물의 외양에서 바라보는 인상과 분위기를 구체화 시킴으로 그 인물의 위치와 근엄성 교양과 풍채 등을 그려주는 중요한 묘사 방법이 된다. 작가는 인물을 그리기 위한 다양한 용모의 묘사도 중요하지만 인물이 풍기는 외양의 분위기에 대한 핵심적인 모양을 그려줌으로 작품 속에 활동하는 인물의 위상을 독자에게 짐작케 한다.

정연희의 작품에서 나비부인에 대한 일상적인 분위기를 그려줌으로 나비부인에 대한 이미지의 모습을 짐작케 한다. 〈미망인이라는 가련하고 애달픈 숙명의 굴레 속에 자기 자신을 가두어 놓고 감상적인 눈으로 자기 자신을 보기 원하는 것뿐이다.〉〈조금도 수선스럽지 않고 그저 조용하기만 한 여자다.〉이러한 인물의 묘사는 외면적인 인물의 인상에서 내면적인 인물의 이미지로 전환하여 그려줌으로 그 인물이 지닌 인간적인 분위기를 알 수 있게 하는 것이다.

그리고 나비부인에 대한 강한 인상을 〈나비부인〉이라는 별칭으로 다시 묘사한다. 즉 〈팔랑팔랑 날고 있는 것〉〈날개를 파득이기에도 힘에 겨운 듯이 나른한 모습〉〈가벼운 듯 하면서 힘에 겨운, 부단한 움직임〉〈쓸쓸하고 애달픈 선율을 불러일으키는 듯한 것이어서 떫은맛이 없다〉라는 표현에서는 인물의 별칭과 그 인물이 지니고 있는 행동과 외형적인 면에서 풍기는 일상성과 그것이 그 나비부인의 내면성에 이르기까지 종합적인 구도를 설정하여 보여줌으로 하나의 인물을 구성하는데 완벽성을 지니려 하고 있다. 말하자면 정연희는 나비부인을 〈조용하고 부드러우며 강한 분위기〉를 풍기는 여인으로 인물을 묘사한 것이다. 자칫 미망인이라면 가련하고 애달프고 동정적인 여인으로 나타나기 쉬우나 작가는 그 인물을 탄생시키는 과정에서 외형적이고 내면적인 인상과 분위기를 만들어 줌으로 그 인물은 오히려 조용하고 부드러우며 강한 여인으로 성공시키고 있다.

인물의 설정이 인물의 생김새나 외양의 형식적 요건에 대한 구체적인 모습만이 아니라 그 내면성의 강한 인상도 인물 설정에 중요한 방법이라는 점을 알 수 있다. 인물의 외양은 단순한 모양, 차림만이 아니라 그 외형과 내면을 합치시켜 묘사하는 방법이 그 인물의 성격적인 요인과 합치되는데 새로운 인물상이 부각될 수 있다는 점이다.

김만옥은 인물이 치장한 외양의 모습을 그려줌으로 인물의 〈깔끔한 인상〉을 만들어 내고 있다. 인물 자체의 묘사보다 인물이 입고 있는 옷과 화장한 모습에 중점을 둠으로 인물의 내면성보다 외양에 중심을 두었다.

최인호의 다음 작품에서는 인물의 외양 모양을 날카롭게 그려냄으로 인물의 강한 인상과 분위기를 잘 나타내고 있다.

> 노인은 정물처럼 앉아 있었다. 새 한복의 깃은 하얗게 빛나고 한복단추가 햇빛에 번득이었다. 모자와 흰 고무신은 먼지 하나 묻지 않았다. 정갈한 성미를 가진 노인네가 애써 깨끗이 복장에 신경을 썼다라기보다는 어딘지 자연스럽지 못한 분위기가 있었다. 마치 녹을 갑자기 벗겨내고 새로 도금을 한 것과 같은 인위적인 느낌이었다. 과장해서 말한다면 갓 죽은 시체에 다린 옷을 입히고 억지로 화장을 한 것 같은 기묘한 성장이었다. 시체의 부패한 냄새를 방지하기 위해서 기름을 바르고 향수를 뿌린 것처럼 노인네의 모습에선 본인의 의사가 아닌 타인에 의해서 곱게 꾸며진 듯한 이상스런 분위기가 있었다.
>
> ― 최인호 「돌의 초상」에서

여기서 작가는 〈노인은 정물처럼 앉아 있었다.〉 라는 초점이 되는 인상을 하나 잡아내어 지배적 인상(dominant impression)을 중심으로 노인의 〈이상스런 분위기〉에 맞추어 가고 있다. 작가는 정물처럼 앉아 있는 노인에 포인트를 맞추어 가면서 묘사의 핵심이 부정적인 측면을 더욱 강조하고 있다. 노인의 행색에서 긍정적인 표현보다 부정적인 표현을 나타냄으로 노인이 정물처럼 앉아 있어야 되는 인물로 강하게 부각되어 나타난다.

작가는 노인을 정물화 시키기 위해 인물 설정의 구체적 방법으로 새 한복과 모자와 흰 고무신의 모습을 〈자연스럽지 못한 분위기〉〈인위적인 느낌〉〈기묘한 성장〉〈이상스런 분위기〉 등으로 부정적인 어법으로 치장되어 있다. 이러한 부정 어법은 정물화 시키는 강한 인상으로 유도되고 그렇게 인물이 설정되는 것이다.

이와 같이 인물의 외양 용모를 그려내는 작가는 소설 속의 인물을 창조해 내고 그 인물을 소설이라는 허구의 가상적인 인물을 만들어 낸다고 하드라도 소설 속에 살아 있는 인물로 전환되어 실제적인 인물과 같은 동등의 인식으로 살아 있는 것이다. 이러한 인물의 외양과 용모에 중심을 두고 작가가 그려내는 것은 그 인물의 강한 인상과 외양의 묘사로 인해 그 작가의 특수한 창작 방법이 되고 있다.

작품에서 인물의 외양 용모묘사는 어디까지나 성격적 구성과 관계가 설정되어야 함은 기본적인 틀이고 상호 관계를 나타낸다. 떨어져 생각할 수 없는 상보적 관계가 있다. 인물이란 성격이 구성됨으로 그 용모와 외양이 나타나는 것이고 그 외양과 용모에 의해서 성격이 구성되는 요소인 것이다.

한국 소설에서 인물의 외양과 용모는 그 구체성이 뛰어나고 철저하게 정밀한 묘사 방법을 적용하고 있는 사례를 소설사에서 볼 수 있다. 김동인, 채만식, 이광수의 작품을 읽으면 인물의 외양과 용모에 치중하여 그 성격을 구체화시키는 예를 여러 작품에서 볼 수 있다. 특히 권선징악적인 표현에 와서는 악한 자의 인물 묘사는 외양을 악의 표상으로 그리고 선한 자의 묘사는 순박한 모습으로 인물을 만들어 낸다. 그렇다면 실제적으로 우리가 살아가는 세상에서 반드시 악하게 생긴 인물이 악해야만 하는가 하면 그렇지 않은 경우가 많다. 그러나 소설의 묘사에서는 대체로 그렇게 악과 선의 구분을 용모와 생김과 외양에 중점을 두는 것은 생김의 모양과 묘사를 극대화하기 위한 기술의 방법이다. 더러는 악한 용모를 지닌 인물이 선한 행동을 하도록 그려진 작품도 많다.

이러한 방법은 한국소설에서 작품의 주제와 스토리의 전개와 함께 인물 설정의 다양한 모색이라고 보아 한국 소설의 폭을 넓히고 있다고 하겠다.

외양 · 용모 묘사 편

□ 강난경 「지칭개 꽃바람」

그녀의 긴 머리가 양옆으로 쏟아져 내려와 빨래하는 손등에 닿을 듯 말 듯 오르내렸다. 머리를 기른 때문인지 열다섯 살인 창구와 동갑이면서도 너댓 살은 더 들어 보였다. 하기야 키도 온녀가 창구보다 한 뼘하고도 반이나 더 컸다. 그렇게 된 것은 온녀가 숙성해서라기보다 창구가 난쟁이를 겨우 면한 그의 어머니를 닮아 정상적으로 자라지 않았기 때문이다. 동네에서도 못살고 외진 곳에 살고 있던 땅꾼의 시원찮은 다리 병신 아들에게 시집을 오게 된 창구 어머니는 키만 배추자락만큼 작은 것이 아니라 얼굴도 말할 수 없이 못생긴 추녀였다. 그래도 여자라 시집온 다음 해에 실팍한 아들을 낳아 시아버지의 기쁨이 얼마나 컸던지 비싼 값에 팔려고 잡아두었던 백사(白蛇)를 보약으로 먹였다는 소문은 창구 어머니의 입을 통해서 알 만한 사람은 다 알고 있었다. …… 창구의 아버지는 앓는 게 그의 일이고, 어쩔 수 없이 집안 생계는 창구 어머니가 맡게 됐다.

(백문사, 1995)

□ 강신재 「상」

계집아이는 그와 동갑쯤으로 보였다. 콧등에 넓적한 주근깨가 나고 입은 주욱 찢어져 조금도 예쁘게 생겨 있지는 않았다. 여덟팔자로 치켜 올라간 눈썹은 사납스럽고, 머리 꼬랑이는 빳빳한 말라깽이었다.

할머니의 몸은 아주 보기 싫게 생겨 있었다. 키가 크고 꺼꺼부정하고, 나뭇가지처럼 마른 피부는 새까맣다. 퀭한 눈이나 긴 앞니가 건들거리는 얼굴도 문야는 좋지가 않았지만 줄이 졸졸 간 팔이며 다리는 더욱 보기 흉했다.

(민음사, 1996)

□ 강신재 「절벽」

로비의 소파에 현태는 기다리고 있었다.

그는 쥐빛 양복을 티 하나 없이 말쑥이 차려 있고 새하이얀 손수건을 가슴에다 꽂고 있었다. 그의 옷차림도 얼굴 표정도 뜻 깊은 밀회를 가지려는 사람에게만 어울리는 그런 것이었다. 경아는 약간 서글픈 미소를 띠고 그에게로 다가갔다.

(계몽사, 1995)

□ 강신재 「젊은 느티나무」

V넥 다갈색 스웨터를 입고 그보다 엷은 빛깔의 샤쓰 깃을 내보인 그는, 짙은 눈썹과 미간 언저리에 약간 위압적인 느낌을 갖고 있었으나 큰 두 눈은 서늘해 보였고, 날카로움과 동시에 자신에서 오는 너그러움, 침착함 같은 것을 갖고 있는 듯해 보였다. 전체의 윤곽이 단정하면서도 억세고, 강렬한 성격의 사람일 것 같았다. 다만 턱과 목 언저리의 선이 부드럽고 델리킷하여 보였다.

(『사상계』, 1960)

□ 강신재 「황량한 날의 동화」

명순은 일어나 앉아 한수의 전신을 내려다보았다. 코코아색 반소매 셔츠를 입은 어깨는 벌어지고 널찍한 등은 남성다운 선을 부각하고 있었다. 좁은 양복바지에 싸인 작은 엉덩이와 긴 다리 모양은 좋았다. 그러나 거기서는 기운 이라는 것을 느낄 수 없었다. 짧은 소매에서 내어민 팔뚝은 갈색을 하고 있었으나 마른 나무의 표면을 생각게 하는 건조한 빛이었다. 있는 것은 형태뿐이었다.

(민음사, 1996)

□ 강용준 「가랑비」

그녀는 혼자 비죽이 웃었다. 사실 그녀는 어쩌다 보니까 현대그룹, 대우그룹의 총수집 고명딸로 태어나지를 못하여서 비록 중소기업체쯤 되는 동방섬유공업주식회사 말단 여공에 지나지 않기는 하지만 반듯반듯한 이목구비에 60원짜리 토큰 한 개가 아까와 6킬로도 넘는 길을 걸어 다닌다고는 도저히 상상할 수조차 없을 정도로 충분히 제인 맨스필드, 소피아 로렌을 닮은 훌륭한 육체미를 그녀는 가지고 있었고, 역시 남들처럼 비록 고등학교, 대학교는 못 나왔을망정 흰색 샤넬 수츠의 덜 강조된 어깨 부분이며 드레스 타이의 부자연스러운 조색에 대하여 '못말려' 하고 코웃음 쳐댈 수 있는 정도의 세련된 안목도 그녀는 아울러 소유하고 있었다.

* * *

그녀는 흡사 미국 여배우들이 그렇게 하듯이 쫑긋 어깨를 한번 추켜세우고, 오른쪽 어깨에서 왼쪽 어깨로 핸드백을 옮겨 메자 다시 이번엔 두 손을 레인코트의 양쪽 주머니에 찔러 넣으며 그대로 상큼상큼 보행을 계속하였다. 물먹은 보도 위에서 여인용 샌들 끌리는 소리가 한껏 부드럽게 귀청에 울린다. 넓은 녹지대의 파란 잔디들, 지금은 커다란 잎을 무겁게 늘어뜨리고 있는 회양목이며 또다른 활엽수들, 커다란 버섯 모양으로 잘 다듬어진 향나무들, 보도를 따라 오종종히 이어져나간 도장나무들, 또는 가끔 제 힘에 겨워 툭툭 떨어지는 물방울들, 아, 하고 그녀는 다시 탄성을 울렸다.

(홍성사, 1979)

□ 강용준 「광인일기(狂人日記)」

아무래도 자네는 정상인이 아니었다. 보면 언제나 뒤로만 처져 돌아가고, 어딘지 정신이 나간 사람 같고, 뒤룩뒤룩 두 눈알을 굴리고, 맥풀 없이 흔들거리고, 그래서 항상 웃음거리의 대상이던 자네, 요컨대 '등신 같은 인간'의 타이프로 이미 개성 없는 문장들이 너무도 많이 우려먹은 그런 타이프의 인간이 바로 자네였다.

(창작과비평사, 1970)

□ 계용묵 「마부」

푸르뎅뎅한 살빛, 넓적한 상판, 웃을 때 헤 하고 있는 대로 벌어지는 커다란 입, 비록 그것이 색으로 마음을 끄는 것은 아니었으나, 그러한 모습에 담긴 순진한 마음은 조금도 사람을 속일 것 같지 않았다.

(동아, 1995)

□ 계용묵 「백치 아다다」

아다다는 벙어리였던 것이다. 말을 하려할 때에는 한다는 것이, 아다다 소리만이 연거푸 나왔다. 어찌어찌 가다가 말이 한 마디씩 제법 되어 나오는 적도 있었으나, 그것은 쉬운 말에 그치고 만다. 그래서 이것을 조롱삼아 확실이라는 뚜렷한 이름이 있었지만, 누구나 그를 부르는 이름은 '아다다'였다. 그리하여 이것이 자연히 이름으로 굳어져, 그 부모네까지도 그렇게 부르게 되었거니와, 그 자신조차도 '아다다!' 하고 부르면 마땅히 이름인 듯이 대답을 했다.

(동아, 1995)

□ 계용묵 「인두지주」

맞은쪽 막다른 골목에다 가마니와 섬개로 막을 치고 출입하는 문 위에는 새 옥양목 바탕에다 사람 대가리가 돋친 거미를 이상스럽게 울긋불긋하게 그려서 걸고 그 옆에는 해진 양복을 입은 장대한 남자가 서서 목이 터지도록 이렇게 외치고 있다.

(동아, 1995)

□ 고은주 「아름다운 여름」

커다란 갈색 눈동자에 깎아내린 듯한 콧날을 가진, 바라보면 그 서구형의 미모 자체가 무언가 많은 이야기를 전해 줄 것만 같은 유화가 마침내 입을 열었다.

* * *

유난히 검은 그의 머리카락은 언제나 적당한 길이로 정리되어 있었고 가방과 신발은 물론 손목시계의 줄까지도 색깔을 맞춰 차려입은 옷차림은 항상 말끔했다. 그 정돈된 모습은 내게 이상한 안정감을 안겨주었다. 짙은 눈썹과 날렵한 턱선, 길고 탄탄한 팔과 다리, 무심히 머리카락을 쓸어올리는 하얀 손가락의 움직임, 그러한 것들로 그는 자신을 간단히 설명했고 나는 그런 시각적인 것들만으로 충분히 그를 알고 있다고 착각하기 시작했다.

* * *

옷을 벗은 마네킹들은 물론 모두 여자였다. 대개 검은색이나 금발의 길고 짧은 가발들을 쓰고 있지만 아예 머리카락이 없는 모습도 있었다. 가발을 제외하면 미끈한 알몸에 체모라고는 없었다. 물론 젖가슴의 가장 높은 지점에 착색된 부분이 있을 리도 없었다. 그저 온몸이 매끈할 따름이었다. 그녀들은 꿈꾸는 듯한 표정으로 눈을 반쯤 감은 채 서 있거나 욕조에 걸터앉아 있었다.

* * *

한쪽 눈꺼풀에만 깊게 주름이 잡힌 외쌍꺼풀. 그것은 바로 십 년 전의 내 눈매를 꼭 닮아 있었던 것이다. 자세히 보지 않았지만 그의 얼굴 역시 예전의 내 얼굴처럼 이중적인 인상을 지니고 있을 것이었다.

＊ ＊ ＊

두 눈만 억지로 균형을 맞춰놓았을 뿐 내 얼굴 전체는 여전히 오른쪽과 왼쪽이 불균형했다. 보조개는 왼쪽에만 있었고 사랑니도 왼쪽 것만 뽑았고 주근깨도 왼쪽이 더 많았다. 자고 일어나면 항상 오른쪽 머리카락만 바깥으로 뒤집어지는 것 또한 여전했다. 무엇보다도 최근 들어 자세히 보면 오른쪽 눈이 왼쪽 눈보다 더 작아졌다는 걸 알아차릴 수 있었다. 새로 만든 쌍꺼풀은 시간이 흐르면서 조금씩 조금씩 내려앉고 있었던 것이다.

(민음사, 1999)

□ 고은주 「유리」

어느새 그는 망사천으로 된 검은 삼각팬티에 면 스판 소재의 하얀색 반팔 쫄티를 걸치고 있었다. 메이커는 예외 없이 제임스딘에 스톰. 아까 그 위에 입고 있던 펠레 펠레의 골반 바지와 옵트의 광택 나는 비닐 소재 조끼까지 생각나서 나는 풋, 웃음을 터뜨렸다.

"왜?"

그가 부드럽게 웃으며 물었다. 젤을 이용해서 앞머리를 위로 쓸어 올린 헤어스타일까지 오늘따라 강조되어 보인다.

(민음사, 1999)

□ 공석하 「프로메테우스의 간」

감색치마에 흰 저고리를 입고, 조그마한 키에 목이 좀 짧은, 눈이 큰, 이마가 좀 벗겨진, 갓 고등학교를 졸업하고 부임한 이혜경 선생님에 대한 나의 첫인상은 날개를 접고 내려온 천사나, 나무꾼을 만나기 위해 내려온 선녀처럼 보였다. 나의 가슴은 흥분으로 떨리었으며, 나의 눈동자는 새로운 빛으로 흥분되었다. 그녀의 옷깃에서는 푸른 바람이 부는 것 같았다. 그녀의 눈동자에서는 샘솟는 빛이 솟는 듯했고, 그녀의 입술에서는 붉은 정열이 넘치는 듯

했다.

* * *

나의 복장은 삼촌이 입던 헌 바지와 헌 저고리 차림에 손에는 시커멓게 때가 끼었고, 떨어진 고무신짝으로 내어민 맨살의 발등에서는 때가 겹겹이 낀 위로 피가 흐르고 있었다. 머리에서는 이가 득실거렸고, 몇 개월이나 닦지 않은 이는 누렇게 딱지가 끼여 있었다.

* * *

짧은치마에서 오는 허리의 율동, 치렁치렁한 머리칼의 움직임, 큰 눈을 반짝이며, 칠판에 쓰는 낯선 글씨, 하얗게 웃을 때 볼에 피어오르는 보조개 등 하나 하나가 내 심장의 율동처럼 움직이고 있었다.

* * *

홍구는 얼굴과 목 언저리에 붕대를 감고 학교에 나왔다. 그는 아무 일도 없었던 듯이 학급 일에 협조했다. 정의의 화신 홍구, 나를 구원해준 홍구, 나의 길이며 사랑인 홍구, 그러나 또 생각하면 알 수 없는 놈, 무언가 모르지만 무서운 놈, 세상을 바꾸려고 몸부림치는 놈, 이런 생각으로 머리가 어지러워졌다.

* * *

백일장의 심사를 맡으신 안성 출신 시인 박두진 선생님이 소개되었다. 아이들이 박두진 선생님이라는 말에 조금이라도 더 보려고 일제히 고개를 쳐들고 있었다. 깡마른 얼굴에, 안경을 쓰신 근엄한 모습이었다. 눈빛은 날카로워 보였지만 온화한 인상을 풍기고 있었다.

* * *

다음 순간 선생님의 작업복 차림의 옷매무새와 흩어진 머리에서 비애감 같은 것이 도는 듯했다. 그래도 그녀의 살갗은 투명하리 만큼 서럽게 아름다워 보였다. 선생님도 하이얀 목덜미가 흔들리고 있었다.

(뿌리, 1999)

□ 공선옥 「내 생의 알리바이」

태수를 들여다본다. 십칠 개월인데도 젖을 떼지 못한 태수는 결사적으로 문희의 젖꼭지를 문 채 잠들어있다.

젖꼭지를 빼내려 하면 입이 젖을 따라온다. 찡그린 얼굴하며, 넓은 이마하며, 영락없는 세환이다. 아무리 세환을 닮았어도 태수는 이쁘다.

(창작과비평사, 1998)

□ 공선옥 「목마른 계절」

미스 조는 발등까지 덮는 긴 원피스를 입고 있었다. 그녀가 일어서자, 긴 원피스 자락이 커튼처럼 그녀의 아랫도리로 쏟아져 내렸다. 그래서 나는 그녀가 걸음을 옮기기 전까지는 아무것도 알아챌 수 없었다. 그녀가 절름발이라는 사실을, 물결처럼 흘러내린 아름다운 원피스 자락 속에 슬픈 이물이 존재한다는 사실을.

* * *

그림 속의 사내는 실제로 그렇게 생겼는지 일부러 그렇게 그렸는지 몰라도 굵은 곱슬머리에 곧은 콧날을 지닌 '유럽풍의 미남형'이었고 (그 남자는 그러고 보니 이목구비가 뚜렷한 게 예수의 초상화를 닮은 것 같다.) 현순씨는 자신이 애써 그린 애인의 얼굴을 발기발기 찢다 말고 또다시 통곡했다.

* * *

고개를 내민 사람은 키가 몹시 작은 사람인 게라고만 여겼더니, 그것이 아니었다. 913호 사람은 아랫도리가 뭉텅 잘려나가고 없었다. 그는 썰매를 타듯 제 남은 몸뚱이를 양손으로 밀고 와서 문을 열었던 것이다.

(풀빛, 1995)

□ 공선옥 「시절들」

아버지는 아직 젊었고 야망보다는 소신을 추구하는 변호사였다. 아버지,

장인상 변호사는 이태 전에 식솔들을 데리고 맨 처음 그가 개업을 했던 광주를 떠나 이곳 장흥읍에 정착하였다. 그로서는 번잡한 도시를 떠나 시골에서의 삶을 선택한 것이 지극히 만족스러운 일이었다. 전원주의자는 아니었지만 물신을 쫓는 도시 생활은 어쩐지 그의 체질에 맞지 않았다. 그는 자수성가한 변호사였다. 자력으로 입신한 그가 세대가 주로 물신을 쫓는 생활에 빠지기 쉬운 법인데 그는 한번 몸에 밴 검약적인 생활태도를 쉽게 버리지 않았다.

* * *

추명식의 한마디 한마디는 실로 간담을 서늘케 하는 바가 있었다. 전라남도지사기 쟁탈 도민 달리기 대회 국민학교부 장흥 대표 추명식은 역시 대표다운 대표였다. 그의 한마디에 우리는 모였다 흩어졌다를 눈 깜짝할 새에 반복할 수가 있었다. …… 추명식의 어머니가 아버지 없는 추명식을 낳은 지 이 년이 지나서야 출생신고를 했다는 것이다. 추명식은 담배도 피울 줄 알았다. 나는 그것이 멋있게 보였다. …… 그는 그가 가지고 있는 야비함과 냉혹함으로 해서 충분히 나의 우상이 되고도 남음이 있었다.

* * *

지금 그는 순진하지 않은가, 하긴 그래 보이기도 하였다. 더부룩한 내 머리카락에 비하면 그는 기름을 발라 올백으로 넘긴 품이 일견 배우 같아 보이기도 하였다. 그 모습이 바로 순진하지 않다는 증거였다. 언제부터 입었는지 몰라도 그가 입어댄 양복 정장은 그가 오래 그런 복장을 해온 듯이 보였다. 잘 어울렸기 때문이다. 구두도 반짝였다.

* * *

그것은 한때 나도 같고 싶었던 추명식 같은 부류가 가지고 있는 과격함이나 비열함과는 또다른 성격을 띤 것이었다. 지석철의 그것에는 치사한 느낌이 묻어났다. 그는 허풍을 잘 떨었고 논리 없는 말을 논리 있는 것처럼 하는데 비상한 능력을 가지고 있었다. 그는 여자를 잘 사귀었고 한번 사귄 여자에게는 어떤 형태로든 고통을 가한 뒤에 헤어지는 습성을 가지고 있었다. 그를 아는 많은 사람들이 그를 꺼렸고 그를 업신여겼다. 그래도 그는 끈질기게 사무실에 출근했고 시위가 있는 날은 맨 앞장을 서서 최루탄을 뒤집어쓰거나 입술이 깨지기도 했다. 그리고 그는 당구장을 빈번히 드나들었고 소주와 막걸리를 말로 마시고 밥보다는 라면을 주로 찾았다. 늦게 자고 늦게 일어나지만 머리 감고 미안수 바르고 옷 다려 입는 것은 잊지 않았다.

* * *

필생이는 겁이 많고 수줍음을 잘 탔다. 천성이 그랬다. 자신이 과연 대학생들 앞에서 제대로 입을 열 수 있을지나 모르겠다고 약간 어눌한 음성으로 띄엄띄엄 말할 때의 그는 순한 소년 같았다. 그러다가 신경질이 난다면 머리카락을 쥐어뜯을 때는 고릴라 같아지기도 했다. 나는 종종 그가 밑도 끝도 없이 불쌍하게 여겨져 진짜 눈물을 흘린 적도 있었다. 원인 모를 연민의 정을 불러일으키는 어떤 부분이 그에게는 있었다.

* * *

봉란은 여전히 생글거린다. 도톰한 눈두덩, 도톰한 뺨, 도톰한 입술, 전체가 다 생글거려서 꼭 그녀의 얼굴이 꽃밭 같다. 채송화 꽃밭 같다. 그제서야 조금씩 '여자란 참 이쁘다' 싶다.

(문예마당, 1996)

□ 공선옥 「씨앗불」

택시 운전수 박명수. 그의 어디에도 한때 그가 폭도였으며 내란을 일으킨 불순분자로 감옥살이를 하고 나왔다는 표시는 없었다. 감옥에서 나와 한때는 야학을 다녀 보자느니 어느 천주교에서 무슨 무슨 서클이 있으니 같이 가 보자느니 위준을 꼬드겨 놓고 정작 위준이 비록 건성으로나마 대학생들 틈에 끼여 학습이라는 걸 시작했을 때 그는 쏙 빠져나가 먹고 살 방편을 마련하느라 운전을 배우러 다녔던 보람으로 지금은 어엿한 택시 운전수가 되어 있는 것이다.

* * *

털북숭이 사람 좋은 노총각 김치수. 그는 넝마주이 출신으로 항쟁에 참가했다가 사십이 넘은 나이에 장가도 못 가고 지금은 도시 변두리 송정리에서 개를 치고 있었다. 태극기를 몸에 휘감고 자신에게 총을 겨누는 계엄군 앞에서 무슨 혁명가라도 되는 양 '싸나이로 태어나서……'를 목이 터져라 불러대던 그. 또 그런 그의 모습이 외국 기자의 카메라에 잡혀 세계적으로 매스컴을 탔다고 자랑 아닌 자랑을 하던 사람. 징역 십 년을 때리는 군사 재판소의 법관에게 고무신짝을 냅다 집어던지던 의기 넘치고 푸근하고 넉넉한 사람 김치수.

(동아, 1995)

□ 공선옥 「오지리에 두고 온 서른 살」

습기 찬 응달을 벗어나면 눈부신 햇살이 딴 세상인 듯 따사롭게 비추고 있었고, 그 따사로운 햇살을 뚫고 진우가 성큼성큼 뛰다시피 다가오고 있었다. 채옥은 다가오는 진우를 눈부신 듯 바라보고만 있었다. 바람에 너풀거리는 진우의 부드러운 머리카락. 진우는 수사슴처럼 싱그러운 데가 있었다. 복학생인데도 불구하고 진우는 이제 막 입학한 신입생 같았다. 햇빛과 바람이 참으로 좋은 날이었다.

(삼신각, 1993)

□ 공지영 「고등어」

명지를 만나러 가기 전에 이발을 한 건 잘한 일 같았다. 귀를 반쯤 남겨 놓고 스치듯 자른 머리의 선, 골이 아주 가는 베이지색의 골덴 남방셔츠와 짙은 커피색의 홈스펀 재킷이 잘 어울리는 그는 서른세 살의 나이보다는 좀 젊어 보이는 축에 속했다. 살이 없이 길쭉한 얼굴, 반곱슬머리, 그리고 퀭해 보이기도 하는 눈과 단정한 코의 선 때문에 좀 차가워 보인다는 말을 듣기는 했지만 그의 얼굴을 자세히 들여다본 사람이면 누구나 보일 듯 말 듯 얇게 쌍꺼풀진 그의 퀭한 눈이 사실은 아주 따뜻한 빛을 발하고 있다는 걸 알 것이었다.

* * *

은림의 머리칼이 초라하게 날리고 있었던 거였다. 그만한 나이의 여자가 이맘때쯤 입을 수 있는 바바리코트라든가 실크스커트 자락이 아니라 그저 파머기가 풀어져 푸석한 머리카락만 흩어져서 뺨 위로 몰아치고 있었다. 은림의 몸뚱이에서 나부낄 수 있는 건 그저 그것뿐이었다. 그는 긴 머리카락 때문에 은림에게 너무 가까이 다가갈 수 없다는 생각을 했다. 그들은 잠시 건물 입구에 서서 내리기 시작하는 가을비를 바라보고 있었다.

"오늘밤엔 제발 비가 오지 말았으면 하고 바랐는데…… 오늘밤 걸어다녀야 할 길이 아주 많이 남았거든…… 하지만 가을도 다 가버렸어."

은림이 중얼거리듯 말하며 그를 올려다보았다. 눈이 마주치자 은림은 웃었다. 결코 눈까지 미소 짓는 그런 웃음은 아니었다. 그녀의 눈은 아직도 그가 카페에서 처음 그녀를 발견했던 그때처럼 참담함에 잠겨 있었다.

(푸른숲, 1999)

□ 공지영 「더이상 아름다운 방황은 없다」

그는 지섭과 대각선이 되는 곳에 앉아 있는 한 여자를 가리켰다. 한 스물예닐곱 되었을까. 푸르데데한 얼굴을 한 여자가 창가에 앉아 열심히 쥐포를 씹고 있었다. 낡은 블라우스의 레이스가 너덜너덜 목 아래로 늘어져 있다. 여자는 기미가 낀 눈을 찡그리며 이 사이에 쥐포를 놓고 있는 힘을 다해 그것을 찢었다. 여자의 머리끝에서 목까지 팽팽하던 긴장은 쥐포가 찢겨져 나갈 때마다 와해되면서 여자의 머리를 목각인형처럼 흔들었다.

(풀빛, 1994)

□ 공지영 「착한 여자」

그 여자는 동그란 손잡이에 매달리듯이 서서 버스의 흔들림에 되는대로 몸을 맡기고 있었다. 한때는 가지런한 뒷덜미의 선이 보기 좋았을 단발머리는 이제 제 멋대로 자라나 어깨 위에서 부수수 넘실거리고 있었고, 자자란 꽃무늬의 프린트의 자주색 블라우스 밑으로 회색 물실크 스커트가 헐렁해 보였다. 한 서른이 좀 넘었을까. 얇은 쌍꺼풀이 여러 겹 진 눈동자는 퀭한 채 하염없이 멍해 보였다.

* * *

초겨울 햇살로 가득 찬 적요를 깨뜨리며 누군가가 나타난다. 열 살쯤 되어 보이는 계집아이였다. 머리는 껑충한 단발, 키가 크는 걸 감당할 수 없었던지 해마다 형제들에게 물려져 내려온 초록색 쫄쫄이 바지가 복숭아뼈 위로 올라와 있어서 아이의 다리는 껑충하고 추워 보였다. 하지만 아이의 뺨은 복숭아 빛으로 발그레했다. 뛰어온 탓도 있지만, 자세히 들여다보면 조그맣게 붉어진 광대뼈 위로 찬바람에 부대낀 실핏줄이 여러 개 터져 있다.

* * *

창백한 얼굴의 남학생이 놀라는 눈빛으로 정인을 바라보았다. 검고 단정한 그의 교복 위로 서울의 고등학교 배지가 빛나고 있었고, 그 아래 강현준이라는 명찰이 선명하게 정인의 눈에 들어왔다. 금테 안경 너머의 서늘하고 어두운 눈이 정인의 검은 눈과 부딪혔다.

* * *

그의 옆모습은 날카롭고 곧았다. 희고 긴 콧날이 날카롭게 뻗어있는 것이 좀 쌀쌀하게 보였지만 얼굴 전체에서 느껴지는 슬픈 그림자가 그런 느낌을 많이 완화시켜 주고 있었다.

* * *

생물과 환경이라는 커다란 글씨가 쓰인 흑판 앞에서 미송의 아버지 권선생은 선인장 화분을 아이들에게 보여주고 있었다. 낡았지만 조끼까지 차려입은 모양새며 파르스름한 구레나룻, 단정한 차림의 그는 언제나처럼 낮지만 힘있는 목소리를 내고 있었다.

* * *

갸름한 윤곽의 얼굴은 보다 억세어져서 약간 각진 인상이었고 여릿여릿하던 윤곽은 진해져서 언뜻 보면 자기주장이 세어 보이는 듯, 그러나 어찌 됐든 정인은 아름다운 처녀가 되어 있었다. 어릴 때부터 훌쩍한 키는 더욱 커서 늘씬한 모양이 되었고 특별히 살이 찌지도 마르지도 않은 골격은 튼튼해 보이는 인상이었다. 더구나 길고 하얀 목이 두드러져 보이는 용모는 아마도 아버지 쪽의 피를 더 많이 이어받은 듯했다.

* * *

선글라스를 벗으며 한 남자가 묻는다. 옅은 곱슬머리는 이마 위에서 부드러운 컬을 그리며 내려와 있고 선글라스를 벗은 눈은 석양 쪽을 향하고 있어서 작게 찡그려졌다. 그 작게 찡그리는 눈매가 이상하게도 정인의 가슴에 와서 박힌다.

* * *

숱이 없는 성근 머리칼이 이마 위로 몇 가닥 흩어져 있다. 정인은 할머니의 머리칼을 가만히 쓸어 올린다. 이마는 아직 따뜻했다…… 거의 칠십 한평생 고통의 자국이 할퀴고 지나간 듯 할머니의 얼굴은 굵은 주름들이 출렁거리고 있었다.

* * *

정인은 밤 유리창을 내다본다. 검은 유리창에 자신의 얼굴이 비친다. 스물한 살의 얼굴…… 짙은 눈썹, 선이 굵게 내려온 콧날 그리고 도톰한 입술…… 정인은 손가락으로 제 얼굴을 쓰다듬어 본다. 유리창 속의 처녀도 제 얼굴을 쓸어내린다. 곧 눈물이 터질 것 같은 얼굴로 처녀는 제 입술을 만지작거린다.

* * *

점심에 된장찌개에 넣을 고추를 작은 바구니가 수북하도록 딴 스님은 허리를 펴고 가장자리가 너덜한 밀짚모자를 벗어 들고는 맨손으로 검은 안경 테 밑으로 흐르는 땀을 닦아낸다. 허리춤에서 잿빛 끈으로 질끈 동여맨 승복, 그 위에는 위통을 벗은 모습이다. 알맞게 그을린 검은 피부, 적당히 근육이 붙은 어깨와 가슴, 한때는 몹시 나약해 보였을 육체는 그러나 초여름 햇볕 아래서 이제 튼튼해 보인다.

* * *

거울 속의 여자는 무표정했다. 이제는 제법 길어진 머리를 뒤로 질끈 묶고 여자는 화장을 시작한다. 화장이라고 해봐야 립스틱을 바르는 정도라고나 할까. 하지만 여자는 립스틱을 바르다 말고 거울을 보며 잠시 앉아 있다. 처음으로 여자는 생각해 본 것이다. 손바닥으로 자신의 얼굴을 문지르며 잠시였지만, 나는 젊구나, 하는 생각이 스쳤던 것이다.

* * *

물론 여자는 연주와는 전혀 다른 스타일이었다. 좀 가녀린 인상이었다. 가는 골의 수박빛 골덴 치마가 발목까지 내려와 있었고 위에는 풍성한 베이지색 스웨터를 입고 굵은 벨트로 허리를 묶은 모습이 질끈 동여맨 긴 생머리와 잘 어울렸다. 미인이라고 말을 하기는 좀 뭣했지만 맑고 깨끗한 얼굴이었다. 화장기가 거의 없는 흰 피부에 빛나는 갈색 눈동자는 정인을 빤히 바라보고 있었다.

(한겨레신문사, 1997)

□ 구혜영 「칸나의 뜰」

흰머리가 성성한 그의 곱슬머리는 회색으로 보였는데, 머리가 유난히 큰 반면에 지나치게 왜소한 몸집은 차라리 슬플 지경이었다. 걷어붙인 셔츠는 그림물감으로 염색을 한 것처럼 더러웠다.

그의 눈길은 마침내 캔버스에 구멍을 뚫든지 태우고 말 것만 같았다. 왜소한 몸집에 불같은 눈, 그리고 회색으로 보이는 곱슬머리…… 그의 옆얼굴은 어쩐지 영기가 감도는 괴물 같았다.

* * *

들것에 실린 그녀의 한쪽 팔은 들것 밖으로 밀려나와 처져 있었고, 그녀의 손톱에 물든 선명한 매니큐어의 분홍 색깔이 내 눈에는 새겨져 있었다.

(카나리아, 1988)

□ 구효서 「검은 물 같힌 강」

이름도 나이도 알 수 없는 사내는 아침마다 영문모를 달구지를 끌고 오른쪽에서 왼쪽으로 지나갔고, 낮은 슬레이트 지붕 밑에 웅크리고 앉은 노파는 연신 낡은 비닐을 쓰다듬고 있었으며, 오후에는 얼굴에 사마귀가 박힌 어깨 굽은 아주머니가 무채색 일색의 빨래를 널었다. 기름을 뒤집어쓴 것처럼 머리카락에 떡이 진 열 서넛 먹은 남자아이는 하루종일 시켄드 전봇대 아래서 맴을 돌며 끽끽거렸다.

* * *

한 노파가 종종 그 나뭇가지 아래 웅크리고 앉아 있었다. 어쩌면 서 있었던 건지도 모른다. 워낙 키가 작은 데다 쭈그러든 몸이어서 앉은 건지 선건지 구분할 수가 없었다. 하여간 내 눈에는 앉아 있는 걸로 보였다.

노파는 항상 등을 보인 채 앉아 있었다. 그녀를 보고 있으면 이미 수천 년 전부터 밤이나 낮이나, 눈이 오나 비가 오나 줄곧 그 자리에 앉아 있었던 것처럼 느껴졌다. 풍화되어 글씨조차 알아볼 수 없는 공덕비거나 누대를 걸쳐 봉사(奉祀)를 받아온 뒤란의 터주 같은 인상이 먼발치에서도 완연했다. 바람이 불 때마다 그녀의 흰 머리카락 몇 올이 자귀나무 이파리들과 평행을 그으며 나부꼈다.

* * *

남녀는 삼십 후반이나 사십 초반으로 보였다. 정면에서 부는 바람 때문에 그들은 똑같이 고개를 10도 정도 숙이고 걸어오고 있었다.

* * *

여자도 마찬가지였다. 화장이나 옷차림새가 전체적으로 수수해서 어느 곳에서도 멋을 냈다는 흔적을 발견할 수 없었지만 개성도 없이 정형화된 많은 멋쟁이들에 비하면 얼마든지 매력적일 수 있는 분위기가 느껴졌다.

* * *

빨래를 너는 시간이 더뎌졌다. 그리고 빨래를 걷는 시간은 오히려 빨라졌다. 하늘을 덮고 있던 거대한 구름덩이 때문에 마을은 언제나 흐리고 어두웠지만 낮 기운이 사라지는 시각이면 그녀의 동작은 비를 알아차린 새앙쥐처럼 바빠졌다. 그러나 그녀는 또 어느 날인가 그 두억시니 같던 사내에게 포획되어 '해변을 달리는 여인들'처럼 낮고 어두운 추녀 끝으로 이끌려가 곤두박질쳤다.

(세계사, 1999)

□ 구효서 「그녀는 누구와도 다르지 않았다」

그녀는 늘 30센티미터 가량의 생머리를 기르고 있었고, 터틀넥과 쥐색 카디건을 자주 입었다. 그녀의 옷에는 무늬라든가 장식물 따위는 붙어 있지 않았다. 그녀는 자신의 옷차림새를 일컬어 어쩌다 '단색차림'이라 불렀다. 만일 수녀나 간호사가 머리에 무언가를 두르지 않는다면 그녀는 곧잘 수녀나 간호사로 오인 받았을 것이라고 그는 생각했다.

* * *

예쁘다기보단, 그녀는 길었다. 얼굴을 제외하곤 모든 게 다 길어 보였다. 어깨에서 팔꿈치까지 골반에서 무릎까지, 머리카락, 손가락, 허리, 종아리 그런 것들이 다 길었다.

(세계사, 1999)

□ 구효서 「나무 남자의 아내」

그날 그녀의 키는 더욱 커 보였다. 2미터 높이의 장대를 아무렇지도 않게 훌쩍 뛰어넘을 것처럼 튼튼하고 늠름했다. 발목까지 내려오는 그녀의 꽃무늬 스란치마가 바람에 나부낄 때마다 그녀의 길고 건강한 두 다리가 양각인 양 드러났다. 어깨를 바로 펴고 팔짱을 낀 채 느리고 우아하기까지 한 걸음걸이로 그녀는 영산전이며 명부전을 돌았다. 그녀의 턱은 매우 강인한 인상을 주었다. 내가 그녀 쪽을 바라보며 짐짓 부인하고 억누르려 애썼던 감정은, 고백하건대, 또 그 관능적이란 단어가 불러일으키는 정체불명의 흥분과 충동, 그런 것들이었다.

* * *

사내의 덩치는 비현실적일 만큼 컸다. 헝클어진 머리와 맹수 같은 눈빛과 남루한 옷차림 때문에 터무니없이 과장돼 보였던 건지도 모르지만 하여튼 그의 존재는 지극히 비현실적으로 느껴졌다. 특히 그의 등덜미는 하마의 어깨처럼 펀펀하고 거름 때가 켜로 앉아있어서 당장에라도 그곳에서 외떡잎식물들이 쑥쑥 자라 오를 것만 같았으니까.

* * *

두 번째 눈이 마주쳤을 때 그녀가 웃었다. 여전히 건강한 웃음, 마름질선이 단순한 흰색 블라우스, 낡은 청바지. 다리가 유난히 길어 보였다. 그녀의 넓은 어깨와 탄탄한 허벅지는 다시 한번 총을 들고 홀로 목장을 지키는 서부 영화 속의 젊은 미망인을 떠올리게 했다. 말총머리는 왼쪽 어깨를 넘어와 봉긋한 왼쪽 가슴을 덮었고, 흰 블라우스 칼라 사이로 솟구친 그녀의 긴 목은 배롱나무 줄기처럼 검고 억세 보였다.

* * *

작은 불똥들이 타닥닥 소리를 내며 피어올랐다. 그녀의 봉긋한 가슴이 불빛을 받아 주황색으로 물들었다. 열기에 발갛게 상기된 그녀의 뺨을 나는 얼른 바라보았다. 스무 살도 안 된 앳된 얼굴 같았다.

(세계사, 1999)

□ 구효서 「물 속 페르시아 고양이」

그녀가 조금 웃었다가 그랬다. 매일 뜨거운 물 속에서 목욕만 하고 사는 부인일지도 모른다는 생각이 들었다. 그녀의 살에는 수성이라고밖에 할 수 없는 무게와 빛깔과 느낌이 가득했다. 썩 어울리지 않는 비유겠지만 돼지를 잡던 어른들이 바람 넣어 공을 차라고 떼 주던 허여멀건 오줌통 빛깔과 비슷했다. …… 막 기울기 시작한 햇살에 노출된 그녀의 붉은 머리카락도 부조화스럽기는 마찬가지였다. 흰 이마 위에 한 무더기 벼과 식물의 갈꽃을 이고 있는 것처럼 보였으니까. 맘씨 좋은 아주머니나 사연 많은 중년 여인의 분장을 아마추어 연극에선 저런 식으로 처리할지도 모르겠다고 나는 생각했다.

* * *

사진틀 안에서 한 사내가 웃고 있었던 것이다. 흑인 혼혈인이라고 할 수 있을 만큼 낯빛이 검었다. 낯빛뿐이 아니었다. 눈자위와 콧등과 입술과 턱 언저리에도 이민족의 기운이 서려 있었다. 그러나 흑인이나 흑인 혼혈인이라고 단정지을 만큼도 아니었다.

* * *

나는 그녀의 등을 바라보았다. 유연하게 휜 척추가 굉장히 관능적이다라는 생각을 불쑥 했다. 불쑥이었다. 그녀의 편편한 등엔 동물적인 건강함이 배어 있었다. 몸부터 줄곧 햇살에 그을리기 시작했을 그녀의 팔뚝은 그녀의 기다란 머리카락 몇 오라기가 덮고 있었다. …… 그녀는 여전히 창밖을 바라보고 있었다. 이따금씩 그녀의 살쩍이 아주 미세하게 흔들릴 뿐 움직이는 것이라곤 아무것도 없었다. 강렬하고도 눈부신 갈볕이 그녀의 예사롭 잖은 콧날이며 어깨며 무릎에 떨어져 내렸다. 그녀의 피부가 온통 주황색으로 물들어 있었다. 164센티미터 정도의 키. 거칠지만 매우 탄력 있는 피부. 저 나이에 어쩜 저리도 싱싱한 야성을 오롯이 간직할 수 있는 걸까. 흔히 하는 말로 늘씬하거나 잘 빠진 몸매는 아니었지만, 그녀에겐 무시할 수 없는 관능미라는 게 있었다. 그녀의 경우로 보자면 관능미란 건 아름다움과는 아무런 상관이 없는 것이었다.

* * *

그녀는 혹한의 먼 밤길을 걸어 막 산장에 도착한 여행자처럼 온몸이 굳어 있었다. 그녀의 눈은 고양이가 사라진 창틀에 머물러 있었던 게 아니라 검은 얼굴의 사내가 웃고 있는 사진틀에 박혀 있었다. 그녀의 오른손목에는 붉은 볼펜으로 금방 그은 듯한 상처가 1센티미터 가량 나 있었다.

(세계사, 1999)

□ 구효서 「비밀의 문」

날렵한 어깨에 걸쳐진 재색 양복이 무시할 수 없는 기품을 자아냈다. 머리는 잘 빗어 넘겼고, 바지단 밑으로 이따금씩 드러나는 구두에선 윤기가 흘렀다. 훤칠한 키, 깔끔하고 멋들어진 맵시였다.

(해냄, 1996)

□ 구효서 「아우라지」

잠깐 잠이 들었던 모양이었다. 눈을 떴을 때 그녀는 알몸인 채로 방안을 왔다 갔다 했다. 그녀의 몸이 TV화면을 가릴 때마다 나는 고개를 이리저리 틀었다. 그녀의 겨드랑이와 옆구리와 가랑이 사이로 코카콜라와 맥주광고가 흘러나왔다. 그녀는 등을 보인 채 거울 앞에 서서 얼굴에다 크림을 찍어 발랐다.

* * *

그녀의 등에는 사마귀만한 검은 점이 있었다. 언젠가 본 적이 있었지만 낯설었다. 잘룩한 허리 아래로 볼록 튀어나온 엉덩이엔 그다지 살이 많지 않았다. 다리와 다리 사이의 어둔 그늘 밖으로 몇 가닥 뾰족한 음모가 비어져 나와 있었다.

* * *

그녀는 뭔가에 잔뜩 흥분해 있었다. 금방이라도 소리를 질러버릴 것 같았다. 숨소리가 거칠었다. 나도 아낙만큼이나 놀라고 있었다. 강 저편에서, 목숨이 경각에 이른 사람이 날 부르고 있는데, 어째서 배는 꼼짝도 하지 않는 거냐는, 그런 낯빛이었다. 배가 오지 않는다면 그녀는 미쳐버릴지도 모른다는 느낌이 거의 확신처럼 들었다.

아낙이 그녀의 터무니없는 눈빛을 피해 고개를 강 건너편으로 돌렸다. 아낙의 거친 머리 위에선 여전히 당귀 냄새가 진동했다.

* * *

그녀는 창문 쪽을 향해 누워 있었다. 아침 햇살이 예리한 칼날처럼 커튼 사이를 비집고 들어왔다. 그녀는 그때까지 잠에서 깨어나지 않고 있었다. 나는 누운 채 그녀의 등을 바라보았다. 옆구리가 고른 숨결을 따라 천천히 부풀었다가 꺼졌다.

그녀의 헝클어진 머리카락과 아무렇게나 구겨진 침대 시트가 지난밤의 참경을 소리 없이 말해주고 있었다. 불그스름한 두 개의 피부 반점이 그녀의 등마루와 허구리에 나 있었다. 견갑골 부위에는 내 것이 분명한 검붉은 이빨 자국이 어지럽게 찍혀 있었다.

그런 흔적들을 보면서도 나는 자신할 수 없었다. 내 앞에 모로 누워있는 저 여자가 지난밤 그토록 나를 광포하게 끌어안으며 몸부림쳤던 그 여자가 맞는 건지. 그렇다기엔 잠들어있는 그녀의 모습이 너무 평온해보였다.

(세계사, 1999)

□ 구효서 「애수의 소야곡」

그 사내를 만났다. 포천으로 이어지는 47번 도로변에서 그는 포장마차를 하고 있었다. 제작된 지가 얼마 안 되는 거여서 그의 깨끗한 오렌지빛 포장마차는 밤이면 커다란 홍등처럼 빛났다. 그 선연한 빛깔이 내겐 왠지 슬퍼 보였다. 그게 왜 슬퍼 보였는지 아직도 자세한 건 모른다.

(세계사, 1999)

□ 구효서 「오후, 마구 뒤섞인」

그 아이는 여름내 짧은 반바지 차림이었다. 다리가 아주 긴 아이였다. 어떨 땐 그 아이의 왼쪽 허벅지에 무얼로 얻어맞은 듯한 자국이 3센티미터쯤 나 있었다. 붉은 자국은 시간이 지나면서 짙은 청동빛깔을 띠었다가 나중에는 묽은 요오드액 빛깔로 노랗게 변하면서 시나브로 없어졌다. 고등학교 3학년 이라기엔 너무도 숙성하고 균형 잡혀서 외려 슬퍼 보이는 몸매. 그런 것도 있을까, 슬퍼 보이는 몸매라는 것.

* * *

그 아이는 횡단보도가 있는 신호등 아래서 까만 발목까지 올라오는 운동화를 신고, 50킬로그램의 감자가 너끈히 들어가고도 남을 거대한 유시엘에이 솔더백을 어깨를 걸치고, 하염없이 허공을 발끝으로 툭툭 차거나, 하품을 하거나, 딱딱 소리가 나게 껌을 씹었다. 셔틀버스가 당도하면 아이는 긴 다리를 휘적거리며 달려가 홀쩍 올라탔다.

(세계사, 1999)

□ 구효서 「잠든 밤에도 비는 내리기 때문이겠지요」

서른 예닐곱쯤 돼 보이는 그녀는 제 아이의 영어 선생님입니다. 키는 저보다 1센티미터쯤 크고 피부는 까무잡잡합니다. 가엾다고 느껴질 만큼 마른 체구였지만 눈이 너무 선하고 예뻐서 가엾다는 생각까지는 들지 않는 여인이지요. 그녀는 언제나 무릎 아래를 살짝 덮는 원피스를 즐겨 입습니다. 그녀의 원피스 중에 투구 꽃무늬가 가지런한 자주색 원피스를 즐겨 입습니다. ……그녀는 작지도 크지도 않는 목소리로 '안녕하세요'라고 말하지요. 인사를 하며 웃는 그녀의 얼굴엔 스무 살 내기의 수줍음이 항상 묻어 있습니다.

(세계사, 1999)

□ 구효서 「포천에는 시지프스가 산다」

그는 일찌감치 결혼을 했다. 일찌감치 결혼을 할 수 있었던 형편이어서라기보단, 순전히 내 생각일 뿐이지만, 오히려 그 반대였다. 입 밖으로 걱정을 드러내진 않았지만 그를 보는 사람들은 누구나 그의 눈을 염려했다. 지독한 근시였다. 과장을 조금도 보태지 않아도 그의 안경은 소주잔 밑동가리였다. 무거운 안경이 언제나 그의 작은 콧등에 매달려 있었다.

* * *

나는 그에게 다가가 무언가를 물으려고 했지만 결국 아무 말도 아무런 몸짓도 할 수 없었다. 생전 처음 보는 그의 딱딱한 얼굴에 너무도 놀랐기 때문이었다. 그의 시선은 허공 어딘가에 박힌 듯 고정되어 있었고 어깨며 팔은 오라라도 묶인 듯 움직이지 않았다. 겨우 두 발을 움직였을 뿐이지만 그것도 무언가에 이끌려 가는 듯 했다. 맥 빠진 신발 코가 땅을 지익 지익 그을 때마다 붉은 흙먼지가 성냥 연기처럼 일었다.

(세계사, 1999)

□ 김광주 「악야(惡夜)」

힐끗 한번 쳐다보아 아름다운 여인임에 틀림이 없었다. 밤이어서 그런지 비록 짙은 화장은 안 했으나 넓이도 알맞고 얄팍하면서도 약간 뽀로롱하게 내밀어진 어여쁜 입술에는 낮에 발랐던 연지가 아직도 다 지워지지 않은 채

로 붉으스리 하며, 갸름하면서도 오히려 둥그스름하리 만치 탐스러운 얼굴의
윤곽, 그다지 뾰족지도 않으면서, 제자리를 제대로 차지하고 있는 오똑한 코,
세상에서 흔히들 말하는 소위 '부녀동맹형'이라고, 뒤통수에서부터 갈라붙여
서 앞으로 둥그렇게 휘휘 감은 머리, 더욱이 날카롭다거나 영리하게 생긴 편
은 아니었으나 둥글고 커다랗고 시원스러울 만치 부리부리한 두 눈.

(금성, 1992)

□ 김녕희 「숨은 그림자」

〈꽃집〉은 여성의류매장이 되어 있었다. 은빛 면류관처럼 고운 은발머리가
햇빛에 반짝이던 그 할아버지는 어떻게 되셨을까. 정미는 꽃가게를 지키던
은퇴한 교장 선생님이 사무치게 보고 싶었다. 겨울이면 운치있는 토기잔에다
그 특유의 향기 나는 모과차를 끓여주시곤 하던 할아버지. 그분은, 월남전에
서 남편을 잃은 동양화 속의 여인 같은 며느리와 연약한 인형을 닮은 손녀와
셋이, 조용히 꽃가게에서 꽃처럼 외롭고 향기롭게 살고 있지 않았던가. 혹시
그 다정하시던 할아버지가 이 세상을 떠나신 건 아닐까.

* * *

연탄난로 위에서 끓고 있는 주전자 물로 타올을 적셔 얼굴을 닦은 그녀는
로션을 바른다. 그리고 부지런히 난로에 연탄을 갈아 넣고 큰 주전자에 물을
가득 담아 놓은 후 연탄난로의 아궁이를 아주 조금만 열어 놓았다. 연탄가스
빠지라고 창문도 조금 열어 놓았다. 정미는 어제께 벗어 놓았던 청바지를 입
고 빨간 모직 반코트를 걸쳤다. 방문에 자물쇠를 채우고, 털장갑 낀 손으로
반코트의 호크를 올려 머리에 푹 썼다. 오늘따라 안채 사람들을 아무도 만나
지 않아 안도감을 느꼈다. 특히 마음씨 좋은 주인아주머니를 만나면, 어디 가
느냐, 아침은 먹었느냐, 굶으면 속병 생겨서 못쓴다, 등등 심문하듯 꼬치꼬치
캐묻는 게 정미는 질색이었다. 그녀는 흡사 도둑처럼 몸을 숨겨 잽싸게 밖으
로 나왔다.

* * *

그들을 향해 마리는 두 팔 벌리고 다가왔다. 그녀는 백인 특유의 새하얀 얼굴에 갈색 머리채를 등허리까지 기르고 있었다. 바다 빛깔로 빛나는 고혹적인 그녀의 눈에 이슬이 맺혔다.

* * *

정미는 뭔가 병원이 풍기고 있는 불건강한 뉘앙스에 몹시 낯선 기분이 들었다. 복도의 나무의자마다 초조하고 불안한 얼굴로 앉아있는 환자며 보호자들까지도 이상스레 어디가 아픈 사람 같은 표정이었다. 긴 동굴을 지나온 듯, 정미는 잠깐 이박사 방 앞에서 깊은숨을 내쉬었다.

(훈민정음, 1995)

□ 김녕희 「흐르는 길」

거동이 불편한, 까만 눈사람 같은 그 늙은 할머니는 노환이었다. 숙식을 같이하며 돌보기는커녕, 냄새에 과민반응을 지닌 그녀로선 지독한 노랑내 말고도 노인 특유의 냄새 때문에 기침이 나서 어쩔 수가 없었다.

* * *

키 크고 퍼진 몸집에 진희는 가늘고 긴 눈꼬리 가득 잔주름이 잡혀 있었다.
초강의 예상을 넘어 훨씬 더 진희는 상해 있었다. 깊은 눈가의 주름살에서, 험한 손에서, 지나간 20년간의 그녀의 인생의 흔적을 진하게 엿볼 수 있었다.

(신원문화사, 1976)

□ 김녕희 「실종」

신학교 2년생인 미가는 고등학생보다 짧은 단발머리 모양새였고, 화장기 없는 그녀의 얼굴은 살빛이 투명하여 동녀처럼 순진무구해 보였다.

(신원문화사, 1976)

□ 김동리 「동구 앞길」

본대 아이 못 낳는 사람은 대개 차고 모진 이가 많아 이 마누라 역시 그러한 축의 한 사람으로 그 가므파리한 낯빛부터 찬바람이 일 듯한 서슬이 느껴진다. 워낙이 키는 작은 편이나 광대뼈에서 어깨통 엉덩판 이렇게 모두 딱딱 발아지게 생긴 체격인데다 여러 해 동안 무슨 아이 낳는 약이다, 속 편한 약이다 하고 별별 가지 좋은 약만을 사철 대고 복약을 하고 보니 가뜩이나 늙마에 너무 편한 몸인지라 곧장 살이 찔밖에 없어 이건 속담 그대로 아래위가 틈박한 절구통이 되었다.

(민음사, 1995)

□ 김동리 「등신불」

나는 그가 문을 여는 순간부터 미묘한 충격에 사로잡힌 채 그가 합장을 올릴 때도 그냥 멍하니 불상만 바라보고 서 있었다. 우선 내가 예상한 대로 좀 두텁게 입힌 불상임에는 틀림이 없었다. 그러나 그것은 전혀 내가 미리 예상했던 그런 도금이 아니었다. 머리 위에 향로를 이고 두 손을 합장한, 고개와 둘이 앞으로 수그러진, 입도 조금 헤벌어진, 그것은 불상이라고 할 수 없는, 형편없이 초라한 그러면서도 무언지 보는 사람의 가슴을 쥐어짜는 듯한, 사무치게 애절한 느낌을 주는 등신대의 결가부좌상이었다. 그렇게 정연하고 단아하게 석대를 쌓고 추녀와 현판에 금불각 속에 안치되어 있음직한 아름답고 거룩하고 존엄성 있는 그러한 불상과는 하늘과 땅 사이라고나 할까, 너무도 거리가 먼, 어이가 없는, 허리도 제대로 펴고 앉지 못한, 머리 위에 조그만 향로를 얹은 채 우는 듯한, 웃는 듯한 찡그린 듯한 오뇌와 비원이 서린 듯한, 그러면서도 무어라고 형언할 수 없는 슬픔이랄까 아픔 같은 것이 보는 사람의 가슴을 콱 움켜잡는 듯한, 일찍이 본 적도 상상한 것도 없는 그러한 어떤 가부좌상이었다.

(금성, 1992)

□ 김동리 「사반의 십자가」

갈릴리 바다(게네사렛 호수)가 요단강으로 흘러내리는 남쪽 강구 가까이 배를 띄우고 낚싯대를 잡은 채 이미 한 시간 이상이나 그 자리에서 움직이지 않고 있는 두 사나이, 사반과 야일도 어쩌면 그러한 축들의 하나같이 보였다. 나이 한 서른도 훨씬 넘어 보이는, 코밑에 약간 노기를 띤 듯한 시꺼먼 수염을 달고 어깨가 쩍 벌어진 사반이란 사나이는 낚싯대를 잡은 채 검은 물만 들여다보며, "아직 보이지 않나?" 하고 노를 잡고 서 있는 젊은이에게 묻는다. "보이지 않습니다요, 단장님." 하는 젊은이의 대답은 혀가 좀 짧은 듯한 어눌한 발음이다.

* * *

도마의 배에는 도마 이외에 두 사람의 낯선 손님이 타고 있었다. 하나는 남자요, 남자하고도 당당한 수염과 정력적인 눈을 가진 사십대의 남자요, 그리고 다른 하나는 여자였다. 남자는 도마가 미리 알린 그 아레티스 왕의 '밀사'인가 하는 사람이겠지만 여자가 타고 있는 일에 대해서는 미리 들은 바가 없었던 것이다. 얼른 보기에도 무척 젊고 어여쁜 여자인 듯했다. 나이 한 열서너 살밖에 더 나 뵈지 않은 아가씨였다.

* * *

큰 바위를 깨고 그 속에서 캐어낸 보석인 듯한 그녀의 두 눈은, 그것을 바라보는 사반의 패기와 야망이 가득 찬, 핏대 선 굵은 두 눈과는 너무나 대조적이었다.

* * *

마리아의 고혹적이며 열정적인 체온과 난숙한 육체미는 실비아의 그 싸늘한 샘물을 마시는 듯한 맑은 목소리와 신비한 보석 같은 두 눈의 아름다움과 대비되어 양자가 서로 더욱 빛나는 듯했다.

* * *

그 어깨가 쩍 벌어진 건장한 체구하며 그 종지 같은 핏발 선 굵은 두 눈하며, 코밑의 약간 노기를 띤 듯한 시커먼 수염하며 지금까지 접촉한 모든 부류의 사람들과는 유형을 달리한 듯한 인상의 인물이었기 때문이다.

* * *

사반의 어머니는 나이가 한 오십이 가까이 되는 허리가 늘씬하고 키대가 성큼한 중늙은이였다. 얼굴에 주름살이 많이 잡혀 있었으나 아직 기력이 좋아서 쉴 사이 없이 일도 곧잘 하는 편이었다.

* * *

실비아가 네모의 반듯한 듯한 환한 얼굴이 신비한 보석이라면, 마리아의 둥글고 좀 넓은 듯한 단려한 얼굴은 피었다 움쳤다 하는 연꽃을 연상시켰다. 어딘지 연꽃 같은 처절한 슬픔이 서린 아름다움이었다. 게다가 체격도, 키나 몸집이나 목, 어깨, 허리 할 것 없이 몸의 어느 부분이나 이상적으로 균형과 조화가 잡혀 있었다.

더욱이 그녀의 정에 겨운 듯한 부드러운 목소리는 상대로 하여금 특히 남성에게 있어서는 강렬한 향취처럼 취하게 하는 힘을 가지고 있었다. 이러한 마리아가 상대의 아름다움으로 인하여 기가 질렸다면 상대의 아름다움이란 대체 어떤 것이었을까. 무슨 힘을 가졌을까. 그렇다. 아름다움도 일종의 힘일 것이다. 실비아가 가지는 아름다움의 힘은 그 의연하고 고귀한 품격에 있었다. 바위를 깨고 그 속에서 캐어낸 보석인 듯한 신비한 두 눈과, 환한 살결과, 청렬한 샘물 같은 목소리가 그것이었다.

* * *

그는 지금도 그 사나이의 쩍 벌어진 널따란 어깨와 벌겋게 핏발 선 종지같이 커다란 두 눈과, 산근이 얕고 준도가 푹 솟은 코와, 바로 그 아래 노기를 품은 듯한 검은 수염이, 그 맹수의 포효 소리 같기도 하고 때로는 정에 겨운 호한의 그것과도 같던 목소리와 함께, 지금 그를 에워싼 수많은 군중을 헤치며 자기에게 달려들곤 하는 것을 보고 있었다.

(어문각, 1973)

□ 김동리 「실존무」

이영구는 테이블 위에 팔꿈치를 세우고 손을 가져다 새삼스레 깍지를 끼며 "무얼 먹을까" 하고, 진억을 바라본다. 이마와 관골까지는 정수리에서 꽉 눌린 것처럼 가로퍼졌는데 관골에서 아래걸까지 팽이 끝처럼 날카롭게 쪽 빠져서 학생 적부터 팽이니 삼각형이니 하는 별명이 불리어온 터이지만 게다가 양쪽 눈알이 불거져 나오고 입술이 얇아서 어딘지 제기에 날리는 듯한, 소위 경박재자를 연상시키는 얼굴이었다. 이와 반대로 얼굴이 둥글 넓적하고 입술이 두툼한 김진억은 "아무거나 존대로" 겨우 대꾸하는 표정이다.

(민음사, 1995)

□ 김동리 「어떤 상봉」

흰 무명 바지저고리에 다 낡은 검정 외투를 입고 역시 거무스름하나 무슨 빛깔이라고는 분간할 수 없을 만큼 바랜 위의 먼지와 때와 가름에 절은 중절모에 검은 고무신을 신은 한 마흔네댓 살가량 나 뵈는 얼굴에 별로 수염이랄 것도 나 있지 않은 일견에 촌 농사꾼 같은 체구도 좀 작은 편인 사나이 하나가 배에서 내렸다. 그의 바른편 손에는 흰 보자기에 싸인 갓난아기의 베개만 한 짐이 들려 있다. 쌀이다.

(민음사, 1995)

□ 김동리 「자매」

이윽고 두 소녀는 보퉁이들을 서너 개 안고 방으로 들어왔다. 아까 저녁때 본 금순이라는 아이는 얼굴빛이 몹시 희고, 하관이 좀 갸름하며, 어딘지 그렇게 고생스레 사는 아이 같지 않게 맑게 생긴 얼굴이었고, 동생 되는 옥순이라는 애는 검정 바지에 검정 양복저고리를 입고 있었는데, 얼굴은 둥근 편이었고, 형같이 곱지는 못하나 그 대신 혈색이 좋고 건강하게 보였다. 성격도 형은 사글사글하며 다정스러울 뿐 아니라 어딘지 가련한 데가 있었으나 동생은 뚱하며 제법 걱실걱실하게 보였다.

* * *

길가에서 만년필과 시계를 팔고 있다고 했다. 얼굴은 네모 납작하고, 키가 나지막한, 어떤 편이냐 하면 예쁘장하고 영리하게 생긴 편이었다. 나이는 스물두 살이라고 하였다. 그녀들과 같은 함흥 쪽 사투리를 섞어 쓰고 있었다. 그리고, 웬 까닭인지, 금순이가 이렇게 청년을 소개하는 동안, 옥순이는 무엇이 몹시 못마땅한 모양으로 성을 뾰루퉁하게 낸 채 한 마디도 말을 거들지 않고 있었다.

(민음사, 1995)

□ 김동리 「황토기」

그도 보통 사람과는 딴판으로 몸집이 크게 생긴 사나이다. 키는 억쇠보다 좀 낮은 편이나 어깨는 더 넓게 쩍 벌어졌다. 게다가 얼굴은 구릿빛같이 검푸르다. 그 검푸른 구릿빛이 어딘지 그대로 무서운 비력(臂力)을 말하고 있는 것 같다. 그리고 머리털도 칠흑같이 새까맣다. 나이도 억쇠보다 예닐곱 살 젊어 보인다.

(삼성, 1981)

□ 김동인 「광화사」

한숨을 쉬면서 제 오막살이를 찾아 돌아가는 화공. 날이 벌써 꽤 두려웠지만 그래도 아직 저녁빛이 약간 남은 곳에 내어놓은 이 화공은 세상에 보기 드문 추악한 얼굴의 주인이었다.

코가 질병자루에 같다. 눈이 퉁방울 같다. 귀가 반죽 같다. 입이 나발통 같다. 얼굴이 두꺼비 같다—소위 추한 얼굴을 형용하는 온갖 형용사를 한 얼굴을 지닌 흉한 얼굴의 주인으로서, 그 얼굴이 또한 굉장히도 커서 멀리서 볼지라도 그 존재가 완연하리 만하다.

이 얼굴을 가지고는 백주에는 나다니기가 스스로 부끄러울 것이다.

(어문각, 1970)

□ 김동인 「백마강」

머리를 숙였는지라, 누워 있는 왕께는 더욱 얼굴이 잘 보였다. 절묘한 얼굴이었다. 얼굴의 가죽은 매우 엷으며, 엷은 여인에 흔히 있는 평면적 얼굴이 아니요 달걀과 같이 아름답고 토동토동한 곡선은 갖고 있으며 폭 아래로 내려 뜬 눈이었건마는 그 아래 감추인 동자에는 세상을 고혹할 듯한 힘이 숨어 있고 곧지만 날카롭지 않은 코와 크지만 왁살스럽지 않은 귀는 기묘하게 조화되어 그 뒤에 온연히 숨어 있는 고귀한 듯한 기품과 아울러 이 여인의 얼굴을 장식하고 있다.

(정양사, 1958)

□ 김동인 「붉은 산」

익호라는 인물의 고향이 어디인지는 XX촌에서 아무도 몰랐다. 사투리로 보아서 경기 사투리인 듯 하지만 빠른 말로 재재거리는 때에는 영남 사투리가 보일 때도 있고, 싸움이라도 할 때는 서북 사투리가 보일 때도 있었다. 그런지라 사투리로서 그의 고향을 짐작할 수가 없었다. 쉬운 일본말도 하고 한문글자도 좀 알고, 중국말은 물론 꽤 하고, 쉬운 러시아말도 할 줄 아는 점 등등, 이곳저곳 숱하게 주워 먹은 것은 짐작이 가지만 그의 경력을 똑똑히 아는 사람은 없었다.

* * *

생김생김이 벌써 남에게 미움을 사게 되고, 거기다 하는 행동조차 변변치 못한 일만이라, XX촌에서도 아무도 그를 대척하는 사람이 없었다. 사람들은 모두 그를 피하였다. 집이 없는 그였으나 뉘 집에 잠이라도 자러 가면 그 집 주인은 두 말 없이 다른 방으로 피하고 이부자리를 준비하여주고 하였다. 그러면 그는 이튿날 해가 낮이 되도록 실컷 잔 뒤에 마치 제 집에서 일어나듯 느직이 일어나서 조반을 청하여 먹고는 한마디의 사례도 없이 나가버린다.

(어문각, 1970)

□ 김만옥 「결혼실험실」

판사는 잿빛 슈트에 레이스 깃이 보이는 흰 블라우스를 받쳐 입은 정장이었고 그 사이에 파마를 새로 했는지 지난번보다 머리카락이 약간 더 곱슬거렸다. 여전히 화장기는 없었고 숱이 너무 많은 눈썹을 약간 손질한 흔적이 있었다. 그래서 그런지 더욱 깔끔한 인상이었다.

감색 양복으로 정장을 한 박상술은 여전히 말쑥했다. 나이답지 않게 젊어 보였고 염색을 해서 그런지 센머리카락은 한 올 없이 가지런했다.

* * *

소장에서 그녀의 남편인 원고가 자주 언급했듯이 늘씬한 몸매를 가진 것은 사실이었으나 용모는 예상과는 달리 평범했다. 공장에서 대량 생산한 듯 똑같이 긴 머리에 똑같은 눈과 코와 입을 가진 미스코리아형의 미인이 등장할 것이라고 생각하고 있었는데 의외로 짧게 깎은 머리에 칼질도 하지 않고 덧붙이지도 않고 생긴 대로 둔 듯 크지 않은 눈과 끝이 동그스름한 코를 갖고 있어서 오히려 개성미가 있어 보이는 여자였다.

그녀의 무표정 속에 대담함과 뻔뻔함이 감춰져 있는 듯했고 남자의 주장에 대해 나는 아무것도 모르는 일이라는 듯 눈만 깜박거리고 있었다.

* * *

키가 껑충하고 머리를 짧게 깎은 중학 2학년인 큰아이는 움츠린 어깨 사이로 고개를 파묻고 있었고, 국민학교 5학년인 작은아이는 키가 작고 조정실 안을 두리번거리는 게 활발한 성격인 듯 했으나 어딘지 안정감이 없어 보였다.

그들은 아버지 어머니와 함께 들어왔다. 아버지인 김정필은 바늘구멍만한 틈도 없을 정도로 깐깐하고 단정해 보였고, 어머니인 정남숙은

반대로 서글서글하고 융통성은 있어 보였으나 어딘가 허술한 구석도
있어 보였다.

(고려원, 1996)

□ 김만옥 「계단과 날개」

강송희는 보따리를 들지 않은 다른 한 손으로 감색 교복 스커트를 여미며
바람에 몸을 맡기고 한 바퀴 맴을 돌아보기도 하고 신발을 벗고 뛰고 싶은
충동을 느낄 정도의 해방감을 자제하기 위해 일부러 한들한들 걷기도 했다.

(책세상, 1988)

□ 김만옥 「흙 한 줌」

음식 씹는 소리와 해소기침 소리와 당꼬바지와 작은 흰 고무신과 화로를
싸안은 자세는 아버지의 늙음이었고 거의 뛰다시피 걷는 발짝 소리와 화살
을 허리에 비껴 지르고 활을 당기는 모습은 그의 젊음이었다.

(창작사, 1987)

□ 김말봉 「화려한 지옥」

전기인두로 말아 붙인 머리가 어지러운 파문을 속삭이는 어깨 너머로 소
복이 부풀어 오른 가슴 알맞게 퍼져나간 하반체의 곡선! 송희의 날씬하고 연
하고 둥글은 몸 맵씨를 미묘하게 살려주는 최신식의 양장은 어디까지나 송
희의 학교 교복을 기본 스타일로 삼은 고급 사아지다.

(문연사, 1952)

□ 김문수 「가지 않은 길」

그는 여자의 맞은쪽에 앉으며 자세히 관찰했다. 짙은 밤색 파글란 코트에
남색 실크 머플러의 스포티한 차림이었다. 옷차림으로도 짐작할 수가 있었지

만 다탁 위에 놓인 교재와 노트로 보아 대학생임이 분명했다.

"전에 미스 윤 언니 있었잖아요? 그 미스 윤, 친언니래요."

언제 왔는지 미스 리가 소개를 했다. 그 얘기를 듣고 난 그는 그제야 그녀가 미스 윤과 닮은 얼굴이라는 것을 깨달을 수 있었다. 갸름하면서도 이목구비가 또렷하고 우아함과 자신감을 함께 지니고 있는 미모였다.

* * *

그의 눈앞에 미스 윤의 얼굴이 선명하게 떠올랐다.

그날, 그녀는 밖으로 나서기가 바쁘게 사하라의 모래바람을 막으려는 투아레그 족(族)처럼 외투 깃을 세워 눈 밑까지 잔뜩 가렸었다. 눈보라가 사납게 쳐댔기 때문이었다.

* * *

그는 자기 손에 잡힌 어머니의 손등을 쓸며 거짓말을 했다. 손등의 주름은 얼굴의 주름보다도 훨씬 더 심했다. 오랜 세월 삯바느질을 해댄 손은 삭정이처럼 앙상하고 거칠었다.

* * *

박진양은 연신 젓가락질을 해대면서도 지껄일 건 다 지껄였다. 강정길은 대학 때 '고대시가론' 강의를 맡았던 강사의 얼굴을 떠올렸다. 이름은 잊었지만 그 자신이 강사 생활을 하면서부터 불쑥불쑥 떠올리게 되는 얼굴이었다. 그는 늘 같은 양복을 입고 다녔는데 그 양복의 소맷부리와 바짓부리가 다 닳아빠져 풀린 올이 너덜너덜했다. 그리고 물자가 귀한 때이기는 했으나 항상 교재나 강의 노트 따위를 가방이 아닌 책보에 싸 달랑달랑 흔들고 다녔었다.

(좋은날, 1999)

□ 김민숙 「난파하는 아침」

바로 내 눈앞 가까이 다가온 그의 얼굴은 참으로 낯설고 이상했다. 안경 속으로 불쑥 튀어나온 눈이 꽉 감겨져 있는데 우스꽝스럽다. 안경의 굴절 때

문에 더 튀어나와 보이는 걸까, 속눈썹 밑의 피부가 유난히 희고 잔주름이
많아서 무척 늙고 피곤해 보인다. 마치 늙은 수탉의 눈 밑 피부처럼. 광대뼈
가 두드러져 나오고 얼핏 가는 실핏줄이 여기저기 내비친다. 눈썹 바로 위에
유독 길게 자란 한 가닥 털이 나서 눈썹 위를 살풋 덮고 있다.

(책세상, 1988)

□ 김민숙 「파리의 앵무새는 말을 배우지 않는다」

전형적인 일본인의 얼굴이다. 희고 투명한 피부, 검고 짙은 눈썹, 외꺼풀의
가늘고 긴 눈. 풍부한 표정을 지닌 약간 큰 입술에만 새빨간 립스틱을 발랐
을 뿐, 다른 데는 화장을 한 흔적이 없다. 그런데 조금 전 처음 본 순간에는
왜 그리 나이 들고 지쳐 보였는지 모르겠다. 펑키 스타일의 커트에 무스를
잔뜩 이겨 바른 데다 군데군데 염색까지 한 머리 때문이었을까? 눈을 거의
감다시피 하고 담배를 빨아들이느라 눈 밑에 긴 속눈썹의 그늘이 생겨 라이
터 불빛에 따라 이리저리 흔들린다.

(고려원, 1996)

□ 김병총 「사라지는 것은 아름답다」

사내는 주섬주섬 서류를 가방에다 구겨 넣고는 일어섰다. 그의 표정은 처
음 들어올 때의, 그리고 조금 전까지 그나마도 온화하게 가장한 듯한 구석을
찾아볼 수가 없었다. 백납색 피부가 괴기스러울 정도로 삽시간에 안면을 바
꾸고 있었다.

* * *

머리털도 눈썹도 입도 귀도 없었다. 그것들이 있어야 할 자리에는 살이 짓
물러 터져 악취 나는 물기가 번져나고 있었다. 다만 눈알만 두 개 반짝 빛나고
있어 그로 인해 그가 전에는 온전한 인간이었다는 사실을 알려주는 듯했다.

(한국경제신문사, 1995)

□ 김병총 「어제는 아무일도 없었다」

그녀는 탈진한 사람처럼 어깨를 늘어뜨린 채 눈을 깔고 있었다.

긴 목에 흰 살결이 아름다웠다. 그녀는 금세라도 눈물을 뚝 떨어뜨릴 기세였다.

(문학생활사, 1987)

□ 김병총 「칼과 이슬」

열 살쯤 되어 보인다. 숱머리를 땋아 묶었다. 콧날이 예쁘게 섰다. 흙먼지와 땀에 얼굴이 얼룩져 있는데도, 하아얀 이마와 꼭 다문 단정한 입술이 성장한 처녀처럼 의젓해 보인다. 다만, 백짓장처럼 흰 얼굴 위로 수심의 기색이 완연해 있다.

(갑광, 1986)

□ 김성아 「그 바다는 어디로 갔을까」

기억 속의 어머니는 집안을 아기자기한 꽃동산처럼 가꾸어 나갔다. 티끌 하나 없이 청소를 하고 또 하고, 그림과 작고 앙증맞은 조각 장식으로 집안을 꾸몄다. 레이스 장식을 좋아해서 커튼과 침대 가장자리에는 언제나 잠자리 날개 같은 레이스가 달려 있었다. 만져 보면 한없이 보드라웠다. 그래서 집안은 그림 속에 나오는 작은 궁전과도 같았다. 자신의 몸치장도 그렇게 빈틈이 없었다. 늘 화장을 하고, 아름다운 홈드레스를 입고 있었으며, 외출을 할 때는 길거나 짧은 진주목걸이를 걸고 키가 훤칠하게 컸음에도 불구하고 굽이 놓은 구두를 신었다. 매우 검소하고 단순한 색상이나 절제된 장식을 좋아하는 수화와는 모든 것이 반대였다.

* * *

담배를 피우고 있을 때 미세한 손떨림이, 불구를 보는 듯 나를 거슬리게 했다. 가만히 보고 있자면, 떨림 증세가 더 심해져서 덜덜거리는 것처럼 보였다. 뭔가 잘못을 은닉하고 있는 사람처럼…… 물론, 그는 좋은 양복을 입고 있었으며, 손가락엔 커다란 다이아 반지까지 끼고 있어서, 부티 나는 사장님처럼 보였다. 게다가 나를 볼 때만 해도, 그 나름으로는 웃어 보이려고 노력했지만, 나는 늘 가짜라는 생각이 들었다.

(문학사상사, 1999)

□ 김성종 「가을의 유서 1」

덩달아 기뻐진 나는 그를 술집으로 데려가 취한 김에 이런 말들을 지껄였던 것 같았다. 그때 그는 수줍어하면서 빡빡 깎은 머리를 긁적거리기만 했었다. 그때 그는 이미 도수 높은 안경을 끼고 있었다. 키는 자그마했고 체구도 왜소해서 정말 스무 살 먹은 청년치고는 볼품이 없어 보였다. 그러나 S대 법학과에 합격했다는 사실이 그런 결점들을 충분히 커버해 주었고, 오히려 그를 돋보이게 해주고 있었다.

* * *

두 달 사이에 그녀는 놀랍도록 다른 모습으로 변해 있었다. 아름답기는 여전히 아름다웠지만 그 전처럼 귀여운 모습을 보이지 않았고, 까맣게 탄 얼굴에서는 두 눈만이 유난히 차갑게 반짝이고 있었다. 사물을 헤아려 보는 듯한 그 눈빛 속에는 새로운 자각이 엿보이고 있었고, 그래서인지 진지하고 지적인 아름다움이 느껴지고 있었다.

* * *

(해난터, 1996)

□ 김성종 「나는 살고 싶다」

윤영해의 남편 최태오는 갈수록 말이 없어지고 음울해져 갔다. 아내가 집에 들어오지 않은 지난 며칠 사이에 외모도 놀라울 정도로 변해 버렸다.

얼굴은 수척해져 있었고 밤잠을 설친 탓으로 두 눈은 피로에 젖은 채 충혈되어 있었다. 가끔씩 그 눈이 무엇을 찾는 듯 무섭게 번뜩일 때가 있었다. 면도를 하지 않은 턱에는 수염이 덥수룩했다. 얼핏 보기에 삶에 대한 모든 의지는 잃어버린 폐인 같았다.

* * *

우형사는 종로 뒷골목에 있는 여관을 찾아갔다.

40대인 그는 살이 몹시 쪄서 뚱뚱했다. 그래서 움직임도 꽤 둔해 보였다. 그러나 생긴 모습과는 달리 살인과의 베테랑 형사로 알려져 있었다.

* * *

그는 붉고 살찐 얼굴에 점을 찍어 놓은 것 같은 유난히 작은 눈을 가지고 있었다. 눈이 너무 작아 동자가 거의 보이지 않았고, 그래서 표정이 나타나지 않는 것이 그의 특징이라면 특징일 수가 있었다.

감정의 기복을 전혀 드러내지 않고 맹렬히 대시하는 그의 모습은 한마디로 즉물적이라고 할 수 있었다. 그러나 그는 그런 것에 개의치 않고 자기 스타일대로 일을 처리해 나갔고, 바로 그것을 자기 인생으로 삼았다.

(추리문학사, 1996)

□ 김성한 「왕건」

다만 이 집안에는 남다른 점이 하나 있었다. 아버지도 그렇고 자기들 형제와, 하나 있는 누이동생까지 모두 몸집이 크고 건장했다. 도시 집안에서는 병이라는 것을 몰랐다.

그 중에서도 자기는 육척 거구에 힘이 넘쳐 남들은 장사라고 불렀다. 작년 겨울, 산에 나무하러 갔다가 별안간 멧돼지와 딱 마주쳤다. 함께 갔던 친구는 오금을 못 펴고 그만 풀썩 주저앉고 말았는데, 들고 있던 도끼로 달려드는 멧돼지의 양미간을 냅다 쳤더니 단방에 나가떨어졌다. 온 동네가 떠들썩하고 항우도 견훤은 못 당하겠다고 칭송이 자자했다.

* * *

독경이 끝나자 늙은 스님의 말씀이 있었다. 병정에 나가는 것은 백성 된 도리일 뿐더러 부처님이 기뻐하시는 일이라 죽는 날은 극락에 왕생하는 날이라고 단언했다. 근사한 풍채에 조리 있게 엮어 내려가는 그의 한마디 한마디는 사람의 마음을 잡아끄는 힘이 있었고, 지금 당장 죽어도 아까울 것이 없을 듯 했다.

* * *

꿇어앉았던 병정들은 떨리는 다리를 가누면서 일어서기는 했으나 머리는 감히 쳐들지 못했다. 그러나 견훤은 또 머리를 숙이는 것을 깜빡 잊고 마차에 앉은 여왕을 물끄러미 바라보았다. 후리후리한 키에 갸름한 얼굴, 두 눈이 유난히 맑아 보였다. 아무것도 유별난 것은 없었다. 임금이라면 보통사람과는 다를 것이 뻔한데 옷이 유별날 뿐이지 못생긴 얼굴은 아니었으나 그보다 잘 생긴 얼굴도 서울바닥에서 가끔 보았다.

* * *

궁예는 지게에 잔뜩 얹은 것을 지고도 성큼성큼 잘 걸었다. 쌀자루, 연장, 이불보따리, 그 위에 냄비까지 비끄러맨 잡동사니였다. 그러나 어머니는 하찮은 옷 보따리를 머리에 이고도 처지기 일쑤였다.

무심코 가다가 발을 멈추고 기다리면 어머니는 땀방울이 맺힌 이마를 한 손으로 훔치며 따라오곤 했다. 그 보따리를 냄비 위에 얹자고 해도 듣지 않았다. 힘에 겨운 것이 눈에 보이는데도 무겁지 않다 우기고는 좀 쉬어가자고 했다.

* * *

뼈에 가죽을 씌운 듯한 앙상한 얼굴, 닳을 대로 닳아 손톱도 남지 않은 뭉뚝한 두 손. 세상은 그에게 너무나 오랫동안 감당하기 어려운 매질을 해왔다. 그것도 나 때문이다.

* * *

점심을 마치고 양치질을 하던 주지는 이를 쑤시면서 둘을 번갈아 보았다.

술 냄새를 풍기고, 밀어놓은 상에는 생선이며 제육이며 절간에는 없는 것으로 알고 있던 것들이 즐비했다. 주지라면 낫살 먹은 줄 알았는데 아무리 보아도 자기와 비슷한 또래였다.

"그렇습니다."

궁예는 부탁하는 처지라 내키지 않았으나 공손히 나갔다. 올챙이배에 얼굴에 개기름이 흐르는 주지는 크게 트림을 하고 엎어 내려갔다.

* * *

한동안 잠자코 밥을 씹는데, 뒤에서 인기척이 났다. 활을 멘 소년이 산에서 내려와 앞을 지나가는데 옆에는 칼도 차고 있었다. 어깨에 걸친 그물주머니에는 장끼와 까투리 한 쌍이 들어 있고─사냥을 갔다 오는 모양이다. 오솔길을 따라가는 소년을 바라보던 궁예가 씹던 밥을 넘기면서 불쑥 일어섰다.

(행림, 1999)

□ 김승옥 「무진기행」

그 미친 여자는 나일론의 치마저고리를 맵시 있게 입고 있었고 팔에는 시절에 맞추어 고른 듯한 핸드백도 걸치고 있었다. 얼굴도 예쁜 편이고 화장이 화려했다. 그 여자가 미친 사람이라는 것을 알 수 있는 것은 쉬임 없이 굴리고 있는 눈동자와 그 여자를 에워싸고 서서 선하품을 하며 그 여자를 놀려대고 있는 구두닦이 아이들 때문이었다. "공부를 많이 해서 돌아 버렸대." "아냐, 남자한테 채여서야." "저 여자 미국말도 참 잘한다. 물어 볼까?" 아이들은 그런 얘기를 높은 목소리로 하고 있었다. 좀 나이가 든 여드름쟁이 구두닦이 하나는 그 여자의 젖가슴을 손가락으로 집적거렸고 그럴 때마다 그 여자는 여전히 무표정한 얼굴로 비명만 지르고 있었다.

(집현전, 1964)

□ 김연경 「미성년」

창훈은 확실히 형보다 몸과 인상이 좋았다. 둘 다 키는 큰 편이었는데, 창훈은 다소 여위긴 했지만 소위, 딱 부러진 어깨며 튼튼하고 긴 다리며 서글서글한 눈매며, 모든 것이 조화로운 반면, 형은 어디 딱히 흠을 잡을 데가 있는 건 아니었지만 그래도 왠지, 보는 사람을 불편하게 만드는 뭔가 부조화스러운 면이 있었다. 형을 가까이에서 보게 되면 첫눈에, 그 부조화의 원인이, 유쾌할 정도의 아름다움을 넘어서 버리는 얼굴, 즉 밀랍을 씌운 듯 지나치게 하얀 피부색, 지나치게 큰 눈, 지나치게 붉고 선명한 입술에 있음을 알게 된다.

(문학과지성사, 2000)

□ 김영래 「숲의 왕」

정지운 씨의 첫인상 중 무엇보다 두드러진 것은 보통사람보다 이삼 도쯤 체온이 낮아 보일 정도로 안색이 창백하다는 것이었다. 그렇다고 차갑게 느껴지진 않았는데, 눈과 입 언저리에 새겨진 잔주름들이 웃음을 숨길 수 없는 곡선을 드러내고 있었기 때문이었다. 그는 거의 속삭이듯이 말을 했지만 그러면서도 뜻이 정확하게 전달되는 목소리를 가지고 있었다. 음성은 부드러웠고 물처럼 듣는 사람을 감싸는 데가 있었다. 체구는 아주 왜소했지만 몸가짐은 단정하고 곧발랐으며, 무엇엔가 사로잡힌 사람이 뿜는 광채로 인해 사람을 사로잡는 데가 있는 눈빛을 하고 있었다.

* * *

지금은 별다른 인상이 남아 있지 않은 여자 담임선생님은 대개가 빡빡머리인 시골아이들에 비해 유난히 뽀얀 피부를 가지고 있었고 그는 학교보다는 삼십 촉 백열등이 비틀거리는 어둠 속에서 이따금 백 원짜리 지폐를 주울 수 있는 술집에서의 밤이 즐거웠던 기억을 갖고 있다.

* * *

권소장은 축 늘어져 꿀렁꿀렁 소리가 나는 배를 흔들며 입구로 가 문을 열었다. 그는 아까부터 웃통을 벗어 붙이고 있었지만 소용이 없는 듯 했다. 땀으로 번질거리는 희고 두리뭉실한 몸뚱이엔 하루살이가 여기저기 들어붙어 있었고, 땀을 훔치기 위해 비벼댄 가슴의 털은 거웃처럼 음습하게 우거져 있었다.

* * *

그의 갈색 눈은 사람을 똑바로 응시하는 법이 없다. 나는 그가 웃는 것을 본 적이 없다. 나무껍질 같은 그의 피부는 흙과 뼈로 빚어진 듯, 나는 다른 사람들을 통해 그에 관한 정보를 얻는다.

* * *

성우는 동공이 풀어져 각기 다른 방향을 좇고 있는 청년의 힘겹고 일그러진 얼굴을 찬찬히 뜯어보았다. 옷은 흙투성이였고 땀과 이슬에 흠뻑 젖은 채 두엄더미처럼 김을 뿜고 있었다. 그 행색으로 보아 아마도 밤새 혼자서 꽃들을 꺾으러 다녔던 것 같았다.

* * *

사내의 앞니는 보기 흉하게 벌어져 'ㅅ'이나 'ㅎ'과 같은 마찰음에서 차고 날카로운 바람 소리를 냈다. 빗질이 안 된 검고 윤기 있는 머리가 어깨까지 늘어뜨려져 있었다. 길고 가는 구릿빛의 팔은 왼쪽 어깨에 걸친 륙색의 멜빵을 쥐고 있었고, 다른 쪽의 팔은 손길에 반들반들해진 연장처럼 가슴 높이에서 재빠르게 정확하게 움직이며 말의 흐름을 도왔다.

* * *

입을 다물었다가 다시 말을 시작할 때면 그는 짙은 눈썹을 치뜨며 이마에 주름을 잡았고, 그때마다 코밑과 턱 끝에 듬성듬성 난 길고 꼬불꼬불한 수염 몇 개가 찌처럼 바르르 떨리곤 했다.

* * *

언제나 구름처럼 허황한 웃음을 입 사이에 물고 다니던 성치였다. 그런데 언제부턴가 그의 얼굴은 불안과 두려움에 초췌하게 일그러져 있었다. 경련에 가까운 몸짓으로 끊임없이 입술을 나달거리는가 하면, 허공을 향해 괜한 손짓을 해대기도 했다. 그는 기윤을 보고도 알은 체를 하지 않았다. 그 일이 있은 뒤로 사람들과 마주치길 피하며 늘 자기 곁에 떠나려 하지 않는다는 임노인의 전언이었다.

(문학동네, 2000)

□ 김영수 「소복(素服)」

용녀는 예뻤다. 갸름한 얼굴에 또 색깔은 희어서 얌전했고, 옴팡하게 파진 눈이 간혹 매섭기는 했지마는 그래도 그렇게 밉지는 않았고, 콧날이 너무 오똑해서 제 말 맞다나 그것 때문에 팔자가 센지 모르나 하지만 그 코가 가장 뛰어나는 물건이 분명한 것은 지금 들어있는 안댁 아씨도 늘 어멈의 코가 부러워 부러워하는 것만 보아도 능히 짐작할 수가 있다. 다만 흠이 있다면 위 편 뺨 위에 팥알만한 사마귀가 있는 것이겠는데 그러나 그것도 역시 어멈의 얼굴에서 코와 같이 몹시 부러워하는 것 중의 하나라고 하는 것을 보면 사마귀도 그다지 내버릴 것은 아닌 상 싶었다.

(금성, 1992)

□ 김용우 「마르크스를 위하여」

서른이 되었을까 말까 한 그 여자는 첫 번째 집의 여자보다 키도 후리후리하고 얼굴도 달걀형의 미인이다. 여자가 돌아서서 냉장고 속에서 맥주를 꺼내는 동안 줄곧 여자의 발뒤꿈치를 쏘아보고 있었다. 그러나 그 여자도 쭉 뻗은 다리가 깨끗하고 미끈해 보였을 뿐 결코 게으른 탓으로 발바닥이 연탄가루 밟은 것처럼 더럽지는 않을 것 같았다.

* * *

여자가 살짝 웃으며 술잔을 들어 가볍게 부딪친 다음 한 모금을 마신다. 나는 줄곧 여자의 발등을 보고 있었다. 다행히 여자는 그때 다리 하나를 들어 무릎을 포개었는데, 그래서 더욱 드러나는 허벅지의 깊은 곳도 볼 수 있었지만 그보다는 포개어진 다리의 발바닥을 조금은 볼 수 있게 되어 반갑기 짝이 없었다.

* * *

합성수지의 시대도 지나가고 이제는 첨단소재라는 것들로 만들어진 낚시도구가 범람하는데 고색창연하게도 대낚을 사용하다니, 거기에 복장도 흔한 등산복이나 작업복 따위를 입지 않고 하얀 무명의 중의적삼에 단정하게 조끼까지 입었다. 눌러 쓴 밀짚모자 아래로 조금 드러난 눈부신 백발이 바람결에 가볍게 살랑거리고 있다.

* * *

노인은 너털웃음을 웃고는 조끼 주머니에서 천천히 파이프를 꺼내 문다. 불을 붙이려나 했지만 불을 붙이지 않고 그냥 빈 파이프를 입에 물고 있을 뿐이다. 아직 오월의 하루해는 한참이나 남아있다. 노인은 빈 파이프를 입에 문 채 그늘 속에 펼쳐 놓은 낚싯대가 바람에 마르기를 기다리고 있다.

* * *

당신은 마치 축가라도 부르듯 푸른 입술 사이에서 그 사악스런 가짜 노래를 뽑아내면서 내게로 다가와 풍획을 마감하려는 손길을 뻗쳐 왔지. 지옥의 악귀에게 붙들린 나는 당신의 손이 내 몸에 닿는 순간, 마지막 비명을 지르며 몸을 떨었소. 온몸의 피가 얼어붙고, 심장의 박동도 멎은 것 같았었지.

* * *

노인은 새벽잠을 깨웠던 비수같이 날이 선 날카롭고 기묘했던 소리의 형체를 보는 듯, 대가지 울 속의 한 마리 멧새의 주검을 살핀다. 가슴에 꽂히듯 섬뜩하게 잠을 깨우던 소리, 노인은 망연히 새의 주검을 바라보다가 고개를 갸웃거린다. 기묘한 모습으로 죽어 있는 새의 모습이 새잡이로 살아온 그를 조금은 당혹하게 한다. 머리가 터져 있었고, 반듯하게 엎드린 채 두 날개를 활짝 펴고 금방이라도 날아갈 듯한 모습이다.

* * *

아무리 심술이 발동했다 치더라도 나한테까지 심술을 부리려들다니, 나는 경계하면서 수틀리면 한판 붙어볼 생각도 했었다. 그는 물론 나보다 덩치도 크고 힘도 세다. 싸움을 하면 상급생인 6학년도 그를 당하지 못했다. 씨름을 해도 마찬가지였고 달리기를 해도 결과는 같았다. 그만큼 그는 초등학교 시절 운동장의 영웅으로 통하는 존재였다. 그러나 나는 비록 그보다 힘도 약하고 덩치도 작지만 진돗개처럼 물고 늘어지는 끈기와 독기가 있기로 알려진 존재다.

* * *

처음 차에 오르기 전에 여자 모습은 비록 비에 젖기는 했지만 긴 바지에 블라우스를 입은 조신한 모습의 여자였다. 그런데 내가 입혀 준 티셔츠에 헐렁한 치마를 입고 있다.

* * *

이름 모를 나지막한 외진 산자락, 겨울 해가 뉘엿뉘엿 저물고 있다. 길어진 서편 산의 그림자가 노송 아래 죽은 듯 누워 있는 그를 덮는다. 매서운 바람이 노송의 늘어진 가지들을 할퀴어 새앙철 긁는 소리를 내고 있다. 비수처럼 파고드는 설한풍이다. 그러나 그는 움직임이 없다. 오른손을 누더기 같은 저고리 앞섶 속에 감추어 넣었을 뿐, 반듯하게 누워 있다. 두어 뼘 길이로 자란 하얀 턱수염이 파도치듯 나부끼며 얼굴을 휘덮는다. 의식이 돌아오는 것일까, 꿈틀하고 미간에 미미한 동요가 보인다. 이어서 왼손가락 몇 개가 조금씩 움직이기 시작한다. 그는 아직 죽지 않았다.

* * *

그러나 이동진은 정말 나 몰라라, 잠에 빠져 있을 뿐이다. 카메라와 취재가방을 목에 두른 탓에 고개를 한쪽으로 떨군 우스꽝스러운 모습이다. 타임머신도 잃어버린 듯 그냥 잠에 빠져 있다.

(새로운사람들, 1999)

□ 김원우 「무기질 청년」

조윤이 새기의 행방을 나보다 더 걱정하는 사람이 오늘 낮에 나를 찾아왔다. 명색 처녀다. 스물서너 댓? 옆에서 본 그녀의 콧날이 예각을 훨씬 넘어 직각에 가깝다. 이런 우스꽝스런 콧날은 높기는 하지만 상큼하다고 할 수도 없는 데다 살까지 많이 붙어 있어, 소위 그 특유의 매부리코만이 얼굴에 가득하다는 첫인상이다. 그 큼직한 터를 잡고 있는, 그러나 결코 보기 싫지는 않은 콧잔등 위에 있어야 할 얼굴보다 큰 나비안경이 곱슬하게 볶은 머리칼 위에 점잖게 올라앉아 있다. 눈두덩 위에는 숯검정이 얇게 도포되어 있어 상당히 고혹적이다. 눈은 작지만 깊어서 나와 눈이 마주치면 공연히 내 동공을 수줍게 만든다. 입은 말을 생명으로 삼았던 한때의 직분에 충실하도록 크고, 입술은 얇은데 물기가 잘잘 흐르는 분홍색 색감이 발라져 있다. 키는 중키를 넘었지만 얼굴과 드러내놓은 팔뚝의 살빛이 검어서 작아 보인다. …… 팔뚝에는 거뭇한 잔털이 곱게 누워 있다. 그 잔털의 올에 눈이 가면 이상히도 성충동이 일어난다. 다리통을 드러낸 치마는 흔히 엎어놓은 물통처럼 좌우가 봉해져 있는 법인데 이놈의 치맛자락은 개폐가 가능하게 한쪽이 터져 있는 채로 다른 한쪽 자락에 포개져 있다. 한복치마식이다. 그걸 풀어헤치면 그대로 부채꼴의 옷감이 될 터인데, 이 요상스런 치마 디자인마저 꽤나 성감을 자극시킨다.

* * *

엉덩이께의 천이 빠질거려 제법 색심을 동하게 만드는 밤색 바지가 몸에 착 달라붙어 있고, 어깨까지 내려온 머리칼이 목덜미께에서 맵시 있게 굽이치는 여공원이 그녀의 출근표를 손으로 집으려 했을 때 아버지의 동료는 기다렸다는 듯이 그녀의 등 너머에서 그 빳빳한 출근표 딱지를 낚아챘다.

밤색 바지가 눈을 치뜨며 금방 앙탈을 부리기 시작했다.

"왜 이래요, 고단해 죽겠는데 가는 사람 잡아놓고…… 박씨 아저씨도 싱거울 때가 많아……"

밤색 바지의 얼굴을 자세히 보니 머리 매무새도 그렇고 공장에서 일이나 하기에는 아까울 정도로 상큼한 콧날과 도톰한 아랫입술이 남자들의 짓궂은 놀림거리가 되기에는 충분해 보였다.

(솔, 1996)

□ 김원일 「농무일기」

항상 자기 집 검둥이처럼 정수리에 부스럼을 달고 다니는 열추. 째진 뱀눈에 납작코를 하고, 벌에 쏘인 듯 부푼 입술로 말이 없는 열추.

(삼중당, 1995)

□ 김원일 「박명」

소년은 잿빛 어둠에 묻혀 멀어지는 안경잡이 쪽을 보다가 목을 빼고 버스 안을 기웃거렸다. 안경잡이의 뒤를 이어 검정물 들인 군용 파카에 보따리 하나를 옆구리에 낀 사내가 뒤따라 내렸다. 뻣뻣한 머리칼이 까치집을 짓고 있는 사내는 이제 스물 남짓 되어 보였다. 살갗조차 검고 거칠어 어디 도회의 응달진 곳에서 날품팔이로나 떠돌다 그 짓조차 입살기가 힘들었거나 쉬 고칠 수 없는 병이라도 얻자, 그래도 등 붙여 녹일 곳은 고향뿐이라고 그렇게 찾아 내려온 꼬락서니를 하고 있었다.

(삼중당, 1995)

□ 김원일 「미망」

일 미터 오십이 채 못 되는 작은 키에 몸피가 장작개비같이 마른 할머니인지라 무릎을 세워 꼬부장하게 앉은 몰골이 마치 원숭이 같았다.

* * *

무심코 문을 열고 보면 할머니는 마치 늙은 여우가 호호백발로 둔갑한 듯 눈을 빠끔히 뜨고 오드마니 앉아 담배를 태우고 있었다.

(삼중당, 1995)

□ 김원일 「악사」

추선생은 싸구려 물빛 남방샤쓰에 염색한 검정 군복 차림이었다. 그 낡고 더러운 옷은 비에 쫄딱 젖어 깡마른 살갗에 찰싹 달라붙어 있었다. 살빛은 윤기 없이 꺼멓고 누런빛마저 띠어 색이 완연했다. 거기다 눈동자는 흐리멍덩한 게 초점마저 놓치고 있어, 그의 외양과 그런 점이 누가 보더라도 그를 행려병자로 간주할 수밖에 없는 몰골이었다. 그러나 귀를 감고 넘어간 반백의 허연 머리칼이나, 넓은 이마 아래 빼어난 콧날이 한 시절 풍류의 멋을 은근히 풍겨 주고 있었다. 그 점은 그의 곁에 놓인 생김새가 특이한 트렁크로써 더 돋보이고 있었다.

* * *

그는 세운 무릎 위에 갈퀴같이 앙상한 두 손을 늘어뜨리고 있었다. 어둠의 때가 어떤 형태로 빛의 미분을 흡수하여 더러워지고 있냐에 대한 신비라도 풀렸는지, 그는 궁상맞은 점장이꼴로 앉아 있었던 것이다.

* * *

새빨갛게 루즈칠을 한 입술에 박꽃 같은 웃음을 띠우던 팽팽한 어머니 얼굴도 이제 마흔을 넘겼으니 닦아도 광 안 나는 구두처럼 쭈그러졌을 꺼야.

(삼중당, 1995)

□ 김원일 「어느 여름 저녁」

보라색 작은 백의 긴 줄을 어깨에 건 채 백을 톡톡 치며 민희가 말한다. 민희는 자주색 반소매 블라우스에 아래통이 퍼진 흰 스커트 차림이다. 머리에는 테가 넓은 왕골로 짠 모자를 쓰고 있다. 기운 햇살이라 얼굴은 그늘에 가려 있다. 가락지 모양의 금빛 귀걸이가 흔들거린다. 귀 아래 동그스름한 턱선과 긴 목이 깨끗하다.

* * *

그 옆 생맥주 집에서 불쾌해진 젊은이 둘이 나온다. 소매가 없는 겨드랑이 훤하게 드러난 임신복 차림의 여자가 얼굴을 내민다. 머리카락은 노랑 물을 들였고 얼굴은 화장독으로 푸르죽죽하다.

* * *

놀빛을 받은 면은 살갗이 분홍으로 물들어 있고 그림자 쪽은 부드러운 회색이다. 그렇게 나누어진 선이 분명하게 드러나 잘 빚은 조각 같다. 아니다. 살아 숨 쉬는 조각품이라 인중의 솜털까지 뚜렷하게 드러나 있다. 완호의 시선이 민희의 가슴께로 미끄러진다. 블라우스의 칼라를 깊게 파 젖의 융기가 보일락말락하다. 진주알 목걸이가 융기의 골을 막고 있다. 완호는 침을 삼키며 흘린 듯 민희의 가슴께를 본다. 바람에 나부끼는 머리카락에서 향수 내음이 은은하게 풍겨온다. 완호는 운전석을 의식하고 자세를 바로 한다. 콧등에 걸린 안경을 밀어 올린다.

(삼중당, 1995)

□ 김원일 「어둠의 사슬」

이끼처럼 보솜하게 자란 머리칼이 갈색을 띠고 있었다. 소년은 깡마른 몸매에 목줄기가 가늘었다. 얼굴에는 마른버짐이 허옇게 피어 있었다. 영양실조였다.

* * *

우선 허약하고 마른 체구가 보잘것없었다. 날카롭고 우울하고 병적으로 보이는 인상과, 늘 굳게 다물고 있는 입이 사람들에게 두려움을 주었다.

(삼중당, 1995)

□ 김원일 「어둠의 혼」

판쟁이 앞을 지나다 나는 끝순이를 만난다. 판을 만들어 파는, 온몸에다 문신을 해박은 술주정뱅이 추씨의 맏딸이다. 끝순이는 눈이 조그맣다. 코도 밋밋하다. 살짝살짝 곰보다. 분선이와는 같은 반이다.

(솔, 1996)

□ 김원일 「오늘 부는 바람」

그러나 나이가 들고, 먹는 것 하나는 늘 영양식이라 이제 젖가슴도 도톰하니 솟고 피부도 삶은 달걀처럼 매끄러워졌다. 꺾어 놓은 막대기 같던 몸도 자연 피어나 굴곡이 생겼다.

* * *

엄마는 시든 배추단처럼 수레에 모로 누워 탄식했다. 한 달 남짓 사이 엄마의 얼굴은 녹슨 강철판처럼 꺼멓게 타버린 데다 피골이 상접했다. 기워서 입은 검정 살갗이 아닌 마른걸레조각 같았다.

(삼중당, 1995)

□ 김원일 「침묵」

텁수룩한 머리칼에 여전히 도수 높은 안경을 끼고, 옷도 집을 떠날 때 차림 그대로였다. 구제품 홈스펀 쥐색 외투도, 집을 나설 때 들고 나간 갈색 가방도 그대로였다. 오직 변한다면 항상 몇 가락 제멋대로 자라있던 수염이 말끔히 면도된 것뿐이었다. 그래서 얼굴이 훨씬 해맑아 보였다.

(삼중당, 1995)

□ 김원일 「허공의 돌멩이」

얼굴은 단단히 뭉쳐진 메주덩이 같다. 어차피 넥타이 팔자는 어울리 잖는 생김새. 거뭇거뭇, 울긋불긋 여드름이 콧잔등만 빼고 빽빽이 솟았다. 작은 키에 딱 벌어진 체격. 이미 장정의 골격을 갖추었다. 누덕누덕 기운 청바지에 여기저기 찰흙이 붙은 허름한 남방. 누가 뭐래도 공사판 등짐꾼이다.

(삼중당, 1995)

□ 김원일 「환멸을 찾아서」

앙상한 가지가 매우 바람에 떨고 있는 늙은 플라타너스 아래 귀가리개가 달린 개털 모자를 눌러쓴 작달막한 당신이 교무실 안을 기웃거리고 있었다. 어깨를 잔뜩 움츠린 오영감은 예의 낡은 군용 파카를 껴입고 고기비늘이 덕지덕지 앉은 절어 빠진 누비 방한복을 입고 있었다. 신발은 배를 탈 때 신는 방한용 장화였다. 눈이라도 내릴 듯 낮게 내려앉은 잿빛 하늘과 헐벗은 나무를 배경으로 하고 그런지, 오영감의 외양이 오늘따라 더 초라했다.

* * *

해풍에 닮은 구리색 얼굴에 약간 계면쩍은 표정으로 교무실 안을 살피던 오영감은 아들과 눈이 마주치자, 좀 나오라는 손짓을 했다. 오랫동안 이 땅에 붙박이고 서 있어서 발이 시린지 제자리 뛰기를 해가며 허공을 흔들어대는 손짓이, 다른 사람이 본다면 집안에 무슨 큰 변고라도 생긴 듯한 태도였다.

* * *

윤기는 잠시 문미의 주근깨 많은 가무잡잡한 얼굴을 떠올렸다. 표정이 별 없는 그녀라 떠오른 갸름한 얼굴은 늘 시선을 내리깐 물그림자 같은 모습이었다.

* * *

윤기의 시선이 스웨터 위에 함지박을 엎은 듯 볼록하게 솟은 누이의 젖가슴에 머물렀다. 자궁암으로 삼 년을 신고하다 돌아가신 어머니를 닮아 윤화는 유독 젖이 컸다. 젖만 큰 게 아니라 그녀의 몸에서 섬세하고 가느다란 구석이라곤 어디 한 군데 찾아볼 수 없을 정도로 모든 면이 툭지게 발달된 편이었다. 살이 많아 모란꽃같이 육감적인 구리색의 건강한 얼굴, 넓고 둥근 어깨에 굵은 팔뚝, 힘깨나 있어 보이는 튼튼한 허리, 발달된 둔부 아래 장딴지가 탄탄하여 윤화는 실한 해녀 같았다. 중학교 때, 윤화는 육상 재질을 보여 투포환에는 군 대표로 출전했고, 여러 대회에서 입상한 경력이 있었다. 동네 사람들은 윤화를 보면, 심상의 넉넉함이나 부지런한 천성이 복을 타고나 시집가면 자식 잘 낳고 잘살 거라고들 말했다.

* * *

오영감은 며느리감 얘기만 나오면 그저 좋은지 합죽한 입 꼬리를 치켜 흐뭇하게 웃었다. 윤기는 누이에게 눈만 흘겼다. 보름 전, 윤기는 문미를 집으로 데리고 와서 아버지와 누이에게 처음 인사를 시켰다. 별러서 이루어진 일은 아니어서 그날도 문미는 유치원에서 퇴근한 복장 그대로 낡은 검정 오버에 무릎 나온 후줄근한 바지 차림이었다. 사귄 지 삼 년 반, 단순한 친구 사이를 넘어섰음을 집에서도 눈치를 채고 있으니 아버지께 인사나 드리자고 하여 데리고 왔던 것이다. 마침 윤화가 부엌에서 저녁 밥상을 준비하고 있던 참이라 방안에 우두커니 앉아 있기가 뭣했던지 문미는 부엌일을 돕겠다며 스스럼없이 밖으로 나갔다. 남자 쪽 집에 처음 하는 걸음이었지만 문미는 처녀 특유의 자존심을 내세우거나 새침 떼기와는 다른, 수더분한 그런 애였다. 그 점은 아버지를 어려서 잃고, 어머니가 식당 일에 매달리다보니 외롭게 자라온 환경 탓이었다.

* * *

윤기는 승객들을 비집고 버스 뒤쪽으로 빠져 들어갔다. 창가에는 사십대의 수염 꺼칠한 중년 사내가 앉아 있고 통로 쪽에는 예의 휴가병이 앉아 있는 앞에서 그는 설자리를 정했다. 땟국이 절어 반질반질한 머리칼에 검게 찬 얼굴의 중년 사내는 땀구멍이 숭숭한 거친 얼굴만큼이나 찌들고 낡은 가죽점퍼를 입고 있었다. 휴가병 역시 힘깨나 있어 보이는 실한 외양이었고, 군복 깃 사이의 목덜미에 걸린 군번줄이 가늘게 보일 정도로 굵은 목줄기가 힘살로 탱탱했다.

(태성, 1990)

□ 김유정 「따라지」

양복바지를 거반 엉덩이에 걸친 뻐드렁니가 이렇게 허리를 쓱 편다. 주인 마누라가 둑하면 불러온다던 저 조카라는 놈이 필연 이걸 게다. …… 그리니 귀쳐진 눈은 말고, 헤벌어진 입과 양복 입은 체격하고 별로 굉장한 것 같지 않다.

(문학사상사, 1987)

□ 김유정 「만무방」

응칠이는 슬며시 화가 나서 그 얼굴을 유심히 들여다보았다. 움푹 들어간 볼때기에 저건 또 왜 저리 멋없이 불거졌는지 툭 나온 광대뼈가 치마 알로 남실거리는 발가락은 자칫 잘못 보면 황새 발목이니 이건 언제 잡아가려고 남겨두는 거야… 보면 볼수록 하나 이쁜 데가 없다. 한두 번 먹은 것도 아니요 언젠가 물타리께 풀을 비어 주고 술사발이나 얻어먹은 적도 있었다. 고렇게 야멸치게 따질 건 뭔가. 그는 눈살을 흘깃 맞히고는 하나를 더 꺼내어,
  "옛수, 또 하나 잡슷게유!"
내던져 주곤 댓돌에 가래침을 탁 뱉었다.

(학원출판사, 1990)

□ 김유정 「봄 봄」

점순이는 뭐 그리 썩 이쁜 계집애는 못된다. 그렇다고 또 개떡이냐 하면 그런 것도 아니고, 꼭 내 아내가 돼야 할 만치 그저 툽툽하게 생긴 얼굴이다. 나보다 10년이 아래니까 올해 열여섯인데 몸은 남보다 두 살이나 덜 자랐다. 남은 잘도 훤칠들 크건만 이건 아래위가 뭉툭한 것이 내 눈에는 하릴없이

감참외 같다. 참외 중에는 감참외가 제일 맛좋고 예쁘니까 말이다. 둥글고 커단 눈이 서글서글하니 좋고 좀 지쳐 찢어졌지만 입은 밥술이나 톡톡히 먹음직하니 좋다. 아따, 밥만 많이 먹게 되면 팔자는 고만 아니냐. 한데 한 가지 피가 있다면 가끔 가다 몸이 (장인님이 이걸 채신이 없이 들까분다고 하지만) 너무 빨리빨리 논다. 그래서 밥을 나르다가 때 없이 풀밭에다 깨박을 쳐서 흙투성이 밥을 곧잘 먹인다. 안 먹으면 무안해할까 봐서 이걸 씹고 앉았노라면 으적으적 소리만 나고 돌을 먹는 겐지 밥을 먹는 겐지……

(학원출판사, 1990)

□ 김유정 「소낙비」

그는 시골 아낙네로는 용모가 매우 반반하였다. 좀 야윈 듯한 몸매는 호리호리한 것이 소위 동리의 문자대로 외입깨나 하얌직한 얼굴이었으되 추리한 의복이나 퀴퀴한 냄새는 거지를 볼지른다. 그는 왼손 바른손으로 겨끔내기로 치맛귀를 여며 가며 속살이 뼈질까 조심조심히 걸었다.

(학원출판사, 1990)

□ 김유정 「아내」

우리 마누라는 누가 보던지 뭐 이쁘다고는 안 할 것이다. 바루 계집에 환장된 놈이 있다면 모르거니와. 나도 일상같이 지내긴 하나 아무리 잘 고쳐보아도 요만치도 이쁘지 않다. 허지만 계집이 낯짝이 이뻐 맛이냐. 제기랄 황소 같은 아들만 죽대 잘 빠쳐놓으면 고만이지사. 우리 같은 놈은 늙어서 자식까지 없다면 꼭 굶어죽을 밖에 별도리 없다. 가진 땅 없어 몸 못써 일 못하여 이걸 누가 열쳤다고 그냥 먹여줄 테냐. 하니까 내 말이 이왕 젊어서 되는대로 자꾸 자식이나 싸두자 하는 것이지.

그리고 에미가 낯짝 글렀다고 자식까지 더러운 법은 없으렸다. 아 바루 우리 똘똘이를 보아도 알겠지만 즈 에미년은 쥐였다 논 개떡 같애도 좀 똑똑하고 깨끗이 생겼느냐. 비록 먹고도 대구 또 달라고 불아귀처럼 덤비기는 할망 정. 참 이놈이야말로 나에게는 아버지보다도 아주 말할 수 없이 끔직한 보물 이다.

년이 나에게 되지 않은 큰 체를 하게 된 것도 결국 이 자식을 낳았기 때문 이다. 전에야 상판대길 가지고 어딜 찍소리나 제법 했으랴. 흔히 말하길 계집 의 얼굴이란 눈의 안경이라 한다. 마는 제 아무리 물커진 눈깔이라도 이 얼 굴만은 어째볼 도리가 없을 게다.

이마가 훌떡 까지고 양미간이 벌면 소견이 탁 티었다지 않냐. 그럼 좋기는 하다마는 아기자기한 맛이 없고 이조로 둥글넓적이 내려온 하관에 멋없이 쑥 내민 것이 입이다. 두툼은 하나 건순입술, 말 좀 하려면 그리 정하지 못한 웃니가 부질없이 삐질 들어난다. 설혹 그렇다 치고 한복판에 달린 코가 좀 똑똑히 생겼다면 얼마 좋겠다. 첫대 눈에 띄는 것이 그 코인데 이렇게 말하 면 년의 흉을 보는 것 같지만, 썩 잘 보자 해도 먼 산 바라보는 도야지의 코 가 자꾸만 생각이 난다.

(강원일보출판국, 1994)

□ 김유정 「애기」

누가 깔고 올라앉았는지 모릅니다. 얼굴은 멋없이 넓적합니다. 디룩디룩한 살덩이, 필시 숟가락이 너무 커서겠지요. 쭉 째진 그 입술. 떡을 쳐도 두 말 은 칠 법한 그 엉덩판. 왜 이리 떡 벌어졌을까요. 참으로 어지간히 못도 생겼 습니다. 한 번만 보아도 입맛이 다 휙 돌아갑니다. 하긴 성적을 하면 색시의 얼굴이 좀 변하기도 합니다. 도리어 맨 얼굴로 볼 제가 좀 훨씬 날지도 모르 지요.

(문학사상사, 1987)

□ 김유정 「정조」

검붉은 그 얼굴, 푸르뎅뎅한 꺼칠한 그 입술, 그건 그렇다 하고 찝찔한 짠

지냄새가 확 끼치는, 그리고 생후 목물 한 번도 못해 봤을 듯 싶은 때꼽낀 그 몸뚱어리는? 에잇 추해!

(문학사상사, 1987)

□ 김이연 「묻지 말기」

윤지는 예쁘지는 않지만 뼈만은 아름답게 생겼는지, 마치 은 세공품처럼 가늘게 하늘거리는 몸으로 움직였다. 검은 옷 때문에 더욱 창백해 보이는 얼굴에 병적인 미소를 보이는 윤지는, 그러면서도 흔히 말하는 부티가 났다. 단한 가지 윤지의 얼굴에서 사람들의 시선을 끄는 부분은 입술이었는데, 그것은 조그만 체구에 어울리지도 않게 육감적이었다. 말을 꺼낼 듯 말 듯한 그녀의 입술은 상대로 하여금 기다려야 한다는 초조함을 가지게 했다.

마치 수녀복을 입은 듯한 차가움이 더욱 윤지의 매력을 돋보이게 했다. 어쩌면 검은색 헝겊 운동화를 신고 긴치마 아래로 날씬한 두 다리를 감싼 그 복고풍의 옷차림이 윤지의 철저한 가면일는지도 모른다.

(글수레, 1988)

□ 김이연 「여자가 선택한 사랑」

박준화는 방금 세탁기에서 꺼낸 빨래들을 한 가지씩 들춰내고 있다.

한참동안 그의 손놀림을 바라보고 서 있다. 그의 깨끗하고 길쭉한 손가락은 도저히 빨래나 하고 다림질이나 할 그런 손이 아니다. 좀처럼 거칠어지지도 않는지 사무실에서 펜을 잡고 일하는 남자 손처럼 곱다. 컴퓨터 세탁기에서 빨래를 뽑아내기 때문일까.

* * *

이층 계단에서 이 교수가 내려온다. 헐렁한 목면 셔츠에다가 까만 색 실크바지를 입고 있는데 마치 이태리의 음악 영화에 나오는 주인공처럼 보인다.

(대학출판사, 1997)

□ 김이태 「궤도를 이탈한 별」

문득 까만 티에 짙은 회색 가죽 잠바를 걸친 처음 보는 남자가 나타났을 때 우리 모두의 눈이 그에게 쏠렸는지도 모른다. 내게는 그의 얼굴보다 길다란 그의 다리와 잠수함 같은 대형사이즈의 랜드로버가 먼저 눈에 띄었다.

* * *

여대로 배치를 받은 사복 경찰들은 엉뚱하고 우스꽝스러웠다. 데모라고 해봤자 던진 돌이 오십 미터도 채 안 나가 쩍쩍거리는 정도인데 머리를 짧게 자른 그들은 어디서나 한심스럽게도 잘 띄었다. 걸핏하면 필요 없이 소리나 질러대고 컵라면으로 쪼그리고 앉아서 끼니를 때우는 그들은 위협적이라기보다는 무시와 조소의 대상이었다.

* * *

머리를 짧게 하고 커트하고 있었지요? 고양이가 세 마리 그려진 까만 에이프런을 두르고 그때 여자 친구도 몇 있었는데 잠깐 본 당신 얼굴이 잊혀지지 않고 당신을 생각하면 수백 번도 더 섹스를 한 느낌이 드는 겁니다.

* * *

커튼을 뚫고 들어오는 대낮의 햇빛이 그와 그가 서 있는 주변과 그가 비스듬히 기대어 서 있는 회색의 벽과 멕시코풍의 판화 액자를 비추고 있었다. 언뜻 금발이 아닌가 하는 생각도 들고 턱을 깎고 얼굴에 분을 발라 변장을 한 나의 남편이 아닌가 하는 느낌도 들었다. 인상이 말없이 부드럽고 머리를 치렁하게 늘어뜨리고 있었다. 상아색의 두터운 폴러 스웨터에 무릎이 닳은 물 빠진 청바지 그리고 맨발과 발가락으로 뻗어 있는 푸릇한 힘줄과 약간 휜 듯한 몸매.

* * *

그의 얼굴은 언뜻 보면 어딘가 흉터가 있는 것 같다. 자세히 살펴보면 오른쪽 눈썹 바로 위에 오래된 흉터가 있는 듯한데 그의 전체 인상을 규정지을 정도로는 뚜렷하지 않다. 그럼에도 그의 얼굴은 가끔 그런 칼잡이 같은 착각을 불러일으켰다.

* * *

남편은 짙은 보라색의 폴로 티셔츠와 베이지색의 면바지를 입고 있었다. 바지의 벨트 위로 살이 한 겹 겹쳐져 있다. 벌써 나이를 먹는 거야? 오늘이 마지막이지. 딴다는 보장은 없어도 오늘은 마지막이야. 그 역시 어떤 비장한 느낌이 들었는지 모른다. 음악도 틀지 않고 라디오도 꺼버린 채 밤을 뚫고 네온사인을 향해 질주했다.

* * *

나는 다시 머리를 중학생처럼 잘랐다. 미용실 거울에서 난생 처음으로 볼에 파인 우물을 보았다. 눈두덩도 많이 꺼져 있었고 입가로 잔주름도 잡혀 있었다. 나는 인문에게 그냥 한번 가서 보기만 했으면 좋겠다고 했다. 또 그들이 이렇게 엉망으로 바짝 마른 동양 여자를 필요로 하는지도 모르겠다고 했다.

(민음사, 1997)

□ 김이태 「달을 먹는 그림자」

문고본을 열심히 읽고 있는 머리카락에 기름이 낀 한 중년 여성과 콧수염을 기르고 커피향을 마시는 점잖은 다방 주인을 슬쩍슬쩍 유심히, 무시하듯 살펴보며 그의 건장하게 훌쩍 마른 어깨를 기대하고 있었다. 잡지를 보았을지도 모른다. 창밖으로 훑어볼 행인도 없어진 저녁 늦은 시간 나는 시골 간이역의 한적함에 아무런 불안도 느끼지 않고 있었다. 갑작스럽게 고요해진 자신을 별 이상하게 여기지도 않고 다시 도망을 치듯 엄마한테 건네받은 몇 푼 돈을 쥐고 용케도 기묘하게 동떨어진 일본의 한 작은 구석으로 들어오는데 안도감 내지는 행복의 예감 같은 것마저 가지고 있었다.

(민음사, 1997)

□ 김이태 「몽유기」

두꺼운 스웨터나 담요처럼 크고 헐렁한 외투로 몸을 감싸고 다녔다. 누가 흘린 선물권으로 엘칸토에서 굽이 낮은 검정색 부츠를 마련하고 덜렁덜렁 일층에 있는 빵집을 지나 사무실로 올라가는 자신.

* * *

자신을 괜찮은 남자라고 하던 여드름 자국 많은 Y는 결국 시인 지망생임을 짜장면 먹고 커피를 마시러 간 지하의 세 편 남짓한 카페에서 고백처럼 조심스럽게 밝혔다. 스프링에 모나미 파랑 볼펜을 꽂은 손바닥 만한 수첩을 보여주었다.

* * *

편집장 박은 빨간 목도리 스웨터를 트레이드마크처럼 내세우고 다니지만 그다지 사람을 언짢게 하지는 않았고 오히려 일 년 뒤, 막 이름을 내기 시작한 젊은 소설가가 콩트 하나를 실으며 편집실까지 찾아와 사교적 언변을 내둘렀던 오후에 비하면 상큼한 데가 있었다. 잘못된 띄어쓰기며 혼동스런 맞춤법에 알레르기 반응을 내는 모든 사람들이 그렇듯이 말이다. 그는 알레르기 반응의 정도를 넘어서서 받침을 틀리게 쓰면 그 인간 자체를 혐오했다.

(민음사, 1997)

□ 김이태 「식성」

103언니는 어릴 때부터 고기를 좋아했다. 비쩍 마른 그녀의 얼굴이 젓가락을 들이미는 모습은 어딘지 한 번도 본 적이 없는 짐승을 연상시킨다. 얌전한 고양이처럼 말도 별로 없이 공부만 잘했는데, 슬슬 담배를 피워 물기 시작했을 때도 흡사 그런 표정을 지었다. 나는 그녀가 남자와 성 관계를 가질 때도 그런 굶주린 얼굴을 하는지 궁금해진다. 날름날름 타인의 생기를 잽싸게 빨아들이는 모습 말이다. 스트로로 주스를 빨아 마시는 낯선 아이들도 그녀를 연상시킨다. 밥상 위에 오른 김치찌개에서 돼지고기만 뒤져 먹는 그녀,

떡국이 올라도 그 위에 얹힌 양념 고기만 덜어 먹고 숟가락을 놓아버리는 그녀. 그녀는 나보다 두 살 많았다.

* * *

그녀는 이빨이 나기 시작했을 때도 우유만 마셨다고 했다. 엄마는 이유식을 못 먹어서 안절부절못한 걸 생각하면 지금도 화가 나고 가슴이 답답해 온다고 했다. 아이가 지 손가락으로 이것저것 집어먹을 나이가 되었는데도 밥풀 하나 묻히지 않고 우유병만 찾았다고 했다. 할 수 없이 깨나 다시마 같은 것을 우유에 섞어서 타주면 한 모금 빨아보고는 집어던졌다고 했다. 나한테 맞기도 많이 맞았어. 하루는 어디 네가 이기나 내가 이기나 해보자고 우유를 싹 치워 버리고 굶겼지. 그랬더니 돌도 안 된 게 이틀을 내리 굶는 거야. 난 그때 손들었어. 이거 사람 새끼도 아니다 싶어서.

* * *

그러나 나는 다르다. 아침저녁으로 날카로운 스테인리스 젓가락을 들고 참하게 보이던 그녀가 돌변하는 모습을 지울 수가 없다. 그녀의 눈에서 처음으로 짐승 같은 광채를 본 것도 그때였다. 처음에는 형광등 불빛이 반사된 것 같았지만 그것은 그녀의 눈에서 나왔다. 번쩍 하는 광채. 내 눈으로 본 것임에도 잘 믿을 수 없었다. '눈을 번득인다'는 표현이 저걸 두고 말한다는 것을 그제야 알았다. 칼날처럼 스쳐지나간다. 얌전하게 세수하고 머리빗은 그녀가 밥상에 오더니 앉아서는 그런 빛을 내는 것이다.

(민음사, 1997)

□ 김이태 「얼굴」

오빠는 아버지처럼 콧날이 오똑하고 엄마처럼 다리도 긴데, 나는 엄마 닮아서 얼굴이 좀 넓고 아빠처럼 작달만한 데다 허리통은 또 엄마처럼 벌써 두리둥실하다는 것이다.

나는 그 중 키 작은 것만 물려받았고 앗살한 행동거지나 반듯한 얼굴 생김새는 오빠가 물려받았다. 하물며 쌍꺼풀까지도 오빠는 기름기 없이 얇게져 있어 지적으로 보이는데 나는 눈두덩이 자주 부어오르고 좀 두툼한 편이다.

* * *

나는 자고 있는 아름다운 그의 얼굴을 보며 자랐다. 고대 그리스 조각같이 매끈한 얼굴 윤곽, 그 밑으로 살짝 다물어도 선명하게 선이 지는 입 매무새, 언제나 투명하고 파르름해 보이는 그의 살결, 그 초연함. 그는 속눈썹마저 길었다.

(민음사, 1997)

□ 김인숙 「강」

희영은 곧 시선을 비켜버렸지만 그 잠깐 사이에라도 바라볼 수 있던 그 시커먼 얼굴, 파리한 낯빛, 추레한 옷차림, 휘청거리는 발걸음은 불결한 느낌으로 희영에게 다가왔다.

(솔, 1996)

□ 김인숙 「거울에 관한 이야기」

어느 날 아침, 어머니는 비를 흠뻑 맞은 채로 내 집 문 앞에 서 계신다. 그날은 새벽부터 비가 온 날이었다. 엄마, 우산은? 내가 물으면 어머니는 그냥 환하게 웃으신다. 비오는 걸 보면서도 우산 챙기는 걸 잊는 것쯤은 어머니한테는 큰일이 아닌 것이다. 그때 어머니 손에는 미역 한 타래가 들려 있다. 어머니는 그날이 당신 딸자식의 생일이라는 것을 잊지 않고 있으셨고 그 자식을 위해 벌써 한 달 전부터 찬장 깊숙이 챙겨 두었던 미역이 있다는 것을 잊지 않으셨던 것이다.

… (중략) …

그렇다. 어머니에게 중요한 기억은 우산 따위가 아니었다. 딸자식의 생일과 딸자식이 살고 있는 아파트의 동 호수와, 딸자식의 전화번호. 중요한 건 그런 것들이었던 것이다.

* * *

남편은 자상하고 세심한 사람이었다. 한때는 전도사가 되고 싶었다는 그는, 이루지 못한 꿈 대신 평신도로서 자신의 사명이 무엇인지를 알아냈다. 그에게 사랑은 지상에서 이루어야 할 가장 큰 사명이었으므로 그 사명으로 그는 나를 사랑했다. 그는 나에 대한 사랑으로 간혹 타인에 대한 자신의 사명을 유보하기도 했는데, 그가 행하고 있는 수많은 봉사 활동 중에서, 버려진 아이들을 위한 봉사 활동을 맨 마지막에 선택했던 것이 바로 그러한 예였다.

(문학사상사, 1998)

□ 김인숙 「그늘, 깊은 곳」

노소설가는 서류봉투를 옆에 둔 채 바둑에 빠져있는 중이었다. 희끗희끗하나 머리칼을 이마 위로 덥수룩이 쏟아내린 채 바둑에 열중해 있는 노소설가에게는 차마 근접할 수 없는 위엄 같은 것이 느껴졌다. 험난한 생의 고독과 우울이 만들어낸 위엄. 규원은 차마 그에게 말을 건넬 수가 없어서 한 시간이 넘도록 기원 카운터 옆의 의자에 앉아 있었다.

* * *

잠깐 사이, 빠르게 평정이 회복된 듯한 얼굴이었다. 여자의 이마에는 더이상 땀방울이 보이지 않았다. 그저 희고 고운 이마, 그리고 서늘한 눈매에 내리깔린 평정이 보일 뿐이었다. 규원의 방안으로 들어설 때부터 보였던 초조감을 씻은 듯이 지워버린 것 같은 여자는, 자기 나이를 고스란히 되찾은 것 같은 얼굴을 하고 있었다.

* * *

그의 곁에, 초췌하고 거칠한, 그러나 잘생긴 얼굴의 젊은 사내가 앉아 있었다. 텅 빈 듯한 눈빛, 그러나 불쑥불쑥 격렬한 고통과 분노가 스쳐 지나가는

듯한 눈빛…… 그런 눈빛을 하고 있는 잘생긴 젊은 사내는, 규원에게 호감을
주지 못했다.

(문예마당, 1997)

□ 김인숙 「꽃의 기억」

술에 취해 도발적인 눈빛을 하고 있는 여자를 향해 고개를 돌린 그의 얼
굴은, 그러나 지치고 피로해 보였었다. 까닭을 알 수는 없었지만, 삶의 한 뭉
텅이를 자신도 모르는 어딘가에다 흘려버리고 온 듯한 얼굴. 그는 그런 얼굴
로 단지 내게 이렇게 말했을 뿐이었다.

(문학동네, 1999)

□ 김인숙 「먼길」

배가 불룩 솟아 나온 비대한 몸집에도 불구하고 강한 햇볕에도 그을린 검
은 피부 색깔 때문에 한림의 모습은 젊고 건장해 보였다. 뭐야? 형은 아직도
젊잖아! 그의 윤기 나는 검은 목덜미에 그렇게 찬사를 던져주고 싶던 한영은,
그러나 그의 목덜미에 오밀조밀 잡혀 있는 잔주름들을 뒤늦게야 발견하고
말았다. 하긴, 한림은 어느새 사십의 반고개를 넘겨버린 나이였다.

* * *

그는 아직껏, 승용차의 문에 기대어 움직일 줄을 모르고 있는 명우를 돌아
보았다. 셔츠와 점퍼를 겹겹이 껴입은 그의 몸매가 흡사 상체만 잘 발달한
기형아의 그것처럼 보였다. 그는 팔짱을 끼고 있다기보다는 불안하게 두 팔
을 겹쳐 웅크리고 있는 모습으로, 망연자실 홀로 서 있었다.

* * *

그때 그 여자를 처음 봤을 때 그는 그 여자가 운동권일 거라고 생각했었
다. 그 많던 사람들 중에 유일하게 처음부터 끝까지 운동권 노래를 한 번도
부르지 않았던 사람이 바로 그녀였는데도, 그는 그 혼자 생각으로 그렇게 판

단을 했었다. 아마, 그토록 젊고 아름다운 여자의 얼굴이 그렇게까지 비극적일 수 있다는 건, 그런 이유 아니고서야 어떻게 설명을 할 수가 있는 건지…… 그는 그랬었다.

(문학동네, 1995)

□ 김인숙 「봉우리, 어디쯤…」

동생은 이미 병실로 옮겨져 있었다. 링거에 손목이 매달린 채 병실 침대에 누워 있는 동생의 얼굴은 창백했다. 그러나 그 창백한 얼굴만 아니라면 동생의 모습은 너무도 멀쩡해 보였다. 동생은 마치 평화롭게 잠들어 있는 어린 소녀처럼 보였다. 동생의 꿈을 열어볼 수만 있다면 정선은 그 안에서 꽃이나 푸른 잔디, 또는 지저귀는 새 따위들을 발견하게 될 것만 같았다.

* * *

그 전날, 정선은 정섭과 석 달 만에 처음으로 얼굴을 볼 수 있었다. 정섭의 눈은 오랜 도피 생활로 말미암아 퀭하게 깊어 있었고, 얼굴의 살갖은 까칠하게 부풀어 올라 있었다.

(신원문화사, 1997)

□ 김인숙 「상실의 계절」

그는 마치 막 포장을 푼 선물 속에서 나타난 왕자 인형 같은 썩 괜찮은 용모를 가졌고 육체미 선수의 기름 바른 몸집같이 단단한 체격을 갖춘 남자였다. 그의 그 멋진 몸매 중에서도 가장 내가 좋아하는 것은 그의 넓은 어깨 밑에 자리한 갈색의 가슴이었는데 내가 안길 수 있는 가슴이란 생각을 하지 않아도 그 가슴은 어느 사람도 따라올 수 없을 만큼 멋진 넓이를 지니고 있었다. 그러나 흔히 자신의 가슴에 자신이 있는 사내들이 하듯 앞가슴의 단추를 몇 개씩 풀어헤치는 짓을 그는 결코 하지 않았다. 그는 언제나 답답할 정도로 첫째의 단추까지를 모두 잠갔다. 그러나 내가 강하게 가슴 뛰며 느끼는 그의 매력은 바로 닫혀진 그의 옷깃에 있었다. 나는 그에게서 여성과 같은 감추는 매력을 늘상 풋풋하게 느꼈고 그런 그가 언제나 기뻤다.

* * *

매점의 여주인은 나에게 전혀 친절하지가 않다. 병원의 그 몹쓸 병균들을 모두 긁어모은 듯이 병색처럼 하얀 얼굴을 한 여주인은 웃음과는 거리가 먼 것 같은 표정으로 무뚝뚝하게 봉지에 넣은 카스텔라와 우유를 내민다.

(솔, 1996)

□ 김인숙 「유리 구두」

잠든 유선의 얼굴은 너무나 평화롭다. 이 여자의 어디에 이러한 평화가 깃들여 있었던가. 잠들어 있는 유선의 얼굴이 생판 낯선 타인의 그것처럼 다가왔다. 비로소 그는 매우 큰 용기를 낸 듯 힘겹게 손을 들어 올려 그녀의 얼굴 위에 올올이 솟아있는 솜털을 건드려 보려고 한다. 이 여자에게도 솜털 같은 게 있었다. 마치 어린아이의 그것과 같은…… 그의 조심스러운 손길이 닿기도 전에 유선은 얼굴을 돌려버린다. 평화로운 잠을 방해받는 것이 잠결에도 짜증스러운 듯, 유선의 얼굴이 와락 일그러졌다가 다시 펴졌다. 그것은 아주 잠깐 동안의 일이었다. 그녀가 얼굴을 돌린 채 다시 깊은 잠 속으로 스며들자 그녀는 다시 알몸이 되었다. 그녀가 얼굴을 돌린 채 다시 깊은 잠 속으로 스며들자 그녀는 다시 알몸의 살집 덩어리였다. 누군가가 만져 주기를 기다리는 듯 활짝 열려진 그녀의 몸. 이 여자는 이렇게 온몸을 열어 놓고도 평화로울 수가 있다.

* * *

커피 전문점의 환한 창밖으로는 낙엽이 지고 있는 것이다. 무성히 흩어지는 낙엽들 사이로 경윤이 걸어오고 있는 것이 보인다. 베이지색 바바리코트에 굽 높은 구두가 돋보인다. 첫 키스 이후 그녀는 갑자기 멋을 부리기 시작했다. 화장의 농도가 짙어지고 자기의 작은 키를 감추고 싶은 듯 구두굽이 높아졌다. 머리에서는 늘 스프레이 냄새가 짙게 풍기고 그 머리칼을 조심스레 세우는 손톱에는 무색이나마 매니큐어가 반짝거리고 있었다. 그녀는 사랑에 빠진 것이다. 사랑에 빠진 경윤이 낙엽 사이에서 걸어오고 있는 것이다.

(동아, 1995)

□ 김인숙 「함께 걷는 길」

사무장이라나 뭐라나 근수가 달려 나오며 그녀에게서 짐을 빼앗아들었다. 근수 역시 수염 안 깎은 얼굴로 못 본 며칠 사이 광대뼈가 불쑥 튀어나와 봐주지 못할 얼굴인데, 이상하게도 눈빛만 번들번들 살아 보였다.

(솔, 1996)

□ 김주영 「고기잡이는 갈대를 꺾지 않는다」

그러나 나는 고개를 발부리로 숙인 채 마냥 서 있었다. 갯밭에서 뽑아 올린 개량 무 같은 그녀의 훤칠한 종아리가 짧은 스커트 자락 속으로 숨어들고 있었다. 그토록 세련된 여자의 종아리를 불과 반 발자국인 가까운 거리에 두고 관찰했었던 적은 없었다. 우리 마을에 있는 어떤 여자의 다리보다 흰 그 다리를 바라보는 것은 결코 지겹지가 않았다. 그것뿐만 아니었다. 아름답고 흰 종아리를 가진 그녀는 말씨조차 나긋나긋하고 달착지근했다. 항상 별미적고 투박했던 어머니의 말투에 비하면 그녀의 사근사근한 말씨는 달기가 꿀이었다. …… 그리고 눈 코 입이 오종종하게 박힌 그녀의 얼굴이 내 시선과 평행선을 이루고 있었다. 그녀가 내 앞에 웅크리고 앉은 것이었다.

* * *

그 여인숙 집에는 옥화(玉花)로 부르는 계집아이가 있었다. 아우와 같은 또래였던 그 계집애는 옥화라는 어엿한 이름을 갖고 있었지만 마을 사람들에겐 팔푼이란 별호로 불렸다. 아이의 몸에서는 항상 쉰내가 났고, 거위처럼 뒤뚱거리는 걸음새에 항상 북쪽 대륙의 몽고 땅 쪽으로 먼 산 바래기를 하고 있는 듯한 초점 없는 눈자위로 사람을 바라보았다. 오른편에 서 있는 사람을 보려는 그 아이의 눈동자는 왼편으로 기울었고, 왼편에 있는 사람을 보는 그 아이의 눈동자는 오른편쪽으로 기울어져 있었다. 표적에 얽매이지 않는 그 일탈(逸脫)의 시선은 항상 우리들에게 계면쩍음을 안겨주곤 했었다. 게다가 소화도 제대로 안 되는지 쉴새 없이 트림을 하곤 하였다.

(민음사, 1989)

□ 김주영 「아들의 겨울」

그것은 이발소 주인이었다. 정수리가 홀딱 벗겨진 그 이발소 주인을 나는 싫어했다. 그는 아주 낡아빠진 구식 바리캉 두 개로 이 마을의 모든 남자들과 아이들의 대갈통을 도맡아서 깎아먹고 살았다. 그뿐만 아니었다. 간혹은 객지에서 흘러들어온 옆집인 여인숙에서 묵는 손님들에게까지 그 악바리 같은 바리캉을 주저 없이 갖다 대고 대갈통을 박박 깎아 내렸다. 머리때와 녹이 한데 엉킨 그 기계 두 개로 다섯 식구를 먹여 살리고도 힘이 남아돌아서 이발소 밖을 지나다니는 모든 마을사람들과 입에 담지 못할 욕설로 농담을 주고받았다.

* * *

그 사내는 여름 내내 베잠방이만을 입고 지냈는데 그가 걸어가는 것을 멀리서 바라보면, 그 베잠방이 속으로 늦은 가을 서리맞은 수세미같이 거무튀튀한 자지가 사타구니 사이에서 덜렁거리는 것이 보였다.

* * *

그 사내는 끼니때가 되면 다른 사람들처럼 밥을 먹지 않고 탁배기를 마셨다. 불거져 나온 관자놀이 부근에다 항상 얼마만큼의 불안한 취기를 이겨발라 가지고 술도가 앞을 지나가는 젊은 여자들을 뚫어져라 바라보는 괴상한 습성이 있었다.

흰 테가 없이 두리뭉실한 시커먼 고무신을 맨발로 신고 다녔는데, 그 고무신에서는 항상 땀이 밀리는 소리가 삐걱거리고 들려왔다.

(민음사, 1996)

□ 김주영 「야정 3」

그의 입성이 이마가 번쩍거리는 변발에 장포(長袍)의 깃자락이 발등을 덮는 호복 차림이었기 때문이었다. 변발해서 어깨 뒤로 늘어뜨린 머리채에선 기름이 주르르 흘렀고, 꽃무늬가 어지럽게 수놓인 호복은 비단이었다. 둥그렇게 마름질한 옷깃에 좁은 옷소매, 그리고 앞에는 헝겊을 옭아서 만든 단추를 달았다. 둔처에 당도한 그는 말에서 내려 기다리고 있다가 연통을 받고 밭에서 달려온 우덕이와 을술을 보자 옷소매를 털고 장읍(長揖)의 시늉까지 하며 우덕의 어깨를 끌어안는가 하였더니, 좌우로 볼을 맞대어 비비는 되사람들의 인사법을 쓰는 것이었다.

* * *

태이의 잔속을 저울질하고 있는 갑두의 눈동자가 곤두박질하고 있는 찰나에 편발한 계집아이 하나가 찻주전자를 들고 들어와서 탁자 위에 놓았다. 태이와 입씨름하고 있는 갑두에게 적의를 품고 있는지 갑두를 쏘아보는 눈초리가 마뜩찮았다. 나이는 열한두 살이 될까말까 한데 올되고 숙성해서 벌써 엉덩짝이 팡파짐하게 자리 잡혀 있었고, 눈초리 가파른 것이 성깔도 있어 보였다. 한동안 갑두를 뚫어져라 바라보았는데 뒷덜미가 섬뜩할 정도로 표독스러워 보였다.

* * *

내반의 뒤를 따라 방으로 들어온 동패의 처속은 그 입성이 남루함에 차마 눈뜨고 바라볼 수 없을 지경이었다. 옷이라 할 수 없는 노루 가죽 누더기로 오지랖을 가리는 시늉만 했을 뿐 하초의 허벅다리와 젖무덤이 그대로 드러나 있었다. 따지고 보면 스물두 살밖에 안 되는 배절은 풋각시였으나 얼핏 눈어림하기에는 사십 늙은이로 보였다. 그 나이에 얼굴에 검버섯이 피어 있었기 때문이었다. 한마디로 곡기를 못한 탓에 허리조차 휘어 있었다.

□ 김주영 「야정 4」

그제서야 아낙네는 동자박을 든 채 허리를 펴고 일어났다. 그러나 선뜻 반기는 눈치는 아니었다. 아낙네의 눈자위에는 시커먼 기미가 덮여 있었다. 나무 비녀조차 꽂고 다닐 경황이 아닌지, 머리는 사내들처럼 봉두난발이었다. 입술은 헐어서 빠끔한 구석이 없었으니 잠으로 허기를 달래며 혹독한 노역에 시달림을 받고 있다는 증거였다. 겁에 질려 있지 않은데도 몽당치마 아래로 드러난 아낙네의 겨릅과 같이 메마른 두 다리는 떨고 있었다. 허공을 보는 듯한 아낙네의 두 눈이 가죽 배자를 모양 있게 떨쳐입은 두 사람을 물끄러미 바라보았다.

* * *

방주가 나타났다. 농원과 녹원까지 경영하고 있단 방주의 입성은 의외로 남루하였다. 검은색 호복은 땟국에 절어 소매와 무릎은 빤질거렸다. 세수하지 않은 얼굴에도 땟국이 켜켜로 앉았고, 수염은 자라 견골을 덮을 정도였다. 게다가 포악한 위인답지 않게 거드름 피는 기색이 없었고, 체수도 잔망스러워서 공포를 쏘아 위협부터 한 것이 오히려 쑥스러울 정도였다.

□ 김주영 「천둥소리」

장춘옥에는 두어 달 전부터 단골을 정하고 한 장도막에 두어 번씩 드나드는 사람이 있었다. 갯가의 어물들을 재륙으로 나르는 화통(火筒)이 달린 트럭의 운전수였다. 화통에다 숯을 태운 힘으로 시동이 되는 트럭은 속력이 느리기 마련이었고 운전수나 조수나 간에 숯검정치레기기 십상이었다. 그런데도 석포리에서는 드물게 보이는 자동차였으므로 트럭이 장거리에 도착하면 구경꾼들이 하얗게 몰려들곤 하였다. 성명도 모르고 있는 화통차의 운전수는 직업과는 달리 행색이 우락부락하지도 않고 곱상스러운 데다가 지동댁과도 가벼운 농담쯤은 격의 없이 주고받는 사이였다. 웃을 때면 눈꼬리에 잔주름이 많이 잡히었고, 장춘옥에서 묵을 때는 이부자리를 더럽혀서는 안 된다며 찬물로도 반드시 몸을 씻던 사람이었다.

(민음사, 1986)

□ 김주영 「홍어」

아버지의 별명은 홍어였다. 때로는 가오리라 부른 사람도 있었다. 얼굴 생김새가 갸름하기보다는 네모진 편인 아버지는 목덜미께에 백납까지 들어 있었기 때문에 언뜻 홍어의 살가죽을 떠올릴 수 있다는 데서 붙여진 별명인 것 같았다.

* * *

어머니가 내키지 않는 듯 혀를 차며 자배기를 헹구고 있는 사이, 나는 흘끗 그녀의 얼굴을 훔쳐보았다. 벗겨지다 만 살비듬이 오줌장군에 낀 버캐자국처럼 남아 있는 갸름한 얼굴은 홍조를 띠고 있었고 콧잔등에는 파리똥 같은 주근깨가 다문다문 박혀 있었다. 흰 목덜미에선 모락모락 김이 피어오르고 있었다. 사지는 멀쩡했지만, 몽당치마 아래로 드러난 왼쪽 발등이 익은 복숭아처럼 부어올라 있었다. 한뎃잠으로 전전하다가 얻은 동상이 분명했다.

* * *

면상이 수수떡처럼 검붉은 그 사내는 생소하다는 점에서만은 요지부동의 모습을 가지고 있었다. …… 두 번째로 낯설었던 것은 그의 용모였다. 얼굴 한가운데를 가르며 거침없이 내리꽂힌 가느다란 매부리코의 돌격적인 기세는, 그의 뾰족한 턱 끝까지도 점령해 버릴 형세여서 혀끝을 내밀면 금방 코끝이 닿을 수 있을 만치 분수 이상으로 길었다. 그리고 좁은 이마 위로는 자로 잰 듯, 콧등과 일직선을 이루는 정수리 한가운데로 반가르마가 나 있었다.

정수리 한가운데를 세로 지르는 반가르마를 튼 사람을 나는 한 번도 본 적이 없었다. 게다가 좌우로 공평하게 갈라 넘긴 짧은 머릿결은 사내의 인상을 일부러 신경질적으로 만들기 위해 애쓴 것처럼 보였다. 그런데 그 매섭게 보이는 인상을 단숨에 삭제시킬 수 있는 한 가지 미궁이 그 얼굴에 있었다. 그것은 바로 시원하게 큰 그의 두 눈이었다. 사내의 얼굴이 갖고 있는 다른 부분의 생김새가 그의 성품을 냉혈한같이 만들고 있는 것이라면, 움푹 파인 눈자위에 자리 잡은 크고 횅한 두 눈은 매부리코에서 발산되는 날카로움이 얼굴 밖으로 전달되는 것을 가로막으며 그때마다 토막토막 잘라 삼키기 위해 존재하는 것처럼 보였다.

* * *

나는 바지주머니에서 성냥을 꺼내고 그었다. 소담스럽게 살아나는 성냥불을 그녀의 얼굴 가까이로 가져가 비춰보았다. 그녀의 얼굴을 적시고 있던 어둠의 여백들이 한 켜씩 지워져 나가면서, 한껏 만개한 한 송이의 노란 양귀비꽃이 눈앞에 아련하게 떠올랐다. 아름답기 그지없지만, 일 년 중에 단 하루 동안만 혼자서 핀다는 꽃. 간절하게 기다리는 마음이 없는 사람에겐 얼굴도 마주할 수 없다는 도도한 자태의 노란 두메 양귀비꽃이었다.

* * *

그 여자는 황혼 무렵의 잔광이 엷게 묻어 있는 툇마루 한 켠에 걸터앉으며 헛기침을 토해냈다. 첫 월급봉투를 받아든 사람의 헛기침같이, 어딘가 애매하고 조금은 과장되어 들리는 그런 기침소리였다. 여자의 옷차림새도 긴 여행을 하고 있는 여자답지 않게 애매한 점이 많았다. 굽이 높은 빨간 구두, 그리고 아이를 업고 먼 길을 떠나기엔 너무나 거추장스러웠을 감청색 투피스 차림이 그랬다. 그것은 등에 업고 있는 아이만 벗어 던지고 나면, 그 아이와 연관된 모든 삶의 중력을 냉큼 벗어 던지고 전혀 다른 모습의 여자로 변신하고 말겠다는, 파괴적이고 모험적인 저의가 엿보이는 차림새였다. 그러므로 평범한 사람들의 삶에서 유추해낼 수 있는 상투적이고 밋밋한 일상의 궤적을 따라가려는 여자는 이미 아닌 듯했다. 삶의 본질과 숙연하게 맞부딪쳐 있는 긴장감을 그 여자의 차림새에서는 찾아볼 수 없었다.

문이당, 1998)

□ 김지연 「배꽃」

규희보다 여섯 살 위인 서른다섯 살의 그녀는 오히려 더욱 앳돼 보였으며 투명한 피부와 갸름한 얼굴은 아직 혼전의 처녀 같았다. 흰자 특유의 가냘픔과 애잔함을 함초롬히 지닌 그녀는 어느 땐 창백한 아름다움을 빚어내기도 했다.

(청림각, 1978)

□ 김지연 「박사학위」

티 없이 맑고 흰 피부에 빚어놓은 듯 균형 잡힌 남편의 얼굴을 그녀는 새삼 건너다본다. 훤칠한 키와 우아한 분위기를 이루는 용모 중에서도 자애로움이 가득한 눈과 야망으로 들뜬 듯한 좀 큰 입이 사람들을 상당히 매료하는 모양이라고 그녀는 생각했다. 또한 남편 강성구는 자신의 장점을 충분히 발휘하여 이용할 줄 알고 특히 젊은 어머니들에게 인기를 얻고 있었으며 일간지와 방송국 등에 계속 의원광고를 게재하고 여성잡지에 건강에 관한 칼럼 등을 투고함으로써, 36세의 연령보다 훨씬 연로한 명의(名醫)로 알려져 있었다. 전문의도 아니고 박사도 아직 되지 못한 일개 개업의인 그의 의원이 매일 문전성시를 이룸은 끈기 있는 광고에의 투자 탓이기도 하지만 상당한 고가의 약제를 사용하는 처방 탓도 있다.

* * *

후기(後期) 졸업식인데도 학사, 석사, 박사 수여자들은 자그마치 1백 명이 넘었다. 검은 가운에 목 주변으로 이어진 넓은 선(線)이며 사각모의 황금색 수실이 우아롭게 보이는 박사 제복의 무리 중에서 남편 강성구의 모습은 유독 도드라져 보였다. 훤칠한 키며 하이얀 피부 위의 오똑한 콧날이 먼 빛에서도 성큼해 보여 그녀는 굳이 고개를 외로 빼지 않아도 좋았다.

(범우사, 1978)

□ 김지연 「봄바람」

탁미숙보다 네 살이나 위인 서른아홉 살의 홍과부댁 얼굴은 만개한 해바라기 같았다. 분가루를 덮어쓴 듯한 하얀 얼굴에 앵두빛 입술이 눈부신 햇살 아래서 고혹적이었다.

* * *

성장한 홍과부댁은 한마디로 여왕같이 화려하고 우아했다. 황금빛 한복 위에 새하얀 눈빛 숄을 두르고 적당히 어둔 빛이 감도는 은빛 테의 선글라스를 착안한 모습은 야하게 뵈던 그녀의 화장까지 아주 세련돼 보이게 했다.

(청림각, 1978)

□ 김지연 「봄·여름·가을·겨울」

음성조차 어쩌면 꼭 방울을 굴리는 소리와 흡사했다. 그녀는 살결이 희고 윤이 나는 검은 머리를 길게 땋아 내린 미순 처녀가 참 좋았다. 조용한 걸음걸이며 얌전한 표정 등은 언제나 그녀에게 한 폭의 그림 같은 인상을 주는 것이었다.

* * *

열일곱 살 먹은 형은 그녀와 입매가 조금 닮았을 뿐 전연 다른 얼굴이었다. 코, 눈, 손등이 큼직큼직한 느낌을 주는 형자와는 달리 형은 작은 체구와 붓으로 그려 놓은 듯한 단아한 모습을 지니고 있었다. 삼 년 전에 형이 이모 집으로 갈 적엔 형자는 그냥 다니러간 줄 알았는데 영영 오지 않았다.

* * *

동그스름한 얼굴에 쌍꺼풀진 큰 눈과 거기다 뽀얀 살갗까지 갖추고 있어 화장을 하지 않아도 훤한 얼굴인데, 근간에 짬만 생기면 입술연지를 칠하고 족집게로 눈썹을 뽑는 등 부산을 떨기도하여 심중이 심히 편하지 않았던 참이었다.

* * *

한서방이 서른일곱이던 십여 년 전, 장돌뱅이로 장터를 돌 때 객줏집 찬간에서 억세게 그릇을 씻어대던 화순이는 별로 도드라져 보이지 않았다. 천박한 시골 객줏집의 부엌데기처럼 손은 엄청나게 컸고 얼굴은 검정과 거스름으로 더럽혀져 떡 벌어진 엉덩이와 저고리 섶이 터질 듯 부풀어있는 가슴팍 외에는 여자다운 곱상함은 없었다. 그러나 그녀의 팽창한 몸매는 뭇 장꾼들의 입질에 오르내렸고, 단신으로 실히 알돈을 모았던 한서방은 기어이 그녀를 차지하는 데 성공했다. 객줏집 여자에게 몇 장날 번 돈을 털어주고 부모도 없는 화순이를 데려올 땐 한서방은 눈물을 찔끔 흘렸다.

(범우사, 1978)

□ 김지연 「봉녀」

그런 탓인지 그녀의 손은 십 칠팔 세 소녀들처럼 곱고 한결같이 관절이 잘숙잘숙 들어가 무척 아름다웠다. 봉녀는 가끔 아줌마의 희고 부드럽고 나긋나긋한 손을 만져 보고 싶은 충동을 느끼곤 했다. 그것은 포동포동한 어린아이의 손을 만지고 싶은 충동과 비슷하였으나 아무튼 그녀의 손과 얼굴은 아름다웠고 적당히 포동하게 살찐 조그마한 몸매는 매우 매혹적이라고 생각했다.

(범우사, 1978)

□ 김지연 「빗나간 궁합」

최일혜보다 세 살 아래인 서른 살이라는 아낙은 뽀얀 살결과 웃을 때면 오목오목 지는 볼우물 탓인지 새댁같이 젊어 보였다.

* * *

최일혜는 흰 살갗에 빨간 뺨을 가진 과수댁이 무척 밝고 따뜻한 여자라는 생각을 했다. 웃는 모습이 천진스럽고 귀엽게 홈이 파이는 볼우물은 순진한 소녀를 연상케 할 정도였다.

(청림각, 1978)

□ 김지연 「산(山)가시네」

또점을 낳고 일주일도 못 되어 산후로 죽어갔다는 어머니나, 겨우 열여섯 먹은 그녀를 유편재 주막집의 독살스런 홍천댁과 덕호에게 팔다시피 맡겨졌고 산을 등진 아버지나 모두가 한결같이 원망스러울 뿐이다. 그래도 명색이 초막 앞에 차일을 치고 서로 맞절을 나누어 스물일곱의 덕호와 성혼을 치렀다는 것으로 그녀의 아버지는 흐뭇해했다. 흰 고무신 한 켤레와 무명 치마저고리 한 벌을 싸들려 유평재의 외딴 주막집에 시집이랍시고 데려다 주곤 얼마간의 돈을 받아 훌훌히 야지(野地)로 떠나버렸다.

* * *

거울 속엔 또다른 기막힌 표정이 어룽져 있었다. 맑은 큰 눈과 제법 오똑한 콧날이 깊은 마마 자국으로 짜그라져 보이는 형상이었다. 오열로 일그러진 모습은 곡마단의 광대와 흡사했으며 못난 짐승의 뒤틀린 얼굴 같았다.

(범우사, 1978)

□ 김지연 「산울음」

가녀는 신사의 눈매와 희고 가지런한 치아가 참 곱다고 생각한다. 티끌 한 점 없는 해맑간 얼굴이며, 오똑한 콧날, 우수까지 겹친 깊은 눈매가 볼수록 정이 많은 사람 같아 좋아진다.

* * *

우 교수는 가운 차림으로 신문을 든 채, 엷은 천의 진홍색의 원피스를 입은 가녀를 넋 나간 듯 쳐다본다. 상기도 옷 속에서 김이 피어오르는 탕 속에서 갓나온 그녀는 눈이 부실 정도로 아름다웠다. 터질 듯한 탄력이, 싱싱한 젊음이 그녀의 전신에서 품어졌다. 우교수는 아찔한 현기증마저 느끼며 눈을 떨군다.

* * *

그는 선천적인 장난기 서린 얼굴에 열기를 담고 강의에 심취하기 시작했고 매시간 계속적인 진지한 질문공세로 강사를 당황케 만들기도 했다. 그는 또한 생명처럼 귀중하게 가꾸던 긴 머리를 스포츠형으로 짧게 깎아 올리고 주름 빳빳한 흰 바지며 그리인색 콤비 등 세련된 의상을 벗고 티셔츠, 작업복 바지 차림으로 옷매무새까지 바꾸었다. 그는 휴식시간이나 강의시간에 누구하고든 지껄이지 않았다. 어떤 소녀에게도 눈길을 주지 않았다.

* * *

그는 우산을 받쳤는지 어쨌는지 사탕알 같이 동그란 얼굴 위로 빗물이 흘러내림을 손등으로 쓱쓱 훔쳤다. 짧게 깎여 흡사 중머리를 면한 그의 머리가 성난 고슴도치처럼 낱낱이 섰음을 가녀는 건너다본다. 둥근 얼굴과 동그란 눈과 작은 키와 떡 벌어진 가슴과 구리빛을 연상케 하는 피부색깔과 뱃심과 깡기 등 그녀는 그의 모두가 흥미로웠다.

* * *

얼음장 같은 냉수 샤워를 끝낸 가녀의 얼굴은 오소소한 소름과 먹빛으로 물들어 창백했다. 납빛이 된 얼굴색과는 달리 눈동자는 총명하게 빛나고 있었다.

* * *

할머니는 땅을 끄는 모본단 치맛자락을 여미며 배꽃이 만개한 우물터로 발을 옮겼다.

염색한 머리결과 아직도 꼿꼿한 뒷모습은 일흔을 훨씬 넘긴 할머니 같아 뵈지 않았다. 더욱이 깨끗한 옷차림은 여느 노인에게서 풍기는 궁기와 추함을 가시게 했고 교양 있는 조용한 언행은 항상 정갈한 노인임을 느끼게 했다.

* * *

박성희는 꼿꼿하게 앉아 있는 가녀의 옆모습을 돌아본다. 오똑한 콧날이며 깊고 큰 눈매가 빚어놓은 듯 고르다는 생각과 함께 상대방을 흡입할 듯한 고즈넉한 눈빛이 그녀의 매력적인 포인트가 아닌가 생각해 본다. 더욱이 관능적인 몸매며 때묻지 않은 순수성, 기품 있는 오만함… 그러나 그는 그 전부도 그녀의 진짜 '포인트'가 아님을 안다.

* * *

부인은 상류층의 재벌부인답지 않게 검소하고 교양 있어 보였다. 오만함이 없고 위장된 거드름을 피우지 않았다.

하얀색 의상과 번듯하게 탄 앞가르마 아래로 날카롭게 뻗은 콧날 등은 약간 차가운 인상을 풍기기도 했으나 조용하고 잔잔한 눈빛, 자상한 마음씀이 그런 인상을 가지게 했다.

(범우사, 1978)

□ 김지연 「산정」

오매는 쌍꺼풀진 큰 눈과 긴 속눈썹과 낮지도 높지도 않은 코와 선홍색의 도톰한 입술을 갖고 있었다. 그녀의 아름다운 눈동자는 일할 때 외는 언제나 꿈꾸듯 멍하니 열려 있곤 했다.

* * *

오매처럼 뽀얀 박덩이 같은 큰 젖을 갖고 싶기도 했다. 오매의 젖가슴은 참으로 크고 풍만했다. 강순은 오매의 모든 것 중에서 분홍빛이 감도는 흰 살결과 한없이 부드럽고 탄력 있는 젖이 제일 좋았다.

* * *

놀랍게도 단장을 한 그녀의 얼굴은 딴사람처럼 보였다. 피마자기름으로 정돈된 파마머리며 기쁨에 충만한 홍조 띤 얼굴이 분홍색 치마저고리와 잘 어울렸다.

(신원문화사, 1996)

□ 김지연 「슬픈 여름」

수민의 수영복은 새하얀 최신 비키니였다. 상의와 하의 사이에 구멍이 넓은 망사천이 이어져 완전 노출될 허리와 배꼽 부분을 살큼 가려주고, 15센티 길이의 짧은치마가 그 망사 끝에 매달려 나비처럼 팔랑거렸다. 수민의 희고 날씬한 몸매에 눈빛 같은 그 옷은 기차도록 어울렸다. 우아하고 청순한 아름다움이 그녀의 맑고 천진한 표정과 조화되어 자못 신비롭기까지 했다.

(청림각, 1978)

□ 김지연 「실연(失戀)」

스물아홉 살이며 TV방송국의 중견 아나운서인 지윤(智允)은 직업 탓도 있지만 여느 부인티를 내는 여학교 동창들보다는 훨씬 앳되고 젊어보였다. 결혼하여 아이를 한둘 낳은 동창들에 비하여 아직도 독신인 그녀는 20대의 발랄한 주니어들처럼 피부는 윤기 있고 매끄러웠으며 언제나 맑은 웃음을 담고 있었다.

* * *

마흔 고개를 갓 넘긴 장년답게 그는 모든 면에 퍽 여유 있고 차분했으며 그의 사려 깊은 사고(思考)에서 표현되는 저음(低音)은 설득력이 있었다. 그는 약간 웨이브 진 곱슬머리에 깊은 눈을 소지하고 있었고 훤칠하게 큰 키와 아울러 무척 품위가 있었다.

(범우사, 1978)

□ 김지연 「씨톨 1」

정상으로 발육된 내 몸의 길이는 0.05밀리미터이며 머리, 목, 꼬리 부분으로 형태를 갖추고 있는데 얼핏 보면 '올챙이' 모양과 같다.

사실 우리 정자들의 모양은 쌍두머리 쌍꼬리를 가진 기형 등 60여 종류가 되기도 하지만 쓸 만한 놈은 나처럼 타원형의 머리와 훤출한 꼬리를 가진 대여섯 종류밖에 없다.

* * *

그러나 사람들의 모습이 제각각이듯 정자들의 운동 모습도 제자리에서 뱅글뱅글 도는 놈, 대가리를 내흔들며 역행운동을 하는 놈 등 그야말로 천차만별이다. 물론 우리들의 정상 운동은 꼬리를 힘차게 좌우로 내흔들며 앞으로 전진하는 스타일이다.

* * *

방일혜는 비서실의 간판 얼굴답게 1미터 70센티미터의 늘씬한 키에 세련된 용모를 지닌 스물여섯 살 미모의 아가씨였다.

그런가 하면 기획실의 최민자는 지난 봄에 입사한 스물 두 살의 깜찍한 신입사원으로 우윳빛 살결에 풍만한 가슴과 볼륨 있는 몸매, 또 웃을 때 살짝 패이는 볼우물(보조개)로 남자 사원들의 애간장을 녹이고 있는 신세대 스타였다.

* * *

윤 마담은 과일을 조심스럽게 탁자 위에 놓으며 주인의 표정을 은근히 살폈다. 주인이 흔쾌하게 자리를 권하기만 하면 함께 동석하고 싶다는 뜻의 간절한 시선이었다.

방일혜가 그런 그녀의 심중을 읽은 듯 새침한 표정으로 눈을 아래로 사르르 깔아버렸다. 그것을 바라본 주인을 그저 어색한 웃음을 흘릴 뿐이었다.

그러나 윤 마담은 슬그머니 주저앉을 심산인지 만면에 웃음을 얼버무리며 그들 옆의 빈 의자 등받이에 손을 댔다.

* * *

실제로 순식간에 변한 것은 물세례에 오그라든 방일혜의 퍼머 머리뿐만 아니었다. 푸른 아이섀도며 이날따라 짙게 했던 그녀의 눈 화장과 입술 화장이 삭 지워져서 희고 맑은 피부가 발가벗은 것처럼 드러나 있었다.

청초했다. 해맑은 얼굴 위로 금방 감아 오글오글 곱슬려진 길고 검은 머릿결이 드리워져 있어 더욱 아름다웠다.

* * *

주인은 가운을 훌렁 벗어 던지고 알몸인 채 언제나처럼 머리 위에서부터 물을 맞았다. 벌어진 어깨며 넓은 가슴, 날씬한 허리, 탄탄하게 쭉 곧은 하체가 머리 위에서부터 받는 찬물 샤워로 한꺼번에 부르르 꿈틀거렸다.

뿐인가. 약간 곱슬거리는 머릿결이며 서글서글한 눈매, 우뚝한 콧날 등 그의 모습은 한마디로 잘 빚어놓은 조각처럼 균형 잡히고 단아했다. 그리고 힘이 넘쳐 보였다.

* * *

그녀는 우윳빛 살결과 늘씬한 몸매, 풍만한 젖가슴, 동그란 둔부를 가졌고 다리 또한 시원하게 뻗어 내린 전형적인 미인의 각선미를 갖고 있었다. 스물두 살의 팽팽한 나이답게 그녀의 육체는 볼륨이 넘치고, 부드럽고 탄력이 있어 보였다.

* * *

사람이란, 특히 여자란 저렇듯 끊임없이 변모할 수 있을까 싶을 정도로 그녀는 폭삭 늙어 보였던 것이다.

수밀도빛이랄까, 싱그럽고 맑던 능금빛 뺨이 흔적 없이 사라지고 볼이 푹패어 있었다. 화장기 없는 노란 얼굴에 입술이 까칠하고 입귀와 콧잔등으로 길게 고랑이진, 주름도 생겨 있었다. 혹 심하게 앓고 난 사람의 허깨비 같은 몰골이었다.

(빛샘, 1995)

□ 김지연 「씨톨 2」

내 이름은 〈Q, 파이브〉!

나는 앞서 안타깝게 죽어간 대부분의 Q씨들보다 외형은 볼품이 없다.

대가리도 여느 종자들보다 크기가 작았고 형태도 우아한 계란 꼴이기보다 목 부분은 앙바틈히 넓은 삼각형으로 얼핏 보면 독사대가리 같은 형상이고 꼬리도 짧다.

작은 고추 맵다는 이야기가 반쪽 씨종자에 불과한 우리들에게도 해당되는 지 알 바 없고 또한 우리들 사회의 '머리 크고 꼬리 길고 운동성 좋아야 사람된다'는 소문에서도 나는 좀 제외된 놈이기는 하지만, 그러나 삼각대가리 여물기와 짧은 꼬리 잘 흔들기, 날쌔기로는 나를 따를 만한 놈 없다는 자부심을 갖고 있었다.

(빛샘, 1995)

□ 김지연 「씨톨 3」

캐비지며 파슬리, 오이, 당근 등을 지극히 조용조용 깔끔하게 음미하던 그가 스치듯 던지는 그 미묘한 일별은, 수풀 속에서 대가리를 쳐든 독사와 눈이 마주친 개구리처럼 나를 위축되게 했고 혼돈 속을 헤매게 했다. 그 시선은 흡사 타인을 보듯 무심하고, 차갑고, 놀랍게도 약간의 경멸감까지 담고 있었다. 또한 그 눈빛이 일별로 그치지 않고 내 얼굴에 머무르는 순간이 길어지면, 나는 점점 더 깊은 수렁 속으로 잦아들며 허둥거렸다.

아버지는 그런 금속판 같은 싸늘한 시선을 종종 나에게 던졌다. 유년적 아버지와 공중탕을 이용했을 때 탕 안에 수증기가 짙은 농무처럼 서려있는 속에서도 내 벌거벗은 몸을 훑는 그의 눈빛은 찌르는 섬광 같았었다. 지척을 분간하기 어려운 좁은 탕에서의 그 일별은 투명한 유리가 번득이는 것처럼 날카롭고 차가웠던 것이다.

* * *

나는 그가 직립 자세로 앉아 신문을 읽고 있는 거실의 소파 옆을 지나 2층으로 향하는 계단을 밟다가 또다시 등 뒤에 닿는 그 시선을 느꼈다. 나는 물론 뒤통수에 눈이 없고 돌아본 적도 없었지만 틀림없이 그의 시선이 내 척추에 닿고 있음을 알고 있었다. 내가 그에게 등을 보이는 순간, 정확하게 내 뒷덜미 부근과 등줄기에 그의 번뜩이는 안광이 찌르듯 박히는 뜨거운 통증이 왔기 때문이었다. 그러나 나는 돌아보지 않았다. 곧장 계단을 올라갔다.

화실로 들어가기 전에, 나는 2층 홀의 남쪽으로 난 창을 활짝 열었다. 청량한 아침 바람이 아람지어 쏟아져 들어왔다.

나는 움츠렸던 가슴을 활짝 펴고 심층 켜켜에 엉겨 절여진 회색 빛깔의 앙금들을 토해냈다. 그리고 길게 심호흡을 두서너 번 했다.

* * *

점돌이는 시골에서 올라온 지 얼마 안 되는 포장마차 주인 땜쟁이의 막내 여동생이었다. 찢어지게 가난한 집에서 자란 기죽은 소녀 같지 않게 아이가 순진하고, 명랑하고, 부지런하고, 싹싹했다. '점돌'이란 이름은 아이의 팔목에 자주색 반점이 있음을 보고 또한 티 없이 맑고, 밝고, 사랑스럽고, 귀엽고 어여쁜 분위기를 감안하여 내가 붙여준 애칭이었다. 그러자 아이의 어여쁨과 함께 그 이름은 걸맞아 들어서 포장마차 '천국'을 찾는 단골손님들의 애칭이 되어 불려졌다.

* * *

점돌이가 비로소 방긋이 웃었다. 양 볼에 패이는 보조개며, 앵두 같은 입술이며, 맑고 투명한 큰 눈이며, 오똑한 코며, 둥근 이마가 깨물어 주고 싶도록 사랑스럽고 귀여웠다.

어렵쇼. 나는 점돌이의 얼굴이 온통 새빨갛게 물들어 있음을, 그것이 바로 내가 그녀 뺨을 끌어 감싸고 내 이마와 비빈 행위에서 빚어진 수줍음의 표출임을 알곤, 포장마차가 흔들릴 정도로 소리 내어 웃어젖혔다. 가슴이 터질 듯 흐뭇하고 행복하고 상쾌해서 내 뿌리 찾기 따위는 까맣게 잊어버리고 계속 웃어젖혔다.

* * *

나는 속으로 가만히 탄성을 발했다. 그녀에게서 시골 초가 흙담장 아래로 도토롬히 솟아 있는 소박한 꽈리초순과, 양지 쪽 장독대 주변의 복숭아가 불현듯 연상되었기 때문이었다. 오밀조밀 조화를 이룬 동양적인 이목구비와 윤기 흐르는 검은 머리와 맑은 피부 등이 전형적인 수줍은 한국 여인의 따스함과 정겨움을 느끼게 했던 것이다.

* * *

지리산 분교에서 올라왔다는 소설쟁이의 여자 친구는 훤칠한 키에 서구적인 미모의 여자였다. 보송보송 노르께한 솜털이 얼굴에 솟은 듯 피부가 희고 부드러워 보였으며 코와 눈이 컸다. 뿐만 아니라 눈동자와 긴 머릿결이 갈색에 가까운 블론드 빛깔로 그녀의 서구적인 분위기를 한결 돋구어 주어 나는 잠시 그녀의 독특한 외모에 취해 있다가 소설쟁이의 재촉을 받고서야 인사를 나누었다.

* * *

나는 그저 웃기만 했다. 그녀의 모든 행위가 부담 없이 편안하고 즐거웠으며 좀더 솔직히는 아름답고 사랑스럽기만 해서 그런 그녀의 모습을 홀린 듯 바라보기만 했다. 이날 밤의 그녀 모습은 어제의 소박하면서도 영악하게 보였던 인상과는 대조적인 선홍색 장미꽃처럼 화사하고 나긋나긋 요염해 보였다.

머리 모양부터 어제는 윤기 있는 머릿결이 약간 안으로 구부러져 들어간 단아한 안말이 형이었는데, 이날은 금방 파머를 끝낸 사람처럼 두상 전체가 오글보글한 상태였고, 의상도 어제의 회색 투피스가 아닌 대담한 디자인의 선홍색 원피스 차림이었으며 얼굴의 화장도 밝고 짙었다.

흙담장 아래의 연초록 꽈리순 같은 정겹고 소박한 분위기는 하룻밤 사이에 씻은 듯 없어지고 한여름 정원에서 불꽃처럼 타는 핏빛 글라디올러스와 장독대 옆에서 붉게 타는 선홍색 겹복숭아 같은 요염하고 열정적인 모습이었다.

꽈르르 깨지는 뇌성병력에 두 손을 가슴에 모으고 놀라워하던 오윤경이 손을 내리며 안도의 숨을 몰아쉬었다. 그녀의 얼굴에는, 광분하는 하늘에 흠칫흠칫 놀라면서도 희열의 편린 같은 일렁임이 점점이 번져갔고 나를 향한 눈빛은 달콤한 정감으로 넘쳐나고 있었다.

* * *

그녀의 눈동자는 맑았다. 위로 치켜든 상큼한 콧날의 형상과 동반되지만 않으면 눈매 자체만은 아름답다고 볼 수 있었다. 그러나 볼수록 민망한 그녀의 코는 그녀의 눈매에도 입매에도 항시 더불어 두드러짐으로써 실제 아름다운 얼굴의 다른 부위까지 죽여 놓는 것 같았다.

(빛샘, 1995)

□ 김지연 「연(緣)」

그러나 힘주어 감은 망막 안으로는 2미터도 넘어 뵈는 사내의 깡마르고 긴 몸뚱이와 마름모꼴의 작은 얼굴에 흘리던 야릇한 미소와, 그리고 튀어나올 듯 돌출한 눈덩이 안에서 번득이던 음흉스런 눈동자 따위만 넘실거렸다.

(신원문화사, 1996)

□ 김지연 「인사파동」

사십 가까운 연령에 비하여 동안인 맹 편집국장은 무척 힘 있고 우렁찬 음성의 소유자였으나 비능력자 및 비협조자는 가차 없이 인사조치하겠다는 호통의 첫 부임인사는 환영을 받지 못했다. 전직원의 목은 내 손에 달렸다는 식의 방자한 언사는 그 후에도 두고두고 얘깃거리가 되었지만 아무려나 맹 편집국장의 좀 유치스럽고 단순하며 더불어 경망스런 성품은 첫인사 때부터 드러나고 말았다. 그에 비하여 갈 업무국장은 오십 가까운 연령보다 더욱 늙어 뵈는 대머리의 소지자로서 각 직원들 앞에 간단한 목례를 보낼 뿐 일체의 인사말은 하지 않았다. 좀 엄숙한 맹 국장의 표정에 비해 갈 국장은 시종 싱글벙글 웃는 표정이었으나 엷은 눈썹 끝으로 치켜 올라간 가늘고 작은 눈은 잠시도 쉬지 않고 주변을 살폈다.

(청림각, 1978)

□ 김지연 「참꽃재 벼랑 바위」

전철의 기름때를 벗기고 난 그녀가 허리를 펴고 뒤돌아보았을 때 초라한 중이 염줄을 쥔 채 허리를 굽혔다. 스님은 쭈글진 보리모자에 때절은 장삼과 짜증 섞인 표정으로 곧장 쓰러질 것 같은 그런 초라한 행색을 하고 있었다.

* * *

숱이 좋은 검은 머리에 투명하리 만큼 뽀얀 살결, 부드러운 이마 위로 솜솜히 내솟은 잔털은 아직 털이 채 가시지 않은 수밀도를 연상케 한다. 눈두덩이 온통 쌍꺼풀이 되다시피 움푹 들어간 속에 요정처럼 반짝이는 푸른 눈, 오똑한 콧날과 얇은 입술, 희고 긴 손가락… 윤이 흐르는 흑발에 벽안은 무언가 걸맞지 않은 조화를 이루고 있었으나 그녀는 바다빛의 저 얄미운 동자 속에 어쩜 살이 끼었을지도 모른다는 생각을 했다.

(범우사, 1977)

□ 김지연 「천태산 울녀」

스물아홉의 엄마는 울녀가 다니는 학교 선생님이다. 울녀는 홑 아홉 살의 삼 학년이지만 엄마는 사 학년 담임이었으며 학교는 이십 리 밖 덕골학교의 분교로 교실 다섯 개에 선생 여섯뿐인 것이 고작이다. 엄마는 과부 여선생으로 통했으며 하얀 살결을 가지고 있어 아낙네들이 부러워했다.

(범우사, 1978)

□ 김지원 「소금의 시간」

이 집에는 열 사람이 살고 있었다. 위로 할아버지를 비롯하여 주인 내외와 두 아들, 아이들의 외삼촌인 찬영, 찬모 아주머니, 운전기사와 묘순이었다. 할아버지는 한숨만 쉬어도 쓰러질 것 같고 피부 뒤에는 무엇이 있는지 알 수 있을 것같이 투명했다. 그에 반해 늙은 아버지와 병약한 아내의 몸을 보상이라도 한다는 듯이 주인아저씨는 거대하도록 컸다. 체중이 얼마인지 구태여 알 필요도 없이 태산같이 둔중하다는 인상을 풍겼다. …… 그는 천천히 행동하고 두터운 입술로 미어지는 듯이 웃었다.

* * *

이순오는 사직공원 앞에 양다리로 굳건히 서서 묘순을 기다리고 있었다. 낙타 코트 아래 셔츠 단추가 벌어진 틈으로 신전의 기둥같이 굵고 잘생긴 목이 있고 복숭아씨 같은 목의 울대는 그가 침만 삼켜도 남성을 과시하며 오르내렸다. 하도 잘생겨 보여서 묘순은 그에게 끌리는 중력을 잡아당기듯이 하고 그에게로 가야 했다.

(문학동네, 1996)

□ 김지원 「집」

친구의 남편이 큰 소리로 부르며 부엌문을 밀자 동시였던 듯 안으로부터 문이 확 열리며 반바지만 입고 웃통을 벗은 할아버지가 나타났다. 서양 동화책 속에 나오는 도끼자루를 어깨에 멘 할아버지같이 생겨 가지고 그는 막 웃으며 손을 내밀었다.

(한국문화예술진흥원, 1997)

□ 김지원 「어버이날」

검은머리를 느슨히 꼬아 올려 부채 모양의 핀을 찌르고 떡이 든 헝겊 가방을 들고 걷고 있는 마마는 집에서의 퍼져 보이던 모습은 없고 여릿하고 조촐한 초로의 부인이다. 원피스 옷깃에는 빨간 카네이션을 달고 있다. 나이가 들면서 마마는 젊었을 때는 예뻤었겠다는 소리를 듣기 시작하였다. 잡아 다 닌 듯 팽팽하고 또록또록하던 이목구비가 세월의 붓 자국이 한 겹에서 두 겹 세 겹… 열 겹… 서른 겹… 스치면서 성글성글하고 곱상하게 되었다.

* * *

남자는 얼굴과 몸이 아울러 탄탄하였다. 굽슬 굽이진 녹슨 빛깔의 머리털, 단단히 빛나는 이마, 완강히 뻗은 코, 힘찬 입술의 윤곽, 크지 않은 키, 딱 벌어진 가슴, 그런 그의 용모는 여자의 눈에 깨끗한 멋쟁이로 비쳤다. 여자 의 손끝을 따라 방황하던 남자의 눈길이 알마렌병을 찾아내었다. 남자의 행 동에는 꼭 필요한 만큼의 동작만을 정확하게 해내는 긴장감이 있었다. 사내 가 술병을 여자 앞에 딱 놓을 때 여자는 검은 공단 재킷을 입은 남자의 팔 목에 세 줄의 가느다란 금사슬이 채워져 있었으며 배꼽까지 단추를 풀어헤 친 털이 부얼부얼한 가슴에도 한 줄의 금사슬이 늘어져 있는 것을 보았다. 배우인가, 여자는 생각했다. 근처에는 극장이 많이 있었다.

* * *

이름조차 흔한 윤자여서 그는 그 여자가 여자라는 것조차 염두에 없이 기 영 엄마를 통해 선금을 지불하였었다. 자기와 법적 결혼을 해주려는 여자는 고생을 지독히 하는 가난한 사람으로, 용모는 그저 막연히 기영 엄마 비슷하 게 짧은 파마머리에 종아리까지 내려오는 통자루 원피스를 입고 흰 샌들을 신고 다니는 사십대의 어색한 양장처럼 아줌마로 생각하고 있었다. 그러던 정일은 기영 엄마 집 버스정류장까지 형님의 친구인 기영 아빠와 마중을 나 가서 쇼트커트로 머리에 소매 없는 원피스를 입고 서있는 자그마하고 마른 여자를 발견하였다. 쌍꺼풀이 밭고랑같이 깊고 눈썹이 짙고 피부는 윤이 나 게 가무잡잡하여 동남아지방 여자 같은 인상이었다. 마르고 긴 팔에 기다란 백이 걸리고 손에는 선글라스가 들려 있었다.

(동아, 1988)

□ 김채원 「고요 속으로의 질주」

중고등학교 교과서에도 실린 이 시의 작자를 내가 처음 만난 것은 서교동에 살던 당시 여고 3학년 때였던 것으로 기억된다. 구릿빛 피부에 곱슬거리는 머리, 넓은 이마와 독특한 표정, 바다색 나는 와이셔츠 소매를 걷어 입고 그가 우리집 부엌문으로 들어섰던 것이다(그 당시 우리집은 현관문 대신 부엌문을 사용하고 있었다). 옆에는 스케치북 대신으로 쓰는 노트 한 권 끼고.

그의 어머니가 시골에서 올라오셔서 극장 간판에 붙어있는 〈벤허〉의 찰톤 헤스톤을 보고 "너와 아주 비슷한 배우가 있더라"라고 하셨다던데 그러나 아들의 이마와 윤곽을 그 어머니께서 찰톤 헤스톤에게 가져다 붙이신 것은 어딘지 좀 안 맞았기 때문에 오히려 아주 유머러스하게 들려 웃었던 기억이 있다. 물론 알게 되고 한참 후 가까워진 다음의 이야기이다.

그때 우습다고 생각한 것은 찰톤 헤스톤과 우열을 가리는 것도, 비교를 하는 것도 아닌 '고유'에 대한 생각 때문이었을 것이다. 고유한 개성의 모습을 어디다 가져다 붙이는 것 자체가 손상이므로……

(열림원, 1997)

□ 김채원 「밤인사」

서른여덟에 요시코는 얼굴에 주름은 없으나 탄력을 잃어 어딘지 한 물 갔다는 느낌이 역력하지만 진한 화장에 그래도 미인이라고 알려져 오는 화려한 표정을 가지고 있다.

(청아, 1995)

□ 김채원 「봄날에 찍은 사진」

청년이 된 맏이의 모습은 소년의 모습보다 인생에 대한 가능성은 조금 배제되어 보였으나 그러나 넘치는 재기와 알 수 없는 비애가 깔린 모습으로 변해 있었다. 누군가가 웃기는지 대부분의 사람들이 활짝 웃고 있는 그 사진

속 맏이의 모습에는 소년 때의 사진이 지니고 있는 정적 대신 강렬한 비애감
이 있었다.

* * *

언제 왔는지 자동차 옆에 서 있던 성훈이 쭈뼛쭈뼛 밥 먹던 장소로 다가
온다. 아이는 얼굴이 상기되고 새로운 긴장으로 가슴은 부풀어 있다. 시무룩
하던 표정은 자취 없다. 많은 사람들 속에서 자신이 오직 유일하게 스포트라
이트를 받고 있는 기쁨과 수줍음이 뒤엉켜 있다.

(청아, 1995)

□ 김채원 「애천」

더러운 군복 윗도리에 주머니에서 팔을 꺼내 몽땅 잘린 손을 걸인은 내밀
었다. 손이 잘려 버린 팔목 끝은 헌데가 나서 살갗이 까져 있었다. 눈을 돌리
고 싶은 몰골이었다.

(청아, 1995)

□ 김채원 「오월의 숨결」

여자의 기억으로 그때 집이 풀석 주저 물러앉지 않은 것이 이상합니다. 할
머니는 비를 맞으며 아픈 다리를 끌고 나와서 대문을 힘들여 열었는데 그 시
간이 아주 길게 느껴졌습니다. 마침내 대문이 삐끄덕 조심스러이 열리고 할
머니의 거대한 상체를 가느다란 두 다리가 위태롭게 지탱하고 서 있는 모습
이 드러났습니다. 여자는 얼핏 할머니의 그 모습에서 비에 흠뻑 젖은 무거운
지붕을 연상하였지요. 할머니가 대문을 여는 동안에 멈추었던 빗소리가 갑자
기 천지를 뒤엎을 듯 두들기기 시작하여 아이의 머리를 혼미하게 만들었습
니다.

(동아, 1995)

□ 김채원 「자전거를 타고」

길을 가다가 만난 하자의 친구들은 대개 지금 하자 앞에 서 있는 여자처럼 화장기 없는 깨끗한 얼굴에 어떤 신념의 미소를 띠우고 있는 사람들이 많다. 길에서나 전차에서 한복을 교복으로 입은 북한 학생들 중에는 한복에 어울리지 않게 단정치 못한 태도와 매니큐어의 손톱, 교칙을 위반해 가면서 파마한 머리 등등의 보기 좋지 않은 학생들이 많이 눈에 뜨이는데 하자의 친구들은 모두 그렇지가 않았다.

(동아, 1995)

□ 김현영 「냉장고」

그녀는 어느새 해지 난방에 청바지 차림을 하고 머리를 묶은 녹색 스카프를 팔락이며 이층에 있는 그녀의 아틀리에로 올라가고 있었다. 그렇게 입은 그녀의 모습은 서연이보다도 더 어린 말괄량이 소녀처럼 보였다.

* * *

남자는 비가 오는 어두운 날에 선글라스를 끼고 야구모자를 쓰고 있다. 차림새는 젊어 보이지만 목소리에는 세월이 묻어 있다.

* * *

반듯한 이마, 좁은 얼굴, 창백한 피부색, 멀리서 봐서는 빨대와 좀체 구분이 안 될 정도로 가늘고 긴 섬세한 손가락, 버드나무처럼 유연한 등줄기… 좀 초조해 보인다는 것을 빼면 그는 언제나처럼 그 일뿐이었다.

* * *

이어폰을 꽂은 여자 애는 머리를 틀어 올렸다. 업스타일의 머리 모양이 가늘면서도 꼿꼿한 여자 애의 목선을 강조해준다. 머리를 올리느라 사용한 머리핀은 〈타이타닉〉이란 영화의 여주인공이 하고 나왔던 것처럼 큐빅이 화려하게 박힌 나비 모양이다. 바이올렛 색깔의 스판 셔츠 때문에 오렌지처럼 솟은 가슴이며 가늘고 긴 허리가 훨씬 도드라져 보인다. 탄탄한 허벅지는 하얀 니렝스스커트가 감싼다. 허벅지 위에는 벗어둔 재킷과 교재가 들었음직한 바인더가 놓여 있고 그 위엔 작은 손가방이 올려져 있다. 스커트 밑으로 쭉 뻗은 다리는 아무리 땀을 흘려도 발 냄새가 아니라 향기가 날 것 같은 청결한 흰색 앵클부츠가 마무리한다. 그것은 신발이 아니라 작은 새처럼 보인다. 여자 애는 금방이라도 지하에서 지상으로 지상에서 다시 천상으로 포르릉 날아오를 것 같다.

(문학동네, 2000)

□ 김홍신 「귀공자」

읍내에 자주 나오는 편인데 언제나 새하얀 승용차 뒷자리에 앉아 곱고 다정한 눈으로, 계집애들 표현대로라면 눈 큰 계집애 두 사람 합친 것처럼 큰 눈으로 어쩌면 고뇌에 찬 듯, 아니 깊은 깨달음을 간직한 듯 읍내를 찬찬히 훑어본다고 했다.

깨끗하고 반듯한 이마, 섬뜩하도록 오똑하면서 포근한 귀티가 흐르는 콧날과 전체 윤곽이 또렷해지는 인중, 달착지근하면서도 풋내가 싱싱하게 도는 입술과 그 선명한 입술 색깔, 마르지도 그렇다고 살찌지도 않은 균형잡힌 볼과 초롱초롱해서 어린아이 눈빛 같은 동공, 짙으면서 역삼각을 이루어 자연스럽게 붓으로 그어간 것 같은 눈썹과 깊은 눈으로부터 길게 솟아나와 마치 만들어 붙인 것이 아닐까 싶은 속눈썹, 거기다 차라리 투명해 보이는 그 깨끗한 살결에 얼핏 보일 듯 말 듯 싶은 귓밥과 비단결 같은 머리칼, 가늘고 긴 목덜미와 깎아놓은 것 같은 뒷모습. 그러나 분명 사내아이다운 풍모와 잔잔한 미소가 그 사내아이, 이름도 모르고 어째서 읍내에 나타났는지도 모를 그 귀공자 같은 사내아이에게서 풍기고 있었다.

* * *

그런 유라도 첫 대면을 하는 자리에서 화들짝 놀라고 말았다. 어떻게 사내아이가 그리도 곱고 귀하게 생길 수 있을까 하는 것이었다. 살결은 가장 흰 계집아이보다 더 윤기 있었고, 피부는 빛났고 큰 눈망울의 따스한 웃음은 금방이라도 가슴의 고동소리를 들을 것 같았다. 어린아이 같기만 한 고운 자태, 그러나 조금은 차가운 느낌, 그것이 세현이의 첫인상이었다.

(행림출판, 1987)

□ 김홍신 「칼날 위의 전쟁 1」

바람이 일었다. 바람은 들판을 가로질러 이곳 산자락까지 달려와 얼추 허리께까지 자란 부드러운 들풀들을 흔들었다. 가을은 그렇게 다가오고 있었고 계절을 가로질러 한 여인이 바람처럼 일렁이듯 산허리로 올라섰다.

들풀 사이로 걸어가는 여인의 치마는 하얀 물방울무늬가 수놓아진 청명한 하늘 색깔이었다. 산자락 아래로 미끄러져 내려온 바람은 그녀의 곱게 빗질한 생머리를 흔들었다.

여인은 처음 산자락으로 올라올 때와는 전혀 다른 느낌의 야성미가 풍겨 나왔다. 바람은 여인의 블라우스를 금방이라도 풍만하게 부풀려 가슴께의 단추를 풀어헤칠 듯 했다. 그녀의 짧은치마는 자꾸만 바람 탄 들풀처럼 일렁이기만 했다.

여인은 춤추듯 걷다 말고 우뚝 섰다. 반듯한 이마 위로 한낮의 햇살이 지나갔다. 여인은 하늘을 향해 두 팔을 펼치더니 깊게 숨을 고르기 시작했다. 어깨와 가슴으로 이어지는 선이 드러나면서 여인의 풍만한 가슴이 더욱 일렁거렸다.

* * *

욕실 안의 풍경이 절로 연상되었다. 신선미는 사내를 녹이는 독특한 기술을 가졌는지 모른다. 어느 누구라도 그녀 앞에선 먼저 흐느적거리는 신음소리를 내곤 했다. 지금 욕실 안에서 그녀의 노예가 되어버린 사내도 마찬가지일 것이다. 밖에 나가면 천하를 호령하는 인물이지만 그녀 앞에서만은 별 수 없는 사내일 뿐이다.

* * *

한참 만에 욕실에서 나온 두 사람은 아직도 물기가 남아 있는 몸이었다. 사내는 건장했다. 벗은 몸도 잘 발달된 근육질이었다. 여인의 몸은 균형 잡힌 조각을 닮은 듯 했다. 풍만한 가슴과 잘록한 허리가 그랬고 탄력 있게 올라붙은 엉덩이가 그랬다.

조각품과 다른 게 있다면 여인의 몸에 비해 얼굴이 작다는 것이었다. 오히려 그런 자태가 그녀를 더 매혹적으로 보이게 했는지도 모른다.

(해냄, 1996)

□ 나도향 「물레방아」

새침한 얼굴에 파르족족하고 기다란 눈썹과 검푸른 두 눈 가장자리에 예쁜 입, 뾰로통한 뺨이며 콧날이 오똑한 데다가 후리후리한 키에 떡 벌어진 엉덩이가 아무리 보더라도 무섭게 이지적인 동시에 또는 창부형으로 생긴 것이다.

(금성, 1992)

□ 나도향 「벙어리 삼룡이」

그 집에는 삼룡이라는 벙어리 하인 하나가 있으니, 키가 본시 크지 못하여 땅딸보로 되었고 고개가 빼지 못하여 몸뚱이에 대강이를 갖다가 붙인 것 같다. 거기다가 얼굴이 몹시 얽고 입이 크다. 머리는 전에 새 꼬랑지 같은 것을 주인의 명령으로 깎기는 깎았으나 불 밤송이 모양으로 언제든지 '벙어리' '벙어리'라고 하든지 그렇지 않으면 '앵모' '앵모' 한다. 그렇지만 삼룡이는 그 소리를 알지 못한다.

그도 이 집 주인이 이리로 이사를 올 때에 데리고 왔으니 진실하고 충성스러우며 부지런하고 세차다. 눈치로만 지내 가는 벙어리지마는 말하고 듣는 사람보다 슬기로울 적이 있고, 평생 조심성이 있어서 결코 실수한 것이 없다.

아침에 일어나면 마당을 쓸고 소와 돼지의 여물을 먹이며 여름이면 밭의

풀을 뽑고 나무를 실어들이고 장작을 패며 겨울이면 눈을 쓸고 잔심부름이
며 진일 마른일 할 것 없이 못하는 일이 없다.

(푸른생각, 2007)

□ 나도향 「뽕」

강원도 철원 용담이라는 곳에 김삼보라는 자가 있으니, 나이는 삼십 오륙
세나 되었고 키는 작달막하여, 목은 다가붙고 얼굴빛은 노르께하며, 언제든지
가죽창 받은 미투리에 대갈편차를 박아신고 걸음을 걸을 적마다 엉덩이를
내저으므로 동리에서는 그를 '땅딸보 김삼보', '아편장이 김삼보', '오리궁뎅
이 김삼보'라고 부르는데, 한 달에 자기 집에 붙어 있는 날이 이틀이라면 꽤
오래 있는 셈이요, 하루라면 예사라. 그리고는 언제든지 나돌아다니므로 몇
해 전까지도 잘 알지 못하였으나 차차 동리서 소문이 돌기를 '노름꾼 김삼보'
라는 말이 퍼졌는데, 알아본 즉 딴은 강원도, 황해도, 평안도 접경을 넘어 다
니는 골패, 투전으로 먹고 지내는 것이 알려지게 되었다.

(금성, 1992)

□ 남정현 「경고구역」

가슴과 배 사이의 경사는 사뭇 낭떠러지인데다가 희멀겋게 옴폭 파진 눈
자위하며 흡사 등걸처럼 초췌한 목과 팔다리, 이 모든 상태가 도무지 아무리
후하게 대접을 한대도 산 사람이라고 발음해 주기는 좀 난처하다는 느낌이
었다.

* * *

탁 바라진 가슴하며 우람한 사지의 근육들을 매만지며 종수는 새삼스럽게
한탄해 보았다. 사실 이렇게 늘 골격이 튼튼하고 근육이 소담해야 할 아무런
이유도 없는데, 도대체 이렇게 늘 건강하다는 것은 아무래도 보통 예사로운
일 같지가 않았다. 사람을 사뭇 약 올리기 위한 일종의 간교한 도발행위 같

았다. 아니 모욕 같았다. 종수는 약간 상기된 기분으로 가슴 주변을 한 번 쓱 쓸어보았다. 여전히 뭐 굉장한 보물이라도 지켜 주려는 그런 무슨 굳은 신념 의 표현처럼 소담한 근육들이 제각기 갈비뼈를 열심히 감싸주고 있는 폼이 아무래도 꼴불견이었다.

* * *

그 쪽 빤 턱주가리를 가리려는 듯이 머리를 척 덮은 중절모는 말할 것도 없이 존경할 만하거니와, 회색 천에 흰 점만 가볍게 뿌린 것 같은 그 신사복 의 광채는 뭔가 사회적으로 퍽 성공한 것 같은 인상을 풍기는 것이었다.

(삼성, 1987)

□ 남정현 「귀향길」

거의 삼십여 년 만에 고향을 찾는다는 그 벅찬 감격에만 치우쳐 그의 의 식은 갑자기 질서를 잃고 불행하게도 혼란 상태에 빠진 느낌이었다. 평시의 그의 그 근엄한 몸짓과 침착한 어조는 다 어디로 갔는가, 정말 그는 누가 보 아도 재계와 정계의 거물인 즉, 허허 선생답잖게 아침부터 그 언행이 자못 경망스러워지고 있었다. 흡사 취한이 방향을 잃고 천방지축 비틀걸음을 치는 형국이랄까. 그는 도무지 어떻게 처신을 해야 이 크나큰 기쁨을 다소나마 덜 어낼 수 있을지 모르겠다는 동작으로 그만 단 일 분을 제자리에서 좌정하질 못하고 우왕좌왕하는 것이었다. 아무리 중하고 급한 일이라도 평시엔 결코 자신이 직접 일어서는 법이 없이 언제나 그 호화로운 호피가 깔린 응접실의 안락의자에 상반신을 비스듬히 눕힌 채, 집안 곳곳에 연결되어 있는 인터폰 과 또한 늘 옆에서 대기하고 있는 비서들을 통해서만 간접적으로 일을 처리 해 오던 그가 갑자기 그 격식을 무시하고 그가 직접 일의 전면에 나서서 서 둘러대니, 그의 예하 사람들이 어리둥절하지 않을 수가 없었을 것이었다.

* * *

그리고 부친은 두 손으로 나의 손을 꼭 잡고는 나를 흘린 듯이 바라보던 것이다. 아, 저 나를 바라보는 부친의 눈빛. 뭔가 애처로울 정도로 애절한 호소가 담긴 듯한 부친의 그 절박한 눈빛에 자극되어, 나는 그만 엉겁결에 다 알았다는 태도로 부친의 손을 잡고 힘차게 흔들고야 말았던 것이다. 그러자 부친은 거의 미칠 지경인 모양이었다. 생각하면 오늘 하루 유효적절하게 나를 사용하기 위해 그동안 나를 죽이지 않으려고 괴로워한 그 수많은 인고의 세월이, 전혀 무위한 일은 아니었다는 사실이 부친을 아마도 극도로 감격하게 하는 모양이었다. 도대체 이런 경우 나를 위해 뭣을 해줘야만 좋을지 모르겠다는 양, 부친은 나를 축으로 하여 공연히 그 주변을 빙빙 돌면서, 도무지 제정신이 아닌 것 같았다.

(동광, 1993)

□ 남정현 「너는 뭐냐」

아닌게 아니라 식모 얘기가 나왔으니 말이지, 관수네 식모는 소위 그 아내의 위생학을 실천하느라고 항시 입 언저리가 헐어서 조금씩 진물을 흘리고 있는 형편이었다. 그것은 이 무더운 여름철에 잠시도 입에서 마스크를 떼버리지 못하는 탓이었다. 살점이 흐물흐물 허물어져 내리는 것 같은 이 무지막지한 염제천하에서 실은 콧구멍이 열 개라도 답답할 지경인데, 겨우 두 개 있는 콧구멍마저 두꺼운 가제로 덮고 지내는 식모아이를 쳐다볼 때마다 관수는 저도 모르게 빈혈증이 나서 가슴을 헤치고 식식 숨을 몰아쉬곤 하는 것이었다.

* * *

"그 탁 바라진 가슴둘레하며 귀족형으로 얌전히 올라간 콧날, 또 그 콧날을 중심으로 알맞게 조화된 이목, 그리고 뭣보다도 그 금전을 다루는 솜씨가 말예요, 당할 사람이 없거든요. 그리구 또 변소까지 나와 동행하고 싶어하는 그 열렬한 애정. 여인을 아낄 줄 아는 그 현대적인 에티켓, 남편이 있다니까 그럼 더욱 좋다고 손뼉을 치던 현대인의 그 멋."

또 무엇무엇 해서 밤 가는 줄도 모르고 꺼내는 애인에 관한 찬사는 멈출 새가 없었다.

* * *

아내의 이름이 신옥이라는 것, 신옥이는 꽤 용모가 아름답고 신옥이가 항시 신주처럼 모시고 사는 현대라는 용어는 이따금 상대방의 두통을 일으키게도 한다는 것, 가끔가다 돈을 꾸어 줄 수 있는 실력으로 봐서 신옥이가 관계하는 사의 재정은 꽤 튼튼한 모양이라는 사실 등을 그저 추측으로 어렴풋이 알고 있을 정도였으니 말이다. 그 이외 한 가지 또 그나마 아내의 입을 통해서 공짜로 알게 된 지식이 있다면, 아내의 과거는 연애를 한 횟수로나 도무지 뭣으로나 관수 자신과는 비교가 안 되게 호화판이었다는 사실이었다.

(신구문화사, 1967)

□ 남정현 「발길질」

어쩌다 그는 집안에서 나와 눈이 마주치는 경우 그는 흡사 절대로 사람이 보아선 안 될 그런 무슨 흉흉한 흉물과 졸지에 충돌하기라도 한 것처럼 얼굴이 아주 사색이 되어 버리는 것이다. 그리고 경련한 듯 오만상을 찌푸리며 잠시 온몸을 부르르 떨다간 갑자기 아무데나 대고 와락 가래침을 뱉는 것이었다. 그 어떠한 방법으로든 진작 제거했어야 할 오물을 까닭 없이 방치해 온 탓으로 내 기어이 큰 코를 다쳤구나 싶은 뉘우침이 그의 심증을 자극해서인 모양이었다. 하지만 허허 선생은 역시 사회의 거물답게 금시로 마음을 가다듬어 곧 원상을 회복하는 것이다. 즉 그는 요놈, 하고 속으로만 곱아 쥐면서 노상 겉으로는 아무렇지도 않다는 듯이 시치밀 뚝 떼고 끝까지 점잔을 빼는 것이었다. 말하자면 저주와 증오와 아니, 독물이 가득 찬 그런 유의 섬뜩한 시선으로 날 알알하게 노려보다간 이내 태도를 바꾸어 그는 난데없이 내 곁을 그냥 무고 무탈하게 통과하는 것이다. 하지만 그런 경우 한 가지 간과할 수 없는 것은 다부지게 쥐어진 그의 두 주먹이었다. 흡사 포구를 뚫고 방금 튀어나갈 그런 무슨 탄환과 같은 기세로 견고하게 쥐어진 그의 주먹을 바라볼 때마다 나는 약간 당황하지 않을 수 없는 것이다. 왜냐하면 그것은 자식인 나를 겨냥한 허허 선생 특유의 새로운 결의의 표상이라고 생각되기 때문이었다.

(동광, 1993)

□ 남정현 「현장」

형의 눈은 항시 형수인 희주를 향해서 벌겋게 충혈되어 있는 것이다. 하지만 어디 눈뿐인가, 그 가느다란 팔이며 다리, 그리고 무슨 골격표본과도 같이 뼈가 환히 들여다보이는 형의 그 앙상한 가슴까지가 실은 다 조금씩 충혈되어 있는 것이다. 그리고 퍼렇게 빛나는 것이다. 해부용 메스와도 같이 형의 온몸은 그 끝을 예리하게 빛내면서 줄곧 형수의 가슴과 머리를 겨냥하고 있는 것이다. 그저 건듯만 하는 날이면 무슨 단서라도 잡아내고야 말 사람같이 퍼렇게 날이 선 형의 그 손이며 발이며 손톱은 항시 흥분을 이기지 못하고 조금씩 흔들리고 있는 것이었다.

함부로 풀어헤친 머리. 항시 눈 가장자리에서 서식하는 눈곱. 그 눈곱의 상태도 흉하긴 하지만 그 가느다란 모가지에 흡사 맨홀과 같이 움푹 파진 안광은 보는 이로 하여금 가슴을 섬찟하게 하는 것이다.

* * *

형의 그러한 외모에서 나는 으레 지금 막 동굴 속을 빠져 나오는 어떤 식인종과 같은 인상을 받기 때문인 것이다. 그런 경우 나는 움찔 놀라서 나 자신도 모르는 사이에 슬쩍 고개를 돌려버리는 것이 하나의 순서로 되어 있는 것이었지만 그러나 다행하게도 형의 시선은 나에게서 오래 머무는 것이 아니었다. 형의 시선은 나를 그냥 잠시 스치기만 할 뿐, 언제나 형수를 향하여 정확하게 그 초점거리를 잡는 것이었다.

* * *

이제 더 흙을 개고 블록을 들 힘이 없으신지 어머니는 손과 앞자락에 묻은 먼지와 흙을 툭툭 터시는 것이었다. 그리고 조용히 세숫대야에 손을 담그시는 어머니. 누가 함부로 짓밟아 놓은 것처럼 구겨진 피부에 굽은 허리. 뿐더러 버섯처럼 금이 간 저 꺼칠한 손을 보아라. 그 손을 힘없이 대야에 담근 채 어머님은 현기증을 이기기 위해서인지 한참이나 얼굴을 하늘에 쳐들고는 움직일 줄을 모르시지 않는가. 나는 가슴이 뭉클해지는 것이다. 순간 어머니의 눈에서는 확실히 무슨 이상한 빛깔의 진한 액체가 흘러내린다고 생각되자, 나는 아버지를 돌아보며 나 자신도 모르는 사이에 참으로 무례한 소리를 질렀던 것이다.

(신구문화사, 1967)

□ 마광수 「광마일기」

그녀는 마치 조각같이 빼어난 미모 때문에 대학에 입학하자마자 같은 과 남자 학생들은 물론, 그 대학 전체 남학생들에게 무서운 흠모의 대상이 되었다. 마치 그리스의 조각을 연상시킬 만큼 날카롭고 높게 뻗은 콧날하며 시원하게 이글거리는 눈매, 그리고 약간 두텁고 길게 찢어진 입, 우웃빛 피부, 늘씬한 팔등신의 체격으로 이루어진 지인의 외모는 마치 서양의 여자를 방불케 했다.

(사회평론, 1998)

□ 마광수 「권태」

모두 각각 다른 스타일의 헤어스타일이지요. 한국에서처럼 획일적인 머리를 한 애들은 한 명도 없답니다. 머리색, 옷, 모두 제각각이죠. 대체로 여자아이들은 머리가 길고 거의가 염색을 했어요. 금발 염색이 많고 빨강, 파랑도 있어요. 신발은 끈으로 묶는 가죽 운동화, 청바지는 보통 무릎 위를 잘라 실밥이 너덜거리게 하고, 남자아이들은 머리를 짧게 깎아 무스로 세우거나 길게 길러 묶고 다니기도 합니다. 여학생 가운데 눈에 띄는 애는 일본 인형처럼 얼굴에 새하얀 분칠을 하고 눈꼬리를 클레오파트라 식으로 길게 올려 그어 고양이 얼굴을 한 여잔데, 머리털을 하얗게 탈색하고 메두사처럼 길렀더 군요. 옷은 레이스가 주렁주렁한 치마를 입고 다니고요. 또 한 여자애는 눈썹을 싹 밀어 버리고 눈두덩을 넓고 진하게 아이섀도를 바른 것이 인상적이었어요.

* * *

맥시 원피스로 긴 야회복을 입고 있는데, 어깨가 그대로 드러나고 어깨와 옷 부분을 연결하는 끈이 달려 있지 않은 탱크 탑 스타일의 옷이었다. 금방이라도 옷이 흘러내릴 것만 같아 아슬아슬한 쾌감을 느끼게 해주는 옷이었다. 젖가슴 근처에서부터 타이트하게 내리닫이로 흘러내린 실크계통의 드레스는 높은 하이힐의 뒷굽 언저리에까지 늘어져 있었다. 그리고 허벅지 부분에서 아랫단까지 스커트의 양쪽이 터져 있었는데 걸음을 걸을 때마다 늘씬한 허벅지와 다리가 슬쩍슬쩍 엿보이는 게 아주 육감적이었다. 스탠드바를 제외하고 그녀들은 테이블 위에 앉아 있는 손님들한테 주문을 받거나 술을 날라 올 때 바닥에 무릎을 꿇고 앉아 서비스를 한다. 그저 내저키스틱한 분위기가 진짜 하이렘을 연상시켜 주어 손님들을 기분 좋게 한다. 스탠드바의 바텐더 아가씨는 비키니 스타일의 수영복 차림으로 더욱 신경질적인 분위기를 연출해내고 있다.

* * *

우선은 얼굴이었다. 그녀가 내게 있는 쪽으로 가까이 다가올수록, 그녀의 얼굴이 관능미와 백치미가 적절히 결합된 형태라는 것을 더욱 또렷이 드러내 보여주고 있었다. 다시금 긴 탄식의 한숨이 내 입에서 새어나왔다. 뭐라고 표현해야 할까. 이게 꿈이냐 생시냐!?라는 식의 상투적이고 진부한 표현이 더 어울릴지도 모르겠다. 그녀의 얼굴은…… 뼈에 사무칠 정도로 신비스러운 요염함과 짙디짙은 화장 속에 감춰져 있는 니힐리스트로서의 우울하고 창백한 표정이 한데 어울려……오묘한 하모니를 이루어 내고 있었다! 그녀는 마치 천년 동안 무덤에서 곱게 정절을 간직하며 살아온 처녀 귀신이 환생한 것 같은 모양이었다. 처녀 귀신은 처녀 귀신이되 무서운 쪽보다는 야한 쪽이 더 발달한 처녀 귀신이었다. 그녀는 기나긴 고독을 달래기 위하여 화장하고 거울 보는 일에 나르시즘적 자의행위로서 채택한 것 같았다. 자신의 관능적인 아름다움을 이리저리 가꾸어 보는 것으로 스스로의 고독과 한을 풀어온 거다, 한번도 제대로 피어보지도 못한 채 어린 나이에 죽어 원귀가 되어버린, 빼어나게 요염한 미인의 유령을 보는 듯한 느낌을 주었다.

* * *

"저는 언제나 마스터베이션을 할 때마다 선생님같이 생긴 남자를 상상 속에 떠올리며 저의 메커니즘을 충족시키곤 했어요. 조금이라도 살이 찐 남자는 딱 질색이죠. 선생님처럼 깡마르고 날카롭게 생긴……특히 얇은 금테로 된 안경을 쓴, 만사가 귀찮다는 듯이 권태롭고 신경질적인 표정을 하고 있는 남자의 얼굴이야말로 정말 새디스틱한 얼굴이거든요. 게다가 선생님이 쓰고 계신 안경은 렌즈 가장자리에는 테가 없고 렌즈 사이를 연결해 주는 부분과 귀에 거는 부분만 가느다란 금색 철사로 되어있는 것이라서 더욱 에로틱한 느낌을 자아내요. 금방이라도 안경알이 떨어질 것만 같은 불안감을 주거든요. 그 불안감이 묘하게 퇴폐적이고 찰나적인 쾌감을 만들어내지요. 그리고 전 언제나 손가락이 기형적으로 가늘고 긴 남자를 상상 속의 섹스 파트너로 삼곤 했는데, 이제 선생님을 직접 뵈니 정말로 손가락이 가늘고 길군요, 손가락 하나 하나 날카로운 비수 같아요. 그 시집 뚜껑에는 얼굴 사진만 나와 있어 손가락까지는 차마 기대하지 못했었는데 말이에요.

(문학사, 1990)

□ 마광수 「불안」

여자가 발가벗은 채로 화장대 앞에 앉아 있다. 거울에 비친 그녀의 얼굴은 전체적으로 보아 어쩐지 졸립고 피곤한 느낌을 준다.

여자의 얼굴은 무척이나 희다. 그녀의 피부빛은 흔히들 "백짓장같이 희다"고 말하는 여인들보다 훨씬 더 희다. 마치 푸른색 잉크를 한 방울 떨어뜨린 물에 담가, 희미하게 남은 마지막 누런 기운마저 가차 없이 제거해 버린 와이셔츠와도 같은 창백한 흰빛이다. 더구나 하얀 피부의 얼굴에선 더 드러나기 쉬운 기미와 주근깨 같은 자잘한 잡티가 전혀 없기 때문에, 그녀의 얼굴엔 말로 형용할 수 없는 애틋하면서도 우울한 기운이 서려있다.

그러한 창백한 안색에 맞게 그녀의 눈빛은 구름이 낮게 드리어진, 그러나 비가 오지 않은 하늘같은 잿빛이다. 눈빛과 피부 색깔만으로 보면 그녀의 얼굴은 흡사 오래된 흑백 영화를 보고 있는 듯한 얼굴을 보고 있는 듯한 느낌을 준다.

입술은 물론 붉은빛을 띠고 있지만 핑크빛에 가깝고, 관자놀이에 어려 있는 푸른 실핏줄들은 그녀의 핼쑥한 안색을 더욱 극한으로 몰아가고 있다.

강하게 표백되어 버린 듯한 그녀의 얼굴과 엷게 갈아놓은 먹물빛 같은 그녀의 눈, 일부로 몸을 태워 반들거리는 갈색으로 만든 여자들에 비해 볼 때, 그녀의 얼굴빛은 몹시나 고전적이다.

* * *

남자는 화관이 쪽 빠진 핼쑥한 얼굴에 초점을 잃은 듯한 눈동자를 갖고 있다. 음음한 눈빛 같기도 하고 매사를 귀찮아하는 눈빛 같기도 하다. 머리를 약간 길게 길렀는데, 손질을 자주 안 해서 그런지 머리카락의 길이가 들쭉날쭉이다. 흰머리가 드문드문 섞여 있는 걸로 봐서 마흔 살 이상의 나이로 보인다.

하지만 얼굴에만은 주름살이 하나도 없다. 높고 뾰족하게 솟아 있는 코와 길고 커다란 목이 남자의 얼굴을 신경질적이고 냉랭한 성격의 인물로 보이게 한다. 아니면 감수성이 유달리 예민한 예술가로 보일 수도 있다.

(『리뷰앤리뷰』, 1996)

□ 문순태 「그들의 새벽」

새 옷으로 갈아입고 치렁하게 긴 머리를 단정히 빗은 그녀는 조금 전 헛간에 묶여 있을 때와는 전혀 다른 여자로 보였다. 짐승의 모습이 아니었다.

청바지에 철쭉빛의 밝고 화사한 봄 스웨터를 받쳐 입은 월순이는 뚜렷한 이목구비에 몸매도 늘씬하다. 갸름하고 자그만 얼굴에 서글서글한 눈이며 적당한 콧대, 작고 야무진 입, 희고 긴 목을 가진 드문 미인이 아닌가. 그녀는 지리산 골짜기 등성이에 피는 산국처럼 조촐하면서도 싱그러웠다. 그녀는 낯선 두 사람을 보고도 전혀 놀라는 기색이 없었다.

오히려 그녀는 박지수 목사와 기동을 향해 약간 헤픈 듯 하면서도 여름 햇살처럼 강렬하고 쫀득하게 느껴지는 아리송한 미소까지 푸실푸실 날려 보냈다.

* * *

다시 가까이 마주보니 보통 키에 얄캉하면서도 육감적인 몸매를 지니고 있었다. 갸름한 얼굴에 눈썹이 짙고 눈꼬리가 약간 매달린 듯한 큰 눈이 마음에 들었다. 코는 오똑하지는 않았지만 그런 대로 콧방울이 뚜렷했으며 말은 할 때마다 도톰한 입술 속의 치아가 가지런히 드러나곤 했다. 첫인상이 험한 세파에 시달려 닳고 닳은 것 같지만 되바라지지 않고 어딘가 숫접은 구석이 있어 보였다.

* * *

그들 중에서 눈이 유난히 크고 턱 끝이 뾰족한 역삼각형 얼굴의 사십대쯤 되어 보이는 남자가 영구를 향해 뱀처럼 연방 혀끝을 낼름거리며 히죽거렸다. 그런가 하면 머리가 밤송이처럼 빳빳하게 곤두서고 앞 이빨이 모두 부러져 입이 합죽이가 된 중년 남자는 계속 입을 오물거리며 일정한 시각으로 캑캑 가래침을 울궈내어 방바닥에 뱉고 있었다. 그리고 구레나룻이 검실검실한 또다른 남자는 두 다리를 쭉 뻗고 등을 벽에 기댄 채 아주 편한 자세로 퍼질러 앉아서는 눈썹 한번 꿈적이지 않고 영구를 뚫어져라 바라보았다.

(한길사, 2000)

□ 문순태 「꿈길」

그제서야 은혜는 검정색 작은 여행용 가죽 가방을 무릎 위에 올려 두 팔로 힘껏 껴안은 채 자울자울 졸고 있는 중절모 할아버지를 얼핏 보았다. 그녀는 칠순 줄의 이 할아버지가 어디 사는 누구인지조차 모른다. 다만 번듯한 신사복에 값나가는 겨울 외투까지 걸치고 운두 높은 짙은 회색 중절모를 쓰고 있는 겉모습으로 보아서는 밥술 깨나 먹는 집안의 어른인 것만은 분명한 듯 싶었다. 더욱이 훤칠한 키에 이목구비가 흠잡을 데 없고 얼굴빛이 목화처럼 해맑았다. 은혜는 그의 슬프도록 창백한 얼굴이 마음에 들었다. 면도를 한 듯 입술 가장자리와 턱에 면도 자국이 파르스름하게 도드라져 보였다. 택시 기사의 말마따나 이 할아버지는 노을처럼 곱게 늙어가고 있었다.

(실천문학사, 1997)

□ 문순태 「꿈꾸는 시계」

그 시절 최점순은 야리야리한 몸매에 키는 적당한 편이었으며 수국꽃처럼 탐스럽고 화사한 얼굴에 눈이 말아 삼킬 듯 서글서글하였고, 부끄러움이 많아 사내들 앞을 지날 때는 언제나 고개를 살포시 옆으로 돌리곤 하였다.

* * *

수국꽃처럼 탐스럽기만 하던 그녀의 얼굴은 이제 말라비틀어진 대추처럼 흉하게 찌그러져 버렸으며, 말아 삼킬 듯 서글서글하던 눈도 작은 단춧구멍처럼 겨우 윤곽만 찾아볼 수 있을 정도로 찔꺽눈이 되어 있었다.

* * *

최점수는 내가 상상했던 것처럼 폭삭 늙어빠지거나 헌 넝마처럼 볼품사납게 초라한 모습도 아니었다. 오랫동안 밀폐된 공간 속에 갇혀 있었기 때문에 다소 얼굴이 창백하고 야윈 편이기도 했으나, 눈빛은 여전히 빛났으며 어느 정도는 생기가 엿보이는 표정이었다. 그는 낡고 특특하게 느껴지는 검은 외투를 입고 있었는데 단추가 하나밖에 달려 있지 않아 초록색의 옛날 전투복

상의가 삐주룸히 드러나 보였다.

(동광, 1988)

□ 문순태 「낯선 귀향」

처음 본 아기의 모습은 마치 살아 있는 문어 같았다. 머리가 유난히 컸다. 바람이 빵빵하게 찬 고무풍선처럼 생긴 머리는 뼈가 없이 물렁물렁 했으며, 유별나게 커다란 머리에 비해 점을 꼭 찍어놓은 듯한 두 눈은 초점이 없이 흐리멍덩해 보였다. 이목구비만이 아기의 모습이었지 도저히 사람 같지 않아 보였다.

(실천문학사, 1997)

□ 문순태 「느티나무 타기」

먼발치로 바라본 기호의 모습은 상상 밖이었다. 알맞게 기름을 발라 가지런히 다듬은 머리에 안경을 쓰고 허리를 곧추세우고 당당한 모습으로 서 있는 기호는 결코 유년 시절의 절름발이 멍텅구리 장기호가 아니었다. 그에게서는 지성적이고 여유 있는 상류층 냄새가 풍기는 것 같았다.

(실천문학사, 1997)

□ 문순태 「어머니의 땅」

같이 사는 아들이 큰 회사의 중역이라는 검은 머리 할머니는 일흔이 넘은 나이에도 파머 머리를 검게 염색을 하고 다녔으며, 나이에 어울리지도 않게 짙게 화장을 하고, 알록달록 색깔과 무늬가 요란한 양장에, 아들이 외국에 나갔다오면서 사다 주었다는 비싼 악어가죽 핸드백에 굽 높은 구두를 신었다.

(동광, 1988)

□ 문순태 「유월제」

업득이는 십칠 년 동안을 그렇게 살아왔듯이, 언제나처럼 햇빛을 쬐지 않아 고개를 들고 올라오는 시루 속의 콩나물처럼 희멀건 얼굴로 반듯하게 누워 있었다. 천장을 쳐다보고 누워 있는 업득이는 산동네 사람의 말마따나, 사람이라고 하기보다는 삶아 놓은 갯지렁이거나 말하는 해파리처럼 보기에도 징그러웠다. 사람이라고 할 수 있는 것은 흰자위 속의 투명하고 까만 눈동자 하나뿐이었다.

(동광, 1988)

□ 문순태 「정읍사」

도림의 왼쪽 눈알은 벌겋게 핏발이 돋은 채 왕방울처럼 무섭게 튀어나왔고, 한쪽 뺨은 관자놀이에서부터 턱 모서리까지 손가락 크기의 지렁이가 말라비틀어져 붙은 것처럼 큰 흉터가 나 있었다.

(실천문학사, 1997)

□ 문순태 「징소리」

오십이 넘을락 말락한 거렁뱅이 남자는, 손자 같기도 한 꼬마 사내아이를 동냥자루처럼 꿰매 차고 다녔는데, 그들 부자 모습이 꼭 볏짚으로 만든 허수아비 같았었다. 그들의 뒷모습은 배고픔과 외로움에 찌들어져 조그맣게 보였다.

* * *

사내의 몰골은 영락없는 거렁뱅이였다. 발등에서 한 뼘 정도나 올라붙은 꽉 째인 홀태바지에 소매 끝이 너덜너덜한 20년쯤 입었음직한 색깔이 옅게 바랜 검정 외투를 입고 있었는데, 그나마 외투에는 가운데 단추가 하나뿐이었고, 두 곳의 단추 구멍엔 옷핀으로 꽂아 꾀죄죄한 속옷이 삐주름히 들여다보였다.

＊ ＊ ＊

그는 방울재 농악대들이 메기굿할 때처럼 비단 한복에 종이꽃이 너훌거리는 고깔을 쓰고, 두 어깨에서 양 옆구리에 엇갈리게 빨간 비단 휘장을 둘렀으며, 오른손으로는 대사각령기(大四角令旗)를 들고 서 있었다.

＊ ＊ ＊

아버지 장쇠는 달빛을 담뿍 받은 그림자처럼 소리 없이 돌아와서 투덕투덕 필수의 엉덩이를 가볍게 두드리고 나서는 짚불 스러지듯 코를 곯았다. 필수는 그런 아버지가 마치 벼이삭에 뜨물이 들기 시작할 무렵 논에 세워진 허수아비 같다는 생각을 수없이 되풀이하곤 했다.

화를 낼 줄도, 소리 내어 울 줄도 모르고 후줄그레하게 걸레 같은 헌 옷을 입고 비를 맞으며 바람에 흔들거리기만 하는 허수아비.

＊ ＊ ＊

다음날 칠복이가 한바탕 신명나게 징을 치고 뿔긋하게 얼굴이 달아올라 층계를 내려오는데 그의 앞을 가로막는 사람이 있었다. 방울재 이장 김덕기였다. 칠복은 그가 김덕기라는 것을 쉽게 알아보지 못하고 떠름한 눈으로 마주보았다. 옛날 방울재에 살 때는 신수가 좋아 시골사람답지 않게 마지막 넉잠을 자고 섶에 오를 누에처럼 허여멀쑥했었는데 지난 2년 사이에 온통 주근깨투성이에다 광대뼈가 툭 불거지고 까무잡잡하게 타버렸다. 검고 살갗이 엷어진 그의 얼굴이 삶의 고달픔을 말해 주었다. 게다가 그는 오른손에 붕대를 여러 겹으로 칭칭 감고 있어, 얼추 보면 마치 다방이나 술집을 떠돌음하며 껌 나부랑이를 파는 거렁뱅이나 진배없었다. 그의 몰골은 지난 2년 사이에 한 20년쯤 폭삭 늙어버린 듯 싶었다.

(동아, 1987)

□ 문순태 「최루증」

허름한 쥐색 점퍼 차림에 흙 범벅이 된 흰 운동화를 신고 있는 30대 후반

의 건장한 낯선 남자는 낮술을 마신 듯 역삼각의 얼굴이 불쾌해 보였다. 옷
매무새며 머리 모양에서 신발에 이르기까지 단정한 차림이 아닌 그 남자는,
잔뜩 굳어진 표정으로 보아서는 무엇인가 따지러 온 사람 같기도 한데, 스튜
디오에 들어서면서부터 비굴해 보일 정도로 연신 상반신을 굽적거려 어려운
부탁을 하러 온 것 같기도 했다.

* * *

나이는 스무 살도 미처 안 되어 갓 소년티를 벗어난 것처럼 아직 앳된 모
습이었다. 근육질의 깡마른 얼굴에, 그렇지 않아도 커 보이는 눈이, 겁에 질
려 위를 쳐다보는 시울이 금방 울음이라도 터뜨릴 것처럼 펑 뚫려 있었다.
콧날이 가냘퍼 보이기는 했으나 크지 않은 얼굴과 균형을 이루었으며 반쯤
열린 입에서는 살려달라는 울부짖음이 터져 나올 것만 같았다.

(실천문학사, 1997)

□ 문순태 「피아골」

먹물에 적신 듯 새까만 만화의 머리는 적당하게 부풀어 잔잔한 물결을
이루었고, 짙은 남색 원피스에 회색빛 바바리의 깃을 세웠으며, 두툼한 입
술에는 담홍색의 루즈를 엷게 바르고, 비정하게 느껴질 만큼 가냘픈 눈두
덩 위에는 아이섀도를 길고 휘움하게 칠해, 궁벽진 지리산 골짜기를 찾아
가는 것이 아니고, 품격 높은 음악회나 연극 구경이라도 가는 것 같은 차
림이었다.

얼핏 보면 그녀는 스물 대여섯 정도의 발랄한 미스 같기도 하지만, 실은
나이 서른에 결혼을 두 번이나 했다가 모두 실패한 여자였다. 그러나 그녀의
눈빛에는 조금도 우수의 그림자가 없었고 오히려 앙칼스러움과 섬뜩하게 느
껴질 만큼 시울이 날카로웠다. 결코 시원스럽다고 할 수 없고, 그렇다고 답답
해 보이지도 않는, 눈의 흰자위는 언제나 발그레하게 진달래빛으로 돋아나
있었는데, 그 눈으로 사람을 매섭게 찔러볼 때는, 성긴 눈썹이 빳빳하게 일어
서면서 눈빛은 마치 낮에는 숲의 어두운 곳에서 쉬고 밤에만 활동하는 수리

부엉이의 눈처럼 이글거렸다.

* * *

골짜기에 어둠이 내리기 시작할 무렵에, 누런빛에 나슬나슬한 서초 머리를 한 낯선 남자가 신당 안으로 들어왔다. 그는 키가 장대처럼 컸으며 몸집도 연곡사 회나무처럼 단단해 보였고, 디룩디룩한 올빼미 눈에 얼굴이 솥뚜껑처럼 넓었다.

(정음사, 1985)

□ 문순태 「흰 거위산을 찾아서」

어머니가 외가에 갈 때는 언제나 옥색 저고리에 연분홍 치마를 입곤 했었는데 바람이 건듯 불 때마다 치맛자락이 복사꽃 물결처럼 물결치며 펄럭였다. 외할머니 생신이 복사꽃 필 무렵이었다. 그때 어머니는 세상에서 제일 아름다워 보였다. 아직도 지수의 눈에는 수박 한 덩이를 새끼줄에 묶어들고 연분홍 치맛자락을 펄럭이며 나비가 춤을 추듯 발걸음도 가볍게 사붓사붓 걷는 어머니를 따라 외가에 가던 기억이 선하다.

(실천문학사, 1997)

□ 민병삼 「화도 (상)」

외모상으로는 그저 고령의 촌로에 지나지 않았다. 바싹 쪼그라든 몸피에 듬성듬성 남아 있는 백발과 앙상한 뼈마디에 차라리 가죽으로밖에 달리 표현할 수 없는 마른 표피를 보면 며칠 새에 죽고 말 몰골이었다.

(아세아미디어, 1997)

□ 민병삼 「화도 (중)」

승업의 모습은 꼭 넋빠진 육신의 껍데기가 걷는 것같이 보였다. 게다가 머리는 산발이어서 바람이 불 때마다 이리저리 어지럽게 날리고 옷매무새는 누워 있던 그 옷차림이라 거지꼴에다가 눈동자에 초점이 없어 영락없는 미치광이였다.

(아세아미디어, 1997)

□ 민병삼 「화도 (하)」

얼굴 피부가 울퉁불퉁 일그러진 꼴이 매우 천박한 상이었고, 심술과 건달기가 덕지덕지 붙어 있었다.

* * *

조석진의 외모는 키가 홀쭉하고 얼굴은 갸름한 편이었다. 굳게 다문 입이 말수가 적을 듯 하였으나 입가에 잔잔한 웃음이 있는 것으로 보아 쾌활한 성품이 틀림없을 것 같았다.

* * *

봉두난발에 옷섶은 있는 대로 벌어져 꼭 항아리처럼 통통한 배가 온통 드러나고, 코를 골 때마다 문풍지가 푸르르 떨었다.

* * *

원래부터 노르무레한 눈에는 항상 핏발이 서려 있고, 마치 뙤약볕에 그을린 사람처럼 거무튀튀한 얼굴 한가운데 박힌 코는 술에 찌들어 꼭 썩은 딸기처럼 붙어 있었다.

* * *

거의 봉두난발 아래로 술에 찌든 모습을 그린답시고 코끝에 점 대여섯 개 찍은 딸기코에다 밤가시처럼 듬성듬성 돋은 수염으로 보아 영락없는 장승업이었다.

* * *

쑥대강이 머리에 짙은 눈썹만으로도 영락없는 산도적이고 딸기코 밑으로 밤가시처럼 듬성듬성 그려 넣은 수염으로는 가산굴 거지꼴이었다.

(아세아미디어, 1997)

□ 박경리 「가을에 온 여인」

세형은 본시 권투선수였으나 현재 그 길에서 빗나가 깡패로 타락한 사나이였다. 그러나 악당은 아니었다. 다만 바람이 많고 모질지 못하면서도 그런 타락된 생활을 멋으로 오해하고 살아가는 일종의 허풍선이.

〈목포의 설움〉이니 〈눈물 젖은 두만강〉이니 하는 가요가 유행했던 시절, 장안의 기생들이 다투어 가수에게 사랑을 바치던 그런 낭만의 풍조를 이어받았음인지 김세형은 인기직업인 선수생활에 있어서 실력배양은 등한시하고 연애사업에 분주하였기 때문에 결국 선수생명이 끊어지고 말았던 것이다. 우연한 기회에 정란을 알게 되어 동거생활을 시작한 뒤에도 그는 여전히 남의 여자에게 한눈팔기에 바빴다.

* * *

그만큼 영태의 복장은 기상천외한 것이었다. 루바시카(러시아 남자들이 입는 윗저고리)도 아니요, 터키 사람들의 옷도 아닌 참으로 기묘한 디자인의 옷을 그는 걸치고 있었다. 노랑빛과 갈색의 대담한 체크 무늬의 옷은 이상하기도 하려니와 어떻게 컸던지 움직이면 사람이 아닌 옷이 움직이고 있는 형편이다. 거기다가 짙은 그린빛 베레모를 머리에 얹고 구두는 또한 샛노란, 군화같이 생겨먹은 것이니 기가 찰 수밖에, 멋은 둘째 치고 이건 서커스단의 피에로가 아닌가.

(나남, 1994)

□ 박경리 「김약국의 딸들」

안동포 치마 적삼에 흰 댕기를 드리고 있는 연순은 여름인데도 살이 내리지 않았다. 눈빛처럼 흰 이마 위에 노르스름한 머리가 땀에 축축이 젖어 있었다. 그리고 그 언젠가처럼 동백기름 냄새가 부채 바람을 따라 성수의 콧가에 스쳐왔다.

* * *

용빈은 이마가 훤하게 트이고 눈이 시원하다. 약간 광대뼈가 솟은 듯하여 강한 개성과 이지를 느끼게 한다. 시원한 눈은 조용하고 사려 깊다. 용빈에 비하면 용란은 평범하다. 그러나 아름답기로는 용빈을 훨씬 능가하고 있었다. 조각처럼 아름다운 코, 흰 살결, 뼈대가 굵고 순이 큼직한 용빈과는 반대로 나긋나긋한 뼈마디는 고혹적이었다. 그의 눈은 수시로 움직인다. 어떻게 보면 천사처럼 무심하고 어떻게 보면 표독스런 암짐승과 같이 민첩하고 본능적이었다.

* * *

외가에서 도움을 받지 않은 것도 아니었으나 워낙 성미가 강직하고 남에게 굴하기를 싫어한 중구는 외가의 도움을 달갑잖게 여겼다. 그러나 아들 형제를 가르치는 데 있어서 아무리 밤잠을 못 자고 일을 하여도 역시 김 약국이 알게 모르게 주는 도움에 힘입은 바가 컸다.

* * *

정국주는 뚱뚱한 몸집에 투박한 외투를 입고 단장까지 들었는데 마치 눈사람만 같다. 눈이 부리부리하고 뭉실한 유자코에 흉터가 있어 상스럽게 생겨먹은 얼굴이다.

* * *

새까맣게 탄 얼굴로 김약국은 임종을 앞두고 있었다. 맑은 눈이다. 의식도 분명한 듯하였다. 그의 눈은 흐느끼고 있는 용혜로 향하고 있었다. 노오란 머리칼이 물결친다. 김약국은 오래오래 용혜를 보고 있었다. 그의 눈은 천천히 이동한다. 시원하게 트인 이마만 보이는 고개 숙인 용빈에게 옮겨간 것이다. 용빈은 김약국의 시선을 느끼자 얼굴을 돌렸다. 오열과 같은 심한 떨림이 그 눈 속에서 타고 있었다.

(나남, 1993)

□ 박경리 「노을진 들녘」

영재는 주실을 바라본다. 굵직하게 굽슬어진 머리카락이 반듯한 이마 위에 쏟아져 상쾌한 젊음을 발산하고 있는 영재의 얼굴은 청수했다. 짙은 눈썹 아래 눈꼬리가 긴 눈은 병적으로 날카롭고 재기가 넘쳐 있었다. 영재는 주실에게 하나밖에 없는 사촌오빠였다. 서울 K공대 건축과를 지난봄에 졸업했으며 주변에서 많은 기대를 걸고 있는 청년이었다. 그는 해마다 여름이면 외할아버지하고 주실이 있는 송화리(松花里) 과수원으로 찾아오는 것이었다.

* * *

쌍꺼풀이 굵게 진 눈이 빙글 돌았다. 중키에, 어깨가 딱 바라진 체격은 매우 완강했다. 얼굴빛은 검붉고 두꺼운 입술은 가라앉은 푸른 색소를 연상시켰다. 흐린 눈동자 속에는 엷은 향수 같은 것이 있는 듯도 했으나 잔인한 조소가 더욱 짙었다. 하여간 인상은 좋지 않았다. 그는 송화리 과수원의 일을 보아온 김판수(金判守)의 외아들이다. 김판수는 선량한 사람으로서 송노인이 이 송화리 과수원을 시작했을 때부터 고생을 같이 해온 사람이다. 그는 작년에 가슴앓이로 죽었지만 아들 성삼(成三)이와 그의 모친은 여전히 송노인의 비호를 받으며 이곳에 살고 있었다. 성삼은 그의 부친의 소원으로 고등학교를 마친 후 그들에게는 분수에 넘치는 짓이지만 대학에 들어갔다.

* * *

수명은 입술을 살그머니 열고 멀리서 어깨춤을 추듯 분주하게 걸어오는 사나이 켠으로 시선을 피한다. 춤을 추듯이 몸을 흔들며 이쪽을 향하여 걸어온 사람은 황혼기에 접어든 사나이였다. 코트도 없이 초라한 모습, 머리에 얹은 모자만은 왕시(往時)에 그가 신사였다는 표시가 되었다. 그러나 그것도 세월에 시달리어 누르스름하게 퇴색되어 있었다. 사나이는 어디서 혼자 술을 들이켰는지 취해 있었다. 그는 영재 앞을 지나치면서 그들을 흘끔 쳐다보았다. 춤추듯 걸어오던 걸음걸이와는 반대로 핏발선 눈은 어둡고 절망에 가득 차 있었다. 즐기면서 마신 술은 아닌 모양이다. 자살 직전의 절박한 고독 같은 것이 그의 눈 속에 있는 듯 하였다.

* * *

신혜는 더 어리게 보였다. 육체의 발육은 좋았으나 그의 얼굴은 천사처럼 무심하고 앳되게 보였던 것이다. 더구나 이 소녀가 아이를 한 번 낳은 경력을 가지고 있다는 것을 어찌 꿈엔들 생각할 수 있겠는가. 하기는 주실의 영혼에는 아무 상처도 없었다. 그의 영혼은 그야말로 아무도 손을 대본 일이 없는 처녀지인 것이다. 아니 유녀(幼女)의 시기에서 그냥 머무르고 있다 할 것인가.

* * *

이야기를 주고받는데 노크 소리도 없이 주실은 문을 풀쑥 열었다. 일혜는 버릇없다고 생각했는지 불쾌하게 상을 찌푸리고 주실을 쳐다본다. 그러나 그의 눈은 못 박힌 듯 한동안 움직이지 않았다. 목욕을 하고 나타난 주실이, 물기 머금은 머리카락이 이마 위에 쏟아지고 커다랗게 벌어진 맑은 눈동자, 그 모습은 아름답다는 표현을 속되게 만들고 있었다. 오묘한 신의 예술이다. 수정(水精)이 아니었을까? 일혜는 그렇게 의심하였다.

(지식산업사, 1979)

□박경리 「시장과 전장」

지영의 맞은편 좌석에는 대학생과 아이를 안은 여자가 앉아 있었다. 여자는 카라멜이 녹아 붙은 아이의 손을 열심히 빨아준다. 스며드는 햇빛에 여자의 코언저리에서 눈썹 위까지 퍼진 기미가 뚜렷이 보였다. 때 묻고 허술한 옷차림.

(중앙일보사, 1987)

□박경리 「영원한 빈터」

정복희 교장은 손질을 해서 반들반들 윤이 나는 화류문갑 위에 벗어놓은 안경을 끼고 조금 전에 소녀가 가져다놓은 석간신문을 들었다. 큰 몸집에 오뚝이처럼 둥글넓적한 얼굴, 벌써 육십 줄에 접어든 나이였지만 그 얼굴은 고무볼처럼 팽팽하고 정력적이며 주름살도 많지 않았다. 오랜 세월, 많은 사람들을 거느려 본 데서 이룩된 것이겠지만 사무적인 눈빛에는 강한 집중력이 있었다.

(지식산업사, 1987)

□ 박경리 「토지 I」

함안댁은 오늘밤도 집에 돌아가면 새벽닭이 울 때까지 베를 짤 것이다. 길쌈 품을 드는 그의 신세는 여간한 기적이 없고서는 면하기 어려우리라. 칠성이 개다리출신이라 했으나 영락한 양반인 김평산은 함안댁의 남편이었고 지금은 시정잡배 못지않게 타락된 인간이었다. 낡아빠진 옷을 깨끗하게 손질하여 방안의 어느 누구보다 단정한 모습의 함안댁은, 김평산이 낙혼(落婚)한 중인계급 출신인데 무서운 가난과 남편의 포악을 견디어내는 끈질긴 힘은 아마도 양반이라는 그 권위를 떠받들고 견디어야 하는, 거기서 생겨난 힘이 아니었던지. 함안댁은 나이보다 늙어 보였으며 깻잎같이 좁다란 얼굴은 항상 병적인 홍조를 띠고 있었다. 그는 이마에 베어난 땀을 손등으로 닦아내며 두만네에게 말했다.

* * *

평산은 띤띤하게 부른 배를 내어 밀고 어슬렁어슬렁 제 집 있는 쪽으로 걸음을 옮긴다. 목덜미가 살점 속에 푹 파묻혀 있는 것 같았다. 빚어놓은 매주덩이같이 머리끝에 갈수록 좁고 아래로 내려와서는 양 볼이 띠룩띠룩한 비지 살이다. 빳빳하고 숱이 많은 앞머리는 다붙어서 이마빼기가 반치나 될까말까, 그 좁은 이마 복판에는 굵은 주름이 하나 가로지르고 있었다.

* * *

산을 내려오면서부터 최치수 모습은 차츰 변해지기 시작했다. 얼굴은 주글주글 주름이 잡힌 것 같았다. 윤기 있던 입술은 바싹 말라붙고 꺼풀이 일어 꺼실꺼실했다. 자세는 꾸부정했으며 꾸부정한 모습은 늙은 당나귀가 희끗희끗 가루눈(粉雪) 내리는 잿빛 하늘 밑을 걸어가고 있는 것 같이 느껴진다. 강포수는 앞장서서 걷고 있었는데 긴장한 눈이 빛나고 있었다.

* * *

이상한 것은 김평산의 체중이 줄지 않는 일이었다. 생지옥 같은 옥중에서 수수밭 한 덩이 얻어먹고 날마다 받는 고문에 살이 찢기고 피멍이 들고 했으나 체중만은 줄지 않았다. 체중이 줄지 않았다 해서 풍골이 좋다는 얘기는 아니다. 그는 뭍에 건져 올려놓은 익사체(溺死體)같이 살이 팅팅 불어서 흡사 복어 같기도 했다. 뼈와 살가죽만 남아 곧 죽게 생긴 칠성이의 모습보다 김평산의 꼴은 오히려 더 처참했다. 살이 내리지 않는 것은 본시 체질이거나 아니면 병적인 듯 했다. 그 몰골도 몰골이거니와 평산이는 정녕 비천한 광대요 하나의 노리개였다. 그래서 조금은 더 연명해 나가고 있는지 모를 일이다.

(지식산업사, 1979)

□ 박경리 「토지 II」

용이는 사람이 달라졌다. 뻔뻔스러워졌고 어딘지 모르게 추해진 것같이 보였다. 묶어두었던 주문의 사슬이 끊어진 듯 용이는 두 여자를 번갈아가며 가까이 했다. 임이네를 한번 범한 뒤 강청댁에도 남자의 기능이 가능해졌던 것이다. 그는 그런 행위에서 자식을 소망하지는 않았다. 임이네로부터 임신한 이야기를 들었을 때 오히려 어리둥절했고 다음은 무감동의 상태로 돌아갔다. 임이네가 마을여자들로부터 폭행을 당하던 그때 잠시 동안 임이네가 자기 자식을 가졌다는 것을 실감했을 뿐이며 삽짝을 나면서부터 감동을 잃었다. 그 대신 정력은 그칠 줄 모르는 듯 두 여자에게 쏟아졌고 날로 황음해 갔으며 거의 광적으로 되어갔지만 그는 여자 둘을 증오하고 멸시했다. 너희들이 짐승이지 사람이냐고 욕설을 퍼붓는가 하면 나도 짐승이지 사람은 아니라 하면서 헛웃음을 웃곤 했다. 그러면서도 여전히 아편쟁이처럼 육체에 탐닉하는 용이는 아무 쓸모없는 놀량패가 되어갔다.

* * *

칼로 찢어놓은 듯 가늘고 조그마한 홍씨의 눈꼬리는 사납게 보였다. 눈동자는 자세히 가려낼 수 없는 희미한 빛깔이었다. 눈과 같이 역시 조그마하고 도토롬하게 솟은 입술은 주름 하나 없이 번들거렸고 살결은 연하고 희었으나 기름이 가라앉은 듯 어딘지 모르게 불결한 느낌이며 몸집은 작아서 암팡져 보인다. 오는 도중 주막에서 갈아입었는지 옥색 모시치마와 흰 적삼은 구김살이 없었으나 옥색에서 남빛전을 두른 당혜 속의 버선은 깨끗지 못했다.

* * *

옥색 항라 치마저고리 옷고름에는 남빛 오장 수술에 밀화장도 노리개가 매달려 있었다. 옥가락지를 끼고 검정자주의 감댕기를 감은 쪽에는 옥비녀에 비취로 된 남비잠 말뚝잠이 꽂혀 시원해 보였다. 잘생긴 얼굴은 아니었지만 살결이 희고 서울여자라 땟물이 빠져 눈을 끌게 하기는 했다. 윤씨 부인에게 절을 하는 것이나 폼은 단정하지가 못하였다. 다소 얼굴을 숙인 윤씨 부인은 눈을 치뜨듯 하며 쳐다보는데 이마에 주름이 잡히고 말은 없다.

(지식산업사, 1979)

□ 박경리 「토지 III」

정목수는 혼자 중얼거리듯 하다가 얘기를 꺼냈었다. 십 년 전의 일이라는 것이다. 본시 정목수 내외는 종성(鐘城)에 있었는데 남부럽잖게 한번 살아보겠다고 일곱 살 난 큰아이를 형네 집에 맡겨놓고 젖먹이 하나를 데리고 내외는 간도로 건너왔다는 것이다. 봄 여름 가을철을 목수 일을 하고 겨울철에는 산에 벌목꾼으로 들어갔고, 그리하여 사오 년을 지내다보니 수월찮이 돈이 모이더라는 것이다. 돈이 모이게 되니 자기 입에 들어가는 것도 아까울 지경으로 사람이 구두쇠로 변하고 돈을 버는 일이라면 몸뚱어리가 찢어지든 말든, 그리하여 해마다 고향으로 돌아가라는 것을 미루면서 꿈을 키워갔다는 것이다.

(지식산업사, 1979)

□ 박경리 「토지 Ⅳ」

기화는 눈시울을 접힌다. 서편으로 기우는 햇살같이 눈에 부셨던 것이다. 햇살뿐만 아니라 바람에 펄럭이는 서희의 연회색 망토자락과 머리에 쓴 순백색 새틴 머플러도 눈부셨다. 서울서 볼 수 없었던 특이한 복장 때문이지만 근접을 허용치 않는 위엄과 성숙한 아름다움은 너무 현란하였다. 옛날의 서희는 꽃 같고 구슬같이 영롱하였는데 북변의 바람 탓일까, 낯선 남의 땅, 남의 산천이기 탓일까. 바람은 부드러웠다.

* * *

기화는 바닥에서 스며드는 차가움에 몇 발짝 발을 떼어놓곤 한다. 차츰 기화는 부처님 존재를 잊어가고 있었다. 가이 눈에는 소복한 서희 뒷모습만 보인다. 금봉채에 진주를 박은 국화 잠이 쪽머리에서 빛을 발하고 있다. 유연한 두 어깨, 물결처럼 부드럽게 잡힌 치마의 주름. 그의 아름다움은 그의 권위요 아집이요 숙명이다. 그의 아름다움과 위엄과 집념은 그의 고독이다. 일사불란 독경하고 있는 서희의 모습은 애처롭다. 책에 열중할 때는 책이 부처님일 것이요, 자수에 열중할 때는 바늘이 부처님이었을 것이다. 어쩌면 그에게는 신도 인간도 존재치 않았는지 모른다.

* * *

조선총독부에서 파견된 헌병장교의 처는 영사부인과 마찬가지로 양장 차림의 젊은 여자다. 갸름한 얼굴에 코가 길었다. 또 한 여자는 이마가 좁고 살결은 희었으나 무턱이다 싶게 생겼는데 곡물과 잡화 무역을 하는 쯔므라 양행의 안주인, 여자는 황매 빛깔에 연둣빛과 흰빛의 잔무늬가 있는 지리맨 바탕의 기모노 그리고 연갈색과 남색이 엇섞인 하오리를 걸쳐 입고 있었으며 상당히 세련되고 교양 있는 분위기를 가졌다. 이들 중에서 연장자인 듯 우중

중한 회색 계통의 기모노 하오리에서 남색 오비를 맨 여자는 우편국장 마누라였고.

* * *

저녁 무렵, 퇴근 때가 가까워지면은 속을 부글부글 끓이는 김두수였다. 요즘에 와선 그런 심회가 부쩍 더해 가고 있는 것이다. 털고 일어서려면 언제든 그럴 수 있었고 애초부터 김두수에게 이 자리는 잠정적인 것, 자신의 결정에 달려 있는 것이다. 그러나 일단 거리에만 나가면 득의에 찬 얼굴, 존대해지는 걸음걸이, 도시 세상이 우습게 여겨지는 것은 이 년 전 회령 경찰서에 왔을 당시와 다를 것이 없었다. 제왕이라도 된 듯 조맨한 눈을 부릅뜨고 사방을 휘둘러보며 가죽 장화가 지신지신 땅을 밟는 소리, 아비를 닮아서인지 사십이 못 되었는데 살이 붙기 시작하여 배가 나온 것은 물론 바지가 찢어질 만큼 엉덩이의 살도 무겁게 보인다. 물론 그 엉덩이 쪽을 왔다 갔다 하는 것이 가죽집 속에 넣어서 허리에 찬 권총이다.

* * *

월선의 얼굴은 주먹만 했다. 몸도 오라든 것처럼 작아졌다. 본래 뼈대가 가늘었던 여자, 그 가는 뼈대가 드러난 손은 차마 눈뜨고 볼 수가 없었다. 옛날과 다름없는 것은 푸른 기를 띤 눈뿐이다. 아니 옛날보다 더 크고 더 맑게 빛나는 눈동자에는 이상하게도 어떤 충만감조차 넘실거린다. 육체적인 고통이 멎는 순간의 그의 눈은 항상 그러했다.

(지식산업사, 1979)

□ 박경리 「토지 Ⅴ」

깊이 이해하지는 못하나 근태는 홍이가 날로 거칠어지고 갈팡질팡, 바람 부는 날의 돛 부러진 배처럼 되어 가는 것을 친구로서 근심은 한다. 만주서 돌아온 홍이가 중등학교 과정인 협성학교에 처음 나타났을 때, 그때 일을 근태는 생각한다. 근태나 삼석이, 남수 그리고 엇비슷한 또래의 소년들은 경이(驚異)에 찬 눈으로 그를 바라보았던 것이다. 만주서 왔다는 것만으로도 신기한데 늘씬하게 잘생긴 인물에 땟물이 쑥 빠진 듯 깨끗한 인상은 여드름에 두리뭉실한 핫바지 소년들 속에서 단연 군계일학이다. 게다가 행동거지는 분명한 것 같았고 외지에서 견문을 넓혀온 만큼 유식하고 총명해 보였다. 매사에 사려가 깊은 것 같았고, 더구나 월선의 죽음으로 깊이 상처받은 홍이 얼굴에는 다감한 소년들 마음을 사로잡을 만한 우수가 있었다. 소년들은 그 앞에서 촌닭처럼 풀이 죽었다. 선망과 존경, 서로 경쟁하다시피 그와 친해지려 했던 것이다.

* * *

사대육신은 멀쩡하지만 사람이 좀 모자란다는 말을 들은 짝쇠는 사대육신이 멀쩡한 정도가 아니었다. 짜임새 있는 골격은 정한 누리팅팅한 살빛, 특히 얼굴이 누리팅팅했는데 여덟 달 동안 징역살이를 해서 그렇다 할지 모르나 실상 누리팅팅한 피부, 허여스름한 입술은 생래(生來)의 것이다. 누구나 그를 처음 대하면은 횟배 앓는 사람이군, 하고 생각한다. 조선사람 치고 뱃속에 회 없는 사람은 드물겠는데 뭐 각별히 짝쇠가 횟배를 앓는 일은 없었으니, 그는 늘 선량한 웃음을 입가에 띠고 있었다. 누리팅팅한 안색과 허여스름한 입술 빛깔과 선량하지만 헤퍼 보이는 웃음, 그런 희미하기 짝이 없는 첫인상 때문에 모자라는 사람으로 치부하는 것 같다.

(지식산업사, 1979)

□ 박경리 「파시」

경주는 마당비를 그에게 넘겨주고 한 손으로 허리를 짚으며 햇살이 퍼지기 시작한 뿌연 하늘을 올려다본다. 이러다가 비가 또 오시면 큰일이라는 표정으로. 회색 뉴똥치마에 흰 모시적삼을 입고 머리를 결혼한 부인네처럼 말아 올린 경주의 모습은 스물여덟 나인데 중년부인같이 시들어버린 것 같다. 다만 눈동자만은 어린애처럼 해맑고 아름다워 보였다. 경주는 계집아이에게 깨끗이 쓸라는 듯 두 손으로 나뭇잎을 긁어모으는 시늉을 하며 이상한 소리를 냈다. 알았다는 뜻으로 계집애가 고개를 끄덕이자 비로소 웃을 듯 말 듯한 표정을 지으며 돌아선다.

* * *

선애도 깊이 잠이 들었다. 새우처럼 몸을 오그리고 얼굴을 손수건으로 가리고서. 이윽고 키 작은 사나이는 슬그머니 이등 선실에 나타났다. 그리고 누워 있는 사람들 사이를 고양이처럼 조용히 누비고 가다가 선애 옆에서 걸음을 멈추고 싱긋이 웃는다. 키 작은 사나이는 연신 웃는 얼굴로 허리를 꾸부리며 선애 얼굴을 덮은 하얀 손수건을 걷어낸다. 선애는 꼼짝하지 않았다. 팔짱을 낀 둥그스름한 어깨가 숨소리에 따라 조금 흔들리고 있을 뿐이다. 눈을 감았기 때문에 한결 길어 보이는 눈시울이 눈 밑에 그늘을 드리워 어떤 본능적인 슬픔이 맺혀 있는 것 같다. 아직 기미가 남아 있기는 했으나 팽팽한 얼굴과 오똑 솟은 코허리가 희미한 불빛에 유난히 반들거려, 눈 밑의 그늘을 튀겨버리는 듯 발랄하게 보였다. 무슨 꿈을 꾸고 있는가. 문성재를 만난 기쁜 꿈을 꾸고 있는가.

(지식산업사, 1979)

□ 박계주 「순애보 (상)」

짙은 자줏빛 해수욕복을 입은 인순이는 탄력 있는 육체의 곡선을 인어인 양 싱싱하게 노출시키며 문선에게 미소를 보낸다.

마주 웃는 문선, 그의 이빨들은 햇빛에 백자기처럼 흰빛을 발산시킨다.

* * *

이삼 보 뒤떨어져서 걷는 명희와 문선이는 맨몸에 아무것도 걸머지지 않았다. 위로 두 개의 리본이 길게 늘어진 새까만 밀짚모자를 비뚜름히 쓰고 흰 블라우스에 곤색 스커트를 입은 명희의 자태는 오늘따라 더욱 경쾌하며 신선하다. 양편 가슴에 부풀어 오른 두 개의 둥근 선은 걸을 때마다 탄력 있는 파동을 일으킨다.

옥련이는 눈웃음을 치며 옆방으로 사라진다. 그러나 강형석이는 신옥련의 웃음보다도 옷 짬으로 들여다보이던 유방과 유방과의 사이의 은하와 같은 계곡과 블라우스의 양편 앞가슴을 터쳐 버릴 것만 같이 돌출한 두 개의 탄력 있는 유방의 파동을 눈에서 가시게 못하며 멍하니 옥련이 나간 문만 바라보고 있다. 왜 가슴뿐이랴. 드러난 유백색의 하얀 두 팔, 기다란 속눈썹, 이슬에 젖은 포도마냥 윤기가 도는 새까만 두 눈동자, 오똑한 코……. 모두가 황홀한 것이 아니냐.

* * *

옥련이는 목욕물을 데우게 한 뒤에 욕실에 들어갔다. 물에 들어가기 전에 벌거벗은 몸을 거울에 비춰 보았다. 아직도 싱싱한 아름다운 육체, 만월처럼 탄력 있는 두 개의 유방, 하아얀 피부…… 그러나 그 싱싱한 아름다운 육체 속에서는 구데기가 들끓는 것 같았고, 고름이 꽉 차 있는 것 같았다. 그래서 더 거울을 바라볼 수 없는 옥련이는 얼른 물 속에 들어가 앉았다. 그리고 몸을 막 문질렀다.

(삼중당, 1983)

□ 박덕규 「시인들이 살았던 집」

농담으로 일단 둘러대다 보니, 붉은 홍분기가 다 가라앉지 않았음에도 우윳빛 피부색이 허옇게 표정 전체로 번지는 양하연의 얼굴은 정말 탐스런 복숭아 같았다. 오달수는 말을 이었다.

* * *

한 여자 때문이다. 어디선가 보았음에 틀림이 없는 긴 머리를 간단하게 뒤로 한 묶음 지어 덜렁거리게 하고 엘리베이터 쪽으로 걸어가는 여자가 있었다. 향수나 비누가 만들어내는 향기가 아니라 육체로 온몸으로 향기를 뿜어내고 있다는 확신을 주는 여자. 살을 온전히 드러낸 쭉 뻗은 다리로 무릎까지 오는 코트를 살짝살짝 차고 걸음을 옮길 때마다 바로 그 향기를 그러나 다분히 지성적인 체취를 흩뿌리는 그 여자를 그냥 달려가 끌어안고 종일토록 있고 싶다는 생각이 그 여자가 엘리베이터 안으로 사라질 때까지 그를 사로잡았다.

* * *

양하연. 1971년 7월 12일생. 서울 마포구 신공덕동 건양 원룸아파트 B-1동 502호. 1978년 3월 4일 천안 복지초등학교 입학…… 1990년 2월 9일 서울 서안여자고등학교 졸업…… 조그만 반명함판 사진에서도 향기가 날 것 같은 여자. 겹겹이 옷을 입고 있어도 알몸의 윤곽을 느낄 수 있었던 여자. 지적으로 생겨서 도리어 차갑게 느껴지는 그런 분위기와는 달리, 몸 중심에서 뿜어지는 어떤 뜨거운 힘으로 몸을 싸고도는 차가운 기운을 밀어내는 기묘한 매력을 풍기는 여자.

(현대문학사, 1997)

□ 박범신 「골방」

백팔십의 키에 육십오 킬로그램. 군살 하나 없는 균형 잡힌 몸매와 반듯하게 벌어진 어깨, 쭉 찢어져 올라간 눈과 깨끗한 선으로 마무리된 콧날, 그리고 아침 햇빛처럼 어딘지 모르게 힘이 넘치는 야성의 분위기를 막둥이는 갖고 있었다. 검은 진바지에 딱 붙는 검은 재킷과 검은 운동모를 그는 쓰고 있었다. 담장을 타고 내리는 몸놀림이 너무 유연하고 너무 민첩하고 너무 가벼워 차라리 막둥이는 아름다워 보였다.

(창작과비평사, 1997)

□ 박범신 「여름의 잔해」

버스가 지나는 도로변에서 8킬로나 산 속으로 떨어져 있는 재실 속의 석진 오빠는 언제나 음울하게 가라앉아 있었다. 색 바랜 작업복을 걸치고 초저녁부터 이들 앞에서 움직이지 않는 무표정하고 적막한 얼굴. 손때가 묻어 퇴락한 실내의 분위기와 딱 어울리는 다갈색 파이프가 그의 파리한 입술에 걸려 있었다. 제멋대로 흩어져 흘러내린 머리칼과 창백하게 튀어나온 이마, 와락 쥐어 잡으면 한 줌밖에 안 될 가난한 육신을 목발로 지탱한 채 그는 언제나 나목처럼 서 있었다.

(청한, 1998)

□박범신 「흰 소가 끄는 수레」

고사목 앞에 서 있기 때문일까. 사내 또한 갈 데 없이 고사목 형국이었다. 성긴 반백의 머리칼, 가늘고 긴 목, 나처럼 마르고 좁은 등을 그는 갖고 있었다. … (중략) … 그의 마르고 굽은 등은, 구태여 지적하자면 나의 마르고 굽은 등과 이미지가 달랐다. 사람들은 흔히 내 마르고 굽은 등의 모습이 쓸쓸해 뵌다고 말했다. 내 위장술이 등에까지 미치지 못하는 게 어떤 날은 화가 났다. 그러나, 사내가 쓸쓸해 뵌진 않았다. 고사목은 사별의 징표였다. 그런데 왜, 고사목 같아 뵈는 저 사내는 전혀 쓸쓸해 뵈지 않을까.

* * *

어눌하지도 않고 달변도 아니며, 느리지 않고 빠르지도 않으며, 차갑지 않고 뜨겁지도 않으며, 허술하지 않고 속이 꽉 차 보이지도 않으며, 무지하지 않고 엘리트적(的)도 아닌……꾸부정하게 등 굽은, 수수깡처럼 마른, 투명한.

(창작과비평사, 1997)

□박상륭 「죽음의 한 연구」

늙었다는 것 모두 빼놓고 소탈히 계산해도, 그 중은 보통 키도 못되게 형편없이 작았고, 다리도 몹시 깡마른데다 빈약해서, 대체 그런 체신으로 어떻게 그 먼 거리며 그 많은 고장들을 좁히고 다닐 수 있었는가 그런 의심부터 일으켰는데도, 그래도 그의 이야기엔, 밤늦게 돌아와 제 놈의 신방 빼꼼히 열어 보고 눈치 챈 처용이놈만큼은 뭣엔가 통해져 있는 것도 같았고, 또 눈에는, 할멈 무덤 옆에 자기 누울 헛묘 봉분 만들어 놓고, 자기 무덤 위에 요요히 앉아 한 대의 골통 담배를 태우는, 저 촌로의 눈에 담긴 흥그렁함 같은 것을 또 담아놓고도 있었다. 그의 목소리에서는 그리고 저 담배통 끓는 소리가 섞여나고 있었다.

* * *

그리고 내가, 그 장옷 덮인 중을 건너다보니, 아마도 그가 웃고 있는 소리를 내고 있었는데, 그것은 듣기에 썩 빙충맞았다. 그 소리로 짐작건대, 그것은 가늘고 여려서, 스물 안팎의 사미승 꼬락서니일 것으로 짐작되었다. 그제야 나는, 그가 전신을 장옷 속에 감추어 놓고, 눈만 빼꼼히 내놓고 있다는 것을 알았는데, 그래서, 여기서는 모든 수도자들이 얼굴을 장옷 속에 숨겨서는 썩여 버리는지도 모르겠다고, 멋대로 추측했다.

* * *

그렇든 어떻든, 내게 일종의 외경감과 당혹을 자아내는 사내는, 종돈 중의 종돈보다도 뚱뚱했는데, 비계로 허여니 큰 배를 두 평은 펴늘이고 하늘을 향해 누워서, 누워서도 그는 숨을 헐헐 하고 있었다. 그리고 분명히 거기쯤에 하초가 있었음직한 데를 한 닢의 수건으로 덮어놓고 있는 것이 전부였고, 장삼과 속옷은 베고 있었다. 눈은 반쯤 감고, 그런 대신 무엇을 반복하고 반복하여 웅얼거리고 있어 들어보니, 그것은 무슨 사행 시구거나, 게송 같은 것이었다. 몸이 보리수이니/마음은 밝은 거울틀과 같네/때때로 부지런히 털고 닦아서/먼지며 티끌 못 앉게 하세// 그리고 그는 마흔다섯 안팎으로 보였다. 헌데 저 비만스런 사내의 옆에, 숯물 들인 바지만 어중간하게 입고, 항마좌로, 저 와선승의 웅얼거림에 일심으로 귀기울이며, 그 곡조에 맞춰 백팔염주를 굴리고 있는 중은 왼쪽 눈이 멀었는데, 진갑도 몇 해 전에 지냈을 법 했고, 노란 수염 몇 가닥에, 깡말랐고, 굽은 등에 탁한 갈색 피부였고, 하나뿐인 눈을 거의 병적으로 굴려대고 있었다.

* * *

무섭도록 장엄한 몸을 일으켜 앉았는데, 그러자 그의 오장육부가 한바탕 눈사태처럼 으르렁거리고 깔아 내리니, 그의 하초가 그 눈사태 우거진 아래로 묻혀 들린다. 그것은 그렇게도 볼품이 없는 데다 어렸을 때 지렁이에게라도 한 번쯤 물렸더라면 좋았을 것을, 심지어 그런 인연까지도 끊겼는지, 아직도 세상을 좀 덜 내어다보고 있었다. 헌데 그의 두상에도 머리털이라곤 뒤통수 쪽에 뒤 그루 돋아나 있었을 뿐이어서, 기름진 초로들의 풍미려니 했었더니만, 뱃가죽 아랫녘 또한 쇠비름 한 포기 자랄 수도 없이 가꾸어져 있어서, 나는 그것이 풍미 탓이 아니라 게송 탓으로 견성한 돼지나 아닌가 했다. 때때로 부지런히 털고 닦아서, 먼지며 티끌 거기 못 앉게 하게.

(동아출판사, 1997)

□ 박상우 「내 마음의 옥탑방」

그녀는 백화점을 찾아온 고객들이 필요로 하는 정보를 제공해 주는 안내직원이었다. 하지만 내가 그녀를 훔쳐보는 동안, 그녀에게 다가가 뭔가를 문의하는 사람을 나는 별로 본 적이 없었다. 그래서 화사한 제복과 모자를 착용하고 출입구 안쪽에 앉아 있는 그녀가 때로는 전시된 마네킹이나 인형처럼 보일 때도 있었다. 꿈을 꾸듯 몽롱한 표정과 눈빛, 그리고 주변의 모든 것으로부터 자신을 스스로 유폐시키고 있는 듯한 깊은 정지감—예컨대 미감을 자극하는 인물화가 아니라 고적한 풍경화의 이미지에 사로잡혀 나는 서서히 감정의 균형을 잃어가고 있었던 것이다.

(문학사상사, 1999)

□ 박상우 「돌아오지 않은 시인을 위한 심야의 허밍코러스」

그는 낡고 헐렁해 보이는 검정색 양복을 검은 베레모와 검은 테 안경을 쓰고 있었는데, 그런 저런 모든 것들이 한데 어우러져 그 당시에도 여전히 세상물정에 눈 어둡던 우리들에게, '아아, 저 인물이야말로 이 말라비틀어진 시대를 파격적으로 살아감으로써 어떤 초월의 경지에 이른 희귀한 방약무인이 아닐까 하는 기대감을 오랫동안 떨쳐버릴 수 없게 했던 것이다.

(중앙일보사, 1996)

□ 박상우 「적도기단」

뙤약볕이 그 이마에서 무수하게 반사되고 혹은 잦아들어, 땀은 이제 비 오듯 그의 얼굴 곳곳에서 굵은 줄기를 이루며 쉼 없이 흘러내리고 있었다. 느닷없는 경련처럼 그의 입술이 갑자기 파르르 떨리기 시작했다. 입술만 아니라 그 몸 전체가 어떤 걷잡을 수 없는 경련으로 떨리고 있는 것 같았다. 그리하여 그 순간, 그의 두 눈동자 속에서 이글거리는 그것이 작열하는 태양이 아니라 끔찍스러운 살의라는 걸 일병은 직감적으로 알아차렸다. 위험한 순간이었다.

(중앙일보사, 1996)

□ 박상우 「캘리포니아 드리밍」

185가 넘을 듯한 키에 육기가 전혀 없어 보이는 골격. 그는 가로선과 세로선의 주름을 칼날처럼 날카롭게 세운 군복을 입고 있었고, 오석처럼 빛을 발하는 군화를 신고 있었다. 하지만 그런 무결 상태에도 불구하고 그에게서 느껴지는 건 오직 한 가지, 싸늘한 거리감뿐이었다. 인간적인 기대감이나 친밀감을 털끝만큼도 허용치 않으려는 듯한 강고한 경직성 같은 것—그런 배타적인 분위기가 그의 몸 전체를 감싸고 있는 것 같았기 때문이다.

하지만 그런 분위기에다 인간적인 악마디까지 느껴지게 되는 건 정작 그의 얼굴이었다. 체구에 걸맞지 않게 깡마른 얼굴에는 어린애 주먹만한 광대뼈가 불거져 있었고, 그것을 떠받치고 있어야 할 뺨은 오히려 움푹 꺼져 있었다. 하지만 그 무엇보다도 그의 얼굴을 악상으로 만드는 데 결정적으로 기여하고 있는 건 그의 눈이었다. 작고 가늘게 열려 있으면서도 엄청나게 강렬한 기운을 내뿜고 또한 빨아들이는 듯한 그 눈빛!- 그것은 있는 그대로가 인성의 냉동을 반영하는 눈빛이었고, 또한 무반성적인 잔혹을 얼마든지 예감 케 하는 눈빛이었다.

* * *

멋모르고 겅중거리다 느닷없이 일격을 강타당한 뒤라서일까, 훈병은 그때 이미 겁에 질린 표정으로 어깨를 잔뜩 움츠린 채 고슴도치 같은 형상을 하고 있었다. 검은 플라스틱 테의 안경을 쓰고, 168쯤 되어 보이는 왜소한 체구에 등이 약간 굽어보이는 인물.

하사의 지시에도 불구하고 그는 여전히 어깨를 움츠린 채 자세를 수정하 지 않고 있었다. 그것은 미구에 가해지게 될 하사의 공격을 순간적으로 모면 하기 위한 자세, 혹은 그 공격으로 인한 충격을 최소화하기 위한 자세가 분 명해 보였다. 자세뿐 아니라 시선까지도 대각을 형성, 그는 대단히 교묘한 눈 빛으로 하사의 일거일동을 경계하고 있었다.

* * *

서정도의 얼굴은 형체를 알아볼 수 없을 정도로 푸르딩딩하게 부어올라 있었고, 그의 왼쪽 안경알에는 여러 개의 금이 가 있었다.

* * *

벽과 벽이 맞닿아 꺾어지는 구석진 자리에 아버지는 앉아 있었다. 무릎을 세우고 허공을 바라보며 담배를 태우는 정물 같은 모습- 등잔불빛이 만들 어 내는 침침한 그늘 속에서 떠오른 아버지의 얼굴은 마치 병자의 그것처럼 어둡고 쓸쓸해 보였다. 언제 보아도 축축하게 젖어 있는 듯한 두 눈과 건조 하게 메마른 입술…… 그리고 날이 갈수록 좁게 오그라드는 듯한 어깨를 바 라보노라면, 나는 언제든 눈시울이 뜨거워지거나 콧잔등이 시큰거려져서 있 는 힘을 다해 어금니를 악다물지 않을 수 없었다. 악다물며, 눈과 코를 통해 밀려나오는 그 뜨거운 것들을 가슴 밑바닥으로 가라앉히기 위해 안간힘을 기울이지 않을 수 없었다.

(세계사, 1996)

□ 박양호 「벼락 크럽」

여자의 그 희한한 대답을 듣고 다시 한번 어리벙벙해 있으면서도 그녀의 모습을 보니까 그녀는 바지와 소위 윗도리를 니트라는 것으로 입고 있었다. 남자들의 양복 윗도리 같은 것이었다. 그 속에 바로 그것도 노란색의 브래지어가 보였던 것이다. 허니까 윗도리 속에 아무것도 입지 않은 것이 아니라 남자들의 와이셔츠에 해당하는 블라우스를 입기는 입었는데 브래지어를 그 속에 걸친 것이 아니라 블라우스 위에 턱 허니 무슨 자랑스러운 넥타이처럼 붙들어 매고 있었던 것이다.

(세계사, 1997)

□ 박양호 「슬픈 새들의 사회」

불이 켜져 있었기 때문에 남자의 얼굴이 똑똑히 보이고 있었다. 커다란 눈… 그런데 그 눈 속에 보이는 남자의 마음은 아주 먼 곳에 가 있었다. 눈동자가 좀 헤풀어진 것도 같고 그의 눈 가장자리에서 알 수 없는 아지랑이들이 출렁이고 있었다. 아니면 한여름의 그 뜨거운 아스팔트를 녹이는 이글거리는 지열.

* * *

그렇다. 소녀과부, 김평후가 기억하는 한 할머니는 언제나 소녀였다. 언제나 희고 깨끗하게 차려입은 흰옷, 그리고 흰옷에 꼭 어울리는 동백기름을 발라서 뒤로 쪽찐 머리, 흙이 묻은 것을 본 적이 없는 할머니의 고무신, 수틀 앞에 단정하게 앉으셔서 학을 수놓으시던 그 단아한 모습. 그 모든 것들이 김평후에게 있어서는 할머니라는 생각을 하기가 어려웠다.

* * *

석매는 김평후의 얼굴을 쳐다보았다. 어둠 속에서도 그려낼 수 없는 얼굴, 아니 눈을 감고 어둠 속에서도 진흙으로 빚어낼 수 있는 남자의 그 친숙한 얼굴. 조금 전의 그 살기 어린 눈빛은 본래 이 남자의 것이 아니었어. 그런 눈빛과 온몸으로 쏘아대는 그 일촉즉발의 살기를 한 번도 본 적이 없었다.

* * *

그의 흰 머리칼이 황토 먼지가 배어 있는 것처럼 색깔이 뿌옇다. 몸의 상태가 좋으면 햇빛을 받는 눈처럼 반짝이는 흰 머릿결, 귀밑머리에 돋아나는 몇 올의 흰머리를 보면서 나는 그런 생각을 했었다. 이왕이면 우리 학과장 교수처럼 반짝이는 흰머리로 머릿결 전체가 하얘졌으면.

* * *

어찌 보면 피차의 처지가 조금도 다름이 없는 것 같은데 또 잘 살펴보면 손 영감이라는 사람은 자신과는 영 딴 세상에 사는 노인 같은 느낌이 들곤 했기 때문이었다. 참빗장수로 복잡한 시장 바닥에서 먼지와 악다구니에 바래어 시든 무청처럼 윤기 없는 자신에 비해서 손 영감은 언제나 번지르르했다. 우선 햇빛을 받으면 반짝이는 근사한 은발이 그랬고, 그 은발머리 위에 왼쪽으로 비스듬하게 뚜껑처럼 얹혀져 있는 검은 빵모자, 어디 그뿐인가. 제법 자개로 단장되어 있는 지팡이, 비싸 보이지는 않지만 잘 차려입은 그의 입성, 그런 차림으로 손 영감이 어디론가 매일 출입을 하는 모습을 지켜보노라면 박 영감은 언제나 그런 생각이 들고 했다.

* * *

호야 등잔 밑에서 손 영감의 은발이 번쩍거리고 있었다. 불그스레하게 술기가 돌아든 얼굴, 손마디가 불거져 나온 것은 어떤 영감에게나 볼 수 있는 일이지만 깨끗하고 섬세한 손가락 끝, 사각사각 소리를 내면서 벼루에 갈리는 먹, 그런 손 영감의 손을 자세히 보면서 과연 이 영감은 자신이 말한 대로 놀고먹던 사람이구나 하는 것을 새삼 느낄 수가 있었다.

(동아, 1991)

□ 박완서 「가는 비, 이슬비」

잇몸이 드러나게 웃을 때와는 달리 남편의 기분은 그다지 좋지 않아 보였다. 퉁명스럽게 말했다. 파자마바람에 틀니도 아직 안 낀 주제에 머리는 기름을 발라 곱게 빗어 넘기고 있었다. 정수리가 대머리지고부터 그걸 가리기 위해 남편은 왼쪽 귀 위에 가르마를 탔다. 그러나 옆머리도 정수리를 넉넉하게 덮은 만큼 숱이 많은 건 아니어서 기름 발라 가까스로 덮은 정수리의 새까만 광택에 나는 담즙처럼 쓰디쓴 혐오감을 느꼈다.

* * *

무성하던 머리칼이 한 오라기도 안 남은 늙은 남자의 두상은 그 나이에 흔한 대머리하고는 또 달랐다. 대머리는 보통 피부보다 더 유들유들 윤이 나한눈에 강인한 인상을 주지만 그의 머리 빠진 두상은 마치 머리칼이 귀하게 태어난 갓난아기의 두상처럼 피부가 희고 여려 보였다. 정말이지 크기만 좀 크다 뿐 머리 귀한 갓난아이 두상과 다를 게 하나도 없었다. 자세히 들여다보면 아주 대머리는 아니고 보오얀 솜털이 성기지만 고루 뒤덮여 있는 것까지 똑같았다.

(문학동네, 1999)

□ 박완서 「꽃을 찾아서」

시어머니는 마루에 깔아 놓은 화문석 위에 비스듬히 누워서 빨간 새 무늬를 신기한 듯 어루만지기 시작했다. 보일 듯 말 듯한 미소가 감도는 얼굴이 어린아이의 얼굴처럼 작고 무구하고 무심해 보였다. 아침에 머리를 빗겨서 뒤로 묶어 리본을 만든, 케익 상자를 장식했던 분홍색 끈도 잘 어울렸다. 그러나 벌거벗은 배는 주글주글 몇 겹의 굵은 주름과 수많은 작은 균열로 푹 꺼지고 늘어진 게, 마치 함부로 도굴하고 메꾸어 버린 무덤 자국 같았다. 저 배가 한때 쉴새없이 자식을 배고 기르느라 풍만하게 부풀었을 생명감이 넘치는 고장이었다는 걸 누가 알까? 그녀는 자기만이라도 그것을 알아 줘야 할 것 같았고, 그곳에 귀를 기울이면 그 속을 거쳐 간 생명들의 흔적을 느낄 수 있을 것 같았다. 그녀는 처음으로 시어머니의 적나라한 노구에 연민을 느꼈다.

(창작과비평사, 1996)

□ 박완서 「나목, 도둑맞은 가난」

어머니는 그림자처럼 나와서 문을 열었다. 문득 어머니는 긴 낮 동안 무슨 생각으로 소일하였을까가 궁금해졌지만 묻지는 않았다. 나도 어머니의 대답을 미리 알고 있기 때문이다. "아니 아무것도." 틀림없이 이렇게 대답할 것이다. 아무것도 생각 않는 상태, 완전한 허(虛), 이런 걸 나는 짐작도 할 수 없다. 내가 어머니를 미워하면서 두려워하는 것은 바로 그녀의 온전히 허일 수 있는 상태인지도 모른다. 나는 어머니의 식사하는 모습, 특히 저작하는 추한 입 모양에서 눈을 떼지 않았다. 손질 안 한 회색빛 머리가 이마며 귓바퀴에 함부로 늘어져 있으나 얼굴에는 별로 주름이 없는 대신 잘다란 주름이 의치를 빼놓은 입술 둘레에 모여 입술을 보기 싫게, 마치 잘못 꿰맨 상처 자국처럼 달아놓고 있었다.

(민음사, 1997)

□ 박완서 「목마른 계절」

"그럼 여성 동무들의 영웅적 활동을 기대하겠소." 풀 죽은 모시노타이를 풀어헤친 사이로 때 묻은 런닝셔츠 가슴이 드러나고 있어 몸집도 왜소한 편이었으나 눈은 사람의 겉모양보다 속셈을 더 잘 들여다볼 듯이 날카로워 모든 사람을 위압하고 있었다. 조직부장도 선전부장도 위원장까지도 그 앞에 위축돼 있음이 완연했다.

(열린책들, 1988)

□ 박완서 「어떤 나들이」

그는 가슴속에 분통의 욕을 간직하고 있을 터였고 안주머니에 두둑한 지폐 뭉치를 간직하고 있는 자가 그 나름으로 독특한 표정이 있듯이 그는 욕쟁이라는 그 자신의 별명에 어울리는 그 독특한 표정이 있었다. 나는 아직도 선명하게 기억하고 있다. 그가 욕을 잔뜩 참고 있을 때의 암울하도록 빛나는 표정을 그 순간적인 섬광을 방금 내가 그를 알아보았을 때도 나는 그런 것들을 보았을 터였다.

* * *

가난과 굶주림으로 가뜩이나 새카맣게 말라비틀어진 얼굴에 고실고실 들고일어나 새둥우리처럼 된 머리가 덮치니 그 꼴이 말이 아니었다. 그것만으로도 넉넉히 비참의 극인데, 어머니는 게다가 화장까지 시작했다. 어디서 분가루랑 입술연지 토막을 얻어다가 깨진 거울 앞에서 치덕거렸다. 그러곤 낮도깨비처럼 길가를 오락가락했다. 나는 부끄러워할 수조차 없었다. 불쌍한 어머니, 그러나 내가 어떻게 도울 수 있단 말인가.

* * *

어머니 얼굴엔 그 나이에 그만큼 생활에 시달린 부인네들에겐 좀처럼 희귀한 긍지가 있었다. 그러나 그런 엉뚱한 긍지가 어머니의 찌든 모습과 제대로 조화를 이룰 리 없어, 마치 서투른 화장처럼 어머니의 피부에 더덕더덕 얼룩져 있을 뿐이었다.

(문학동네, 1999)

□박완서 「참을 수 없는 비밀」

그래도 하영이 그렇게 가까이에서 남자의 얼굴을 관찰해보긴 처음이다 싶었다. 두상을 옆에서 보니 앞뒤로 짱구였다. 그게 그렇게 귀여울 수가 없었다. 그의 머리를 한 팔로 안으면 남을까 모자랄까? 그게 궁금했다. 이마도 잘생기고, 코도 잘생겼다. 뒤에서 손으로 그의 두 눈을 감겨주면서 꿈꿀 때처럼 움직이는 눈동자를 손바닥에 느껴보는 것도 재미있을 것 같았다. 그의 코밑과 턱은 약간 지저분한 편이었다. 지저분한 아름다움은 낯설어서 신선했다. 입술은 또 얼마나 단호하면서도 섬세한지. 지저분한 것까지 아름다워 보일 수 있는 까닭은 아마도 잘생긴 입술 때문일 것이다. 하영은 꼼짝 안 하고도 손끝으로 그의 입술 선을 그리듯 더듬고 있었다. 남들은 그의 입술이 단호한 줄만 알지 이렇게 섬세한 줄은 모르리라. 하영은 그렇게 생각하고 싶었다.

(삼문출판사, 1997)

□ 박완서 「한 말씀만 하소서」

그렇게 말하는 노파는 앞니가 두 개밖에 없었고, 나이를 헤아릴 수 없을 만큼 주름이 깊었다. 아무리 없이 살아도 헐벗지는 않는 세상이라 그런지 노파의 입은 옷은 좀 너무하다 싶을 만큼 남루했다. 머리카락도 센 건지 바랜 건지 말총 빛깔로 헝클어져 있었다.

(솔, 1994)

□ 박용구 「동양척식주식회사」

가쯔라는 제 집이기는 하였으나, 이또오를 맞기 위하여 양복으로 정장을 하고 기다리고 있었으며, 이또오는 헐렁한 일본옷 차림으로 나타났다. 가쯔라는 수상이었고, 이또오는 보호국에 파견되어 있는 통감이었으니, 어떻게 보면 가쯔라의 지위가 위인 듯 하였으나 사실은 그렇지가 않았다. 이또오는 제국주의 일본을 대표하는 인물로서 한국을 요리하기 위하여 자진하여 통감의 자리를 맡았었다.

* * *

이또오와 가쯔라가 차를 마시며 잠시 한담을 나누고 있을 때 히라다가 나타났다. 히라다는 가쯔라보다 두 살 아래인 59세였다. 일찍이 독일의 하이델베르크와 라이프니츠에 유학하여 법률을 공부하고 법학박사가 되었다. 돌아와서는 대장대신 비서관이 된 것을 시작으로 하여 아이찌, 미혜지방 등의 지사를 역임하고 법제국장, 추밀원 고문관 등을 거쳐 농상무대신이 된 자였으니 일본으로서는 제일류의 인물이었다. 히라다는 검은 양복에 유난히도 높은 칼라를 하고 나비넥타이를 맨 차림으로 나타나 두 사람에게 허리를 굽혔다.

(문지사, 1981)

□박일문 「살아남은 자의 슬픔」

나는 그 책 뒤표지에 인쇄된 사진 속의 여자를 자세히 들여다보았다. 결코 미모라고는 할 수 없는 넓은 이마와 짧게 커트한 생머리, 뾰족한 콧대와 긴 주걱턱, 눈에 띄는 입술선, 분명히 그것은 내 어머니의 모습과 비슷했다. 단지 차이가 있다면 에르노의 눈은 밝고 인자해 보였고 어머니의 눈은 항상 서늘하게 젖어 있다는 차이뿐.

(민음사, 1992)

□박정애 「에덴의 서쪽」

내 이름은 똥님이. 땅 속에 스며들어 남새밭의 상추와 미나리꽝의 미나리를 키우고 상추와 미나리를 한 소쿠리 뜯어 나오다 보면 밟히는 둔덕에서는 민들레를 꽃피우는 똥거름처럼, 내 이름도 이제는 내 살점 속에 스며들어 나라는 한 인간과 뗄래야 뗄 수 없는 사이가 되었다. 이 이름은 놓아두고 호적상의 이름이 분녀가 된 것은, 내 나이 일곱 살에 아버지가 출생 신고를 하러 갔을 때 오지랖 넓기로 소문난 면사무소 직원이 아버지를 잡아두고 이름의 중요성에 대한 연설을 두어 시간에 걸쳐 늘어놓은 다음 그렇게 바꾸어 등재해 주었기 때문이다. 남들은 바우니 개똥이니 간난이니 정답게들 부르다가도 학교 들어가면 호적 이름을 불러 버릇하여 나중에는 아명 같은 것은 세월만큼 아득한 기억 저편에나 묻어둔다지만, 나같이 학교 근처에도 가보지 못한 사람은 그저 흙바닥에서 몸뚱어리로 살아내게 되고 그러다 보면 호적상의 이름을 쓸 일이 겨우 주민증 바꿀 때나 투표할 때밖에는 없어, 나에게 이름이라는 것은 어디까지나 내 나이 다섯 살에야 겨우 얻어 올린 똥님이뿐이다.

* * *

재동이 상할매는 두 살 어린 며느리인 재동이 할매와 사이가 좋지 않아 친정 동네가 같은 우리 할매에게 며느리 흉을 보러 시도 때도 없이 마실을 왔다. 할매는 재동이 상할매의 성미가 진중하지 못한 것을 알고 있으면서도 무조건하고 재동이 상할매 역성을 들어 세상 며늘년들에게 욕을 바가지로 퍼부어 주곤 했다. 그 밑바닥에는, 자고로 며느리란 이름을 가진 여자가 시어머니란 이름을 가진 여자에게 할 수 있는 행동은 고개를 조아리고 예, 예, 하는 것밖에 없다는 것을 우리 엄마더러 새겨들으라는 속셈도 있었겠지만, 첫아들 안고 근친 한 번 간 것 말고는 이때껏 가지 못한 친정에 대한 그리움이 깔려 있었다. 친정이 저승도 아닌데 제 어버이 장례 때도 설마 못 갔으랴 싶지만 할매 사정은 또 그랬다. 모친상을 당했을 때에는 때마침 시조부상이 겹쳐 가지 못했고, 부친상을 당했을 때에는 전쟁통이어서 때늦게 인편으로만 들었다고 했다. 그 후에는 새끼들 데리고 사는 것이 바빠 가지 못했고, 자식들 다 성취시키고 뒷방 늙은이가 되고 보니 다리 아프고 허리 아파 먼 길 떠날 엄두를 못 내겠고 가보았자 기다려 줄 부모도 동기도 없는 곳, 낯조차 가물가물한 조카와 질부와 괜스레 어려워만 할 곳이어서 구태여 못 가겠다는 것이었다. 할매가 그리워하는 친정이란 돌아갈 길이 없는 할매의 깊은 설움과 독한 그리움은 그저 친정 땅에서 나고 자란 사람이란 이유로 재동이 상할매를 시집의 일가붙이보다 더 아끼게끔 심정을 묘하게 조종하는 것이었다.

* * *

　시아버지는 일대에서는 첫손가락에 꼽히는 푸른 양반의 후손이었는데, 서른 넘어 본 두 아들이 도통 시원찮게 풀리는 바람에 늘 먹장구름을 깔고 살았다. 두 아들 중 그나마 명민해서 아버지의 기대를 한 몸에 받으며 대학에 다니던 신랑은 동란 때 다리를 잃어 병신이 되었다. 전처는 대구의 명문 고녀를 졸업한 하이칼라 인텔리였는데 남편이 전쟁에서 돌아온 후 오 년을 견디다가 육 년째에 교회 전도사와 바람이 나서 나가버렸다. 시아버지는 그 후 교회와 예수쟁이라면 철천지원수 취급을 하며 치를 떨었다. 매파에게 맏이의 재취 색싯감을 알아보라고 할 때에도 제일 조건으로 내건 것이 교회는 먼발치에서도 쳐다보지 않은 여자여야 한다는 것이었다. 다 자란 여자가 남자들과 한자리에서 떠들고 손목 잡고 노래하고 입을 쭉쭉 맞추고 하는 법은 조선천지에 있을 수 없는 고로 교회바람을 쏘인 여자는 도무지 인간으로서의 염치를 모르는 양놈, 양년들의 더러운 문화를 쏘인 여자라 두고 볼 것도 없이 화냥년이라는 것이 그 양반의 지론이었다.

* * *

사내는 희멀건 살결에 눈 코 입이 제자리를 차고앉은 미남이었다. 하늘 정 기라도 받으려는 사람처럼 네 활개를 좌악 펼치고 누워 있던 그는, 총총히 고갯길을 오르다 보따리를 고쳐 이는 나를 발견하자 벌떡 일어나 다가왔다.

* * *

나는 넷이란 말에 다시금 사내의 얼굴을 뜯어보았다. 푸른 기가 도는 맑은 흰자위와 새카만 눈동자, 아직 주름이라고는 찾아볼 수 없는 팽팽한 피부에 서 소년의 체취가 풋풋하게 풍기는, 촌에서 보기 힘든 인물임에는 틀림없었 다.

* * *

사내는 감정을 숨길 줄 모르는 사람이었다. 그의 눈은 금방 눈물을 떨어뜨 렸고, 그의 입은 헤벌어졌다. 사내에게 가족이란 베고 누울 수 있는 베개 같 은 것, 깔고 잘 수 있는 요나 덮고 잘 수 있는 이불 같은 개념이었다. 푸른 기가 도는 입술에 어깨를 옹송그리고 있는 모양이 늘 허기지고 추워 보였던 사내는, 입에 맞는 음식을 배불리 먹은 뒤 뜨뜻한 방에 드러눕는 사람처럼 더없이 만족스런 표정으로 배를 두드리며 짚가리 위에 몸을 던졌다.

* * *

사내는 원체 입고 있는 옷 한 벌 말고는 탈탈 털어도 먼지밖에 나올 것이 없는 사람이었다. 돈 벌어 살 수 있고 만들어 쓸 수 있는 물건 좀 없는 것이 야 나에게는 별 문제가 되지 않았다. 내가 남몰래 한숨을 쉴 수밖에 없었던 까닭은 그의 머리 또한 의지나 소견 같은 것하고는 인연이 없는 물건이라는 데 있었다. 없는 사람한테 의지와 소견 위에 더 중한 재산이 어디 있단 말인 가. 그는 앞으로 살림을 어떻게 꾸려갈 것인지에 대해 도대체 아무런 생각이 없었다. 그저 마누라를 베고 덮고 깔고 잠이나 자주면 되는 것이 혼인인 줄로만 알았다.

* * *

철없는 사내는 밤에만 서방 노릇을 하려 들 뿐 낮에는 나의 아이처럼 굴었다. 입이 아프도록 시키는 일만 대충 눈가림으로 할 뿐 제 스스로 일을 찾아서 하는 꼴은 볼 수가 없었다. 곧 죽어도 낮잠은 자야 했고, 일없이 방안에 드러누워 빈둥거리는 걸 좋아했다. 그가 기껏 해놓았다는 일도 나중에 보면 열에 일곱은 엉터리라 내가 다시 해야 했다. 그리고 깔끔하게 마무리하는 뒷손이 없어 그가 일한 자리는 언제나 어수선했다. 일일이 따라다니며 치워 줘야 했다. 사내가 그 모양이니, 나는 꼭두새벽부터 오밤중까지 엉덩이를 대고 앉을 새가 없었다. 두 아이를 기르고 살림을 하고, 여느 집 같으면 남정네들이 후딱 해치우고 마는, 마당 돋우고 지붕 얹고 똥통 치는 일까지 도맡아하는 데다 남의 집 품까지 팔면서 하루해를 넘기면 온몸이 솜뭉치마냥 아래로만 까부라지는데도, 사내는 나의 치마를 걷고 올라타는 일을 하루라도 거르는 법이 없었다.

* * *

나이는 대충 서른아홉에서 마흔 하나둘 사이의 초로인데, 사변 때 남편을 잃고 의지할 자식 하나 없이 살아오느라 외로움을 타서 그런지 잔주름이 눈 밑으로, 입 가장자리로 자글자글했다. 그래도 농사는 남을 주고 방안에만 박혀 살아 그런지 살갗이 껍질 벗긴 무처럼 희멀끔한 데다 복숭아꽃물을 곱게 들인 손톱이며 틀어 올린 머리 매무새며 애 낳기로 망가지지 않은 맷맷한 몸매에 깔깔한 무명 치마저고리를 다려 입은 맵시가 선뜻했는데, 첫눈으로도 여간만 신경 쓴 입성이 아님을 알 수 있었다.

* * *

아궁이 불빛에 비치는 덕천댁의 볼은 불빛 때문인지 다른 무엇 때문인지 손톱에 들인 봉숭아꽃물 만큼이나 발그스름하니 어여뻤다.

* * *

국민학교 건너편의 시장통에서 음식 장사를 할 때 한 달 가량 우리 집에서 하숙한 재미교포 남자가 있었다. 입성이나 생김새는 제법 말끔한데 얼굴에 털이 수북하고 눈에 총기가 없으며 언제나 무표정한 것이 텔레비전 영화에 나오는 미국 거지와 비슷하다고, 윤지가 그랬다. 나야 텔레비전 같은 것을 볼 시간도 없고 보더라도 그냥 흘려보지 유심히 보는 사람이 아니지만 외화라면 사족을 못 쓰는 윤지가 그렇다고 하니 그런가 보다 했다.

* * *

키로 눈어림해 보아 열서너 살쯤 되어 보이는 소년은 야구 모자를 쓰고 새것 티가 나는 운동화에 노란색 티셔츠 차림이었다. 하늘색 면바지도 새것 같았지만 어디 지저분한 곳에 앉았던 모양인지 얼룩이 묻어 있었다. 요즘은 사람도 따먹지 않고 짐승도 손대지 않은 온갖 열매들이 제물에 툭툭 떨어지는 철이라 산골에서는 앉을 자리를 잘 보고 앉아야지 아무데나 털썩털썩 앉다가는 그렇게 옷을 버리기 십상이었다. 모자 그늘에 가려 잘 보이지는 않았지만 역시 밝기만 한 표정은 아니었다.

* * *

윤열은 구멍새 큼직큼직한 얼굴이며 낙천적인 성격이 죽은 제 엄마를 빼어 닮았다. 나에게 혈육보다 진한 우정을 주고 간 그녀는 이렇게 바라보기만 해도 배가 부른 아들까지 주고 간 것이었다.

* * *

요즘 처자 같지 않게 연애 걸 줄도 모르고 사치할 줄도 몰라서 돈 버는 족족 모아두는 품이 결혼 밑천은 톡톡하게 장만했겠다 싶어 가게에 나드는 젊은 남자들 중에 착실해 보이는 사람으로 붙여 주려고 내 딴에는 애를 쓰기도 했고, 그 아이 엄마도 서른 넘기기 전에 고명딸 짝을 맞추어 주려고 선을 보여도 여러 수십 번을 보였건만 동네가 다 알아주는 그 아이 옹고집은 누구도 꺾지 못했다. 그러다가 신랑감을 데려왔다길래 어느 구석에 박혀 있던 어떤 신랑감인지 용케도 찾았다 싶었더니 난데없이 늙은 홀아비를 데려온 종잡을 수 없는 아이가 또한 귀자였다. 어미야 울고불고 기절을 하고 머리 싸매고 드러누워 자리보전을 했지만 그렇다고 한번 먹은 마음을 바꿀 귀자가 아니었다.

* * *

내 이름은 하윤지.

성인 하는 곰티재 깊은 골짜기, 촉촉하게 썩어가는 낙엽 위에서 나를 잉태시킨 아버지에게서 받은 것이고 윤지라는 이름은 어머니가 당신처럼 껄끌껄끌하게 살지 말고 반들반들 윤이 나는 인생을 지혜롭게 살아가라고 지어 주었다. 아니 더 정확하게 말하자면 '윤'자는 첫 번째 결혼해서 어머니와 동서라는 인연으로 만나게 된 분이 고아로 남기는 핏덩이를 위해 택했던 것인데, 어머니가 피 한 방울 섞이지 않은 오빠와 나를 친남매로 기르려고 내 이름에도 '윤'자를 돌려 넣었던 것이다. 오빠의 생모는 아들이 윤나는 인생을 살되 술에 술 탄 듯 물에 물 탄 듯 흐리멍덩하게는 살지 말고 맹렬하게 살라는 소망을 담아 그렇게 지어 줬다 한다.

(문학사상사, 2000)

□ 박종화 「금삼의 피」

옥안을 다스려 분대를 밀지 아니하시니, 파리해지신 여윈 얼굴엔 다시 옛날의 화사하고 고우신 모양을 우러러 찾을 길이 없고, 빗을 들어 머리를 가리신 적이 없으니 공단결 같은 검은 머리는 먼지가 쌓이고 카락이 엉클어졌다. 이렇게 되고 보니 폐비의 몸은 차차로 쇠약해지시었다. 가슴속에 서리고 맺힌 화기는 그대로 병이 되어 나날이 새빨간 피를 입으로 뱉으시게 되었다. 허구한 날 마를 새 없이 흐르는 눈물로 인하여 두 눈가죽은 벌겋게 짓무르셨다.

* * *

그러나 옛 기억에서 불러서 일으킨 어머니의 얼굴과 지금 현실에 있는 어머니의 얼굴은 너무도 글거리가 틀리고 멀었다. 뽀얀 안개 속 같은 옛 생각에서 떠오르는 그때 그 어머니의 얼굴은 예쁘장하고 살갗이 얇고 갸름한 편인 것 같았다. 그러나 지금에 뵙는 어머니는 얼굴이 둥글고 살기가 많다.

* * *

뭇 닭 속에 학이랄까, 오동에 날아드는 봉이랄까, 수백 몇 궁녀의 아리따운 얼굴을 무색하게 만드는 한 계집아이…… 도담한 어깨의 부드러운 곡선은 구불구불 분홍 속고사 저고리 밑으로 물결처럼 날씬한 허리를 슬쩍 스치고 남순인 치맛자락으로 뚝 떨어졌다. 호수같이 맑고 푸른 눈 속, 백랍으로 도독이 빚어 붙인 듯한 결곡한 코, 거기다 윤기 흐르는 검은 머리는 이 계집아이의 모든 아름다움을 더 한층 살리고도 남았다.

* * *

연산이 듭시는 시위 소리에 윤숙의는 놓고 있던 수를 그쳤다. 얼른 바늘을 뽑아 새빨간 바늘겨레에 꽂은 뒤에 반짇고리를 밀치고 일어났다. 연산은 벌써 대청 위로 올라서셨다. 마루로 나가서 부복하여 맞는 윤숙의의 고운 맵시는 월궁항아. 조촐한 눈썹, 다정한 입매에는 한 줄기 맑고 그윽한 향기가 고요히 일어나는 듯하다.

* * *

연산의 흥미는 완전히 풍악을 아뢰는 제안의 시비들에게로 쏠리어졌다. 건정건정 제안 대군의 말을 대답한 연산은, 취안을 들어 시비들의 곱고 추한 얼굴과, 고운 탯거리 위로 흐를 때 그 중에 하나, 섬섬한 가는 손으로 동기동기 비파를 뜯는 시비 하나, 나이는 푸른 봄을 흠뻑 껴안은 이십을 막 넘어선 흐무러진 때다. 도담한 어깨의 부드러운 곡선이 날씬날씬, 매낀한 머리로 감돌아 오다가, 사뿐 비파를 뜯고 앉은 남치맛자락으로 서리서리 서리어졌다.

* * *

조금 있다가 장녹수의 아재 김효손이 별입시로 뜰 앞에 등대했다. 아무리 사정이란 직첩에 가자를 받았으나, 상사람이라는 뿌리 깊은 이 나라의 관습 때문에 직령을 술띠를 늘이고, 사모를 대신 지르르하게 윤기 도는 음양립을 썼다.

다년간 한양 천지에 이름 높던 오입쟁이라 옷거리가 늘씬하니 맵시 좋다. 사십 될 둥 말 둥한 허여멀건 신수는 능걸찬 것도 같다.

* * *

눈은 자주 광한선의 얼굴 위로 흘러 떠나지 않으신다. 이십이 겨우 될 둥 말 둥한 갓 피어난 꽃송이 같은 젊은 얼굴에, 봄바람에 흐느적거리는 수양버들 가지 같은 농익은 탯거리는 간드러지게 어여쁘다.

* * *

연산이 대궐 안에 들어온 최보비를 보니 과연 천하의 절염이다. 가는 허리, 날 듯한 어깨, 가무스름한 눈썹, 조금 뾰조록한 코, 살찌지 않은 연연한 뺨에는 파르족족한 기운이 약간 돌았다. 연산이 어림쳐 짐작하니, 나이는 스물 대여섯, 계집으로는 온갖 사정을 다 알아줄 만한 때다. 몸 가지는 탯거리를 비스듬히 안석에 의지해 건너다보니 범절 있는 선비의 집 첩이라, 운평 홍청 속에는 이따위를 고르기 미상불 어렵다. 발 한번 옮기는 거와 손 한번 늘어뜨리는 게 모두 그럴 듯 격이 있어 보이니, 처염한 것으로 귀여움을 주던 수근비는 여기 대면 도리어 품도 없고 격도 없는 아무것도 아니다.

(동아출판사, 1995)

□박종화 「아랑의 정조」

아닌게 아니라 아랑은 무척 잘생긴 여자였다. 어여쁘다 해도 그대로 아기자기하게 어여쁜 편만이 아니다. 맑은 눈매하며 빗어 붙은 듯한 결곡하고도 구멍 드러나지 않는 푹 싸인 아름답고 고운 코는 백제 여자들에게서 흔히 볼 수 있는 특수한 매력을 풍기는 미지마는 비둘기 알을 오뚝이 세워놓은 듯한 둥글 갸름한 얼굴판에 숱이 적지도 않고 많지도 않은 알맞은 눈썹과 방긋 웃을 때마다 반짝이고 드러나는 고르고 흰 이빨은 두껍지도 않고 얇지도 않은 하얀 귀뿌리와 함께 홀로 아랑만이 가지고 있을 수 있는 사람을 넋 잃게 할

만한 매력이 있다. 여기다가 아랑의 옷거리는 더욱 좋았다. 외로 여민 저고리 위에 날아갈 듯한 어깨판하며 거듯거듯 주름 잡은 눈빛 같은 흰 치맛자락엔 여위지도 않고 살찌지도 않은 건강하고 젊음을 풍기는 탄력 있는 살결이 도마뱀처럼 물결쳐 흘렀다. 그러나 이것만으로 아랑이 백제 서울에 제일가는 미인이 될 수는 없었다. 아랑의 반듯한 이마전 아래 고르게 벌려진 눈썹과 호수같이 맑은 눈매 근처에는 무어라 형언할 수 없는 부드러우면서도 서릿발 같은 사람이 감히 호락호락히 범하지 못할 맑고 맑은 기품이 떠돌았다.

(어문각, 1970)

□ 박종화 「자고 가는 저 구름아」

강아는 날이 밝자 머리를 곱게 빗고 일부러 화려한 새 옷을 입었다. 연두색 모본단 저고리에 불구슬 빛보다도 진한 홍단 치마를 둘렀다. 적장이 강아의 소원을 물어서 겨울에 사다준 옷들이었다. 겨울철이라 황금 봉 비녀를 꽂고, 손에 낀 지환도 금가락지를 끼었다. 여름에 꽂았던 비취비녀나, 백옥서북잠에 비하여 검은 머리에 찬란한 빛을 뿜는 황금 봉 비녀는 또 한 가지의 풍정을 보여 주었다. 강아는 성장을 차린 후에 아침 일찍 적장의 침실로 들어섰다. 연푸른 연둣빛 저고리에 불구슬 빛보다도 더 강한 대홍단치마는, 적장의 침실에 서기가 뻗치는 듯 했다. 느직하게 잠을 깨고 일어난 적장의 눈은 부시도록 환했다. 푸른 빛깔과 진다홍 불빛보다도 화려한 색채 속에서 나타나는 강아의 아름다운 얼굴 맵시는 짐짓 천하를 주어도 바꿀 수 없는 미의 극치였다. 옷만이 화려하고 환한 것이 아니었다. 강아의 얼굴은 달덩이처럼 환하도록 눈이 부셨다.

(어문각, 1985)

□ 박태순 「강역」

강석헌은 벌써 서른여섯이었다. 그는 아버지와 뜻이 맞지 않았다. 강신운 노인은 구두쇠였고, 죽천에서 내려온 기생을 첩으로 맞아들여 늦바람을 피우고 있었다. 강석헌은 한때 공부가 하고 싶어서 서울로 올라간 적이 있었고, 한동안 신학교에 다니기도 하였으나, 종갓집 맏아들로서의 책임을 피할 도리가 없고, 거기에 강신운 노인의 성화같은 독촉에 못 이기어 다시 하향하고 말았다. 고향에 내려온 그는 농사일을 감독하였고, 나중에는 그 고을에 생겼던 소학교의 운영에 관여하기도 했다.

(나남, 1989)

□ 박태순 「끈」

양창대의 말대로 인걸숙은 덩치가 우람했다. 위로 뻗은 거와 옆으로 벌어진 것이 균형을 갖추어 다부지고 떡 벌어진 몸매를 이루어 주고 있었다. 점퍼를 아무렇게나 걸치고 있는데도 그의 위풍은 초라해 보이지가 않았다.

(나남, 1989)

□ 박태순 「낯선 거리」

나종애는 얼굴이 과히 밉상은 아니었으나 아주 몸이 약했다. 아니, 몸이 약했기 때문에 얼굴이 예뻐 보였다. 살짝곰보가 더할 수 없이 매력적인데다, 가느다란 몸매, 떠는 듯한 걸음걸이, 누군가를 원망하는 듯이 치켜뜨곤 하는 눈동자에 서린 싸늘한 아름다움이, 제대로 좋은 집안에서 자라났다면 글자 그대로 미스코리아 감이었다.

* * *

석항 종합 버스 정류소라고 나무 조각에 써 붙인 가게 앞에는 허름한 잠바를 걸친 사내가 두 명의 어린것들을 데리고 우두커니 서 있었다. 그 사내의 나이는 쉰 살가량 들어 보였고, 얼굴 반쪽이 지독한 화상을 입어 있었다. 대조적으로 눈알은 유난히 반짝거리고 있었다.

* * *

미용사라는 그 여자는 호리호리하고 메마른 이십대 후반에서 삼십대 초반의 여성이라는 인상일 뿐, 전혀 이렇다할 특징이 없는 용모였다. 그런데 그와 함께 있는 다른 여자는 나이가 많아 보았자 열대여섯 살쯤 되었을까, 자그마하고 전체적인 윤곽이 동글동글한 소녀였는데 반편처럼 게실게실 웃어대고 있는 것이 어딘가 이상하였다. 심술이 많은 어린애의 짓궂은 손장난에 고장이 나버리고만 장난감인형 같다고나 할까, 그는 그러한 것을 연상하였다.

(나남, 1989)

□ 박태순 「단씨의 형제들」

단기호는 거기에서 장돌뱅이 장사를 하고 있다는 것이었다. 버스를 타고 지나가는 길이었으므로 단기호와 얘기를 나눌 틈이 없었지만, 황톳길 한구석에 옷 나부랭이를 펼쳐 놓고 쪼그려 앉아 있는 그의 모습은 장돌뱅이 생활에 이골이 난 시골 사람의 표정 그대로였다는 것이었다. 얼굴은 시꺼멓게 타고 덩치 좋던 몸은 바짝 말라서 전혀 다른 사람처럼 보였다는 것이었다.

* * *

그는 어렸을 적부터 어떤 못생긴 얼굴의 전형감이었다. 피부 빛깔이 시꺼멓고 눈알이 온통 튀어나와 있었다. 거기에다가 볼따구니와 벌어지는 입술이 두툼했으며 하악이 주걱턱을 이루고 있었다. 큰 키는 아니었지만 상체가 아주 발달되어 있었다. 그런데 그는 퍽 조숙한 인간이었고, 세상이 혼란스럽다는 것을 자기가 혼란스럽다는 것만큼이나 잘 알게 되어버린 좀 특이한 감수성의 지배를 받는 가운데 고등학교 시절을 보내게 되었다. 그러다가 학생 깡패들 사이에 패싸움이 붙어버렸고, 단기호는 그것에 관련된 것으로 지목을 받아 퇴학을 당하고 말았다. 그는 곧 어느 야간고등학교의 졸업장을 하나 샀으며, 독학을 해서 대학엘 진학했던 것이지만 그 생활은 채 일 년도 못 가서 집어치워 버리고 말았다.

(동아, 1995)

□ 박태순 「뜨거운 물」

정은 내 얘기를 못 들은 것처럼 한참동안 가만히 있었다. 그의 침묵은 아주 인상적이었다. 더부룩한 머리, 엿장수 수염, 다이아몬드 꼴의 코, 삐죽이 앞으로 튀어나올까 봐 두려워서 꽉 다물고 있는 듯한 입, 이러한 것들이 합세하여 굉장한 고민이라도 하고 있는 것처럼 보이게 했다.

(나남, 1989)

□ 박태순 「무비불」

무비불 선생은 벌써 연로하시었으니 올해 춘추가 일흔일곱이다. 요새는 가짜나이들이 많은데, 미루어 생각건대 선생이야말로 당당하고 정직하게 매일, 매월, 매년을 살아 이에 이순을 넘긴 것이 아닌가 한다. 옛시인 묵객들은 집 앞에 매화나무를 심었겠지만, 선생은 그 대신 구멍탄 가게를 내고 있다. 선생의 사모님께서는 리어카를 직접 끌고 배달을 다니는데 언제나 활기가 넘쳐 흘러 힘들어하는 법이 없다. 사모님이 그러한 사모님이므로 무비불 선생은 과연 무비불 선생이다.

* * *

선생은 방랑벽이 있어 왜정 시대에 세계가 좁다하고 두루 떠돌이생활을 보내었는데 그로써 견식을 넓히고 슬픔과 기쁨의 참 맛을 알고 숨은 혁명가로 그 이름을 감추되 밝혀지지 않은 노력을 도도한 인사보다도 출중하였다. 선생이 이처럼 흐르다가 마흔여섯에 한 여자를 만나 함께 서백리아를 헤매었고 그를 인연 삼아 지금까지 해로하고 있으니, 두 분이 항상 구차한 살림에 시달리되 그 사이에 정인들과 같았다.

(나남, 1989)

□ 박태순 「밤길의 사람들」

부친은 자유당 시절에서 박정희 시대 초기까지 민주당 구파 계열의 골수

야당인 당인 생활을 했었다. 부친은 본의든 아니든 두 부인을 거느렸고, 평생 이렇다 할 직업을 가진 바 없이 당대에 가산을 탕진했다. 그리고 불우한 만년을 보내었으며 자식들로부터 원망을 사게 되었다. 알량스런 야당 국회의원 뒷바라지나 하며 고향에서 당인생활을 한 것은 부친이 그럴 것으로나마 명분을 세우자는 것이었지 무슨 경륜 같은 게 있어서는 아니었다. 가문이 멸명해 가는 것을 자신의 몸으로 때우는 그런 인생을 부친은 가졌었다.

(나남, 1989)

□ 박태순 「벌거숭이 산의 하룻밤」

나이 많은 쪽의 사내는 마흔 아홉 살 되었겠는데 꾸깃꾸깃 걸쳐 입고 있는 시꺼먼 잠바 차림의 옷매무새며, 낡아 버린 것 같은 얼굴 피부며, 먹고사는 일에 경황이 없어 퍽 고단하게 살아가고 있는 사람임을 짐작하게 했다. 이와 대조적으로 젊은 사내는 많아 봤자 스물 두어 살 정도이겠는데 둥그스름한 얼굴이 하얗고 유난히 두 눈이 반짝거렸다. 안면 면적에 비해 테가 가느다란 안경을 잡아먹고 있어서 선(線)이 가파로워 보이는 청년이었다. 밍기적거리는 폼이 세상사는 일에 여간 자신을 잃은 증좌가 아니겠으며, 도리어 경황 벗이 서두르는 기색이 마치 도망질이라도 치는 듯했다.

* * *

덤덤하기 짝이 없는 사람이었다. 키는 훌쩍 크고, 깡마른 얼굴에 약간 찌그러진 것 같은 코, 쉰 목소리, 떼굴떼굴 굴리는 눈알, 아니 무엇보다도 아직 대학생에 불과한 청년을 무척이나 어렵게 대했다. 반말을 쓰기가 안되어 경어를 쓰는 것도 뭐 예절 때문이라기보다는 겁을 내어 소심하게 살아 버릇한 습관 탓이 아닌가 여겨졌다.

(민음사, 1976)

□ 박태순 「어제 불던 바람」

그 여자는 나합석의 말을 들을 적에 문세빈이 막연히 연상하였던 것과는 달랐다. 마음속의 고민을 얼굴에 누설시키고 있는 정돈되지 않은 표정의 처녀일 거라고 그는 생각했던 것이다. 그런데 그녀는 유순해 보이지만은 않는 눈썰미에 작은 얼굴, 작은 키의 미인형이었으며, 특히 그녀의 눈은 항상 의아해하고 있는 듯 반짝 치켜 뜨여져 있었다. 눈이 그녀의 영리함을 드러내 주고 있다면, 입술은 약간 바보스러운 인상을 줄만큼 도톰하였으며, 코는 좀 울고 싶어 하는 듯 발름하게 솟아올라 있어서 마악 무슨 이야기를 끄집어내고 싶어 하는 것과 같은 당돌한 인상을 풍기는 여자였다. 그래서 그녀에게서는 약간의 부조화가 느껴지기는 했다. 고민에 여과되어진 얼굴, 좀 산문적인 표정을 짓고 있는 여자였다. 문세빈은 첫눈에 나합석과 정미회의 결합에 사연이 있고, 지금도 곤란을 겪고 있는 일이 있다는 것을 알았다. 정미회의 얼굴이 그것을 말해주고 있었다. 문세빈이 문득 만해 한용운의 시구를 머리에 떠올린 것은 그 때문이었을 것이었다.

* * *

최홍재 씨의 부인 강구엄마는 항상 속이 상하고 짜증이 겹쳐 얼굴을 찡그리고 있어 양미간에 주름이 잡혀 있었다. 구멍가게를 꾸려나가는 것은 전적으로 강구엄마였다. 최홍재 씨는 복덕방 영감쟁이 공채구 씨와 죽이 맞아 턱없이 소주병이나 축을 내고, 게다가 외상장부마저 제대로 적어 놓지를 않아서 시비거리를 만들기 일쑤였다.

(전예원, 1979)

□ 박태순 「하얀 하늘」

어쩐지 임섭은 허황하게 보였다. 입고 있는 양복, 가랑이가 넓은 넥타이, 반지르르한 머리, 피고 있는 담배에 이르기까지 그의 인상은 멋없이 박제되어 있는 텅 빈 그늘을 연상시켜 주는 것이었다.

(나남, 1989)

□ 방현석 「당신의 왼편 1」

김문길은 사용 가능한 모음이 두 개나 부족한 전직 대통령들과 같은 지방의 사투리로 호기롭게 명령했다. 그는 아득한 눈길로 김문길을 쳐다보았다. 그의 말투에도 출신 지방의 억양이 흔적으로 남아 있지만 그것은 말 그대로 흔적일 뿐이었다. 그와 마찬가지로 대학 때부터 서울 생활을 한 김문길이니까 그보다 몇 해는 더 서울에서 갈았고, 지방에서 산 세월이 훨씬 긴데도 김문길은 공사석을 가리지 않고 거침없이 사투리를 쓴다.

* * *

몇 년 만에 들러도 개미 아줌마, 진자씨의 수다는 변함이 없을 것이다. 진자씨는 20년 가까운 시간 저편에서 그들이 벌인 행적, 표적과 몸짓 하나까지 낱낱이 기억해 내서 재현하는 불가사의한 기억력의 소유자였다. 그리고 술집의 지겨운 고객들이었던 가난한 문학도들의 최근 행적도 손안에 꿰고 있었다.

* * *

심민영은 아직도 시험으로 선발하는 지방 명문 여고 출신답게 강사가 던진 까다로운 질문 앞에 문학과 녀석들마저도 민망스럽게 고개를 떨궈야 하는 순간에 구원 투수로 나서서 정답을 말했고, 그로 인해서 수강생 모두는 낯 뜨거운 상황을 모면하곤 했다. 특별한 미모는 아니었지만 화장을 하지 않은 수수한 얼굴에는 잘 꾸민 연영과나 몸매가 좋은 무용과 여학생들에게서 느낄 수 없는 내면의 그 무엇이 어려 있었다. 남에게 보여주기 위해 코팅된 것과는 다른 그녀의 눈빛은 상대를 압도하는 어떤 힘이 있었다.

* * *

짐짓 건들거리며 다가온 심민영은 양쪽으로 난 덧니를 내보이며 웃었다. 도건우는 얼핏, 그 사내 같은 말투가 그녀를 더 여성스러워 보이게 만든다고 생각했다. 그러나 그는 미처 심민영의 보조개에 담긴 웃음의 그늘을 보지 못했다.

* * *

　그는 운동권이 아니었고, 그 자신의 주장에 따르면 그 후로도 운동권이었던 적이 없었다. 착실한 도서관파, 사법고시 1차 시험을 통과한 그를 끌어들여 선관위원장에 앉힌 것은 청맥의 도준형이었다. 집회에는 절대 나타나는 법이 없었지만 투석전이 벌어지면 반드시 모습을 나타내는 괴짜의 하나가 장건상이었다.

(해냄, 2000)

□ 배수아 「다큐채널, 수요일, 자정」

　파라다이스 비치의 커피숍에서 나는 그녀를 처음 보았습니다. 그녀가 커피숍 안으로 걸어 들어왔을 때 많은 사람들의 눈길이 그녀에게 쏠렸습니다. 준배나 시로의 눈길도 마찬가지였습니다. 그녀는 키가 컸고 물기 머금은 채 길게 찢어진 아름다운 눈동자를 지니고 있었습니다. 미용실에 다녀온 듯 컬이 들어간 머리는 어깨에서 물결치고 마치 금방 결혼식장에 입장하려 하는 신부처럼 섬세한 레이스 무늬가 들어간 블라우스와 스커트를 입고 값비싸 보이는 소가죽 샤넬 핸드백을 들고 있었습니다. 자신을 쳐다보는 사람들의 시선 따위는 별로 신경 쓰고 있지 않은 듯이 태연한 걸음걸이로 빈 테이블을 찾아 앉았습니다. 사람들의 시선을 끄는 것에 굉장히 익숙해져 있는 태도였습니다. 그렇다고 해서 그런 식의 시선을 즐기거나 의식하고 있는 것 같지는 않았습니다.

(『문학동네』 여름호, 1999)

□ 배수아 「랩소디 인 블루」

　정이는 책상 위로 고개를 숙이고 있었다. 깨끗하게 노트한 프랑스어의 동사 변화를 아까부터 한참씩이나 들여다보고 있었다. 정이는 나보다 공부도 잘하였고 아주 멋진 긴 머리칼을 갖고 있었다. 하지만 무엇보다도 내가 정이에게서 부러워하였던 것은 정이의 밝게 피어오르는 듯한 고요한 얼굴의 표정이었다. 정이는 부드럽고 따듯한 손바닥을 갖고 있었고 여성스러운 가지런한 모습을 하고 있었다.

* * *

선생님이 부탁한 남자아이는 나도 얼굴을 알고 있는 삼 학년 학생이었다. 나뿐만 아니라 우리반 아이들 모두가 그 남자아이를 알고 있다. 그 아이는 잘생긴 아이고 농구를 잘하는 남자 아이였기 때문이다. 농구부 아이들은 거친 듯하고 성적이 모두 안 좋은 편이었지만 그래도 여자아이들을 미치게 하는 뭔가를 갖고 있는 아이들이 많았다.

* * *

윤이는 마르고, 하얗고 머리칼이 곱슬거리면서 안경을 쓰고 농구화에 붉은 체크의 셔츠를 입고 있었다. 언제나 내가 상상하고 있던 그런 사촌의 모습은 아니었다. 난 키가 크고 스포츠맨 타입으로 그으른, 아주 수영을 잘하는 명랑한 대학생을 연상했었다.

* * *

아빠와 새로 결혼하게 된 엄마는 훨씬 이전부터 아빠와 함께 결혼하리라고 우리 모두가 알고 있었던 올드미스였다. 그 여자는 오래 전에 아빠의 회사에서 타이피스트로 근무하였다고 한다. 타이피스트 하면, 진한 오렌지색의 입술 화장에 갈색으로 물들인 복고풍 헤어스타일을 하고, 커다란 유리창이 있는 사무실의 마호가니 책상 앞에 앉아 있는 여자가 난 항상 연상되었다. 오래된 이태리 영화에서나 나오는 그런 스타일 말이다. 그 여자는 감색 타이트스커트를 입고 파머넌트한 짧은 머리를 하고 있었고 눈에는 예쁜 붉은 테의 유행하는 안경을 쓰고 있었다.

* * *

영화배우가 되고 싶은 여자아이는 하얀 일본인형 같은 얼굴을 나에게 돌리고 아주 붉고 조그만 입술로 말하였다. 가지런하고 윤기가 빛나는 앞머리가 조금 찰랑거리고 깊은 쌍꺼풀이 진 두 눈이 진한 속눈썹에 덮여 있었다.

* * *

언제나 말이 없는 듯하고 모임에서는 나서지 않으며 당구나 볼리이안 테니스 클래스에서도 특별히 잘하여 눈에 띄는 존재가 아니었지만 윤이는 친구들이 많고 또 잘 사귀었다. 학원에 들어온 지 얼마 되지 않아서 윤이는 모든 클래스의 아이들이 기억하는 존재가 되었다. 성적도 좋았고 외모도 무척이나 스마트하였다.

* * *

신유리와 결혼한 컴퓨터 소프트웨어 제작자는 작고 구부정한 키에 흰 피부, 미국에서 공부하였고 그리고 안경을 쓰고 있다. 어떻게 보면 잘생겼다고 생각할 수도 있는 사람이다. 신유리보다 열세 살이 더 많은 남자이다.

* * *

난 클래스메이트들과 잘 어울려 다니지는 않았지만 오케스트라에 있다는 그 후배에 대해서는 잘 알고 있었다. 오케스트라의 남자아이는 별로 키가 크지도 않았고 목소리가 멋있다거나 하는 것도 없었지만 눈을 바라보고 있으면 느낌이 아주 좋은 아이였다. 세미나 같은 것을 할 때면 발표하는 것도 아주 설득력이 있고 한마디로 인상이 좋았다. 그렇다고 해서 내가 그 오케스트라의 남자아이에게 어떤 관심이 있었던 것은 아니었다.

* * *

그래서 여자아이는 보험 회사에 취직을 했고 앞머리도 단정하게 자르고 흰 칼라가 달린 제복을 입었다. 여자아이의 피부는 희고 입술은 붉었지만 전체적으로 예쁘다거나 눈에 띄는 스타일은 아니었다. 그래서 조용하게 직장을 다녔다. 월급을 받아서 몇 년 동안 적금을 들고 직장 선배의 도움을 받아 증권에도 투자했던 것이 타이밍이 좋아 목돈을 만들 수 있었다. 남동생은 대학에 입학하였고 운이 좋아 경기도의 임대 주택에도 입주할 수 있었다. 단지 이렇게 말하고 있지만 모든 것이 그렇게 간단하지만은 않았다. 그동안 여자

아이는 스타킹도 세일하는 상점에서 사다 신었고 새 옷이나 여름휴가 따위
는 생각도 하지 못하고 보냈다. 여동생이 상업학교를 졸업해서 화장품 회사
에 일자리를 얻고 남동생이 대학을 졸업하고 ROTC 장교로 군대로 떠났을 때
여자아이의 나이는 스물여덟 살이었다.

(고려원, 1995)

□ 배수아 「목요일의 점심식사」

나는 그 아들의 얼굴을 쳐다본다. 온통 부스럼으로 뒤덮인 얼굴, 약간 사팔
기가 있는 눈동자, 침이 흐르는 벌어진 입술, 누렇게 풀린 흰자위, 거기다가
주체할 수 없을 정도로 커다란 거구의 몸. 그 아들의 몸을 잡고 있는 아버지
의 앙상한 손마디.

(『문학동네』 여름호, 1998)

□ 배수아 「심야통신」

달은 미역같이 검은 머리칼이 허리까지 감싸는 아름다운 몸을 가진 여자
였다. 손을 잡을 수도 있고 허리를 껴안을 수도 있고 같이 유리창 밖으로 내
리는 비를 바라볼 수도 있었다. 달은 아무것도 몸에 걸치고 있지는 않았지만
금으로 만든 달 모양의 작은 귀고리를 하고 있었다. 그러나 달은 현실이 아
니었다.

* * *

여자가 립스틱을 칠하던 손을 멈추지 않고 말했다. 여자의 목소리는 잘 마
른 나뭇가지를 태우는 것처럼 탁탁거리며 튀고 갈증 난 것처럼 쉰 소리와 피
아노 음반처럼 맑은 금속음이 뒤섞인 뭐라고 말할 수 없이 묘한 목소리였다.
나는 나중에 그 여자가 가수라는 것을 알았는데 정말 그럴 만한 목소리였다.
여자의 왼쪽 귀는 반쯤 잘려나가서 곱게 웨이브진 길다란 머리칼로 교묘하
게 가리고 있었다.

* * *

　여자는 그때 가까이에서 보면 잔주름이 눈에 두드러지는 나이였지만 진한 화장을 하고 사람들 앞에 나타나 언제나 열일곱 살 소녀의 이미지로 칭송을 받고 있었다. 생일이나 기념일, 공연이 있는 날에는 대문 앞에 누군가가 가져다 놓인 꽃다발이 사랑의 시와 함께 놓여 있었다. 평범한 남자들이 꿈에 그리는 여인이었다. 여자는 텔레비전에 나와 사랑에 관한 노래를 부르고 집으로 사람들을 초대해서는 일본 가수 미도리의 노래를 구슬프게 불렀다. 때로는 집으로 찾아온 남자들에게 나를 안고 나타나 상냥스럽게 소개하기도 했다.

* * *

　그때 여자는 막 샤워를 마치고 머리칼의 물기를 닦으면서 마루에 무릎을 꿇고 앉아 있었다. 여자의 머리칼은 아주 길어서 마루에 무릎 꿇고 앉은 여자를 마치 여신님의 모습처럼 청아하고 몽환적으로 보이게 했다. 여자는 찢겨나간 귀가 보이지 않게 머리칼을 한쪽으로 몰아 흘러내리게 하고 아무것도 걸치지 않은 채로 앉아 있었다.

* * *

　나는 거울을 보고 투명한 립스틱을 발랐다. 거울 속의 내 얼굴은 붉은 여드름이 이마와 뺨에 나있었다. 나는 여자의 파우더를 바르고 이마에 흘러내려오는 검은 머리카락을 고무줄로 묶었다. 나는 한 번도 머리칼을 잘라본 기억이 없고 내 머리칼은 밤처럼 검었다. 눈, 쌍꺼풀 없이 길게 찢어져 각각 다른 방향을 바라보고 있는 눈동자가 있었다. 하나만 눈을 내리깔면, 그리 심하게 느껴지지는 않았다. 나는 눈을 내리깔고 집을 나섰다.

* * *

　나는 남자가 처음 이사를 왔을 때부터 그가 좋았다. 한 달도 안 되어서 아는 그 남자에게 빠져 들어갔다. 남자는 내 방 창으로 바라보고 있으면 마치 승려처럼 움직였다. 일하지 않을 때는 개를 산책시키고 신문을 읽고 마당의 의자를 수리하거나 그의 어린 딸과 놀아주거나 했다. 나는 남자가 아침마다 일터로 나가는 것을 보았지만 그가 무슨 일을 하러 가는지는 몰랐다. 그런 것은 별로 알고 싶지 않았다. 남자가 승려처럼 조용히 움직이고 긴 팔로 담배를 피워 물고 있으면 나는 상상 속에서 그 남자의 팔에 안기고 깨끗하고 조용해 보이는 그의 입술에 뜨겁게 입 맞추고 싶었다. 그뿐이었다.

* * *

아이스크림 가게의 유리창에 비친 나는, 흰 얼굴에 검고 긴 머리고 한 눈을 가리고 리본을 머리에 묶는 나는 선녀처럼 예뻤다.

(해냄, 1998)

□ 배수아 「은둔하는 북(北)의 사람」

그의 이름은 얀. 나이는 마흔 살에서 쉰 살 사이의 어디쯤. 외모는 중국인과 일본인과 한국인을 적당히 섞은 듯한 모호한 인상. 그들 중의 누구라도 될 수 있는 큰 거부감 없는 표정. 왼쪽 뺨에는 체코에서 입은 총상의 흔적이 희미하게 남아 있다. 그의 오른편 얼굴을 찍은 사진은 그가 인텔리 계층의 사람으로 보이게 한다. 약간 마른 듯한 건강한 몸에 검은 피부. 그가 가지고 있는 한국의 주민등록증은 솜씨 좋게 위조된 것이고, 1953년 이전에는 체코에 있었고, 그 이전에는 평양과 상해에서 살았다는 것을 증명해 줄 비교적 정확한 증거들이 있다.

(문학사상사, 1999)

□ 배수아 「철수」

분명히 방안을 훔쳐보았을 테지만 철수의 어머니는 내 얼굴을 보면서 시침을 떼고 물었다. 철수의 어머니는 철수와 하나도 닮지가 않았다. 그런 상황만 아니었다면 나는 절대로 그녀가 철수의 어머니라고 생각하지도 못했을 것이다. 철수의 어머니는 너무 살이 쪘고 턱은 이중턱이었으며 머리칼은 철사처럼 꼬불꼬불 말려 있었다. 얼굴은 크림을 바른 듯이 번들거렸다. 벽돌색으로 칠해진 입술은 두껍고 투박했고 억누르는 호기심을 어쩌지 못해 양끝이 심술스럽게 처져 있었다. 피부가 깨끗하고 어느 정도는 차가워 보이기까지 하는 철수에게서 도저히 연상할 수 없는 어머니의 모습이었다. 그러나 그녀는 나에게 미소를 지었다.

(작가정신, 1998)

□ 서기원 「오늘과 내일」

병렬과 동행하게 된 대원은 B반의 부책임자격인 김한균(金漢均)이었다. 전력이 은행원이라고 자칭하는 그는 미인 상사에면 '노골적으로 얘기한다면' '까놓고 말하자면' '가족적 분위기에서 솔직히 털어놓자면' 등속의 전주를 붙이고는 모든 일을 '인간적'으로 처리하기를 몹시 좋아하는 친구였다.

(삼중당, 1979)

□ 서기원 「혁명」

노란 불빛을 정면으로 받아 전봉준의 높고 넓은 이마엔 퍼런 심줄이 굵게 솟아나 보였다. 깊숙이 패인 눈자위 속에서 형형한 눈빛이 좌중을 훑을 때마다 날카롭게 번득였다. 엔간히 사람을 많이 만났다고 자처하고 있는 갑호도 그처럼 넓고 단단해 뵈는 이마는 구경한 적이 없었다. 첫눈엔 그 이마와 눈초리 밖에 아무것도 보이지 않을 성싶었다.

유별나게 다리가 짧은데다 팔이 긴 그는 온몸이 위아래로 납작하게 눌린 인상이어서, 서당 장난꾸러기들이 전녹두(全綠豆)라고 붙인 별명이 어느새 널리 퍼져 버린 모양이었다.

* * *

그의 두툼한 가슴팍과 네모나게 벌어진 어깨 언저리는 분명히 어른의 몸집이었으나 찬바람에 금시 붉어진 두 볼과 구김살이 없는 눈매로 하여 소년으로부터 어른이 되어 가는 아리송한 나이를 감추지 못했다.

더구나 아침나절, 어머니가 달래는 통에 킥킥대고 웃고 뒤집어쓴 복건이 널찍한 어깨 위에서 너푼거릴 적마다 늙은 총각이 장가가는 모습처럼 여겨지기도 하여 절로 웃음을 자아내게 했다.

* * *

김진사의 아우 용춘(鏞春)은 어느 구석이나 형과 대조적이 아닌 것이 없었다. 외양부터 턱 아래가 퍼지고, 두텁고 붉은 아랫입술이 밖으로 뒤집어진데다가 턱수염이 없었다. 소매가 긴 중치막 위에 흰 모시 도포를 껴입고 윤기가 번들거리는 망건 위에 비스듬히 갓을 얹고 나서면, 짧고 디룩디룩한 뒷목만은 볼품이 없어도 풍채가 당당했을 뿐만 아니라 형보다 노성해 보였다.

(삼중당, 1979)

□ 서영은 「뿔 그리고 방패」

종하의 곁에는 얼굴이 가무잡잡하고 눈매가 날카로워 보이는 남자가 앉아 있었다. 감색 양복에 넥타이까지 매고 있는 종하와는 반대로, 그는 검정색 터틀셔츠에 홈스펀 상의와 코르덴바지를 입고 있었다. 그 차림이 수수하다는 느낌을 넘어 뭔지 껄렁하고 약간 불량스럽게 느껴지는 것은, 아마도 그의 이마에 거칠게 흘러내린 머리카락과 어깨선이 지나치게 일직선으로 보이는 탓인지도 몰랐다.

* * *

그는 상체를 꼿꼿이 하고 얼굴에는 어떤 근엄한 빛을 띠고 있었다. 껄렁하다고 느꼈던 점 역시 자취를 감추고, 대신 공사판의 십장 같은 메마르고 거칠고 과묵한 침묵이 그에게서 감돌았다. 이제야말로 동호는 그가 게바라를 존경하는 이유를 어렴풋이 알 수 있을 것 같았다. 동호는 그에게 잔뜩 경도되어 있는 순진한 후배를 위해서라도 그의 정신은 광맥을 좀더 캐어 보리라 맘먹었다.

* * *

삼착으로 도착한 사람이 어깨를 들썩들썩 하면서 춤을 추는 시늉으로 계단을 내려왔다. 체격이 듬직하고 얼굴이 넙데데한 푼수론 영락없이 시골 장터의 소장수 같은 인상이었다. 그는 늘 검은 핫바지에 누르께한 반코트 차림이었다. 바지는 밑을 한복바지 입을 때처럼 끈으로 묶었고, 신발은 창이 두꺼운 운동화였다.

* * *

어둠 저편을 향해 눈을 흘기고 나서 태수가 들어섰다. 그는 키가 훤칠한 뿐만 아니라 어깨가 떡 벌어졌고, 얼굴이 잘생겼다. 흠이라면 성격이 급하고 과격해서 흥분을 곧잘 하는 점이었다. 또 뜨거운 만큼 진중한 맛이 없고 뒤가 물렀다.

* * *

종하는 낡아빠진 셔츠 차림이었다. 옷차림이 바뀐 탓인지 그는 딴 사람이 된 듯 했다. 박꽃처럼 야들야들하던 그의 턱 언저리에 거뭇거뭇한 수염이 잡초처럼 돋아나 있었다. 그리고 양복 속에 묻혀 있어 평소에는 잘 볼 수 없었던 양어깨가 제법 두툼한 근육에 싸여 티셔츠 밖으로 불거져 나와 있었다.

* * *

도희의 어머니는 키가 자그마하고 목이 어깨에 거의 붙다시피 했고, 앞가슴이 딱바라진 데다 입 언저리가 유인원처럼 앞으로 튀어나와 있었다. 절박한 그 생김새만큼은 그녀가 아무리 돈으로 가꾸어도 별 도리 없는 일인 듯 싶었다.

* * *

우두커니 서서 동호는 밥상을 들고 오는 어머니의 모습을 물끄러미 바라보았다. 작은 키에, 왜소한 체구, 가는 허리. 쪽을 진 뒷머리는 머리숱이 적어 어린애 주먹보다 작아 보였다. 늘 이마가 넓어서 팔자가 사납다고 탄식하시던, 그 이마엔 시름에 겨운 듯한 주름살이 깊이 패어 있었고, 움푹 꺼진 눈

밑엔 병색이 짙었다.

* * *

두 사람을 나란히 앉혀 놓고 보니 그네들이 얼마나 걸맞지 않은 한 쌍인가 하는 점이 더욱 두드러졌다. 왜소하고, 어딘지 좀 바보스럽고, 머리는 생전 빗지 않아 부스스했고, 옷차림 또한 형편없이 허술한 건석과는 대조적으로, 여인의 옷차림과 장신구는 호화로웠고 야하다 싶을 만큼 화장이 짙었다. 여인이 얼굴에서 안경을 벗었다. 지기 직전의 헤벌어진 함박꽃이 얼핏 연상되었다.

(둥지, 1997)

□ 서영은 「수화」

남편에겐 이따금씩 한 청년이 찾아왔다. 그는 스물을 갓 넘긴 나이에 더벅머리였고, 오른쪽 팔뚝엔 화상자국이 있었다. 물에 불어 팅팅 부어오른 그의 맨발은 슬리퍼 끈 자국이 깊게 패어 있었다. 그는 근처 목욕탕의 보일러실에서 불도 때고, 손님들 몸의 때도 밀어주는 일을 하고 있었다.

(문학과비평, 1990)

□ 서영은 「술래야 술래야」

방금 출입구의 문이 열리고 907호기에서 내린 최초의 입국자가 모습을 나타냈다. 코트 깃을 세운 장발의 중년남자였다. 그는 공항직원이 끄는 짐차에 여행 가방을 산더미처럼 싣고도 모자라 짐 두 개는 자신이 들고 있었다. 그 중 하나인 투명 비닐 가방에는 조니 워커니 헤네시니 커트사크니 하는 따위의 레테르가 붙은 양주병이 담겨 있었다.

* * *

사내는 보통 키에 약간 마른 편이었고, 피부색은 엷은 아마빛, 그리고 이목구비는 이렇다할 특징은 없었으나 선량해 보이는 인상만은 두드러져 보였다.

바바리 차림 역시 세련되거나 말쑥한 느낌보다 수수하달지, 아니면 좀 촌스럽다 해야 할지 그런 느낌이 앞섰다. 여행 가방에 매달린 꼬리표엔 '한용호'란 그의 이름이 영자로 씌어 있었다.

* * *

그녀는, 뒷머리를 높이 치켜 올려 빗어 항상 상큼하게 돋보이는 턱과 어깨 사이에 수화기를 끼우고, 입으로는 담배 연기를 솔솔 뿜으며, 눈으로는 오동통한 손 안에 감춰져 있는 화투패를 겨눠보고 있을 것이다. 그녀는 필터 부분에 진홍색 루주가 묻어 있는 담배를 집어 물기 위해, 이따금씩 아주 우아한 동작으로 손을 재떨이로 가져갈 것이다. 그럴 때마다 입술과 똑같은 색깔의 에나멜이 칠해져 있는 손톱들이 비늘처럼 반짝거릴 것이다. 나이 40줄에 들어섰으면서도, 그녀는 아직도 그녀의 주위를 윙윙거리며 맴도는 각양각색의 수벌들 속에 둘러싸여 있었다. 지금은 와이셔츠 위에 알록달록한 멜빵을 메고 있는 은발의 노신사가 화투패를 겨눠보고 있을지도 몰랐다.

* * *

용호는 넌지시 어떤 호기심을 품고 그녀를 바라보았다. 온통 취기에 젖어 있긴 해도 조금도 추해 보이지 않는 풋풋한 얼굴이었다. 화장기가 전혀 없는, 수밀도처럼 뽀얀 살결, 그린 것처럼 선연한 눈썹은 차라리 우아하기까지 했고, 끝이 동그랗게 볼록한 코는 왜 그런지 약간 짓궂어 보였다. 그리고 옷차림은 청바지에 흰 털이 달린 하얀 방한복 차림이었는데 양쪽 소매 끝에 청회색 실로 정교한 수가 놓여져 있었다. 한마디로 생김새로 보나, 차림새로 보나, 부도덕을 상습적으로 즐기고 다니는 그런 부류는 전혀 아니었다. 어쩌면 유복한 집안에서 자유분방하고 발랄하게 자란 귀염둥이일지도 몰랐다.

* * *

왜 그런지 윤상의 생김새 차림새 자체부터가 용호에겐 하나의 배반이며 쓰라림이었다. 말처럼 갸름한 얼굴, 뾰족한 턱, 온기가 전혀 없는 비웃음을 머금은 듯한 눈초리, 항상 이마를 덮고 있는 억센 머리카락, 그리고 어디라 할 것 없이 날이 반듯하게 선 양복, 푸르도록 흰 와이셔츠, 번쩍이는 커프스

버튼, 그 모두가 그의 맘속에 깃들인 야심을, 입신출세를 위해선 무슨 짓이든 지 저지를 것 같은 그 위태로운 야심을 독한 향내처럼 내뿜고 있었다.

* * *

여성다워진 옷차림 때문인지 애리는 열흘 전 용호가 한밤중에 봤을 때보 다 한두 살 나이가 웃보였다. 그러나 그뿐 화장기 없는 얼굴은 배추속 고갱 이처럼 풋풋했고, 몸가짐에서 느껴지는 악동스런 방만함도 여전했다.

* * *

연숙은 발그레 홍조를 띤 채 절을 나붓이 했다. 용호는 맘속으로 은근히 놀랐다. 혜미와 결혼하기 전, 그러니까 3년 전 용호는 동생의 소개로 1년 남짓 연숙을 만났던 시절이 있었다. 그때의 인상으론 어깨가 약간 굽어 얼 굴엔 알 수 없는 짙은 우수가 깃들여 보는 사람마저 우울하고 답답함을 느 낄 정도였고, 몸가짐은 어린 나이에 지나치게 신중했었다. 그런데 지금은 어느 한구석에 어두운 그림자가 그대로 머물러 있긴 해도, 우울하기보다는 따스하고 어진 모성이 느껴지는 성숙한 여인의 체취가 물씬 났다.

(동아, 1995)

□ 서영은 「초록색 회오리바람」

문 밖에는 어떤 낯선 사내가, 한쪽 다리에만 체중을 실은 자세로 벽에 기 대 서 있었다. 키가 크고 어깨가 벌어졌음에도 건장하다는 느낌보다 소박하 고 천진한 인상에 가까웠다. 그것은 그의 앞이마를 온통 내려 덮은 머리카락 과 길지도 짧지도 않은 턱수염에서 연유하는 듯 했다. 그러나 가장 중요한 점은 그가 온몸으로 말하는, 시시각각 구름처럼 변하는 자유분방한 분위기 그것이었다. 그것만은 결코 조금도 낯설어 보이지 않았다.

(둥지, 1997)

□ 서영은 「틈입자」

사오 분 뒤에 매형은 자기보다 키가 한 치쯤 작고 거무튀튀한 얼굴에 자그마한 몸집의 사내를 뒤에 달고 들어왔다. 손님은 이렇다하게 드러난 감정도 없이, 그렇다고 무표정한 것도 아닌 그런 덤덤한 얼굴로 강렬한 호기심이 담긴 우리들의 시선을 견디고 있었다. 그런데 정작 우리의 호기심은 그이 차림새에 있었다. 희끗하게 바랜 검정 염색 군용복 상하의는 차라리 남루하다 할만 했고 손에 들려 있는 가방 또한 긁힌 자국투성이로 소가죽인지 뭔지 모를 정도로 낡은데다가, 신고 있는 구두는 뒤축이 닳아 비뚤렁해진 헌 워커였다.

* * *

가녀린 골격에 아담한 키, 살결은 투명한 사기 그릇 빛깔인가 하면, 생김새는 섬세하고 곱상한 것이 축구 선수나 공장장이 될 관상은 아니었지. 거기다 몇 달을 입어도 얼룩 하나 없는 말끔한 교복에 교모를 반듯하게 쓰고 나설 때의 모범생적 분위기, 독서와 음악을 병적으로 좋아하는 외에, 무엇보다 확실하게 뒷받침이 되는 조짐은 학과성적이 늘 일등 아래론 내려가 본 일이 없다는 그것이었지. 제까짓 게 그런 얼굴에, 그런 성격으로, 또 그런 성적을 가지고 해 먹을 게 뭐냐, 판검사나 교수 따위 더 있나, 하는 거였지. 이런 단순한 생각은 그 당시에도 이미 무리였었는지 몰라. 왜냐하면 녀석에겐 괴상한 우울증의 발작이 주기적으로 일어났지. 그 때가 되면 해말갛던 얼굴은 알지 못할 어둠과 고뇌로 그득 차 앳된 얼굴이 이십 년은 더 나이 들어 보였지. 얼굴만 그런 게 아니라, 행동거지도 여태까지의 깔끔하고 절도 있는 궤도를 벗어나 전혀 그 같지 않은 일을 턱턱 저지르곤 했어.

(둥지, 1997)

□ 서정인 「강」

"눈이 내리는군요."

버스 안 창 쪽으로 앉은 사나이는 얼굴이 창백하다. 실팍한 검정 외투 속에 고개를 웅크리고 있다. 긴 머리칼은 귀 뒤로 고개 위로 덩굴 줄기처럼 달라붙었는데 가마 부근에서는 몇 날이 하늘을 향해 꼿꼿이 섰다.

"예. 진눈깨빈데요"

그의 머리칼 위에 얹힌 큼직큼직한 비듬을 바라보고 있던 옆에 사람이 역시 창밖으로 시선을 던진다. 목소리가 굵다. 그는 멋 내는 것을 좋아하는 모양이다. 하얀 목도리가 밤색 잠바 속으로 그의 목을 감싸 넣어주고 있다. 귀앞머리 끝에는 면도 자국이 신선하다. 그는 눈발 빗발 섞여 내리는 창 밖에 차츰 관심을 모으기 시작한다. 버스는 이미 떠날 시간이 지 났는데도 태연하기만 하다.

"뭐? 아 진눈깨비! 참, 그렇군."

그들 등 뒤에서 털실로 짠 감색 고깔모자를 귀밑에까지 푹 눌러 쓴 대단히 실용적인 사람이 창문 쪽에 앉은 살찐 젊은 여자에게 몸을 기댄다. 그녀는 검은 얼굴에 분을 허옇게 바르고 있었다.

(청문각, 1996)

□ 서정인 「물결이 높던 날」

드골! 그는 속으로 소리쳤다. 얼마나 멋있는 코냐…… 양미간에서부터 부풀기 시작한 코는 길게 코끝까지 쪽 곧았고 끝은 끝대로 곱게 둥글게 맺어져 있었다. 드골을 생각한 것은 코가 인상적이기 때문이었지 결코 너무 컸기 때문은 아니었다. 물론 작지는 않았지만 그렇다고 얼굴에 흠잡이가 될 만큼 크지도 않았다. 간단히 말해서 그것은 비너스의 코였다.

(동아, 1995)

□ 서정인 「베네치아에서 만난 사람 – 생일」

교장들 중에서도 고참 교장이었다. 그가 가장 비열했다. 그를 어이, 문군,

이라고 부르고, 업자를 바꿔야겠다고 으름장을 논 다음, 거, 엽총이 하나 있
는데, 공기총 말이야, 하고 반말로 뇌물 상납을 강요했던 자가 표변하여, 그
를 문 선생이라고 부르고, 교장이 그를 돕는 것이 아니라 그가 교장을 돕는
다고 입이 거랭이만하게 찢어져서 말했다. 그가 웃는 일은 드문 일이었다. 그
는 아랫사람들 앞에서는 절대로 웃지 않았다. 그의 원래 검은 얼굴은 항상
찡그린 우거지상이었다. 그가 말을 할 때는 그의 입에서 침이 튀고 목에 핏
대가 섰다. 그는 조용조용 말할 줄을 몰랐다. 그는 항상 고함을 질렀다. 교장
이 되기 전에도 그랬다. 태생이었다.

(작가정신, 1997)

□ 서정인 「분열식」

말하는 사람은 손가락이 길고 마디가 굵은 커다란 손으로 허공을 움켜잡
으면서 입심 좋게 걸걸한 목소리로 마구 떠들어댔다. 그는 말처럼 커다란 입
을 쩍쩍 벌렸다. 유난히도 테가 굵은 안경이 커다란 코 위에서 머리를 움직
일 때마다 번들거렸다. 얼굴은 깡말라서 광대뼈가 불거졌고, 깊은 주름살이
이마와 두 뺨에 새겨져 있었다. 목은 길고 가늘었다. 그래서 툭 튀어나온 을
대뼈가 침을 삼킬 때마다 주글주글한 가죽 속에서 십 센티는 위아래로 움직
이는 것 같았다. 키는 머쓱이 커 보였지만, 등이 굽어서 앉은키가 옆 사람과
비슷해 보였다. 웅크리고 있는 좁은 어깨에 축 늘어진 밤색 양복은 복지, 재
단 등이 아주 구식이었고, 특별히 떨어진 데는 없었지만 목의 깃에서부터 바
짓가랑이 끝의 단에 이르기까지 대단히 낡았다. 아마 그에게는 사관학교에
다니는 아들이 있는 모양이었다.

(민음사, 1986)

□ 서정인 「붕어」

그는 세 사람들한테 조사를 받았다. 하나는 현역군인 하사였고, 또 하나는

정보부원이었고, 나머지 하나는 경찰 경사였다. 사람은 속한 세상대로 살았다. 군인은 그 중 가장 어리고 소년티를 아직 못 벗은 순하디순한 대학생처럼 생긴 사람이었는데 언동이 셋 중에서 제일 잔혹했다. 정보원은 몸매는 가냘팠지만 눈매가 매섭고 동작이 기민하고 셋 중에서 공갈을 제일 잘 쳤다. 마지막 경찰은 둘에 비하면 허우대는 제일 크고 다부졌지만 기관원이라기보다는 민간인 같았다. 그는 그곳 사람으로 전라도 사투리를 썼다. 군대에서는 이북 말씨가 섞인 서울말을 써야 행세를 했다. 그는 형사였는데 촌스러워서 주눅이 들어 보였지만 셋 중에서 제일 능글맞고 자신만만했다.

(세계사, 1994)

□ 서하진 「책 읽어주는 남자」

귀 한 옆에 자리잡기 시작하는 흰 머리. 불빛에 고스란히 드러나는, 흰개미집처럼 숭숭 뚫린 땀구멍, 탄력을 잃은 양 볼은 축 늘어져 보이고 조금 벌어진 입 꼬리는 처져 있었다. 물방울이 눈가에서 흘러내려 상우는 울다 지쳐 잠든 사람처럼 보였다. 가르랑, 가르랑. 그가 날숨을 쉴 때마다 음식들에 들어 있던 남플라의 독특한 향이 코를 찔렀다.

(문학과지성사, 1996)

□ 서하진 「추일 서정」

노교수(老敎授)의 머리카락은 하나하나 다 헤아린다 하더라도 오 분이 넘어 걸리지 않을 성싶게 성글었다. 듬성한 수염은 열흘이나 그 이상 물그림자도 못 본 듯 꺼칠해 보인다. 말라 오그라든 가죽 같은 얼굴. 그 한가운데의 작은 콧구멍에서 숨결이 흘러나오고 있다는 것이 믿어지지 않을 만큼 안색은 창백했으며 눈자위 아래로는 거뭇한 검버섯이 얼룩처럼 피어 있었다. 얼마나 오래 입었을까. 올이 내비칠 듯 소매 끝이 해진 상아빛 한복은 그 안에 감싸인 노구의 여윈 굴곡을 따라 수도 없는 주름으로 쪼글쪼글 했고 대님이 없는 헐렁한 바지 끝에는 얄팍한 발이 무슨 물건처럼 비죽 내밀어져 있었다……

(문학과지성사, 1996)

□ 선우휘 「불꽃」

현은 손바닥으로 턱을 쓰다듬었다. 짐승처럼 사람의 눈을 피해 쫓겨다닌 기나긴 시간이 턱과 뒷덜미에 흐르고 있었다. 가마솥같이 거친 턱수염. 덜미를 뒤덮은 머리카락, 그리고 가슴에는 무수한 가시가 돋쳐있었다.

(신구문화사, 1966)

□ 성석제 「경두」

너는 비쩍 말랐다, 경두. 네 팔은 새 다리처럼 가늘고 네 다리는 누군가 껍질을 벗기기 위해 비틀어놓은 버드나무 가지 같았다. 그 다리에는 네가 사고 났을 때 다친 상처가 있었다. 처음에는 잘 꿰매 놓았던 자리가, 네가 자꾸 딱지를 뜯는 바람에 벌어져 있었다. 작은 물고기 주둥이처럼.

* * *

술을 마시기 전에 노란 내 얼굴은 첫잔이 들어가고 나면 붉어지고 다음에는 보기 좋게 분홍빛이 돈다. 잔이 거듭되고 혀가 꼬부라지는 단계가 되면 얼굴이 홍시처럼 빨개지고 혀도 못 놀릴 지경이 되면 무섭도록 창백한 낯빛이 된다. 그래도 술잔을 놓지 않으면 파래지고 거기서도 더 마시면 검은빛을 띠는데 아직까지 그런 빛을 본적은 없으니 그것은 바로 상상으로만 존재하는 죽음의 단계다. 그날 나는 죽음의 전 단계인 파란단계까지 도달해 있었다.

(민음사, 1997)

□ 성석제 「고수」

잠시 건너다본 사내의 얼굴은 손처럼 희었지만 이목구비가 뚜렷치 않아서 마치 엄지손가락을 세워놓은 것 같았다. 눈썹이 거의 보이지 않았고 두툼한 눈꺼풀이 가느다란 눈을 가리고 있어서 눈동자도 제대로 보이지 않았다. 코는 있는 듯 없는 듯 작았고 역시 작은 입술은 살짝 비틀린 채 있지만 않았다면 입술인지 뭔지 구분이 잘 가지 않을 지경이었다.

(민음사, 1997)

□ 성석제 「비밀스럽고 화려한 쌍곡선의 세계」

갈색의 긴 머리를 허리까지 늘어뜨린 여자, 키가 제이보다 커 보이고 날씬한 허리에 분홍빛 원피스를 걸친 여자. 그 여자, 우윳빛 나는 피부, 물기를 머금고 웃고 있는 은행 알 같은 눈, 마늘 같은 코, 전복 조개 같은 귀를 가진 그 여자, 보기만 해도 배가 부를 것 같아서 보는 사람의 눈을 휘둥그렇게 만드는 그 여자. 누구나 한번쯤 고개를 돌리지 않고는 배길 수 없게 만드는 아름다움. 보일 듯 말 듯 귓불에 박힌 황금 귀고리, 살풋 드러난 가슴에 걸린 수정 목걸이, 또 눈에 띌락 말락 하는 은빛 실반지는 그 여자의 자연스럽고 압도적인 미를 돋보이게 하는 역할을 하고 있다.

(민음사, 1997)

□ 성석제 「유랑」

벙어리 여인의 나이는 대략 오십대 중반에서 육십대 초반 사이로 보였는데 어딘가 기품이 느껴지는 행동과 늘 엷은 미소를 머금고 다람쥐처럼 움직일 준비를 하고 있는 것이 하루 종일 한자리에 앉아있는 노인의 모습과 잘 어울렸다. 노인의 얼굴은 불그레한 동안이었고 수십 년을 장복해 온 탁주 덕분인지 살결은 보기 좋게 부푼 흰 빵처럼 부드럽고 온화해 보였다. 그 역시 벙어리 여인의 곱게 늙은 섬세한 이목구비와 조화를 이루어, 어차피 뜨내기인 변두리 동네의 속인들이 두 사람을 쉽게 보지 못하게 하는 굳세고도 독특한 힘과 영역을 가지고 있었다.

(민음사, 1997)

□ 성석제 「조동관 약전」

언뜻 보아도 스무 살은 훌쩍 넘어 보이고 떠꺼머리 총각 백 명은 능히 그의 치마 속에 돌돌 말아 다닐 것처럼 보이는 그 여인은 은척 사람들이 구경도 못한 알록달록한 양산을 쓰고 촌놈 가슴을 활랑거리게 하는 요란한 화장품 냄새를 풍기며 똥깐의 팔에 매달려 한들한들 은척에 나타났다. 도시에서 뭇 사내 깨나 홀렸을 듯 그러고서 뭇 사내의 손길에 농락당하여 골병이 든 듯, 닳고 때 묻었으나 바람이 불면 날아갈 듯 약해 보이고 앙칼져 보이면서도 수심이 깃들인 눈초리의 그 여인이 왜 똥깐을 따라 은척까지 왔는지는 아무도 몰랐다.

(민음사, 1997)

□ 성석제 「칠십 년 대식 철갑」

또 누군가 말한 대로 그녀의 얼굴은 화산지대를 연상케 했고, 그 화산지대에는 화장품이라는 두꺼운 화산재가 여전히 고름과 피를 뿜는 여드름이라는 활화산, 잠시 생산을 중단하고 있지만 언젠가 폭발할 게 틀림없는 휴화산, 그리고 푸른빛을 띤 사화산, 그 옆의 기생화산까지 고루 있어서 사람의 피부에 있는 화산에 대해 관심이 있는 사람의 눈길을 붙잡고도 남았다.

(민음사, 1997)

□ 손숙희 「사랑의 아픔」

손을 휘휘 저어가면서도 아주머니는 핑크색 입술을 클렌징크림으로 지우고 나서 다시 펄이 들어간 갈색을 덧칠했다. 깨끗이 지워지지 않은 입술 위에 성의 없이 죽죽 그려진 립스틱은 생감이 살아나지 않아 김칫국물이 번진 것처럼 보였다.

＊ ＊ ＊

인경인 전보다 많이 말라 보였다. 검정 티셔츠가 산뜻해 보이긴 했지만 초췌해 보이기도 했다. 어떻게 보면 도전적으로 뵈는 머리 모습은 진작부터 그렇게 했으면 좋았을라구 여겨질 만큼 그녀와 썩 잘 어울렸다.

* * *

그러면서도 늘 좋은 냄새가 나도록 로션과 향수를 잊지 않던 어머니였다. 아버지의 관심을 끌기 위해 어머니는 머리 한 올도 흐트러지는 걸 용납하지 않았다. 좋다는 화장품이랑 향수를 귀밑과 손목에 잊지 않고 바를 정도로 밤화장에도 열심이었다. 이틀에 한 번 미장원에 가서 머리를 했고 민망스럽게 보이는 잠옷도 사들고 와 옷장 속에 넣어두기도 했다. 그런 어머니의 노력에도 아랑곳없는 아버지에게 여태껏 사랑이라는 단어를 쓰고 있는 어머니가 나에게는 의문이다.

* * *

외모도 길거리에서 몇 번을 마주쳐도 잘 모를 만큼 나에게는 특징이 없다. 미장원에 갈 돈이 없어서 하나로 질끈 묶은 긴 생머리에 청바지, 티셔츠 몇 벌로 학교를 다녔던 나였다. 졸업논문 제출기간이었던 언젠가도 조교는 내가 1학년인지 2학년 졸업반인지도 잘 구분하지 못했을 정도니까.

* * *

상상했던 것만큼 혁은 승호보다 더 좋은 골격과 뚜렷한 이목구비를 지니고 있었다. 키도 승호보다 이삼 센티는 더 커 보였고 어깨랑 가슴팍이 젊은 사람답게 실팍했다. 또 짙은 눈썹이랑 짧게 깍은 머리 때문인지 강한 인상을 풍겼다. 그러나 어딘지 모르게 두 사람은 많이 비슷했다. 특히 외꺼풀에 큰 눈이 그랬다.

* * *

그의 손은 컸다. 그리고 두터웠다. 내 손을 다 감싸쥐고도 하나를 감싸 안을 수 있는 공간이 있을 것처럼 큰 손이었다. 그 안에 들어있는 내 손은 내 온몸이 들어앉은 것처럼 아늑하고 따뜻했다. 나는 그의 손이 보자기만큼 커져서 내 몸을 따뜻하게 감싸 안아주었으면 좋겠다고 생각했다. 바람 한 점

들어올 틈 없이 그가 나를 다 덮고 어디론가 데려다 주었으면 좋겠다고.

＊ ＊ ＊

사십 대 중반을 겨우 넘겼을까. 두껍게 무신한 눈썹이 반들반들 윤기를 내고 있는 거랑 붉게 칠한 커다란 입술 주위에 잔주름이 유난히 많아 얼핏 젊어지려고 기쓰는 오십 대처럼 보였지만 바람에 너풀거리고 있는 통바지와 짧은 재킷이 나이를 겨우 뒷받침해 주고 있었다.

＊ ＊ ＊

노인은 무척 작고 마른 체구를 하고 있었다. 철사줄처럼 새까맣게 염색해 머릿기름으로 발라넘긴 머리카락은 비록 금속성의 빛을 낼만큼 반짝이고 있었으나 깊은 주름살과 누런 금니는 나이를 말해주고 있었다. 손을 움직일 때마다 눈에 띄는 순금의 반지가 어쩐지 젊은 여자들을 전전한 그의 경력을 말해주는 것 같았다.

＊ ＊ ＊

임시 보호소 안에 있는 승호의 몰골은 말이 아니었다. 뻣뻣한 채 마구 흐트러져 있는 머리카락하며 어디서 어떻게 하고 다녔는지 바지가랑이는 손만 갖다대도 금방 찢어질 것처럼 흐물거렸고 얼굴도 누구랑 싸웠다고 여겨질 만큼 여기저기 멍이 들어 있었다. 그런 채로 승호는 새우처럼 몸을 구부리고 조용히 잠을 자고 있었다.

＊ ＊ ＊

여기저기 흩어져 있는 인형들이랑 신문지, 커피가 반쯤 남아 있는 커피잔, 반쯤보다만 잡지, 또 무엇인가 긁적거렸다가 팽개쳐 둔 종이들. 그것들에 둘러싸여 인경이 조용히 꽃처럼 앉아 있는 것이었다. 넓다란 거실에 발디딜틈 없이 흐트러져 있는 잡동사니들 속에서 작은 어깨와 작은 몸집을 한 인경이 동그마니 앉아 있는 모습은 작은 동물 같았다.

(새로운사람들, 1999)

□ 손창섭 「비오는 날」

동욱은 소매와 깃이 너슬너슬한 양복저고리에 교회에서 구제품을 탄 것이라는, 바둑판처럼 사방으로 검은 줄이 죽죽 간 회색 바지를 입고 있었다. 무엇보다도 그의 구두가 아주 명물이었다. 개미허리처럼 중간이 잘록한데다가 코숭이만 주먹만큼 뭉툭 솟아오른 검정 단화를 신고 있었다.

(민음사, 1953)

□ 손창섭 「혈서」

그래도 창애는 불쾌한 빛도, 다른 어떤 표정도 보이는 일 없이 언제나 마찬가지로 우두커니 앉아있는 것이다. 돌부처 이상으로 무표정한 소녀였다. 표정뿐 아니라 언어와 거동도 그랬다. 누가 묻는 말에나, 그것도 두 번에 한 번 정도 마지못해 대답할 뿐, 그밖에 스스로 의사표시를 하는 일이라곤 없었다.

(민음사, 1955)

□ 송기숙 「오월의 미소」

그러던 미선이가 언니의 보상금이 나오면서부터 형편이 달라졌다. 화장품 가게 종업원이던 그가 보상금을 알뜰하게 굴려 지난 연말에는 어엿하게 자기 이름으로 화장품가게를 내어 종업원까지 거느리게 된 것이다. 그렇지만 가게 개점잔치 때만 하더라도 얼굴에 그늘은 그늘대로 남아 있었다. 산뜻하게 화장을 하고 나서자 본디 예쁜 얼굴이라 고운 살결이 서른다섯의 나이를 헤치고 물오른 나무처럼 싱싱하게 활기가 넘쳤지만, 그런 활기도 깎은 머리를 송낙 속에 가리고 훤하게 웃는 젊은 여승의 활기였고, 하객들을 반기는 웃음도 세월 속에 인생을 묻어버리고 허허 하는 무기수의 웃음이었다.

* * *

영선이가 주먹을 쥐며 익살을 부렸다. 할머니는 환갑이 훨씬 넘은 나이인데도 시골여자 같지 않게 얼굴 바탕이 곱고 탄력이 있었다. 도시 변두리 노인당 할머니들과는 달리 부처님 앞에서 염주를 굴리고 있는 보살처럼 기품이 있었다.

* * *

김성보는 담배연기를 피워올리며 정면으로 햇발을 받고 있었다. 저 사람이 그 잔학무도한 공수단 장교였다는 사실이 도무지 믿어지지 않았다. 피부색이 좀 검을 뿐 잘생긴 얼굴에 듬직한 중년 사내였다. 평범한 언어와 평범한 몸놀림과, 저런 사람들 어디에 그 무지막지한 마성이 웅크리고 있었으며, 그 마성이 지금은 어떤 모양을 하고 있을까? 어제 왔던 안지춘 형사 얼굴이 겹쳤다. 김성보가 일선에서 물러선 노병이라면 안지춘은 새로운 집념으로 육박해 오는 또다른 공수대원이었다. 그의 우람한 덩치와 눈빛이 그랬다.

* * *

날카로운 내 표정을 훑던 안지춘의 눈이 떠올랐다. 우람한 덩치며 강팍스런 인상에 날카로운 번득이는 눈, 그 눈에는 굶주린 불곰의 집념이 도사리고 있었다. 소름이 끼쳤다.

* * *

나는 구령하는 사내 얼굴을 유심히 뜯어보았다. 은백색 파이버 아래 시커먼 얼굴에는 번득이는 눈은 흰자위가 유독 허옇게 희뜩거리고 있었다. 이 세상사람 같지 않았다. 이 세상에 잔뜩 원한을 품고 죽은 원귀가, 특히 여자들한테 원한을 품은 원귀가, 여태 지옥에서 험하게 떠돌다가 비가 오자 잠시 이 세상에 퉁겨 나와 저렇게 발광하는 것 같았다.

* * *

미선이는 소리 없이 웃었다. 웃음도 그냥 해맑고 투명하기만 했다. 원망도 아니고 자조도 아니었다. 늦가을 산골 시냇물처럼 마음속 깊은 데까지 그대로 환히 들여다보였다. 파쇄기에서 금방 쏟아져나온 생자갈 같던 지난날의 모습은 그의 얼굴이나 어투 어디에서도 볼 수가 없었다. 나는 얼빠진 사람처럼 담배연기만 거푸 뿜었다.

* * *

　미선의 표정은 어제 저녁 술 마실 때처럼 밝았다. 그동안 풍상에 할퀸 자국은 어떤 모양으로 남아 있을까, 나는 그의 얼굴을 살폈으나 농익은 과일처럼 고운 피부에서 그런 흔적은 얼른 짚이지 않았다. 웃을 때 보조개가 패는 모습이며 장난스런 눈웃음은 열일곱 살 때 모습 그대로였다.

* * *

　하얀 상복을 입은 미선이는 얼굴이 해쓱하고 할머니는 파파 늙은 얼굴에 바둑알 크기의 저승꽃이 시커맸다. 산동네 불빛처럼 다정하던 할머니가 빌딩 뒤에 폐가처럼 허울만 남아 있었다. 저 아이 이름이 김준일이라고 했다. 어머니의 성을 따서 호적에 올린 것이다. 나이에 비해 덩치가 우람하고 다부진 얼굴에 콧날이 우뚝했다. 내가 저 아이를 본 건 이게 처음이었다. 그를 보는 순간부터 내 가슴속에서는 큼직한 얼음 덩어리가 휘젓고 있었다.

* * *

　"오시드라 오시드라 천황제석 일월제석 관음보살이 오길 적에 저 중의 치레 보소. 얼굴은 관옥이요 풍채는 두목지라. 안산의 봉의 눈을 초상강 물결 같고 서리 같은 두 눈썹은 왼낯을 내려 보고 백초포 장삼에 다홍띠 둘러메고 순대명 시대굴건 이마 맞춰 숙여 쓰고 구리백통 반장도를 고름에 느즛이 안어차고…… 염주는 목에 걸고 단주는 팔에 걸고 흐늘흐늘 내려왔네."

(창작과비평사, 2000)

□ 송기숙 「은내골 기행」

　김이준이 아내는 살결이 곱고 여간 미인이 아니었으나 요사이는 거의 화장을 하지 않아 얼굴이 몹시 까칠했다. 사오 년은 늙어버린 것 같았다. 눈 하나만 살아 있었다. 여기 나올 때도 군빗질만 하고 나온 듯 머리 모양이 어수선했고 머리 한쪽에는 실밥이 한 오라기 묻어 있었다. 동생 한복이 초라하다고 푸념이더니 옷이라도 마르다가 온 것 같았다.

* * *

증명사진이 모두 그렇듯 표정을 전혀 드러내지 않고 카메라 렌즈만 응시하고 있는 딱딱한 모습이었으나 말끔한 교복을 입은 선경이 얼굴은 여간 맑고 시원스럽지 않았다. 아직 피지 않고 단단하게 머물러 있는 꽃봉오리처럼 유달리 서늘한 눈매가 활달하고 당차 보였다.

* * *

스님은 오십대 후반이었으나 사십대처럼 정정했다. 우람한 몸피가 온통 힘으로만 뭉쳐진 것 같고, 그렇게 보아 그런지 발그레한 얼굴이 티 한 점 없이 동안으로 맑았으며 기탄없이 웃는 모습에서는 범접하기 어려운 도태가 풍기고 있었다.

(창작과비평사, 1996)

□ 송병수 「쑈리 킴」

양키들이란 참 재미있는 자들이다. 근처에 얼씬만 해도 뭐 쑈틀이나 해 가는 줄 알고 '까뗌 보이 까라……'고 내쫓는 뚱뚱보 싸징이나, 검문소의 엠피 같은 깍쟁이놈도 있긴 하지만 그래도 양키라면 한국 사람들보다 모두 좋았다. 그렇다고 뭐 먹다 남은 닭다리나 초콜릿 부스러기 따위를 얻어먹는 맛에서가 아니다. 양키들이 어른답잖게 말발굽쇠 던지기랑 화약 터지기랑 어떤 놀이든(돈내기 포커 노름만 말고) 버젓이 한몫 붙여 주는 게 좋단 말이다. 어떤 땐 슬며시 으슥한 데에 불러다가 사타구니를 까내 놓고 그것을 좀 주물러 달라거나 흔들어 달라고 징글맞게 놀 때도 있었지만, 그 장난만 말곤 양키들이 노는 장난은 뭣이고 다 신나는 것뿐이었다. 생각해 보면 코흘리개들이나 할 장난이지만 말발굽쇠 던지기나 화약 터지기 따위를 할 땐 게서 더 재미있는 게 없다. 서울서 고작 파커 만년필이나 론손 라이터를 날쳐다가 왕초 몰래 돌만이들끼리 팔아먹던 재미나, 피엑스 앞에서 깔치들에게 매달려 한 푼 달라고 생떼를 쓰다가 옷자락에 타마유를 슬쩍 발라주던 그때의 재미 따위는 이제 생각해 보면 참 시시하고 치사하기 짝이 없다.

(신구문화사, 1967)

□ 송병수 「정광호 군」

무척 작은 키에 작은 몸집이고, 또 거기에 작은 얼굴, 작은 눈의 계집애 같은 사나이였다. 가뜩이나 작은 얼굴에 머리를 박박 깎은 알머리통인 데다가 약간 홍조마저 띠고 있어 나이보다 훨씬 앳되어 보였으며, 옛날 동양화의 미녀처럼 가느다란 눈이 제법 영롱한 것이 얼핏 보아도 발랄한 재기가 엿보일 뿐 악인은 아니었다.

(동아, 1995)

□ 송상옥 「광화문과 햄버거와 파피꽃」

내가 막연히 예상하고 있었던 것보다는 훨씬 젊고 건강해 보였다. 나약해 보이지도 않았고, 아주 차가운 인상이었다. 내가 후에 그녀를 떠올릴 때마다 가을을 느끼곤 했던 건 아마도 그 차가운 인상 때문이었을 것이다.

실제로 이날 그녀의 차림에서도 가을을 느낄 수가 있었다. 긴 목을 감싼 듯한 색다른 디자인의 연한 갈색 블라우스. 긴 소매 끝으로 나와 있는 가늘고 긴 하얀 손이 내 눈을 끌었다. 거기 무슨 비극적인 요소가 담겨 있을 리가 없었다.

용모는 사람들의 눈을 멎고 또 멎을 만큼 빼어난 편이었다. 꽃이라면 역시 가을 꽃, 저만큼 홀로 피어있는 초초한 한 송이 꽃이었다. 그러나 어쩐 일인지 모르겠다. 그 꽃송이엔 무언지 모를 짙은 그늘이 드리워져 있었다. 그녀의 편지에서 느끼게 된 선입관 때문인지 알 수 없으나, 아픔 같은 게 내 가슴으로 지나갔다. 그렇다고 해서 거기에도 어떤 비극적인 분위기가 감돌고 있을 턱이 없었다.

(창작과비평사, 1996)

□ 송상옥 「들소사냥」

그 팔팔하던 사나이도 이제 칠십 노인이 되었다. 그래도 눈빛은 빛나고 카랑카랑하고 빠른 목소리도 그대로였다. 다만 좀더 원숙해졌다고 할까, 여유가 생겼다고나 할까, 몸은 조금 난 듯 하면서도 허물어지진 않고 단단해 보였다. 표현은 조금 온전해졌으나 그것이 감춘 의미는 여전히 강하고 폭발성을 지니고 있었다.

* * *

키는 크지 않으나 체격이 굵은 편인 사나이는 장소에 어울리지 않게 넥타이를 매고 있었다. 갈색 윗도리에 회색 바지의 깔끔한 콤비 차림이 보험 세일즈맨이나 부동산 중개인 같았고, 어딘가 유들유들하고 뻔뻔스러워 보이는 인상이었다.

* * *

눈매가 매섭고 날쌘 인상입니다. 사람을 지그시 보고 있을 때의 눈은 매처럼 날카롭고 무엇을 노리는 듯한 자세를 취할 때는 포인터종의 우수한 사냥개가 먹이를 앞에 둔 것 같아요. 공원이나 바닷가에서 어슬렁거릴 때의 모습만 담겼기 때문에 힘이 없어 보이는 건 사실입니다만, 이 일을 맡겠다고 했을 때 눈이 불타고 온몸에 생기가 넘치는 것 같았어요.

* * *

권용상은 그 표현에 걸맞게 피부색깔도 거무스름하여, 스스로 건강미라 말하고 있는 것처럼 다부진 체격에 깐깐하고, 어느 자리에서나 주변을 압도하는 만큼 개성이 강한 인상이었다. 그 강한 인상 때문에 추종자들은 카리스마라고 하고들 있고, 정적들은 자기밖에 모르고, 차고 권력욕이 강하고, 술수에 능하다고 혹평하고 있는 것이다.

인상이 그러할 뿐만 아니라, 성품이나 지금까지의 정치 역정으로도 대부분의 사람들은 그를 호락호락하게 보지는 않았다. 그의 정치 역정은 시대적으로 소용돌이를 헤쳐 온 만큼 글자 그대로 파란만장한 것이었다. 희생될 뻔한 일도 몇 번 있었다. 그런 지경이라면 웬만히 배포 있는 정객이라도 벌써 정치에서 손을 떼고 뒤로 물러앉았을 텐데, 그는 정말 넘어지지 않는 오뚝이처럼 일어서서 칠순을 눈앞에 둔 지금도 불사조의 모습으로 정계에 큰 자리를 차지하여 버티고 있는 것이다.

* * *

용국은 조금 전에 순간적으로 엿본 그녀의 얼굴을 떠올렸다. 검은색 계통의 늘씬한 원피스차림, 환하게 흰 얼굴 뒤로 어깨에까지 늘어뜨린 숱 많은 머리칼, 군계일학이라는 그 말 그대로 단연 돋보이는 모습이었다. 그러나 그렇게 보아서 그런지, 살짝 웃음 짓고 있던 얼굴엔 분명 우수의 그늘이 깃들인 것 같았다. 보통 미인이 아니라는 말도 틀림이 없었고, 그 몸가짐에 자기 일을 가진 중년으로 들어선 독신 여성의 단정함과 오만함이 넘쳐 있었다. 인생의 온갖 풍상을 겪은 칠십 노인의 눈에는 아주 귀여운 여인으로 보일 테지만.

(세계사, 1996)

□ 송원희 「목마른 땅」

선임의 옛날 어린 시절의 교회목사님은 항상 낡은 옷을 입고 계셨고, 구두도 뒤꿈치가 다 닳아서 거량해 보일 정도였다. 얼굴에는 기름기는커녕 핏기도 없었다. 길에서 만나면 상대가 누구이든 간에 고개를 숙여 인사를 하고 머리에 기계충을 앓고 있는 부스럼의 아이들 머리도 쓰다듬어 주었다. 또 동네에서 병이 난 사람들이 있으면 마치 자기집 식구인 양 그 집에 매일 드나들며 정성껏 간호하고 기도도 해 주었다.

* * *

아침 산책을 하는 옹을 만날 때도 있었다. 아침 햇살을 전신에 듬뿍 받고 논둑 한가운데를 걸어가는 옹의 모습은 한 마리의 학처럼 보이기도 했다. 그것은 자연의 한 점이었고 또한 황홀이기도 했다.

* * *

열 다섯쯤 되어 보이는 소녀가 애를 업고 들어섰다. 그녀의 등에 업힌 아이는 머리가 명주같이 고운 금발이었고, 피부는 희다못해서 투명한 분홍빛이었으며 초롱한 푸른 눈을 가진 인형 같은 혼혈아였다. 두 살 정도인 아이는 차언니를 보자 반가운 표정으로 칭얼거렸다.

* * *

뒤로 쪽은 졌으나 나이는 스무 살 전후로 보였다. 반듯하게 갈라붙인 검은 머리, 투명하고 매끄러운 피부, 너무나 투명한 작은 여인은 불빛 아래서 조선의 연옥색 비취처럼 떨었다. 그때 이토는 그 여인을 통해 한국의 색이 대부분 옥색이라는 것을 알았다. 파르스름한 여인들의 흰 옷자락, 그리고 가을 하늘, 이 모두가 이 나라만이 갖는 독특한 색이었다.

(청림, 1987)

□ 신경숙 「깊은 숨을 쉴 때마다」

처녀의 걸음 보폭은 아주 작고, 그것도 긴 치마가 자꾸 신발에 밟히는지 조심스럽기까지 하다. 그 조심스러움이 우아해 보이기도 한다. 내가 아니라 다른 사람이 그 자리에 앉아 있었어도 처녀에게서 눈길을 떼지 못하기는 마찬가지였을 것이다. 그만큼 초원을 가로질러 여행용 가방을 두 개나 들고 걸어오는 긴 머리의 처녀는 인상적이다. 처녀가 아주 가까이 다가왔을 때 나는 처녀가 들고 있는 가방 중의 하나가 여행용 가방이 아니라 첼로가 들어 있는 가방이라는 걸 알았다. 치마가 밟혀서 걸음걸이가 조심스러웠던 게 아니라 첼로가방이 크고 길어 자꾸만 땅에 닿는 걸 처녀는 조심하고 있었던 것이다. 모퉁이를 돌고 호텔 뜰을 지나 프런트에 다시 나타나는 동안 처녀는 내 시야에서 잠시 사라졌다.

* * *

피로하고 연약한 얼굴, 무거울 텐데 처녀는 여행용 가방도 첼로가방도 그대로 들고 있다. 저 얼굴을 어디서 봤던가. 문득 공항에서 나를 알아보려고 했던 처녀의 얼굴이 스쳐갔다. 물론 그 처녀는 아니었지만 둘은 닮아있다. 공황에서 만난 처녀는 창백하고 연약한 얼굴이었고, 지금 내 앞에 서 있는 처녀는 창백하진 않았지만 피로한 얼굴이었다. 뭔가에 지쳐 있는 연약한 얼굴.

(현대문학사, 1995)

□ 신경숙 「딸기밭」

깨끗한 이마 위에 보송한 솜털을 보는 일도요. 납작한 콧망울에 묻어 있는 물기가 닦아주며 간지럼을 태우는 일도요. 겨드랑이 밑에 여전히 귀를 닮은 날개가 달려 있었지요. 그 날개를 건드리면 딸아이는 행복한 웃음을 터뜨리곤 했습니다. 수술을 못 하면 어떠랴, 싶었어요. 이렇게 작고 예쁜 날개를 아무나 가지랴.

* * *

눈도 코도 입도 없는 소녀가 어슴푸레한 빛 속에서 흰 모자를 쓰고 민소매 옷 밑에 흰 팔을 감추고 허공에 떠 있는 듯이 서 있었어요. 데생이라서 그랬겠지요. 흰 모자는 있고 얼굴은 없는 소녀, 민소매 옷은 있고 팔은 없는 소녀, 무릎 위의 흰 치마는 있고 다리는 없는 소녀. 형체가 없이 흰빛에 싸여 있는 소녀를 바라보는 사이 제 입술은 떨리고 마음은 한없이 외로워졌습니다.

* * *

그때는 그것이 내가 지닌 얼굴 윤곽이 흔들려서라는 것을 알지 못했다. 단지 거울 속으로 비치는 나의 메마른 눈동자가 혹은 그 옆의 가파른 코가 곧 비명이라도 내지를 듯 위태롭다고만. 아마도 그때로부터 나의 윤곽은 흐트러지기 시작했을 것이다. 지금까지 서서히. 그리고 지금, 아무것도 지향하지 않는 지금, 나의 윤곽은 덧없이 사라지고 있는 중이다. 하지만 나의 내부의 스물세 살 때의 그 언덕 위 창고와 그 딸기밭에서 이미 이만큼 와 있었다.

* * *

곱슬머리, 약간 위로 치켜진 채 충혈된 눈, 혐오감을 불러일으키는 이라고 밖에 표현될 수 없는 피부, 붉은 기가 내려앉은 코 끝, 유난히 오돌토돌한 야윈 뺨, 회색이 감도는 사파리 잠바 속에 껴입은 검은 폴라 티, 낡은 벨트, 빛이 바랜 청바지… 그리고 그렇게 간단히 맞춰놓은 균형을 그나마 여지없이 무너뜨리고 있던 흰 고무신.

* * *

그 남자의 외모 중 접근하지 말라는 경고음을 강화시키는 부위는 눈이다. 마주치면 째려보는 것 같고, 응시하면 공포스러울 만큼 잔인함이 느껴지는 눈을 가진 남자, 그 남자의 그 눈이 잠시 내게 머물렀다가 흩어진다. 한번도 누구를 깊이 응시해볼 수가 없었을 눈.

* * *

처녀의 짝짝이 쌍꺼풀은 귀염성으로 표현되고, 처녀를 나태나 게으른 사람으로 인상짓는다고 생각했던, 오른쪽 입가에 찍혀 있는 검은 점은 그 남자로 인해 육감적으로 대치되며, 영양결핍 상태인 것같이 발육이 안 된 목 아래의 소녀 같은 육체는 그 남자로 하여금 근친애를 불러일으킨다.

* * *

집에서 입고 있던 끈 달린 흰 면티 위에 속이 비치는 하늘빛 재킷을 걸친 유. 흰색 바탕에 하늘색 작은 물방울이 프린트 된 에이라인 짧은 스커트를 입고 있는 유. 집에서 머리에 꽂고 있던 리본핀을 빼자 땋은 갈색 긴 머리채가 어깨 밑에서 찰랑거린다. 매끈한 종아리 밑에 복사뼈까지 올라오는 흰 운동화를 신고 있는 유. 너무 깨끗해서 눈에 띄는 유.

* * *

그리곤 가능한 한 고개를 들지 않고 딸기만 따려고 한다. 고갤 들거나 조금 시선을 비끼면 햇빛에 반짝이는, 땋아 내린 유의 갈색 머리, 그 사이에 놓여 있는 고운 목덜미, 붉은 딸기와 녹색 잎새 속의 유의 흰 허벅지. 홍조를 띤 유의 뺨이 시선에 들어온다.

* * *

이마가 반듯하고 목선이 고운 여자였다. 방금 함께 여럿이서 저녁식사를
할 때까지만 해도 어떤 느낌도 없었던 아내의 얼굴이 사랑스럽다는 생각이
들었다. 눈은 맑았고, 입 매무새는 단정했다. 좁은 어깨가 약간은 추워 보였
고, 흐트러진 머리에서는 향긋한 냄새가 났다.

* * *

Y는 요리사다. 시원한 키에 흰 피부, 가느스름한 눈을 가진 Y를 처음 보는
사람들은 Y의 손을 보고는 적잖이 놀란다. 도회 여자로구나, 생각했다가 투
박하고 거친 Y의 손과 마주치게 되면 당황이 된다. 그렇게 Y의 손은 그녀의
전체적인 인상에 도드라졌다. 투박하고 거칠다.

* * *

기선생은 젖은 머리를 마저 닦으며 머쓱하게 웃는다. 앙상한 체구에 긴 얼
굴. 언제나 남방에 청이나 진이나 면바지 차림. 선생님 여전하시네요. 더벅머
리까지. 기선생의 목에서 터키옥이 찰랑거린다. 옥은 터키 것보다 춘천옥이
나은데.

* * *

잠에서 다 깨어난 J의 아이가 답답한지 제 엄마의 품을 헤치고 바닥으
로 내려왔다. 오동통한 발가락들. 덜 익은 석류알 같은 발톱들. 아장아장
베란다 쪽으로 걸어가 쏟아지는 빗줄기를 바라보던 아이가 J를 부른다.

* * *

그녀는 너무나 자그맣고 까맸다. 얼마나 자그맣고 까맣던지, 그 자그맣
고 까만 모습에서 풍겨 나오는 분위기가 얼마나 신산스럽던지 (그녀와 나
는 동갑내기다) 나는 그만 기가 죽어 버린 것이다. 멀대처럼 큰 내 키와 통
통하고 허여멀건한 얼굴이 그때처럼 창피하게 느껴진 적이 있었을까.

* * *

그녀의 집 근처에 태안사라는 절이 있는데 그곳에 불목하니가 한 사람 산
다고 했다. 그 절에서 태어나 그곳에서 지금껏 불을 때주며 살았는데 이젠
절도 불을 때지 않아 마당이나 쓸면서 사는 사람으로, 나이가 육십은 넘었을
것인디 하나도 안 늙었다니께. 꼭 다름쥐 같어요. 걸음이 얼매나 빠른지 여기
있는가 허면 저기에 있고 날아댕긴다니께요. 얼굴, 그 얼굴 보여줄 테니까 놀
러와요, 봐둘 만한 얼굴여, 라고 했다.

* * *

화장이 지워진 그 애의 얼굴은 싱그러울 정도로 깨끗했다. 달콤한 푸른빛
을 받고 있는 듯 조금 창백해 보였지만 그래서 더 깨끗해 보였다.

* * *

조용한 사람. 생각해보니 남편은 단 한 번도 내게 화를 내본 적이 없다. 그
런데 요즘 왜 그렇게 마르는 거지? 아침에도 보니 키가 더 커 보였다. 동상에
걸려 뭉개진 손가락 끝. 깨끗한 목덜미. 처음 남편을 대면했을 때 나는 그의
얼굴보다도 수화기를 붙잡고 있는 손가락 끝을 먼저 보았다. 단단한 손가락
이 끝에서 다 망가져 있었다.

(문학과지성사, 2000)

□ 신달자 「겨울 속의 겨울」

어머니가 거울 앞에 앉은 모습은 아름다웠다. 유독 검은 머리빛깔에 하얗
게 기른 앞가르마는 눈부시게 빛이 났다. 깊은 눈이었다. 도톰한 입술을 나는
자주 만지작거리며 좋아했다. 쪽을 지른 뒷모습이 정갈했다. 마지막 머리 손
질은 언제나 참빗으로 다듬었다.

어머니의 화장은 유일하게 눈썹을 그리는 것이었다. 눈썹을 그리는 일에
어머니는 시간이 걸렸다. 반달형으로 그린 어머니의 눈썹을 그 때 나는 반하
도록 좋아했다. 어머니의 얼굴에는 언제나 두 마리의 갈매기가 떠 있었다.
그 갈매기는 외로워 보였다.

(추천사, 1993)

□ 신달자 「노을을 삼키는 여자」

피곤한 여행 중에도 그의 얼굴은 밝고 건강했다. 남성에게도 아름다움이라는 말이 허용된다면 동빈은 역시 아름다운 얼굴을 가지고 있었다.

결코 번쩍거리지 않으면서 깊이를 느낄 수 있는 그의 지적인 용모는 그의 적극적인 성격과 잘 조화를 이루어 매력 있는 남성으로 돋보이게 하고 있었다.

* * *

빠르게 걸어가는 그의 뒷모습에서 조금 전 정면으로 시선이 마주쳤던 그의 얼굴이 크게 클로즈업되며 내 앞에 다가왔다.

로댕의 조각 〈생각하는 사람〉이 풍기는 심각한 표정, 약간은 움푹 파인 듯한 눈과 날카로운 듯하면서 안정되게 자리잡은 코가 선명하다. 그의 전체적인 분위기는 깊고 무성한 사색적 인상이 강하면서 아침시간인데도 멀리서 달빛의 조명을 받고 있는 듯한 신비한 비밀스러움을 가지고 있었다. 그래서 자연스럽게 로댕의 〈생각하는 사람〉이 떠올랐는지도 몰랐다.

그러나 그는 결코 생각하는 사람이 지닌 우람한 남성적 근육을 가지고 있지는 않았다. 그의 무거운 인상에 비해 그의 마른 몸매는 여성적이라고 표현해도 좋을 만치 왜소한 편이었다.

* * *

내가 놀라며 바라본 인경이와 나란히 앉아있는 남자는 분명 학교 교무실에서 만난 그 남자였다.

바바리코트를 벗고 짧은 소매의 와이셔츠를 입은 것 말고는 달라 보이는 곳이 없었다.

역시 깊은 눈매와 반듯한 콧날, 잘 정돈된 이마가 눈부셨다. 그러나 사뭇 심각하고 사색적인 그 얼굴에 부드러운 미소를 띄우며, 그치지 않고 말을 계속하는 모습은 전혀 예상치 않았던 모습이었다.

(자유문학사, 1991)

□ 신달자 「눈뜨면 환한 세상」

여자로서 대하는 수화와 명혜의 느낌은 분명 다른 것이었다. 명혜는 그렇게 당당하다가도 결정적인 순간에 쉽게 부서지곤 했는데, 수화는 연약한 겉모습과 달리 다가서면 갈수록 호두껍질처럼 단단해 보이는 그런 여자였다.

준엽으로 하여금 수화는 포근한 산자락 같은 느낌을 받게 했다. 그 느낌은 참으로 묘한 것이었다. 영란에게서도 가끔씩 풍겨 나오는 설레는 향기였다.

그 향기는 준엽을 아찔하게 했다. 오래 전부터 준엽이 잠재 의식 속에서 아슴하게 연모해 오던 이성은 바로 영란, 혹은 수화와 같은 향기를 풍기는 여인이었는지도 몰랐다.

영란을 잃고 나서 그 향기를 못 잊은 채 그리워했는데, 다시 수화가 그 꿈길 같은 향기를 풍기며 나타난 것이었다.

(포도원, 1995)

□ 신달자 「사랑에는 독이 있다」

이 사람은 누굴까. 부옥은 다시 그의 옆얼굴을 유심히 본다 긴 콧날이 얼굴의 균형을 잘 잡아 옆에서 보는 얼굴도 수려하고 아름답다. 어느 낯익은 배우를 연상시키듯 그는 큰 키에 아름다운 얼굴이다. 그러나 더 아름다운 것은 그의 따뜻함이다. 조금도 무례함 없이 상대를 배려할 줄 아는 미덕이 있고 유머가 있다. 그의 인상은 온화함과 적극성이 잘 조화를 이룬 자연스러운 힘이 있다.

* * *

옆 사람의 얼굴을 다시 본다 피부는 깨끗하고 얼굴의 선은 굵은 편이며 콧잔등이 길어 얼굴 전체가 시원해 보인다. 머리카락은 건강해 보이며 숱은 적당히 많다. 무엇보다도 귀가 잘생겨 그 사람의 분위기를 의젓하게 보이게 한다. 고개를 약간 움직이는 것을 본다.

(문학수첩, 1997)

□ 신달자 「성냥갑 속의 여자」

수인은 아름다웠다. 그의 미모 때문이 아니었다. 그의 행동, 그의 웃음, 그의 시선, 그의 사상, 그의 소신, 그 모두가 인간다움으로 아름다웠다. 수인은 아름다웠다. 수인은 안 되는 것이 있을 때 더 천천히 움직이고 더 많이 웃고 더 열심히 노력하고 더 확신이 있다고 말하곤 했다. 수인의 총명함은 교수님들의 신뢰를 사고 있었고, 그는 결코 그러한 주위 사람들의 신뢰에도 오만한 구석이 없었다. 수인의 특별한 매력은 무엇보다 유머에 있었다. 처음 그를 만났던 찻집에서도 우리를 계속 웃게 만들어 주었지만, 나와 단둘이 있는 그 어떤 시간에도 수인은 나를 즐겁게 했던 것이었다. 그러나 내가 수인에게 완전히 반하게 된 것은 내가 지향하는 삶의 방향이 그와 사뭇 흡사했기 때문이었다. 그는 자신의 일에 관해선 무섭도록 이성적이면서 일에서 벗어난 인간관계에서는 여성적이라고 해도 좋을 만큼 감성적이었다. 그는 작은 일상을 사랑할 줄 알고 자연의 아름다움을 즐기는 것을 의무적으로 생각하는 사람이었다. 수인은 내 겨드랑 속에 끼어 있는 온도계처럼 거의 정확하게 나의 온도를 아는 남자였다. 정신적이건, 육체적이건 몸의 피로와 혼란과 우울, 불안과 짜증스러움까지 내 얼굴 표정 하나로 알아낸다고 자처하는 남자였던 것이다. 그리고 실지로 수인은 내 심사의 그래프를 그릴 수 있는 섬세한 직관을 가지고 있었다.

(자유문학사, 1993)

□ 신상성 「거북이는 토끼와 경주하지 않는다」

달배 어머니가 흰 머리띠와 산발한 머리를 잡아맨 채 노랗게 뜬 얼굴로 나타나자, 아낙네들은 흠칫하여 무총을 재우 깎아댔다. 뒤깐에 다녀온 달배 어머니는 구매구매 아낙네 사이에 끼어 앉더니 말없이 배추를 다듬었다. 맥없이 보이면서도 능숙하게 칼질을 했다. 깊숙이 주름진 목줄기와 굵은 힘줄의 손등은 오랜 세월 그렇게 살아왔듯이 체념과 인내의 슬픔이 물결쳐 있었다.

* * *

엄지발가락이 없는 발등뼈를 차석이 책상 위에 내놓았을 때부터 현서장은 이미 그가 누구인지 확신했다. 돼지족발마냥 삶은 발등의 살점은 똥개에게 많이 뜯기긴 했지만 분명히 딸기코의 발등이었다. 엄지가 없는 것은 순간 딸기코의 짚신 신은 발가락은 현서장의 아버지가 물어뜯은 것이다.

* * *

모택동 모자의 색시는 아기의 종이 기저귀 같은 것을 자꾸 떨어뜨리고 그 옆의 시장판 순대 파는 아줌마같이 수더분한 50대의 여자는 그것을 자꾸 집어주었다. 그것을 받을 때마다 그 색시는 당연하다는 듯이 한번씩 웃어 주고는 잼잼을 침칠해 가며 책장을 넘겼다. 그리고 반복적으로 다리를 올렸다 내렸다 하며 지하철 에어로빅을 했다. 꽃돼지 뒷다리같이 포동포동한 그미의 짜리몽땅 뚱뚱한 다리는 검은 바지에 잘 포장되어 있었다. 독서도 하며 에어로빅도 하며 아기도 보면서 시간을 아껴서 이중삼중으로 포개어서 쪼개나보다.

그러고 보니 그미가 상록수역에서 탔던 것도 같다. 흰 모자, 흰 분칠, 빨간 입술, 빨간 가방, 하늘색 배낭 그리고 흰 양말에 검정 덧신, 그미의 차림새는 무척 신경을 쓴 듯이 흑백의 대조와 원색의 탁 튀는 입술 강조였다. 아마 신세대 미시족 흉내를 내려고 한 것 같은데 얼굴은 페인트로 아무리 덧칠한다 해도 아줌마 티는 감출 수가 없나 보다. 펑퍼짐한 궁둥이와 절구통 허리가 그것을 잘 보증해 주었다.

* * *

내 곁에 빈자리가 생기자 밤새 가죽의 밤코트를 뒤집어쓴 아줌마가 넘어지듯이 쓰러지며 잽싸게 자리에 차고앉았다. 그 바람에 앞에 서 있다가 자리를 빼앗긴 대학생인 듯한 남녀가 구석진 문가로 가더니 선 채로 끌어안으며 비비적대었다. 돼지 낯가죽같이 두꺼운 그들 엑스세대의 얼굴은 신세대 아줌마의 돼지 뒷다리같이 안하무인격이다. 그 대학생들 앞에 여고생 세 명은 멋쩍은 듯 먼산바라기를 하거나 고개를 숙이고 있었다.

(명동비지네스, 1997)

□ 신상웅 「심야의 정담」

좀더 고개를 비틀자 판초를 뒤집어쓴 그의 모습은 검은 장막 속에서, 꼭 이슬람 문명 속의 혁명군같이 느껴졌다.

* * *

민욱은 인상짓기에 충분한 인사계 얼굴의 흉터를 지켜보고 있었다. 광대뼈 밑을 움푹 파낸 그 흉터는 마치 칼자국이라고 할 험상궂기 짝이 없는 것이었다. 그러나 그는 부임 인사를 하는 자리에서 그 흉터를 6·25 때 입은 파편 자국이라고 스스로 해명했었다. 그렇다고 그가 그 자리에서 사람을 불쾌하고 우울하게 만드는 자신의 전흔을 사과한 것은 물론 아니다. 그는 그것을 오히려 무슨 훈장처럼 열렬하게 자랑하고 있었던 것이었다. 유상사는 민욱이 자신의 상처를 음미하고 있는 것을 발견하자 유쾌한 표정을 지으며 자신 있게 물었다. "내 인상 어때, 무섭지?"

(동아출판사, 1995)

□ 심 훈 「상록수」

폭양에 그을은 그들의 시커먼 얼굴! 큰 박덩이만큼씩한 전등이 드문드문하게 달린 천장에서 내리비치는 불빛이 휘황할수록 흰 벽을 등지고 앉은 그네들의 얼굴은 더한층 검어 보인다.

* * *

박동혁이라고 불린 학생은 연단에 올라서기를 사양하고, 앞줄에 가 두 다리를 떡버티고 섰다. 빗질도 아니한 듯한 올백으로 넘긴 머리며 숱하게 난 눈썹 밑에 부리부리한 두 눈동자에는 여러 사람을 누르는 위엄이 떠돈다.

동혁은 장내를 다시 한 번 둘러본 뒤에 천천히 입을 연다.

* * *

서울 여자들은 잠자리 날개처럼 속살이 하얗게 내비치는 깨끼적삼에 무늬가 혼란한 조세트나, 근래 유행하는 수박색 코로나프레프 같은 박래품으로 치마를 정강마루까지 추켜 입고 다닐 때연만, 그는 언뜻 보기에도 수수한 굵다란 광당포 적삼에 검정 해동치마를 입었고, 화장품과는 인연이 없는 듯 시골서 물동이를 이고 다니는 과년한 처녀를 붙들어다 세워놓은 것 같다. 그러나 얼굴에 두드러진 특징은 없어도 청중을 둘러보는 두 눈동자는 인텔리 여성다운 이지가 샛별처럼 빛난다.

* * *

기만이는 언덕에 살포를 꽂고 왼팔은 하느르르한 회색바지를 입은 허리춤에 찌르고 서서, 여러 사람이 일하는 것을 내려다보고 섰다. 무슨 풍경화나 감상하는 듯한 자세를 짓고 선 것이 몹시 아니꼬아 보여서 그것만 보아도 비위가 뒤집히는 듯, "병이 났읍네 허구 영계만 실컷 과 먹구 나니까 게트름이 나는 게지. 저 작자가 어슬렁거리구 댕기는 꼴을 봤다가 봐두 눈꼴이 틀리드라" 하고 동화는 저 혼자 투덜거린다.

* * *

고생살이에 찌들은 얼굴에는 잣다란 주름살이 수없이 잡혔고 검불을 뒤집어쓰고 불을 때다가 나와서 머리는 부스스하게 일어섰는데, 남편만 못지않게 너름새가 좋다.

* * *

첫째 응달에서만 지내서 하얀 살결과 안경 속에서 사람을 깔보는 듯한 조그만 눈동자며, 삶아놓은 게발같이 가냘픈 손가락을 보니 어쩐지 말대답을 하기도 싫었다. 더구나 옥색 명주저고리를 입은 것이 바로 보기 싫을 만큼이나 눈꼴이 틀렸다.

* * *

동혁은 농립모를 벗어 던지며 은행나무 뿌리에 가 걸터앉는다. 응달에서만 지낸 기만의 얼굴과 비교해 볼 때, 동혁의 얼굴도 더 한층 그을은 것 같다. 손바닥이 부르터서 밤콩만큼씩한 못이 박혔고 손톱은 뭉툭하게 닳았다.

(범우사, 1990)

□ 안수길 「북간도」

갸름한 얼굴이 멀쑥해 보였다. 그 얼굴에, 숱이 많은 새까만 머리를 올백으로 넘겼다. 올백한 머리가 머리통을 풍부하게 뒤덮고 있어 갸름하고 흰 얼굴과 더불어 거룩한 조화를 이루고 있었다. 가는 몸이 큰 키를 훨씬 크게 보이도록 했다. 동정이 새하얀 깜장 두루마기에 코끝이 주먹 같은 단화를 신고 학생들 앞에 나서면 멋이 있고 믿음직스럽고 인자하고 새로운 게 팡팡 풍겨지는 듯했다. 학생들이 따르는 까닭이었다. 학생들만이 아니었다. 동네 젊은 아낙네들, 그보다도 과년한 아가씨들의 가슴을 두근거리게도 했었다.

(동아, 1995)

□ 안수길 「신이 잠든 땅 1」

무표정한 얼굴, 쇳조각을 입 안 가득히 물고 있다가 말 대신 쏘아버릴 것 같은 무거운 입은 여전했다. 그러나 전투모 차양 그늘에 가려진 눈에서는 이전 같은 광채를 느낄 수가 없었다. 길게 자란 턱수염과 귀밑털은 고달픈 군대 생활에 지친 피로를 한층 돋보이게 했다. 마음속의 갈등과 육체의 고통을 함께 감당하느라고 지칠 대로 지친 초췌한 모습이었다.

(하나로, 1997)

□ 안장환 「갈대꽃」

윤혜는 목공소 안을 기웃거렸다. 조그마한 목공소였다. 안에서는 수염이 텁수룩한 중년 노인이 런닝셔츠 바람으로 열심히 대패질을 하고 있었다. 잠시 서서 그 노인의 모습을 훑어보았다. 역시 그의 얼굴은 창선과 닮은 데가 있었다. 머리가 희끗희끗하게 반백이 되었지만 그의 얼굴은 깨끗하고 정정한 편이었다.

(한라, 1989)

□ 안장환 「까마귀 울음」

그러나 어떤 때는 한잠을 실컷 자고 난 뒤에 일터에서 돌아오는 아버지를 볼 수가 있었다. 머리에는 전등이 달린 작업모인 파이버를 쓰고, 석탄투성이의 작업복에 얼굴은 온통 석탄이 묻어서 검둥이처럼 새까맣고, 웃으면 이빨만 하얗게 드러나 보였다. 그런 모습의 아버지를 보며, 나는 어린 마음에도 아버지가 식구들을 먹여 살리기 위하여 얼마나 고생하는지 알고 있었다. 탄광에서 광부로 일하고 있는 나의 아버지는 현장에 출근을 하면 광차를 타고 몇 십 미터씩 땅 속으로 들어가서는 막장에서 석탄을 채광 하는 일을 했다.

(신원문화사, 1996)

□ 안장환 「산그늘」

낡은 작업복을 입고, 머리는 길게 자라고, 얼굴을 뒤덮은 수염하며, 아무리 보아도 요즈음 세상에서 살고 있는 사람 같지 않았다.

(신원문화사, 1996)

□ 안장환 「타인들」

영은은 그에 대한 궁금증을 그런 식으로 물어보았다. 요즈음같이 바쁜 세상에 이 사나이는 너무도 한가한 사람이 아닌가 하는 의문을 가졌기 때문이었다.

"건강이 좋지 않아서 쉬고 있는 중입니다."

건강이 좋지 않아서 쉰다는 말에 영은은 사나이를 다시 한 번 찬찬히 바라보았다. 그러고 보니 그의 얼굴은 병적으로 핏기가 없이 깡말랐다. 그러면 이 사람은 폐결핵, 아니 암 같은 병으로 판정이라도 받은 것이 아닐까. 야윈 모습이긴 하지만 그의 얼굴은 미남형이었고, 이지적이고, 개성이 강한 사나이라는 인상을 풍겼다.

(신원문화사, 1996)

□ 양귀자 「모순」

이제 아버지를 말할 차례다.

아버지를 말하는 일은 나에겐 언제나 어려운 일이었다. 어머니는 물론이고 아버지를 알고 있는 많은 사람들이 그렇게 단칼에 아버지를 해석해버리는 것이 나에겐 늘 의문이었다. 아버지는 단순한 사람이 아니었다. 아마 아버지 스스로도 사람들이 자신을 그런 식으로 쉽게 판단하고 생각을 그쳐버리는 것을 못마땅하게 여겼을 것이다. 나라도 그랬을 것이다. 아무에게나 간단히 설명될 수 있는 사람으로 여겨지는 것은 누구에게나 치욕이었다.

특히 아버지처럼 하지 않아도 좋을 생각까지 하느라 인생살이가 고달팠던 사람에게는 두말할 나위도 없는 일이었다. 그럼에도 불구하고 내가 알고 있는 한 아버지는 타인에 의해 한 번도 정확히 읽혀지지 않는 텍스트였다. 그것은 아버지에 대한 모독이었고 아버지의 불행이었다.

그렇다면 이렇게 말할 수도 있겠다. 아버지는 치욕에 예민했고, 자신에 대한 모독을 가장 못 견뎌한 사람이었다고. 이 진술만큼은 오류가 없을 것이라고 나는 확신했다. 여기까지는 진실이다, 라고 나 스스로를 격려하고 나면 아버지에 대해서 조금은 말할 수 있을 것 같다. 누구는 술꾼이라 불렀고, 누구는 또 건달이라고 칭하였으며 혹자는 가끔 성격파탄자로 규정하였던 아버지에 대해, 그리고 지금은 주민등록 등본에 '행방 불명'으로 기록되어 있는 아버지에 대해.

(살림, 1998)

□ 양귀자 「희망」

나는 지금까지 아줌마처럼 노래를 좋아하는 사람을 만난 적이 없었다. 대형 고무줄을 칭칭 동여맨 라디오는 아줌마가 가는 곳을 따라 어김없이 이동하는 물건이었다. 수도간에서 빨래를 할 때도, 부엌에서 음식을 만들 때도, 객실 청소를 할 때도 라디오는 깨지는 소리로 뽕짝을 흘려보냈다. 아줌마는 우리나라 라디오 방송의 프로그램을 다 꿰고 있어서 시간마다 이리저리 다이얼을 돌려 가요 프로그램을 찾아냈다. 그리고는 쉬임없이 그 노래를 따라 불렀다.

그것뿐이 아니었다. 가사를 모르는 노래가 나오면 몽당연필에 침을 묻혀가며 따라 적었다. 방에 걸레질을 치다 말고 주머니에서 연필과 종이를 꺼내 침을 묻혀가며 가사를 받아 적는 아줌마의 모습은 꼭 훈장 앞에서 글씨를 받아쓰고 있는 서당의 학동과 닮아 있었다. 그 큰 엉덩이를 하늘로 쳐들고 방바닥에 엎드려 머리로 박자를 맞춰가며 정신없이 노래 가사를 받아쓸 때는 어머니가 아무리 악을 써대도 꿈쩍도 하지 않았다. 노래가 안 들린다고 어머니한테 타박을 주었다.

"아따, 가만 있으랑게요 오메, 또 놓쳐부렀네."

그러면 제 아무리 호랑이 같은 어머니라 해도 조용히 입을 다물 수밖에 없었다. 오메, 또 놓쳐부렀네. 아줌마의 탄식은 말로 표현할 수 없을 만큼 절실했다. 그 탄식은 호랑이 발톱까지 뽑아버리는 무서운 위력이 있었다.

(살림, 1990)

□ **염상섭 「굴레」**

육십이나 된 노인이, 흰 양복에 파나마를 머리에 얹고, 캥캥한 편이나 정력적인 동안(童顏)에 혈색이 아직도 좋고, 젊어서는 난봉깨나 피었을 상 싶지마는, 세칭에 어려운 것을 모르고 한평생을 지냈으니 만치, 늙어도 버젓이 주짜를 빼고 남에게 굽히려 들지 않는 고집이 있어 보였다. 그러면서도 또 한편으로 무턱대고 호인인 듯한 어설프고 뼈진 데가 없이 느슨한 데가 있기도 하였다.

(금성, 1992)

□ **염상섭 「삼대」**

마담은 꼭 짜인 얼굴판이 좀 검은 편이나 어디인지 교육 있는 여자 같고 맑은 눈속이라든지 인사성 있는 미소를 띤 입술을 빼뚜름히 꼭 다문 표정이 몹시 이지적인 걸 알 수 있다.

* * *

부친은 가냘프고 신경질적인 체격을 보아서는 목소리라든지 느리게 하는 어조가 퍽 딴판인 인상을 주는 것이었다. 그 부드러운 목소리와 느린 말투는 젊었을 때도 그랬는지는 모르겠으나 아마 예수교 속에서 얻은 수양인가 보다 덕기는 늘 생각하는 것이다. 거기다가 비하면 조부의 목소리와 어투는 자기 생긴 거와 같이 몹시 신경질적이요 강강하였다.

* * *

문틈으로 보니 머리는 부엌 방석 같고 해끄무레한 얼굴만 없었다면 굴뚝에서 빼놓은 족제비다. 아니, 그보다도 깜장 토시짝 같다. 이 아낙네는 그렇게 가냘프고 키가 작았다. 목소리도 그렇지만 얼른 보기에도 삼십은 넘어 보인다.

* * *

한간통 앞에서는 흰 저고리에 검정 치마를 입은 색시 하나가 목도리를 오그려 두부를 가리고 총총걸음으로 걸어온다. 머리는 틀어올렸으나 열 예닐곱쯤 되어 보이는 어린 아가씨다.

* * *

덕기의 눈에는 필순이가 미혼으로 보였다. 아직 자세히 뜯어볼 수는 없으나 밝은 데서 보니 나이는 들어 보이면서도 상글상글한 앳된 티가 귀여운 인상을 주었다. 옷 입은 것도 얄팍한 옥양목 저고리 하나만 입은 것이 추워 보이기는 하나 깨끗하고 깜장 치마 밑에 내다보이는 버선 등도 더럽지는 않다. 공장에 다니는 계집애들이 구두 모양을 내고 인조견으로 울긋불긋하게 차린 것에 비하면 얼마나 조용하고도 수수한지 몰랐다.

* * *

벌써 5년 만에 비로소 만났건만 얼굴은 조금도 상한 데가 없어 보이고 키도 그때보다 더 컸을 것 같지도 않았다. 다만 얼굴 표정과 몸 가지는 것, 수작 붙이는 것이 달라졌을 뿐이다.

* * *

이태 동안이나 미국 다녀온 사람, 그리고 도도한 웅변으로 설교하는 깨끗한 신사. 그때는 덕기의 부친도 사십이 아직 차지 못한 한창때의 장년이요 호남자이었다. 게다가 뒤에는 재산이 있으니 교회 안의 인기는 이 한 사람의 독차지였다.

* * *

포동포동한 얇은 살갗이나 깜짝깜짝하는 움푹한 눈이 인형을 연상케 하는 온유한 표정이요, 치수는 작으나 날씬한 몸매가 경애의 눈에도 예쁜 아가씨로 비치었다.

* * *

상훈이라는 사람은 물론 시정의 장사치도 아니요 매사를 계획적으로 앞질러 보려는 속다짐이 있어서 소금 먹은 놈이 물켜겠지 하는 따위의 딴 생각을 먹고 이런 일을 할 사람은 아니었다. 도리어 나이 사십을 바라보도록 세상 고초를 모르느니 만큼 느슨하고 호인인 편이요, 또 그러니 만큼 어려운 사정을 돕는다는 데에 일종의 감격을 가지고 더욱이 저편이 엎으러질듯이 감사하여 주는 그 정리에 끌려서 이편도 엎으러졌다 할 것이다.

* * *

경애란 이상한 계집애다. 지금 말눈치로는 노는 계집과 다름없고 뿐만 아니라 어제 상훈이에게 끌고 간 것이라든지 또 일전에 상훈이 앞에서 키스를 한 것이라든지 혹은 자기와 사관한 남자들을 모두 대면시키려는 말눈치로 보면 일종의 변태성욕을 가진 색마나 요부 같기도 하다. 그러나 또 이렇게 호령하고 윽박지르는 것을 보면 그것이 혹시는 히스테리증의 발작인지는 모르겠으나 어떻게 생각하면 불량소녀의 괴수로서 무슨 불한당의 수두목 같아도 보인다. 옛 책이나 탐정 소설의 강도단의 여자 두목이라면 알맞을 것이다.

* * *

주부의 눈에 비친 덕기는 해끄무레하고 예쁘장스러운 똑똑한 청년이었다. 이 여자에게는 조선이라는 경멸하는 마음은 그리 없으나 그 해끄무레하고 예쁘장스러운데다가 학생복이나마 값진 것을 조촐하게 입은 양으로 보아서 어느 부잣집 아기거니 하는 생각이 들어서 약간 얕잡아보는 마음이 들었다. 그러나 한편 손님(병화)이 그동안 두어 번 보았어도 허술한 위인은 아닌 모양인데 그런 사람하고 추축이 되면 저 청년(덕기)도 그런 부잣집 귀동아기로만 자란 모던보이 같지 않다는 생각도 들었다. 이 여자는 올 가을에 처음으로 이 장사를 벌인 터이라, 드나드는 손님이 하도 많지만, 이런 장사에 찌들어서 여간 것은 눈에 띄지 않을 만큼 신경이 굳어지지 못한 탓이라 할까, 여하간 여염집 여편네의 호기심으로 처음 보는 남자마다 유난히 호기심을 가지고 인금 나름을 하는 것이다.

* * *

이지적이요, 이론적이기는 둘이 더하고 덜할 것이 없지마는, 다만 덕기는 있는 집 자식이요, 해사하게 생긴 그 얼굴 모습과 같이 명쾌한 가운데도 안존하고 순편한 편이요, 병화는 거무튀튀하고 유들유들한 맛이 있느니 만큼 남에게 좀처럼 머리를 숙이지 않는 고집이 있어 보인다.

(진문, 1948)

□ 오성찬 「종소리 울려 퍼져라」

가까이서 거칠게 차가 멈추는 소리가 나서 돌아다보니까 죽은 여자의 오빠인 고강환이었다. 어깨가 무룩하고 목이 부룩소처럼 살찐 그는 한눈에 보아도 깡패라는 걸 알아볼 수 있었다. 이제 이력이 붙은 그는 거의 말을 하지 않았으나 가까이 붙어서 있는 똘마니들이 지레 알아채고 수발을 들었다.

* * *

그녀는 과도로 과일을 깎기 시작하며 까딱 고개 숙여 내게 인사했다.

"예. 나도 잘 부탁을 합니다."

나는 건성으로 인사했다. 앞에 앉은 그녀는 탄력 있는 몸매가 느껴졌는데, 풍만한 가슴이 유독 보였다. 화장도 업소의 여자들과는 달리 수수하게 매만져진 것이 오히려 매력적이었다.

* * *

우리가 살아가는 데 있어 첫인상은 매우 중요하다. 이것은 내게 인박혀져 있는 고정관념이다. 폭포에서 떨어져 죽은 처녀 고이삭의 집을 찾아갔을 때 나는 그녀의 집안 분위기와 내가 부르는 소리를 듣고 문간으로 나온 그녀의 어머니에게서 퍽 종교적인 색채랄까 냄새를 읽었다. 그녀, 몸집이 좀 크고 후덕해 뵈는 중년 여인에게는 마치 향불을 피운 법당에라도 머물렀다 나온 것처럼 향내가 묻어 있었다.

* * *

내가 걸어서 '빈 터'에 닿아서 십 분이나 기다렸을까. 이상이 헐레벌떡 달려왔다. 품이 넓은 청바지 위에 헐렁한 회색의 재킷을 걸친 그는 영락없이 파리 같은 도시의 유랑가 타입이었다. 나는 일어나 빙긋이 웃으며 그가 내민 손을 마주잡았다.

"야아, 이상이. 참말로 오랜만이구나. 그런데 넌 옛날이나 지금이나 하나도 변한 게 없어." 그의 손이 따뜻했고, 나의 이 말은 빈말이 아니었다. 그는 머리에 흰 웨이브가 좀 생기고 주름이 늘었으나 그러나 학생 때의 그 인상은 그냥 지니고 있었다. 그 약간 수줍고 순진한 듯한 인상. 웃을 때면 눈가에 발그레한 홍조를 띠는 것도 예나 지금이나 마찬가지였다.

* * *

어린 시절 우리 마을에 와서 돌아다니던 '손님'이라는 거지들은 다섯 손가락에도 다 차지 않았다. 깨르륵, 깨르륵, 방아깨비 날갯짓처럼 한쪽 팔을 내저으며 맑은 목청으로 소리를 지르면 깨르륵 동녕바치, 그리고는 하도 헐어빠진 넝마를 몸에 걸치고 다닌 데서 별명이 붙은 넝마거지. 그들은 섬을 한 바퀴 돌아 일 년에 한 번쯤이나 마을을 찾아들었기 때문에 올 만한 때 나타나지 않고 한동안 못 보면 사람들은 되레 그들을 기다렸다.

"그 손님덜 어디 가서 죽은 거나 아닌가이?"

그리고 마침내 그들이 들르면 어머니는 소반에 밥을 차려서 모처럼 대접하던 모습이 이제도 눈에 선했다.

* * *

나는 그때까지 외근을 나가지 않은 이제 50줄의 배가 한참 나와 있는 형사계 차석의 옆구리께로 가서 담배 한 대를 권하며 쿡 찔러 보았다. 파출소 근무를 하다 최근에 차출돼온 그는 몸이 비대한 만큼 행동도 굼떴으나 눈은 밖으로 툭 튀어나와서 두꺼비 인상이었다. 나는 이 친구가 재빠르고 날쌘 도둑놈을 뒤쫓는 장면만 떠올리면 웃음이 난다. 이런 그가 굼뜬 몸짓으로 회전의자를 돌려 천천히 내게로 몸을 틀며 내가 켜준 라이터에 담뱃불을 붙였다.

* * *

이 정신과의 원장은 학생 때는 덜렁대기 잘하고, 허풍과 독설로도 꽤 이름이 나 있었던 친구였는데 의과대학 졸업 후 고향으로 내려와서 개업의가 된 후로는 착실하게 번창해서 이제는 제법 고향의 유지가 되어 있었다.

* * *

'예쁠 것도 없고 아무렇지도 않은 사철 발 벗은 아내'라는 시 구절의 표현은 옛날 정지용뿐만 아니라 오늘날 이상의 아내에게도 걸맞는 표현이었다. 덩치가 크고, 매만지지 않은 거친 피부의 그녀를 대하자 나는 어쩔 줄 모르는 죄책감에 사로잡혔다.

아아, 이 여자를 어떻게 두고 혼자서 자기만의 길을 재촉할 수 있었던 말인가. 게다가 에미처럼 덩치만 크고 철부지인 딸들을 셋씩이나 놔두고

시골에서 자라서 아직도 시골의 삶의 터전인 그녀는 사실 애초부터 이상과는 어울리지 않는 상대였는지도 모른다. 바랜 옛 사진 같은 기억이 떠올랐다.

(답게, 1999)

□ 오정희 「불놀이」

할아버지를 낳았다는 고할머니는 너무 늙었다. 너무 늙어 머리털이 까마귀처럼 까매지고 꺼멓게 빈 입에는 이빨이 누에씨처럼 돋아났다. 고할머니는 양지쪽에 앉아 치마폭에 담긴 해바라기 영근 씨를 까먹으며 끝없이 이야기를 했다.

뜰아랫방의 문이 열리고 두 손을 묶인 노파가 앉은걸음으로 문턱을 넘었다. 군인들처럼 짧게 치깎은 흰머리에 팔 없는 남자 런닝셔츠를 입은 노파는 뭉싯뭉싯 앉은걸음으로 마당까지 내려와 짐짓 꾸며낸 애달픈 목소리로 말했다. 에미야, 누가 닭 가져왔대지. 배고파 죽겠다. 어서 끓여 한 그릇만 다오.

(동아출판사, 1987)

□ 오정희 「불의 강」

창틀에 동그라니 올라앉은 그는, 등을 한껏 꼬부리고 무릎을 세운 자세 때문에 어린아이처럼, 혹은 늙은 꼽추처럼 보인다. 어쩌면 표면장력으로 동그랗게 오므리는 한 방울의 수은을 연상시켜 그 자세의 중량으로 도르르 미끄러져 내리지나 않을까 하는 아찔한 의구심을 갖게도 한다. 그러나 창에는 철창이 둘려 있기 때문에 나는 마치 렌즈의 핀을 맞출 때처럼 객관적인 거리를 유지하며 냉정한 눈으로 그를 살필 수 있다.

* * *

나는 아이처럼 조그맣고 주름살투성이인 그의 얼굴을 본다. 그는 어제도 밤을 꼬박 새운 뒤 폭삭 늙은 얼굴로 새벽녘에야 돌아왔다. 아침까지 마쳐놓아야 할 일감이 있었다는 것이다.

그의 얼굴은 지쳐 보였으나 나른한 표정 깊숙이에서 무엇인가 어둡게 긴장되어 있었다.

* * *

흔들리는 공기 속에 트럭은 여전히 서 있고 오줌을 다 눈 남자는 트럭의

엔진 부분을 열어 제치고 분주히 운전석을 오르내리고 있다. 그의 노란색 모자가 바퀴 사이로, 때로는 운전석의 열린 문으로 해뜩해뜩 나타나는 것으로 보아 트럭은 아직 떠날 준비가 못된 것이 확실하다.

* * *

실상 나는 노파와 더불어 지내는 동안 노파의 메마른 팔과 다리, 비듬투성이의 몸뚱이에서 그대로 푸릇푸릇 잎이 돋고 꽃이 피지 않을까 하는 생각을 가끔 하곤 한다. 노파의 물과 같이 조용했다. 정오의 괸 물에 나른히 떠 있는 연잎의 소리 없이 탄소 동화 작용처럼 그렇듯 조용히 숨을 쉬고 있었다.

* * *

그 애는 무리 져서 노는 아이들 틈에 끼이지 않고 여전히 홀로 서서 나를 바라보고 있었다. 반바지에 한쪽 어깨가 늘어진 런닝셔츠, 흠집투성이인 가냘픈 무르팍은 여느 아이들과 다름없었다. 그러나 그 애는 놀고 있는 아이들과는 무관하게 한 켠에 비켜서서 나를 바라보며 복숭아를 한 입에 가득 베어 물었다. 복숭아의 피처럼 선명한 속살이 눈을 쏘았다.

(문학과지성사, 1999)

□ 오정희 「산조(散調)」

유곽거리에서나 생겨남직한 소년이었다. 좁은 이마와 훨씬 올려 붙은 광대뼈가 두드러짐에도 첫눈에 이미 만인(滿人)과 노서아 창부 사이에 태어난 혼혈아임을 알 수 있었다. 인중과 턱 밑에 자욱이 깔린 것이 수염일까를 알려면 한참이나 헤아림을 해봐야 할 터수에 뒤통수엔 진물이 엉겨붙었다. 창병의 흔적이었다.

* * *

유리 안쪽의 사내도 여보시오, 하고 부르는 듯 손을 쳐들고 있었다. 나는 그를 똑바로 바라보았다. 나는 그가 누구인지 알 수 없었다. 거리에서 흔히 보던 거지와도, 정체를 알 수 없는 부랑인과도 닮아 있었다. 낡은 모포의 외투를 걸친 여윈 사내도 낯설게 유리 바깥쪽의 나를 바라보고 있었다. 나는 사내가 그러했듯 차가운 유리면에 이마를 묻었다.

(동아, 1995)

□ 오정희 「새」

아버지가 골목의 막다른 집을 가리키고 그 손짓에 딸려 나오듯 열린 대문 안쪽으로부터 홀쭉하게 키가 큰 젊은 남자가 나왔다. 검은 양복 윗도리 안에 역시 목까지 올라오는 검정스웨터를 받쳐 입은 그 남자는 온통 검은 빛깔의 옷 때문인지 얼굴이 유난히 하얘 보였다. 비켜 지나치다가 잠깐 걸음을 멈추고 유심히 우리를 보았던 것 같다. 그 사람과 눈이 마주치자 나는 책가방을 멘 우일이와 나와 울룩불룩한 보따리를 든 아버지의 모습이 갑자기 초라해 보이며 부끄러워졌다.

그가 지나치자 짙은 화장품 냄새가 훅 끼쳤다.

쳇, 기생오라비같이…… 사내새끼가 핥아먹은 죽사발 같은 낯반대기 하곤……

* * *

저녁 무렵 아버지는 정말 여자를 데리고 돌아왔다.

체크무늬의 커다란 트렁크를 든 아버지와 함께 온 여자는 눈썹이 까맣고 입술은 빨갰다. 황금색 머리털이 어깨 아래로 출렁거렸다. 탤런트 같다. 우일이가 홀린 듯 그 여자를 바라보며 조그맣게 말했다. 정말 예쁘다, 그치? 우일이가 내 팔을 잡고 흔들었지만 나는 대답 대신 여자를 흘긋흘긋 바라보았다.

* * *

아버지는 가죽잠바 속의 어깨가 두툼하고 주먹 쥔 손은 거칠고 단단했지만 늙었다. 귀밑머리털이 희끗희끗 세어가고 있었다. 그 여자는 아주 젊었다. 그래서 아버지는 늙어 보였다.

* * *

철봉대에 두 발을 걸고 거꾸로 매달려 구름을 보고 있을 때 짧게 뭉개진 그림자가 내 앞에 와서 네가 우미니? 하고 물었다. 나는 가슴이 쿵 뛰었다. 뾰족한 흰 구두, 퉁퉁한 종아리와 무릎께에서 잘린 헐렁한 반바지, 얼룩덜룩한 꽃무늬 티셔츠, 빨간 양산 그늘에서 땀을 흘리고 있는 화장이 땀으로 얼룩지는 여자의 얼굴로 천천히 시선을 옮겼다. 그 여자는 나를 향해 함빡 웃고 있었다.

* * *

우일이가 심하게 팔다리를 버둥거린다. 또 나는 꿈을 꾸고 있는 것이다. 얼굴은 긴장되고 입이 앙다물려져 있다. 꼭 감은 얄팍한 눈꺼풀 밑에서 눈동자가 빠르게 움직인다. 나는 가만히 우일이의 몸을 끌어안는다.

(문학과지성사, 1996)

□ 오정희 「옛우물」

그러나 나는 지금 작은 지방 도시에서, 만성적인 편두통과 임신중의 변비로 인한 치질에 시달리는 중년의 주부로 살아가고 있다. 유행하는 시와 에세이를 읽고 티브이 뉴스를 보고 보수적인 것과 진보적인 것으로 알려진 두 가지의 일간지를 동시에 구독해 읽는 것으로 세상을 보는 창구로 삼고 있다. 한 달에 한 번씩 아들의 학교 자모회에 참석하고 일주일에 두 번 장을 보고 똑같은 거리와 골목을 지나 일주일에 한 번 쑥탕에 가고 매주 목요일 재활센터에서 지체 부자유자들의 물리 치료를 돕는 자원 봉사의 일을 하고 있다.

(문학과지성사, 1995)

□ 원재길 「그 여자를 찾아가는 여행 (상)」

너는 도무지 겁이 없는 아이였어. 세상에 무서운 것이 없었지. 툭하면 덩치가 곱절은 되는 애들이랑 코피가 터지고 이빨이 다 부러지도록 싸움질을 하고 동네에 있는 키 큰 나무란 나무 위에는 다 올라가다시피 했고, 언제던가

네 친구들이 허겁지겁 달려와서 '아줌마 큰일났어요.' 하고 저희들하고 같이 가보자고 부랴부랴 따라가 봤더니 입이 쩍 벌어질 일이 벌어지고 있더구나. 밑으로 시뻘건 냇물이 요란한 소리를 내고 혀를 낼름거리며 내달리는 외나무다리를 네가 절반쯤 건너가고 있지 않았겠니.

* * *

몸이 풀리면서 뺨과 귓불이 달아올랐다. 그녀의 뺨이 복스럽게 발그레한 빛을 띠었다. 선량한 사람 같다는 느낌이 들었다. 갑자기 그녀가 눈을 들어 나를 바라다보았다. 무언가 할 말이 있어 보이는 눈치였다. 검정색이 선명한 그녀의 눈동자가 아름답다는 느낌이 스쳤다. 사실은 눈동자가 흑옥처럼 검은 사람은 얼마 안 되고 대개가 갈색이 섞였다.

* * *

고수머리에 가까운 내 머릿결은 아무리 솜씨가 뛰어난 이발사도 혀를 내둘렀다. 다듬고 또 다듬어도 함부로 가위질을 해댄 것처럼 삐죽삐죽 머리칼이 곤두서면서 칡덩굴이 뒤틀렸다. 외모만 떨어지는 것이 아니었다. 입을 열었다 하면 꾀꼬리처럼 고운 목소리가 나오는 다른 형제들과 달리 목소리가 탁했다.

* * *

그녀는 무릎 부위가 허옇게 빛바랜 청바지를 입고 등산화를 신었다. 셔츠 위에 헐렁한 잠바를 걸쳤으며 검정색 모자를 윗눈썹까지 깊이 눌러썼다. 여자치고는 체구가 상당히 큰 편이어서 얼핏 보면 남자 같았다. 입술에 짙게 칠한 붉은 색 루즈, 성량이 풍부하지만 음색이 가는 목소리로 간신히 여자라는 걸 알아차릴 수 있었다. 모자의 둥근 챙이 드리운 그늘을 뚫고 반짝거리는 두 개의 눈동자가 나를 바라보았다. 첫눈에 똑똑하고 재치 있는 사람이라는 느낌을 주는 구슬처럼 맑은 눈빛이었다. 그녀가 눈웃음을 쳤다. 뺨과 귀밑으로 보송보송한 솜털이 한 올 한 올 셀 수 있을 만큼 자세히 눈에 들어왔다. 그녀의 왼쪽 눈 밑으로 작은 점이 보였다. 티끌만해서 평상시에 거리를 두고 서 있을 때에는 잘 안 보일 듯 했다.

* * *

윤정민. 그녀가 그곳에 서 있었다. 나는 내가 아직 꿈을 꾸는 게 아닌가 생각했다. 윤정민이 지금 이 시간에 이곳에 나타나리라고는 상상도 하지 못했다. 빗물이 뚝 뚝 떨어지는 우산을 옆에 든 채로. 원피스에 비닐 우의를 걸친 차림으로 한눈에 몸이 안 좋다는 걸 알아차릴 수 있는 핼쑥한 낯으로 그녀는 옅은 꽃무늬가 있는 밝은 색 원피스 위에 비닐 우의를 걸치고 빗물이 뚝 뚝 떨어지는 우산을 든 모습으로 내 앞에 나타났다. 나방이 붕붕거리는 소리를 내면서 무모하게 박치기를 하며 맴도는 백열전등 불빛 밑에서였다.

* * *

이윽고 사람들 틈으로 승강대에 선 윤정민의 모습이 눈에 잡혔다. 흰색 면바지에 소매가 없는 주홍색 티셔츠를 입었다. 한쪽 어깨는 가늘고 긴 끈에 달린 손바닥만한 핸드백을 맸고 다른 쪽에는 챙이 넓은 모자를 들었다.

* * *

비로소 제정신이 든 건 결혼식 전날에 어머니가 운영하는 숯불갈비집 옆의 이발소에서 이발할 때였다. 그 이발소는 내가 부모님께 인사를 드리러갈 경우 가끔 머리를 다듬는 곳이다. 이발소 주인은 동네 조기축구회 총무로서 성격이 소탈하고 서글서글한 인상을 가진 사내였다. 이마로만 공을 다루었는지 앞머리가 훌러덩 벗겨졌다. 헤딩의 달인이라는 풍문이 있었는데 실제로 공을 차는 모습은 보지 못했다.

* * *

형수가 건네준 손거울을 들여다보았다. 아닌 게 아니라 아침에 집 앞 이발소에서 다듬어 가르마를 타고 무스를 약간 바른 머리 모양새, 그리고 여느 때보다 움푹 들어간 퀭한 눈이 얼간이 같다는 느낌을 주었다.

(문학동네, 1994)

□ 원재길 「그 여자를 찾아가는 여행 (하)」

내 친구 오종만은 대학과 군대를 마친 뒤에 일반 회사를 다녔다. 그러다가 몇 년 전에 지병 때문에 기력이 쇠약해진 아버지가 은퇴하시자 아버지의 출판사를 물려받았다. 평사원이 중간 직위를 하나도 거치지 않고 곧바로 사장이 되었다. 생김새나 성격 모두가 얼핏 보기에 두루뭉실했다. 사업가로는 적합하지 않은 듯했지만 때로 얼음같이 차가운 면이 없지 않았다. 그가 출판사에서 사나흘 내리 밤을 꼬박 세워가며 일하는 걸 여러 번 보았다. 눈동자가 토끼처럼 빨간데다가 얼굴이 푸석푸석해졌다. 일단 일에 빠지면 친구들과 연락을 뚝 끊는 사람이었다.

* * *

그를 위로하는 친구들도 잘난 게 하나도 없었다. 모두가 자기 집에 가면 아내한테 어떻게 행동할지 뻔했다. 평소에 아내에게 잘하지 못했기에 계속 뒷전으로 물러나 앉으며 슬금슬금 아내의 눈치를 보거나, 노상 군대에서 졸병 괴롭힌 얘기나 해가면서 완력으로 아내를 윽박질러 공포분위기를 만들거나 둘 중의 하나일 터였다. 어느 쪽도 함량미달인 덜 떨어진 남편이었다.

* * *

아무래도 내가 나서야 할 시점인 듯했다. 한지원을 도울 만한 사람이 따로 눈에 띄지 않았다. 찻잔을 든 그녀의 손이 덜덜덜 떨리는 게 보였다. 파리해진 낯빛으로 계속 눈을 깜빡거리는데 제대로 빗지 않아서 머리칼이 엉망으로 헝클어졌다. 그녀는 이미 스스로 자신을 지킬 능력을 상실했다.

* * *

마치 다른 사람이 내는 목소리 같았다. 치가 떨리는 분노를 참기 위해서 이명은이 턱을 덜덜 떨며 울었다. 이마와 목, 셔츠의 등 부위가 땀으로 흠뻑 젖었다. 나중에는 온몸이 가늘게 떨리는 게 보였다.

* * *

이명은의 어머니는 할 수만 있다면 애를 데리고 줄행랑치고 싶다는 얼굴이었다. 한지원에게 어렵게 은지를 넘겨주었다. 노인의 표정으로 보기 힘들 정도로 얼굴 전체에서 탐욕과 증오가 이글거렸다. 쥐색 재킷에 요즘 애들이 좋아하는 고양이 눈처럼 생긴 안경을 썼다. 한눈에 멋 부리기를 좋아하는 양반이라는 걸 알았다. 입술에 피처럼 붉은 루즈를 발랐고 눈썹에는 마스카라를 칠했다.

* * *

한지원이 아내와 나를 번갈아 바라보면서 미소를 지었다. 화장기가 없는 얼굴이 햇볕에 검게 그을렸다. 모자를 눌러쓴 모습은 영락없는 사내였다. 운동화를 벗고 안으로 올라선 한지원은 바닥에 발 냄새가 뺄까봐 발끝으로 살금살금 걸었다.

* * *

안방에 불을 켰다. 아내는 침대에 초주검이 된 상태로 길게 누워 있었다. 천천히 앞으로 걸어갔다. 아랫배가 눈에 뜨일락 말락 오르내리게 보일 뿐, 그녀는 이미 생명이 떠난 육체 같았다. 뺨을 토닥거렸으나 의식이 혼몽해서 나를 못 알아보았다. 간신히 몸을 꿈틀거리면서 흰자위를 들어낸 눈으로 이어하고 벙어리 소리를 냈다. 아내는 전전날에 나와 통화한 후로 술 외에는 아무것도 먹지 않고 지냈다. 얼굴이 눈에 뜨이게 핼쑥했고 눈 밑은 검푸른 자국이 선명했다. 쥐어뜯은 머리칼이 방바닥에 가득했다. 아내의 정수리 부분에서 머리칼이 많이 빠져서 허옇게 속이 내비쳤다.

(문학동네, 1994)

□ 원재길 「모닥불을 밟아라」

금세기 들어와서 가장 오래 산 사람으로는 칠십 년대 중반에 일백칠십 살의 나이로 세상을 뜬 어느 러시아 노파의 사례가 남아 있다. 노파의 신분이나 주변 환경에 대해선 알려진 바가 없다. 추측하건대 식수가 귀한 요구르트 생산지에서 살았으며, 별명이 방귀쟁이나 잠꾸러기였을 것이고, 독실한 정교회 신자들에게 마귀 들린 식충이자 게으름뱅이로 지목받아 몹시 괄시 당했을 가능성이 높다.

* * *

덩치가 요즘 초등학교 삼학년생만하고 늘 부드러운 낯빛이셨던 노인이었다. 바람이 세차고 어지간히 추운 날이 아닐 때에는 할머니는 늘 같은 자리에 앉아 문을 활짝 열고 뒤뜰을 바라보고 계셨다. 덤으로 산 세월 동안에도 그분은 늘 온화하시고 편안한 낯빛이셨으며 통 말씀이 없으셨다.

* * *

내 옆에 한쪽 무릎을 꿇고 앉아서 유심히 얼굴을 들여다보는 사내가 보였다. 나이는 사십대 후반으로 검정색 바바리코트를 입었고 목에는 노란색 스카프를 둘렀으며 검정색 중절모를 썼다. 버들잎처럼 가늘고 긴 눈썹에 눈초리는 잔주름이 많았는데, 흰자위가 눈동자를 두른 모습이 겉으로 드러난 매우 커다란 눈이었다. 뺨이 발그레했고 입술은 루즈를 칠한 것처럼 새빨갰다. 주위에 선선한 기운이 감돌았지만 아침시간을 고려하여 계절은 여름 같았다. 그래서 사내의 바바리 차림새는 철에 어울리지 않는다는 느낌이 들었다.

* * *

그는 내 눈길을 외면하면서 파이프 속의 재를 허공에 막 나타난 재떨이에 툭툭 털었다. 다시 그를 보고 앉았다. 환한 햇빛 속에서 바라보니 그는 윗눈썹에 흰색 털뿐 아니라 붉은 색, 녹색 털이 잔뜩 섞여 있었다. 눈빛은 젊은이 이상으로 총기가 가득했다. 인상만으로도 마술사가 아니면 아무것도 아닌 사람이라는 느낌을 주었다.

* * *

감청색 대학생 교복차림에 일류대학 배지를 달고 있었다. 목에는 엄지손가락만한 뾰족한 부리를 가진 새 머리 장식의 목걸이를 하고 있었다. 어린 내가 보기에도 스물 두 살의 나이에 어울리지 않게 아저씨 같은 티가 났다. 이미 대학을 마치고 군대도 갔다 오고 장가도 간 사람 같았다. 그는 오전에는 해가 중천에 떠오를 때까지 잠을 잤고, 뒷마당에서 기지개를 켜며 어슬렁거리다가 점심때가 지난 뒤부터 다음날 새벽까지는 줄곧 방에 틀어박혀 지냈다.

* * *

해가 바뀌었을 때 근처의 가방공장에 다니는 열일곱 여덟 살짜리 여자애 둘이 들어왔다. 한 여자애는 키가 작고 얼굴에 여드름 투성이였다. 다른 한 여자애는 길 가던 사람들이 다 쳐다볼 정도로 예쁘고 날씬했는데 늘 환하게 웃는 낯이어서 세상에 태어난 뒤로 한 번도 울거나 낯을 찌푸린 적이 없어 보였다.

* * *

우리집에서 사라지기 전의 한 달 동안 딱따구리가 내게 집중적으로 보여준 것은 스스로 이름 지은 '눈물의 마술'이었다. 그는 사전에 내게 울릴 사람을 지목하게 했다. 내가 가장 먼저 지목한 사람은 뒷집 말똥구리네 엄마였다. 일찍이 남편을 잃고 세 자식 먹여 살리느라 사람 죽이는 일만 빼고 온갖 궂은일을 다 하며 살아온 사람이었다. 어찌나 억척스럽고 암팡진 아낙네였던지 바늘로 찔러도 피 한 방울 안 나올 거라는 소리를 심심찮게 들었다.

* * *

땀이 흘러 끈적이는 얼굴을 닦으려고 물가로 내려갔다. 손바닥으로 물을 받아서 얼굴과 목덜미에 끼얹자 정신이 좀 들었다. 물에 비친 얼굴을 들여다 보는 순간 흠칫 놀랐다. 서른 살이 조금 넘은 듯했는데 머리칼이 부수수했으며 눈이 쑥 들어갔다. 자기 얼굴까지 낯설게 여겨질 정도니 보통 문제가 아니었다.

* * *

연기 너머에 모두 녹색 옷을 입은 사오십 명에 이르는 사람들이 모여 있었다. 남자들은 녹색 셔츠에 반바지 차림이었고 여자들은 무릎을 살짝 드러낸 원피스 차림이었다. 어린애들은 녹색 가운을 걸치고 있었다. 조심스레 그들을 향해 다가가면서 나는 처음으로 내 옷차림새를 제대로 보았다. 위에는 감색 티를 입었고 밑에는 베이지색 바지를 입었다. 고동색 혁대는 은빛 금속으로 만든 버클에 영어로 'Q'자가 새겨져 있었다.

* * *

권투를 시작한 형은 갈수록 동작이 민첩해졌고 몸이 가뿐해져서 걸을 때 발자국 소리도 내지 않았다. 머리를 스포츠형으로 짧게 잘랐는데, 온몸 구석구석에서 모든 근육이 꿈틀거리며 일어났다. 참새가슴만한 가슴도 근육도 있었고 돼지 허벅지처럼 널찍한 근육도 있었다. 여태껏 죽은 체하고 있었던 근육들이 일제히 부활해서 활기를 되찾은 느낌이었다.

(문학동네, 1997)

□ 원재길 「오해」

사실 어려서부터 충분히 예견할 수 있었던 결과였다. 사다리꼴과 마름모를 자주 혼동하고 원심력과 구심력을 이음동의어로 여길 만큼 수학이나 물리는 빵점이었다. 중학교 일학년 때부터 AFKN을 즐겨보았는데, 걔네들의 쇼프로그램은 음담패설 일색이어서 일찌감치 영어 실력과 더불어 오색찬란한 성지식에 눈떴다. 독어나 불어도 독학파로서 웬만한 유학파를 능가했다.

회사 다닐 적에 업무 차 만나서 그와 대화를 나눠본 외국 바이어들은 하나같이 입을 쩍 벌리고 썩은 치즈 냄새를 풍겼다. 바이어들은 한번 깨물 테면 깨물어 보라는 듯이 엄지손가락을 곧추세운 주먹을 앞으로 쑥 내밀며 짧은 우리말을 외쳤다.

* * *

뒷동산에서 누군가가 이사 장면을 시종일관 지켜보고 있었다. 스물 댓 살 먹은 청년이었다. 청년은 퍽이나 겁이 많아 보이는 커다란 눈을 가졌다. 얼굴에서 눈을 빼면 남는 게 거의 없었다. 깡마른 체구에 팔다리가 길어서 곤충 이름으로 별명 짓기를 좋아하는 동네 아이들이 붙인 별명은 방아깨비였다.

동네사람들은 이 청년에 대해 잘 몰랐다. 대학을 다니다가 중간에 휴학하고 이 동네로 온 건 요양을 하기 위해서였다. 안색이 창백한 청년은 종일 집안에 틀어박혀 시간을 보내는 기색이었는데, 청년의 증세가 매우 심각하다고 보는 사람도 여럿 있었다. 청년은 동네사람들과 마주칠 때면 재빨리 고개를 숙여 인사하고 바람처럼 슬며시 사라졌다. 건강을 돌볼 뿐, 마땅한 말상대가 없고 달리 할 일이 없는 청년은 눈으로 보는 모든 것을 기억 속에 차곡차곡 재워 넣었다.

* * *

그 일이 있기 전까지 청년은 쾌활하고 명랑한 사람이었다. 기타를 잘 쳤고 드럼을 능숙하게 다뤘으며 노래 솜씨가 뛰어났고 어떤 자리에서도 좌중을 이끌었다. 타의 추종을 불허하는 유머 감각이 있어서 그가 터를 잡은 주위는 늘 인구밀도가 높았다. 그가 뭐라고 한 마디 입에 올리면 일동은 우하하하 하고 웃었고 어떤 때는 그가 이야기를 꺼내지도 않았는데 표정만 보고 우하하하 웃기도 했다.

* * *

청년은 거리에서 같은 과 여학생을 만났다. 개교기념 축제 때 시월의 여왕으로 뽑힌 적이 있는 학교 최고의 미모를 자랑하는 글래머였다. 세계미인대회에 나가도 상위 입상이 어렵지 않을 듯했다. 그녀가 지나가면 주위의 여자들이 모두 덜덜 떨면서 어찌할 바를 몰랐다. 싸늘한 바람이 훑고 지나가는 거리의 한복판을 그녀 혼자서 당당하게 걸어가는 것이었다. 시월의 여왕은 어머니가 갑자기 돌아가시는 바람에 고향에 내려가서 장례식을 치르고 막 올라오는 길이었다. 얼굴은 핼쑥한데다가 걸음걸이에 힘이 없었다. 비애에 젖은 표정을 곁들이자 그녀의 미모는 한결 두드러졌다.

(민음사, 1996)

□ 유금호 「내 사랑 풍장」

어머니는 흰옷의 한복 차림으로 바다 위를 미끄러지듯이 움직여 가고 있었다. 바다 위로 자욱하게 안개가 끼어 있는 듯 했는데도 어머니의 모습은 그 안개 속에서 조금도 흐려지지 않고 선명하게 원근법이 무시된 그림처럼 보였다. 그림을 보듯이 그렇게 어머니의 모습을 내가 감동 없이 바라보는 그런 꿈이 첫 번째였다.

* * *

여자는 교문 앞에 앉아 있을 때보다 몸피가 작게 느껴졌다.

처음 얼굴을 돌렸을 때 눈썹이 진하게 느껴진 것 말고는 맞은편 벽을 향해 앉은 여자의 생김새는 뒷모습밖에 보이지 않았다. 벽을 마주하고 앉는 순간부터 그녀는 계속 줄담배를 피워대고 있어서 그녀 주변이 안개에 덮인 듯한 분위기가 되어갔다.

* * *

한 여자의 실루엣이 추상화되면서 맑은 눈으로, 보조개로, 살랑거리는 머리칼로 그 환영은 그렇게 남는다. 아. 민주…… 신음처럼 중얼거리는 동안 민주의 모습은 아득하게 사막의 흰 햇빛 속에 녹아들고 볼에 파인 보조개로만 남는다. 그 보조개는 구름이 되기도 하고, 이슬이 되기도 하고, 안개가 되기도 하고, 그러다가 한 줄기 바람이 되어 옷섶을 시리게 파고든다.

(개미, 1999)

□ 유익서 「마지막 영웅 빅토르최」

외국인 혐오증이 일반화되어 있는 소비에트 인들이 결코 달가워할 리 없는, 머리칼이 까맣고 얼굴색이 엷은 상아빛의 동양계 아니 좀더 정확히 말하자면 카레이츠 3세인 그의 영화와 노래를 그렇게 많은 사람들이 사랑했던 것이다.

* * *

쎄레브라꼬프 교장은 책상 앞의 안락의자에 앉아있었다. 머리카락은 물론 코밑수염도 아마빛인 쉰다섯의 그는 매우 완고한 성격이었다.

* * *

교장 오른쪽 긴 소파에 앉아있는 뚜젠바흐 교감도 꼼꼼한 성품은 교장에 뒤지지 않는다. 아랫볼이 눌러놓은 밀가루 반죽처럼 쑥 들어간 기다란 얼굴에 눈빛이 무언가를 쉴새 없이 탐색하는 듯한 그는……

* * *

라술 아저씨는 얼굴이 마른 편이었다. 얼굴에 투실투실 살이 찐 아버지와는 달랐다. 크질오르다 대학에서 경제학을 강의한다는 레프 삼촌처럼 살결이 맑고 입술이 얇아 어딘가 이지적인 인상이었다.

(예음, 1973)

□ 유익서 「키노의 전설 빅토르최」

빅토르는 어린 시절을 불행하게 보낸 르빈을 위로하기 위해 자신의 이야기를 털어놓았지만 르빈은 잘 믿지 않았다. 빅토르는 피부색만 다를 뿐 타원형의 얼굴에 오똑한 코 얇은 입술이 모두 슬라브계와 별다른 차이가 없었다. 누가 보아도 잘생긴 데다, 맑은 눈동자는 매우 선량해 보였다.

(세훈, 1996)

□ 유재용 「고향길 칠백리」

하룻밤을 푹 쉬고 일어난 박성도 노인은 아침 일찍 행장을 꾸려 가지고 집을 나섰다. 잘 개어 깊숙이 넣어 두었던 회색 두루마기를 꺼내 입고, 머리에는 낡은 중절모를 쓰고, 손에는 지팡이를 들고, 괴나리봇짐을 멜빵해서 등허리에 매달았다. 마치 걸어서 먼 길을 떠나는 듯한 차림새였다.

(작은책, 1990)

□ 유재용 「꽃은 피어도」

준은 아내의 꺼져 들어간 눈자위와 날카로워진 콧날과 야윈 볼과 살가죽을 뚫고 나올 듯한 턱뼈와 맥박이 뛰고 있는 가느다란 목줄기를 눈으로 더듬으며 달래듯 말했다.

(작은책, 1990)

□ 유재용 「면장님, 우리 면장님」

김삼덕 씨는 태어날 때부터 약골이라고 했다. 목줄기와 팔다리가 가느다랗고, 가슴은 앙상했고, 볼과 엉덩이에도 살이 붙지 않아 배리배리한 것이 도무지 볼품이 없었다는 것이다. 아니, 볼품이 문제가 아니었다. 저 꼴을 해가지고 첫돌이나 제대로 넘길 수가 있을까 의심스러울 지경이었다.

* * *

정말도 삼덕의 별명은 유난히 많았는데 '오줌싸개'만 빼놓고는 다 삼덕의 생김새를 두고 지은 것들이었다. 별명이 말해주듯이 삼덕의 외모는 별로 잘나지를 못했다. 방아깨비 수놈은 삼덕의 몸이 홀쭉하다는 사실을 말하는 것이고, 나머지는 삼덕의 얼굴이 못생겼음을 말하는 것이었다.

(작은책, 1990)

□ 유재용 「벌초」

증조할머니는 다 삭은 뿌리에 의지해 몽탁하게 쪼그라든 모습으로 웅크린 고목처럼 앉아 있다. 증조할머니 몸에는 고목나무 껍데기처럼 더께가 앉았다. 나이테가 박혀 있을 몸통은 고목나무 둥지처럼 속이 텅 비었다. 할아버지와 아버지와 재성이 형제를 그 속으로 뽑아냈기 때문인지도 모른다. 이제 나이테가 더 새겨질 자리가 없다. 나이테를 새길 수 없는 세월이 증조할머니의 몸 둘레를 맴돌다가 나무껍질 같은 살갗 주름살 속에 발을 멈추고 있다. 증조할머니는 시간의 사슬을 벗어난 것처럼 보인다. 사슬이 끊어진 시간이 질서를 잃고 뿔뿔이 흩어진다. 흩어진 기억 속에 증조할머니의 잃어버린 모습들이 조각조각 새겨져 있다.

(한겨레, 1990)

□ 유재용 「접붙이기」

맞은편에 앉은 남자는 머리를 숙이며 정수리를 감추고 있던 머리칼을 헤쳐 보였다. 거기에는 머리칼이 없는 맨살의 번들번들한 흉터가 잉크병 뚜껑만한 크기로 둥글게 드러나 있었다.

(작은책, 1990)

□ 유주현 「신의 눈초리」

그는 아주 성큼성큼 발을 떼어놓기 시작했다. 왼켠이 마비되어 있었다. 왼손이 반쯤 들린 채 너털거리고 왼발이 땅을 질질 끌며 쓰러질 듯 넘어질 듯 위태롭게 전진을 해갔다. 길이가 삼십 미터쯤 되는 네모반듯한 마당이었다. 마당 끝 뒤엄 근처에 이르른 그는 갑작스레 몸을 돌려세우며 자세를 굳히는데 계속 불안하긴 마찬가지였다.

"저 표정을 똑똑히 봐라!"

강군이 나에게 귀띔을 해줬다.

왼켠 눈을 비롯하여 입도 뺨도 왼쪽 위로 찍어 달린 채 굳어진 그런 모습이라서 보기에도 몸이 오싹해지는 무서운 얼굴이었다.

그는 그런 얼굴을 반듯하게 가누고 잠시잠깐 호흡을 조절하더니 갑자기 두 팔을 번쩍 쳐들며, 하나 둘 하고 구령을 붙이는데 그 음성이 구멍을 통과하는 바람 소리처럼 들려서 가슴이 섬찟했다.

그는 하나 둘 셋 넷 하면서 팔 올리기 운동을 시작한 것이다. 그러나 왼편 팔은 가슴 아래에서 머무르고 오른손만이 어깨 위로 뻗치며 하늘을 제법 힘

있게 찍었다.

(문리사, 1977)

□ 유주현 「언덕을 향하여」

그의 몸은 왼편으로 기울어져 보였다.

그는 왼편 다리가 부자유스런 불구의 몸이었다.

혁은 어금니를 지근지근 누르며 목을 더욱 옴츠리고 등신같이 서있었다. 그의 눈총은 한곳에 고정되어 있으면서 뚜렷하게 무엇을 응시하고 있는 것도 아니었다. 개구리와 흡사했다. 두 볼록 볼록 움직이며, 동공을 고정시키고 있는 꼴이 풀섶에서 비를 맞는 개구리를 연상시켰다.

(신태양사, 1968)

□ 유주현 「임진강」

이 다방 시카고에 한 사나이가 무료하게 앉아 있었다.

다갈색 코르덴 양복에 걸친 검정 오버 깃을 올리고 있었다. 머리는 짧게 깎았다. 얼굴은 네모져 있었다. 눈두덩이 수북하다. 왼편 눈두덩 위에는 세로 한 치 가량의 흠이 있었다. 칼자국 같은 흠은 오래된 것이 분명하다.

그 흠은 번들거렸다. 키는 작달막하지만 어깨는 떡 벌어진 사나이다.

사나이는 재떨이에다 피우던 담배를 신경질적으로 비벼 끄더니 카악 하고 가래를 땅바닥에 뱉고는 발로 쓱쓱 비볐다.

(신태양사, 1968)

□ 유현종 「달은 지다」

별로 좋은 인상은 아니었다. 작달막한 키에 살이 올라서 전체적으로 둥근 편이었다. 마치 우량아 선발대회에 나온 후보 아이처럼 살이 쪄 있었는데, 그래도 무슨 운동을 했는지 근육은 잘 발달되어 있고 오른쪽 팔에는 청룡 문신을 하고 있었다.

짧게 깎은 머리에 송충이 같은 가는 눈썹을 하고 있었고, 째진 눈에 입은 마치 오리 주둥이처럼 양끝이 처져 있었다.

* * *

차용희의 별명은 '껭까'였다. 작달막한 키에 다부진 체구를 가진 그는 그냥 걸어 다닐 때도 발에서 불이 날 정도로 날렵했고, 코흘리개 때부터도 골목대장 노릇을 하던 싸움꾼이었다.

(샘터, 1996)

□ 유현종 「대조영」

그의 얼굴에 긴장하는 빛이 물결쳤다. 술청에 들어온 손님은 장사꾼 차림을 하고 있었는데 두 사람이었다. 하나는 이십여 세 돼 보이는 청년이었고 또 하나는 오십여 세 된 중씰의 사내였다.

비록 청년은 장사꾼 차림을 하고 있었지만 어딘가 귀티가 나고 눈매가 날카롭게 빛나고 있었다. 그 맞은편에 앉아 있는 늙은이도 입성은 청년처럼 남루했지만 첫눈에 봐도 청년의 노복임이 분명했다. 행동거지나 말씨를 보아서도 제법 행세하는 집안의 아들 같아 보였다.

(태성, 1990)

□ 유현종 「유리성의 포로」

길지도 않고 짧지도 않은 머리칼을 긴 손으로 쓸어 올리며 다시 한 번 건너다보는 청년은 제법 귀티가 나는 얼굴이었다. 피부가 깨끗하고 눈썹이 짙으며 콧날이 날카로웠다. 옷차림도 깔끔한 편이었다. 목이 긴 검은 스웨터에 회색 플란넬 웃옷을 입고 검정 바지를 입고 있었다.

(신원문화사, 1987)

□ 윤대녕 「국화 옆에서」

나와 세 살 터울의 그녀는 영리하고 감수성이 예민한 위생주의자요 불임주의자였다. 그리고 자신이 가진 백 명 중 한 명 꼴에 해당하는 아름다움을 소모하지 못해 늘 전전긍긍해 하는 여자였다. 화장과 옷맵시에 유달리 감각이 뛰어났던 그녀는 액자에 끼워놓고 봐야 안성맞춤인 그런 여자였다. 좀 유치한 얘기지만 그녀는 책의 서문 같은 사랑을 원했고 나는 본문 같은 사랑을 원했다.

* * *

언젠가 한번 광고부에서 제작한 고객용 리플렛과 팸플릿을 받으러 그녀가 내가 근무하는 부서를 찾아온 적이 있었다. 그녀는 회사 여직원들이 입고 있는 감청색 유니폼을 입고 있었으며 일본 가부키 배우 같은 얼굴을 하고 있었다. 나이에 맞지 않는 진한 화장 탓이었다. 스물을 갓 넘긴 정도의 앳된 얼굴로 보아 입사한 지 얼마 되지 않은 게 분명했다.

* * *

너무나 평범해서 가만히 보고 있으면 오히려 낯설어 보이는 얼굴, 때로는 그런 사람일수록 평범함 속에 자신을 감춰두고 있는 경우가 많다. 회관 사무실에서 흘러나오는 불빛은 차라리 어둠과 뒤섞여 있어 사위는 안개에 싸여 있는 성싶었다. 한데 내 눈에는 그녀의 미모조빛 빰과 우, 라고 발음할 때처럼 약간 튀어나온 입술, 왼쪽 눈꼬리께의 손톱자국, 양미간에 박힌 팥알만한 점, 그리고 갈뫼빛으로 말갛게 풀려 있는 눈 등이 낚싯대에 걸려 올라오는 물고기처럼 생생하게 튀어 들어왔다.

* * *

그녀는 저쪽 신호등 앞에서 보일락 말락하게 웃고 있었다. 긴 머리채에서 라일락 샴푸 냄새가 천천히 흘러내렸다. 잠시 후 그녀는 누군가의 시선이 자신의 뒷모습에 가 있다는 것을 알았음인지 고르지 못한 하이힐 소리를 내며 유리문 저쪽으로 허둥지둥 사라졌다.

＊ ＊ ＊

화장기 없는 그녀의 얼굴이 수은등 불빛 속에서 관판종 석홍 국화빛으로 홧홧이 달아올랐다. 이어 그녀가 소리를 죽여 휴우…… 하고 한숨을 몰아쉬는 소리가 내 귀에 들려왔다. 조금도 변한 게 없었다. 나이를 세 살 더 먹은 것밖에는.

＊ ＊ ＊

얼굴을 확 붉히며 그녀는 냉큼 술잔으로 손을 가져갔다. 그녀는 엄지와 검지 중지, 이렇게 손가락 세 개만을 사용해 맥주컵을 들어 간장을 먹듯 술을 마셨다. 나머지 손가락 두 개는 무엇을 쥔 듯 손바닥 안으로 고집스럽게 접혀 있었다.

(동아, 1995)

□ 윤대녕 「달의 지평선」

그를 만난 것은 삼 년 전 여의도에 있는 '학'이란 일식집에서였다. 그는 그 집의 주방장으로 일하는 있었다. 어느 토요일이던가. 주말 연속극의 촬영을 마치고 술을 마시러 갔다가 우연히 그와 말문이 트여 알게 된 사이였다. 그는 바다 낚시를 몇 년 하다 회 뜨는 일을 하게 됐다고 내게 말했다. 말투와 표정에서 사이사이 날카로운 인상을 풍기는 사십대 중반의 턱수염을 기른 남자였다. 그는 내가 출연하는 드라마를 주말마다 보고 있다고 말했다. 한데 그 말이 내 귀에는 어쩐지 숨어서 지켜보고 있다는 식으로 예사롭지 않게 들렸다. 첫눈에 그닥 호감이 가는 상대는 아니었다. 하지만 회 뜨는 솜씨만큼은 분명 일급의 수준이었다.

나는 사내의 칼 솜씨에 홀려 심상한 얘기들을 주고받으며 자정께까지 스텐드에 앉아 있었다. 칼날이 얼마나 민감하고 예리하게 움직이는지 하얗게 살이 발린 생선뼈가 접시 위에서 한참을 꿈틀거렸다. 손끝에 칼이 달려 있는 사람 같았다. 그는 텔레비전에서 나를 지켜보면서 사적인 관심을 갖게 됐다고 했다.

* * *

정확히 2시에 그가 문을 밀고 사무실 안으로 들어왔다. 한눈에 전과는 달라진 모습이었다. 감색 양복에 검은 넥타이 차림이었고 턱수염이 없어진 하얀 얼굴을 하고 있었다. 이제나저제나 눈에서 튀어나오는 날카로운 빛은 여전했으나 회칼을 든 일식집 주방장의 모습은 찾아보기 어려웠다. 서먹한 느낌으로 악수를 나누고 도로 소파에 앉자 옆방에 있던 애완견이 낑낑거리며 머리로 문을 열고 들어와 그의 품안으로 훌쩍 뛰어들었다. 그리고는 또 잔뜩 경계하는 눈빛으로 벌벌 떨면서 나를 쏘아보았다. 보면 볼수록 정나미가 떨어지는 동물이었다.

* * *

그렇다고는 하지만 이렇게까지 빼닮을 수가 있는가. 가까이에서 보니 나이든 여자의 티가 역력했지만 언뜻 보면 착각할 수밖에 없을 정도였다. 매화 무늬가 수놓인 엷은 분홍빛 투피스 차림에 장미 모양으로 착착 접힌 스카프가 목에 감겨 있었다. 투피스는 주미를 처음 만난 날 그녀가 입고 있던 것이었다. 유행을 타지 않는 꽤 고급스러운 옷이었다. 모녀가 옷까지 바꿔 입고 사는지 어떤지는 몰라도 대번에 묘한 기분이 들었다. 이런 차림으로 그녀의 어머니가 나를 만나러 오다니.

* * *

그녀는 귀에 이어폰을 꽂고 배낭을 가슴에 안은 채 국제선 2청사 입국 대기실 의자에 앉아 있었다. 쇼트커트 한 머리에 고동색 재킷 그리고 뱅뱅 청바지에 운동화 차림이었다. 입국자를 기다리고 있는 사람들 틈에 끼어 앉아 있는 껑충한 그녀를 본 순간 나는 직감적으로 그녀가 나수연이라는 것을 알아차렸다. 그녀가 부쳐 온 엽서를 받아오면서 나는 줄곧 어떠어떠한 이미지를 생각하고 있었는데 묘하게도 그것과 일치된 분위기가 있었던 것이다. 이를테면 비쩍 마른 몸매에 해맑은 사춘기 소년 같은 얼굴일 거란 생각을 해오고 있었던 것이다.

＊ ＊ ＊

그때 낯익은 여자의 모습이 눈에 비쳐들었다. 광장의 끝. 그러니까 호수에 면한 통행로 앞에 몇몇 회사에서 자사 제품을 홍보하기 위한 간이 판매대를 설치해 놓고 있었다. 가령 로즈버드 커피. 코닥 필름, 칠성사이다 따위의 코너박스를 설치하고 도우미를 배치해 홍보를 겸한 판매를 하고 있었다.

그녀는 〈베스킨라빈스 31 아이스크림〉이란 박스 앞에 진한 분홍색 투피스를 입고 서 있었다. 도우미인지 관람객인지는 알 수 없었으나 유니폼처럼 생긴 옷이었다. 허리춤의 하얀 띠 그리고 스커트 밑으로 흰 하이힐이 보였다. 그녀는 두 손을 허리 뒤로 돌려 잡은 자세로 박스 모서리에 기대어 호수를 바라보고 있는 중이었다.

(해냄사, 1998)

□ 윤대녕 「은어낚시통신」

그는 옛날엔 꽤나 유명했던, 연필 만드는 회사에 다니고 있었다. 말하자면 문화연필이나 동아연필 말이다. 요즘도 연필이 팔리나? 하고 생각했지만 나는 그 말을 입 밖에 내지 않았다. 깡마르고 공부 잘하고 가정교육을 잘 받은 인상을 풍기는 친구였다.

＊ ＊ ＊

밀다원의 이층 구석진 자리에서 나는 그녀와 앉아 있었다. 얼마 전부터 그녀는 화장을 하기 시작했다. 제법 나이가 들어 보이지만 여전 청바지는 버리지 못한 채다. 눈은 언제나 도전적이고 처음 보았을 때의 그 가련함 속에는 누구한테서도 볼 수 없는 파괴적이고 도발적인 힘이 숨겨져 있다. 어디까지나 신중하지만 한번 결정하면 부서질 것을 알면서도 똑바로 걸어가겠다는 태도다. 그녀를 보고 있으면 정면으로 살아가는 사람이 받는 상처와 슬픔의 무게가, 앞으로 다가올 위험에 대한 불안이 동시에 느껴진다.

＊ ＊ ＊

아무튼 그해 가을에 그녀는 내 앞에서 영화의 마지막 장면처럼 홀연히 사라져버린 여자였다. 영화의 마지막 장면이라고 했지만, 사실 그녀의 직업은 배우 겸 광고 모델이었다. 대학 연극영화과를 졸업하고 몇몇 시시한 영화에 단역으로 출연했지만 그다지 빛을 본 배우는 아니었다. 내가 그녀를 만났을 때 그녀는 모 의류회사의 시에프 광고를 찍고 있었다. 스물일곱이었으므로 나와는 동갑인데다 우연하게도 같은 칠월생이었다. 그러나 배우로 성공하기엔 이미 늦은 나이였다.

* * *

그녀는 속앓이라도 하는지 얼굴이 사뭇 창백했다. 아무 말도 없이 줄담배를 피우며 조용조용 술잔을 들었다놨다 할 뿐이었다. 위태로워 보였다. 위태로워 보였지만 나로서는 딱히 어떻게 할 수도 없었다. 자정이 가까워지자 그녀는 나 좀 쉬게 해줘요, 하더니 비틀거리며 자리에서 일어났다.

* * *

비가 오는군, 하고 문을 열어준 사내가 목쉰 소리로 말했다. 홀연한 어둠이라고 말해야 할 그런 이물스런 어둠에 싸여 있던 남자의 얼굴, 저 어딘지 모르는 안쪽으로부터 사내를 뒤따라왔던 단 한 줄기의 푸른 불빛 그러나 그가 내민 손을 가까스로 거머쥐었을 때 내 손으로 전해져온 돌연한 온기로 인해 나는 또다시 당황하지 않을 수가 없었다. 남자는 아무 말도 하지 않았고 마침내 나는 그들을 따라 긴 회랑을 걷기 시작했다.

* * *

그녀는 구석자리에 미동도 없이 앉아 있었다. 핏기라곤 느껴지지 않는 섬뜩한 얼굴이었다. 마치 도화지 위에다 연필로 쓱쓱 스케치를 해놓은 듯 표정 없는 얼굴. 치마 밑으로 삐죽이 나와 있는 마른 맨발만이 그녀가 존재하고 있음을 가까스로 느끼게 했다. 그리하여 그녀와 내가 주고받은 말은 어째 비현실적으로만 생각했다.

(문학동네, 1994)

□ 윤대녕 「지나가는 자의 초상」

그녀가 나를 알아봤다는 사실이 그저 놀라울 따름이었다. 그 단발형의 머리는 여전했지만 눈가의 잔주름과 기미? 혹은 주근깨가 귀밑에 깔려 있었고 시간이 지나면서 알게 됐지만 표정이라든가 몸놀림, 심지어는 말투까지도 기묘하게 변해 있었다. 세월이 흘렀다는 뜻일 거였다.

* * *

중고등학생까지 삭발이었던 머리모양이 당시 문교부의 방침에 따라 이 센티미터의 스포츠형으로 막 바뀔 때였는데 그의 머리카락은 좋이 사 센티미터는 될 성싶었다. 게다가 턱에 몇 개 안 되는 수염이 뾰족뾰족 비져나와 있었다. 그가 불량학생처럼 보이는 게 나는 싫었다. 몸에서도 담배 냄새가 나고 있었다.

(중앙일보사, 1996)

□ 윤대녕 「피아노와 백합의 사막」

자판기 앞에 밤색 털모자와 검은색 코트를 입은 여자가 앉아 있다가 엉거주춤 일어서더니 나를 보고 고개를 까딱했다. 그러나 역시 모르는 여자였다. 의자 옆에는 직사각형의 커다란 가방이 놓여 있었다.

"이렇게 불쑥 찾아와서 죄송합니다."

여자는 정중하게, 그러나 어딘가 모르게 훈련을 받은 듯한 빈틈없는 태도로 내게 인사를 했다. 그녀는 정숙희라고 제 이름을 소개하고 내 아내의 친구 소개로 나를 알게 되었다고 말했다.

* * *

자정이 가까워지는 시각에, 딴에는 분위기를 잡는다고 아끼던 발렌타인까지 따라놓고 건성으로 집안 얘기를 나누다 슬그머니 여행 얘기를 꺼내자 아내는 술잔을 탁자에 내려놓고 가만히 내 눈동자를 들여다보았다. 원래 흥분을 잘하는 스타일은 아니지만 아내의 태도는 한치의 흐트러짐도 없었다. 다만 그 다음 내 입에서 나올 말만 인내심을 갖고 기다렸다. …… 아내는 이 돌연한 여행 계획에 반대하는 이유를 조리있게 설명했다. 이미 휴가 신청서를 제출해 결재가 났다는 말에도 그녀는 동요하지 않았다. 평소에 나는 아내의 이런 빈틈없는 면을 좋아하고 있었다. 아무 말도 못하고 술잔만 비우고 있자 그녀가 타이르듯이, 그러나 내 마음을 다치지 않게 하려고 무척 조심하는 태도로 말문을 열었다.

(중앙일보사, 1995)

□ 윤대녕 「코카콜라 애인」

여름이 문 앞에 와 있었으므로 날은 더웠다. 낡은 에어컨 돌아가는 소리가 구석에서 윙윙거리고 있었다. 나는 그 소리에 신경이 얇게 곤두서 있었다. 그는 나보다 나이가 한 살이 위거나 같은 걸로 알고 있었다. 그러나 누가 봐도 그는 40대 초반으로 보였다. 머리카락의 3분의 1쯤이 새치였으며 배까지 나온 퉁퉁한 몸을 하고 있었다. 게다가 상체가 15도쯤 앞으로 굽어 마치 허리를 다친 사람처럼 보였다. 회색 머리와 무표정한 얼굴에 배어 있는 깊은 우울. 나는 그와 마주앉아 있는 것이 점점 거북스럽게 느껴졌다.

(세계사, 1999)

□ 윤정모 「딴나라 여인」

그는 노인들보다 더 귀찮은 남자였다. 노인들은 가끔 와서 그저 지껄이기나 하지만 그는 이상한 말만 골라 했고 더욱이 손님까지 내쫓았다. 편의점 근무 2년 동안 그렇게 주제넘은 사람은 또 처음이었다. 그런데도 카운터에 라면 두 개를 내려놓고는 아주 부드럽게 "아가씨"라고 불렀다.

* * *

돌아보니 바로 그였다. 구겨진 점퍼, 부스스한 얼굴, 학생들의 우상이라고 하기엔 너무도 평범한 한 젊은이가 막 떠오른 해에 포위되어 있었고 이상하게도 그런 모습에서 그녀는 울컥 목이 메었다.

* * *

한번은 그가 너무 따분할 것 같아 캔맥주와 담배를 책가방에 넣어갔으나 그는 사양했다. 자신은 본래 술, 담배 고래지만 숨어 있는 동안은 금지되어 있다. 무겁게 들고 왔는데 어쩌지, 하고 미안해했다. 그런 어느 날 그가 그녀에게 부탁했다. 지난밤 꿈에 그와 진하게 키스를 한 다음날이었다.

"화집 선물은 처음이오. 시집 선물은 더러 받아보았지만……."

그리고 환하게 웃었다. 그에게 그런 화사한 미소도 숨어 있었던가 의아해하는데 그는 곧 의자에 걸터앉아 화집을 들춰보기 시작했다. 그때부터 그는 누가 곁에 있다는 것도 잊은 듯 골똘히 그림을 넘겼고 특히 '구걸하는 아이'를 볼 땐 10분쯤 움직이지 않았다.

참 독특한 이미지였다. 그림책을 내려다보는 집요한 얼굴, 책을 잡고 있는 오른쪽 어깨선에도 힘이 실려 있는 것이 여태 어디서도 발견하지 못했던 강렬한 개성이었다.

* * *

토요일이라 유치원에도 가지 않은 훈이는 그네에 앉아 혼자 놀고 있었다. 그때 그녀의 눈에는 아이의 까만 머리, 허리를 굽혀 자신이 신발을 털고 있는 조그만 얼굴까지도 눈부시게 두드러져 보였다.

* * *

동생은 밥 한 그릇을 해치우고 곧장 공부를 시작했다. 아침에 일어나면 집안일을 거드는 대신 아령이나 역기를 했고 공부를 하는 아이는 절대로 잡일은 하지 말아야 한다고 훈령을 내린 사람은 아버지였다. 동생은 공부를 잘했다.

* * *

그녀는 빨간 옷을 즐겨 입었다. 중학교를 중퇴한 그날부터 늘 입고 싶던 화려한 옷, 운동회 때면 마을 아이들이 휘두르던 매스 게임용 붉은 천, 명절 때마다 치맛자락을 풀풀 날리며 맘껏 널을 뛰고 싶던 옷도 홍치마 저고리였다.

＊ ＊ ＊

내 시선 조리개가 꽉 오므렸다가 곧 어둠 속으로 달아났다. 곱슬머리의 주인공, 멀리서라도 그의 머리통만 보이면 내 시선은 언제나 그렇게 반대방향으로 돌아서곤 했는데 그 이유란 그는 언제나 꼭 끼는 청바지를 입었고 성기 부분이 유독 돌출되어 있었던 때문이었다.

＊ ＊ ＊

아가씨는 소시지를 좋아한다. 마리화나를 피운 뒤에 꼭 그렇게 소시지가 먹힌다고 했다. 어떨 땐 열 개를 먹은 적이 있고 그래서 자꾸 살이 쪄 이젠 춤도 예전 같지 않다고 한탄을 했다. 아저씨는 어릴 때부터 춤을 배운 진짜 춤꾼이었고 따로 춤을 가르치는 교습생 여자들이 있었음에도 엄마에겐 바람잡이 춤꾼 노릇까지 해주었다.

＊ ＊ ＊

정돈된 얼굴, 넓은 이마가 반들거려 사람들은 삶은 달걀을 까놓은 것 같다거나 피 한 방울도 나올 것 같지 않다고 표현하지. 완벽에 가까운 여자. 그런 만큼 여성계에서는 최고로 인정받는 그녀.

＊ ＊ ＊

대부분의 손님들은 전혀 입을 열지 않고 물건값만 내밀거나 면도기는 어느 진열장에 있느냐는 의례적인 질문만 했을 뿐이며 버릇없는 남자애들은 노골적으로 황소개구리라거나 '고'자를 뺀 릴라누나라고 불렀고 '릴라 몸에다 붙어눈, 외계인 합성품인가봐' 하고 저희들끼리 쑥덕거리기도 했다.

그럴 때면 그녀는 턱을 치키고 그래서 어쩔 테냐는 식으로 흘겨보았지만 그렇다고 기분 나쁘지도 않았다. 그녀가 이 편의점에 취직을 할 수 있었던 것도 바로 그런 신체적인 조건 때문이었으니까.

＊ ＊ ＊

남편은 고개를 떨구고 걸어오고 있었다. 약간 비틀거리기는 했지만 그것은 술을 마신 것이 아니라 자신이 어디로 가고 있는지 모를 때 그냥 허적허적 걷는 그런 걸음걸이였다. 나는 굳이 피하지 않았고 그 역시 나를 알아보지 못한 채 내 앞을 지나쳐갔다. 벌써 한 달 전부터 그는 나를 보고 있지 않았다. 식탁에서 밥을 먹을 때, 거실에서 마주칠 때도 그가 나를 보지 않는 것이 아니라 보지 못한다는 것을 나는 알고 있었다.

그는 중얼거리며 걸었다.

* * *

머리가 허연 노인이 가방을 들고 서 있다. 인기척이 느껴지던 것이 저 노인이었던 모양이라고, 생각은 그렇게 하면서도 나는 놀라 뒷말도 잇지 못하는데 노인은 성큼성큼 다가와 쪽마루에 가방을 내려놓는다. 그 역시 입은 열지 않고 대신 바쁘게 가방을 열더니 비닐 봉투를 꺼내어서 그 속에 든 신문지를 내 앞으로 쓱 내밀어준다.

"나 이런 사람이오."

얼결에 그 신문을 받아들고 나는 '왜 이 노인이 가방에서 흉기를 꺼낸다고 생각했을까.' 잠시 돌이켜본다. 그의 눈빛 때문인지도 몰랐다. 그의 행색은 백발 노인이었으나 불빛을 정면으로 받은 눈은 보기 드물 만큼 광채를 띠고 있었다.

(열림원, 1999)

□ 윤후명 「별을 사랑하는 마음으로」

그런 나에 맞받아 그녀도 희미한 웃음을 띠었다고 받아들여졌다. 일찍이, 20대에, 이른바 '고졸한 웃음'이라는 것에 대하여 들은 바 있었다. 그녀의 웃음이 거기에 해당된다고는 나는 해석하려고 했던 기억이 난다. 그 희미한 웃음 속에서 그녀가 그림을 그리고 있는 모습이 떠오른다. 그러니까 이 경우 그녀의 웃음이 주위의 풍경처럼 떠오르고 그녀의 모습이 그 안에 놓여져 있는, 동일한 대상이 겹쳐 있는 형국이 될 것이다. 이것부터가 하나의 그림이련만 이 그림 속의 그녀가 또 그림을 그리고 있다. 자세히 보면 그녀가 그리고 있는 그림 속에 다시 또 그녀가 그림을 그리고 있는 모습이 보이는 것 같기도 하다. 그리고 그 그림 속에… 마치 거울들을 서로 맞보이도록 놓아두어서 무수히 겹쳐 보이는 것과 같다.

(문학아카데미, 1994)

□ 윤흥길 「낫」

사내가 툽상스레 지청구를 주었다. 그는 낮잠의 흔적이 침자국으로 남아 있는 자신의 얼굴에 마냥 성가시게 달라붙는 그악스런 시골 파리 떼를 향해 증조부대부터 증손자대에 이르기까지 그 파리들의 족보를 한몫에 싸잡아 한바탕 걸죽하게 저주를 퍼부었다. 그런 다음 짝없이 굼뜬 몸짓으로 손미에게 다가와서는 비리척지근한 냄새를 온몸으로 확확 풍겨대기 시작했다.

* * *

지질펀펀한 바탕 위에 완강하게 자리잡은 광대뼈가 유난히도 도드라져 보였다. 땀과 개기름으로 뒤발한 황대장의 피둥피둥한 얼굴은 장녕의 나이가 무색하리 만큼 젊고 팔팔하게 느껴졌다.

(문학동네, 1995)

□ 윤흥길 「묵시의 바다」

개펄을 파헤쳐 바지락을 캐고 또 더러는 굴도 따는 일단의 아낙네들이었다. 꽤 거리가 먼 탓으로 육안에 비치는 그네들의 모습은 굼벵이 이상으로 느리면서 한가해 보였다. 개미에 비해 그다지 클 것도 없는 그네들은 이젠 완연히 옆댕이로 비껴드는 무르녹은 석양빛에 야금야금 먹혀버려 차라리 거대한 산수화를 구성하는 하나하나의 미세한 정물에 지나지 않았다.

* * *

그의 눈은 재빨리 먹이를 노리는 맹수의 그것이 되고, 그러나 호흡은 뚝 끊어 더운 심장을 차갑게 식히는 완벽에 가까운 사격의 자세를 취하고, 이윽고 서서히 일단, 그리고 이단, 잔뜩 꼬부려 쥔 손가락에 신중하게 압력이 걸리다가 마침내 방아쇠는 당겨졌다.

* * *

얼핏 보기에 몸집이 퍽 좋은 여자였다. 바다 쪽을 향한 채 쪼은 뒷머리하며 어기죽어기죽 놀리는 안반만한 엉덩짝이 무척이나 억센 인상을 풍기는 여자였다.

* * *

그런데 배질을 하던 길수만은 아낙네들 옆에 지나치면서 공주리만한 입을 벌려 헤벌쭉 웃는 것이었다. 그러잖아도 불에 달궈낸 듯한 얼굴 바탕인데 거기에 초저녁 어스름까지 덧칠을 해 놓아서 웃을 때 옴싹 드러나는 허연 이빨하며 영락없는 토인종이었다. 앞섶이 헤벌어진 빈소매 윗도리 사이로 청동제 같은 실팍한 가슴이 아른거리고, 갯고랑 펄바닥에 상앗대를 찔러 넣을 때마다 소매 아래 탐스런 근육이 울근불근 굼닐었다. 길수는 한 번만으론 양이 덜 찬다 싶었던지 다시 한 번 그 큰 입을 헤벌쭉했다.

* * *

등잔불에 비친 그이의 얼굴은 두 대골의 윤곽이 거의 드러날 정도로 깡마르고 검누른 피부색이어서 못쓰는 다리 말고도 온몸 구석구석 성한 데 없는 병신 못자리판이란 걸 모르는 사람이 봐도 단박 알아보게 생겼다.

* * *

흉터였다. 아마 칼자국일 것이었다. 왼쪽 귀밑에서 시작하여 턱을 타고 흐르는 긴 흉터가 바느질했던 흔적마저 뚜렷할 만큼 선명해서 여간만 끔찍스러운 게 아니었다. 얼굴만이 아니라 손등이 팔뚝도 그랬다. 땀에 절고 땟국이 흐르는 옅은 하늘색 남방셔츠 소매 아래로 드러난 무수한 생채기가 그의 전력이 어떤 것인가를 대충은 말해 주고 있었다.

* * *

똑같은 시골 태생이면서도 배선생 부인은 다른 돌개 여자들하고 우선 말씨로 구별되었다. 도회지 여자들처럼 표준말에 가까운 빠르고 상냥스런 억양을 어색하지 않게 구사할 줄 알았다. 지아비가 당당하면 그 지어미도 덩달아 당당해지는 법인지 매사가 정확하고 막힌 구석이 없어 보이는 여자였다.

* * *

돌부리에라도 걸렸는지 허깨비 박선생의 몸이 기우뚱하면서 바람개비처럼 돌려다가 가까스로 균형을 잡고서 바로 섰다. 형광 표백제를 사용한 빨래인 양 하얗게 바래진 얼굴이 가을 추위를 타고 있었다. 역광의 스침을 당하는 귓불에서 시작하여 갈쭉한 턱에 이르기까지 노란 솜털이 보풀처럼 곤두서 있었다.

* * *

모든 시선을 한 몸에 받는 가운데 땅딸막한 키에 따바라진 어깨의 여드름 투성이 송군이 고릴라나 매한가지 본새로 양팔을 추욱 늘어뜨린 채 어거적 어기적 안짱다리 걸음을 치고 있었다.

* * *

상덕이 이야기를 꺼내기 전에 벌써 그이는 각오가 되어 있는 표정이었다. 그리고 이야기를 듣는 사이에 그이는 불쌍하리 만큼 왜소한 모습이 되어 갔다. 도저히 처녀로서는 보아줄 수 없는, 노파라고 해야 어울릴, 쪼그라지고 밭아 누렇게 뜬 얼굴이었다.

(문학사상사, 1978)

□ 윤흥길 「양」

애가 본시 좀 모자라는 편에 속했다. 생긴 모양은 제법 멀쩡해서 공들여 찾아보면 한두 군데 귀여운 구석도 없지 않았다. 그러나 잠시만 주의 깊게 살펴볼라치면 개개풀린 눈동자에서 그 애의 타고난 바보를 손쉽게 잡아낼 수 있었다. 두 돌이 가깝도록 겨우 한다는 소리가 아무 때나 분수없이 졸라 대는 그놈의 '엄마' 정도였다. 걸음마를 시작한 것도 겨우 그 무렵이어서 아무튼 변변한 사람 구실 하긴 아예 일찌감치 떡 쪄놓고 시루 엎었다는 게 이웃의 중론이었다.

* * *

윤봉이는 숨결이 고르지 못했다. 그리고 끓는 물주전자처럼 후끈후끈 단김을 입으로 불규칙하게 내뿜었다. 숫제 아무것도 입에 대지 않은 지 이미 오래여서 손으로 받쳐들면 증발해 버린 만큼의 체중을 쉽게 가늠할 수 있었다. 버찌나 오디를 게걸스럽게 먹은 입처럼 파랗게 질린 입술이 가늘게 떨렸고, 입술에서 시작된 경련은 곧 전신으로 퍼져 간단없이 수족을 푸들거렸다.

(솔, 1996)

□ 윤흥길 「어른들을 위한 동화」

젊디젊은 수컷 노예 하나가 원숭이 본새로 노예상의 발치에 웅크려 앉아 흰자위 승한 눈알을 사방으로 표독스럽게 굴리고 있었다. 눈발이 흩날리는 날씨에 손바닥만한 헝겊쪼가리로 간신히 사타구니만 가린 꼬락서니였고, 온통 살가죽이 물러나 난도질당한 수욕 못지 않아 어떻게 보면 한 뭇의 구렁이가 엉겨붙은 것처럼 전신이 피멍과 생채기로 어지러이 무늬 져 있었다.

* * *

눈이 둘이요 코는 하나였다. 입도 하나요 귀는 둘이었다. 양민에 조금도 뒤질 게 없는 완전한 하나의 인간 형태를 고대로 유지한 채였다. 외려 여러 면에서 보면 범상한 인간들이 자기네의 범상함을 자인하는 유력한 방증으로 집에서나 거리에서나 늘 쓰고 다니는 평범의 너울을 훌쩍 벗어버린 모습이었다. 얼굴을 이룬 이목구비 개개의 것들이 서로 긴밀히 협조하고 단결하여 주인의 미를 한층 돋보이도록 경쟁하고 있는 듯 했다. 그 중 인상적인 것이 눈이었다. 크기에 비례하는 다량의 우수를 수용한 시원스러운 눈이었다. 그것은 주위의 사정에 민감하게 반응하는 가슴 내부의 사정을 밖으로 나타내는 초감도의 감광판과도 같았다. 때로는 가슴 내면에 인 반응의 농도를 누그러뜨리거나 희석시키기를 자유자재로 해내는 여과망, 혹은 셔터이기도 했다. 또 때로는 상대방으로 하여금 긍휼지심이나 연민의 정을 불러일으키게 함으로써 흥정을 자기 쪽에 유리하게 이끄는 일종의 무기로서도 적절히 이용하고 있었다. 그리고 그 빼어난 몸매였다. 매우 건강하면서도 암컷의 상징을 제대로 간직한 몸매가 꼴불견인 옷차림에도 불구하고 내리닫이 마대천 속에서 우아한 곡선으로 살아 작은 움직임에 큰 율동으로 대답하는 것이었다.

(솔, 1996)

□ 은희경 「그것은 꿈이었을까」

엘리베이터가 내려오기를 기다리며 서 있을 때였다. 우리는 한 여자애를 만났다. 레인캐슬에서 처음으로 마주친 사람이어서 그것부터가 신기했다.

여자애는 거울로 된 그 엘리베이터 안에서 걸어나왔다.

이마가 하얗고 눈썹뼈 아래로 유난히 깊게 들어간 검은 눈을 멍하니 뜨고 있었다. 탈색된 듯한 짧은 머리카락은 조금 헝클어졌다. 미술대학 휴게실에서 흔히 본 적이 있는 에이프런 모양의 길고 폭 좁은 그녀의 원피스는 초록색이었다. 원피스 위에 걸친 하얀 블라우스 소매가 손등을 깊숙이 덮고 있었고, 어쨌든 몹시 마른 여자애였다.

그녀는 엘리베이터 앞에 서 있는 우리에 대해 아무런 반응도 보이지 않았다. 그녀의 눈은 허공 어딘가를 향해 있었다. 그녀와 부딪치지 않기 위해서는 우리 쪽에서 황급히 가운데를 터주어야만 했다. 그녀는 진과 나의 사이를 가벼운 깃털뭉치처럼 스쳐지나갔다.

* * *

두드러진 광대뼈 때문에 남자는 눈이 움푹 들어가 보였다. 눈빛이 깊이 감춰져 있어서 명쾌한 인상이 아니었다. 어깨는 벌어졌지만 등이 약간 굽었고 가죽 점퍼를 입으면 어울릴 것 같았다. 실제로 겨울이 되면 가죽 점퍼를 입는다고 봐야 할 것이다. 제 손으로 짐승의 몸에서 가죽을 벗겨낸 뒤 마구 두

들겨서 부드럽게 무두질한 다음 스윽 걸칠 것만 같은, 어딘지 그런 거친 공정(工程)의 냄새가 나는 남자였다. 그녀처럼 슬퍼보이는 존재에게도 화를 낼만한 사람이겠다는 생각이 들었다.

(현대문학, 1999)

□ 은희경 「마지막 춤은 나와 함께」

현석이라는 이름도 그렇지만 갸름한 얼굴에 긴 속눈썹, 날카로운 콧날을 가진 그에게는 모조 석고상처럼 어딘가 자연스럽지 않은 가공의 분위기가 있다. 하얀 손으로 이마 위로 흘러내린 머리카락 몇 올을 쓸어올린 다음 허공을 보는 쌍꺼풀진 눈 속에는 소녀 취향의 우수가 어리곤 한다. 마흔이 가까운 나이인데도 그의 별명은 중학생 때이래 한결같이 미소년이다. 그 인상이 너무 고전적이라서 다른 상상력이 가동되지 않는 것이다.

* * *

종태는 내 어깨를 다정하게 툭 치더니 사실은 대학가 축제를 취재하러 왔다고 말한다. 서울 주변에 대학이 하고 많은데 왜 하필 이곳까지 왔겠느냐고 눈을 찡긋하기도 한다. 함께 온 사진 기자는 캠퍼스 안을 대충 몇 장 찍게 한 다음 취재 차량에 태워 먼저 보냈다는 것이다. 말을 마치고는 씩 웃는다. 그는 키득키득 웃거나 피식, 또는 빙그레 웃지 않는다. 큰 소리로 웃어젖히는 것 빼곤 언제나 단칼로 베듯이 씩 웃는다. 그 웃음이 여간 산뜻하지 않다. 오래 전 봄날 그가 잡아끄는 대로 찻집에 들어가 마주 앉았던 것도 저 웃음의 선동을 거역할 수 없어서였을 것이다.

(문학동네, 1998)

□ 은희경 「먼지 속의 나비」

선희는 〈쌔〉뿐만이 아니라 다른 몇 군데 잡지사에도 원고를 기고하고 있었다. 〈쌔〉에 있다가 다른 잡지사로 옮긴 친구와 회사 앞 카페에서 점심을 같이 먹다가 나는 또 선희의 이야기를 듣게 되었다. 선희가 그 잡지사에도 원고를 쓰고 있어 그녀에 대해 잘 안다고 하였다.

"원고가 좀 늦어서 그렇지 인터뷰 기사 하나는 기가 막혀. 기사의 가닥 잡는 것하고 감각적으로 말을 풀어 가는 솜씨는 끝내준다구. 특히 사람 뜯어보는 재주는 타고난 애야. 걔가 지난번 연극배우 김태섭 인터뷰 기사 썼는데 나중에 그 사람이 그러더라. 걔 앞에서 아주 발가벗고 있는 기분이더라고. 그래서 그럴 바에야 어차피 마찬가지인데 아예 벗지 그랬냐고 해줬지, 하하."

(문학동네, 1996)

□ 은희경 「명백히 부도덕한 사랑」

아버지는 혼자 있는 것을 좋아했다. 처음부터 그런 성격이라 어머니가 잔소리를 시작했는지 아니면 어머니 잔소리 때문에 그런 성격이 생겼는지는 중요하지 않다. 어쨌든 어머니 표현대로 '폐병환자'처럼 폐쇄적인 성격은 아니었다. 낙천적이고 유머가 많았으며, 고등학교 밴드부 시절 불었다는 트럼펫을 꺼내 먼지를 닦을 때는 어린애처럼 자랑을 늘어놓기도 했다. '취미도 성격 따라간다더니 낚시도 등산도 아니고 하필 방안에 틀어박혀 꼼짝 않는 것만 좋아한다.'는 어머니의 비난을 무릅쓰고 고전음악을 즐겨 들었다. 손재주가 많은 아버지가 썰매나 연 만드는 과정을 지켜보는 것이 내게는 큰 즐거움이었다. 어머니는 탐탁찮아했다.

(창작과비평사, 1999)

□ 은희경 「빈처」

나는 그녀가 일기를 쓴다는 걸 몰랐다.

뭘 쓴다는 것이 그녀에게는 도무지 어울리지 않는 일이었다. 자기 반성이나 자의식 같은 것이 일기를 쓰게 하는 나이도 아니었다. 그렇다고 학생 때 무슨 글을 써봤다는 소리도 듣지 못했다. 내게 쓴 연애편지 몇 장도 그저 그런 여자스러운 감상을 담고 있을 뿐 글재주 같은 건 없었다.

(문학동네, 1996)

□ 은희경 「새의 선물」

나, 이혁렬은 서울에서 사업을 하는 이아무개 씨의 2남 1녀 중 막내로 태어났다. 나이는 22세, 대학에서의 전공은 토목과. 누나는 시집을 갔고 형은 가업을 물려받기 위해 아버지의 회사에서 사회경험을 쌓는 중이다. 장래 소망은 전공을 살려 토목회사에 취직을 하거나 공부를 계속하여 교수가 되는 것이다. 하지만 고리타분하게 살고 싶은 마음은 조금도 없으며 결혼을 빨리 해서 가정을 이룬 다음부터는 아내와 함께 테니스도 치고 여행도 다니며 즐겁게 살 계획이다. 다룰 줄 아는 악기는 하모니카이고 취미는 오토바이 타기인데 애인을 뒷자리에 태우고 숲길을 쌩 달려보는 게 오랜 꿈이었지만 아직 애인이 없어서 그렇게 해보진 못했다. 그동안은 공부밖에 몰랐고 아직 그럴 때가 아닌 것 같아서 여자를 사귀지 않았기 때문이다.

* * *

나, 전영옥은 경찰 고위직에 있었던 전아무개 씨의 1남 1녀 중 막내이다. 오빠는 현재 법대 3학년이고 어머니가 농업과 건축업(가겟집 세놓는 일은 표현할 고상한 말을 찾던 이모는 집과 관련된 직업 중에 이 말이 가장 무난하다고 생각했다)에 종사한다. 아버지가 6·25때 순직하여 국가 유공자 집안이다. 나이는 21세. 서울에 있는 대학에 합격했지만(이 사실은 나도 처음 듣는 일이었지만 이모가 원서를 낸 것까지는 사실이라고 얼굴을 붉혀가며 주장을 했기 때문에 더이상 진위를 가리지 않기로 했다) 어머니 곁을 떠날 수 없어 학업을 포기하고 고향에서 영어를 가르치고 있다. 성격이 조용하여 취미는 독서와 음악 감상이고 장래소망은 현모양처. 남자 친구는 전혀 없으며 기회는 많았지만 집안이 엄격하여 교제를 해보지 못했다. 좋아하는 계절은 가을, 좋아하는 꽃은 '나를 잊지 마세요'라는 꽃말을 지닌 물망초. 그리고 이상적인 남성형은 변함없이 나를 아껴주는 진실한 남성.

* * *

인간 박광진—아저씨가 자신을 지칭하는 이 말은 언제나 '왕년에'라는 말과 짝을 이루었다. "이 인간 박광진, 왕년에 말야" 하긴 아저씨가 늘어놓는 왕년 자신의 연대기는 꽤나 거창했다. 병역 기피자, 양복집 주인, 바람둥이, 아내를 때리는 불성실한 가장—우리가 알고 있는 아저씨는 이 정도였지만 자기 자신이 알고 있는 '인간 박광진'은 단지 돈 없고 빽 없어서 불운해진 천하의 풍운아였다.

허풍선이인 아저씨 자신의 말은 물론이요, 그에 대한 어른들의 견해를 정리해보더라도 아저씨가 꽤 복잡한 삶을 산 것만은 사실이었다. 먼저 아저씨의 말에 따르면, 아저씨네 집안은 원래 만석꾼은 안 되어도 천석꾼 부자였다고 한다. 할아버지는 만주에서 독립운동을 했고 아버지는 일제 시대에 읍면장을 지낸 뼈대 있는 집안으로 아저씨 자신도 '왕년'에는 공무원 신분이었고 일이 잘 풀렸으면 지금쯤 주사는 하고 있을 거라고 입버릇처럼 말하곤 했다. 일제시대 읍면장이면 친일파가 아니냐, 할아버지가 독립투사라면서 왜 아버지가 친일파가 됐냐고 물으면 한숨을 내쉬면서 "다 시대를 잘못 만난 탓"이라면서 민족의 수난사에 대해 산 증인을 자처했다.

* * *

벌을 줄 때도 단순히 팔을 쳐들고 무릎을 꿇리는 게 싱거웠던지 개에게 뼈다귀를 물라고 하듯이 우리에게 더러운 신발을 물게 하는 것이 누가 봐도 성격이상자가 분명했다. 그녀가 신발을 입에 물라고 소리치면 언제나 고무신에 황토흙이 잔뜩 들러붙어 있는 촌에서 온 아이들이 가장 먼저 울상을 지었으며 방금 변소에서 똥 묻은 자리를 피해 발을 옮겨 딛으며 겨우 오줌을 누고 온 아이들도 얼굴이 질리기는 마찬가지였다.

한 아이를 두고 금방이라도 눈 속에 집어넣을 듯이 귀여워하다가 언제부턴가 돌연 사사건건 그 애에게만 욕을 퍼부어대는 선생님 앞에서 아이들은 자신들이 해야 할 행동의 일관성을 찾지 못해 단지 숨을 죽이고 그녀의 일인극을 조마조마하게 지켜봐야 했던 것이다.

그러나 목욕탕에서 본 그녀는 전혀 두려운 존재가 아니었다. 교실이라는 위압적인 배경도 공포의 대나무자도 갖고 있지 않은 그녀는 지팡이를 뺏긴 마녀같이 보잘것없었으며 벗은 몸만으로도 평가하자면 더욱이 형편없는 살덩이였다. 욕탕 속에 뚱뚱한 몸을 척 부려놓고 누워있는 모습이 어쩌면 삶은 밤 속에 들어 있는 살진 밤벌레 같기도 했다. 조그만 바가지로 물을 떠서 끼얹을 때 그녀의 팔을 따라 흔들리는 늘어진 젖가슴은 오히려 연민을 불러일으킬 정도였다. 때 수건으로 종아리를 밀 때도 하체가 짧은 그녀는 다른 사람에 비해서 다리 위에 긋는 직선이 짧았다. 그녀는 대나무자로 아이들의 손등을 내리칠 때와 같은 짧은 스타카토로 다리의 때를 밀고 있었다.

* * *

주인공은 맡고 싶고, 그러나 누더기 옷을 입기는 싫고……신화영의 속마음은 누가 봐도 뻔했다. 병원집 딸인 그 애는 어디서나 돋보이는 화려한 존재가 되고자 했다. 남자 옷을 입기는 싫어해서 언제나 여자 주인공 역만 탐을 냈다. 대부분의 여주인공은 착하고 가냘프고 순종적이라서 완전히 그것과는 반대 성격인 그 애가 소화해내기 어려웠지만 병원집 사모님의 물질적 후원을 포기할 수 없는 최선생님은 무용대회를 할 때마다 첫 번째 고민이 신화영을 위해 여주인공을 '보이는' 역할을 찾아내는 일이었다.

* * *

세상에는 공교로운 일이 꼭 있다. 그렇게 불안한 마음으로 둘러보는 내 눈에 '염상'이라고 불리는 미친놈이 들어온다. 언젠가의 미친년보다 차림새는 훨씬 깔끔하지만 그도 미쳤다는 점에서 하나 다를 게 없다. 사실은 공교로운 일이 아니다. 염상은 장날이면 어김없이 장터에 나온다. 그는 쉴새 없이 혼잣말을 중얼거리며 돌아다닌다. 그렇게 '미친 듯이' 돌아다니는 것이 미친 사람들의 공통된 특징인지도 모른다.

또 그렇게 중얼대며 걸어가면서 그는 언제나 오른팔을 앞으로 힘차게 뻗었다 구부렸다 한다. 더욱 재미있는 것은 팔을 내뻗을 때마다 손가락을 부챗살처럼 쫙 폈다가 팔을 구부릴 때는 그것을 오므려 꽉 주먹을 쥐는 것이 무슨 구호라도 외치는 것처럼 선동적이라는 점이다. 쉴새 없이 걸음을 옮기면서 외쳐대는 구호의 내용이 무엇인지 궁금하기도 하고 호기심 덕분에 대담해진 아이들이 염상 곁을 바짝 붙어 따라 걸으며 그가 무슨 말을 중얼거리는지 내용을 엿들으려 해본 적이 있었다.

(문학동네, 1995)

□ 은희경 「서정시대」

아버지는 달변과 과묵과 독설을 삼분의 일씩 나누어 가진 분이었다. 말썽쟁이 소년시절 전기 실험을 하겠다고 전봇대에 올라가 전선을 끊는 바람에 온 읍내를 암흑천지로 만들었다는 아버지는 사업을 하는 데에도 그 아이디어와 개척정신을 살려서 이층 건물에 초가지붕을 얹는다든지 하는 신선한 발상 및 근성으로 변변한 자본 없이 토건회사를 일으킨 청년 사업가였다. 읍내의 아스팔트 포장을 하고 경찰서와 군청을 짓는 건설의 역군으로서 감사패를 받는 모습이 종종 지방신문과 군청 게시판에 등장하곤 했다. 하청업자인지라 갱영화에나 등장하는 '청부업자'라는 무시무시한 직함으로 불렸지만 기타로 뽕짝 반주를 애절하게 뜯는가 하면 〈러브 이즈 어 매니 스플렌디드 싱〉이나 〈새드 무비〉를 잘 불렀고 북도 잘 치는 낭만적인 기질이 있었다. 또 직접 사용하는 것을 본 일은 없지만 아버지의 책상에는 측량기구와 설계도, T자 같은 멋진 물건들이 갖춰져 있었다. 텔레비전도 동네에서 가장 먼저 샀다.

늘 바빴지만 아버지는 나와 동생에게는 언제나 자상하고 멋진 아버지로 인정받고 싶어했다. 특히 내게는 야단을 치는 일이 전혀 없었다. 공부 잘하라는 꾸지람도 '아빠는 보통학교 시절 육 년 동안 시험에서 틀린 것이라고는 한 개뿐인데 그것도 일 학년 때 받아쓰기에서 군밤을 구운 밤으로 잘못 써 실수한 것이다.'라는 말씀을 수없이 되풀이하는 일로 대신했다. 그리고는 마지막에는 늘 '우리 아무개는 아빠의 자존심이다' '인간은 자존심으로 산다' '벼는 익을수록 고개를 숙인다' '너는 고개 숙이는 벼가 되어라' 등 소중한 인생의 금언을 곁들인 인격적 대화로써 나를 감복시키는 것이었다.

(문학과비평사, 1999)

□ 은희경 「아내의 상자」

아내는 상자를 많이 갖고 있다. 어떤 상자에는 그녀가 한 계절 내내 손가락을 찔려 가며 십자수를 놓은 탁자보가 들어 있고 어떤 상자에는 편지 뭉치가 들어 있다. 편지는 모두 종이색이 누렇게 바래고 잉크가 번진 오래된 것들이다. 최근에 그녀에게 편지가 오는 것은 한 번도 본 일이 없다. 아내가 임신했다는 소식을 듣자마자 호들갑스러운 친구가 사주었다는 하얀 배냇저고리가 든 상자도 있다. 그 아이가 삼 개월 만에 자연유산된 후 아내는 또다른 아이를 가지지 못했다. 그런데도 아내는 그런 물건을 간직했다.

(문학동네, 1996)

□ 은희경 「이중주」

지금 사위가 되었지만 그때 영세의 첫인상은 건실해 보이지가 않았다. 인물이 훤하고 차림새가 깔끔하다는 것이 흠은 아닐 텐데도 그 때문에 어딘지 사람이 가벼워 보이는 점이 영세에게는 있었다. 잡기에 능해서 어느 자리에든 끼지 않는 데가 없고 또 농담을 잘해 누구에게든 인기가 있다는 것도 정순은 마음에 들지 않았다. 정순 남편은 달랐다. 영세를 '유쾌하고 멋진 녀석'이라며 좋아했다. 영세의 직업인 카피라이터라는 게 뭐 하는 거냐고 묻는 정순에게 남편은 '영세처럼 무조건 똑똑하고 재주 많은 놈들만 할 수 있는 일'이라고 만족스럽게 대답하는 것이었다.

(문학동네, 1998)

□ 은희경 「타인에게 말걸기」

"저렇게 누가 바라지도 않는 일을 해준답시고 오히려 남을 곤란하게 만드

는 게 저 여자 특기야. 사무실에서도 그래. 시키지도 않은 책상 정리를 해준
다고 기안서류 몇 개를 쓰레기통에 처넣었는지 몰라."

(문학동네, 1996)

□ 이경자 「혼자 눈뜨는 아침」

오늘, 태경은 눈을 뜨는 순간 호준의 기별을 기다렸다. 그날 호준은 곧 다
시 전화를 하겠다고 했으며, 그가 말한 '곧'이라는 시간은 흡반처럼 태경의
일상을 삼켰다고나 할까. 태경은 아이들이 학교로 떠난 다음 벽시계가 9시를
넘고 나서부터 온 신경을 전화벨 소리를 기다리는 데 붙잡아 매었다. 설거지
를 할 땐 물소리에 전화벨이 파묻히는 것 같아 발작적으로 수돗물을 잠그곤
했다. 급기야 태경은, 집안을 산 속처럼 고요하게 만들었다. 습관으로 켜놓은
FM도 끄고 세탁기 소리도 들리지 않았다. 그리고 10시가 넘고 11시가 되었을
때, 태경은 자신의 상태가 '비정상'이라고 …… 천천히 …… 아주 느리게 깨
닫기 시작했다. 그러나 이런 자기 점검도 태경을 '정상'으로 돌이키지는 못했
다. 정상으로 돌아오기는커녕, 새로운, 또다른 비정상 상태에 빠져버리는 것
이었다. 호준의 전화를 기다리는 일이 비정상이라고 생각하는 것은, 태경에겐
절망이었다. 절망보다는 차라리 비정상 쪽이 나았다.

* * *

남자는 이렇게 말하며 처음으로 자세히 중년 부인을 바라보았다. 귓등으로
흘러내린 머리카락과 뽀얀 귓밥, 그리고 볼과 콧날, 속눈썹과 검은 눈썹. 몇
살쯤 되었을까… 사별한 과부인지 몰라.

* * *

젊은 남자는 이렇게 자책감 섞인 목소리로 중얼거리며 팔목시계를 들여다
보았다. 태경은 그가 시계를 보며 무언가 생각에 잠긴, 그 짧은 침묵 사이로,
남자를 훔쳐보았다. 깨끗하고 부드러운 모습, 아무래도 사기꾼이나 제비족은
아니었다.

* * *

짧은 치마 밖으로 나온 다리는 길었고, 꼬불거리는 긴 머리는 어깨에 흘러내렸고, 등을 굽히지 않아도 젖무덤이 훤히 들여다보였다.

* * *

태경은 부시시 뜬머리를 틀어올려 핀으로 고정시켰다가 다시 풀어헤치기를 몇 번이나 했다. 풀어헤치면 청승맞아 보이고 틀어올리면 너무 늙어 보였다. 귀찮아서 머리에 물을 대지 않으려던 마음을 고쳐먹고, 머리를 감았다. 시들었던 퍼머 기운이 살아나서 인상에 생기를 주는 것 같았다. 눈두덩엔 넓게 갈색을 칠하고 눈꼬리가 위로 올라가 보이게 선을 그었다. 어색했다. 몇 번 지웠다가 다시 그렸으나 결국엔 예전처럼 한 둥 만 둥 아이섀도만 칠하고 그만두었다. 입술도 슬쩍 문질렀다.

화장을 잘해야겠어. 눈이 중요해.

* * *

난 시인이 되고 싶었다. 태경은 반드시 시인이 될 거라고 말해 줬던 담임 선생님을 생각했다. 태경은 모로 누워서 다리를 오므렸다. 그는 마치 태중의 아이 같은 모습으로 몸을 웅크린 채, 깊이 모를 슬픔과 그리움 그리고 아쉬움에 빠져들었다. 그러다가 그는 아주 문득, 아폴리네르! 하고 소리 죽여 소리쳤다. 그는 울고 싶었다. 태경은 아폴리네르라는 그물에 걸려 현재로 끌어올려지는 자신의 지난날의 '꿈'을 송두리째 보았던 것이다. 숨이 막히고 가슴은 터질 것 같았다.

* * *

숱 많은 검은 머리와 넓은 이마, 속쌍꺼풀이 진 기다란 눈과 우뚝한 코, 선이 분명한 입술…… 태경은 그렇게 생긴 남자를 바라보는 것이었다. 그가 잘생겼는지 아닌지, 그런 건 판단할 수 없었다. 함께 있으면 그냥 좋은 남자. 그가 자기와 같이 있다는 게, '믿어도 좋은 사실'인지 문득문득 믿기지 않는 남자… 그러나 지금은 저렇게 자기 앞에서 눈을 감고 비스듬히 누워있는 남

자. 태경은 도둑질하듯 호준의 발끝을 잡고 있는 손으로 밀려오는 무겁고 벅차고 뜨거운 격정을 느꼈다. 격정은 이내 그의 몸을 가득 채웠다.

* * *

태경은 생각에 잠겨, 입을 굳게 다물고 있었으나 얼굴엔 구름의 그림자가 바쁘게 지나가는 낮 한때의 산이나 바다처럼 갖가지 표정이 얼룩얼룩 지나갔다.

* * *

어머니는 생살을 저며내듯 말했다. 태경의 얼굴 근육이 어디랄 것 없이 떨렸다. 그의 눈은 공포로 열리고 또한 흔들렸다. 침묵의 골이 거칠고 가파르게 패였다. 전씨의 눈은 깜박거리지도 않았다. 그는, 딸의 뼈마디에 금이 갔다면 자기가 갈아야 한다고, 딸의 내장에 무엇이 상하고 있다면 의사도 모르게 자기가 바꿔야 한다고…… 이런 심정으로 딸을 뚫어지게 바라보는 것이었다.

(푸른숲, 1994)

□ 이광수 「그 여자의 인생」

금봉은 날이 갈수록 미인이 되었다. 열세 살 때에 벌써 남자들의 마음을 끌었다. 치렁치렁한 검은 머리, 하얀 목, 샛별같이 빛나는 눈, 그 조화된 몸 모양, 그 보들보들해 보이는 조그만 손, 그 걸음걸이 모두 다 사람들의 눈을 끌었다. 더구나, 눈을 한 번 치뜨면서 상그레 웃는 양을 볼 때에는 같은 여자 동무들 또 황홀하지 않을 수가 없었다.

(삼중당, 1971)

□ 이광수 「무정」

이형식은 아직 독신이라, 남의 여자와 가까이 교제하여 본 적이 없고 이렇게 순결한 청년이 흔히 그러한 모양으로 젊은 여자를 대하면 자연 수줍은 생각이 나서 얼굴이 확확 달며 고개가 저절로 숙여진다.

* * *

　고개를 숙였으며 눈을 보이지 아니하나 난 대로 내어버린 검은 눈썹이 하얗게 널찍한 이마에 뚜렷이 춘산을 그리고 기름도 아니 바른 까만 머리는 언제 빗었는가 흐트러진 두어 오리가 불그레 복숭아꽃 같은 두 뺨을 가리어 바람이 부는 대로 흐느적흐느적 꼭 다문 입술을 때리고 깃 좁은 가는 모시적삼으로 혈색 좋은 고운 살이 몽롱하게 비추이며 무릎 위에 걸어 놓은 두 손은 옥으로 깎은 듯 불빛에 대면 투명할 듯하다.

* * *

　선형은 가만히 앉아있는 부처와 같다 하면, 영채는 구름 위에서 춤을 추고 노래하는 선녀와 같다 하였다. 선형의 얼굴과 태도는 그린 듯하고 영채의 얼굴과 태도는 움직이는 듯하다 하였다. 영채의 얼굴은 잠시도 한 모양이 아니요, 마치 엷은 안개가 그 앞으로 휙휙 지나가는 모양으로 얼굴의 빛과 찌가 늘 변하였다.

* * *

　선형이 보기에 형식은 처음부터 자기의 짝이 되기에는 너무 자격이 부족하였다. 자기의 이상의 지아비는 이러하였다. 첫째, 얼굴 모양이 둥그레 하고 살빛이 희되 불그레한 빛이 돌고 그러하고 말긋말긋하고 말소리가 유창하고 또 쾌활하고 뒤로 보나 앞으로 보나 미끈하고 날씬하고 손이 희고 부드럽고 재주가 있고 대학교를 졸업하고…… 이러한 사람이었다.

(동아, 1995)

□ 이광수 「사랑」

　이런 말을 하는 순옥의 그 원체 작은 눈에는 눈물이 번쩍 빛난다. 스물 세 살 된, 남의 선생 노릇하던 여선생이라고 보기에는 너무도 순진하다고 인원은 생각하였다.

* * *

순옥의 연옥색 은조사 깨끼저고리 등에 두어 군데 촉촉이 땀이 비친다. 순옥이가 옥색 계통의 빛깔을 좋아하는 것도 안빈의 글에서 받은 감화다. 안빈이란 지금 순옥이가 간호부 지원을 하려고 찾아가는 병원 원장이다.

* * *

밖에 선 것은 예닐곱 살이나 되어 보이는 사내아이였다. 머리는 서양 아이 모양으로 앞을 길게 남겨서 가르고 남빛 니커보커스에 수병복 적삼을 입었다. 얼굴이 맑으나 퍽 약해 보였다.

* * *

순옥이가 다시 응접실로 들어갔을 때에는 거기는 어떤 양복 입은 청년 둘이 가운데 테이블을 사이에 두고 마주앉아 있었다. 그 중에 한 청년은 얼굴이 수척하고 눈만 커다랗게 보이는 것이 아마 환자인 듯하고 맞은편에 앉은 한 사람은 혈색은 그리 좋지 못하나 병색이 없는 모양이어서 그 병자를 데리고 온 친구인 듯 싶었다. 그 눈이 커다란 병색을 띤 청년은 머리를 길게 길러 아무렇게나 갈라 젖힌 것이라든지 눈에 정신생활하는 사람의 빛이 보이는 것이라든지 필시 문학청년이나 화가라고 순옥은 생각하였다.

* * *

옥남은 심히 수척하였다. 그 얼굴에는 수녀에게서 보는 듯한 싸늘한, 성스럽다고 할 만한 기운조차 돌았다. 키가 좀 후리후리한 편이기 때문에 더욱 몸이 가늘어 보였다.

* * *

순옥은 옥남과 마찬가지로 수척한 편이었다. 마치 될 수 있는 대로 살을 절약하여서 이루어진 몸과 같았다. 이것이 순옥에게 청수하다는 인상을 주었다. 그러나 몸이 모두 조화가 잘 되어서, 단단하지는 못하더라도 구석이 빈 데가 없었다. 날씬하게 편 목도 약하다고까지 보이지는 아니하였고 몸을 놀리는 것이 마치 무용으로 연단한 것과 같이 리듬이 있었다.

* * *

옥남의 몸은 눈같이 희었으나 빛이 없었다. 여자가 사십이 되면 몸에 빛을 잃을 때도 되었지마는 그래도 기름기 없는 피부 속으로 파르스름한 정맥의 그물이 비친 것을 보면 한숨이 아니 나올 수가 없었다. 자기도 젊었을 때에는 목욕탕에 가서 도홍색으로 보이는 팽팽하던 피부도 있었다. 손등도 부어오른 듯이 토실토실하고 윤이 짤짤 돌던 때도 있었다. 그러나 지금은? 지금은? 젖통까지도 늙은이 모양으로 축 늘어지고 말았고 손등은 성긋성긋 뼈가 비치고 살빛까지도 거무스름하게 되고 말았다. 이러한 몸을 남편의 눈앞에 내어놓기가 부끄럽기도 하고 미안하기도 하였다.

(하서출판사, 1994)

□ 이광수 「아내」

그렇게도 사랑하던 남편, 그렇게도 그립던 남편, 그의 품에 안길 때에 그렇게도 기쁘던 남편, 그 남편은 이제는 다시는 내 것이 못되고 만다. 옥남은 옆 침대에서 잠이 든 남편을 바라보면서 혼자 울었다.

날로 수척하여 가는 제 몸, 날로 노랑꽃이 피고 쭈굴쭈굴 하여 가는 제 피부, 움쑥 들어가는 제 눈과 두 뺨, 뼈마디만 보기 싫게 불룩불룩 붉어진 제 손가락을 해골이 다 된 제 사지─이런 것을 보고 만져보고 생각할 때에는 차마 이 추악한 꼴을 남편에게 보이고 싶지 아니하여서 남편 앞에서는 목까지 이불을 쓰고 손도 내어놓지 아니하려 하였다. 의사의 흰 예방복을 입은 남편이 청진기를 들고 가슴을 보려 할 때에도 옥순은 춥다는 핑계로 곧잘 거절하였다. 그러면 안빈은 애써보려고도 아니하였다. 그실 인제는 볼 필요도 없는 것이었다. 온도표만으로도 옥남의 병은 짐작할 수 있었고 얼굴만 바라보아도 알 수가 있는 것이었다. 남편이 나간 뒤에 옥남은 식은땀이 흐르는 가슴을 쓸어본다. 갈빗대가 불근불근하고 가슴, 김빠진 경기구 모양으로 후줄근하게 늘어진 두 젖, 그 어느 것에나 포근하고 말랑말랑한 맛은 없었다.

옥남은 처녀적을 생각하고 신혼시절을 생각해본다. 원래 가냘픈 편이요 풍부한 육체는 아니건만은 그래도 그때에는 포근포근함이 있었고 야드르르함이 있었다. 그러나 그것은 꿈결같이 다 스러져버리고 말았다. 인제는 해골이 다 된 이 몸! 게다가 무서운 결핵균이 가슴 가득 지글지글 끓는 이 몸! 이 몸은 남편에게 보일 몸은 못된다. 누가 보아도 고개를 돌리고 코를 막고 지나갈 이 몸이 아니냐.

옥남은 때로 잠이 깨어서는 남편의 품이 그리워지는 생각이 난다. 남편의 살과 힘있게 남편에게 안기는 촉감의 기억이 난다. 그래서 옥남은 가만히 고개를 들어서는 자는 남편을 바라본다.

(삼중당, 1971)

□ 이광수 「유정」

형도 아시겠지마는 남정임은 제 친구 남백파(南白坡)의 외딸이오. 백파는 남화(南火)라는 가명을 가지고 중국 각지로 표랑하다가 바로 기미년 전해에 천진서 관헌에게 체포되어 ○○감옥에서 복역 중에 병으로 형의 중지를 받고 퇴옥하여 ○○병원에서 세상을 떠날 때에 그는 내게 그의 유족인 아내와 딸을 맡긴 것이오. 남화는 나의 친구라 하나 기실은 아버지와 더 친하고 내게는 부집은 못되지마는 노형 연배로, 이를테면 내 선배였소. 그래서 나는 관헌의 양해를 얻어 가지고 북경으로 가서 남화의 유족을 조선으로 데리고 왔소. 그때 정임의 나이 여덟 살이었소. 정임은 중국 계집애 모양으로 앞머리를 이마에 나불나불하게 자르고 푸른 청옥 두루마기를 입은 소녀였소. 말도 조선말보다 한어를 잘하고 퍽 감정적인 미인 타이프의 소녀였소. 그때에 정임은 나를 부를 때에는 '초이시엔성' 하고 중국말로 불렀소. 최 선생이란 말이오.

* * *

정임은 학교에서 수석이요, 내 딸 순임은 부끄러운 말이지마는 열째 이사에 올라가 본 일이 없구료. 게다가 정임이가 창가를 잘해서 학교에서 귀염을 받는데 순임이년은 나를 닮았는지 창가와 그림이 아주 말이 아니오. 게다가 정임은 그 아버지 남씨 집과 그 외가 장씨 집의 미인 계통을 받아서 얼굴이나 몸이나 모두 미인이란 말이오. 내 딸년은 머리가 노랗고 길지를 못한데 정임은 동양식 미인의 특색으로 칠 같은 머리가 치렁치렁하지 않소.

* * *

그러나 나는 가만히 생각해 보았소. 아내도 그때 벌써 나이 사십을 바랐소. 그는 아이를 다섯이나 낳았고 또 빨리 늙는 부얼부얼한 타이프의 여자여서 삼십이 얼마 안 넘어서부터 얼굴에는 중년의 빛이 보였소. 더구나 늑막염을 앓고 난 뒤로는 몸이 바짝 수척해지고 신경만 날카로워져서 제 속을 제가 끓이고 있었소. 이러한 아내이니까 정임과 나에게 대해서 그런 잘못된 상상을 하는 것도 무리는 아니라고 생각하고 다만 혼자 한탄하고 혼자 기도할 뿐이었소.

* * *

간호부는 나보나 한 걸음 앞서 들어가서 정임의 침대 곁에 서며,
"난상 오꾸니까라 멘까이니." (남정임시 본국서 손님 왔소)
하였소. 정임은 감고 있던 눈을 번쩍 떴소. 그 눈은 내 눈과 마주쳤소. 수척해서 본래 좀 크던 눈이 더욱 커진 듯하였소. 그러나 그 얼굴은 더욱 옥같이 아름답고 맑아서 인간 세계의 사람 같지 아니하였소.

* * *

건넌방이라고 할 만한 방에서 젖먹이 우는 소리가 들리오. 부인은 삼십이나 되었을까, 남편은 서른 댓 되었을 듯한 키가 훨씬 크고 눈과 코가 크고 손도 큰 건장한 대장부요. 음성이 부드러운 것이 체격에 어울리지 아니하나 그것이 아마 그의 정신생활이 높은 표겠지요.

* * *

전등빛이 보이는 정임의 얼굴은 그야말로 대리석으로 깎은 듯하였다. 여위고 핏기가 없는 것이 더욱 정임의 용모에 엄숙한 맛을 주었다.

* * *

그것은 그 노파가 이리로 향하고 걸어오는 것인데 그 노파와 팔을 걸은

젊은 여자가 있는 것이다. 머리를 검은 수건으로 싸매고 입과 코를 가리웠으니 분명히 알 수 없으나 혹은 정임이가 아닌가 할 수밖에 없었다. 정임이가 몸만 기둥하게 되면 최석을 보러 올 것은 정임의 열정적인 성격으로 보아서 당연한 일이기 때문이었다.

* * *

정임은 삼지창을 들다가 도로 놓으며 고개를 숙이는 모양이 내 눈에 띄었소. 아 과연 정임은 미인이로구나 하는 생각이 번개같이 내 몸에 찌르르하고 돌았소.

내 아내가 작별 선물로 지어준 진달래꽃 빛나는 양복과 틀어올린 머리는 정임을 갑자기 더 미인을 만드는 것 같았소. 그 투명한 살이 전깃불에 비친 양은 참 아름다웠고 가벼운 비단 양복이 그리는 몸의 선, 그리고 고개를 푹 숙인 양은 말할 수 없이 아름다웠소. 나는 처음 이렇게 아름다운 정임을 발견하였소.

마음 순간에 정임이가 졸라하던 어떤 감정을 진정하고 고개를 가만히 들어 정면을 정향 없이 바라볼 때에는 두 뺨에는 홍훌이 돌고 검고 큰 눈에는 눈물이 빛났소. 정임은 다시 고개를 숙여 하얀 목덜미를 보이며 소매 끝에 넣었던 손수건으로 두 눈을 잠깐 눌러 눈물을 찍어내었소. 어떻게도 가련한 동양적 미인의 선인고! 리듬인고!

(문학과현실사, 1994)

□ 이광수 「재생」

분을 바른 듯이 하얀 얼굴, 기름 바른 머리, 여름에도 까만 지팡이와 같이 밤낮 팔에 걸고 다니는 외투, 속에도 없는 것을 지어서 하는 듯한 그 공손한 태도와 웃음……

* * *

백윤희가 화투를 하여서 하룻밤에 이십만 원을 잃었다는 둥 사흘 밤에 백만 원을 잃었다는 등 한참은 백이 화투로 해서 못살게 된 것처럼 소문이 높았지마는 워낙 등댄 데가 많은 사람이라 형사 문제도 되네 안 되네 하다가 말고 여전히 한성은행 취체역, 상업은행 취체역, 이 모양으로 일류 실업 기관에 중역의 이름을 셋씩 넷씩 가지고 게다가 독력으로 대정무역주식회사라는 큰 회사를 세워 자기가 사장이 되어 있다. 그밖에도 시내에 있는 집과 토지만이 수백만 원 가격은 된다 하며 다방골 그의 큰 집과 동대문 밖 별장만 해도 몇 십 만원이 된다고 한다. 세상이 전하는 말을 모두 믿을 수는 없지만 어쨌거나 천만 원 가까운 재산을 가진 큰 부자인 것은 사실이다. 그가 수없이 기생첩을 들이고 내인 것은 말할 것도 없거니와 아무리 수단이 좋은 기생도 그와 일 년 이상을 살림을 계속한 이가 없는 것과 갈려 나올 때에 쓰고 있던 집 한 채도 얻지 못하고 겨우 제가 들어가 장만하였던 세간과 옷벌이나 들고 나온다는 것도 유명한 이야기다. 그러하건만 그가 워낙 돈이 많은 것과 또 풍신이 좋고 첩을 끔찍이 귀해 준다는 소문이 높으므로 어느 기생첩이 쫓겨날 때에는 세상에서는 그 잘못을 백에게 돌리지 아니하고 대개는 쫓겨나는 기생에게 돌렸고 쫓겨난 기생도 웬일인지 그를 원망하는 것보다도 두고 두고 그를 사모한다. 이 까닭에 전 기생이 나가기가 무섭게 새 기생이 또 달라붙는다. 서울에는 백과 같이 이러한 생활을 하는 계급이 꽤 많거니와 그들 중에는 백을 부러워하는 표적으로 생각하게 되었다. 더욱이 그의 건당은 주색의 생활을 하기에 적당하리 만큼 좋았다. 모두들 고량 진미에도 입맛이 없고 죽을 먹어도 잘 내리지를 아니하여 골골하는 판에 유독 백 하나는 언제나 핑핑하였다. 해마다 세포, 검불랑으로 다니며 녹용과 녹혈과 멧돼지 피를 먹기 때문이라고 자기도 자랑하고 남들도 부러워하거니와 천품으로 좋은 건강을 타고난 것이다. 그러하던 백이 한참동안 기생첩을 아니 두었다고 소문이 났다. 그것이 꽤 큰 사건인 듯이 장안에서는 문제가 되었다. 그런 뒤 얼마 되지 않아 또 이러한 소문이 났다. 백이 요새 기생첩을 두지 않는 까닭은 여학생 장가를 들 맘이 있는 까닭이라고. 또 이런 소문도 났다. 만일 맘에 드는 여학생만 나서면 본처와 이혼하고 그 여학생을 정실로 맞기까지라도 한다고.

또 이런 소문도 났다. 동대문 밖 산 뒤로 있는 그 별장에는 아직 '부정한 계집'은 들여보지 아니하고 여학생 새 아내를 위하여 깨끗하게 만들어놓은 것이라고 이러한 소문은 모두 거짓말은 아니었었다.

* * *

순영은 언니의 약간 까무족족한 눈초리에 잡힌 가는 주름을 들여다보았다. 나이는 아직 서른 댓밖에 안 되었으나 오빠가 밤낮 기생집에나 돌아다니고 첩이나 얻고 돌아다니고 게다가 금년에는 생활조차 어려워지니 왜 언니가 늙지 않을 수가 있을까 하니 순영은 언니가 불쌍하였다. 그리고 곁에 선 오빠를 보면 그도 살은 피둥피둥하나 사업에 실패한 뒤로는 풀이 죽어서 어디인지 모르게 궁한 빛이 보이고 하루에도 양복을 두세 벌씩이나 갈아입던 그가 오늘은 풀이 죽은 낡은 셔츠를 입은 것을 볼 때 순영의 가슴에는 동기가 아니고는 경험할 수 없는 본능적인 정을 깨달았다.

* * *

하나는 나이 사십이나 되었을까, 몸이 좀 풍뚱하고 얼굴이 휘고 눈이 가늘고 근시안인 듯한 안경을 쓰고 조선옷에 버선을 신고 흰 대님을 치었는데 난간을 짚은 손가락이 마치 여자의 손가락과 같이 희고 토실토실하다. 그 담에는 어떤 여학생이 하나 섰는데 좀 큰 두 눈이 하얗게 바른 조그마한 얼굴에 둥둥 뜬 것도 같고 짧은 치마 밑으로는 흰 양말을 신은 다리가 보기가 숭 없도록 통통해 보인다. 순영은 그를 어디서 본 여자다 하였으나, 얼른 누구인지 생각이 나지 않았다.

* * *

그는 애정이라고는 조금도 없고 오직 엄하기만 한 선생이었다. 그가 젊어서 기생으로 있다가 강철영의 첩으로 있다가 그가 죽은 후에 거기서 얻어 가지고 나온 몇천 원 돈으로 다년간 결심하고 미국을 갔다. 간 지 칠 년 만에 대학을 졸업하고 왔다. 그래서 강부인이라면 여자의 모범으로 일반의 많은 추앙을 받았다. 그러나 자기의 과거가 과거이기 때문에 마치 여자였던 모든 것, 즉 애정이라든가 부드러움이라든가 이런 것은 다 내버리고 남자 중에도 가장 쌀쌀하고 매서운 남자와 같이 되어버려서 학생들은 그의 앞에 불려나가면 검사의 앞에 불려간 죄인 모양으로 벌벌 떨었다.

* * *

그의 이마에서 콧마루를 지나 동그스레한 턱을 내려온 선이 어떻게나 어여뻤는지 모른다. 비록 가까이 가보면 얼굴에는 가는 주름이 약간 있지마는 이렇게 몇 보쯤 떠나서 보면 젊은이의 살과 같이 부드럽고 윤택하였다. 다만 나이는 속일 수가 없어서 살빛이 좀 누렇다.

* * *

그의 얼굴은 빛이 검고 이마는 아래턱이 빠르고 눈초리가 위로 올라가고 눈은 가늘고 입은 크고 얼른 보기에 농촌에서 흔히 보는 반쯤 어리석은 사람 같다. 별로 신기한 모양도 안 보여서 봉구와 순영은 생각하였던 것과 틀려서 낙망이 되었다.

* * *

과연 여러 가지 사람이 미두판에 모인다. 망건을 도토리같이 쓴 학자님 같은 이가 있으면 얼굴이 볕에 그을린 농부 같은 이도 있고 십 수 년 간 서양이나 다녀온 사람 모양으로 양복을 말쑥하게 차린 사람도 있고 기성복에 기성 외투에 풀이 죽은 옷을 질질 끄는 시골 협잡꾼 같은 이도 있고 또 어떤 이는 보기에 매우 점잖은 지사와 같은 이도 있었다. 이렇게 거의 모든 계급 모든 종류 사람들이 갑자기 부자를 바라고 모여드는 것이 우습기도 하고 자기도 그 무리들 속의 하나라 부끄럽기도 하였다.

* * *

주인은 그 아들에게 대하여 특별한 애정이 있는 것 같지 아니하였다. 원래 주인은 무슨 일에나 그렇게 애착심이 있는 사람은 아니어서 기생도 상당히 좋아하지만 어느 기생 하나에 미치는 일이 없었다. 이것을 어떤 친구들은 주인이 약은 까닭이라고도 하거니와 반드시 그런 것도 아니다. 그는 애착심이 없는 것과 마찬가지로 누구를 미워하는 생각도 오래 가지고 있지를 못하였다. 경훈과도 거의 날마다 다투고도 다툴 때에는 아주 영원히 부자의 윤기가 끊어질 듯이 성을 내건만 몇 시간이 못 되어 곧 풀어버리고 만다. 그의 좀 불쑥 내밀고 끔벅끔벅하는 큰 눈이 그의 성질을 소와 같이 순하게 그리고도 불끈하게 만드는 것 같다.

그렇게 순해 보이고 좀 헤식어 보이는 것이 그의 장점이다. 사람들은 이 점을 보고 결코 속는 것 같지 않아서 그를 찾아오는 것이다. 실상 주인은 결코 남을 속이는 사람은 아니었다. 만일 그가 거짓말을 하는 일이 있다면 그것은 저 사람을 실망시킬까봐 두려워서 그러는 것이다. 그러나 그러면서도 돈에 관해서도 분명하게 남에게 속아넘어가는 일은 없다.

* * *

과연 경주도 가엾은 여자다. 나이는 스물 한 살 한창 꽃이 필 때지마는 공부를 늦게 시작하여서 아직 중등과 이년밖에 못 되고 재주로나 공부로나 음악으로나 테니스로나 말로나 무엇에라도 빼어난 것이 없으니 학교 안에서는 아무도 경주를 찾아주는 이가 없다. 만나면 모두 인사는 하지마는 인사를 하고 나서는 이야기는 곁의 사람들과만 하고 자기는 돌보지 아니하였다. 선생들까지도 자기는 못 본 체 하는 듯하였고 누구나 안 사랑하는 이가 없다는 P부인까지도 일전에는 경주의 이름까지도 잊어버렸다. 장난꾸러기 상급생이 가끔 경주를 놀려먹는 일까지도 있었다.

* * *

명령하는 어조로 부탁한다. 순흥은 본성이 교만한 것이 아니나 사람이 천진하고 단순하기 때문에 남에게 부탁할 때에도 어려운 말을 쓰지 아니하고 이렇게 명령하는 어조로 쓴다. 그렇기 때문에 혹 노여워하는 사람도 있지만 그때는 순흥은 까닭을 알 수 없다는 듯이 물끄러미 바라보다가 간단하게 "내 말이 당신을 노엽게 하였으면 용서하시오." 해버린다.

* * *

진실로 윤변호사에게는 봉구의 이러한 심리는 알 수 없는 것 중의 하나였다. 사람이란 죽는 것보다는 사는 것이 좋은 것, 사는 데는 돈과 젊고도 아름다운 여자가 있어야 재미있는 것, 법률상 죄만 짓지 아니하면 선인인 것, 여자라도 얼굴만 예쁘장하고 살이나 포동포동하면 그만이지 정신 생활이니 덕행이니 그런 것은 있는 것도 해롭지 아니하지만 없더라도 상관없는 것⋯⋯ 이 모양으로 가장 단순하고 유물론적인 인생관을 가진 윤변호사로는 봉구가 살 길을 버리고 죽을 길을 취하려는 심리를 알 수가 없었다.

(우리문화사, 1996)

□ 이광수 「흙」

그는 통통하다고 할 만하게 몸이 실한 여자였다. 낮은 자외선 강한 산 지방의 볕에 그을려서 가무스름한 빛이 도나 눈과 코와 입이 다 분명하고, 그리고도 부드러운 맛을 잃지 아니한 처녀다. 달빛에 볼 때에는 그 얼굴이 달빛 그것인 것같이 아름다웠다. 흠을 잡자면 그의 손이 거친 것이겠다. 김을 매고 물일을 하니, 도회 여자의 손과 같이 옥가루로 빚은 듯한 맛은 있을 수 없다. 뻣뻣한 베치마에 베적삼, 그 여자는 검정 고무신을 신었다. 그는 맨발이었다. 발등이 까맣게 볕에 그을렸다. 그의 손도, 팔목도, 목도, 짧은 고쟁이와 더 짧은 치마 밑으로 보이는 종아리도 다 볕에 그을렸다. 마치 여름의 햇볕이 그의 아름답고 살을 탐내어 빈틈만 있으면 가서 입을 맞추려는 것 같았다.

* * *

역장과 차장과 역부와, 순사의 모자의 붉은 테와, 면장인 듯한 파나마 쓴 신사와, 서울로 가는 듯싶은 바스켓 든 여학생과, 그의 부모인 듯싶은 주름 잡힌 내외와⋯⋯

* * *

인선은 그 어머니의 체질을 받아 살빛이 희고, 피부가 엷고, 여자같이 부드럽고, 가슴이 좁고, 몸이 가늘고 길었다. 미남자는 미남자이지마는 퍽 약하였다.

그 아내는 몸이 건강하고 또 육감적인 여자였다. 숭도 가끔 그를 보았거니와 눈웃음을 치고 교태가 있는 여자였다.

* * *

정선은 그 모습이 천연 그 어머니를 닮았다고 한다. 키가 호리호리하고 살이 희고 부드럽고, 그러면서도 죽은 오라버니와 같이 허약한 빛이 없고, 부드러운 중에도 단단한 맛이 있었다. 코가 너무 오똑하고, 눈에 젖은 빛을 띠어 여염집 처녀로서는 너무 애교가 있는 것이 흠이면 흠이랄까.

* * *

얼굴이 검고 손이 크고 살이 거칠고 발도 크고 눈이 유순하고 몸이 왈살스러운 대대로 농촌의 자연에서 근육 노동하던 집 자식이 분명한 청년 남녀가, 몸에 잘 어울리지 아니하는 도회식 옷을 입고 도회의 거리로 돌아다니는 꼴―아무리 제간에는 도회식으로 차린다고 값진 옷을 입더라도, 원 도회 사람의 눈에는 '시골 무지렁이, 시골뜨기' 하는 빛이 보여 골계에 가까운 인상을 주는, 그러한 청년 남녀들이 땅을 팔아 가지고 부모는 굶기면서 종로로, 동아, 삼월, 정자옥으로, 카페로 피땀 묻은 돈을 뿌리고 다니는 것을 보면 일종의 비참을 느끼지 아니할 수 없지 아니하냐.

* * *

숭의 손발이 크고 얼굴이 좀 거친 맛이 있는 것이 비록 시골티가 있다 하더라도, 아무리 시골 사람을 낮추보는 갑진의 눈에도 숭은 당당한 대장부였다.

* * *

한선생은 퍽 수척하였다. 광대뼈가 나오고 볼은 들어갔다. 약간 벗어진 머리는 반 넘어 약간 희었다. 오직 그 눈만이 힘 있게 빛난다. 본래는 건장한 체격이던 것은 그의 골격에만 남았다. 그는 일생의 고생―가난의 고생, 방랑의 고생, 감옥의 고생, 노심초사의 고생, 교사노릇의 고생, 청년과 담화하는데 고생으로 몸은 수척하고 용모에는 약간 피곤한 빛을 띠었다.

그러나 아무도, 그와 일생을 같이한 부인도 일찍 그가 낙심하거나 화를 내거나 성을 내는 빛을 보지 못하였다. 그는 언제나 태연하고 천연하였다. 그는 도무지 감정을 움직이는 빛이 없었다. 그렇다고 그는 야멸치거나 냉정한 사람은 아니었다. 그는 아내를 사랑하고 딸을 사랑하고, 친구와 후배를 사랑하였다. 더구나 그는 조선이란 것을 뜨겁게 사랑하였다. 그의 책상머리 벽에는 조선 지도가 붙고, 책상 위에는 언제든지 『삼국유사』, 『삼국사기』 같은 조선의 역사나 또는 조선 사람의 문집을 놓고 있었다.

* * *

이러한 자립, 근검, 절제하는 가정에서 자라난 순례는 예술적 천품을 가지면서도, 마치 시골 농가에서 세상모르고 귀히 자라난 처녀와 같이 모양낼 줄 모르고 말 숱도 없고, 천연스럽고 정숙스러웠다. 처음 보면 무언하고 유치한 것도 같지마는, 속에는 예술가의 예민한 감정이 있었다.

* * *

순례는 그리 뛰어난 미인은 아니라 하더라도 그 아버지와 같이 얼굴이 둥그스름하고, 눈이 조선식으로 인자하고 유순함을 보이고, 피부가 희고 윤택하고, 사지가 어울리고, 특히 손과 코가 아름다웠다. 건영의 말을 듣건대 그 목소리와 웃음소리가 가장 좋고, 그보다도 맘이 가장 아름다웠다.

순례는 일찍 누구와 다툰 일이 없고, 큰소리 한 일이 없고, 많이 웃지도 아니하고, 우는 것을 본 사람이 없다고 한다. 그는 그의 아버지와 조선의 선인들과 같이 좀처럼 희로애락을 낯색에 나타내지 아니하고 마치 부처의 모양과 같이 항상 빙그레 웃는 낯이었다.

* * *

밥상을 들고 나오는 한갑 어머니의 모양은 차마 바로 볼 수 없도록 초췌하였다. 나이는 아직 육십이 다 못되었건마는 이가 거의 다 빠져서 볼과 입술이 오므러지고 눈은 움푹 들어가고, 몸에 살이 없어서 치마허리 위로 드러난 명치끝 근방은 온통 뼈다귀가 꼬깃꼬깃 꾸겨진 유지를 발라놓은 것 같았다. 게다가 굳은살과 뼈만 남은 손—그것은 일생의 쉬임 없는 노동과 근심과 영양불량으로 살아온 표적이었다.

* * *

유순은 재작년 초가을 허숭에게 안길 때 보다 커다란 처녀가 되었다. 그는 길다란 머리꼬리를 한편으로 치우려다가 치마 끝에 껴 졸라 매여서 늘어지지 아니하게 하고 풀이 다 죽은 광당포 치마를 가뜬하게 졸라매고 역시 풀 죽은 당포 적삼을 땀난 등에 착 달라 붙여서 통통한 젖은 여성의 뒤태를 보인다. 비록 옷이 추하고 낯이 볕에 탔다 하더라도 순의 동그스름한 다정한 얼굴의 선, 수심을 띤 듯한 큼직한 검은 눈, 쪽 뻗고도 억세지 아니한 코 더욱이 특색 있는 맺혔다고 할 만한 입, 그리고 왼손에 파란잎, 하얀 뿌리의 나불나불 어린 애기와 같은 맛이 있는 볏모를 들고 논에 우뚝 서서 허리를 펴는 양으로 아무리 무심히 보드라도 눈을 끌리지 아니할 수 없었다.

(학원출판공사, 1993)

□ 이규희 「속솔이뜸의 댕이」

금분이는 입을 벌리고 다물지 못했다. 턱에 살이 두드러져 뵈고 비집어 뜬 눈이 더 작아진 것 같아 미련이 드레드레하고 어딘지 음침한 것 같은 얼굴이었다. 그렇게 많을 줄은 생각조차 하지 못한 모양 같았다.

* * *

코 밑 수염을 까뭇하게 기른 김구장만이 목을 길게 빼고 어정거리고 있었다. 항상 그렇듯이 무엇이 못마땅한 듯 입맛을 쩍쩍 다시며 점잔을 빼다가 일부러 소리를 높이어 헛기침을 해젖히곤 했다.

* * *

거리가 가까워지자 그 사람의 얼굴이 또렷하게 보였다. 눈망울, 코붙이 할 것 없이 입술이랑 광대뼈까지가 온통 주먹같이 툭툭 튀어나온 듯한 얼굴이었다.

* * *

빵빵한 키에 짤막한 두 팔을 부리나게 휘저으며 걸어오고 있었다. 한반장이었다. 얼굴을 푸르락붉으락 하면서 그는 헐레벌떡 귀만네 마당으로 왔다.

* * *

낯선 구경꾼들을 둘레둘레 둘러보기도 하고 보리쌀 먼지를 뽀얗게 뒤집어쓰고 말강구 노릇을 하고 있는 장정들을 우두커니 내려다보곤 하는 꿀꿀이의 시선은 황소 눈알 모양 그저 겁쟁이 같이만 보였다. 듬성듬성 눈에 띄는 구레나룻으로 보아 서른이 가까워진 것 같았지만, 자기 힘이 얼마나 세다는 것도 알지 못하는 듯 멍한 표정이었다.

* * *

인수 어머니의 멀어버린 눈동자 빛같이 온 머리가 다 센 인수 할머니의 얼굴에 깊게 누벼진 주름살이 국수가닥 모양 비틀어졌다. 며느리의 행패를 말리기 전에 노인은 울상이 다 되어 있었다.

* * *

한반장은 인수 어머니가 팽개치고 간 보리쌀 자루를 가리키며 재촉했다. 어디 숨어 있었는지 통 보이질 않던 인수가 그제서야 사람들 앞으로 걸어 나왔다. 키가 홀쭉 크고 살빛이 흰 인수는 얼굴을 홍당무처럼 붉히고 있었다.

* * *

희끄무레하게 보일 뿐이던 무명 솜바지 저고리를 입은 아버지의 모습이 차츰 밝아왔다. 도끼로 아무렇게나 제겨 낸 것 같은 억세고 무뚝뚝한 얼굴에 엷은 빗살 같은 주름이 빗겼다. 쇠붙이를 구부려 세운 모양 검고 단단한 콧대와 두툼한 입술, 굵고 짙은 눈매를 댕이는 조심스럽게 더듬어 보았다.

* * *

어머니는 가느다란 눈썹을 맞붙이고, 약 대접과 아버지를 번갈아 보며 중얼거렸다. 뼈가 아른거리도록 말랐지만, 아직도 젊었을 적의 모습을 연상시키는 희고 동그스름한 얼굴을 어머니는 노상 찌푸렸다. 이젠 눈만 뜨면 미간에 주름을 모으고 찡얼거리는 것이 버릇처럼 되어버린 것 같았다.

* * *

인수 어머니는 외짝눈을 찌글 드리고 가슴을 쓸면서 잠시 서서 숨을 돌렸다. 그녀의 버릇대로 멀어버린 눈이 무거운 듯이 얼굴을 기우뚱 틀고 있었다.

* * *

구질구질한 주제에 앞치마만 다듬이 자국이 꼿꼿이 선 것을 새로 두르고, 광주리를 이고 나온 금분이 어머니가 모듬 밥을 바가지에 나누어 벌여 놓기 바쁘게, 모두들 숟가락을 빼들고 덤벼들었다.

(법원사, 1985)

□ 이규희 「천단」

훤칠한 키에 미남인 김준철은 그 당시 영국에까지 건너가서 공부를 하고 돌아온 인텔리였다. 화순읍의 부농집 아들이었던 준철은 영국에서 학업을 마친 후 곧장 상해임시정부가 설치된 중국으로 건너가 독립운동을 했다. 준철은 독립운동을 하면서 많은 애국지사들과 알게 되었었지만 특히 신익희 선생과 조병옥 박사와는 혈육처럼 지내는 사이였다.

조병옥 박사와 신익희 선생은 매사 정확하게 모든 일을 꼼꼼하게 처리하는 준철이 믿음직스러웠다. 항상 그의 젊은 패기를 높이 평가했다. 이 때문에 해방되고 난 후에도 한국으로 귀국한 김준철을 정치가로 만들기 위해 조병옥 박사와 신익희 선생 등이 설득을 했으나 준철은 '친일파'를 타도하기 위해 이 같은 청을 거절하고 경찰이 된 것이다.

(대흥, 1989)

□ 이균영 「나뭇잎들은 그리운 불빛을 만든다」

봉희 아버지는 그런 말 뒷면 으레 자신이 봉희 어머니-좋아하지 않은 사내놈들이 없었을 정도로 회사에서 인기가 있었던 봉희 어머니를 자기가 어떻게 차지할 수 있었는가 하는 이야기를 시작했는데 그 어디에 이르면 그는 이전까지 숨기듯 놓아두고 있던 오른손을 무의식중에 흔들기 시작했다. 그의 오른손에는 엄지손가락이 없었다. 손등에도 날카로운 기계가 할퀸 흉터가 있었다. 말이야 방 두 칸이지만 하나는 부엌에 붙어 있는 골방이었다. 3학년 봉희에게 독방이랍시고 그 골방을 주고 부부와 1학년짜리 아이가 방 하나를 썼다. 그 회 연탄이 가득 쌓인 부엌 주인집인 박석우 씨네와 함께 사용하는 재래식 화장실이 있었다. 그러나 봉희네 집에선 항상 웃음이 넘쳤다. 가끔 부부 싸움 끝에 와장창 그릇 깨지는 소리가 나고 봉희와 그 동생이 엄마! 아빠!를 울부짖듯 부르며 우는 일이 없는 것은 아니었지만 그들은 행복했다.

* * *

갸름하면서 연약해 보이지 않는 얼굴, 보송한 뺨, 늘 젖어 있는 듯한 눈동자, 꺼풀진 속눈, 고른 치아, 나긋한 입술, 지금도 남아 있는 그 모든 것들의 향기와 접촉, 그녀의 무심한 말이 세운 미래, 그 속에서의 두 사람을 석우는 의심해 본 일이 없었다.

* * *

광업소 총무부 직원은 자신보다 어린 나이가 분명하지만 대낮부터 술 냄새를 풍기며 제멋대로 수염이 자란 턱을 올려 뱀눈을 부라리는 이 사내가 자칫 무슨 일인가를 저지를 것만 같았으므로 고분고분 그의 물음에 응해 주어야 했다.

* * *

언젠가 옥순이 귀공자 어쩌고 말하던 대로 그는 과연 그랬다. 그의 회사 근처, 그가 정해 준 찻집에 앉아 출입문을 살피고 있던 박석우는 그가 들어서자 금세 알아볼 수 있었다. 흰 피부가 유난히 석우의 눈길을 사로잡았다. 알맞게 살이 찐 모습은 허약하거나 비대하지 않았다. 기껏 작업복을 벗고 양복에 넥타이까지 맨 석우였지만, 부러 멋을 낸 것 같지도 않지만 고급스럽고 세련되어 보이는 그의 차림새는 아예 석우네 직장 근처의 사람들 것과는 달랐다.

* * *

그녀는 어느 때는 성호와 인혜를 양팔에 안고, 어느 땐 밤늦은 시각 골목길에서 그를 기다리는 모습으로 떠올랐다. 그녀의 고향에서 보낸 사흘 동안 기뻐하고 자랑스러워하고 행복해하고 살짝 토라지고…… 그 모든 표정들. 성호의 초등학교 입학식에 다녀온 날의 그녀 표정, 그저 기쁘고 자랑스럽다고 말해버리는 것은 적당하지 않았다. 박석우는 분명 기쁘고 자랑스러우면서도 그것을 넘어선 어떤 것을 그녀에게서 느꼈다…… 도대체 무엇이 아진을 그토록 따뜻하고 온화하고 밝은 빛 속에 살게 하였으며 죽은 후에도 수십 년 동안이나 곁에서처럼 자신을 지켜주도록 만들었는지 박석우 씨는 알 수 없었다.

* * *

단상이래야 누구 집 나무 평상을 달랑 가져다 둔 것에 불과했지만 깡마른 몸집의 한 사내가 그곳에 올라서는 것이 박용태에겐 가볍게 느껴지지 않았다. 압곡 보통학교 교사 추인중이었다. 처음 그의 얼굴을 본 사람이면 간이 나쁜 사람이 아닌가 의심할 정도로 새까만 얼굴이었지만 작고 마른 몸은 단단했고 섣불리 입을 여는 사람도 아니었다. '도사'라고 불렸던 도립 사범학교 출신으로 실력이 남다르다는 평판이었지만 엄격한 훈도였을 뿐 제국주의 일본에 대해서는 드러난 말이나 행동을 보인 일이 없었다.

* * *

임광옥이 절박한 소리로 나직이 말했다. 이미 박용태의 눈길은 그녀를 쫓고 있던 참이었다. 체크무늬 있는 하늘색 나일론 치마에 숙고사 저고리를 입은, 멀어서 자세하진 않지만 서른 두셋쯤 되어 보이는, 얼굴이 희고 알맞게 큰 키에 가냘픈 몸매의 자태가 고운 여자였다.

* * *

박용태의 웃음에 안심이 되었는지 방안의 분위기가 일시에 풀어지는 듯하다. 고개를 돌리던 박용태의 눈이 한 곳에 멎었다. 두 개의 방이 밀창으로 나

뉘어져 있었는데 반쯤 열어 젖힌 밀창 뒤에서 고개를 양 무릎 사이에 깊숙이 묻고 그것을 양손으로 깍지 낀 여자가 있었다. 옆에 있던 김길곤이 "오금필이 누이 동생입니다." 낮게 말해주었다. 박용태는 그 오금필의 가족이 여성이라고 생각해 본 일이 없었다. 막 들어서려고 했을 때 여자가 발딱 고개를 들었다. 양 갈래로 땋은 머리, 갸르스름하고 흰 얼굴, 겁을 먹었기 때문인지 눈이 유난히 크게 보였다.

* * *

도서관 앞의 사진 속 일곱 명 중 삼촌만이 유독 넥타이 없는 차림이었다. 와이셔츠 깃을 양복저고리 위로 깠고 바지주머니에 두 손을 찌르고, 흑백 사진으로는 검은 바지, 흰색 양복저고리, 구두는 가죽이 아닌 회색 새미화 비슷하다. 양복 차림에서 벗어나지는 않았으나 요즘 표현으로 하면 약간 캐주얼한 차림. 아버지 박용태의 건장한 어깨의 당당한 몸집, 보통보다 큰 키와는 닮지 않다. 마르고 갸름한 얼굴과 몸, 현서를 사로잡은 것은 삼촌의 눈매였다. 다른 여섯 사람이 카메라의 렌즈를 보고 있는 것과는 달리 멀리 허공에 둔 눈길. 눈에 우수와 함께 쉽게 따르지 않을 듯한 거부의 의지 같은 것이 있었다. 세 장 중 나머지 한 장의 사진은 크기가 작은, 스냅 사진 비슷했다. 다섯 명이 담겨 있는데 7인회 중 삼촌을 포함한 세 명과 처음 등장하는 두 명이었다. 그때도 현서의 학창 시절처럼 교련 과목이 있었던 듯 다섯 명 모두가 팔에 완장을 두르고, 운동모 같은 것을 쓰고, 세 명이 목제 모의총 같은 것을 메고 있다. 학교 정문 앞이었다. 교련 시간이라면 이상한 점이 각반을 차지 않은 세 명 중 두 명이 양복 차림이다.

* * *

한 노인이 대문을 들어서고 있었다. 회색 양복에 하늘색 와이셔츠, 꽃자주 체크무늬 넥타이를 맨, 알맞은 키, 지팡이를 짚고 걸음걸이가 약간 불편한 듯했지만 꼿꼿한 자세가 젊은 시절의 당당했던 육체와 삶을 표시하고 있는 듯 노인에겐 방안 손님들과는 남다른 품위와 위엄이 있었다. 현서와 눈이 마주치자 노인이 쓰고 있던 모자를 벗었다. 짧은 은발머리가 드러났다.

* * *

    온화한 표정에 감춰져 있는 그의 날카로운 눈매와 완강한 턱뼈를 지닌 얼굴이 그들에게 그것을 예감케 했다. 그는 어쩌면 그가 이제 자신들에게 맞서기 시작하는 것이 아닐까 하는 생각을 하였다.

* * *

    왜냐하면 뿔테안경을 낀 얼굴과 앞이 완전히 벗겨진 대머리가 그를 50대 중반쯤의 나이로 보이게 했기 때문이었다. 학생들 앞에서는 뒷짐을 지고 서서 이야기했으며 학생들을 제군이라고 불렀다. 행동까지 그랬다.

* * *

    그는 여자를 찬찬히 뜯어보았다. 20대 후반 혹은 30대 초반 엉덩이가 퍼지고 허리가 두터운 그 나이의 러시아 여인들과는 달리 그녀는 키가 훌쩍 크고 아직 날씬했다. 여자는 당당하게 받아들인다는 태도로 그를 보았다. 머리는 갈색, 깊고 푸른 눈, 피부는 거칠고 얼굴과 어깨, 보드카를 든 손은 완강해 보였다. 거기에 거친 골격이었다.

* * *

    그때 그는 엉뚱하게도 고향에 홀로 남겨진 노모를 생각하게 되었다. 산 사람이 되어 돌아오지 않은 남편을 기다리는 것이 그 평생이었다. 유복자인 그를 기르며 돌밭매기, 나무해 나르기, 삯바느질하기가 그 평생이었고 이고 나른 뭇 짐들로 정수리에는 머리카락이 나지 않았다. 갈라지면 어느 틈엔지 아물던 손톱들도 금이 간 후 아물지 않았다…… 말할 수 없고 말해 소용되는 일 없고 말할 상대 없이 1년을 하루같이 10년을 1년같이 평생을 하루같이, 가슴에 고추장 서너 되씩 담그고 살면 그것이 한(恨)이구나. 그는 그의 고통으로 인하여 노모의 한을 더 생생히 느낄 수 있었다. 그것은 이전과 같은 공감이 아니라 탯줄을 따라 옮겨오는 것과 같은 것이었다.

* * *

    바느질을 하며, 돌밭을 매며, 나무를 하는 깊은 산골짜기에서 홀로 부르는 콧노래, "허어- 흐응- 어이- 여." 노랫말도 곡조도 없지만 구슬프고 담담한 그 노래가 그의 노모가 그녀의 고통과 함께 살아가는 모습이었다. 한 모금도 삼키지 않으면서 뻐끔뻐끔 부지런히 연기를 빨아 뿜는 담배 같은 것도 그랬다.

(민음사, 1997)

□ 이기영 「민촌」

그는 해죽이 웃는 낯으로 점순이를 쳐다보며, 그는 점순이보다 이쁘다 할 수는 없지마는 둥그스름한게 살이 토실토실 올라서 탐스럽게 생긴 처녀이었다. 역시 점순이와 동갑으로 올해 열여섯 살이라 하는데 엉덩이가 제법 퍼지고 기다란 머리채가 발꿈치까지 치렁치렁하였다. 점순이는 키가 날씬하고 얼굴이 갸름한 게 그리 살찌지도 또한 마르지도 않은, 그리고 살빛이 무척이나 희었다.

(송정, 1994)

□ 이기영 「신개지」

쪽을 진 머리에 비취비녀를 꽂고 은가락지와 은반지를 양편 손에 갈라 낀 최참봉 마누라는 금니까지 드러내놓고 넙죽이 웃는다. 살개처럼 두두룩한 아래턱에 식복이 붙었나 보다고 경삼이는 무심히 노파의 얼굴을 쳐다본다.

* * *

윤수의 눈에 비치는 순남이는 과연 길에서 만나면 몰라볼 만치 변했다. 그는 우선 시골티를 홀딱 벗고 비단옷을 맵시있게 휘감았는데 후리후리한 키에 머리를 쪽지고 섰는 것을 보니 옛날 순남이는 그림자를 찾아볼 수도 없지 않은가.

* * *

활짝 피어난 꽃처럼 장성한 순남이는 동탕한 용모를 그대로 가졌으나 햇빛을 못 본 얼굴은 박꽃처럼 희게 들떴다. 그는 그 전의 열피리 같던 생기가 없다. 그는 사지에 맥이 없어 보이는 것이 마치 소금에 절인 푸성귀와 같다 할까……

* * *

하감역은 무식은 할망정 어려서부터 여인 교제를 많이 해왔고 또한 근년 에는 점잖은 축들과도 추축을 하기 때문에 그만큼 문견이 더욱 늘어서 좌담 으로는 유식한 사람만 못지 않게 점잖고 유창한 말을 하였다. 그것은 하감역 의 탐스러운 허미수 수염을 방불하게 하는 채수염과 풍채 좋은 기품이 더욱 점잖아 보이게 하였다.

* * *

윤수는 그동안에 장골이 되고 땟물이 홀딱 벗었다. 외양이 매우 점잖아졌 다. 말하는 것도 어른 같다. 그는 도리어 살이 찌고 살결이 희어졌다. 장성한 몸은 어느덧 어른과 같은 건장한 체격을 가지고 왔다. 그리고 그는 조금도 남에게 멸시를 당할 것 같지 않은 늠름한 기상을 띠고 있다.

* * *

분홍 인조견 저고리에 검정 치마를 입고 그 위에다 다시 새하얀 행주치마 를 두른 것이 몹시 깔끔해 보인다. 머리가 좋아서 치렁치렁 땋아 늘린 끝에 다 댕기를 물린 것까지 어디로 보나 색시꼴이 들이박었다.

* * *

윤수는 땅속에 뿌리를 깊이 박고 무성하게 자라나는 큰 나무와 같았다. 그 는 앵무새나 공작새가 아닌 대신에 줄기찬 생명의 역선이 전신에 꿈틀거리 며 용솟음치는 것 같았다. 무엇으로든지 그는 비범한 인물인 것 같았다. 그는 윤수의 전과자가 된 것까지도…… 무엇이든지 간에 비범한 것을 좋아하는 월숙은 그의 허물까지 그렇게 생각하였다.

* * *

윤수가 지금 두 번째 보는 순남이는 서울에서 보던 때와 달리, 건강이

나아진 것 같다. 얼굴에도 핏기가 도는 것이 제법 화색이 있어 보인다. 시골에서는 그래도 태양을 쏘이는 덕이라 할까. 얼굴의 윤곽이 선명하고 피부가 팽팽해진 것이 요전처럼 덜 야위어 보인다. 그러나 어딘지 모르게 애상적 그늘이 떠도는 것은 그의 생활이 일상 응달이기 때문인 성싶다.

(풀빛출판사, 1989)

□ 이무영 「농민」

이 을전이년이 요새로 볼이 발그레진 것이다. 나이도 열다섯이니 그림직도 하지만 날로 궁둥이가 팡파짐해 가는 것이 인제 제법 처녀티가 나는 것이다. 가만히 앉혀 놓고 눈여겨볼라치면 보고 있는 동안에도 젖가슴이 달싹달싹 부풀어올라 오는 것이 보이는 듯 싶다. 어미 아비가 상것이라서 그렇지 아무리 두둔을 해보았자 자기 막내딸 미연이한테도 에이지를 않는다. 나이 들면서부터 몸꼴도 내고 아씨의 팥비누며 분도 훔쳐 쓰는지 단장도 제법이고 천한 집 자식치고는 살결도 고와서 마치 금시 난 달걀알 껍질처럼 뽀동뽀동하다.

* * *

첫째 그의 행색부터가 양반의 풍습으로서는 용서할 수 없는 일인 것이, 이튿날부터인지 일양이는 두루막도 벗어 붙이고 갓 대신 커다란 농군들의 삿갓을 뒤집어쓰고 산으로 들로 마음대로 쏘다니는 것이다. 언제나 겨드랑이에는 책을 한 권 끼고 나오기는 하나 그것은 아버지 박의관 앞에 방패막이인 것만 같았다. 그는 하루의 대부분을 산에 올라 새소리를 즐기기와 밤엔 번듯이 누워서 여름 구름을 쳐다보면서 보내었다. 어떤 때는 토끼섬 수양버들 밑에서 물소리를 들어가며 해가 기울도록 낮잠을 자는가 하면 어떤 날은 농부들의 논메는 둑 기슭에 앉아 있거나 눕거나 하고서 농부들과 세상 이야기로 날을 보내려 드는 것이다.

* * *

미연이는 자기도 모르게 단숨에 여기까지 내려읽고야 말았다. 벌써 그의 귀에는 아무런 꾸지람도 들리지 않았다. 오직 물 속에서 들려오는 북소리 같은 가슴의 고동만이 그 무슨 절대의 행복인 양 들려오고 있을 뿐이었다. 꽃수레에 삼현육각을 잡히고 일산을 높이 받은 어여쁜 귀공자가 멀리서 자기를 반기며 차츰차츰 가까이 오고 있는 아름다운 정경을 바라보는 것과도 같은 그런 행복을 깨달으면서도 벌써 얼굴도 붉힐 줄 모르는 지금의 미연이다.

* * *

일양이가 걸핏하면 말이니 노새니 하듯 되빡 이마에 하관이 빠르고 긴데다가 인중이 또 엄청나게 길어서 심사가 좀 좋지 않을 때 볼라치면 그야말로 먹을 것을 보고 주둥이를 내어미는 말상 그대로의 박색이기도 했다. 그러나 지금 나이 22이니 한참 필 때다. 샛노랑 반호장 저고리에 남치마를 입고 나서면 키가 후리후리한 게 몸태는 다른 두 며느리보다도 오히려 낫다. 거기에 또한 마음씨가 부드럽기 그지없어 초래청에서부터 남편 눈에 난 시집에서 그 무슨 즐거움이 있을까만 언제나 나글나글 웃는 낯이다.

(동아, 1995)

□ 이무영 「젊은 사람들」

몸도 좋았다. 동양 사람의 키로는 크면 컸지 작은 키는 아니다. 떡 버러진 가슴은 그대로 철판을 연상시킨다. 왕방울처럼 부리부리한 시꺼먼 눈동자에 한 줌은 되게 숱이 많은 꺼칠한 곁 눈썹, 얼마간 곱곱한 기운이 있는 머리, 모가지면서 약간 치켜 붙은 어깨, 이렇게 뜯어보면 어디 한군데 수월해 모이는 구석이 없건만, 진숙의 말마따나 희랍 여성의 코처럼 다정해 보이는 코와 탁 트인 이마가 더없이 너그러운 인상을 주고 있었다.

(동아, 1995)

□ 이문구 「그때는 옛날」

큰딸, 숲밑뜸 밀양박씨 집안으로 여의어 밥술이라도 먹고사는 창기 어미는 그새 자식을 넷이나 업어 기르고 있었고 사위 박서방도 게으른 사람이라면 마주 앉기도 꺼려하는 지악스런 사내였다. 그런 한 가지만으로도 아홉 번 고생스러웠던 걸 잊을 만하기로 됨말 댁은 실망하지 않는 거였다.

* * *

풍장을 치고, 논두렁이 허옇게 법석대는 두레일판에만 못 끼어봤지 그녀가 안 해 본 일은 쟁기질과 지게질 외엔 없었다.

* * *

동네방네에서 쑥떡방아를 찧어댄 것은, 며느리가 처음 들어서던 날 껌 씹기를 즐긴 게 탓잡힌 까닭이었다. 초례를 치르고 가마 타고 오던 날, 신방에 들 때까지 쉼없이 껌을 씹어쌓던 것이다. 껌을 씹었어도 조몰조몰 얌전히 씹었다면 그래도 덜 그랬을 것이다. 웬 소리는 그리도 요란하던지 됨말댁 비위에도 욕지기가 나 넌덜미를 낼 정도였다.

(삼중당, 1995)

□ 이문구 「우리동네」

황선주라면 느티울에선 버림치로 치부하여 진작 젖혀둔 인간이었지만 이재에 밝고 돈푼이나 만지기로는 면내에서도 엄지손가락에 꼽힌다는 작자였다.

* * *

그 바람에 최는 짐짓 제각기 돌아앉아 책가방 챙기기에 부산한 아이들의 손결과 얼굴을 한눈에 훑어보았다.

언제는 무슨 때깔이 있었냐만은 그래도 보노라고 보아 그런지 꼴이 더욱 아니었다. 달소수나 얼녹인 손은 오리발 사촌이었고 얼굴도 굴뚝새 못지않게 바짝 탄 것이 까마귀가 지나다보면 너나들이 하자고 넘성거릴 지경이었다.

최는 가슴이 뭉클하고 아려 잠시라도 게을러터지게 누워 에낀 것이 민망스러웠다.

(솔, 1996)

□ 이문구 「장한몽」

마가의 인상은 아무라도 호감을 갖기가 어렵게 다스려진 구석이 없었다. 주색에 곯고 지친 거무푸리한 안색에 생쥐눈은 임자를 만난 편이었지만, 숱이 짙은 곱슬머리에 가난한 이마, 그리고 자라다 멈춘 도막키에 다부지게 바라진 몸뚱이는 그가 얼마나 고생하며 살아왔는가를 소리 없이 말해주고 있었다. 그런데 무엇보다도 마뜩잖은 것은 입이 왼쪽으로 비틀어지며 좋지 않게 웃을 때마다 스산하게 보이기 마련인, 해넣은 지 오래된 잿빛 은이빨이었다.

* * *

그녀는 언제 보나 몽당비같이 볼품없는 포플린 통치마에 분홍색 티셔츠를 들쳐 입었고, 양말 구경이라곤 못해봤음직한 낡은 고무신을 꿰고 있었다.

* * *

나이는 사십이 넘었지 싶은데, 이틀쯤 입었나 본 와이셔츠 칼라엔 머리칼이 한 줌이나 떨어져 있었고, 한창 탈모증이 시작된 듯 싶게 유들거리지 않는 안색이나 하며 기품이라곤 없어 보였다. 잠바 안에 하늘색 티셔츠를 입고 아니꼬운 뱁새눈을 하고 있는, 그보다 두서너 살쯤 덜해 뵌 사내는 친동생이라든가 큰조카인 모양이었다.

* * *

쉰 살을 머리에 이고 있던 그 세검정 무녀는 언제 보아도 시푸르둥둥한 살결이었고, 특히 아래윗입술은 거의 검푸른 빛깔이어서 남의 입맛 떨어뜨리기에 알맞은 꼴을 하고 있었는데, 귓불 밑에 도톰하게 솟은 밤콩만한 사마귀는 언제부터 자랐는지 모르되 두 치쯤 될 흰 터럭 한 올이 어떻게 보면 귀기조차 느껴질 정도로 흉측스런 꼴을 보이고 있었다.

* * *

채씨는 여전 시골 면사무소 호적계 직원처럼 개 혓바닥 같은 퇴색한 넥타이를 매었고, 언제부터 입은 건지 모를, 어쩌면 사철 휘뚜루 입는 듯 우중충하기가 납짝보리쌀 푸대 빛깔의 양복을 걸쳤으며, 장마에 적셨다 겨우 말렸나본 축 늘어진 파나마모자에 벽촌 구석을 뒤지며 이발이나 해주고 식은 밥으로 끼니를 에올 떠돌이 이발사 가방 같은 낡고 찌든, 쪼글거리는 검정 가죽 가방을 겨드랑이에 낀 채 담배를 피우며 서 있었다.

(양우당, 1993)

□ 이문열 「귀두산에는 낙타가 산다」

하기야 뭣이 좀 작고 뭣이 좀 작다고 해서 남의 꿈이며 삶 자체마저 쬐끄만하다고 말하는 데는 어폐가 있을지도 모르겠다. 그러나 명색 고등교육 맛까지 본 터수에 꿈이란 게 겨우 십 년을 넘게 다닌 어떤 허름한 회사의 계장자리 정도이고, 삶의 중요한 궤적이랬자 그 귀두산 기슭에 까치둥치같이 아슬아슬하게 엮은 같잖은 마이 홈과 버스로 두 시간이나 걸리는 도심의 빌딩숲에 간신히 끼여든 회사의 납작한 구식 건물을 잇는 선이고 보면, 그 삶을 거창하게 말하는 게 오히려 어폐가 될 성싶다.

(문학과지성사, 1987)

□ 이문열 「미로의 날들」

그 나이로는 제법 훤칠한 키에 은빛이 성성한 머리카락과 수염, 그리고 멀리서도 얼굴을 알아볼 수 있을 정도로 뚜렷한 이목구비는, 그가 입은 명주바지저고리나 비단 마고자가 아니더라도 공장 구경을 온 이웃의 노인 같지는 않았습니다.

* * *

창 밖으로 먼지를 털며 작업장을 나서는 인부들이 보였습니다. 모자를 벗어 일하는 동안에 덮어쓴 톱밥과 눈썹이며 콧구멍에까지 보송보송 묻어 있는 잔 먼지를 털고 앞치마를 벗어 던지자 후줄근한 작업복과 농구화 차림이 된 그들은 하루의 고된 일과에서 벗어난 기쁨을 떠들썩한 웃음과 욕지거리로 표시하며 제가끔 공장을 떠날 채비들을 했습니다.

* * *

다소곳이 고개를 숙일 때에야 비로소 나는 그녀의 콧날이 유난스레 길고 오똑하다는 걸 알았습니다.

* * *

살색이 희고 갸름한 얼굴이라 조금 전 언뜻 유난스럽다고 본 길고 오똑한 코가 그런대로 어울리는, 화려한 미인이라고 할 수 없지만 결코 못생겼다고 할 수 없는 스무 살 남짓의 처녀였습니다.

* * *

누가 보아도 입댈 곳 없는 미인인 신부에 비해 작달막한 키와 검은 피부에 얼굴 가운데 터진 홍시처럼 눌러 붙은 주먹코의 신랑이 너무도 어울리지 않았던 것입니다.

* * *

머리카락은 반 남아 벗겨졌는데 그나마 남은 머리카락엔 희끗희끗한 것들도 눈에 띄었던 것입니다.

(둥지, 1993)

□ 이문열 「사과와 다섯 병정」

요즈음도 저런 군인들이 있을까 싶을 정도로 남루한 차림을 한 다섯 명의 사병들이었다. 위장포도 씌우지 않은 일칠모에 계급장도 명찰도 분명치 않은 낡히고 찢어진 것이었다. 얼굴은 더욱 심했다. 며칠이나 세수를 안 했는지 기름때로 번질거리는 데다 불쑥 솟은 광대뼈나 충혈된 눈은 눈썹 위에 하얗게 없은 먼지-거기다가 하나는 마치 허기진 사람처럼 처음에 담긴 아직 새파란 사과를 정신없이 씹어대는 중이었다.

* * *

한결같이 무관심하게 지나치는 그들 가운데서 한 사람 사과를 씹고 있던 사병이 잠시 날카로운 눈길로 그를 쏘아본 탓이었다. 일행 중에서 가장 앳되고 차분한 얼굴이었는데, 그 눈매는 뼛속까지 한기를 느끼게 할 만큼 차고 그윽한 것이었다.

(한겨레, 1988)

□이문열 「사람의 아들」

시체는 마을에서 좀 떨어진 야산 길섶에 놓여 있었다. 수사과장이 이 시체를 덮은 풀이 불을 들치자 서른 두셋 정도로 뵈는 길고 창백한 얼굴이 나타났다. 얼굴이 말짱한데다 두 눈도 자연스레 감겨 있어 평소 시체를 대할 때 느끼는 섬뜩하고 싫은 느낌은 거의 없었다. 그러나 뒤이어 드러난 몸은 얼른 보아도 틀림없는 타살체였다. 예리한 흉기로 난자를 당한 듯 가슴부분에 피가 두껍게 굳어 있었다.

(민음사, 1979)

□이문열 「새하곡」

그런 박 상병의 두 눈에는 은은한 불길이 타오르고 있었다. 입술은 좀 점보다 더 흉하게 부어올라 있었다.

(한겨레, 1988)

□이문열 「아가」

몇 년 전까지 괜찮은 신문사에 나가고 있었지만 무슨 일인가로 그만 두었다는 소문을 들은 뒤부터 서울에서는 만날 수 없었던 친구였다. 시인 지망생이었던 젊은 시절의 감상이 도진 것인지 아니면 뜻 같지 못한 근년의 삶이 이끌어낸 감회 탓인지 그 목소리가 구성지기 그지없었다.

* * *

그녀의 그런 걸음걸이는 온전치 못한 그녀의 몸에서 비롯된 것이었다. 아마 어렸을 적 가벼운 소아마비를 앓은 탓이겠지만 그녀는 손발의 움직임이 자유롭지 못했다. 또 구루병의 증상도 있었던지 목이 짧고 등이 굽어 어깨가 귀 가까이 솟아 있었다. 키도 제대로 자라지 않아 그녀는 성년이 된 뒤에도 초등학교 상급반이었을 때의 우리보다 작았다. 거기다가 유인원을 연상시키는 길쭉한 얼굴이 가슴께까지 묻혀 있어 어깨가 귀 위로 솟은 듯할 뿐더러 어떤 때는 얼굴 길이가 그녀 키의 삼분의 일은 되는 듯 느껴졌다.

우리는 그런 그녀를 결코 아름답게 여기지는 않았지만 특별히 못생겼다거나 기괴하게 느끼지도 않았다. 어쩌면 그녀는 애초부터 미추의 관념과는 무관한 존재였기 때문이었는지도 모른다.

* * *

당편이가 벙어리가 아닐 뿐더러 예닐곱 아이 정도의 지능은 가지고 있다는 것도 차츰 알려졌다. 정신을 차린 뒤로 그녀는 사람들이 부르면 어김없이 응했고 짧은 물음에는 어눌한 대로 답변까지 했다. 그녀가 입을 떼자 사람들은 당연히 그녀가 누구이며 어디서 왔는지를 궁금히 여겼다. 그러나 을순이와 곽산이네가 번갈아 물어보아도 알아낸 것은 당편이란 어원불명의 이름뿐이었다. 부모의 이름이나 고향은커녕 자신의 성조차 그녀는 끝내 기억해 내지 못했다.

* * *

예닐곱 살 어린 나이로 녹동댁에 들어와 부엌 잔심부름을 벌써 처녀 꼴이 나도록 자란 을순이도 그러하거니와 마흔이 넘도록 드난살이를 하는 곽산이네나 남의 집 방간을 벗어나지 못하는 칠보네도 언제나 그윽한 분위기에 마뜩한 상만 받으며 끼니를 이어온 사람들은 결코 아니었다.

* * *

뒷날 상당히 나이가 들어서까지도 크게 변한 게 없는 당편이의 육체적 기호가 확장된 것은 그녀가 녹동댁으로 든 지 두어 해 뒤가 된다. 먹고 입고 자는 게 안정되면서 뼈와 살이 굳고 발육의 마지막 단계가 앞당겨진 것인지, 어딘가 흐느적거리고 위태해 보였던 그녀의 걸음걸이는 그 무렵부터 뒷날의 그 진지하고 비장한 형태로 확정되었고, 사람의 것임을 선뜻 인정하기 어려울 정도로 애매했던 얼굴과 체형의 선도 그때부터 일생 가는 그녀의 육체적 기호로 굳어졌다. 많지 않은 머리숱에 좁은 이마와 미간, 깊고 어두운 눈, 길게 휘어진 콧대를 가졌으면서도 결국은 들창코로 끝나버린 코, 두툼한 입술을 가졌으면서도 큰 입, 그리고 가슴 깊숙이 비스듬하게 꽂힌 듯한 턱, 무릎까지 닿을 듯 긴 팔에 비해 지나치게 짧은 두 다리, 그러나 옛 고향 사람들 그 누구도 미추의 관념을 곁들여 떠올려 본 적이 없는 기호였다.

* * *

그 다음으로 기호화할 수 있는 당편이의 정신적 특징은 소유에 대한 그녀의 관념이 될 성싶다. 그녀는 일생 단 한 번도 '나의'라는 소유격 대명사를 써본 적이 없다. 어떤 사별의 경위를 통해 그리되었는지는 알 수 없지만, 세상에 존재하는 모든 것은 언제나 다른 사람의 것이었다. 심지어는 소유의 대상이 될 수 없는 것들도 자기 것이라 주장하는 사람이 있으면 그의 것이 되었다. 이를테면 해와 구름은 그게 제것이라고 우긴 창길이의 것이었고 달과 별은 을순이의 것이었다.

그래서 해가 떠도, '에헤이! 창길이네 해가 떴네'였고, 달이 밝아도, '하이고, 을순이네 달이 참 밝기도 하다!'였다.

어쩌다 아무도 그 소유를 주장하지 않거나 명백하게 그녀의 소유로 확정된 것이라도 그녀는 조심스레 '우리의'라는 복수소유격을 썼다. 하지만 이때도 '우리'의 범위는 그녀가 아는 모든 세상 사람이 다 들어갈 정도로 넓어 실제적인 소유의 관념하고는 거의 무관했다.

이를테면 길가의 민들레나 동구 밖 미루나무 위의 까치가 '우리 민들레'나

'우리 까치'였고, 그녀의 것으로 쥐여준 물건이나 입은 옷 같은 게 '우리' 것이었지만 누구든 소유를 주장하는 사람이 있으면 내어주는 점에서는 아무 차이가 없었다. 그녀의 것이 아니라 모든 사람의 것이었기 때문이다. 그 바람에 그녀는 일생 경제적 가치를 지닌 물건을 가지고 바깥심부름을 해본 적이 없었다. 도중 어디선가 누구든 달라고 하는 사람이 있으면 내줘버리는 그녀의 습성을 부리는 사람들이 잘 알고 있었기 때문이었다.

* * *

두 번째 구혼자는 장터 끝머리에 들어와 사는 고리백정네 아들이었다. 날 때부터 허리 아래가 졸아붙은 앉은뱅이다 보니 서른이 넘도록 장가를 들지 못해 옛 고향이 다 아는 노총각이었는데, 어떤 인연에 끌렸는지 당편이와 혼인 말이 나게 되었다.

* * *

미처 말할 겨를이 없었지만 녹동댁 외며느리 닭실댁은 영남 북부체서도 알아주는 가문의 딸이요 자질이 요조하기로 소문난 숙녀였다. 남편이 서울에서 작은댁을 얻어 삼 남매나 낳고 살아도 작은 분란조차 일으킨 적이 없고, 오히려 작은댁이 자신의 외아들을 데려다가 중학교라도 보내주는 걸 대견하게 여겼다. 또 옛 도리에도 충실하여 시부모를 모시고 제사를 받들며 손님을 맞이하는 일 어디에도 입댈 곳이 없었다.

하지만 그야말로 규중에서 자랐고 시집와서도 규중에만 박혀 지낸 그녀에게 집밖으로 나가 다른 사람들과 어울려 무엇을 하라는 요구는 처음부터 무리였다. 여성동맹을 조직하거나 남 앞에 나서 주도하는 일은커녕 여러 사람 사이에 끼는 일조차 견뎌내지 못했다. 그런데 하늘같은 남편이 두 번 세 번 사람을 보내 당부해 오니 답답하기가 짝이 없었다.

* * *

그 무렵 고향에서는 '몇대 어떠어떠함' 하는 식의 우스갯소리가 유행했는데 그 중에 '군대하나마나'란 게 있다. 이를테면, 낯색이 헛일이 되고만 아홉 가지 사례였다. 이를테면, 낯색이 검은 데다 주근깨까지 덮어쓴 갑득이는 '갑득이 세수 하나마나'가 되고 딸만 내리 일곱을 낳은 인량댁은 '인량댁 아 놓으나마나'가 되며, 중학교를 나오고도 한글조차 읽고 쓰지 못하는 살간수 아들 또곰이는 '또곰이 학교 가나마나'가 된다.

* * *

당편이의 두 다리는 그녀의 걸음걸이만큼 뒤틀려 있거나 좌우가 짝지지는 않았다. 살결도 어두운 회색에 가까운 그녀의 낯빛으로는 상상하기 어려울 만큼 희고 윤기있었다. 그런데 참으로 알 수 없는 일은 쨍쨍한 햇볕 아래 아무 가린 것 없이 드러나 여자의 아랫도리가 전혀 성적인 자극을 주지 않는다는 점이었다. 그저 기괴하고 별난 것을 보고 있다는 느낌이 들었다가 곧 들뜨고 과장된 장난기가 우리를 내몰았다.

* * *

새 사장도 고향에서 나고 자란 사람이었다. 그러나 초등학교만 고향에서 다니고 나머지 학교를 외지에서 마쳤을 뿐만 아니라 그동안 고향 쪽으로 발길이 뜸해 당편이를 잘 알지 못했다. 거기다가 돈 많이 번 재일동포 삼촌이 나타나기까지는 그 자신도 남 밑에서 어렵게 지내와 옛 고향의 여유와 인정을 익힐 틈이 없었다.

* * *

그 뒤로 고향 사람들은 그를 부르는 호칭 앞에 반드시 '혀짜래기'란 관형어를 붙여 그 일을 상기하며 빙글거렸다. 그래서 '혀짜래기 총각'에서 시작해 '혀짜래기 양반'을 거친 뒤 '혀짜래기 영감'이 되도록 고향을 드나들다가, 한십 년 보이지 않는가 싶더니 홀연히 옛날의 등짐을 지고 고향 장터거리에 나타난 것이었다.

* * *

사람들이 한번 관심의 눈길을 모으자, 살던 곳이 멀지 않은 영감의 과거도 조금씩 밝혀졌다. 영감은 고향에서 가장 가까운 바로 그 어촌에서 나고 자란 사람이었다. 짧은 혀는 날 때부터 그랬고, 기형으로 짧은 다리는 어렸을 적

독사에게 발목 힘줄을 물렸는데 지혈과 해독 과정에서 무엇이 잘못돼 그리 되었다고 한다.

* * *

영감의 이력 중에 단연 이채를 띠는 것은 결혼과 여성에 관련된 부분들은 그는 육십 평생에 세 번 결혼했고 그밖에 이래저래 만난 여자와 살림을 차린 게 또 세 번 있었다. 그런데 어찌된 셈인지 여자들은 모두 삼 년을 채우지 못하고 떠나려 했으며, 자식도 남겨주지 않았다. 뿐만 아니라, 그 여자들이 떠날 때마다 그에게는 빈주먹만 남게 되기 일쑤였다.

(민음사, 2000)

□ 이문열 「어둠의 그늘」

충격적인 것은 감방장의 피해자인 문제의 여자였다. 나는 감방장의 농도 짙은 묘사 때문에 그 여자에 대한 몇 가지 상상을 가지고 있었다. 즉 얼굴은 수수한 대로 보통 이상 잘 생겼고, 피부는 희며, 육체는 풍만하리라는 것 등이었는데, 보니 전혀 딴판이었다.

얼굴은 바닷바람 탓인 듯 새까맣게 그을린 데다, 벌써 한 꺼풀 주름이 덮여 서른 여덟은커녕 마흔 여덟도 넘어 보였다. 값싼 나일론 쉐터와 다프타 몸빼에 싸인 몸도 앙상하게 시들어가는 노파의 그것이었다. 거기다 그녀의 진술은 더욱 충격적이었다.

* * *

목소리는 귀에 익어도 전혀 알아볼 수 없는 중년 남자였다. 잘 재단된 감색 싱글이나 당시만 해도 아직 그 같은 소읍에는 유행 않던 비단 와이셔츠도 그러했지만, 특히 새파란 면도 자국이 이상한 세련미를 보이고 있었다. 사내는 쭈뼛쭈뼛하는 나를 보며 유쾌하게 웃었다.

"그새 사람을 못 알아보시오? 한 달이나 한솥밥을 먹고도―나, 권기진이요. 권기진."

그제서야 나는 놀라 그를 바라보았다. 정말로 권기진 씨였다. 기름때로 누렇게 번질거리던 얼굴과 그걸 뒤덮고 있던 텁수룩한 수염, 때묻고 헤진 무명 바지 저고리 같은 것들을 상상 속에서 다시 그에게 씌워 보고서야 나는 간신히 그를 알아볼 수 있었다.

(나남, 1995)

□ 이문열 「익명의 섬」

그러나 내 눈에 들어오는 것은 가겟집 툇마루에 앉아 몽롱하게 나를 바라보고 있는 어떤 사내였다. 때묻고 헤진 아랫도리는 원래의 천이 어떤 것이었는지 짐작이 안 갈 정도였고 물들인 군용점퍼도 소매가 해져 너덜거리고 있었다. 나는 좀전의 그 강렬한 빛 같은 것의 정체를 궁금히 여기며 자신도 모르게 그 사내의 얼굴을 살폈다. 검고 깡마른 얼굴에 우뚝 솟은 코와 광대뼈 - 그런데 그때였다. 나는 다시 피부를 찔러 오는 것 같은 그 빛을 느꼈다. 이내 몽롱한 광기 속으로 숨어들어 버렸지만 분명 그의 두 눈에서 쏟아져 나온 빛이었다.

(한겨레, 1988)

□ 이문열 「추락하는 것은 날개가 있다」

멀찌감치서부터 그녀가 그토록 인상적이었던 것은 아마도 그녀의 옷차림 때문이었을 겁니다. 철늦은 바바리코트 같은 걸 걸쳤는데 작은 망토라 해도 좋을 만큼 넓은 코트깃이 때마침 불어오는 봄바람에 너울거리는 게 그녀 머리 위에서 너울거리는 마로니에 잎과 어울려 어떤 형용하기 힘든 이국적인 미로 다가오는 것이었습니다. 난 강한 전류에라도 쐬인 것처럼 굳어져 점점 가까워져오는 그녀를 바라보았습니다. 아아. 그때의 그녀 얼굴을 어떻게 그려 남길 수만 있었다면…… 내가 이미 어떤 감정의 과장에 빠져 있은 탓도 있겠지만 일순 그것은 그 자체로 느껴지기까지 했습니다.

그러나 그녀는 무슨 생각에 골몰해 있었는지 내가 넋빠진 듯 자신을 쳐다보고 있다는 것도 느끼지 못하는 듯했습니다. 무심한 얼굴로 다가오다가 가까운 벤치에 앉는 것이었습니다. 어찌 생각해보면 그대로 지나가지 않고 거기에 앉은 것은 이미 어떤 예감에 끌린 것인지도 모르지만 나도 무엇에 홀린 듯 제자리에 도로 앉았습니다. 그녀와 나 사이에 5미터쯤 될까, 그렇게 엇비슷이 마주앉고 보니 차츰 감정의 과장이 가라앉고 구체적으로 그녀의 얼굴이 하나둘 눈에 들어왔습니다. 조금 전의 '아름다움 그 자체' 하는 느낌까지는 아니었지만 역시 대단한 미인이었습니다. 짙은 눈썹과 서글서글한 눈매, 오똑한 콧날에 흰 살결은 아직 화장으로 강조되지 않았음에도 그녀를 한눈에 확 뜨이게 했습니다.

(자유문학사, 1988)

□ 이문열 「타오르는 추억」

틀림없이 문둥이였다. 한 깍지둥치 같은 문둥이가 어린 처녀 아이를 잡아다 놓고 간을 파먹고 있었다. 멀어서 자세히 보이지는 않았지만 처녀아이는 괴로운지 비틀며 신음하고 있었는데 반나마 벗겨진 가슴께에는 정말로 피가 벌겋게 묻어 있는 것 같았다. 겁에 질린 나는 서둘러 원두막을 내려왔다. 그런데 전해에 묶었던 새끼가 삭아 있던 탓인지, 아니면 당황한 내가 조심을 하지 않았던 탓인지 갑자기 의지하고 있던 빗대가 무너져 내리며 나는 외마디 소리와 함께 땅바닥에 떨어지고 말았다. 그 소동에 처녀아이의 간을 빼먹던 문둥이가 내게로 달려왔다. 벌겋게 곪아터진 얼굴에 두 눈이 새빨간 그 문둥이는 나를 잡더니 누런 이빨을 드러내 보이며 얼러댔다.

(한겨레, 1988)

□ 이범선 「갈매기」

신선 일호라는 서 노인. 머리칼, 눈썹 그리고 긴 수염 할 것 없이 은빛으로 셴 노인이 키가 크다. 신선들 중에서는 제일 풍채가 좋다. 그리고 신선 이호, 박 노인. 이 노인은 머리를 중 모양 박박 깎았다. 얼굴이 둥근 이 박노인은 항상 군복을 걸치고 있다. 신선 삼호, 김 노인. 신선 중에서는 제일 인품이 떨어진다. 곰조다. 턱에 꼭 염소 같은 수염이 난 이 신선 삼호는 구제품 회색 신사복 저고리를 입었다.

(책세상, 1989)

□ 이범선 「단풍」

머리는 숫제 까치집 그대로였으며, 얼굴은 씻지 않아 뽀얗게 먼지 오른 머리카락과 잘 구분이 되질 않았다. 게다가 오른쪽 다리는 무릎 밑이 잘렸고, 거기에 적당히 구부러진 나뭇가지를 헝겊으로 동여매어 목발을 만들어 짚었다. 그런데 그 등에는 또 어린애를 업었다. 아니 어린애를 업은 게 아니라, 정확히 말하자면 어린애를 누더기에 말아서 그걸 마치 무슨 보따리처럼 칡덩굴로 묶어 왼쪽 어깨에다 걸러매었다. 오른쪽 다리가 없다 보니 그래야 아마 몸의 중심으로 잡을 수 잡을 수 있기 때문이었으리라.

* * *

그리고 또 그 입은 옷. 웃저고리는 중공군들이 입고 나왔던 솜저고리인데, 헝겊은 거의 다 헤지고 시꺼먼 솜 뭉텅이가 무슨 내장처럼 너덜너덜 하였고, 아래는 일본여자들이 전쟁 말기 방공연습 때에 입던, 소위 몸빼라는 바지인데, 그게 또 말이 아니었다. 본래의 천은 감색이었던 듯한데 목발을 짚은 오른쪽 가랑이는 얼룩얼룩한 우리 해병대의 옷 조각을 기웠고, 왼쪽 가랑이는 미군 장교복장의 헝겊인 듯한 사지로 대었다. 게다가 어쩌자고 웃저고리와 바지 사이에 그대로 맨살이 드러난 허리에 빨간 비단 꽃주머니는 찬 것일까.

(삼정, 1959)

□ 이범선 「사망 보류」

한 달이 조금 지났다. 어느 날 아침 철이 교무실 문을 들어서니까 박선생이 나와 있었다. 철을 보자 그는 걸상에서 일어나 웃으며 마주 나왔다. 여전히 광대뼈만 드러난 얼굴에 그래도 안경 속에 두 눈만은 제법 생기가 도는 듯했다. 이제 퍽 좋아졌다는 것이었다. 철은 반가웠다. 마주 웃으며 그의 손을 잡았다. 유난히 따스하고 작은 손이었다. 철은 그의 어깨 너머로 박선생 책상 위에 낯익은 꺼먼 보자기를 보았다. 박선생의 점심 보자기였다.

(책세상, 1989)

□ 이범선 「오발탄」

구석에 앉아 있던 철호의 아내가 슬그머니 일어섰다. 담요 바지무릎을 한쪽은 꺼멍, 또 한쪽은 회색으로 기웠다. 만삭이 되어서 꼭 바가지를 엎어놓은 것 같은 배를 안은 아내는 몽유병자처럼 철호의 앞을 지나갔다. 부엌으로 나가는 것이었다. 분명 벙어리는 아닌데 아내는 말이 없었다.

* * *

수갑이 채워진 두 손을 배 앞에다 모으고 천천히 형사의 책상 앞으로 걸어나오는 영호는 거기 걸상에 앉았다 일어서는 철호를 향하여 약간 머리를 끄덕여 보였다. 동생의 얼굴을 뚫어지려고 바라보고 서 있는 철호의 여윈 볼이 히물히물 움직였다. 괴로울 때의 버릇으로 어금니를 꽉꽉 씹고 있는 것이었다. 형사는 앞에 와서 선 영호에게 눈으로 철호를 가리켰다. 영호는 철호에게로 돌아섰다.

(삼정, 1959)

□ 이병주 「마술사」

왼편 눈에 검은 안대를 하고 있다. 아까 호롱불 밑에서 보았을 땐 70 가까

운 노인이 아닌가 했는데 램프를 가까이 보니 아직 50대에는 먼 40대의 사나
이같이 보였다. 약간 대머리가 까진, 준수한 콧날이고 야무진 입모습을 가진,
그러나 선량한 인상이었다. 게다가 턱에서 귀로 이은 선엔 고상한 기품 같은
것이 느껴졌다. 초라한 옷차림, 아까 받은 봉변의 흔적이 역연했음을 보면서
어딘지 모르게 상스럽지 않은 느낌이 그냥 남아 있다는 건 심상한 인물이 아
니다.

* * *

여섯 버어마인은 모두 키가 작았다. 코도 납작하고 안색도 좋지 않았다. 이
에 비할 때 그 크란파니라고 하는 인도인 마술사는 키가 버어마인보다 목에
서부터 위는 더 있는 것 같았고, 코도 덩실 높았다. 움푹 패인 눈엔 지혜의
빛이 있었다. 거무스레한 얼굴을 둘러싼 구레나룻과 턱수염이 그 얼굴에 위
엄을 주고 있었다.

* * *

거대한 체구의 심각한 표정을 인도인에 비할 때 심문하는 헌병의 꼴은 족
제비를 연상시켰다.

* * *

내 마누라는 이 카렐족의 딸로서 하늘의 별처럼 예쁘고 진흙 속의 연꽃처
럼 청정하고 슬기로운 소녀입니다.

* * *

인레는 정말 아름다웠다. 검은머리, 윤택 있는 밀 빛의 피부, 흑요석을 방
불케 하는 크고 맑은 눈동자, 열 아홉 살의 신선함을 지나면서 귀부인다운
우아함을 겸한, 파리의 가두에 세워도 사람들이 뒤돌아보지 않을 수 없는 미
모와 섬세한 육체를 가진 여인이었다.

* * *

송인규는 상업학교 입학시험에 합격했다는 소식을 들었을 때의 어머니의
얼굴을 고정시키려고 애썼다. 그땐 어머니도 그다지 늙지 않았다. 머리엔 흰

것이 가끔 보이기도 했어도 단정하게 빗어 올리면 젊은이 머리와 다를 바가 없었다.

* * *

약간 벗겨져 올라간 이마도 옛날의 이마가 아니었다. 눈은 움푹 들어가 있었다. 눈동자는 전에 없던 광채로서 빛나고 있었다. 턱에서 귀로 올라간 선이 야무졌다.

(삼성출판사, 1972)

□ 이병주 「소설 알렉산드리아」

갈색의 머리털, 그 머리털과 같은 갈색의 구레나룻에 덮인 해풍과 바다의 태양에 그슬린 검붉은 얼굴, 바다 빛과 같은 푸른 눈동자. 5척 6촌인 나의 키로선 우러러보아야 할 굉장한 턱.

* * *

소녀처럼 청순하고 귀부인처럼 전아하고 격한 정열에 빛나는가 하면 고요한 슬기에 잠긴 것 같고 관능적이면서 영적인 여인.

* * *

머리는 동양적 검은 머리, 긴 눈썹에 가려진 눈동자는 향목수풀로서 덮인 신비로운 호수, 그 긴 눈썹을 열면 천지의 정이 고인 듯한 흑요석. 비애도 환희처럼, 환희도 비애처럼 나타나는 표정, 헬레니즘과 헤브라이즘의 조화가 극치를 이룬 전형에 가까운 아름다움. 희랍의 청량함과 예루살렘의 금욕적 정진과 불란서의 교태와 영국의 마제스틱, 스페인의 정열이 가냘프면서도 탄력성 있는 육체 속에 미묘한 조화를 이루고 있는 신비.

* * *

태양의 햇살 밑에서 보아도 사라는 스무 살이 넘어 뵈지 않는 것이다. 잔주름 하나 없이 윤택 있는 피부와 맑은 눈동자는 바로 소녀의 피부이며 눈동자였기 때문이다.

* * *

서양사람으로선 키가 그다지 큰 편은 아닌, 언뜻 보아도 40을 넘어 보이는 사람이었는데 서로 지나칠 때 나는 그에게서 범상치 않은 의미 같은 것을 느꼈다.

넓은 이마, 그 위에 숱이 그다지 많지 않은 금발의 머리카락. 움푹 들어간 눈, 코와 귀와 턱이 단정한 윤곽을 이루고 있으면서 고독감을 풍겨 내는 그러한 얼굴, 한 번 슬쩍 보아도 사람 됨됨을 곧 알 수 있는 그러한 풍채. 나는 그를 한눈으로 그가 평범한 인물이 아닐 것이란 단정을 마음속으로 내렸다.

* * *

얼굴의 윤곽은 비교적 정돈되어 있는 편이었지만 생김새 전체에서 풍기는 인상엔 야비하고 사악한 데가 있었다. 간단히 말하자면 악한 독일인의 전형적인 얼굴이었다.

(범우사, 1997)

□ 이 상 「날개」

내 머리와 수염이 좀 너무 자라서 후틋해서 견딜 수가 없어서 내 거울을 좀 보리라고 아내가 외출한 틈을 타서 나는 아내 방으로 가서 아내의 화장대 앞에 앉아 보았다. 상당하다. 수염과 머리가 참 산란하였다.

(삼중당, 1979)

□ 이 상 「봉별기」

금홍이가 내 아내가 되었으니까 우리 내외는 참 사랑했다. 서로 지나간 일은 묻지 않기로 하였다. 과거래야 내 과거가 무엇 있을 까닭이 없고 말하자면 내가 금홍이 과거를 묻지 않기로 한 약속이나 다름없다.

금홍이는 겨우 스물한 살인데 서른한 살 먹은 사람보다 나았다. 서른 한 살 먹은 사람보다도 나은 금홍이가 내 눈에는 열일곱 살 먹은 소녀로만 보이고 금홍이 눈에 마흔 살 먹은 사람으로 보인 나는 기실 스물세 살이요, 게다가 주책이 좀 없어서 똑 여남은 살 먹은 아이 같다. 우리 내외는 이렇게 세상에도 없이 현란(絢爛)하고 아기자기하였다.

(동아, 1995)

□ 이 상 「종생기」

우선 그 작소(鵲巢)라는 뇌명(雷名)까지 있는 봉발(蓬髮)을 썰어서 상고머리라는 것을 만들었다. 오각발(五角髮)은 깨끗이 도태(淘汰)해 버렸다. 귀를 후비고 코털을 다듬었다. 안마도 했다. 그리고 비누세수를 한 다음 문득 거울을 들여다보니 품 있는 데라고는 한 귀퉁이도 없어 보이는 듯하면서 또한 태생을 어찌 어기리요, 좋도록 말해서 라파엘 전파(前派) 일원같이 그렇게 청초한 백면서생이라고도 보아줄 수 있지 하고 실없이 제 얼굴을 미남자거니 고집하고 싶어하는 구지레한 욕심을 내심 탄식하였다.

(동아, 1995)

□ 이순원 「강릉 가는 옛길」

그제서야 까마득히 잊었다가 어렴풋하게 떠오르는 얼굴이 있었다. 그러나 그건 국민학교 동창 수종이의 얼굴이 아니라 머리를 풀어헤치고 지나가는 사람 아무에게나 바락바락 악을 써대던 수종이 어머니의 얼굴이었다. 멀쩡하던 사람도 미치면 저렇게 되는구나 하는 어린 시절의 무섭고도 섬뜩했던 기억은 단지 오래도록 잊혀졌다 뿐이니 이십 몇 년이 더 지난 다음에도 아주 지워졌던 건 아니었다. 둔 데를 몰랐다가 어느 날 우연히 책 정리를 하다가 발견한, 누렇게 색이 바랜 흑백 사진처럼 수종이와 수종이의 어머니는 그렇게 우리 기억 속에 남아 있었던 것이었다.

(중앙일보사, 1996)

□ 이순원 「그 여름의 꽃게」

뜨겁고 진력나는 여름이었다. 할아버지는 마을로 들어오는 자루뫼 고개를 가득 메운 피난 행렬을 바라보며 잔뜩 이맛살을 찌푸렸다. 서산마루로 기어오르는 해가 붉은 기운을 더하자 할아버지의 얼굴은 푹 눌러앉은 코며, 코보다 앞으로 삐져나온 입술이 둘도 아닌 꼭 원생이의 그것 같았다.

(동아, 1995)

□ 이순원 「낙타는 무릎이 약하다」

"개니?"

그가 물었다.

"아뇨. 낙타예요."

아이가 말했다.

"그럼 왜 혹이 없니?"

"으응, 그건…… 무거우니까 내려놨지. 아빤 그것도 몰라!"

아이의 눈이 반짝 위쪽으로 떠올랐다.

"뭐야? 무거워서!"

"그렇다니까."

별처럼 맑은 눈이었다.

그는 아이가 그린 그림 위에 붉은 색 색연필로 '이것은 개가 아니라 낙타다'라고 쓰고 동그라미 다섯 개를 그려 주었다.

"야, 신난다."

아이가 만세를 불렀다. 그는 아이의 웃음이 물 무늬 모양으로 퍼져나가는 다섯 개의 동그라미 같다고 생각했다.

(동아, 1995)

□ 이순원 「어떤 봄날의 헌화가」

어느 회사 어느 사무실에나 그런 사람 하나씩은 꼭 있기 마련이다. 어떤 사람이냐면, 일테면 부서 안에서 하는 일은 별로 시원찮아도 다른 부서와의 협조 관계라든가 또 다른 부서의 지원을 말이다. 이런 때에도 김대리는 유감 없이 자기 능력을 발휘한다. 과장도 쩔쩔매고 차장도 쩔쩔매고, 그런저런 일을 알 길 없는 부서장은 그 일 잘 진행되느냐고 중간 중간 체크하고, 그러면 모두들 안으로 속이 터질 수밖에 없다. 이럴 때 김대리가 나선다. 그는 협조 전도 떼어 주지 않고, 저쪽 부서의 정보를 잘도 얻어온다.

* * *

바로 우리 사무실의 박창호 씨가 그런 사람 중에 하난데 내가 보기에 이 사람 일하러 회사에 나오는 건지 아니면 여사원들한테 야한 이야기를 하러 회사에 나오는지 언뜻 구분이 안 간다 이겁니다. 사무실에 있는 동안에도 어떻게 하면 좀더 찐하고 야한 이야기를 할 수 있을까만 연구하고 있는 게 아닌가 하는 생각이 들만큼 말입니다.

* * *

그렇게 허리가 부러지는 샐러리맨 가운데 김차식 과장도 그 중의 한 사람입니다. 시골에서 자랐고, 서울로 올라와 공부를 하고, 서울에서 직장을 잡고, 서울에서 중류 가정의 여자와 만나 결혼을 하고, 두 아이를 낳고, 지금은 어느 회사의 총무과장으로 일하고, 나이는 올해로 마흔이고 큰아이가 초등학교 5학년이며 뒤늦게 본 작은아이가 유치원을 다닙니다. 둘 다 사내아이라 여간 시끄럽지 않습니다. 가진 재산은 서울 변두리의 25평짜리 연립이 전부이고, 하나 또 있네요. 4년째 끌고 다니는 소형 승용차 하나……

(하늘연못, 1997)

□ 이외수 「벽오금학도」

그의 외모는 매우 특이했다. 백발동안(白髮童顔) 얼굴은 귀공자처럼 해맑은

데 머리카락은 고희를 넘은 노인처럼 온통 된서리가 하얗게 얹어 있었다. 눈이 부실 정도였다. 뿐만 아니라 그는 언제나 등이 둥글고 기다란 금빛 비단통 하나를 둘러메고 있었다. 홍콩영화의 액션물에 나오는 현대판 칼잡이를 연상시키는 모습이었다.

그러나 전혀 살벌해 보이지 않는 분위기를 가지고 있었다.

옷차림이 깨끗하고 단정했다. 이목구비도 깨끗하고 단정했다. 양순해 보이는 인상을 풍기고 있었다. 유난히 눈동자도 맑아 보였다. 이십대 초반의 나이였다. 이성적이기보다는 감성적인 분위기를 간직하고 있었다. 그러나 비록 머리카락이 하얗게 세어 있다고는 하더라도 탑골공원이 그의 나이에 어울리지 않은 장소였다.

(동문선, 1992)

□ 이외수 「칼」

소녀는 눈을 감은 채로 미동도 없이 의자에 그림처럼 단정하게 앉아 있었다. 청량한 가을 햇볕이 소녀의 모습 위로 젖어들고 있었다. 어딘지 모르게 애잔해 보였다.

(동문선, 1996)

□ 이외수 「황금비늘」

아버지는 전신이 극도로 쇠약되어 있었다. 뼈만 앙상하게 남아서 마치 미라를 연상시킬 정도였다. 항암제가 투여된 이후로 머리카락까지 모조리 빠져서 낯선 사람처럼 느껴질 정도였다.

* * *

나는 백화점으로 가기 위해 지하도계단을 올라가고 있었다. 어린애를 안고 웅크린 모습으로 앉아 있는 거렁뱅이 여자 하나가 내 눈길을 끌었다. 행색이 남루해 보였다. 얼굴은 한평생 세수를 하지 않은 사람처럼 땟국물로 덕지덕지 얼룩져 있었고 머리카락은 한평생 빗질을 하지 않은 사람처럼 엉망으로 얼기설기 헝클어져 있었다. 안고 있는 어린애는 팔뚝 바깥으로 모가지를 축 늘어뜨린 채 잠들어 있었다. 피골이 상접해 있는 얼굴이었다.

* * *

커피색 계열로 단장된 여자였다. 모자도 구두도 핸드백도 짙은 커피색이었다. 커피에 프림을 탄 듯한 색조의 원피스를 착용할 수 있었다. 균형 잡힌 체형이었다. 뒷모습만 보였다. 전율감의 강도로 보아 확실한 공격대상임을 의심할 여지가 없었다. … (중략) … 오만하고 부유해 보이는 사십대 초반의 여자였다. 보석으로 전신을 치장하고 있었다. 핸드백은 악어가죽으로 만들어져 있었고 잠금장치는 버튼형이었다. 여자는 사치와 허영을 정신적 지주로 삼고 소비와 향락을 일용할 양식으로 탐닉하면서 살아가는 부류임이 틀림없다.

* * *

청년들 중의 하나가 주인에게로 다가서더니 그렇게 물었다. 거만스러운 태도였다. 야구모자를 깊이 눌러쓰고 있었는데 왼쪽 눈 밑으로 칼자국이 징그러운 벌레의 꼬리처럼 감추어져 있었다. "장사가 짭짤하구만." 손가락이 없는 가죽장갑을 낀 청년이 껌을 질겅질겅 씹으며 공연히 서가에 꽂혀 있는 만화책들을 주먹으로 가볍게 툭툭 건드려 보고 있었다.

(동문선, 1997)

□ 이윤기 「갈매기」

갈매기를 처음 만난 것은 반년 전 오피스텔의 승강기 안에서다.

승강기 안으로 들어서면서도 그는 전날 밤 혼자 마신 술의 숙취 때문에 제대로 눈을 들 수 없었다. 눈이 빨갛게 충혈되어 있을 것 같아서 그랬다. 위층에서 승강기를 타고 내려온, 쭉 뻗은 다리로 보아 젊은 숙녀임에 분명할 터인 앞사람에게 눈인사 건네기가 망설여졌던 것도 눈 때문이다. 그래서 눈을 내리깔고 있는데 문득 그의 눈에 여자 옆에 서 있는 가방이 낯익어 보였다. 무리 지어 다니는 것이 보통인, 항공기 여승무원들이 끌고 다니는 조그만 화장 가방이 매달린 검은 옷가방이었다.

그는 천천히 고개를 들었다.

맨 먼저 그의 눈에 들어온 것은 하얀 날개를 편, 갈매기 같기도 하고 독수리 같기도 한 항공사의 하얀 휘장, 그리고 그 다음 눈에 들어온 것이 항공사 제복 위로 솟은 불룩한 젖가슴이었다.

(민음사, 1998)

□ 이윤기 「나비넥타이」

노수에게 전공 바꾸는 재주가 있을 줄을 누가 알았으랴.

노수는 그런 재주도 있었구나 싶게 방향을 사회학 쪽으로 바꾸고 벌어 먹어가면서 너끈하게 대학원을 마치고 미국으로 나가더니 5년 만에 학위 얻어 들고 크게 변모한 모습으로 김포공항으로 들어왔다. 그런데 그 변모라는 것이 어찌나 나의 상상력을 무참하게 짓밟아 놓는 것이었던지, 노수는 김포공항 나올 때부터 이날 이때까지 나에게 사람이라는 것이 도대체 뭣인가, 핏줄이라는 것이 도대체 뭣인가, 시대라는 것이 뭣인가 싶게 만든다.

탑승자 명단에서 박노수라는 이름을 끝내 발견하지 못한 것은 전연 나의 실수가 아니다. 말 배울 때부터 미국으로 떠나기까지 근 30년 동안이나 말더듬이 노릇을 하던, 언필칭 어눌하기 짝이 없던 위인이, 일반명사처럼 부드러운 '노오스 파아크(North Park)'같이 세련된 이름을 쓸 줄을 내가 어떻게 상상할 수 있었겠는가.

누가 어깨만 쳐도 얼굴을 귓불까지 붉히던 '빨갱이' 박노수가, 중심이 무너질 만큼 사납게 내 어깨를 칠 줄을 내가 어떻게 상상할 수 있었겠는가. 나는 못한다.

박노수가 '노오스 파아크'라는 이름을 탑승객 명단에다 찍었다는 것은 여권이나 신용카드에도 그런 이름이 진즉에 번듯하게 찍혔다는 뜻이다. 그렇다면 노수는 여권 신청할 때부터, 거기에 앞서 신용카드 신청할 때부터 벌써 영어로 쓰일, 영어 사용 국민이 부르기 쉽고 외기 쉬운 이름을 지어놓고 있었던 셈이 된다. 그럴 수도 있기는 하다.

* * *

나는 노수 할머니가 백리길 떠나는 것을 몇 차례 보았거니와, 그 출발은 전혀 비장하지 않았다. 할머니는 백리 길을 떠나는데도 산밭 올라가듯이, 질러가는 산길을 올라 숲 속으로 사라지고는 했다. 종신을 못해서 모르기는 하지만, 할머니는 세상 떠날 때도 그렇게 씩씩하게 떠났을 것이다. 그러나 그 할머니의 체념과 절망이 내 눈에 보이지 않았던 것은 내 눈이 어두워서였을 것이다. 그것이 벌써 할머니 안에 육화되어 있어서 나 같은 애송이 눈에는 보이지 않았을 뿐일 것이다.

그즈음 이미 허리가 구부러지고 다리가 안짱다리처럼 휘기 시작하고 있었는데도 불구하고 노수 할머니에게는 땀 찬 고무신이 삐걱거리는 소리를 내리 만치 힘있게 땅바닥을 짓뭉개면서 걷는 버릇이 있었다. 그래서 마른땅에 찍혀도 노수 할머니의 발자국은 흡사 큼지막한 따옴표를 한 줄로 찍어 놓은 것 같았다.

* * *

나는 노민이가 입사해서 첫 출근 할 때의 모습을 아련하게 기억한다. 하얀 깃이 달린, 길지도 짧지도 않은 검정 원피스 차림에 화장기 없는 얼굴에, 생머릴 두 줄로 땋아 내려서 흡사 영화에서 본 유럽의 사립 기숙학교 여고생 같았던 노민이는 대도시의 온갖 사물을 놀라워서 솔직한 눈매와 그 독특하게 보수적인 차림으로 금세 편집실의 다소곳한 꽃이 되었다.

* * *

노수에게는 말을 더듬지 않으려고 단어의 첫 음절을 길게 발음하는 버릇이 있었다. 첫 음절을 길게 발음함으로써 다음 음절을 더듬지 않고 정확하게 발음할 준비를 하는 셈이었다. 그러나 노수의 발음에서는 그 버릇조차 사라지고 없었다.

고등학교 때는 그러지 않았는데, 대구로 나오면서부터 노수는 말을 더듬기 시작하고 수줍음을 심하게 타서 걸핏하면 얼굴을 붉혔다. 어찌나 얼굴을 잘 붉히고 어찌나 말을 심하게 다다거리면서 더듬었는지 중학교 시절의 노수 별명은 '뿔갱이', 고등학교 때의 노수 별명은 '다다이스트'였다. 말을 더듬고 얼굴 잘 붉히는 거야 노수만 그랬던 것은 아니니까 크게 문제될 것이 없는데, 문제는 노수가 그 수줍음과 낯 붉어지는 것 때문에 저에게 버릇 든 것이 아니면 절대로 가까이하지 않으려 했다는 데 있다. 노수는 수줍음을 타도 너무 탔다.

* * *

초인종 소리에 대답한 것은 노수가 아니라 노민이었다. 중학생 때 두어 번 본 모습과는 판이했다. 노민이는 대문에 뚫린 쪽문으로 밖을 내다보고 있었다. 쪽문을 통해 밖을 내다보자니 자연 허리를 구부릴 수밖에 없고, 허리를 구부렸으니 목과 옷깃 사이가 빌 수밖에 없었다. 나는 노민이의 젖가슴을 보고 억, 소리를 내지 않았는지 모르겠다. 하얀 얼굴에 난 빨간 여드름 몇 개, 손을 대면 땀이 묻어날 것 같은 하얗고 촉촉해 보이는 목덜미가 어쩌면 아직도 내 뇌리에, 언어로는 표현하기 어려운 어떤 경험으로 선연하게 남아 있다. 그 경험은 새비릿하던 냄새와 묵근한 느낌과 야비한 충동을 아우른다.

그 경험의 육질 자체는 그때나 그 이후나 다름이 없다. 그러나 뒷날 한동안 함께 일한 일이 있어서 잘 알게 되었거니와, 고교시절 노민으로부터 받은 그 인상은 실제의 노민과 많은 차이가 있었다. 노민이의 목이 다른 처녀들 목보다 특별히 흰 것도 아니고, 노민이의 젖가슴이 다른 처녀들 것보다 특별히 큰 것도 아니라는, 개운하지 못한 뒷맛을 경험한 뒤로 나는 기억이라는 것을 일단 의심하고 본다.

* * *

노민이가 얼굴에서 펼쳐지는 정교한 화장술의 묘기를 묘사하기는, 화장과 관련된 어휘를 습득하지 못한 나 같은 사람에게는 도무지 가능하지 않다. 그의 빈약한 입술에 개어 발리는 색상은 실로 먼셀의 색상 견본을 무색하게 했다. 글 자리와 그림 자리를 균형 바르고 정확하게 앉혀주는 편집 대지 작업에 관한 한 낙제점에 가까우리 만치 손재주가 없는 그가 어떻게 그렇게 대칭이 되도록 정교하게 눈썹을 그리고, 윤곽선을 알아보지 못하게 아웃 포커스로 볼연지를 바르고, 외국의 여배우와 아주 똑같게 입술선을 그려내는지 우리로서는 도무지 이해할 수 없었다. 노민이는 늘 그랬다.

(민음사, 1998)

□ 이윤기 「햇빛과 달빛」

"자네가 오면 나는 '한틸'이 되네 그려."

내가 과수원으로 들어서자 웃으면서 한 말이다. 그는 스스로 자신의 별호를 먼저 부름으로써, 스승 자주 찾아뵙지 못해 송구해하는 제자들 마음을 푸근하게 만들어 주고는 했다. 아호 같은 것이 있었던 것은 아닌데, 지독히 대머리였던 그분은 십여 년 전부터 제자들 사이에 '일모(一毛) 선생'으로 불렸다.

"선생님께서는 아직도 빠질 머리카락이 많습니다. 마지막 한 올 남을 때까지, 아니올시다, 그 마지막 한 올이 빠진 뒤로도 저희들이 줄기차게 모시겠습니다."

어느 버르장머리 없는 제자의 말에서 유래한 별호다.

그때 그분은 이렇게 응수했다.

"나무는 없어도 이 독산(禿山) 속 광맥에는 자네들에게 나누어줄 게 꽤 있지…… 모셔도 오줌똥 받아내는 일은 없을 것일세."

나는 그 뒤로 말장난하느라고 친구들 듣는 데서 뜻을 새겨 '한틸 선생'이라고 했던 것인데 그분은 그걸 들어서 기억하고 있었던 모양이다. 한틸 선생은 떡갈나무 몽둥이 같은 손을 내밀면서 시커멓게 그을린 눈꼬리로 기가 막히게 아름답게 웃었다.

대머리에는 머리카락 대신에 땀에 젖은 사과나뭇잎 몇 장이 붙어 있었다.

* * *

채운은, 예쁘다거나 아름답다라는 말이 어울리지 않을 뿐, 얼굴의 선이 분명하고 이목구비가 반듯한 처녀였다. 웅진이는 채운을 보는 순간, 물이 오르지 않아 얼굴이 어떤 분위기를 획득하지 못하고 있을 뿐, 참 잘생긴 얼굴……이라고 생각했다. 그가 나의 채근에 못 이겨 다소 복잡하게 표현한 바에 따르면, 채운의 얼굴은, 아름답다는 평판을 받던 얼굴이 그 아름다움을 잃어버리고 오히려 과거의 아름다움이 오히려 거추장스러운 나이가 될 때, 비로소 아름답게 드러나고 피어나기 시작하는 그런 얼굴이었다.

* * *

나이가 마흔이 조금 덜 되는 보름보기 주모는 그 생김생김이 남자들 눈에 잘 띄지 않아서 그런지, 마을의 남정네들이 외따로 떨어져 있는 그 집에서 술을 마시다가 낮잠을 자고 오든, 노름판 벌이거나 추렴술 마시다 한 덩어리로 엉켜서 자고 오든, 부인네들은 그걸로 시비하는 일이 아주 드물었다. 남정네들은 마을에 마흔도 넘기지 않은 과부 주모가 있으면 오뉴월 철갱이 부첩대듯이 할 텐데도 이상하게 저희들끼리 무슨 묵계라도 맺은 듯이 보름보기 과부 주모를 사사로이 대하는 법이 없었다. 입이 험한 사람들은 보름보기를 진한 농담에 올릴 때마다, 개값 물기 좋아한다고 아무데서나 물어, 했다. 말하자면 남정네들은, 보름보기를 그럴 만한 상대로 보아주지 않는 것이다.

(문학동네, 1996)

□ 이인직 「귀의 성」

창호지 한 겹만 가린 홑장 밑에서, 긴 베개 한 머리 베고 넓은 요 한편에 혼자 누워 있는 부인은 나이가 이십이 될락말락하고, 얼굴은 돌아오는 반달같이 탐스럽더라.

* * *

부엌 앞에 기러기 늘어서듯 한 계집종 총중에서 이마는 숙붙고 얼굴빛은 파르족족하고 눈은 게슴츠레한 계집이, 나이는 스물이 되었거나 말거나 하였는데 부엌으로 뛰어 들어오며 작은 돌이를 향하여 손을 내뿌리면서.

* * *

춘천집의 어린아이는 돌 잡힌 지 한 달 만에 어찌 숙성하던지 아장아장 걸으면서 엄마 엄마 부르는 것을 보면 무얼무얼하고 탐스럽게 생긴 모양은 아무가 보던지 귀애할 만하고, 원수의 자식이 그러하더라도 밉게 볼 수가 없겠더라.

* * *

춘천집이 침모의 목소리를 듣고 상그레 웃으면서 안방 문을 열고 나오는데, 돌아오는 달같이 탐스럽게 생긴 얼굴에 인정이 뚝뚝 듣는 듯하다.

* * *

침모가 지난 일 생각이 나서 고개를 냅들고 정신없이 길바닥을 보고 있는데 마주치던 인력거 위에서 내다보는 사람은 나이 삼십이 될락말락한 남자이라. 의관이 깨끗하고 외모도 영특하게 생겼으나, 언뜻 보아도 상티가 뚝뚝 떨어지는 천격의 사람이라.

* * *

그 남자가 거드름스러운 헛기침 두 번을 하며 안방에로 들어오는데, 나이 삼십이 넘을락말락하고, 구레나룻은 뺨을 쳐도 아프지 아니할 만하고, 둥그런 눈은 심술이 뚝뚝 떨어지는 듯 하고, 콧날 우뚝 서고 몸집 떡 벌어진 모양이 대체 영특한 남자이라.

* * *

키는 크고 적도 아니하고 몸집은 퉁퉁하고, 어깨 떡 벌어지고 눈이 부리부리하고 구레나룻 수진스럽게 난 모양이 아무가 보든지 만만히 볼 수는 없게 생긴 자이라.

* * *

별안간에 사랑문이 왈칵 열리더니 여편네 하나가 들어오며, 이것이 웬일이오, 소리를 지르는데, 나이 사십이 될락말락하고 얼굴은 벌레 먹은 삼잎같이 앙상하게 생겼는데, 어찌 보면 남에게 인정도 있어 보이고 어찌 보면 고생주머니로 생겼다고 할만도 사람이라.

(청목사, 1994)

□ 이인직 「치악산」

나이 열 다섯이나 열 여섯쯤 되고 얼굴이 동그스름하고 어여쁜 얼굴이라. 만일 서울 들구멍 속에 있었던들 남의 종노릇이나 아니하고 잘되러 가고 싶은 마음이 벌써 생겼을 만하더라.

* * *

그 말이 뚝 떨어지면 어떠한 젊은 남자가 서슴지 아니하며 들어오는데, 나이 24, 5세쯤 먹고 얼굴이 볕에서 익어서 검붉은 빛을 띠었으나, 남자의 얼굴로는 어여쁜 얼굴이라. 도래 좁은 통영갓에 갓끈이 어찌 좁던지, 서울 시체에도 너무 지나도록 맵시만 취한 모양이라. 철 찾아 입은 옷이 썩 좋게 입었는데, 아무리 보아도 남의 행랑방으로 돌아다니며 놀 사람은 아니라.

* * *

본래 검홍이가 밤벌레같이 살이 찌고 복사꽃같이 곱던 얼굴이러니, 중병을 치렀는지 뼈만 남은 얼굴에 혈색이 조금도 없고, 왼편 다리를 자촉 자촉하며 걸어 들어오는 모양이 아무리 보아도 전에 보던 검홍이가 아니더라.

* * *

방문이 덜컥 열리더니 나이가 20은 되었다 하면 되어 보이고 못되었다 하면 못되어 보일 만한 소년 한 명이 들어오는데, 얼굴이며 모양 범절이 남중에도 그런 일색이었던가 싶더라.

* * *

나이는 30이 넘어 보일 법해도 분을 따고 넣은 듯한 얼굴에 반달 같은 이마와 앵두 같은 입술이 시골구석에서 평생 처음 보던 일색이라.

* * *

급히 동인 것을 풀고 이불을 떠들어 보니, 전반같이 충충 땋은 머리채가 툭 틀어지며 구름 같은 머리털이 흐트러져서 백옥 같은 귀밑에 산란하였는데, 꽃같이 고운 얼굴과 버들같이 가는 눈썹에 샛별 같은 눈을 그림같이 감았으나, 그 선연한 태도와 경영한 체질은 세상에 이런 일색이 있으랴 싶더라.

* * *

이씨부인의 업적은 30줄에 들었을망정 꽃 같은 얼굴에 달 같은 태도 버들 같은 허리에 앵두 같은 입술을 월궁항아(月宮姮娥)가 광한전(廣寒殿)에 배회하듯, 요지서왕모(要地西王母)가 반도연(蟠桃宴)에 내림하는 듯, 그 아리따운 모양은 해당화 한 가지가 동풍세우에 반쯤 젖은 듯, 어디가 고우며 어디가 미움을 모를지라.

(범우사, 1992)

□ 이인직 「혈의 누」

숨이 턱에 닿을 듯이 갈팡질팡하는 한 부인이 나이 삼십이 될락말락하고, 얼굴은 분을 따고 넣은 듯이 흰 얼굴이나 인정없이 뜨겁게 내리쬐는 가을볕에 얼굴이 익어서 선 앵두빛이고 걸음걸이는 허둥지둥 하는데 옷은 흘러 내려서 젖가슴이 다 드러나고 치맛자락은 땅에 질질 끌려서 걸음을 걷는 대로 치마가 밟히니, 그 부인은 아무리 급한 걸음걸이를 하더라도 멀리 가지 못하고 허둥거리기만 한다.

* * *

부인이 나이가 삼십이 될락말락하나 옥련의 모친과 정동갑이나 아닌지, 연기(年紀)는 옥련이 모친과 그렇게 같으나 생긴 모양은 옥련의 모친과 반대만 되었다. 옥련의 모친은 눈에 애교가 있더라. 정상 부인은 눈에 살기만 들었더라. 옥련의 모친은 얼굴이 희고 도화색을 띄더니 정상부인의 얼굴은 희기는 하나 청기가 돈다.

* * *

옥련이는 어디 그러한 영리하고 숙성한 아이가 있었던지, 혼자 있을 때는 부모를 보고싶은 마음에 죽을 듯 하나 사람을 대할 때는 어찌 그리 천연하던지, 부모를 생각하는 기색이 조금도 없었다. 옥련의 얼굴이 옥을 깎아서 연지분으로 단장한 것 같다.

* * *

옥련의 키로 둘을 세워도 치어다볼 듯한 키 큰 부인의 얼굴을 새그물 같은 것을 쓰고 무 밑동같이 깨끗한 어린아이를 앞세우고 지나가다가 옥련의 말하는 소리를 듣고 무엇이라 대답하려는지 서생과 옥련의 귀에는 바바… 하는 소리 같고 말소리 같지는 아니한지라.

(청목사, 1994)

□ 이인화 「시인의 별」

안현은 고려 충렬왕 때 사람이다. 일찍 아버지를 여의고 숭천부에서 홀어머니의 손에 컸다. 열두 살이 되자 개경으로 나와 친척집에 기거하면서 공부했는데, 착실한 성격에 글재주도 뛰어나서 장차 크게 되리라는 기대를 모았다. 열여섯에 관리로 임용되는 예비시험인 감시에 합격한 뒤에는 여러 스승을 찾아다니며 학문을 쌓았고 국자감에서 친구들과 교유했다.

* * *

조숙창은 안현과 동기지만 고종 연간에 좌사간을 지낸 조규의 아들이었다. 그는 등과하던 해 지방관으로 임용되었다가 금방 개경으로 돌아와 순탄하게 승진했다. 실록을 편찬하는 사관, 관리들의 인사를 담당하는 전리사를 거쳐 요직 중의 요직이라는 밀직사에서 왕명의 출납을 맡은 승지가 된 것이 몇 달 전이었다. 성품이 담백했으나 시류를 헤아려 몽골인들과 잘 사귀었고 동료들과도 사이가 나쁘지 않았다. 나중에 안현을 위해 역참 관리 자리를 알아봐 준 것도 그였다.

* * *

또다른 동기인 이세화는 안현과 같이 한미한 집안 출신이었다. 그러나 그는 세상이 바뀌자 일찌감치 공부를 때려치웠다. 그는 본래 얼굴이 희고 키가 훤칠한 데다 말솜씨가 좋은 사내였다. 한번 마음을 돌이키니 도처 청산이었다. 근처 쌍화 가게 여주인부터 그 수양딸, 수양딸의 시주절에 있는 여승, 그 여승의 동생…… 가지각색의 여자들이 그에게 반하여 열중해 왔다. 그는 유부녀와 관계하다 그 남편에게 들켜 줄행랑을 놓기도 하고 관희 같은 야밤의 구경거리가 있으면 생전 처음 만난 여자를 덤불 숲으로 데려가 덮치기도 하면서 선비들 사이에 크게 인망을 잃었다.

* * *

안현은 무슨 까닭인지 모르게 그 여자의 모습에 마음이 끌려 발을 멈추었다. 흰 진주 수술을 모자 양쪽에 길게 드리우고 붉은 연지를 입술과 양 볼에 바른 그 부인은 하얀 얼굴을 하고 있었다. 한눈에 봐도 몽골 여자가 아니었다. 그녀는 즐겁게 웃으며 옆에 선 남자아이를 쓰다듬고 있었다. 그녀는 소매 끝에 담비털을 댄 몽골의 전통의상 위에 목련꽃을 자수한 중국 비단 조끼를 덧입고 서 있는 부인을 더할 수 없이 편안하고 행복해 보였다.

(문학사상사, 2000)

□ 이제하 「강설」

호텔 식당에서 T선생 소개로 처음 인사를 했을 때, 사장의 인상은 어딘가 깡마른 듯한 그런 것이었다. 골똘히 이쪽을 쏘아본달 것까지는 없어도 언뜻 시선이 마주칠 때는 그 비슷한 느낌을 나는 받았다. 전체적으로 애늙은이 같은 풍모긴 했으나, 오십이 채 못 된 나이에 그 정도의 기업을 자수성가하다시피 장악했다는 걸로 미루어 보면 남다른 노심초사가 있었을 것은 당연하다.

(동아, 1995)

□ 이제하 「나그네는 길에서도 쉬지 않는다」

륙색의 사내는 사십쯤 나 보였다. 눈빛은 온화했으나 새파란 구레나룻 자리 한복판으로 가끔 드러나는 이빨이 차가웠다.

(동아, 1995)

□ 이제하 「풍경의 내부」

어느새 등 뒤로 모습을 드러낸 아까의 그 안경잽이가 댓 걸음 저쪽에서 이쪽을 바라보고 있었다. 안경잽이는 졸리운 듯한 눈을 알 속에서 가늘게 뜨고 있었으나, 어쩐지 옹골차고 작달막한 키 전체가 뒤틀린 고구마처럼 불안정해 보였다. 늘어뜨린 두 팔의 한쪽 손에는 예의 그 야바위판의 접힌 마분지가 여전히 쥐어져 있다. 그것이 적의를 노골적으로 내뿜고 있는 것 같아 대항할 태세를 갖추면서 나는 긴장했다.

(작가정신, 2000)

□ 이청준 「겨울광장」

전체의 윤곽은 가운데가 조금 들어가고 이마와 턱이 둥그스름한 것이 내 얼굴의 특징이었다. 그리고 무엇보다 미스 윤이 흐려졌다고 하던 나의 눈은 흰자위가 조금 아래로 깔리고 검은자위가 약간 노리끼리했다. 천장에 매어 달린 형광등의 동그라미가 마침 그 눈동자에 들어앉아 있어서 나는 꼭 하얀 불을 두 눈에 켜 달고 있는 것 같았다.

(한겨레, 1980)

□ 이청준 「날개의 집」

세민은 때로 그런 유당이 무슨 도를 닦고 있는 사람 같기도 했다.
희끗희끗 반백으로 뒤섞인 더부룩한 머릿결과 길다란 턱수염에, 때로는 심상찮은 의엄기 같은 것이 스쳐지나가곤 하는 눈빛이 그랬고, 이따금 부질없이 먹물을 갈고 앉아 있을 때의 그 묵연한 분위기가 그랬다.

(열림원, 1998)

□ 이청준 「놀부는 선생이 많다」

비단옷 가게에 물총을 쏘아대면 어찌되나? 옹기 짐을 받쳐 놓은 지게 작대기를 걷어차 버리면 어찌되나? 똥 누고 있는 아이를 그 자리에 주저앉히면 어찌되나? 길가는 나그네를 재워 줄 듯 붙들었다 해가 진 다음에 내쫓으면 어찌되나…?

우리는 일찍부터 마음씨 고약한 사람으로 놀부라는 못된 인간이 있었다는 것을 알고 있다. 그리고는 그는 오장육부를 지니고 살아가는 우리보다 갈빗대 밑에다 심술 보 하나를 더 꿰차고 살아, 그 심술보의 끊임없는 충동질로 앞에 든 예들과 같이 온갖 못된 생각과 인정머리 없는 행동만 일삼고 살았던 것으로 알려져 왔다.

* * *

한마디로 도대체 제 욕심과 심술밖에 사람의 도리와 하늘 무서운 줄을 모르는 인간으로, 그 성질이 인정머리 없기는 사흘을 내리 굶은 지리산 호랑이처럼 사나워 그 앞에 일어나는 모든 일에 눈 하나 깜짝하지 않을 만큼 모진 위인이었다.

그런데 그 놀부에게는 그런 형과는 반대로 마음씨가 매우 고운 흥부라는 아우가 있었고, 어느 날 놀부가 옛 선대 때부터 함께 살아온 그 아우 흥부를 집에서 갑자기 내쫓아 버렸다는 사실도 우리는 이미 잘 알고 있는 일인 바, 그런 야박하고 무도한 짓거리 역시 원체 그 놀부의 끝없는 탐욕과 사나운 심술보에서 비롯된 일임은 두말할 필요가 없을 것이다.

(열림원, 1996)

□ 이청준 「병신과 머저리」

소리를 꽥 지르는 통에 나는 방으로 쫓겨 들어오고 말았다.

비로소 몸 전체가 까지는 듯한 아픔이 전해왔다. 그것은 아마 형의 아픔이었을 것이다. 형은 그 아픔 속에서 이를 물고 살아왔다. 그는 그 아픔이 오는 곳을 알고 있는 것이다. 그리하여 그것을 견딜 수 있었고, 그것을 견디는 힘은 오히려 형을 살아있게 했고 자기를 주장할 수 있게 했다. 그러던 형의 내부는 검고 무거운 것에 부딪혀 지금 산산조각이 나고 있었다.

그렇다고 해도 이제 형은 곧 일을 시작하게 될 것이다. 형은 자기를 솔직하게 시인할 용기를 가지고, 마지막에는 관모의 출현이 착각이든 아니든, 사실로서 오는 것에 보다 순종하여, 관념을 파괴해 버릴 수 있는 힘이 있었다. 무엇보다도 형은 그 아픈 곳을 알고 있었으니까. 어쨌든 형을 지금까지 지켜온 그 아픈 관념의 성은 무너지고 말았지만, 그만한 용기는 계속해서 형에게 메스를 휘두르게 할 것이다. 그것은 무서운 창조력일 수도 있었다.

(동아, 1995)

□ 이청준 「서편제」

그러니까 소년이 그 소리의 진짜 모습을 자신의 눈으로 똑똑히 보게 된 것은 그의 어미가 어느 날 밤 뜻하지 않은 소동 끝에 홀연 저승길로 떠나가 버리던 다음날 아침의 일이었다. 소리가 마을로 들어서던 그 한여름이 지나가고 해가 훌쩍 뒤바뀌고 난 이듬해 이른 여름의 어느 날 밤, 소년의 어미는 땅덩이가 꺼져 내려앉는 듯한 길고도 무서운 복통 끝에 흡사 핏속에서 쏟아내듯 작은 계집아이 형상을 하나 낳아놓고는 그날 새벽으로 영영 그만 눈을 감아버린 것이었다. 그리고 그런 일이 있는 다음날 아침에야 비로소 소리의 사내가 그 후줄근한 모습을 드러내며 소년의 집 사립문을 들어서던 것이었다.

하지만 소년은 아직도 그때의 그 사내의 얼굴이 소리의 진짜 얼굴이라고는 생각을 하지 않았다. 소녀에겐 여전히 그 뜨거운 햇덩이가 소리의 진짜 얼굴로 남아 있었다. 나이가 들어가도 마찬가지였다. 사정이 달라져버린 소리의 사내가 핏덩이 같은 갓난애와 소년을 데리고 그 고을 저 고을로 소리를 하며 밥 구걸을 다니고 있었을 때도, 소리의 진짜 얼굴은 언제나 그 뜨겁게 이글거리는 햇덩이 쪽이었다.

* * *

사내는 여인의 소리에서 또다시 그 자기의 햇덩이를 만나고 있었다. 그리고 언제나처럼 무서운 인내 속에서 그 뜨겁고 고통스런 숙명의 태양 볕을 끈질기게 견뎌내고 있었다. 그러자 이윽고 여인의 소리가 끝이 났다. 흥부가 한 대목이 다한 것이었다.

(열림원, 1993)

□ 이청준 「키 작은 자유인」

그런 식으로 제 조카 녀석의 고집통까지 보기 좋게 까뭉개준 위인의 성깔이었다. 그런 성깔의 규순 청년이 전쟁터에서 한쪽 발을 다치고 돌아와 절뚝절뚝 목발걸음을 하고 다니게 되었으니 마을 사람들은 은근히 위인의 행패가 두렵지 않을 수 없었다. 사지를 헤매다 돌아온 사람인 데다 그 무렵엔 상이군경들의 행동거지도 거칠어 위인 또한 어지간히 성깔이 더 거칠어졌으리라, 지레짐작을 하게 된 탓이었다. 그래저래 마을에선 그를 함부로 가까이 하려는 사람이 없었다.

* * *

심성이 모질고 표독스러워지기보다는 있던 성깔까지 오히려 전보다 너그럽고 싹싹해진 쪽이었다. 그를 꺼리는 어른들에겐 상대쪽이 민망스러울 정도로 지극히 공손했고, 아랫사람들에겐 늘 상실 없이 보일 만큼 쾌활하고 장난스럽게 굴었다. 그는 마치 아직 철이 덜 난 어린아이처럼 동네 조무래기들과 어울리기를 특히 좋아했는데, 위인에겐 그 옛 심술통과 고집기조차도 아이들과의 그런 어울림의 방편이 되고 있었다. 그는 그 어린 친구들을 즐겁게 해 주기 위해 다친 다리를 더 우스꽝스럽게 절뚝거려 보이기도 하였고, 때로는 마을 앞 팽나무 그늘 아래서 조무래기들에 둘러싸여 전쟁 무용담에 한창 신 이 나 있기도 하였다. 그러다 마을로 엿장수라도 들어오면 푼푼치 못한 자기 주머니를 털어서 새삼 어린 친구들의 환심을 사기도 하였다.

(문학과지성사, 1977)

□ 이혜경 「가을빛」

무릎에 손을 짚으며 일어섰던 어머니가 허둥, 했다. 껑성하니 큰 몸이 잠깐 기웃하는가 싶더니, 가까스로 관성을 찾아 꼿꼿하게 섰다. 잠깐의 허둥거림을 가리려는 듯, 이층을 향해 외치는 어머니의 목소리는 쨍쨍했다. 속에서 과포 화상태에 이르도록 증식한 불안, 차오른 공포를 가누느라고 높고 쨍쨍해진 목소리였다.

＊ ＊ ＊

태열과 황달기가 채 가시지 않아 조금 센 불에 구워낸 식빵처럼 노릇하고 붉은 아기의 얼굴은 섬세했다. 오똑한 콧날은 고집스러웠지만, 아기의 눈은 꿈꾸는 듯 몽롱했다.

(민음사, 1998)

□ 이혜경 「길 위의 집」

강파르던 얼굴에 결혼하면서부터 살이 붙어, 효기의 유한 성질이 더 두드 러져 보였다. 올 가는 머리카락에서 동그런 눈, 반듯하나 오똑한 맛이 없어 퍼져버린 콧대. 장님이 손으로 만져서 형체를 알아내듯, 길중 씨는 어스름 속 에서 아들의 얼굴을 읽어버렸다. 힘이나 패기 같은 게 느껴지지 않는, 그저 온건하고 유향만이 느껴지는 얼굴.

＊ ＊ ＊

윤기의 곁에 앉은 인기가, 놀랄 만큼 윤기를 닮았다는 걸 처음 깨달은 것이다. 기다란 얼굴, 날카로워 보이는 눈매, 살이 없어 패였던 볼에 조금씩 살이 붙은 것까지. 늘 대조적이라고 여겼는데. 거기에 비하면, 두툼한 얼굴에 동글동글한 인상의 효기는 아주 달랐고, 정기는 무난하고 평범해 보였다. 사람 좋아 보이는 얼굴로, 효기가 받았다.

* * *

윤기와 정기의 부축을 받으며 차에서 내렸을 때, 윤씨의 식구들을 보고 비죽 웃었다. 까치집을 지은 것처럼 헝클어지고 뭉친 머리, 하얗게 말라붙은 입술 사이로, 연필로 쓴 글씨를 지웠을 때 생기는 지우개 밥 같은 웃음이 흩어졌다. 오른손에 시들시들 늘어진 장미 한 송이를 꼭 쥐고 있었다. 언제 꺾은 것일까. 꽃잎이 몇 낱 남지 않았다.

* * *

윤씨는 어릿거리는 눈으로 은용을 올려다보았다. 틀니를 빼어놓아서 합죽한 입, 아침결에 잠깐 피었다가 오므라든 나팔꽃 같은 입술, 얼굴이 아기처럼 천진해 보였다.

* * *

방문을 열어놓은 채, 은용은 이맛전에 흘러내리는 머리카락을 귀 뒤로 넘기면서 눈은 방학 숙제인 뜨개질에, 귀는 문간에 잇닿은 골목에 주고 있다. 하얀 레이스 실로 꽃병 받침을 뜨는 게 숙제였다. 코바늘을 놀리는 은용의 연한 눈동자에 겁이 실렸다. 동그랗고 커다란 눈동자, 다른 때에는 늘 먼데를 바라보듯 순하던 눈이 긴장으로 어둡게 반짝거렸다.

* * *

윤씨는 현희의 수그린 정수리를 바라보았다. 제법 조신하게 방바닥만 내려다보고 있지만, 오똑한 콧대가 아무리 봐도 녹록지 않아 보인다. 아무리 대학생이라지만 공부하는 학생인데, 감추려 해도 드러나는 긴 손톱이며 화장이 먹어든 얼굴, 칠한 입술, 꼬불꼬불 지진 머리. 한국 사람이 서양사람 흉내내

느라 머리까지 지져 붙인다던 길중 씨가 보면 이 또한 책잡힐 것이다.

* * *

역전 다방에 들어섰을 때 길중 씨는 찾아온 사람을 한눈에 알아볼 수 있었다. 눈이 크고, 골격이 큼직한 여자였다. 쉰 살이 못 되었을까. 손가락마다 낀 반지며 은은히 풍기는 향냄새가 예사롭지 않았다.

"이렇게 찾아뵙게 되어 죄송합니다."

여자의 태도며 말투에는, 늘 보는 이를 의식하고, 자기의 행동을 보는 눈의 시선으로 가다듬은 여자의 교태가 배어 있었다. 여염집 여자는 아니로구나. 핸드백에서 손수건을 꺼내 얼굴을 꾹꾹 누르는 손놀림에 실린 교태를 알아보면서 길중 씨는 짚었다.

* * *

강파르던 얼굴에 결혼하면서부터 살이 붙어, 효기의 유한 성질이 더 두드러져 보였다. 올 가는 머리카락에서 둥그런 눈, 반듯하나 오똑한 맛이 없어 퍼져버린 콧대. 장님이 손으로 만져서 형체를 알아내듯, 길중 씨는 어스름 속에서 아들의 얼굴을 읽어버렸다. 힘이나 패기 같은 게 느껴지지 않는, 그저 온건하고 유함만이 느껴지는 얼굴. 저런 얼굴로 이 세파를 어떻게 헤쳐 나갈지, 길중 씨는 염려스럽다.

* * *

소방 망루 곁에서 길중 씨는 효기와 갈라섰다. 몇 걸음 걷다가 효기가 간 길을 돌아보았다. 가로등 불빛이 닿지 않는 길, 길가집에서 새어나온 불빛에 효기의 윗몸만 보였다. 아랫도리가 보이지 않는 효기는, 허깨비 같았다. 애아버지가 돼 가지고 부실하니······

* * *

크지 않은 키, 깡마른 체구의 대장장이의 팔뚝에서 불끈불끈 솟는 근육이 길중을 호렸다. 일단 망치를 놓으면, 밤낮 마실이나 다니고 동네 뜬소문이나 챙기며 무위도식하는 몰락한 향반, 그렇다고 남들처럼 농사꾼으로 나서지도 못하고 묵은 족보를 뒤척이며 좋았던 한 시절에 기대어 현실을 잊는 아버지의 팔과 다름없는 팔이었다. 그런데 망치를 들면, 그 팔뚝에서 근육이 결마다 살아나는 것이다.

* * *

화투로 소일하던 앞집 할머니, 상길이 할머니는 윤기의 수양어머니였고, 윤씨에게는 기둥이었다. 더러 자라고 더러 죽은 동생들이 태어날 때마다, 효기는 밤낮없이 길 건너편 대문을 두드렸다. 그때마다 상길이 할머니는 말했다. 피라미드처럼 쌓았다 허물어가며 떼는 패, 여섯 줄로 늘어놓고 떼는 패, 여덟 줄로 늘어놓고 떼는 패, 벽돌색 뒷면을 보인 화투를 하나하나 뒤집어가며 상길이 할머니는 중얼거렸다. 오늘은 손님이 오시겠구나.

* * *

손가락을 입에 물고 한참 단잠에 빠져 있던 큰애는 모기에 물렸는지 움찔했다. 이마에 땀이 송글송글 맺혀 있었다. 효기는 벽에 걸린 수건을 내려서 큰애의 이마와 목덜미를 닦아주고 밥술을 들었다.

(민음사, 1995)

□ 이혜경 「그 집 앞」

천성적으로 강한 것보다는 약한 것에 더 마음 쏠리는, 남 아픈 걸 보면 글썽이지만 그 글썽임을 드러내지 않고 한 겹 거를 줄 아는 지혜로움. 늘 무심해 보이지만 한 겹 안쪽에 햇솜 같은 따사로움을 펼치고 있는 얼굴.

* * *

반 마리는 안 되리라는 걸 미리 알면서도 우기는 눈이었지. 유아적인, 꾸중들을 걸 겁내는, 그리하여 제 안의 겁먹음에 대한 반발로 자주 깜짝이는 눈. 무슨 부탁이든 거절하지 못하게 만드는 사람이 있는데 여자도 그랬어.

* * *

살? 효임은 눈으로 여자를 훑어내렸어. 소매 없는 티셔츠에서 비어져 나온 여자의 팔은, 미끈하기 왜무 같다고 채소 가게 민지 엄마가 감탄하는 효임의 팔보다 가늘면 가늘었지 두껍진 않았어. 화장기 없는 볼은 정면에서 보면 넓적한 턱뼈 덕분에 통통해 보였지만 옆에서 보면 깎인 듯 살이 없었어.

* * *

여자들로 하여금 침묵으로 꽃잎을 피워내게 하던 바람둥이 오빠. 언젠가 소희가 보고 나서 눈을 반짝일 만큼 아직도 용모가 수려한, 그러나 제 안의 바람기에 휘둘리며 살아온 날들이 배어 나와 허랑함이 두드러지는, 그 오빠는 아직도 미혼이고 직장도 없이 떠도는 신세야. 분위기 좋은 찻집에서 아무도 위로해 줄 길 없는 중년의 쓸쓸함을 말하기에 어울리는 사람. 그가 시린 가슴을 슬몃 내밀면, 소희 같은 여자들은 제 가슴으로 그 허전함을 덮어주고 싶어 두근거리겠지. 어디서 매서운 여자한테 걸려들어서 정착했으면 좋으련만.

* * *

기다란 전신거울 속에 한 여자가 서 있다. 거울은 한 사람의 몸피를 겨우 담을 수 있을 만큼 좁아서, 여자는 거울 속에 갇힌 것처럼 보인다. 어찌 보면 거울이 여자 주위를 압박하여 좁혀 들어오는 것처럼 느껴진다. 하얀 레이스로 가장자리를 두른 개더스커트와 흰 티셔츠, 그 위에 걸친 하늘색 카디건이 여자를 얼핏 소녀처럼 보이게 한다. 하지만 좀더 자세히 보면 티셔츠 너머로 비어진 어깨선이 뭉실함이며 굵지 않은 목을 두껍게 보이도록 하는 목주름, 분이 제대로 먹지 않아 거칫하게 들뜬 얼굴의 살결이 눈에 띈다. 여자가 옷차림이 상정하는 나이로부터 한참 더 묵은, 그렇다, 더 먹은 게 아니라 묵은 것이다. 나이임이 드러난다. 게다가 스커트의 레이스가 조금 해진 것까지 눈에 들어오면 여자의 누추함은 안쓰럽게 여겨질 지경이다. 고무줄허리며 넓은 치마폭이 편해서 가벼운 외출에 즐겨 입는 치마의 레이스가 해진 것도 모르고 있었다니. 여자는 터져 나오는 한숨을 다물린 이 사이로 자금자금 잘라서 내보낸다.

* * *

옷자란 풀처럼 길쭉한 몸매, 오똑한 코와 역삼각형처럼 뾰족한 얼굴까지 새를 닮았던 수자도 이곳 도시로 진학한 아이 중의 하나였다. 앞에서보다 뒤에서 헤아리는 게 훨씬 빠른 게 수자의 성적이라서, 수자가 사립학교에 거액의 기부금을 내고 무용특기생으로 들어갔다는 건 공공연한 비밀이었다. 아이들은 수군거렸지만, 나는 수자에게 전에 없던 친밀감을 느꼈다. 수자 또한 사람들의 눈을 피해 강물 위에 띄워진 아이라는 생각이 든 것이다. 그 읍에서는 아무리 공부를 잘해도 나는 두 여자가 한 남자를, 그것도 한 집에서 모시고 사는 집 아이였다.

* * *

복숭아 씨앗 같은 눈매, 반듯한 코, 야무지게 다문 입매, 단정하고 아름답지만 어떤 때 보면 섬뜩할 만큼 차가운 얼굴. 표정 없는 얼굴에 홍채가 다 보일 듯 투명한 눈. 흐르지 않고 고여 있는 느낌을 주는 얼굴이었다. 흐르던 것이 제 굽이를 잃고 막다른 곳에 이르렀을 때, 그때의 막막함. 빙빙 이어지던 혈관의 흐름. 천천히 고여 있다 돌아 나올 때, 그걸 막무가내로 수용하는 근육. 그처럼 딱딱하게 굳어버린 얼굴. 그날, 순정 언니의 다리를 보지 않았더라도 내가 순정 언니의 얼굴을 이런 식으로 기억할까.

* * *

비녀를 찌르고 나자 단장한 사돈은 제법 정갈해 보여, 볕바른 뜨락에서 손주의 재롱을 감상하며, 세월이 숙성시킨 온화한 웃음을 짓는 일에나 어울릴 듯해 보였다.

그러나 눈에 이르면 고개를 갸웃거릴 수밖에 없었다. 노인이라 흐려진 안정은 그렇다 치고, 그 눈에 부옇게 핀 안개는, 이미 눈앞의 일에서 벗어나 다른 세상을 겪는 자의 세계를 가려주고 있었다.

* * *

태열과 황달기가 채 가시지 않아 조금 센 불에 구워낸 식빵처럼 노릇하고 붉은 아기의 얼굴은 섬세했다. 오똑한 콧날은 고집스러웠지만, 아기의 눈은 꿈꾸는 듯 몽롱했다.

* * *

시트 안쪽으로 굴곡이 드러나는 아버지의 몸은 압축기로 몸 안의 물기며 숨기운을 다 짜버리고 남은 것처럼 작았다. 아기의 손처럼 작은, 그러나 마른 나무 등걸처럼 딱딱한 손을 잡았다. 지하의 동굴에 찬 습기 같은 축축한 기운이 느껴졌다.

* * *

과일을 깎다 말고, 문득 생각났다는 듯이 새어머니는 말하였다. 조금 무안해하며, 하지만 무언가 자랑하고 싶은 천진한 얼굴. 눈가에 웃음이 싱글거렸다. 순하게 쌍꺼풀진 눈매. 갸름하고 선량한 얼굴. 상견례를 치르는 자리에서 식구들은 돌아가신 어머니와 새어머니가 닮았다는 데 놀랐다. 부부란 그런 것인가.

* * *

조금 전까지는 우리가 살던 집 앞에 서서 아버지의 맥 풀린 재촉을 묵살하고 발끝만 보다가 고개를 들었을 때, 누나의 얄팍한 입술은 잉크빛으로 변해 있었다. 그 잉크빛이 붉은 색으로 되돌아오면서 아랫입술에 검붉은 이빨 자국이 뚜렷해졌다. 그러고 보니 짐을 나르며 누나의 목소리를 들은 적이 없었던 것 같다. 그동안 계속 입술을 깨물고 있었던 것일까. 갑자기 누나의 얇은 입술에 푸르게 번지는 독을 느끼고 나는 몸서리쳤다.

(민음사, 1998)

□ 이호철 「네겹 두른 족속들」

방 아랫목에 혼자 앉아 있으면 돋보기 속의 두 눈알이 멍청해서 바보천치 같은 늙은이지만 체육회관이면 체육회관, 상공인구락부면 상공인구락부, 그렇게 여러 사람들이 모인 앞에만 나서면 갑자기 똑똑해지고 늠름해지는 사람이 있는 법인데, 장형진 씨도 바로 그런 사람이요, 5년 넘어를 주로 그런 멋으로만 살아오는 사람이다.

* * *

예순네 살 먹은 마누라 공순덕 여사는 나이에 비해 아직도 정정하였다. 젊은 여자들처럼 손에 고급반지 끼는 것을 즐겼고, 옷치장의 유행에도 민감하였다. 태화관 같은 데서 그러저러한 여성단체 모임 같은 것이 있으면 말도 잘하고 술도 잘 먹고 춤도 잘 추는 그런 여장부이다. 여장부라지만, 그 나이치고는 몸매도 그다지 군살이 안 찌고 단단하여 한창때 젊었을 적에는 남자들의 눈길깨나 끌었겠고, 지금도 흰 테 안경 속의 두 눈알은 매우 광채가 있고 목소리도 참기름을 바른 듯이 늘 윤기에 차있다.

* * *

주로 젊은 축들인 듣는 쪽에서 입들을 쩌억 벌리고 구수하게 듣는 멋으로도 장형진 씨는 점입가경, 점점 더 우쭐해진다. 홀짝홀짝 칵테일 잔을 입술 끝에 가져다대며 더욱더 신을 내고, 그러나 목소리는 더욱더 권위 있게 낮아지고 은근해지면서 그런저런 숨은 비화들을 털어놓고, 또 홀짝홀짝 마시다 말다, 그런대로 알큰하게 취기가 돌면 늙은이 체모도 안 가리고 점점 젊은 사람들 앞에 못하는 소리가 없어진다.

* * *

공순덕 여사는 그새 조금 뚱뚱해진 것 같았다. 아니, 뚱뚱해진 것은 둘째로 하고 그 차림이라는 게 도무지 희한하였다. 머리칼을 노랑색으로 물들이고, 오른손 왼손의 여자 손 치고는 큰 손의 손가락마디에도 반지가 거짓말 안 보태고 예닐곱 개나 끼워져 있고, 팔찌에, 귀걸이에, 그리고 까아만 비로드 한 자락으로 몸을 휘감고 있지 않은가. 아무리 하얼빈 거리가 러시아 귀족의 망명도시 냄새로 물씬거렸다지만 이건 완전히 서양여자 흡사하였다.

* * *

헐렁헐렁하게 허리품이 넓은 회색 투피스에 굽 없는 넙적한 구두, 머리도 뒤꼭지에 쥐똥처럼 뭉쳐놓고 있어 한때 하얼빈자의 쥔노릇을 했던 자취는 두 눈을 씻고 들여다보아도 남아 있지 않았고, 이십여 년 간 외오라지 조선

혁명에만 종사해온 여자투사 같았다. 큰지막한 밤색 가방까지 하나 들었고, 소련군 장병들마냥 해바라기씨도 잘 먹어 그날로 곧장 소련군사령부의 통역으로 채용되었다.

* * *

장형진 씨는 검정색 쓰메에리에 파랑색 레닌모를 쓰고 있었고, 하얼빈에서 소련군 군관 하나에게서 어렵사리 구해둔(사실은 금시계줄 달린 회중시계 하나와 바꾸었었다) 무릎까지 닿는 목 긴 짙은 주황색 군화를 신고 있었다.

* * *

전직 장관인 그 늙은 의사는 윤이 자르르 흐르는 까만 스틱으로 검붉은색 주단바닥을 두드리면서 젊은 사회학교수를 상대로 무슨 얘기인가 열을 올려 지껄이고 있었고 그것이 조금 채신머리없고 경망스러워 보였다.

* * *

술 취하면 건들건들 걷다가 별 달린 군모를 남의 집 지붕 위에다 휙 던져버릴 줄도 알았고, 그런 종류의 삽화를 노상 떠벌리며 대단한 멋으로 알았고, 전속 명령을 받고 일선부대로 나가다가 낙원동 근처의 술집에서만 열흘이나 묵어서 육군본부 근무로 도로 환원조치 명령을 받았다는 이야기를 늘 자랑삼아 되풀이하면서, 그런 것을 문화적, 지성적, 낭만적 멋으로 알고 있는 사람이었다.

* * *

명찰을 달아주는 젊은 아이는 기름단지에라도 빠졌다가 금방 나온 쥐새끼모양으로 기생오라비처럼 생긴 것이 뽀마드 냄새, 향수 냄새를 온통 정신 사납게 풍기고 있었고, 지나치게 생글거리고 사근사근거려서 겨드랑이가 간지러울 지경이었다.

(미래사, 1989)

□ 이호철 「닳아지는 살들」

은행장으로 있다가 현역에서 은퇴하고 명예역으로 이름만 걸어놓고 있는 (지금도 거기에서 매달 들어오는 수입으로 한 달 살림은 넉넉했다) 일흔이 넘는 늙은 주인은 연한 남색 명주옷을 단정하게 입고 응접실 소파에 기대어 앉아 있었다. 단정하게 입긴 입었으나 어쩐지 헐렁헐렁해 보이고 축 늘어진 앉음새는 속이 허하여 혼자 힘으로 일어설 힘조차 없을 것처럼 보였다. 귀가 멀고 반 백치였다. 그러나 허연 살결의 넓적한 얼굴은 훨씬 젊어 보이고 서양 사람의 풍격을 느끼게 하였다. 며느리 정애와 막내딸 영희가 옆자리에 앉아 있었다. 며느리의 한복 차림을 싫어하는 왕년의 시아버지의 뜻대로 정애는 봄 스웨터에 통이 좁은 까만 바지 차림이고, 영희는 원피스를 입고 있었다. 며느리와 시누이는 사이좋은 자매를 연상케 하였다. 세 사람은 모두 넓은 창문 너머 어두운 뜰을 내다보고 있었다. 정애는 시아버지의 한 팔을 부축하고 앉았고 영희는 옆에 한 손으로 턱을 받치고 앉았다.

(국학자료원, 2001)

□ 이호철 「소시민」

주인은 경북 경산 사람으로 단순 소박하고 무식한 사람이었다. 부산 인구가 부풀어 오르고 국수가 잘 팔려서, 전쟁을 강 건너 불 보듯 무서워하면서도 하루하루 꽤나 신명이 나있었다.

* * *

이 일꾼 방엔 일꾼 넷에 주인과는 한 고향이라는 나이 한 오십쯤 되어 보이는 웬 기식가 한 사람이 묵고 있었다.

* * *

이 강(姜)영감으로 말하면 한 고향이라지만 주인집에서도 돌려놔 있고, 일꾼들에게서도 돌려놔 있어, 생각하면 불쌍한 사람이었다. 사시사철 잔뜩 주눅이 들고 우그러들어서 노상 이 사람 저 사람의 눈치를 살피었다.

* * *

원래는 섬약하고 좀 모자라게 생긴 사람인데, 이런 경우에는 독특한 위엄을 발산하는 사람이었다. 이를테면 그는 주인의 어용 일꾼인 셈이었고, 여느 일로는 신참인 나를 아껴주고 이것저것 차근차근 가르쳐주곤 하여, 나와는 가장 가까운 사이기도 하였다.

* * *

이런 때 어쩌다가 눈이 뜨이면 신씨의 그 창백한 얼굴에 착하디착한 웃음이 잔물결을 짓는 것이었다. 그러나 그런 때는 그렇더라도, 일단 일방에만 나오면 사람이 기묘한 서슬을 풍기고 그늘진 단단한 활기를 지니었다. 그는 무엇보다도 일 자체에 집착을 하고는 일하는 데에 사는 맛을 느끼는 것 같았다.

* * *

이 곽씨는 이 사람 저 사람에게 돈을 자주 꾸어 썼다. 제법 목욕도 자주 하고 내의도 깨끗하게 입었다. 일만 끝나면 만사 작파하고 세수부터 하고 발뿐만 아니라 고무신까지 하얗게 비누로 씻어 말리고, 그 다음엔 방에 들어와 한 구석이 달아난 손거울을 앞에 놓고 스킨이다, 크림이다, 머릿기름이다 하고 치장을 하였다.

그렇게 호호 불고, 털고, 짓바르고, 한바탕 법석을 피우고는 칼날처럼 주름이 선 곤색즈봉을 혁대를 매지 않고 입고 그 위에 털이 보송보송한 도꾸리샤쓰를 깃이 약간 올라가게 걸치며 스적스적 바깥으로 나서는 것이었다. 하얗게 씻어 말린 고무신을 간드러지게 끌면서 살짝 낀 둥 만 둥 팔짱을 끼고는, 근처에 오가는 여자들에게 휘파람을 불곤 하였다.

* * *

제삿날엔 주인의 형도 조선옷 정장을 하고 초저녁에 나타나곤 했다. 술 취했을 때와는 달리 평소 과묵한 사람답게 아무 말 없이 잘잘 끓는 온돌방의 아랫목 벽에 두 무릎을 세우고 기대어 앉아 있곤 하였다. 그 모습은 어딘가 실팍한 구석이 있어도 보였다.

* * *

콧수염을 기른, 나이 한 서른댓 되어 보이는 사람인데, 걸음걸이가 이상하게 헐렁헐렁하고 입 가생이엔 고춧가루나 무슨 찌꺼기가 늘 붙어 있음직한 위인이면서도 첫눈에 어느 구석 강기가 있어 보였다. 머리숱이 성깃성깃하여 고생 줄도 꽤 열려 보였다. 처음부터 하는 짓이 약간 눈치코치가 없고, 덮어놓고 도도하려고만 하고 제법 주인과 일대일로 맞서려고 하였다.

* * *

정씨에게는 처음부터 이색적인 냄새가 풍겼다. 정씨가 술자리에서 벌이는 얘기는 꽤 얻어들을 만한 것이 있었다. 두루두루 짐작해서 그는 왕년의 남로 당과 약간은 연줄이 닿아 있었던 모양이었다. 하는 수작도 대게는 그런 얘기였다. 친구들이 많았지만 지금은 다 없어졌다고도 말하였다. 그러는 그의 어투에는 어디선가 다 쏟아버리고 난 허한 기운이 떠돌았다.

* * *

언제부터인지는 딱히 알 수 없지만 이 집에 사는 사람들은 어느새 이미 강영감을 제대로의 한 사람으로 취급하고 있지 않았다. 무슨 겉가죽만 둘러 쓴 사람으로 취급하고 있었다. 그저 끼니때 먹는 것이 사람 같을 뿐 그밖에는 얘기도 한마디 없고 비양거리는 듯도 한 적적하게 약하디약한 웃음 같은 것을 늘 묻히고 있었다.

* * *

주인의 형은 그 중에서도 돋보이는 편이었다. 갓을 쓰고 두루마기를 입은 채 수연한 표정으로 장수연 대담배나 뻑뻑 빨고 앉아 있었는데 그런대로 은 근텁팁한 위엄이 감돌았다. 그 옆에는 역시 이 집 노파가 장죽을 물고 큰아들을 향해 앉아 있었다. 불쌍한 큰아들 옆에 붙어 앉아 그 불쌍한 큰아들을 완상하고 음미하는 것이 노파의 유일한 삶의 건더기가 된 것인 듯하였다.

* * *

정씨의 아내도 와서 부엌일을 거들어 주고 있었는데 자그마한 몸집이 예쁘장하였다. 밤 열 시쯤 바깥 호롱불 곁에 정씨와 단둘이 얘기를 주고받고 있었다. 흰 적삼 차림이 아기자기해 보이고 정씨에 비해 고생 때도 덜 묻어 보였다. 흔한 말로 깨물어 잡수어도 비린내가 안 날 만큼 오몽조몽한 생김새의 여인이었고 재잘재잘 쉴새없이 지껄이고 있었다.

* * *

첫날 밤, 그러니까 강영감의 시체를 바깥으로 옮겨 온 후 두 시간쯤 있다가 웬 펑퍼짐하게 생긴 여인 하나와 그 딸인 듯한 나이 스무 살 안팎쯤밖에 안 되어 보이는 모녀가 찾아왔다. 잠시 뒤에야 알았지만 죽은 강영감의 마누라와 그 딸이었다. 중년 여인의 그 욕심께나 있게 우둥퉁한 생김새에 어울리지 않는 아롱아롱한 원피스에 고급 남색 코트를 걸치고 있었고, 그 딸도 휘청한 몸매가 그대로 드러나게 빳빳한 봄 스웨터에 슬랙스 차림이었다. 그 모던한 차림이 우선 자리를 압도하였다.

* * *

그러자 저편에서 같이 피난 나온 고향 사람 광석이 아저씨가 걸어오고 있었다. 나와 촌수로는 이십 촌 안팎으로, 국군이 밀고 올라왔을 때는 잠깐 리 사무소 일도 맡아보았던 사람이었다. 밤일을 마치고 들어오는 길인 듯 하였다. 고향에서 불과 몇 달 전에는 대한청년단장이라는 벼락감투도 쓰고 기세가 등등했었는데 불과 그새 저렇게 초라해져 있었다. 낡은 미군 전투모를 삐뚜름히 쓰고 해쓱한 얼굴로 기름때로 절어 있었다. 국방색 윗도리를 걸치었고 육중한 군화를 저벅저벅 소리가 나게 끌고 있었는데, 구두창에도 무쇠 징을 박은 듯 무거운 소리를 내었다.

* * *

간단히 차린 주안상을 들고 들어온 것은 정씨의 그 누이동생이었다. 눈병신은 눈병신이되, 첫눈에 전혀 병신으로 보이지 않았다. 한 눈이 흰자위뿐이었다. 그런데 그 흰자위는 그녀의 침착하고도 조촐한 표정에 감싸여 차라리 웬 신비스러움으로 느껴졌다. 머리를 차악 붙여 빗어 올리고 갸름한 얼굴색은 새하얬다. 그리고 성한 한쪽 눈은 좀 해서 한눈 같은 것을 팔지 않을 듯, 깊게 가라앉아 있었다. 올이 가는 베 적삼에 허름한 감색 치마를 두르고 있었다.

* * *

깜깜한 어둠 속을 절벅거리며 돌아와 일방으로 들렀다가 뒤의 골목길로 들어서려는데, 검정 캡에다가 와이셔츠에 넥타이까지 맨 김씨가 성큼성큼 걸어 나오고 있었다. 나와 부딪치자 대뜸 생철 두드리는 것 같은 목소리로 소리를 질렀다.

* * *

나는 일주일 가까이 앓고 일어났다. 그러나 주인 마누라는 계속 새로 온 식모애를 시켜 저녁마다 약사발을 내보냈다. 새 식모애는 열 일곱 살쯤의 까무잡잡한 생김새에 무척 수다스럽고 고무풍선처럼 바람기로 부풀어 있는 꼭 단거리 선수를 연상케 하는 소녀였다.

* * *

주인은 무슨 일이 그렇게도 바쁜지 노상 밖에서 지냈다. 분명하게 일이 있어서 나다니는 것 같지도 않았다. 원래가 치밀한 장사꾼도 못 되고 몸집에 비해 담력도 없고 이상한 약질이어서, 바깥 세상에서도 누구와 일대일로 맞대거리할 위인이 못 되었다. 게다가 머리까지 둔하고 뚜렷하게 목표를 세우고 일을 추진할 만한 박력도 없었다. 그저 어쩌다가 펑덩펑덩 국수가 잘 팔리고 경기가 올라 자기가 장사를 잘한다고 착각하고 있었던 것이다.

* * *

새로 들어온 언국은 처음 며칠만 그랬을 뿐, 날이 지날수록 놀라울 만큼 고분고분하고 일도 억척스럽게 잘하였다. 희극배우 흉내도 잘 내고 아나운서 흉내도 잘 내어 주위를 웃음바다로 만들곤 하였다. 더구나 연설하는 이승만 대통령의 흉내가 여간 그럴듯하지 않았다. 그러나 그런 모든 과장된 짓거리는 자기의 정체를 속이려는 얄팍한 위장이었다.

＊ ＊ ＊

남풋집 쪽으로 절룩절룩 걸으면서 그는 또 주워대었다. 마치 제편에서 잠시라도 지껄이지 않으면, 내가 먼저 달아나서, 절룩거리며 뒤따라오기가 힘들기 때문에 지껄이는 듯이도 보였다. 그닥 심하게 절룩거리는 것은 아니었으나 역시 걸음은 느려서, 자칫 정신없이 걷다보면 몇 발자국 뒤에 처져 안간힘을 쓰며 절룩절룩 따라오는 것이다. 날이 갈수록 조금씩 나아간다는 것이 그 지경이었다.

＊ ＊ ＊

광석이 아저씨는 고향에 있을 때 우리 집보다 형편없이 못살았다. 그리하여 같은 문중은 문중이되 몇 대를 내려오면서 우리 집 쪽에 눌려 살았던 것이다. 먼 일가뻘이기는 하였으나 작은 농촌 마을이어서 흔히 있는 자질구레한 승강이가 끊이지 않았고 광석이 아저씨의 아버지나 할아버지는 노상 우리 집에 대해 굽실거리며 살아왔던 것이다. 그러나 이제 별안간 부산 바닥에서 독자적으로 돈을 벌기 시작하고, 자유시장 한가운데 점포까지 마련하자 고향에다 대고 소리소리 지르고 싶은데 그것을 들어줄 만한 마땅한 사람이 없어 안달이 날 지경이었던 것이다. 만만한 상대란 나밖에 없을 것은 뻔한 일이었다.

＊ ＊ ＊

순간 행렬 속에서 테너 음의 목소리 하나가 또 '현 국회는 개새끼들이다. 개새끼들이다.' 하고 약간 코믹하게 고함을 지르고, 일행들도 그 소리는 우습게 들렸던지 웅성웅성 웃고들 있는데, 그 목소리가 조금 귀에 익다 싶어, 보니, 놀랍게도 바로 자유시장에 잡화상을 차린 광석이 아저씨가 아닌가. 그는 두 팔을 내두르며 시종 고함을 질렀던 듯 얼굴빛이 누구보다도 상기되어 있었다. 여전히 목이 긴 고무장화를 신고 국방색 잠바를 입고 있었다. 저쯤 된 내력을 나만은 알고 있다. 새삼 나는 쓴웃음이 비어져 나왔다.

＊ ＊ ＊

정씨는 무슨 글이라도 읽듯이 단숨에 지껄였다. 언국이는 두 손으로 턱을 모아 쥐고 빤히 그 정씨를 건너다보았다. 차분히 가라앉은 정씨의 조용한 목소리는 시를 읊는 것처럼 일정한 가락을 띠고 있었다. 인간적인 너무나 인간적인 흔히 들어온 이런 소리가 있지만, 어쩐지 이런 경우의 정씨는 이 말이 연상되었다. 그리고 사실 이런 사람에게 있어서 이런 요소야말로 가장 타기되어야 할지도 모른다. 저러는 정씨야말로 반은 스탈린주의고 반은 트로츠키주의가 아닐까.

* * *

잠시 후, 직효로 나타났다. 그자는 벌써 우리의 책임자 격으로 뽑혀 구령도 부르고 본부 텐트와의 연락도 하고는 하였다. 바께쓰에 물을 떠다가 나누어 먹이기도 하였다. 다시 조금 뒤에, 그자는 아예 텐트 속에 들어가 한구석에 의자 하나를 차지하고 앉아 있었다. 세 시가 넘어 중령이 다시 우리 앞에 나타났다. 김준장 동생이 멋지게 차렷 구령을 붙였다. 준장인 형님을 닮아서 동생도 목소리가 꽤나 그럴 듯 하였다. 모두 내심으로는 언어도단으로 아니꼽게 여기고 있었으나 별 뾰족한 수가 없었다.

(동아출판사, 1995)

□ 이호철 「서울은 만원이다」

그가 나가고 삼십 분도 못 되어 이번에는 색안경에 초록색 점퍼 차림의 그 자칭 기관원이라는 사람이 들렀다. 체대가 훤칠하고 얼굴이 거무튀튀한 그는, 취미가 고약스러워 골라골라 반드시 생리 때만 찾아오곤 하는데 이번에 뜻밖이었다.

* * *

이 법학도는 언제 보나 항상 지나칠 정도로 근엄하고 진지하였다. 여드름이 잔뜩 난 얼굴은 웃을 일도 좀해서 웃지 않고, 여느 사람 같으면 이 남자 저 남자 끌어들이는 길녀를 얕잡아볼 만도 할텐데, 전혀 그런 내색조차 안

하였다. 인사도 깍듯이 하고 필요한 말 이외에 실없는 소리는 한마디도 안하였지만, 길녀는 웬일인지 이 사람을 보면 그 항상 진지한 낯짝이 우습기만 하였다.

* * *

전라도에서 올라온 그 지방당 간부라나 하는 자가 좁은 툇마루에 앉아 구두끈을 풀고 있었다. 포마드는 발랐으나 양 어깨가 바랜 허름한 여름 양복차림이고 지퍼 달린 가방과 초록색 등산모가 방문 곁에 놓여져 있었다.

* * *

기상현은 사 년 동안에 때를 확 벗은 것 같았다. 오종종하게 늘 추워 보이고 오그라 붙어 있던 체대도, 위아래가 다르기는 하지만 양복차림이어서 그런가 더 커진 듯하고, 거무튀튀하던 얼굴도 훨씬 희어져 있었다.

* * *

웬만한 뚱뚱한 남동표도 석구복과 맞서면 훨씬 빈골(貧骨)로 보일 만큼, 그는 체대도 크고 목소리도 남자답고 얼굴색도 거무튀튀한 것이 배짱깨나 두둑해 보였다.

* * *

겨우 보름쯤밖에 안 되었는데 그 사이 미경이 얼굴은 전혀 달라져 있었다. 살이 찐 것도 같고, 부성부성 부어오른 것도 같고, 솔잎처럼 길쭉길쭉한 속눈썹을 해달고, 스카치테이프까지 잘라 붙이고, 화장이나 차림이나 요란스럽기는 하지만 천덕천덕하였다.

* * *

턱수염이 시커멓고 울퉁불퉁하게 생긴 영감님이 와서 곱게 단장한 미경이를 고리짝 얽매듯 노끈으로 묶을 때에야 비로소 길녀는 한구석에 앉아 소리 없이 눈물을 흘리었다.

(문학사상사, 1994)

□ 이효석 「오리온과 능금」

하기는 나오미가 S의 소개로 입회하게 된 첫날부터 벌써 나는 그에게서 '동지'라는 느낌보다도 '여자'라는 느낌을 더 많이 받았다. 그것은 나오미가 현재 어떤 백화점의 여점원이요, 따라서 몸치장도 다소 사치한 까닭이라는 것보다도 대체로 그의 육체와 용모의 인상이 너무도 연하고 사치한 까닭이었다. 몸이 몹시 가늘고 입이 가볍고 눈의 표정이 너무도 풍부하였다. 그의 먼 촌 아저씨가 과거에 있어서 한 사람의 군건한 XX으로서 현재 영어의 몸이 되어 있다는 소식도 S를 통하여 가끔 들은 나였지마는 그러한 나의 지식과 나오미의 인상과의 사이에는 한 점의 부합의 연상도 없고 물에 뜬 기름 모양으로 서로 동떨어진 것이었다.

(동아, 1995)

□ 임옥인 「기적」

대학을 졸업하자 남호는 아주 서울에 가 박혀 있으면서 이 일 저 일에 손을 댔다. 그는 생김생김도 남자답고 시원스러웠지만 성격도 그에 못지 않게 화려하고 능동적이었다. 그는 늘 현실에 만족하지 않았다. 보다 높은 것, 보람있는 것만 꿈꾸었다.

* * *

남호의 집안은 이 고장에선 제법 부유한 편이었다. 그것도 남들처럼 논을 가지고 있는 것이 아니라, 산이라든가 배 같은 것을 가지고 있어서 토지개혁에도 걸리지 않았다. 그러나 얌전히 지니고만 있었더라도 배는 어쨌든 산만은 날로 늘어가는 공장 등의 대지로 값이 껑충껑충 뛰었을 텐데, 출판이네 하느라고 그 거의 전부를 날려버렸다.

(금성, 1981)

□ 임철우 「그 섬에 가고 싶다」

　그러자 내가 내팽개쳐버린 그 별들은 어느새 내 얼굴로 가득히 내려 와서
는, 저마다 추하고 흉한 여드름으로 끝없이 돋아나고 곪아터지기를 되풀이하
기 시작했다. 그 더럽고 고약하기 그지없는 별들의 누런 시체들을 날마다 손
가락으로 눌러 짜내면서, 나는 내 어린 시절의 유치한 신앙과 할머니의 '별
이야기'를 생각하며 코웃음을 쳤다. 누런 콧물이 늘상 딜룽거리던 자리엔 차
차 거뭇거뭇 수염뿌리가 돋아나기 시작했다. 사타구니 사이로는 몰라보게 통
통히 여문 옥수수가 수염까지 멋들어지게 드리웠다. 그것들은 내가 어른이
되었음을 증명해 주는 가장 확실한 신분증이었고, 어린 시절의 별 대신에 그
신분증을 훈장처럼 붙인 채 나는 은하수보다도 더 휘황하고 눈부시게 반짝
이는 도시의 불빛 속을 정신없이 방황하기 시작했다.

＊　＊　＊

　화가 머리끝까지 오른 옥님이 이모는 냅다 나뭇단을 팽개치고는 단숨에
달려오기 시작했다. 아이들은 순식간에 뿔뿔이 달아나 버리고, 어느 틈에 공
터엔 나 혼자만 우두커니 서 있을 뿐이었다. 콧김을 식식 뿜어대며 쫓아온
옥님이 이모는 엉뚱하게도 나를 움켜잡더니, 손바닥으로 엉덩이나 등을 서너
차례나 세차게 쿵쿵 두들겨 주고는 가버렸다. 얼마나 무서웠던지 한동안 나
는 숨도 제대로 쉬지 못했다.

＊　＊　＊

　옥님이 이모는 태어날 때부터 바보였던 건 아니다. 두 살 땐가 갑자기 경
기가 앓던 끝에 그 후유증으로 그리되었다고 한다. 별안간 눈을 허옇게 뒤집
어쓴 채 거의 숨이 넘어가기 시작하는 아이를 안고, 그녀의 아버지는 재 너
머 화포리로 내달렸다. 풍기 걸린 아이들은 신통하게도 여럿 고쳐 주었다는
침술장이 영감에게 매달려 볼 작정이었다. 나이 일흔이 넘어 눈조차 잘 안
보이는 그 영감은 어린 옥님이 이모의 머리 뒤쪽에다가 길다랗고 뾰죽한 쇠
침을 깊숙이 찔러 넣었다가 한참 만에 다시 뽑아냈다. 치료는 그걸로 끝이었

다. 과연 놀랍게도 금방까지 다 죽어가던 아이는 잠시 후 되살아났다.

* * *

마흔이란 나이를 먹었어도 그녀는 아직 처녀의 몸이었다. 사실 요모조모 자세히 뜯어보노라면 결코 밉상은 아니었다. 세수라곤 며칠만의 한두 번쯤, 그것도 고양이 낯 씻듯 하는 까닭에 늘상 입가엔 김칫국물이 묻어 있고, 얼굴이며 손발은 구정물에 절어 까마귀의 사촌 벌이나 되게 지독히 추레했지만 말이다. 그러나 그런 땟국물을 지워낸다면 제법 고운 티를 찾아낼 수 있을 용모였다. 게다가 남들처럼 밭에 나가 뙤약볕 아래서 허구헌 날 호미질을 하지 않아도 되었으므로, 그녀의 뺨은 남달리 뽀얗게 살이 올라있어 보였다.

* * *

옥님이 이모의 맨 머리채를 아직까지 한 번도 구경해 본 적 없는 마을 사람들의 입에서는 언제부터인가 그녀가 머리속에 수백 마리의 이를 기르고 있다는 소문이 나돌기 시작했다. 그 수백 마리의 이들은 십 수 년씩이나 나이를 먹어서, 그 크기가 웬만한 어른의 엄지손가락만하다고 했다. 그것들은 낮에는 햇빛을 피해 옥님이 이모의 머리수건 밑에서 자고 있다가, 밤에 방안에서 혼자 수건을 벗으면 비로소 슬금슬금 기어 나온다고 했다. 그래서 보름달이 휘영청 중천에 걸리는 밤이면, 옥님이 이모네 방은 물론이고 마루, 마당, 심지어는 뒤란 텃밭이며 돌담장 위에서 바람을 쏘이며 새까맣게 떼를 지어 그것들이 엉금엉금 기어 다닌다는 거였다.

* * *

넙도댁의 꼴은 그야말로 엉망이었다. 겉옷은 어디다 내팽개쳐 버렸는지 저고리도 없는 속치마 바람이었고, 그나마 얇디얇은 그 속옷마저 갈가리 찢기우고 뜯겨나가서 아예 걸레쪽을 걸치고 있는 듯싶었다. 비녀 뽑힌 머리채는 까치집 같고, 얼굴이며 목덜미, 드러난 어깨, 무릎, 종아리가 온통 긁히고 찍힌 자국 투성이였다. 그렇지만 무엇보다도 우리를 놀라게 한 것은 반벌거숭이가 된 그녀의 몸뚱이에서 몽실몽실 피어오르고 있는 김이었다. 떡시루를 찔 때처럼 하얀 수증기가 넙도댁의 입에서도 몸뚱이에서도 확확 피어오르고 있었다. 몰려든 사람들은 모두들 입을 따악 벌린 채 한동안 말문을 열지 못했다. 참으로 알 수 없는 일이었다. 유난히도 추웠던 지난 이틀 동안 내내 산속을 얼마나 헤매이고 다니다가 이렇게 나타난 것일까, 더구나 그런 알몸뚱이로 얼어 죽기는커녕 발갛게 상기된 모습으로 되돌아와 서 있는 넙도댁이 얼핏 사람이라곤 믿어지지 않을 지경이었으니까, 정말 그 순간에 본 넙도댁의 모습은 차라리 도깨비나 허깨비 쪽에 훨씬 가까워 보였다.

(살림, 1991)

□ 임철우 「개도둑」

나는 창구 앞에 나가야 할 시간이면 언제나 쩔쩔맸다. 그것들은 사람의 손이 아니었다. 시커멓게 갯벌을 뒤덮고 있는 어마어마한 수의 게떼들이었다. 들락날락 쉴새 없이 구멍으로 먹이를 나르는 게의 집게발, 아니면 듬성듬성 돋은 흉측한 거미의 촉수였다.

* * *

손수건만한 이불 한 장이 달랑 팽개쳐져 있을 초라한 하숙방이 떠올랐다. 비탈길을 추적이며 걸어 올라가 회색 철제 대문 앞에 멈춰 서서 젖꼭지 초인종을 뚜우 누르고 나면 한참만에야 총각이우, 소리가 들리고 하숙집 주인 여자는 오늘도 꾀적꾀적한 눈을 비비며 싫지도 좋지도 않아 뵈는 그저그런 눈으로 문을 따줄 거였다. 네모난 성냥곽 같은 밋밋한 방 한 칸과, 월급날을 기다려 한푼 틀림없이 하숙비를 뽑아가는 주인 여자와, 일 년이 넘어도 늘상 손님처럼 행동거지가 거북스러워 냉랭한 하숙집이 이제부터 내가 돌아가야 할 집이었다.

(동아, 1995)

□ 임철우 「그들의 새벽」

순경은 자못 신기하다는 표정을 지으며 손가락을 툭툭 꺾었다. 사내의 곤색 잠바 어깨 언저리에 허옇게 슨 비듬을 바라보며, 그녀는 잔뜩 짜증이 복받쳐 오르는 걸 꾹 참고 있었다. 전번에 집을 찾아왔던 땅땅한 체구의 순경은 자리에 보이지 않았다. 사내는 서랍에서 종이를 몇 장 꺼냈다.

* * *

잠든 남편의 얼굴은 놀랄 만큼 평온해 보였다. 잘게 땀방울이 돋아난 양쪽 관자놀이로 주름살이 얕은 골을 이루고 있었다. 그녀는 남편의 파리한 얼굴을 오랫동안 내려다보았다. 그러자 얼핏 자신이 지금 전혀 낯모르는 남자를 대하고 있는 듯한 느낌이 들었다. 그건 그녀가 알고 있는 남편의 얼굴이 아니었다. 어쩌면 아직 그의 혈관이 어디쯤엔가 살아 숨쉬고 있을지도 모르는 저 까마득한 옛날, 그의 위대한 조상들 가운데 한 사람의 얼굴을 그녀는 보고 있었다. 쇳물보다 뜨거운 용암이 불기둥을 토해 내는 활화산 기슭의 동굴에서 공룡의 넓적다리 살을 구워 먹고 표범처럼 고원을 질주하던 석기시대, 그 당당하기만 한 어느 자유인의 얼굴이었다.

(동아, 1995)

□ 임철우 「등대 아래서 휘파람」

지금 다시 돌이켜보아도, 그토록 처음부터 끝까지 제멋대로인 얼굴을 별로 본 기억이 없다. 개떡처럼 울퉁불퉁한 머리통, 떠도 그만 감아도 그만인 가느다란 실눈, 뭉툭 불거진 입술, 펑퍼짐하게 주저앉은 콧등, 누우런 앞니빨, 얼굴 전체에 좌르르 깔린 주근깨…… 그러나 그런 면면들 하나하나가 저희들끼리 너무나 자연스레 한데 어울려 있어서, 못생겼다는 느낌에 앞서 첫눈에 이쪽을 한없이 푸근하고 편안하게 만드는 얼굴.

* * *

껑정하게 키가 큰 여자는 마치 밀짚으로 만들어진 허수아비처럼 어딘가 기묘한 모습을 하고 있었다. 나무젓가락처럼 비쩍 마른 몸, 어깨 아래까지 길게 늘어뜨린 머리, 유난히 창백하고 마른 얼굴에 걸린 커다란 안경, 구부정하니 앞으로 숙인 허리, 무엇보다도 특이한 건 걸음걸이였는데, 가늘고 긴 두 다리를 힘없이 터벅터벅 옮겨 놓을 때마다 그녀의 상체는 금방 허물어질 듯 불안하게 흔들거렸다.

* * *

언제부턴가 그 여자는 내게 호기심의 대상이었다. 확실히 그녀는 우리 동네 사람들과는 다른 데가 있었다. 항상 바이올린이 든 검은 색 커다란 가죽 가방과 책을 가슴에 잔뜩 부둥켜안고 다니는 것도 그랬고, 바바리코트며 화장한 얼굴, 굽 높은 하이힐도 그랬다. 하나같이 궁기가 주줄 흐르는 추레한 사람들뿐인 우리 동네에선 아무래도 그 여자의 차림새는 전혀 어울리지 않았던 것이다. 그렇다고 사치스럽다거나 요란한 느낌은 전혀 들지 않았는데, 그건 아마 묘하게 어떤 측은함이랄까 애처로움을 불러일으키는 그녀의 깡마르고 허전한 생김새 때문인지도 모른다.

* * *

그건 우리 동네 아이들이 붙여준 그녀의 별명들이었다. 정말 그러고 보니 더없이 어울리는 별명이었다. 그 즈음 한참 〈황야의 무법자〉라는 제목의 서부 영화가 인기였는데, 아이들은 누구나 주인공 클린트 이스트우드의 흉내를 내곤 했다. 꾹 다문 입술, 상대를 조롱하는 듯 한껏 찌푸려 뜬 두 눈, 가소롭다는 투가 역력한 묘한 미소…… 거기다가 김밥같이 생긴 이상한 담배만 입술꼬리에 물려 놓는다면, 그리고 언제나 그녀가 타고 다니는 그 고물 자전거 대신 진짜 서부의 야생마 위에 그녀를 올려놓기만 한다면, 틀림없이 클린트 이스트우드야말로 영락없는 강중사 아줌마 그대로일 것이라고 나는 그 순간 확신했던 것이다.

* * *

문득 이파리 하나가 콧등으로 툭 떨어져 내렸다. 아주 빨갛게 단풍물이 든 예쁜 놈이었다. 우리한테서 아버지를 빼앗아간 그 여자는 어떻게 생겼을까. 달걀 껍질같이 하얗게 분칠을 한 얼굴, 새빨갛게 입술을 칠한 예쁜 여자가 아버지의 팔에 매달려 깔깔거리고 있었다. 너, 이 아버지가 밉지. 형체도 윤곽도 지워져 버린 검은 그림자가 내게 물었다. 나는 단풍 든 이파리를 북북 찢어서 내던져 버렸다.

* * *

새우처럼 등을 잔뜩 구부린 채 누워 있는 은매의 몸뚱이는 작고 가냘팠다. 은매는 어째선지 잘 자라지 않았다. 옷을 벗으면 생선 가시 같은 갈비뼈와 간절이 앙상하게 드러났다. 나는 귀마개를 뺐다. 가쁘게 할딱이는 은매의 숨소리가 들렸다. 반쯤 헐겁게 벌어진 입술이 하얗게 바래 있었다. 열이 오르는 걸까, 눈물 한 방울이 눈꼬리에 남아 있었다. 불현듯 측은한 생각에 가슴이 싸르르 아려왔다. 이불을 가슴까지 덮어 주고 나서, 핼쑥하게 여윈 은매의 얼굴을 물끄러미 들여다보았다.

(한양, 1993)

□ 장용학 「비인 탄생」

다 떨어진 모시적삼으로 비쳐 보이는 어머니의 신체는, 그 '신체'에서 니은 (ㄴ) 소리를 빼버리면 '시체'가 되겠구나 하는 생각을 하게 한 것도 그 여윈 소리 때문일 것이다. 권리와 의무라는 것이 늘 서로 따르는 것이라면, 어머니의 몸은 권리처럼 툭툭 삐져나온 뼈에 살이 의무처럼 발라 붙어 있는 것이라고나 할까? 사람의 몸이 이렇게 가난해질 수 있었던가?

* * *

우스꽝스런 노인이었다.

지각없는 그 얼굴. 이마 복판에 부처님처럼 뒷병마개만한 기미가 찍혀 있는 것이 오히려 애수를 자아내기까지 했다. 지저분한 애수를. 땅에서 솟았는가 하늘에서 내려왔는가. 바로 아까까지만 해도 잠자리 한 마리 없던 마당에, 십 년 전부터 나는 여기에 이렇게 있었소이다 하듯 멀겋게 서 있었다.

옷만이 아니라면 중이요, 중이라면 파계승일 것이다. 아까 소나기가 좀 내리기는 하였지만 일본군 졸병들이 입던 그런 우비를 질끈 허리를 동여 입고,

당꼬바지인지 승마복인지 분간할 수 없는 바지에다 요강만한 등산화를 신었다. 그런 차림새인데 손가락에서는 보랏빛 보석을 박은 굵다란 금가락지가 석양에 유난스럽게 광채를 발하고 있었다.

모든 것이 밸런스가 취해져 있지 않았다. 지각없는 것이라고 했지만 낙제생의 낙서 같은 얼굴이었다. 함부로 툭 튀어나온 눈알에서는 동태의 그것과 같은 졸음이 느껴지는가 하면, 식인종을 연상케 하는 왕성한 입술, 그 사이를 남북으로 달리는 콧마루는, 뭐니뭐니 해도 여기서는 내가 최고봉이노라 하듯 두꺼비처럼 버티고 있었다. 얼굴의 면적은 이들이 다 차지하여서 빈자리는 거의 없었다.

(신구문화사, 1965)

□ 장용학 「원형의 전설」

오른쪽 다리를 약간 앞으로 내밀고 왼쪽 손은 허리 뒤에 붙이고, 바른손 엄지손가락과 집게손가락으로 분필을 뱅글뱅글 돌리면서 떠들고 있는 그 모양은 틀림없는 아카사키 센세이였습니다. "비록 몸은 다른 데로 가지만 마음만은 언제나 이 학교에 남아 있을 것입니다." 하고 눈물까지 글썽거리면서 접근해 갔던 아카사키 센세이는 이런 데에 와 있었던 것입니다.

* * *

시집갈 나이가 훨씬 넘어 보이는데 종잡을 수가 없는 여자였습니다. 딸이라고 하지만 싸늘한 기품부터가 털보영감에 비하면 늙은 머슴에 때의 주인 딸, 시대가 바뀌어서 그 주종이 거꾸로 된 것 같은 쑥스러운 대조를 이루는 딸과 그 아버지였습니다. 그런 부녀가 이런 인적이 드문 산 속에서 단둘이 살고 있는 풍경에는 녹슨 낭만 같은 것이 느껴지는 애수가 있었습니다.

* * *

동경에 있는 M학원 영문과에 적을 두고 있는 기미가 한 달 전 무릎까지 올라온 하늘색 스커트에 단발을 하고, 크고 작은 빨간 동그라미가 노란 바탕에 무늬져 있는 파라솔이라는 것을 펴들고 평양역두에 내려섰을 때, 바지저고리나 치마저고리 할 것 없이 모두를 한번은 발을 멈추고 바라보고 쳐다보고 하였는데, 그 신식 여성이 누구의 딸인가를 알아낸 사람은 다시 한번 눈을 휘둥그린 것입니다. 그러나 누구보다 눈알을 휘둥그렸던 것이 오빠인 오택부였을 것입니다.

* * *

호소하고 싶어하는 듯한 야윈 눈과, 공포와 부끄러움을 숨기려는 듯 어딘지 모르게 경련을 일으키고 있는 입술. 오만과 부정(不貞)과 미, 이런 동심원 속에서 쓸쓸한 교소를 머금고 있는 신식 여성, 이렇게 마음의 벽에 그려 가지고 있던 여인상과는 너무 달랐습니다. 죄에 떨고 있는 가련한 소녀. 이것이 경멸과 원망으로 지새우게 했던 어머니가…….

* * *

이름을 안지야라고 하는 마담 버터플라이는 정말 그렇게 간단히 잠이 들 수 있는 것인지, 창 밖에서 울어대는 벌레 소리의 가장자리에 기어들 듯 쌕쌕 벌써 코를 고는 것입니다. 가슴에서 허리로 허리에서 다리로 팽팽하게 이어진 능선……. 그것은 풍속을 짓밟고 오만하게 누워 있는 타락. 신의 질투이면서 하나의 계몽사상이었습니다. 영을 단념하고 육을 통하여 이데아로 돌아가라는 계시라고나 할까.

* * *

그동안 그가 본 사람이라곤 아침저녁으로 하루에 두 번씩 먹을 것을 날라다 주는 노파뿐이었습니다. 허리가 구부정한 그 식모는 노파라기보다 늙은 샘물이었습니다. 일체 말이 없다기보다 생각이라는 것이 그 머리 안에 있는지 없는지 짚어낼 수가 없는 것이고, 그 하는 동작을 보면 자기에게 주어진 일은 이럭저럭 해내기는 해내는데, 사람이란 늙으면 어린애가 된다고 하는 말을 증명하는 것도 힘에 겨운 것 같은 그런 것이었습니다.

* * *

불이 켜져 있는 방은 부엌에 이어져 있는 것 같은데, 찢어진 창호지 틈으로 들여다보니 늙은 내외는 이불 위에 앉아서 수박 사과 배 옥수수에 감자까지 겹쳐서 먹고 있는데 무슨 뱃가죽이 그렇게 늘어났는지 대야에는 그런 껍질들이 가득 차 있는 것입니다. 턱을 열심히 놀리고 있는 노파의 얼굴은 선량해 보이기도 했습니다.

* * *

거울 앞에 가 선 이장은 황량한 망각의 안개에 휩싸이는 것이었습니다. 헝클어진 쑥밭을 약간 밀어내고서 두 눈알과 콧마루를 심어놓은 것 같은 상판이었습니다. 입은 꺼칠꺼칠한 수염에 가리어 숫제 보이지도 않는 그 몰골은 흉물스럽기보다 망측했습니다.

(동아출판사, 1995)

□ 전경린 「내 생에 꼭 하루뿐일 특별한 날」

까만 앞머리를 일본 여자애처럼 눈 위까지 가지런히 내리고 뒷머리는 붉은 색 핀으로 올려 묶었는데 피부가 생크림처럼 희고 부드럽고 통통했다. 키가 작은 편이었다. 스물 두세 살쯤 되었을까…… 엉덩이까지 덮이는 붉은 색 스웨터를 입었고 아래엔 짙은 식의 진바지 차림이었다. 그녀는 나에게 공손히 인사를 했다.

* * *

휴게소 여자는 늘 부엌에서 그릇을 씻거나 김이 하얗게 오르는 솥에서 국수를 건져내거나 하다가 손님을 맞았다. 머리를 남자처럼 짧게 자른 여자인데 몸집이 크고 양쪽 뺨이 붉고 콧등에 땀이 맺혀 있었다. 서른두 살이나 셋쯤 되어 보였다. 화장이라곤 전혀 하지 않았고 옷차림도 흐릿한 회색 셔츠에 물이 빠진 검은빛 몽당치마를 입고 앞이 막힌 플라스틱 슬리퍼를 끌고 있었다. 반지 하나 끼워지지 않은 손은 물에 불어서 두툼하고 컸다.

* * *

나는 처음으로 마주 앉은 남자의 얼굴을 찬찬히 뜯어보았다. 담담한 눈빛, 얄팍한 입술, 단정한 코와 긴 턱, 얼굴을 조금은 정감 있게 보이게 만드는 입가의 잔주름, 게임을 하는 육체와는 전혀 상관없어 보이는 무욕의 표정, 욕망까지 채운 뒤라 예의바르고 냉정해 보이기까지 한 태도, 언젠가 나를 괴롭히게 될 얼굴이라는 것을 이내 알 수 있는, 흡사 운명이 마련한 나의 심상 속에서 빠져나온 것 같은 얼굴.

* * *

여자는 민망한 표정을 지으며 조금 웃었다. 듬직한 어깨와 튼실한 허벅지. 귀가 드러나도록 짧게 자른 머리, 두툼하고 붉은 손, 좀 큰 듯한 입과 실팍한 눈. 결코 예쁘지 않은 얼굴인데도 그 얼굴 구석구석에서 인간의 향기가 풍기는 묘한 감동을 주는 여자였다. 여자의 어깨에 잠자리 한 마리가 앉았다.

* * *

언제 왔는지 늙은 보살이 다가와 서 있었다. 연꽃같이 깨끗한 두 눈엔 안쓰러운 빛이 가득 했다. 말도 없이 서로 다른 곳을 향해 오래 서있는 젊은 부부를 유심히 본 것 같았다. 재색의 보살 옷을 입은 어깨와 등의 자태가 다소곳하고 고왔다. 부처님 앞에 절을 많이 한 사람이라는 것을 알 수 있었다. 효경이 뒤돌아보았다.

(문학동네, 1999)

□ 전광용 「꺼삐딴 리」

서울에서 다시 만나 후처로 들어온 혜숙. 이십 년의 연령차에서 오는 세대의 거리감을 그는 억지로 부인해본다. 그러나 혜숙의 피둥피둥한 탄력에 윤기가 더해 가는 살결에 비해 자기의 주름잡힌 까칠한 피부는 육체적 위축감마저 느끼게 하는 때가 없지 않았다.

* * *

그러나 이인국 박사는 일류 대학병원에서까지 손을 쓰지 못하여 밀려오는 급한 환자의 감별에서 각별한 신경을 쓰고 있다. 그것은 마치 여관보이가 현관으로 들어서는 손님의 옷차림을 훑어보고 그 등급에 맞는 방을 순간적으로 결정하거나 즉석에서 서슴지 않고 거절하는 경우와 흡사한 것이라고나 할까.

그는 새로 온 환자의 초진에서는 병에 앞서 우선 그 부담능력을 감정하는 데서부터 시작한다. 신통치 않다고 느껴지는 경우에는 무슨 핑계를 대든, 그것도 자기가 직접 나서는 것이 아니라 간호원더러 따돌리게 하는 것이다. 그렇게 중환자가 아닌 한 대부분의 경우 예진은 젊은 의사들이 했다. 원장은 다만 기록된 진찰카드에 따라 환자의 증세에 아울러 경제 정도를 판정하는 최종진단을 내리면 된다.

상대가 자기나 거물급이 아닌 한 오상이라는 명목은 붙을 수 없었다. 설령 있다해도 이 양면 진단을 한 푼의 미수나 결손도 없게 한, 그의 반생을 통한 의술 생활의 신조요, 비결이었다. 그러기에 그의 고객은, 왜정시대는 주로 일본인이었고, 현재는 권력층이 아니면 재벌의 셈속에 드는 축들이어야만 했다.

(집현전, 1962)

□ 전상국 「침묵의 눈」

형은 꼬리를 사타구니로 말아 넣은 미친개의 음험한 눈을 하고 밖의 겨울을 외면한 채 집안 깊숙이 엎드렸다. 이것은 분명 예삿일이 아니었다.

형은 가을부터 날뛰었다. 고질적인 그의 광기가 바깥 세계의 함성과 살기 등등한 열기에 힘입어 마음껏 발산되었을 것은 지극히 당연했다. 밤늦어 돌아오곤 하는 그의 얼굴에는 야릇한 살기와 흉계의 찌꺼기가 더덕더덕 붙어 있었다. 물 본 기러기처럼 그 열기 속을 헤엄치며 즐겼음이 분명했다.

＊ ＊ ＊

한눈에 그것은 우리들의 적수가 아니었다. 입을 헤 벌려 침을 게게 흘리는 백치였던 것이다. 놈은 오그라붙듯 왜소한 체구를 하고 있었지만 나이는 꽤 들어 보였다. 얼굴은 화상에 의한 것인 듯 찌그러져 번들거렸다.

* * *

우리가 볼 때 기표는 구제 불능이었다. 그의 환경이 그를 그렇게 만들었다고 보기보다 선천적인 어떤 포악성을 가지고 있는 것처럼 보였다. 냉혈 동물처럼 피가 찬지도 모르는 것이었다. 그는 뱀처럼 작고 징그러운 눈을 갖고 있었다. 그는 교활한 자들이 가끔 보이는 그런 거짓 착함마저도 나타내 보일 줄 몰랐다. 철저하게 악할 뿐이었다. 평생을 두고 사랑이라는 낱말로 미화될 수 있는 행동거지를 해 보일 인간과는 거리가 멀어 보였다. 물론 그는 자신의 그런 포악성 때문에 누구에게도 사랑받지 못할 것이다. 그의 표정은 항상 독기를 음울하게 깔고 있어 맞서는 사람으로 하여금 섬뜩함을 느끼게 했다.

(민음사, 1980)

□ 전상국 「아베의 가족」

아베는 우리에게 있어서 한 마리 쓸모 없는 짐승이나 다름없었다. 그렇다. 쓸모 없는 강아지 한 마리보다 더 귀찮고 역겨운 그런 존재였을 뿐이다. 나를 비롯해서 우리 남매들은 태어나 철들면서부터 아베를 보고 살아왔다. 우리 어린 눈에도 그것은 더러운 짐승에 불과했다.

물론 아버지나 엄마는 우리들을 위해서 그 짐승이 살 수 있는 데를 여러 군데 찾아다녔고 실제로 아베를 거기 집어넣기도 했었다. 정신박약아 수용소에서는 아예 아베를 받아들이지 않거나 어쩌다 받아들였다 하더라도 며칠 못 가 찾아가라는 통고가 왔다. 최소한 지능이 20은 넘어야 그곳 수용소 생활을 할 수 있다는 것이었다. 대개 그런 수용소는 만 6세부터 18세까지의 정신박약아를 받아 수용 겸 교육을 시키고 있었다. 어떤 데는 테스트를 해서 40 이상은 돼야 받아들였다. 그러나 아베는 지능이란 단어를 쓸 정도의 그런 인간이 아니었다. 백치 중에서도 가장 심한 정도였다. 그리고 우리가 한국을 떠날 때 이미 그는 스물 여섯 살이란 나이를 주워 먹고 있었던 것이다. 26세의 갓은 병신이 사지를 뒤틀어가며 입을 벌려 말할 수 있는 것은 '아베'란 두 음절의 음성뿐이었다. 입을 어렵게 벌려 얼굴을 온통 우그려 뜨리며 '아…아…

아베'라고 소리 내는 것이 그의 의사 표시의 전부였다. 그는 물론 대소변을 가리지 못했다. 몸의 균형이 불완전해 먼 곳까지 걸어가지도 못했다. 그는 죽으나 사나 방구석에만 박혀 지독한 냄새를 피우고 있었을 뿐이다. 아베로 인해서 월세집은 저주받은 집처럼 항상 침침하고 휘휘했다. 내가 문제아로 낙인찍힌 것도 우리 집의 가난에서 온 것만은 아니었다. 아베가 있는 그 질식할 것 같은 집안 분위기 때문에 나는 매일매일 미쳐가야만 했던 것이다. 그때 형들과 산에서 계집애를 벗긴 것도 아베에 대한 분노였다고 나는 구실을 찾아 가지고 있었다. 아베에게 정상적으로 발달돼 있는 것은 그의 성기였다. 그는 어렸을 적부터 여자만 보면 그것이 어머니이고 누이동생이고를 막론하고 달라붙어 사타구니를 비벼댔다.

* * *

그 여자도 이렇게 새침데기였다. 열 살 때 미국에 왔다는 그네는 늙어 죽을 때까지 미국 생활에 동화되지 못할 그런 타입이었다. 그네는 바깥출입을 일체 하지 않았다. 원인은 그네의 소아마비에 걸린 다리 때문이었다. 이씨 말로는 그 딸의 소아마비를 고치기 위해 미국에 왔다고 했다. 실상 돈도 많이 없앤 모양이었지만 여전히 잴금잴금 걸었다. 우습게도 이씨는 나를 자기 딸에게 접근시키려고 했다. 툭하면 자기네 아파트에 심부름을 시켰다. 내가 찾아갈 때마다 그네는 돈벌이로 하는 구슬 꿰기를 하고 있었다. "지루하지도 않아요?" 내가 동정하는 투로 물을 때마다 그네는 똑같은 대답을 했다. "지루해요." 나는 그네의 빈약한 젖가슴을 훔쳐보곤 했다. 그럴 때마다 쓸쓸한 바람이 가슴으로 불었다. 미국에서 내게 향수를 불러일으키는 것은 그네의 빈약한 가슴이었다. 나는 그네에게서 고국을 떠나 사는 사람들의 좌절과 그 깊은 절망의 하소연을 듣는 듯 했다. 나는 숨이 막힐 것 같아 그곳을 도망치듯 빠져 나오곤 했다.

* * *

어머니가 한국에서의 그 강인한 생활력을 잃고 폐인이 돼 버린 것과는 너무나 대조적으로 아버지는 싱싱하게 부풀어 올랐다. 아버지는 한국에서 전형적인 실업자였다. 아버지에게 맞은 일이 아무것도 없었다. 나는 그것이 아버지의 체질이라고 생각했다.

* * *

시어머니는 시아버님보다 두 살 위인 마흔 아홉이셨는데 꼭 새댁처럼 젊으셨다. 동백기름으로 그 검은 머리를 곱게 빗고 옷을 단정히 차려 입고 나서시는 것을 보면 누가 보아도 삼십 안팎이었다. 외아들을 키운 이답지 않게 마음이 넓고 활달하였다. 시아버님은 일본까지 가 공부한 이답지 않게 농사일이 몸에 배어 일꾼들과 함께 직접 논밭에 드셨다. 어느 누구보다 부지런하고 힘 또한 좋으셨다.

(문학사상사, 2000)

□ 전영택 「김탄실과 그 아들」

마침 현관 한편 담에 걸린 거울에 어떤 여성의 얼굴이 비치고 그리고 무슨 이상한 노래를 부르고 싱긋싱긋 웃으면서 머리를 어루만지고 두 팔을 벌리고 앞뒤로 옷 모양을 보고 있는 것이 눈에 띈다. 아무리 보아도 보통 성한 여자는 아니다.

(소담, 1995)

□ 전영택 「눈 내리는 오후」

머리도 제 손으로 빗을 줄 몰랐다. 치마는 흔히 폭이 찢어진 것을 질질 끌고 다녔다. 코도 좀 흘렸다. 그러면서도 늘 싱글싱글 웃고 언제나 무슨 노래를 부르고 다녔다. 부엌에서 설거지를 하든지 빨래를 하든지 언제나 입을 닫치고 있지 않고 중얼거리고 있었다. 어떤 때는 찬송가도 곧잘 불렀다. 그러나 흔히는 유행가를 불렀다. 목 메인 이별가도 불렀다.

(소담, 1995)

□ 전영택 「바람 부는 저녁」

그 할멈은 나이 칠십이 가깝고 키가 좀 작고 얼굴은 꺼멓고 커다란 주름살이 많고 보기에도 뻣뻣하고 두꺼운 살가죽을 가진 노파이다. 그리고 아들이나 딸이나 세상에 도무지 혈육이란 하나도 없고 친척이 도무지 없는 그야말로 바위에서 낳았는지 장마비에 섞여 하늘에서 떨어졌는지 난 곳도 모르고 그러니까 제 나이도 모르고 물론 제 생일도 모른다.

* * *

할멈은 집에서만 이렇게 소리를 하고 춤을 추는 것이 아니라 남의 집에 가서도 그러고, 거리에 다니면서도 그런다. 할멈은 매일 주인나리의 도시락을 가지고 은행에 가는 것이 한 일과요, 그것이 할멈에게는 큰 기쁨이다. 그 시간이 되기만 기다리다가 그때가 되면 다른 옷을 갈아입고 춤을 추면서 나간다.

* * *

할멈은 나이는 육십이 훨씬 넘었지만 마음은 어린애다. 어린애들과 썩 잘 논다. 정옥의 큰집에는 어린애가 없으나 작은집에는 정옥의 조카가 둘이나 있다. 심부름을 갔다가는 그 아이들과 놀고 과자를 얻어먹고 세월 가는 줄을 모르기 때문에 늘 책망을 듣는다. 그리고 아이들에게서 얻어먹을 뿐 아니라 정옥을 보고도 조용한 틈만 있으면 떡 사달라고 하고 마님과 같이 장에 나가면 '떡 사달라, 사탕 사달라' 염치없이 조른다.

(소담, 1995)

□ 전영택 「하늘을 바라보는 여인」

마당 한가운데 정신없이 서 있던 감네의 얼굴에는 문득 급한 조수가 밀려온 듯이 어떤 새 희망과 새 힘이 용솟음쳐 나오듯이 화색이 돌고 어떤 무서운 결심을 한 사람 모양으로 어디서 새롭고 딴 힘이 전기처럼 들어오는 듯이 두 주먹이 불끈 쥐어진다. 꼭 깨물었던 입술이 풀리고 온 얼굴에 기쁜 빛조차 가득 찬 듯하면서, 고개가 점점 쳐들어지고 늘어졌던 두 손이 차차 올라가서 다시 합장을 하였다.

(정음사, 1958)

□ 전영택 「화수분」

아홉 살 먹은 큰계집애는 몸이 좀 똥똥하고 얼굴은 컴컴한데 이마는 어미 닮아서 좁고 볼은 아비 닮아서 축 늘어졌다.

* * *

아범은 금년 구월에 그 아내와 어린 계집애 둘을 데리고 우리 집 행랑방에 들었다. 나이는 한 서른 살쯤 먹어 보이고 머리에 상투가 그냥 달라붙어 있고 키가 늘씬하고 얼굴은 기름하고 누르퉁퉁하고, 눈은 좀 큰데 사람이 퍽 순하고 착해 보였다. 주인을 보면 어느 때든지 그 방에서 고달픈 몸으로 밥을 먹다가도 얼른 일어나서 허리를 굽혀 절한다. 나는 그것이 너무 미안해서 그러지 말라고 이르려고 하면서 늘 그냥 지냈었다. 그 아내는 키가 자그마하고 몸이 똥똥하고, 이마가 좁고, 항상 입을 다물고 아무 말이 없다.

그리고 어멈은 날짜 회계할 줄을 모른다. 그러기에 저 낳은 아이들의 생일을 아범이 그 전날 내일이 생일이라고 일러주지 않으면 모른다고 한다. 그러나 결코 속일 줄을 모르고 무슨 일이든지 하라는 대로 하기는 하나, 얼른 대답을 시원히 하지 않고 꾸물꾸물 오래 하는 것이 흠이다. 그래도 아침에는 일찍이 일어나서 기름을 발라 머리를 곱게 빗고 빨간 댕기를 드려 쪽을 찌고 나온다.

(어문각, 1973)

□ 정길연 「사랑의 무게」

완전 구형(球刑)에서 벗어난 고무공을 바닥에 튕길 때처럼 언제 어디로 내뻗을지 알 수 없는 여자가 바로 미령이다. 아슬아슬한 곡예의 파트너로서는 위험천만한 여자가 분명하지만, 함께 어울려 지낸 시간 동안 그는 그녀가 발산하는 독특한 방향에 저 자신의 가치관을 마비시키고 유희하는 데 주저하지 않았다. 그녀의 발악 섞인 지적대로 어느 면 그녀보다 더욱 적극적으로 몰입한 면도 있었다. 해악을 주지하면서도 쉽사리 끊을 수 없는 중독성. 미령은 뿌리치기 힘든 유혹의 전도사와도 같은 존재였다.

* * *

인우는 그 여자의 동행이었으나 동조에는 인색했던 남자를 떠올렸다. 밤의 짐승처럼 뜨거운 눈빛, 선량함이라고 찾아볼 수 없는 시종 빈정거리던 말투, 철제 구조물처럼 단단해 보이던 골격, 의외의 섬세한 손. 그러면서도 상식적인 접근이나 평가를 용인하지 않을 듯한 불가해한 흡입력, 그는 누구인가. 열일곱 해 동안 가깝게든 멀게든 뒤섞이며 보아온 인물들과는 판이하게 다른 세계의 남자를 떠올리는 것만으로도 그녀는 긴장이 되었다.

* * *

꼿꼿하고 도도한 몸가짐, 안하무인의 눈빛, 이를 악물고 있는 것처럼 꼭 다문 입매. 그녀의 이목구비가 실제보다 더 또렷하게 보이는 것은 눈 코 입 하나하나에 깃들인 독자적인 고집스러움 때문이다. 확실히 그녀는 많은 사람들 사이에 섞여 있어도 금방 가려낼 수 있을 정도로 두드러진 데가 있다. 문제는 그녀 스스로 자신이 발산하는 매력을 너무나도 잘 알고 있고 잘 이용한다는 점이다.

* * *

라우렌시오 신부는 나직하고 부드러운 음색에 체구만큼이나 성량도 풍부해서 미사중 선창이나 강론을 할 때 그 울림이 기막힌 데가 있었다. 그 덕에 냉담중이거나 외짝인 인근의 젊은 자매 교우들이 주일 평일 할 것 없이 부지런히 성당 드나들게 만들었대나. '젊은것들'이 혹 사제꾀어 샛길로 빠뜨리는 요망한 짓을 벌일까 보아 언제나 전전긍긍인 나이 지긋한 할머니들로부터는 칭찬 반 걱정 반, 해서 추켜세움인지 경계성 발언인지 애매한 잔소리께나 듣게 되었다는 '파바로티' 신부였다. 주일 학교 아이들에겐 아리렌시오로보다는

별명인 파바로티로 불리는 일이 더 자주 있었고, 본인도 꽤나 기꺼이 하는
눈치라고 전해들은 바 있었다.

(이룸, 2000)

□ 정비석 「고고」

이태 반 만에 만나는 김군은 예전보다 얼굴빛이 불그레하고 몸집이 알아
보게 비대해지고 — 참말이지 객지에서 이년 반씩이나 뒹군 사람 같은 형색은
조금치도 보이지 않아서 나는 짜장 그가 계획했던 오만 원을 잡아 왔는 게라
고 믿어졌다.

(백수사, 1971)

□ 정비석 「귀향」

말을 채 못 맺고 가쁜 숨을 돌리는 병인의 눈에서는 맑은 눈물이 거침없
이 흘러내렸다. 최노인은 뼈만 남은 병인의 팔목을 붙잡고 아무 말도 못하였
다. 다만 관자놀이가 경련하듯 후뚝후뚝 뛰놀았다.

* * *

서글픈 웃음을 웃었다. 사실 그들은 너무나 늙었다. 낯가죽이 삔둥삔둥해
서 천생가야 늙지 않으리라던 꾀보 강춘길이는 허리가 굽었고, 우스갯소리
잘하던 오털털이 오기준이는 머리가 바가지등이 되었고, 육담으로 마을의 인
기자였던 털보 허철이는 수염이 백발이고…… 모두가 송장을 대하는 느낌이
었다.

(어문각, 1973)

□ 정비석 「제신제」

신혼여행이라는 말에 나는 일순간 정신이 현혹해짐을 느끼며 애경을 마주
보았다. 고무공같이 탄력있어 보이는 몸에 다갈색 양장을 휘감고 퍼머넌트를

밤바람에 휘날리며 남포등 밑에 서 있는 애경은, 짜장 헤롯왕 앞에서 춤추는 헤로디아의 딸 살로메와 같이 요기로워 보였다.

(백수사, 1971)

□ 정비석 「한월」

나는 공교롭게도 양복친구와 같이 앉게 되었는데 까만 낙타 외투에 수달피 에리를 대어 입은, 얼른 보기에 광산 브로커인 듯싶은 이 뚱뚱한 양복친구는 인정이라는 것을 통 모르는 듯 남이야 아이를 안고 쪼그리고 있거나 말거나 나만 편했으면 그만이라는 듯이 두 다리를 떡 버티고 앉았는 것이었다. 직접 피해를 입은 감정으로서가 아니라 냉정한 제 삼자의 입장에서 보더라도 그의 거동이 결코 신사적은 아니었다.

(대조사, 1946)

□ 정연희 「꽃잎과 나막신」

젊은이의 싱싱함이 신선한 감동으로 그의 가슴을 잔잔하게 흔들었다. 키가 컸고 피부가 깨끗한 젊은이였다. 떠나던 날, 공항에서 일행이 모였을 때 누구보다도 먼저 눈에 띄었던 것도 그가 지닌 젊음의 풋풋함 때문이 아니었을까. 나머지는 거의가 60을 넘긴 부부였고, 짝을 묶지 않고 따라온 몇몇 남녀도 거의가 중년을 넘긴 사람들이었다.

* * *

젊은이의 얼굴은 대리석처럼 차갑고 창백했다. 그 창백한 얼굴에 빗물처럼 땀이 흐르기 시작했다. 그러더니 그 땀은 눈물로 변하고 그 눈물이 흘러 갈릴리 바다가 되었다. 여자는 갈릴리 바다 위로 걸어가기 시작했고, 젊은이는 건너편 기슭에서 여자를 기다리고 있었다.

* * *

그리고 여자를 숨막히게 만든 것은 그 나무 아래 앉아 있는 한 신부의 고즈넉한 모습이었다. 세상 시간을 떠나버린 신비스러운 시간과 공간 속에 있는 한 사람이었다. 후드가 달린 두꺼운 라샤지의 신부복에 흰 허리띠가 눈부셨다. 그리고 허리띠의 흰빛보다 더 하얀 머리가 여자의 가슴을 흔들었다. 검은 가죽 샌들 밖으로 드러난 발은 맨발이었다. 신부는 마치도 무거운 육체를 떠나 어딘가를 훨훨 날고 있는 것 같기도 했고, 육체의 무게를 십자가처럼 안고 더할 수 없는 아픔으로 온 세상을 한눈으로 바라보고 있는 것 같기도 했다.

(지혜네, 1999)

□ 정연희 「날이 기울고 그림자가 갈 때에」

더러는 아직도 정갈한 피부를 지닌 분도 있었지만, 그들 스스로 저승꽃이라고 부르는 검버섯이 퍼진 얼굴의 주름은 접어놓은 것처럼 깊었다.

* * *

그 중에 아직 활발하게 활동을 할 수 있는 미싱(재봉틀) 할머니는, 틈만 나면 원장댁 아이들의 옷을 고쳐 입히거나 바느질을 맡아서 해준다. 재봉틀 일을 어찌나 좋아하는지 미싱 할머니라고 별명이 붙었고 틈만 나면 다른 방의 할머니들 옷도 날아갈 듯이 손질해 입히고는 했다.

* * *

작업실에 돌아 나오다가 그는 복도에 걸려 있는 커다란 거울에 비친 자기의 모습을 흘깃 바라보았다. 귀밑머리 쪽으로 한두 올이 희끗희끗 흰 머리털이 비쳤다.

* * *

숨을 쉬고는 있었으나 이미 그의 숨결에는 반 이상 죽음이 섞여 있었다. 그가 뿜어내는 죽음의 냄새는 이미 방안에 가득 차 있었다. 눈을 감고 있는 얼굴은 미라였다. 가죽에 싸여 있는 뼈들은 마디가 끊어져서 손을 대기만 하면 이리저리 밀리고 흘러내릴 것만 같았다. 그런 육체가 숨을 쉬고 있다……

무슨 뜻일까. 끊어질 듯, 끊길 듯 하면서 끊어지지 않는 저 호흡이 그렇게 숨막히도록 지루하다.

(지혜네, 1999)

□ 정연희 「나비부인」

나비부인은 미망인이라는 그 사실을 가련한 것으로써 사랑하고 있다. 그렇다고 그것으로 남의 동정을 사기 위한 수단으로 삼는다거나 그것을 간판처럼 내건다는 이야기는 천만 아니다. 그는 미망인이라는 가련하고 애달픈 숙명의 굴레 속에 자기자신을 가두어놓고 감상적인 눈으로 자기 자신을 보기 원하는 것뿐이다. 그는 자기의 처지에 대해 단 한 번의 불평을 해본 일도 없고 불편하게 생각한 일도 없었다. 조금도 수선스럽지 않고 그저 조용하기만 한 여자다.

나비부인이란 별칭이 과히 엉뚱한 것만도 아니다. 언제나 그는 팔랑팔랑 날고 있는 것만 같다. 날개를 파득이기에도 힘에 겨운 듯이 나른한 모습이다. 가벼운 듯 하면서 힘에 겨운, 부단한 움직임 그것이 나비부인의 인상이다. 그렇다고 그 움직임이 방정맞은 가벼움이 아니다. 무엇인지 쓸쓸하고 애달픈 선율을 불러일으키는 듯한 것이어서 떫은맛이 없다. 그 애잔함. 그것이 그 여자가 지닌 사랑스러움이다.

조용조용한 몸가짐과 그것을 싸고도는 우수와도 같은 분위기. 조작인 것 같기도 하고 타고난 기질인 것 같기도 해서 그것을 분별하려고 기웃거리는 사람은 어느 사이엔가 그 여자가 풍기는, 조용하고 부드러우나 강한 분위기에 이끌려 가게 마련이다.

(정한출판사, 1972)

□ 정연희 「냉이」

민재는 아내의 말에 가시가 돋쳐 있는 것을 알았지만 언제나 그렇듯이 따가운 채 삼키고 넘어갔다. 민재는 준호가 무기 징역 선고를 받은 것에 충격을 받고 30 중반이 넘도록 결혼을 하지 못했다. 미적미적하다가 만난 아내는 10년 연하의 깎은 듯한 여성이었다. 성격이 섬뜩할 만큼 분명하여 살림도 알뜰하게 불려 나갔고 두 딸의 교육도 티를 내지 않는 극성으로 남에게 뒤지는 일이 없었다.

* * *

준호 형제는 고물장수 아버지의 절대적인 희망이었다. 차마 엿장수라는 이름을 부를 수가 없어 고물장수지, 준호 아버지는 절렁가위를 들고 안 가는 데 없이 떠돌면서도 두 아들 생각으로 신명나는 사람이었다. 실상 엿장수 아버지가 얼마든지 단단해 할 만큼 두 아들은 출중했다. 형편없이 가난하기는 했지만, 준호네가 겪던 것은 그 즈음 사회 전반이 겪던 보편적인 가난이었다.

* * *

눈부신 봄볕에 드러난 중늙은이의 얼굴은 주름살투성이였으나 웃음만은 어린애 같았다.

한 귀퉁이가 모자라진 플라스틱 바구니 속에는 하얀 뿌리가 달린 냉이가 파릇파릇 소담하게 담겨 있었다.

(지혜네, 1999)

□ 정연희 「바위눈물」

등뒤에서 방문 열리는 소리가 났다. 돌아보니 주인인 듯한 여인네가 조심스럽게 뜰로 내려선다. 맑고 투명한 피부에 눈이 시원했다. 여인은 맞바로 햇빛을 받기도 했지만 어찌 저 나이에 저렇게 투명한 피부를 간직하고 있을 수가 있다는 말인가, 기이하게 느껴질 만큼 맑은 얼굴이었다. 나이를 짐작할 수가 없었다. 옷매무새에 마음을 쓴 흔적은 없었지만 헐렁하게 입고 있는 살색의 봄 스웨터가 밝았다.

* * *

그 미소. 그리고 밝은 이마. 오랜 지기를 만난 듯한 자연스러움. 그늘이 없었다. 그렇게 마주선 순간, 그가 그 자리에 이르기까지 끊임없이 뒤설레던 앙금 같은 것이, 기이하리만큼 씻은 듯이 없어졌다. 불순물이 맑은 물에 씻겨버린 듯. 부끄러움의 뒷자락을 감추고서도 편안해지는 것이 기이했다.

* * *

상을 물리고 방으로 돌아온 뒤에 여인은 찻상을 차렸다. 여전히 걸리는 것 없는 자연스러움. 그는 흰 벽과 여인 사이에서 조금씩 숨이 가빠지기 시작했다. 누가 먼저 입을 떼게 되겠는가. 무엇을 입에 올리게 되겠는가. 여인은 눈치를 보는 일도 없었다. 여인은 문득 산 같고 바위 같았다.

(지혜네, 1999)

□ 정연희 「사막을 향하여」

전혀 예상치 못했던 여인의 맑은 목소리와 함께 동그란 얼굴 하나가 다가왔다. 반짝이는 덧니와 맑은 눈이 잠깐 그의 시선을 시리게 만들었다.

* * *

사공이자 선주(船主)는 갈색 수염으로 얼굴의 반을 덮은 40대 초반의 남자였다. 부리부리한 눈에 숱 많은 갈색 머리가 다소 억센 느낌을 주는 남자였으나, 그가 메고 있는 낡은 소가죽 가방만으로도 그 나름의 삶의 방식과 고집을 안고 있는 사내인 듯하여 친근감이 드는 사람이었다. 가죽가방은 굵은 실로 꿰맨 솔기마다 닳아져서 원래의 갈색이 허옇게 바랬고 쇠장식도 도금빛을 잃고 하얗게 반들거렸다.

(지혜네, 1999)

□ 정연희 「순결」

벌거벗었으니 남자들의 음부는 당연하게 노출되어 있었어. 그런데도 그것이 아무렇지도 않게 보이는 거야. 캄캄한 피부와 풀밭의 푸르름, 그리고⋯ 손바닥과 발바닥의 빛깔은 꽃빛을 닮은 분홍빛이었어. 그 분홍빛이 얼마나 아름답던지, 차라리 그래서 목이 메이게 슬픈 빛이었다 할까. 그것은 초원에 핀 기이한 분홍빛 꽃이었어. 문득 눈물이 나더구나.

* * *

언니가 누리는 청춘의 자유가 내 눈에는 신비의 신정처럼 보였다. 언니는 청춘의 법이었고 질서였다. 무엇이든 누릴 수 있고 가져야 되고 자신의 뜻을 관철할 수 있는 특권자였다. 언니가 가진 것은 미모만이 아니었다. 언니의 화술에는 마력이 있었다. 언니는 말을 할 때 매력이 넘쳤다. 어머니는 언니의 말이라면 껌뻑 돌아가신다. 언니는 독서광이었고 끝없는 호기심을 따라 무엇이든 발굴해 내었으며, 옷을 입는 연출력은 눈부셨다. 부엌일을 무서워하지 않았기 때문에 그 손끝에서 나오는 음식은 먹는 사람들을 즐겁게 해 주었다. 명랑하지만 부박하지 않았다. 그러면서도 당차고 씩씩했다.

* * *

김동하 소령을 처음 본 순간 언니에 대한 막연한 반감은 일시에 쓰러졌다. 그는 낯설지 않았다. 처음 보는 사람 같지 않았다. 공군 정복을 입은 그의 모습은 단정했지만 표정은 부드러웠다.

눈빛은 따뜻했고 입매는 계속 웃고 있었다. 그리고 오히려 우리 여자들이 거북해하지 않도록 마음을 쓰는 듯, 단신으로 월남하게 된 이야기며 황해도 해주의 고향 이야기, 그리고 위로 두 분 누님에 대한 이야기를 들려주었다. 그날 저녁의 식탁은 약혼식이라 할 것까지는 없었지만 언니와 김소령 두 사람의 관계를 가족들 앞에서 정식으로 인정하기 위한 신부님의 축복이 우선한 자리였다. 김소령은 언니에 대한 내 눈의 가시를 뽑아 주었다.

* * *

그는 나를 풀숲 옆에 쌓아둔 상자더미 그늘로 데리고 가서 상자 위에 걸터앉혀 주었다. 그리고 점점 꺼져 가는 조명탄 불빛 속에서 이번에는 호수처럼 깊어 보이는 눈길로 나를 들여다보았다. 그러다가 하늘을 향해 얼굴을 돌리고는 한숨을 쉬었다. 치켜든 그 얼굴은 차가운 대리석 조각처럼 보였다. 조명탄 불빛이 꺼지려고 흔들릴 때, 나는 그 불빛 속에서 그의 뺨에 흐르는 눈물을 보았다. 별빛처럼 반짝이는 눈물을. 그리고 내 눈물은 더욱 뜨거워졌다. 이윽고 주변은 다시 캄캄해지고 작업 지시를 하는 날카로운 외침과 사람들의 움직임이 꾸물꾸물 이어질 때, 그는 나직하게 말했다.

* * *

아직 경칩 전인데 오늘은 봄볕이 눈부시다. 길 건너로 바라다 보이는 P의 집 뒤꼍에서 그네가 빨래를 널고 있다. 눈부시도록 하얀 셔츠는 P의 것이리라. 그네의 손에서 청결하게 살아나는 P의 내복들… 문득 눈물이 어룽지는 봄볕 속에서 그네의 청순한 얼굴이 웃고 있다. 빨래를 널다가 햇볕을 향하여 웃는 것인가. 아니 햇볕이 그네를 향하여 활짝 웃고 있었다. 그는 빨래 바구니를 문지방에 걸쳐두고 그 옆에 앉아서 해바라기를 한다. 목덜미를 뽀얀 솜털까지 민들레 씨처럼 내게로 날아올 것만 같다.

(문화마당, 1999)

□ 정연희 「오, 카라얀!」

그 표정이 순수하고 맑았다. 진심이 있었다. 아, 그리고 그 얼굴은 어찌 그리 아름답던고 크림 외에는 바르는 것이 없다는 얼굴인데 반듯하게 다듬어진 이목구비가 깨끗한 피부를 돋보이게 했다. 깨끗한 이마와 적당하게 짙은 눈썹, 그리고 눈이 맑았다. 늘 웃음을 띠고 있는 입술 윤곽이 분명했고 턱이 복스러웠다. 키가 약간 작은 듯 했으나 균형 있는 몸매였다. 수희는 저 자신의 용모에 별로 마음을 두고 있지 않은 듯했고 그래서 그의 외양은 훨씬 더 신선한 아름다움으로 빛났다.

* * *

아이들을 달래고 주사를 놓는 민수희의 손은 표정이 있었다. 화사한 손은 아니었다. 손가락이 그다지 길지 않아 근면해 보이는 손이었는데 손톱이 깨끗하고 건강했다. 그 손이 닿으면 차갑던 것이 따뜻해지고 불편하던 것이 편안해지는 것 같았다. 그 손은 우선 젊었다. 활기가 있었다. 두려움이 없었다. 그리고 향기가 있었다. 남편은 그 젊은 옆에서 숨쉬면서 향기를 맡고 활기를 얻을 것이다.

* * *

카라얀, 지휘자의 황제로 군림한 카라얀, 때로는 폭군 같으나 그것이 오히려 마력이 되어 청중을 사로잡던 카라얀. 그의 지휘봉 끝에서는 온갖 악기들이 광휘의 소리가 되어 번득였다. 그의 눈길, 손가락 끝, 머리칼은 그것 자체가 오케스트라였다. 그의 전신은 소리의 조화였다. 숨결과 몸짓 하나하나는 그대로가 화음의 극치였다. 그는 오케스트라를 천둥치게 만들기도 하고 비밀한 천국의 속삭임이 되게 만들기도 하는 소리의 마왕이었다. 모든 작곡가의 혼은 그의 지휘봉 끝에서 다시 살아났다. 소리는 그의 손가락 끝에서 작곡가의 뜨거운 체온과 함께 되살아났다.

여자는 한동안 카라얀이 지휘한 곡, 카라얀의 사진으로 된 디스크 카바가 있으면 무조건 사들였다. 연주가 시작되기 전, 지휘봉 끝을 양손으로 잡고 눈을 감고 있는 모습은, 어떤 수도자의 모습보다 경건했다. 턱시도를 입은 모습도 좋았지만 검은색 터틀스웨터를 입고 연습장에 선 모습은 매혹적이었다. 그의 머리가 백발이 되기 시작했고 얼굴에는 깊은 주름이 패이기 시작했으나, 카라얀에게 있어서만은 그것이 늙음이 아니라 권위였다.

* * *

오, 카라얀! 여자는 기도하듯 잠깐 눈을 감고 숨을 가다듬은 뒤 함께 손뼉을 치기 시작했다. 아득하게 높은 천장으로부터 늘어져 내린 막 사이로 사람이 걸어나오고 있었다. 그런데 사람보다 먼저 보이는 것은 스테인리스의 번쩍거림이었다. 보행이 불편한 사람이 두 손으로 짚고 밀면서 걷게 되어 있는 보행기였다. 카라얀은 그 보행기를 앞세워 밀면서 지축지축 무대 쪽으로 나오고 있었다. 지축지축 다리를 끌면서 나오고 있었다. 그리고 단원들 앞에 이르자 보행기를 놓아두고 단원들이 앉아 있는 의자와 의자를 짚고 걸음을 옮겨 디뎠다. 지휘대에는 난간이 드리워져 있었다. 카라얀은 부들부들 떨리는 손으로 그 난간을 잡고 지휘대로 올라갔다. 어깨는 늘어지고 허리는 힘이 없었다. 우뚝한 콧날만 아니면 얼굴은 낡은 가죽주머니였다. 그 미간의 고뇌와 환희의 표적은 숨쉬기를 멈춰버렸다. 갖가지 악기에서 폭풍을 몰고 오던 두 손, 하늘 저쪽에 감추어져 있던 소리까지 불러내던 두 다리, 그리고 악기마다 소리의 빛이 되어 눈부시게 쏟아지게 만들던 눈짓 하나 미간의 움직임 그리고 눈썹의 꿈틀거림이 보행기를 계속 요구하고 있었다.

(지혜네, 1999)

□ 정연희 「우리가 사람일세」

이제 함흥댁의 나이 70이 다 되었다. 함흥 쪽으로 전근을 와 있던 총각 교사와 혼인이 된 것은 이귀동 개인의 운명이었다 하겠지만, 결혼 후에 남편의 고향인 장흥으로 따라간 것이 친정과의 영 이별이 될 줄은 몰랐다. 오빠 둘이 남하하다가 공산군의 총에 맞아 죽었다는 소식은 천신만고 끝에 월남을 한 고향 친척에게 들었다. 교사직을 그만두고 경찰에 투신한 남편은 어느 날 한 줌의 재가 되어 돌아왔다. 화순군 사평지서 지서장이었던 남편은 공비들의 습격으로 목숨을 잃었다. 장흥 근처에 살고 있던 함흥댁은 빨치산에게 이리저리 쫓겨 다니던 겨울에 아들까지 잃었다. 여섯 살짜리 아들은 폐렴에 걸려 어미 등에서 신음하다가 약 한 첩 못 써보고 얼어 죽었다.

＊ ＊ ＊

자그마한 몸집을 깔끔하게 거두며 거의 쉴 사이 없이 양로원의 궂은일을 부지런하게 해내는 덕인지 양기선 씨는 양로원 신세를 지는 다른 노인네들하고 다르게 늘 활기차 보였다. 함흥댁보다 너댓 살이 손아래이기는 했지만 양기선 씨는 실제의 나이보다 젊어보였다. 사람이 어찌나 찬찬하고 참을성이 많은지 양로원의 하수도가 막혀도 사람을 사는 일 없이 원장과 함께 기어이 뚫어내고, 화장실 변기가 말썽이 나거나 부엌에서 가스가 말썽을 부려도 군소리 한마디 없이 고쳐냈다. 사람이 깔끔한 만큼 매사가 너무 분명하여 사람들의 무심한 꼴을 못 보아내는 넉넉하지 못한 점은 있지만 몸을 아끼지 않고 궂은일을 척척 처리하는 그것만으로도 사람들은 그를 "송정, 송정" 하고 찾으며 함부로 대하지를 않았다.

* * *

이 아침에는 또 무슨 일로 '치도고니'라는 별명이 붙은 김씨가 고래고래 질러대는 소리로 담장 안이 뒤집어질 지경이다. 양로원으로 들어온 지 반년도 안 되는 신출내기이건만 막무가내로 독불장군 노릇이어서, 들어오자마자 김치권이라는 이름을 두고 '치도고니'라는 별명이 붙었다. 그가 악을 써댈 때는 대개는 그럴만한 이유가 있기는 있었다. 남다르게 시원시원하고 몸을 아끼지 않는 그가 날이 밝기도 전에 빗자루를 들고 나서고, 쓰레기통을 치우는 일이며 꽃밭을 가꾸는 일은 거의 도맡아 하다시피 하는 것까지는 좋으나, 궂은일에 앞장을 서는 대신 검불 하나도 용서가 되지 않았다.

* * *

그의 몸에는 탄환이 뚫고 간 흠집이 몇 군데나 있었고 체포된 뒤에 매를 맞아 뭉그러졌던 자리가 등이며 허벅지에 너무도 역연하게 남아 있다.

* * *

누가 시킨 것도 아니고 눈여겨보는 이도 없었지만 그 꽃밭을 일심으로 가꾸는 사람은 충성관 3호실의 현동규 할아버지였다. 양로원에 입소하던 3년 전, 주민등록은 전남 화순으로 되어 있었고 그때의 나이가 예순 여섯이어서 구청의 가정복지과에서 의뢰가 왔을 때, 다시 눈여겨볼 일도 없이 받아들여진 할아버지였다. 그러나 화순 할아버지의 말씨에는 호남 사투리가 없었다. 별로 말이 없는 분이었으나 꽃을 가꿀 때만은 소년보다도 더 밝은 얼굴로 남이 듣거나 말거나 꽃에다가 무엇인가 끊임없이 말을 건네는 노인이었다.

* * *

며칠 후, 아침 식탁에서 매산은 후두암을 앓고 있는 노인을 보았다. 여든 여섯 살의 노인은 학처럼 고고해 보였다. 그에게는 따로 허여멀건 죽 한 공기가 주어졌지만 그것도 잘 넘어가지 않는지 한 숟가락 떠넣고는 한참만에야 목을 길게 늘이며 고통스러운 모습으로 입안의 것을 삼키고는 했다.

* * *

할머니라는 호칭이 아직은 어울리지 않는다고 느껴질 만큼 깔끔하고 단아했다. 어쩌면 세상 돌아가는 이야기라도 서로 통할 수 있는 교양을 갖추고 있으리라는 기대감까지 갖게 하는 할머니였다. 함흥댁이었다.

* * *

얼굴이며 전신이 피투성이가 되어 있었지만, 쓰러져 있는 사람은 매산 정태건 씨가 틀림없었다. 그렇게 담이 크고 침착하던 총무도 그 자리에서 주저앉았고 원장은 핏기가 가신 얼굴로 숨을 들이켜며 매산에게 다가갔다. 숨이 끊어졌는가 그것부터 확인하고 싶었다.

(지혜네, 1999)

□ 정연희 「중음신(中陰身)」

현재의 나를 못났다고 할 사람은 아무도 없을 것으로 안다. 내가 피해자임을 냄새 맡을 사람도. 더구나 피해망상 같은 것에 갇혀 있다고 말해 보아야 농담이라고 웃어치울 것이다. 이렇다 할 야심이 있어 바득바득 발돋움을 해본 일도 없지만 그렇다고 뒷전에서 우물거리며 뒤처지거나 하는 따분한 위인도 아니다. 오르지 못할 나무는 쳐다보지 않는다는 철칙 같은 것을 성격의 바탕으로 가지고 무리하게 덤비거나 하지도 않지만 그렇다고 결코 소극적인 위인도 아니다. 황당한 것은 질색. 주어진 한도 내에서 부지런히 그리고 열심히 살았다. 공부도 그랬고 연애도 그랬으며, 결혼과 아이 낳아 키우기도 성심성의를 다한 셈이다. 신체건강하고 사상이 온전한 대한민국 여성. 당방 35세. 독문학 석사학위가 있는 대학교 전임강사. 역시 신체건강하고 사상이 온건한 대한민국 남성과 결혼. 아들과 딸을 고르게 하나씩 두었음. 국사가 되고 있는 반공에 투철하고 국가 시책의 하나인 가족계획에 철두철미 추종한 주부. 이

것이 나다. 나의 전부다. 남에게 보여진.

(정한출판사, 1975)

□ 정연희 「한낮에 촛불을 켜고」

그 사람은 칼을 갈고 앉아 있었다. 사람들이 북적거리는 버스 정거장 앞이었다. 숫돌을 발치에 놓고 열심히 열심히 칼을 갈고 있는 그는, 모자를 꾹 눌러 쓰고 있어서 코 위의 모습이 보이지 않았다. 숫내기 칼장수였는지 옆에는 새 칼 수십 자루를 늘어놓고 고개를 숙여 얼굴을 감추고 칼을 갈고 앉아 있었다. 그는 그 자리에 있는 동안 내내 그렇게 하고 있을 것처럼 보였다. 누가 보든 말든, 누가 칼을 사든 사지 않든, 계속 그렇게 하고 있을 모양이었다.

(문학사상사, 1988)

□ 정을병 「겨울나무」

머리와 몸뚱이는 큰데 다리가 약간 짧아서 키보다는 작아 보이는 그런 남자였다. 머리는 굵은 철사로 엉켜 있는 것 같았고, 그러나 다리가 짧다고 하여 어떻게 인간의 가치를 낮게 평가할 수 있을 것인가.

* * *

그는 머리도 잘 빗지 않은 거치른 몸집을 하고 있었다. 서류 뭉텅이를 들고 와서 열심히 들여다보고 있었다. 누군가를 위해서 그는 밤중이었지만 잠도 자지 않고 대낮처럼 일을 하고 있는 모양이다.

* * *

아버지는 몹시 성질이 급하고, 무엇이든지 제멋대로 하는 버릇을 가지고 있었다. 부잣집에서 태어난데다가 할아버지가 아버지의 성격을 조금도 잡아주지 않았기 때문에 남들과 타협할 줄 모르는 고약한 성질을 가지게 되었다.

거기에다가 머리도 좋고, 인물도 잘 생겨서 자존심이 여간 아닌데다 일본에 일찍이 유학까지 했으니 남을 경멸하는 성격도 보통이 아니었다.

* * *

어머니는 너무 체중이 무거워서 혼자서는 거의 걸을 수가 없을 정도였다. 마치 무지막지한 크기의 절구통이나, 드럼통이 천천히 움직여 가는 딱한 모습 같았다.

* * *

아버지는 키가 크고 피부색이 허옇는 데다가 날카로운 부분까지 지니고 있어서 남에게는 비상하게 눈에 잘 뜨이는 모습을 하고 있었다. 큰 지주의 집안에서 태어났는 데다가 일본에 가서 대학까지 마쳤고, 안 되는 일이 없고, 모르는 것이 없다는 자만에 빠져 있는 데다가, 화가 한 번 나면 물불을 안 가리는 성질을 가지고 있었기 때문에 특히 남들에게 주목을 끌었던 것으로 보인다.

(삼우당, 1987)

□ 정을병 「그래서 아름다운 선택」

그는 키가 조그마한 사람으로, 얼굴에 주름이 많이 졌을 뿐 아니라, 머리는 거의 반백에 이르고 있다. 일본에서 어린 시절을 보냈는지, 발음이 정확하지 않은 한국말을 하고 있어서, 정신을 집중해서 듣지 않으면 무슨 소리를 하는지 잘 분간이 안 되는 경우도 있었다.

* * *

남기자는 파마하지 않은 머리를 뒤로 넘겨 목뒤에서 간단히 묶었는데, 나는 그런 검소한 모습이 마음에 들었다. 그니의 이마는 더 넓어 보이고, 크고 둥근 눈은 더 매력적으로 보였다. 코는 조금 작았지만, 콧구멍이 들여다보이는 그런 모습은 아니었고, 입 역시 작았지만 야무지게 오므리듯 해서, 전체적인 모습이 경쾌하고 산뜻했다. 그니는 그런 얼굴을 잘 아는지, 옷도 정장을 하지 않고 항상 가벼운 캐주얼을 입고 다녔다. 그래서 그니는 비록 결혼했지만 이십대 중반쯤으로밖에 보이지 않았다.

* * *

이윽고 커다란 대문 바로 곁에 붙은 작은 쪽문을 통해서 박건배의 모습이 나타났다. 그는 한복차림을 한 그대로였다. 수염을 깎지 않고 있었지만, 그렇게 수척해진 것 같지 않았다. 그의 검은 얼굴이 감옥 안에서 다소 부옇게 바래진 것 같았다. 술도 안 먹고, 담배도 안 피우고, 햇빛도 안 봤으니까 그렇지, 속세에서 수삼 일만 지나면 그대로 원상복구가 될 것이 틀림없었다.

* * *

나는 그의 얼굴이 중국의 퍼그라는 개를 닮았다는 생각을 하고서는 혼자서 씩 웃었다. 퍼그는 작고 단단하면서도 얼마나 명랑하고 활기가 있는가 말이다. 그는 자기가 못생겼으면서도 조금도 기가 죽어하는 기색이 없는 개다. 퍼그가 그렇게 못생겼으면서도 명랑한 것은, 그리운 과거도 생각하지 않고, 불안한 미래도 생각하지 않기 때문이다. 퍼그에게는 생의 목적 같은 것도 없다. 오직 현재만이 있을 뿐이다. 미래가 다가와서 깨어져 과거로 없어져 가는 재미있는 현재만이 있을 뿐이다.

(훈민정음, 1996)

□ 정을병 「세례요한의 돌」

그러니까 김석백은 예술가가 아니라 겸손한 미술의 탐색가이고 그 몸집은 순례자인 셈이다. 조그마하게 쭈그러들어 있어서, 어떤 고상한 말로 표현하기가 곤란했다. 낡은 연한 갈색의 양복이 회색처럼 탈색이 되어 있는 것 같고, 몸집에 비해서 너무 컸던지 쭈글쭈글 말려 있었다. 옷보다도 더 수석 같은 것은 그의 얼굴이었다. 크지 않은 갈색의 얼굴이지만, 이마에서 시작하여 볼과 턱이 모두 힘 있게 골이 파진 모습이 사람의 얼굴이라기보다도, 마을 앞에 수천, 수만 년 비바람을 맞으며 서 있는 여윈 하나의 바위 같았다. 사람이라기보다도 바위로서 살아가는 하나의 표상으로 보였다.

(진화당, 1980)

□ 정을병 「솔잎」

주인이 그렇다면 주방장에 있는 요리사가 음식 솜씨가 있어야 하는데, 주방에 있는 요리사는 요리사라기보다도 싸움이나 하러 다녔으면 좋을 정도로 험상궂은 얼굴을 하고 있었다. 시퍼런 식칼을 들고 나와서 홀의 구석에 있는 대형 냉장고의 고기를 썰어내는 모습을 보면 마치 수호지에 나오는 도둑놈 같은 느낌이 들 정도였다. 거기에다가 '삼겹살'이라는 별명이 붙은 여자가 하나 일을 돕고 있었는데, 이 여자는 삼겹살이 아니라 오겹살, 육겹살이나 될 만큼 온 몸이 살덩어리였고, 얼굴은 제멋대로 생긴 짐승 같았다. 이런 사람들이 맛있는 음식을 만들 수 있다는 것은 도저히 믿을 수가 없었고, 실제로 맛도 없었다. 이 솜씨를 가지고 과연 식당에 성공할 수가 있을까.

(진화당, 1980)

□ 정을병 「천혜향초」

그러나 그들은 외관상 할머니일 뿐이지 말이나 태도나, 행동하는 것, 마음 가짐들은 어린 소녀나 조금도 다름이 없었다. 그저 천진무구한 모습 그대로였다. 과연 꽃의 나라 사람답게 아름답고 깨끗했다.

그들은 산에 가서도 핀셋을 가지고 철쭉나무 가지 끝에 붙은 씨를 가만히 한 점 뜯어서는 숟가락 크기 만한 비닐봉지에 넣어서는 조심스럽게 챙겼다. 잎이 있는 것은 잎의 모습을 구별해서는 몇 점의 씨를 따내기도 하고, 잎이 없는 것은 껍질 모양이나 가지 끝에 달려 있는 눈의 모양을 보고 종류를 구별하기도 했다. 그들은 고령임에도 불구하고 간단히 등산복으로 갈아입고는 조금도 힘들어하지 않고 그 큰 산을 헤매고 다니는 것이었다.

* * *

그의 세수는 세수랄 수도 없는 것이었다. 손바닥으로 물을 찍어서 얼굴 일부분을 한 번 문지르는 것이 고작이었다. 그는 고개를 들고 이쪽으로 몸을 돌렸다. 반백이 된 머리가 뒤숭숭하게 뻗어있고, 수염도 4, 5일이나 깎지 않아서 지저분하게 얼굴을 덮고 있었다. 그런 주제꼴에다가 넥타이는 매고 있었는데, 그게 죽어 말라빠진 쥐꼬리처럼 휘말려 있었고, 와이셔츠의 깃도 아래위로 말려서, 와이셔츠를 입었는지 안 입었는지 분간이 가지 않았다. 기껏 세수를 했다고 하지만 눈 가장자리가 지저분해서 눈곱이 그냥 붙어 있는 것 같은 인상이었다.

(진화당, 1980)

□ 정을병 「피임사회」

아버지라는 남자는 건장한 사나이였다. 색안경을 쓰고 있다가 벗은 얼굴을 보니까 흡사 고릴라 같은 인상이었다. 눈썹은 장비의 그것처럼 곤두서 있고 얼굴은 붉게 타고 있었다. 그는 넥타이를 매지 않은 와이셔츠를 풀어헤친 채 저고리를 걸치고 있었다.

* * *

한 잰또르망이 대학생처럼 보이는 처녀 하나를 데리고 병원으로 나타났다. 그 젠또르망은 어떻게 보면 그야말로 잰또르망 같기도 하고 어떻게 보면 그냥 평범한 학부형 같은 타이프이었다. 순직해 보이는 얼굴을 하고 있었으나 강한 자부심과 고집을 갖고 있는 것 같았다.

* * *

그는 옷깃에 무궁화 잎사귀 하나를 붙여 가지고 있었다. 낮을래야 더 낮을 수 없는 계급 같았지만 순사치고는 비교적 순진하고 깨끗한 얼굴을 하고 있었다. 촌지라든가 수금과는 크게 관계없는 자리에 있는 모양이었다. 모자만 벗어버린다면 보통사람과 크게 달라 보이지 않았다.

(삼성출판사, 1974)

□ 조경란 「가족의 기원」

엄마 몸무게는 아마도 칠십 킬로그램을 육박하고 있을 터였다. 나는 매일 눈뜨기 전, 엄마가 거실 피아노 밑에 있는 체중계를 끌어당기는 소리를 들었다. 엄마는 하루도 빠지지 않고 몸무게를 달아보는 눈치였다. 그러나 체중에는 전혀 변화가 없는 듯해 보였다.

* * *

엄마 얼굴은 어제저녁보다 더 일그러져 보였다. 세숫대야만한 얼굴에 게다가 군데군데 검버섯까지 피어올라 있었다. 나, 지금 아무 말도 하고 싶지 않다. 말시키지 마라. 엄마 표정은 그런 의미를 담고 있었다. 엄마는 한마디 않은 채 젓가락을 집어 들었다.

* * *

전자쇼핑센터 정문 앞길 쪽에서 설핏 그의 모습이 보였다. 그는 산란을 끝내고 다시 바다로 돌아가는 거북처럼 지치고 기찮한 걸음으로 횡단보도 앞으로 다가섰다. 약속시간이 한참이나 지난 줄도 모르는 것만 같았다. 한 손을 들어올리려다 말고 정거장 앞 플라타너스 나무 둥치로 몸을 가져갔다. 그는 여태도 나를 발견하지 못한 성싶었다. 나는 나무 둥치로 몸을 가리고 있으면서 녹색불이 들어오기를 기다렸다. 그는 수그리고 있던 고개를 들어올려 약속장소인 버스정거장을 바라보았다. 그는 하루에도 몇 번씩이나 그 말을 되풀이하곤 하였다.

* * *

정후 얼굴에 막 울퉁불퉁한 반점들이 돋아있는 거야. 입술이며 눈두덩이까지. 그리고 머리에는 허리까지 내려오는 긴 가발을 쓰고 있었어. 머리카락이 빠져서 쓰고 있다고, 애가 우리 정후가 아닌 것만 같더라. 얼굴에서는 막 고름이 흐르고……

* * *

더께더께 앉은 귓밥이 귓문으로까지 비어져 나오고 있는 게 눈에 띄었다. 나는 가방에서 휴대용 티슈를 꺼내서 그의 오른쪽 귓구멍을 문질러주었다. 내가 티슈 한 장을 건네주자 그는 왼쪽 귀를 마저 문질렀다. 아침에 깎고 나왔을 턱수염도 그새 부성해 보였다. 당신은 정말, 버림받은 남자 같아. 깍지를 끼는 그의 손바닥을 뿌리치지 않았다.

* * *

너는 어스름한 저녁 무렵의 노을을 좋아했고 조수미의 높은 목소리를 좋아했다. 노래방 가서 큰 소리로 노래하는 것을 좋아했고 돼지고기를 넣지 않은 김치찌개를 좋아했다. 그리고 또 네가 좋아한 것들…… 이상하다. 그리고 나는 네가 무엇을 좋아했었는지 전혀 생각나지 않는다. 우리가 사로에 대해 알고 있는 것은 또 무엇이 있을까. 사로의 이름과 발 사이즈? 그래 그것만큼은 내 기억이 정확할 것이다. 너의 발 사이즈는 이백 삼십 밀리이다. 지금 내가 알고 있는 것은 너의 발 크기뿐이다. 너는 나의 무엇들을 기억하고 있니?

* * *

테두리가 날깃날깃한 면 런닝셔츠를 입고 있는 노인은 긴 막대기를 들어 땅바닥을 툭툭 치고 있었다. 노인의 눈은 나를 보고 있었지만 그러나 나는 노인이 나를 바라보고 있는 게 아니라는 것을 금세 알아차렸다. 노인의 눈은 살아 움직이는, 광휘가 빛나고 사물을 직지할 수 있는 그런 눈이 아니었다. 어목(魚目)처럼 흐린 그것은 천 미터도 넘는 깊은 바다 속에 퇴화한 눈처럼 보였다. 노인은 여전히 의자에 앉아 있는 채로 긴 막대로 땅바닥을 두드리고 있었다.

* * *

탁자 위에 놓인 포켓 앨범을 집어 들었다. 앞에 두어 장쯤을 제외하고는 모두 같은 얼굴의 여자였다. 긴 머리를 단정히 빗어 하나로 틀어올린 여자는 실핏줄 하나 없이 맑은 눈동자에 가지런한 치아를 갖고 있었다. 입술은 붉었고 귀뺨 역시 불그스레해 보였다. 흰 블라우스에 검정색 긴 치마를 입은 성장 차림새였지만 앳되어 보이는 얼굴이었다. 아마도 그 의상은 연주용인 듯싶었다. 여자는 첼로를 들고 있었다. 갈매기 날개처럼 날렵하게 그린 갈색 눈썹, 길고 까만 속눈썹과 둥근 콧날. 스물 두어 살이나 됐을까. 여자의 둥그럼한 얼굴형은 여주인과 닮아 있었다. 나는 제법 두꺼운 포켓용 앨범을 다 넘겨보았다. 한 팔로 첼로를 끌어당기고 선 모습, 유리잔이 빽빽이 있는 장식장 앞에서 두 손을 모으고 서 있는 모습, 연주용 의상을 갈아입고 청바지와 면 티셔츠를 입고 테이블에 앉아 생글거리는 얼굴, 그리고 여주인과 어깨를 나란히 하고 활짝 웃고 있는 얼굴…… 여자애의 표정은 다양했다. 그 다양한 표정 속에서 나는 여자애의 자신감에 찬 기운을 놓치지 않았다. 단 한 번도 자존심을 잃거나 생의 고통을 겪어본 적 없을 것 같은 저 눈.

* * *

나는 새삼스럽다는 듯 여주인의 남편을 바라보았다. 여주인처럼 작은 키에 둥근 얼굴. 잘 다림질된 와이셔츠에 카키색 넥타이를 느슨하게 매고 있었다. 중후해 보이는 인상이었지만 아직도 이 남자가 여주인의 남편이라는 사실이 실감나지 않았다.

* * *

한쪽 손바닥으로 노인의 턱을 받치고 다른 손으로 입을 가만히 벌려보았다. 거무스름한 빛깔의 윗니 치아 세 개만 남아 있는 입 속은 영험한 짐승의 동굴처럼 컴컴하고 끝이 보이지 않을 정도로 깊어 보였다. 분홍빛 목젖조차 보이지 않았다. 잇몸은 꺼멓게 죽어 있었다.

(민음사, 1999)

□ 조경란 「식빵 굽는 시간」

그녀의 몸은 마흔여덟의 여자라고 하기에는 지나치게 젊다. 목욕탕 안의 모든 빛을 빨아들인 듯 피부는 새하얗게 빛나고 잘 발효된 카스텔라처럼 부드러워 보인다. 부러워 만져본 적은 없지만 탄력 또한 잃지 않았을 게 분명하다.

* * *

내 손바닥과 손등을 몇 차례 뒤집어 살펴보던 의사가 대수롭지 않다는 투로 말했다. 젊지도 늙지도 않은 의사의 입안에서는 쿰쿰한 냄새가 풍겨났다.

짙은 쌍꺼풀 수술 자국 위로 연둣빛 아이섀도가 발라져 있었다. 한눈에도 몹시 촌스러워 보이는 여자였다. 촌스러워 보이는 여자는 아마도 대개 게으른 여자일 터이다.

* * *

거스름돈을 기다리면서 남자와 나는 스치듯 짧게 눈이 마주쳤다. 특별한 인상을 남기지 않는 얼굴이었다. 평범하군, 목소리에 비하면 말이야. 거스름돈을 받고 돌아서며 나는 그렇게 생각했다. 전혀 체질의학전문의 같아 보이지 않는 생김새였다. 검게 그을린 얼굴. 색 바랜 청바지에 파란 잠바. 모자 하나만 눌러 쓰면 그대로 프로야구 감독 같아 보일 남자였다.

그 짧은 순간에 나는 많은 것을 보아버렸다.

* * *

옆에서 보는 그의 콧날은 약간 휘어지기는 했지만 단정했고 다문 입술은 고집스러워 보였다. 여러 번 그의 옆모습을 훔쳐보면서 나는 그가 섬약하지만 대단히 차가운 타입일 거라고 단정했다. 그런 느낌은 옆모습을 통해서 짐작하는 분위기와는 전혀 상관없이 느껴지는 것들이었다.

* * *

같은 나이임에도 불구하고 그녀의 얼굴에는 그 나이답지 않게 짙은 난숙함이 배어 있었다. 그녀는 서른 세 살이나 서른일곱처럼 보였다. 나는 그녀를 방해하고 싶지 않았다.

* * *

나는 그녀를 쉽게 알아보지 못했다. 어깨까지 내려와 있던 그녀의 검은 머리카락은 귀 옆으로 바싹 잘려 있었다. 머리 모양이 변하면 잘 알고 있던 사람도 한순간 어색해 보이는 법이다. 게다가 그녀와 나는 지금까지 두 번밖에 만난 적이 없지 않은가. 그러나 단 한 번을 만나도 상대의 손놀림이며 입술의 각도까지 잊을 수 없는 사람들이 있다. 그녀는 나에게 그런 편에 속하는 사람이기는 했지만 나는 그날 그녀를 잘 알아보지 못했다. 나는 그것이 우리가 만난 곳이 너무 뜻밖의 장소였던 때문이라고 생각했다. 그녀가 무턱대고 집 앞에서 나를 기다리고 있을 거라고는 꿈에도 그려본 적이 없었으니까.

* * *

영원히 입을 다물고 있을 것만 같아 보였던 그녀가 말을 꺼냈다. 쓸쓸함이 잔뜩 묻어나는 목소리였다. 어둠 때문이구나. 나는 고개를 돌려 그녀 얼굴을 바라보았다. 그녀의 옆모습은 어둠에 가려 잘 보이지 않았다. 흰옷을 입고 있고 벽에 머리를 기대고 앉은 그녀는 마치 작은 유령처럼 보였다. 기괴함이 느껴지는 분위기였다.

* * *

그는 나를 보자 해뜩 웃음부터 지어 보였다. 소름이 끼치는 웃음이었다. 문득 그의 웃음에서 어떤 광기를 엿보았던 것 같기도 했다. 나는 그가 무서웠다. 차라리 그가 입버릇처럼 말했듯이 어서 가방을 꾸려 어디론가 떠나버리는 편이 더 나을 거라는 생각을 하기도 했던 것 같기도 하다. 그런 그의 모습은 마치 아무것도 느끼지 못하는 사람마냥 활활 타오르는 불 속으로 한 발 걸어 들어가고 있는 듯 보였다. 아무도 그런 그를 말릴 수 없을 거라는 생각이 들었다.

* * *

스물 두 살의 어머니는 목 언저리에 검은 리본이 달린 흰 블라우스와 무릎까지 내려오는 치마를 입고 있다. 오른손에는 양산이 들려 있고 어머니 얼굴은 그늘에 반쯤 가려져 있어 어두워 보인다. 그 나머지 반쪽 얼굴도 환해 보이지는 않는다. 아리도록 부신 햇살 때문이었을까. 어머니 옆에 역시 하얀 원피스를 입고 있는 사람은 스무 살의 이모인 게 분명하다. 통통한 두 볼에 두 눈을 둥그렇게 뜨고 있는 이모는 더럭 겁이 나 있는 표정이다. 두 여자의 표정은 모두 굳어 있다. 천구백육십오년이라면 내가 태어나기 한 해 전이다.

* * *

틀어 올린 머리 때문에 목선이 그대로 드러나 있었다. 아직 고와 보이는 선이었다. 이모의 모습은 마흔 여덟이라는 나이와는 전혀 무관해 보였다. 뒷모습만으로만 가늠한다면 서른 후반쯤? 아름답게 늙어가고 있는 모습이었다.

* * *

나무 앞에 서 있는 한 노인 때문이었다. 노인은 나무와 자신의 허리를 노끈으로 동여매고는 나무를 마주한 채 제자리걸음을 하고 있었다. 이상한 사람이다! 나는 노인에게 좀더 가까이 다가갔다. 오래 세수를 하지 않은 듯 얼굴은 땟자국으로 얼룩져 있었고 몹시 허름한 차림새였다. 노인은 두 손을 허리 아래로 감싸쥐고는 똑바로 나무를 응시하고 있었다.

* * *

유연한 시선으로 이모는 나를 응시하고 있었다. 그러고 보니 숱진 눈썹뿐만 아니라 각이 진 얼굴 생김새도 어머니와 많이 흡사해 보였다. 새삼스러운 발견이었다.

(문학동네, 1996)

□ 조성기 「홍루몽」

버들 숲에서 나온 듯, 꽃밭에서 나온 듯, 저기서 걸어오는데 온갖 새들이 지저귀고, 소맷자락 펄럭일 적마다 사향과 난향이 진동하고 은목걸이 각양 주옥패물 잘랑잘랑 소리 내고, 쪽진 머리에 춘삼월 복숭아꽃 같은 환한 웃음 보조개에 담기고, 앵두입술 열린 거기 고운 이들 석류 같고 가는 허리는 바람 타고 춤추는 듯 하늘거리고, 시원스런 앞이마는 달무리 두른 듯 훤하고, 눈썹은 반달 비친 물결 같고, 백옥 살결은 청담수에 씻은 듯 하고, 연꽃 얼굴 옥돌 갈아 다듬은 듯 하고, 설 듯 말 듯 발밤발밤 걸어오는 자태 너무나 어여뻐 황홀하기 그지 없더라

(민음사, 1997)

□ 조세희 「난장이가 쏘아올린 작은 공」

자세히 보면 아버지는 같은 또래의 사람들보다 많이 늙어 보였다. 우리 식구들밖에 모르는 일이었다. 아버지의 신장은 백십칠 센티미터, 체중은 삼십이 킬로그램이었다. 사람들은 이 신체적 결함이 주는 선입관에 사로잡혀 아버지가 늙는 것을 몰랐다. 아버지는 스스로 황혼기에 접어들었다는 체념과 우울에 빠졌다. 실제로 이가 망가져 잠을 못 이루는 밤이 많았다. 눈도 어두워지고 머리의 숱도 많이 빠졌다. 의욕은 물론 주의력과 판단력도 줄었다.

* * *

형은 괴로운 표정을 지었다. 형은 언제나 나보다 생각이 깊었다. 아는 것도 많았다. 학교를 그만두자 더 많은 책을 읽었다. 아버지가 난쟁이만 아니었다면 형은 학자가 될 사람이었다. 형은 틈만 있으면 책을 읽었다. 나는 형을 위해 기계에서 돌아 나오는 인쇄물을 접어다 주고는 했다. 아주 어려운 것도 형은 참고 읽었다. 돈을 타면 헌책방에 가서 사다 읽기도 했다. 책은 형에게 무엇이든 주었다. 형은 고민하는 사나이의 표정을 종종 지어 보이고는 했다. 내가 이해할 수 없는 것들을 공책에 옮겨 적기도 했다.

(문학과지성사, 1978)

□ 조정래 「불놀이」

그 사내는 큰 키에 몸은 말짱했다. 그런데 얼굴에는 아무런 표정이 없었고, 특히 눈은 뿌옇게 안개가 낀 것처럼 흐려 보였다. 금방 백치를 느끼게 하는 얼굴이고 눈이었다.

* * *

바윗덩어리의 견고함을 지닌 넓은 가슴팍, 땀이 번들거리는 얼굴, 쇠망치가 적중시켜야 하는 목적물을 노려보고 있는 번뜩이는 눈, 힘을 한곳으로 모으느라 약간 비틀려 돌아간 다부진 입술, 그 모든 것은 펄펄 뛰는 싱싱한 힘을 뿜어내고 있었다. 빈혈증을 앓는 것처럼 누르끄름하게 변한 인화지 색깔 때문에 오히려 그 사나이의 생명감은 더 강렬해지는 것 같았다.

(동아, 1995)

□ 조정래 「아리랑」

삼베옷을 추레하게 걸친 남자가 그 더위를 헤치자 쭈볏쭈볏 정상규의 집으로 들어서고 있었다. 그는 다름 아닌 정재규였다. 흰머리는 희끗거리고 얼굴은 늙고 입성마저 후줄근한 그의 몰골에서는 가난이 줄줄 흘러내리고 있었다.

* * *

그는 광대뼈가 불거지고 두 볼이 움푹 파일 정도로 메말라 있었다. 얼굴만큼 옷도 낡아 있었다. 그의 몰골에서는 가난이 질질 흘러내리고 있었다.

* * *

윤철훈은 그 매끈한 차림만큼 세련된 친절로 손님을 대하고 있었다. 그는 앞가르마를 탄 머리에 기름을 자르르 바르고 있었고, 새하얀 와이셔츠에 까만 나비넥타이를 메고 있었다. 그리고 줄이 곧게 선 검정바지에 검은 구두는 반들반들 윤이 나고 있었다. 누구 눈에나 세련미 넘치는 일류 멋쟁이었다.

(해냄, 1995)

□ 조정래 「어떤 솔거의 죽음」

칼만 가까이 해도 쫙 벌어질 것처럼 팽팽하게 살이 쪄 오른 볼, 살에 밀려 거의 닫힐 위기에 몰려 있는 가느다란 눈, 뚱뚱한 몸집에 체면을 손상하기에 제격인 채신머리없이 달라붙은 염소수염, 몸집을 닮아 하늘 높은 줄을 모르고 세상 넓은 줄만 아는 펑퍼짐하게 퍼져 버린 코, 그 장대한 육신을 먹여 살리기에 안성맞춤인 두껍고도 큰 입.

(해냄, 1999)

□ 조정래 「태백산맥」

머리카락은 날로 빠지면서 희어지고 있어서 잎 떨구는 가을 산처럼 헤성 했고, 얼굴에 잡힌 굵고 가는 주름살들도 더는 들어앉을 자리가 없을 지경으로 얽히고 설켜 얼굴을 쪼골쪼골하게 구겨놓고 있었다. 거기다가 이빨까지 무너지면서 입은 합죽하게 말려드니 얼굴은 더 볼품없이 늙어 보였다.

* * *

그의 하얗던 얼굴은 겨울 산생활을 거치면서 흑갈색으로 변해 있었고, 포동하게 올랐던 살도 다 빠져버려 양쪽 볼이 패일 정도였다. 그러나 눈만은 여전히 또렷하고 날카로웠다. 아니, 눈도 그전의 눈이 아니었다. 그전의 눈이 남다르게 날카롭기는 했지만 초롱초롱한 그 속에 소년적 호기심과 나약이 들어 있었다. 그런데 이제 그의 눈은 초롱초롱함이 부리부리하게 바뀌어 있었고, 그 부리부리함에서는 무엇인가를 노리고 있거나 찾고 있는 것 같은 탄력적인 힘이 뻗어 나오고 있었다. 그런 눈과 함께 흑갈색의 마른 얼굴은 그를 더없이 강인하게 보이게 했다.

* * *

그들의 옷은 하나같이 구겨질 대로 구겨지고 때가 덕지덕지 끼어 넝마를 걸친 것이나 마찬가지였다. 목도리나 보자기나 천 조각으로 그저 추위를 막자고 가지각색으로 귀싸개를 한데다가, 발에는 새끼줄이나 전깃줄로 감발을 치고 있었다. 그런 그들의 모습은 갈 데 없는 거지꼴이었다. 그들은 입성만 그렇게 남루한 것이 아니었다. 그 옷들 속에 가려진 몰골은 더욱 비참했다. 굶주림과 추위와 강행군에 시달려온 그들은 사람의 몰골이 아니었다. 눈두덩이 푹푹 꺼져 눈알만 퀭하게 드러났고, 광대뼈가 툭툭 불거져 나왔고, 양쪽 볼이 패일대로 패였으며, 메마른 입술은 부르터 갈라진데다가, 수염들은 거칠거칠 돋아나 있었다.

* * *

그의 외모만으로는 책 속에 파묻혀 있는 것이 전혀 어울리지 않았다. 허름한 옷이며 햇볕에 그은 얼굴이며가 천생 농꾼이었다. 잡티가 없이 깊고 예리한 두 눈이 그가 범부가 아님을 나타내고 있을 뿐이었다.

* * *

하대치는 오 척 반이 될까말까 한 단구였다. 그러나 타고난 뼈대가 굵었고, 어렸을 때부터 농사 잡일을 거들며 단련된 그의 몸은 옆으로 딱 바라져 있었다. 그의 견고하게 뻗은 어깨와 짱짱하게 버팅긴 두 다리는 한눈에 기운깨나 쓰는 몸으로 보였다. 모계 쪽을 빼박은 체형이었다. 하대치는 소학교 적부터 씨름에 남다른 장기를 나타냈다. 그가 제일 싫어하는 운동이 도수체조였다. 그는 운동이라면 싫어하는 것이 하나도 없었지만 그 맨손을 휘휘 젓고 빙빙 돌리고 하는 도수체조라는 것은 춤도 아니고 운동도 아니고 영 시장스러워 할 맛이 나지 않았다. 그의 생각에 운동이라는 것은 갈비뼈가 뻑적지근하게 기운을 쓰는 것이라야 했다.

(해냄, 1995)

□ 조창인 「가시고기」

은미는 키가 작아요. 아빠는 예은이랑 착각하고 있나봅니다.

예쁜 걸로 따지면 은미보다는 예은이 쪽이겠죠. 하지만 예은이는 별로예요. 얼굴만 예뻤지 머리는 영 아니거든요. 성격 퀴즈 대회 때 예은이가 맞히는 걸 보지 못했어요. 은미는 척척 잘도 맞추죠.

* * *

고작 사흘이 흘렀을 뿐이었다. 그럼에도 사흘 전 아이의 모습은 흔적도 없이 사라져버렸다. 핏기 한 점 담지 못한 듯 창백한 얼굴은 그렇다 치자. 백혈병이란 원체 사람을 그 지경으로 만들어놓는 것이니까. 그러나 산에 있는 동안 뽀얗게 살이 올랐던 볼은 광대뼈가 드러날 만큼 여위었고, 두 눈두덩은 푹 꺼져 짙은 그늘이 드리워졌으며, 반쯤 벌어진 입술은 허옇게 갈라져 있었다.

(밝은세상, 2000)

□ 조해일 「갈 수 없는 나라」

그러면 그는 눈짓으로 일일이 그들 한 사람 한 사람을 지목해 보였다. 모두 여자 한 명씩을 파트너로 데리고 앉아 있었는데 이 호텔의 회장 2세라는, 이상철이란 사람은 마른 몸매에 조금 신경질적인 눈매를 갖고 있었고 그 옆의 김광배라는 사람은 보통 체격에 좀 검은 편, 다시 그 옆의 박용기라는 사람은 조금 큰 키에 곱슬머리, 또 그 옆의 선우영일이라는 사람은 운동선수 같은 체격에 조금 어리석어 보이는 얼굴을, 그리고 그 옆의 최명곤이란 사람은 조금 작은 키에 둥글고 흰 얼굴을 하고 있었다. 그리고 그들 좌우에 각각 자리를 잡고 앉은, 배수빈이란 가수와 용한식이라는 권투선수는, 각각 한 사람은 약간 큰 키에 해사한 얼굴을, 또 한 사람은 넓은 어깨에 강인해 보이는 얼굴을 갖고 있었다.

여자들은 모두 비슷비슷한 방식의 짙은 화장을 하고 있었는데 화장의 방식이 모두 비슷비슷해서인지 비슷비슷하게 아름다워 보였다. 다만 그 가운데 이상철이라는 사람의 파트너가 약간 특이한 아름다움을 발산하고 있었는데 그 여자에 대해서는 마 기자가 약간 특이한 설명을 덧붙였다.

* * *

그때 입구 쪽에 지팡이를 짚은 한 정장한 노인과 역시 정장의 중년남자 한 사람이 나타났다. 60대 초반쯤으로 보이는 노인은 지팡이를 짚은 한쪽 다리를 약간 저는 듯 했고 40대 초반쯤의 중년 남자는 어딘가 노인을 닮은 모습으로 노인을 곁에서 부축하고 있었다.

* * *

나영은 화장을 조금 진하게 고치고, 브래지어 없이 진홍색 티셔츠와 허벅지에 꼭 끼는 블루진으로 바꿔 입었다. 그리고 티셔츠 위에 다시 블루진 상의를 걸쳐 입었다. 누가 보아도, 스물 여섯 살의 성숙한 여인이라기보다는 스물 두셋 짜리 발랄한 아가씨의 차림이었다.

(고려원, 1982)

□ 조해일 「내 그물로 오는 가시고기」

나는 쉰 목소리의 여공을 찾아보았다. 아주 못생긴 계집아이가 서 있었다. 대부분의 공장 작업자들이 그렇듯이 그 계집아이도 유난히 누런 피부에 평면적인 얼굴, 낮은 코, 튀어나온 광대뼈, 넓은 어깨, 굵은 팔, 큰 손, 짧은 하반신의 특징을 가지고 있었다. 열 아홉 아니면 스무 살 정도였는데 여자로 보이지 않았다. 천 날을 고도에서 함께 보낸다고 해도 자고 싶은 생각이 안 날 아이였다.

(청아출판사, 1994)

□ 조해일 「멘드롱 따또」

조심스러운 노크 소리가 들린 다음, 문이 열린 뒤, 한 사내가 거기 모습을 나타냈을 때, 우리는 우선 우리의 눈을 의심하지 않으면 안 되었다. 우리는 이렇게 큰 사내가 군복을 입고 있는 모습을 일찍이 본 적이 없었던 것이다. 유년 시절 우리가 미군 병사를 처음 보았을 때 그 체구의 큼을 향한 놀람의 질도 결코 이만하진 못하다고 단언할 수 있다. 실로 2미터 가까이 됨직한 커다란 키, 1백 킬로그램은 돼 보이는 거대한 동체를 가진 그는, 이런 큰 인간을 전혀 고려해 보지 않은 육군 피복창의 과실로 말미암아 소매가 팔꿈치에 이르는 야전잠바와 군화의 목이 다 드러나는 작업복 하의를 입고 있었다.

그것은 마치 유인원이나 원시인, 예컨대 우리가 상상도로나 볼 수 있었던 네안데르탈 사람이나 크로마뇽 사람이 낯선 군복을 걸치고 거기 나타난 것 같은 착각을 우리에게 주었다. 우리의 단단하던 전의는 본능적으로 움츠러들 수밖에 없었다. 그러나 우리는 그가 부동자세로 서서 동내의도 입지 않아 짧은 소매 아래로 벌겋게 드러난 오른팔을 들어 올려 거수경례를 붙이며 예의 신고를 시작했을 때 안심했다.

(동아출판사, 1995)

□ 조해일 「심리학자들」

그런데 꼭 한 사람, 보아야 할 것은 보고야 말겠다는 듯한 똑바른 시선을 끝내 그쪽으로부터 거두려고 하는 사람이 있었다. 그쪽과는 통로를 격해서 세 좌석 뒤 창가 쪽에 앉은, 얼굴빛이 간장 계통의 질환이 있는 듯 거무스레 죽고 얼핏 순진해 보이기 쉬운 커다란 두 눈만이 이마 밑에서 또록또록 어두운 빛을 발하는, 어딘지 몹시 허약해 보이는 청년 한 사람이 그 사람이었다. 나이는 스물 두셋 정도, 검정 물감을 들인 군대 작업복을 입고 있었다.

그의 시선은, 통로 쪽에 앉아서 아무것도 보이지 않는 듯 똑바로 앞만 바라보고 있는 동석자─40세 가량의 지방 상인풍의 남자였다─의 코앞을 통과해서 일직선으로 통로를 격한 세 좌석 앞의 그 사내들에게로 향해져 있었다.

* * *

그때, 버스가 급정거하는 바람에 그 친칠라 코트의 여인은 깜박깜박 졸던 잠에서 정신을 차린 모양이었다. 무의식중인 듯 기지개를 켜려는 몸짓을 하려다가 문득 좌우를 둘러보고는 어깨를 얌전히 한 다음 한 손을 들어 입을 가리며 하품을 싸악 했다. 그리고 창밖을 좀 주의 깊게 내려 보더니 왼쪽 팔목을 조금 쳐들었다.

창밖으로 주어졌던 시선이 그 팔목으로 옮겨갔다. 여인의 시선이 약간 의심의 빛을 띠고 흔들리기 시작한 것과 그것이 더욱 깊어져서 허둥대기 시작한 것, 그리고 양쪽 팔목의 코트 소매가 번갈아 걷어 올려지기 시작한 것은 아주 잠깐 사이 그리고 거의 동시였다.

(동아출판사, 1995)

□ 조해일 「아메리카」

나는 다시 깍듯이 불었다. 여자는 다시 한 번 나를 쳐다보았다. 아마 내 후줄그레한 제대복 차림을 눈여겨보는 듯 했다. 나도 비로소 여자의 얼굴을 좀 자세히 바라보았다. 여자는 전혀 화장하지 않은 얼굴을 가지고 있었으나 그 얼굴이 평소에 얼마나 화장의 학대를 심하게 받고 있는가를 숨기는 데는 실패한 듯해 보였다. 눈이 작고 볼이 두터운, 얼핏 심술궂어 보이기 쉬운 얼굴이었으나 뜯어보면 선이 섬세한 얼굴이었다.

(동아출판사, 1995)

□ 조해일 「전무가」

'개아비'로 바뀌어 불리기 시작한 것은 그로부터 얼마 가지 않아서였다. 그러나 그 전에도-넝마아비라고 불릴 때에도-그랬지만 아무도 그의 면전에서 '개아비'라는 호칭을 사용하는 사람은 없었다. 최씨는 사납고 무지한 사람이었기 때문이다. 감옥엘 일곱 번씩이나 갔다왔다면서도 (그 자신이 그렇게 자랑삼아 얘기했고, 실제로 동네 사람들은 그가 동네에 나타난 뒤로도 두 번씩이나 감옥엘 갔다 나오는 걸 보았다) 그는 비위를 건드리는 사람에겐 불문곡직하고 칼집을 해대는 사람이었던 것이다. 따라서 어느 누구도 그가 하는 일, 또는 그의 집에서 행해지는 일에 대해서 불평을 말할 수 없었으며(그 많은 무더운 밤들을 개 울음소리 때문에 잠을 설치면서도) 호기심을 가지고 그 근처를 기웃거릴 수도 없었다.

(동아출판사, 1995)

□ 주요섭 「개밥」

어멈은 씩씩거리며 앉아서, 대롱대롱 굴며 섧고 아프게 우는 단성이를 바라다보았다. 눈물이 흘러내려 얼룩이를 되는대로 짓는, 햇빛 못 봐 시든 얼굴, 뼈만 남게 여윈 손발, 가을이 깊었지만 아직 홑옷을 감고 있는 조그만 몸뚱어리.

* * *

단성이는 일간 차차 몸이 더 쇠약해져 갔다. 저고리를 벗으면 갈빗대가 아롱아롱하고 두 눈 아래는 영양불량으로 시커멓게 멍이 졌다.

따라서 식성은 고약해져서 아무런 것이 생기는 대로 주워먹는 것이 습관
이 되었다.

(동아, 1995)

□ 주요섭 「추물」

그처럼 언년이는 얼굴이 못생긴 데다 못생긴 추물이었다. 툭 불거진 이마
가 떡을 두어 말 치리 만큼 넓은 데다가 그 밑에 툭 불거진 두 알의 왕방울
눈은 금붕어를 연상시키었다. 두 눈이 툭 불거진 사이로 콧마루는 아주 없는
셈이어서 이른바 '꺼꺼대 상판'인데다가 펀펀하게 내려오던 코가 입 바로 위
에까지 와서는 몽툭하게 솟아오른 콧잔등 좌우 쪽으로 개발코가 벌룩벌룩
하였다. 윗입술은 언청이가 되어서 왼편이 버그러졌는데 아랫니는 뻐드렁니
가 되어서 언제나 입을 꼭 다물 수는 없는 형편이었다. 턱은 웬일인지 앞으
로 쑥 내뻗치어서 고개를 숙인다고 해도 남 보기에는 언제나 쳐들고 있는 듯
이 보이는 것이었다.

(동아, 1995)

□ 채만식 「농민의 회계보고」

그는 여전히 계면쩍어하면서도 무슨 무거운 짐을 풀어놓은 듯이 비바람과
볕에 그을려 표정이 섬세치 아니한 얼굴에 안도의 빛을 보이며 따라선다.

뒤쳐져 나오던 동무들이 흘끔흘끔 나의 낯선 동행을 돌아본다. 아닌게 아
니라 병문이는 도회지 사람의 주의를 끌 만하였다. 오월 그믐이라지만 한다
는 모던보이도 맥고모자는 아직 쓸 생심을 못하였는데 귀가 덮이게 머리털
이 자란 병문이의 머리에는 여러 해 묵은 맥고모자가 용감하게 올라앉았다.

(창작과비평사, 1989)

□ 채만식 「레디메이드 인생」

일상의 언행을 보아도 H는 무슨 이야기가 자기 전문인 법률에 관한 것에 다다르면 육법전서의 조목을 따르르 외우면서 이렇고저렇고 하다가 설명을 하고 M은 동경서 학생 ××에 제휴를 했던 만큼, 그리고 전문이 정경과인 만큼 좌익진영에서 쓰는 어투가 그대로 나온다.

(창작과비평사, 1989)

□ 채만식 「명일」

남편 범수는 방에서 문턱을 베고 질펀히 드러누워 낮잠을 자고 있다.

잠방이 하나에 홑이불로 배만 가리어서 빼빼 야윈 온 몸뚱이가 다 드러나 보인다.

오정 싸이렌이 우 하고 전에 없이 가깝게 들린다.

영주는 오목가슴에서 꼬르륵 소리가 나고 잊었던 시장기가 다시 들어 침이 저절로 삼켜진다.

범수가 입을 얌얌하면서 무어라고 분명찮게 잠꼬대를 한다. 그것에 영주에게는 꿈에도 시장해서 무얼 먹고 싶어 입을 얌얌거리는 것 같았다.

그렇게 생각하고 보아서 그런지 남편의 앙상하게 야윈 팔다리며 갈빗대가 툭툭 불거진 가슴이 숨을 쉬는 마다 얄따랗게 달막거리는 것이 새삼스럽게 눈에 띄었다.

얼굴은 위로 이마가 훨씬 벗겨진데다가 화장이 길고 턱까지 쑥 내밀어 신경질로 날이 선 코까지 격이 맞아 가지고는 전에 볼때기에 살점이나 붙어 있을 때에도 그리 푸짐한 얼굴이 아니었다.

그런 것이 머리털이 제멋대로 자라 흐트러지고 위로 길게 째진 눈초리에 굵다란 주름살이 패고, 이마에도 그렇고, 위아래 수염이 비죽비죽 감은 눈언덕은 폭 가라앉아 그 꼴이 오랫동안 중병을 치르고 난 사람 같았다.

"그 포동포동하던 속살은 다 어디 가고 저 모양이 되었을꼬!"

영주는 혼잣말로 투덜거리면서 갠 빨래를 보에 싸서 마루에 놓고 일어나 잘근잘근 밟는다.

(창작과비평사, 1989)

□ 채만식 「보리방아」

급한 바느질이다. 그러나 거진 다 되어간다. 고의는 벌써 해서 옆에다 개켜 놓았고 적삼도 시방 것을 다는 참이다. 그래도 용희의 손은 바쁘게 놀고 있다.

고운 손결이다. 방아도 찧고 부엌에서 진일도 하지만 마디도 불거지지 아니한 몽실몽실한 손가락들이 끝이 쭉쭉 빠졌다.

손톱이 복사꽃같이 곱다. 소곳한 이마와 날씬한 콧등에 땀방울이 잘게 솟았다. 불그레한 볼이 갸름하게 턱으로 굴러 내려갔다. 아직 배냇털이 송글송글하다.

내리깔고 있는 눈이 그래서 눈초리가 더 올라가 보인다. 봉의 눈. 땋아 내린 머리채가 마루에 닿고도 남았다.

기름기 없는 머리칼이 몇 개 이마로 처져 가끔 손질을 시키곤 한다.

용희는 실이 다 된 바늘을 떼어가지고 실패를 찾다가 문득 숨을 호 내쉬면서 고개를 들고 잠시 우두커니 생각을 한다.

* * *

제가 한 바느질이라 자연 새로 입고 나서면 눈이 가는 것이다. 그러나 용희의 눈에는 바느질보다도 아버지의 초라한 행색이 먼저 눈에 띄었다.

고무신에 대님은 양말 목에다가 매고 고의 가랑이는 정강이에서 반까지밖에 더 내려오지 아니한다.

머리에는 밀짚모자를 썼고 물론 동저고리 바람이다.

용희가 한 일고여덟 살 때만 했어도 그때의 아버지는 저렇게 상스럽게 차리고는 장터 출입을 아니 하셨는데, 생각하니 재봉틀이고 무엇이고 생각이 다 달아나 버리는 것 같았다.

* * *

"조선은 소국이라 키 작은 사람이 속을 차린다."는 옛말로 인용해서 천연 스럽게 뒤집어씌우곤 했다.

사실로 그는 속이며 하는 짓이 맺히고 모져 앙큼하니 영악했다.

사십이 넘었으되 잔주름 하나 잡히지 아니한 통통하고 되바라진 얼굴이나 꼬집어 뜯은 것같이 작되 새까마니 또렷또렷한 눈이 미상불 정력과 야심을 뭉쳐논 듯 싶었다.

그러나 그는 키 작은 고통이 꼭 하나 있었으니, 면장실의 자기 자리에 앉아 있을 때다.

그는 보통 두 발이 마룻바닥에 닿도록 앉자면 회전의자를 훨씬 낮추어야 할 터인데 그리하면 사무상이 턱에 가 받치게 되어 꼴이 창피할 뿐 아니라 일도 하기가 불편하고 더욱이 사람을 대할 적에는 도무지 위엄이 서지 아니하게 된다.

그래서 한 꾀를 고안해낸 것이 즉 회전의자를 훨씬 돌려 훨씬 높여 가지고 발은 비록 대롱대롱해도 사무상 위로 윗몸뚱이는 웬만큼 솟아보이 게 한 것이다.

(창작과비평사, 1989)

□ 채만식 「인형의 집을 나와서」

집까지는 험한 산길로 시오리나 가야 하니 탈것이 있어야 하겠는데 들 가운데 정거장이랍시고 바라크 두 채만 놓였을 뿐 무엇이고 있는 것 같지가 아니하였다.

노라는 어떻게 하나 싶어 망설이고 섰는데

"이게 웬일이십니까!"

하고 인사를 하는 사람이 있다.

심심하게 서서 있다가 생각지도 아니한 인사를 받으니 노라는 자지러지게 놀라 그 사람을 바라보았다.

바라보노라니까 그 널찍한 이마며 벌씸한 코, 입은 꾹 다물고 눈만 웃는 입과 눈 커다란 얼굴, 커다란 몸과 키, 이런 것이 아닌게 아니라 아는 사람 알되 인상이 깊게 아는 사람인데 누군가는 생각이 아니 난다.

"하하, 오래 돼서 잊으셨구만이요…… 나 병택입니다요. 병택이……"

"아! 오병택 씨…… 어쩌면……"

하고 노라는 이름을 듣고 비로소 깨쳤다.

깜짝 반가웠다. 반가울 만한 사람을 이런 때에 만났으니 더 반가운 것이다.

* * *

모녀는 앞서거니 뒤서거니 방으로 들어갔다.

어머니가 더듬더듬 성냥을 찾아 불을 켰다.

먼지 앉은 사기등잔 끝에 가느다란 불이 졸 듯 까막인다.

희미하나마 어머니의 많이 변한 얼굴이 완연히 보인다.

"어머니, 왜 저렇게 늙었수!"

어머니는 정말 늙었다.

칠 년 전 혼인을 보러 서울 왔을 때에는 마흔다섯이라지만 아직도 중년 여인의 모습이 남아 있었는데, 지금은 주름이 오글오글 잡히고 머리가 다 세고 앞니도 두 개나 빠지고 아주 알아보게 노인 꼴이 박혔다.

지팡이같이 서로 의지하던 남편을 여의고 다만 한 톨 애지중지 기르던 딸은 출가를 하여 제멋대로 가서 살며 길이 멀어 만나지도 못하고 외로이 고생 스런 생애를 보내느라고 저렇게 어머니가 늙었느니라 생각하니 노라는 회심 의 눈물이 새롭게 솟아났다.

(창작과비평사, 1987)

□ 채만식 「탁류」

초봉이의 그처럼 끝이 힘없이 스러지는 연삽한 말소리와, 그리고 귀가 너 무 작은 것을, 그의 부친 정주사는 그것이 단명할 상이라고 늘 혀를 차곤 한 다.

말소리가 그럴 뿐 아니라 얼굴 생김새도 복성스러운 구석이 없고 청초하기만 한 것이 어디라 없이 불안스럽다. 티끌 없이 해맑은 바탕에 오똑 날이 선 코가 우선 눈에 뜨인다. 갸름한 하장이 아래로 좁아 내려가다가 급하다할 만큼 빨랐다.

눈은 둥근 눈이지만 눈초리가 째지다가 남은 것이 있어 길어 보이고, 거기에 무엇인지 비밀이 잠긴 것 같다.

윤곽과 바탕이 이러니 자연 선도 가늘어서 들국화답게 청초하다. 그래서 보는 사람으로 하여금 웬일인지 위태위태하여 부지중 안타까운 마음이 나게 하던 것이다.

이와 같이 말하자면 청승스런 얼굴이나 그런 흠을 많이 가려 주는 것이 그의 입과 턱이다.

조그맣게 그려진 입이, 오그하니 둥근 주걱턱과 아울러 그저 볼 때도 볼 때지만 무심코 해죽이 웃을 적이면 아담스런 교태가 아낌없이 드러난다.

그의 의복이야 노상 헙수룩한 검정치마에 흰 저고리를 받쳐입고 다니지만 나이가 그럴 나이라 굵지 않은 몸집이 얼굴과 한가지로 알맞게 살이 오르고 피어나, 미상불 화장품 장사까지 겸하는 양약국에는 마침 좋은 간판감이다.

(학원출판공사, 1991)

□ 채만식 「태평천하」

맏손주며느리 박씨가 들고 들어오는 술반은 받아가지고, 윗목 화로 옆으로 닦아 앉아 술을 데우는 게, 윤직원 영감의 딸 서울 아씨라는 진짜 과붑니다. 양반혼인을 하느라고 서울 어느 가랭이가 찢어지게 가난한 집으로 시집을 갔다가, 새서방이 일 년 만에 전차에 치어 죽어서 과부가 된 그 여인입니다.

이마가 좁고 양미간이 넓고 콧잔등은 푹신 가라앉고, 온 얼굴에 검은깨를 끼얹어 놓고 목이 움추라지고, 이런 생김새가 아닌게 아니라 청승맞게는 생겼습니다.

"네가 속알머리가 고따우루 생겼으닝개루 저 나이에 서방을 잡아먹었지!"

윤직원 영감은 딸더러 이렇게 미운 소리를 곧잘 하곤 합니다. 그러나 그런 말을 할 때면, 속알머리뿐 아니라, 생김새도 그렇게 생겨 먹었느니라고, 으레 껀 생각을 합니다.

젊은 과부다운 오뇌는 없지 않지만, 자라기를 호강으로 자랐고, 또 이내 포태(胞胎)도 해보지 못했기 때문에 스물 여덟이라는 제 나이보다 훨씬 애띄기는 합니다.

* * *

윤직원 영감 앞에다가, 올망졸망 사기 반상기가 그득 박힌 저녁상을 조심스러히 가져다 놓는 게 둘째손주며느리 조씹니다. 방금, 경찰서장 감으로 동경 가서 어느 사립대학의 법과에 다니는 종학(鍾學)의 아낙입니다.

서울 태생이요 조대비의 설흔일곱촌인지 아홉촌인지 되는 양반집 규수요, 시구문밖이 친정이기는 하지만 배추장수 딸은 아니라도 학교라곤 근처에도 못 가 보았고 얼굴은 얇디얇은 납작 바탕에 주근깨가 다닥다닥 박혀서, 그닥 출 수 없는 인물입니다.

그런 중에도 더욱 안된 건, 잡아 뽑아 놓은 듯이 뚜우하니 나온 우아랫 입술입니다. 이 쑤욱 나온 입술로, 그 값을 하느라고 그러는지 새수 빠진 소리를 그는 퍽도 잘합니다. 새서방 종학이한테 눈밖에 나서 소박을 맞는 것도, 죄의 절반은, 그 입술과 새수 빠진 소리 잘 하는 것일 겝니다.

* * *

이놈이 썩 묘하게 생겼습니다. 위선 부룩송아지 대가리같이 머리가 곱슬곱슬하고, 노랗기까지 한 게 장관이요, 그런 대가리가 어쩌면 그렇게도 큰지, 남의 것 같습니다. 눈은 사팔이어서 얼굴을 모으로 돌려야 똑바로 보이고, 코는 비가 오면 고개를 숙여야 합니다.

나이는 스무 살인데 그것은 이애한테만 세월이 특별히 빨리 갔는지, 열 살은 에누리 없이 모자랍니다.

그러나 이 애야말로 윤직원 영감한테는 대단히 보배스러운 도구(道具)입니다. 윤직원 영감은 상노아이 놈을, 똑똑한 놈을 두는 법이 없습니다. 똑똑한 놈이면 의랬것 훔치훔치, 즉 태을도(太乙道) 도적질을 한대서 그리는 것입니다.

실상, 전에 시골서 살 때는 똑똑한 상노놈을 더러 두어본 적도 있었으나, 했다가 번번이 그 태을도를 하는 바람에 뜨거운 영검을 보았었습니다.

이 삼남이는 시골 있는 산직이 자식으로, 못난 이름이 근동에 널리 떨친 것을 시험 삼아 데려다가 두고 보았더니 미상불 천한 일품이었습니다.

너무 멍청해서, 데리고 부리기가 매우 갑갑한 때도 있기는 하지만 그 대신 일 년 삼백 예순 날을 가도 동전 한 푼은커녕 성냥 한 개피 몰래 축내는 법이 없습니다. 또 산직이의 자식이니, 시속 아이 놈들처럼 월급이니 무엇이니 하는 그런 아니꼬운 것도 달라고 않습니다.

해서 참말 둘도 구하기 어려운 보물인 것입니다.

* * *

얼굴이 남방태생답잖게 갸로음한게 또, 토끼화상이 아니라도 두 눈은 또렷 코는 오똑 입술은 오뭇, 다아 이렇게 새겨 놔서 대단히 야물집니다. 그렇게 야물지게 생긴 제 값을 하느라고 아이가 착실히 좀 까불구요.

나이가 아직 열다섯 살이라, 얼굴이 퍼지는 않았어도 보고 듣는 게 그런 탓으로, 몸매하며 제법 계집애 꼴이 박혔습니다.

머리를 늘쩡늘쩡 땋아 내려, 자주 댕기를 들인 머리채가, 발등이에서 유난히 치렁치렁 합니다. 그러나 이 머리는 알고 보면 중둥을 몽땅 잘른 단발머리에다가 다레를 들인 거랍니다.

앞머리는 좀 잘르기도 하고 짖어 오굴여 붙기도 하고 군데군데 핀을 꽂았습니다. 빨아서, 분홍물을 들인, 홀기 빠진 생수 깨끼적삼에 얼숭덜숭한 주릿대 치마를 휘걷어, 넥타이로 질끈 동인 게 또한 제격입니다.

살결보다는 버듬이 더 많이 피고, 배냇털이 숭얼숭얼해서 분을 발랐다는 게 고르지를 않고, 어루레기가 진 것 같습니다.

이만하면 어디다가 내놓아도, 대광교 천변가으로 수태 많이 지나다니는 그런 모습의 동기(童妓)지, 갈데 없습니다.

* * *

내려선 것을 보니, 진실로 거판진 체집입니다.

허리를 안아본다면, 아마 모르면 몰라도, 한 아름하고도 반은 실히 될까 봅니다. 그런데다가 키도 알맞게 다서 자 아홉 치는 넉넉합니다. 얼핏 알아듣기 쉽게 빗대면, 지금 그가 타고 온 인력거가 장난감 같고, 그 큰 대문간이 들어서기도 전에 사뭇 그들막합니다.

얼굴도 좋습니다.

거금 삼십여 년 전에, 몇 해를 두고 부안변산(扶安邊山)을 드나들면서 많이 먹은 용(茸)이며 저혈장혈(猪血獐血)이며, 또 요새도 장복을 하는 인삼 등속의 약효로 해서 얼굴은 불콰하니 동안이요, 게다가 많지도 적지도 않고 꼬옥 알맞은 수염은 눈같이 희어, 과시 홍안 백발의 좋은 풍신입니다.

초리가 길게 째져 올라간 봉의 눈, 준수하니 복이 들어 보이는 코, 뿌리가 추욱 쳐진 귀와 큼직한 입모, 다아 수부귀다남자의 상입니다.

나이?…… 올해 일흔두 살입니다. 그러나 시뻐 여기진 마시오. 심장비대증으로 천식기가 좀 있어 망정이지, 정정한 품이 서른 살 먹은 장정 여대친답니다. 무얼 가지고 겨루든지 말이지요.

그 차림새가 또한 혼란스럽습니다. 옷은 안팎으로 윤이 치르르 흐르는 모시 진솔것이요, 머리에는 탕건에 받쳐 죽영 달린 통영갓이 날아갈 듯 올라앉았습니다.

발에는 크막하니 솜을 한 근씩은 두었음직한 흰 버선에 운두 새까만 마른 신을 조그맣게 신고, 바른손에는 은으로 개다리를 만들어 붙인 화류 개화장이요, 왼손에는 서른 네 살박이 묵직한 합죽선입니다.

이 풍선이야말로, 아까울사, 옛날 세상이었더면 일도(一道)의 방백(方伯)일시 분명합니다. 그런 것을 간혹 입이 삐뚤어진 친구는 광대로 인식착오를 일으키고, 동경 대판의 사탕장수들은 캐러멜 대장감으로 침을 삼키니 통탄할 일입니다.

(어문각, 1973)

□ 천승세 「포대령」

김달봉이라는 이름은 숫제 팽개쳐 버리고 그를 안다는 사람들이면 모두 포대령이라 불렀다. 포탄으로 살다가 포탄으로 다져졌고, 끝내 포탄 속의 전사가 아니면 그의 죽음이 없다는 이 해괴한 역설이, 오히려 합당한 귀결이 될 정도로 과연 그는 생김새부터가 갈데 없는 포탄이다.

송충이가 하품하듯, 숱도 많은 눈썹은 눈꼬리를 지나기 바쁘게 관자놀이를 향하여 치켜세웠고, 눈깔사탕처럼 뻥 뚫려버린 크나큰 눈에 늘상 일렁이는 섬광, 유독 두꺼운 입술을 숫제 덮어 버리고 돋은 무성한 수염 밑으로 아예 귀찮아 생기다 말아버린 목덜미 ─ 예의 이런 것들을 조화시키는 전체의 몸뚱이는 일 미터 오십팔이라는 한계 속에서 메주 주물 듯 다져져 버렸다. 젓가락 같은 뼈대 젖혀놓고 살덩이가 제 아무리 비계인들, 체중 칠십 킬로라는 둔중한 장갑(裝甲)이 제건 체조를 한답시고 펄쩍펄쩍 뛸 때는, 포구(砲口)를 떠나는 포탄처럼이나 그처럼 날쌜 수가 없다.

(일신서적, 1994)

□ 최기인 「까치병」

아버지가 겨우 소생하기는 했으나 그런 일들을 처리할 건강이 아니었다. 생각해 보면 매일이다시피, 무슨 일이 없냐고 전화를 건 것은, 바로 자신한테 그런 일이 닥치고 있음을 예고한 것이었다. 병상에 누워 푸욱 꺼진 눈을 감고 있는 아버지는 나약하기만 한 환자에 불과했다. 아버지의 눈에서 눈물이 흐르는 것을 처음 보는 것 같았다. 아버지도 울 수 있는 사람이라는 것을 보여준, 묵묵히 흐르는 눈물 속에는 많은 말이 담겨있는 것 같았다. 독 있는 복을 먹으러 계화에 가고 중요한 결정을 내릴 때면 단호했던 결기는 어디에서도 찾아볼 수 없었다.

(남양문화사, 1998)

□ 최기인 「시바」

나는 한국에서 여행 온 여행객의 일원인 것처럼 조금도 모나지 않게 행동했다. 호텔에서 늦게 일어나지도 않았고 입에 맞지 않는 식사 때문에 가탈을 부리지도 않았다. 나는 그저 평범한 여행자로 위장되어 있었다.

* * *

생쥐라는 별명으로 불려지는 이생주는 역팔자형 좁은 이마에 송곳처럼 나온 이빨까지도 영락없는 생쥐형의 얼굴이었다. 그 생쥐의 말이 틀린 것은 아니었다. 설사 고스톱을 하다가 엉겹결에 회장 자리를 붙들었다 해도 유장구가 회사의 대표임을 부인할 수 없는 일이었다. 그러나 유장구는 협회 일에 대해서 밥이 끓는지 죽이 끓는지도 모르는 사람이었다. 전무가 나오라고 하면 나오고 들어가라고 하면 들어가는 허수아비에 지나지 않았다.

* * *

그한테는 뭔가 모르게 끌어들이는 힘이 있었다. 나는 그를 위해 일하는 것 같은데도 부끄럽지 않았다. 그는 이미 우리들의 마음자리에 대표로 존재하고 있었다. 그것을 부인하는 사람은 생쥐 하나뿐인 것 같았다. 그는 사교성이 좋아서 핸드폰을 손에 들고 밖으로 나가면 좀체 얼굴 대하기도 어려웠다. 그는 사무실에서도 핸드폰만을 사용했다.

* * *

노인은 원래 봄을 탔다. 겨울을 조심하라고 했는데도 추위도 아랑곳하지 않고 돌아다니던 노씨였다. 그 대신 봄만 되면 한 차례씩 크게 고생을 하다가 일어나고는 했다. 금년에도 노씨가 자리에 눕게 되자 모두들 봄을 타는 것이라고 했다. 한식 무렵 자리에 누워 보름쯤 지났으니 툴툴 털고 일어날 법도 한데 아직 깨어날 줄을 몰랐다. 다른 때 같으면 병세에 따라, 가까이에 있는 친척들이나 들여다보게 하고, 서울에 있는 자녀들은 토요일에 내려와 일요일에 올라가게 연락을 취하고는 했다. 그런데 서울에서 직장생활을 하는 경추를 연가까지 내고 내려오도록 했다면 병세가 심상치 않다고 할 수 있겠다.

* * *

다른 때 같으면 경추를 알아보고 무슨 표현인가를 해내고 하였지만 아들이 온 사실조차 모르는 것 같았다. 살이 뼈에 찰싹 들러붙은 얼굴은 골이 깊었다. 흡사 미라처럼 하얗게 질려 있고 숨소리도 들을 수 없었다. 이런 정경을 우물 정자 반 자에 매달린 형광등이 기력을 잃고 깜박거리며 지켜보고 있었다. 경하로부터 아무래도 이번엔 좀 다르다는 말이 귓속에서 맴돌고 있었다.

* * *

경동은 불법체류자로 떠도는 훈이라는 제 친구의 이야기를 들려주었다. 창골에도 자주 드나드는 부잣집 아들이었으니 알만하였다. 고생이 말이 아니라는 것이었다. 떳떳한 일자리 하나 붙들 수 없으면서, 미국에서 잘 산다고 허풍을 떨어놓았기 때문에 한국에 돌아가고 싶어도 갈 수 없었다. 경추는 경동이 시민권을 따기 전에는 여행을 하는 게 부자유스러운가 물으려다 그만두었다.

* * *

칠산 고모는 누가 오라는 집도 없는 동네를 돌아다니며 온갖 참견을 하였다. 요즘 촌이야 양로원처럼 나이 많이 먹은 사람들이 다 차지하고 있으니까 창골을 혼자 돌아다녀도 모를 사람이 없을 것 같지만, 그래도 새로운 면면이 가끔 있게 마련이었다. 그런데 집주인이 인사를 하거나 말거나 팔십 노인이 네댓 살 먹었을 때부터의 이야기를 꺼내며 알은 체를 하니 바쁜 사람들이 질색을 했다.

* * *

성춘희가 미소를 담뿍 담은 얼굴로, 손은 손대로 일을 하면서 말했다. 특별히 내세울 만한 미인은 아니지만 포근하게 감싸주는 친절미를 잃지 않아 한 번만 거래를 해본 사람이면 개인적인 사생활까지도 자문해보고 싶어지는 텔

러였다. 노인들은 몇 푼 공과금을 내는 데도 그미한테 건네주기 위해 오랫동안 기다리기도 하고, 재산세를 내게 되면 이웃과 친척들의 고지서를 가져다가 대신 납부해주는, 고정 손님이 가장 많은 행원이었다. 성춘희의 말이라면 팥으로 메주를 쑨다고 해도 곧이듣는 그는, 소리친 손님더러 조금만 기다려 달라고 하고, 서고로 달려갔다. 주선애는 거기에 있었다. 그러나 그는 놀라지 않을 수 없었다. 주선애는 서류를 손에 쥔 채 의자에 앉아 넋을 놓고 앉아 있었던 것이다.

(남양문화사, 1998)

□ 최기인 「할단새의 겨울」

손 본부장이라는 사람이 직원들을 하나씩 불러들여 면담을 하였다. S, A, B, C, D의 5단계 중 그가 결정하는 대로 등급이 매겨지고 연봉이 달라질 참이었다. 맨 먼저 면담을 하고 계약을 마친 곽차장은 S등급을 받았다는 소문이 떠돌았다. 단 두 사람이 마주 앉아 계약을 하고 비밀로 하도록 되어 있다는데, 정보통신 김 과장 같은 사람은 기밀을 캐내지 않으면 못 견뎌하는 사람이었다. 자존심 문제니깐 S등급이 아니면 거부하세요. 우리가 누굽니까. 티비 담당자 아닙니까! 하고 격려하던 말이 생각났다. 그는 전의를 다지는 용사의 마음가짐으로 옷매무새를 가다듬고 들어섰다. 손 본부장은 책방처럼 수북이 쌓인, 책상 위에 놓인 컴퓨터 앞에 앉아 있다가 그의 테이블 앞에 있는 의자를 권했다. 책이 아무렇게나 쌓인 책상은 송 본부장의 성격을 말해 주는 것 같았다. 그는 자료조사가 되어 있는 듯 단말기를 보면 웃었다.

(남양문화사, 1998)

□ 최명익 「장삼이사(張三李四)」

이런 실례의 말을 해놓고 보면 정말 그 신사는 어딘가 두꺼비 같은 인상을 주는 것이었다. 심심한 판이라 좀 따져본다면, 앞에서 늘 해온 말이지만,

언제나 먼저 눈에 띠우는 그 디룩거리는 눈, 그 담에는 떡 다물었달 밖에 없는 너부룩한 입, 그리고 언제나 굳은 침을 삼키듯이 불럭거리는 군턱, 이렇게 두드러진 특징만을 그리는 만화라면 통 안 그려도 무방일 듯한 극히 존재가 모호한 코, 아무리 두꺼비라도 코가 없을 리 없고, 있다면 으레 상판에 있기 마련이겠지만 나는 아직 두꺼비의 상판에서 코를 구경한 적은 없었다. 그렇더라도 두꺼비의 상판은 제법 상판인 듯이 그 신사의 얼굴에도 그 코만은 있어 무방 없이 무방으로 극히 빈약하다기보다 제 존재를 영 주장하지 않고 그저 겸손히 엎드린 코였다.

혹시 그런 것이 숨을 쉬기 위해서만 마련된 정말 코다운 코일지도 모른다. 소위 용준이라고, 현재 땅코바지의 코같이 우뚝한 코는 공연히 남에게 건방지다는 인상을 주거나 좀만 추워도 이내 빨개지기만 하는 부질없는 것일지도 모를 것이다.

(『문장』, 1941)

□ 최명희 「혼불 1」

신랑의 상객으로 온 부친 이기채(李起采)는 시종, 가는 입술을 힘주어 다물고 아들의 하는 모습을 지켜보았다. 그는 체구가 작은데다가 깡마른 편이어서, 야무지고 단단한 대추씨 같은 인상을 주었다.

무엇보다도 그의 다문 입술과 더불어 날카롭게 빛나는 작은 눈에 예광(鋭光)이 형형(炯炯)하여, 보는 이를 위압하는 것이었다.

그의 전신에는 담력이 서려 있었다.

* * *

그리고 바로 뒤미처 강실(康實)이의, 돌아서려다 말고 고개를 갸웃하며 이쪽을 보고 있는 뒷모습이 보인다. 비칠 듯 말 듯 분홍이 도는 귀를 스치며 등뒤로 땋아 내린 검은 머리 끝에는 제비부리 댕기가 나붓이 물려 있다.

붉은 댕기가 바람도 없는데 팔락 나부끼는 것 같다. 수줍은 귀밑이 목 언저리에는 부드러운 몇 오라기의 머리털이 비단 실낱처럼 그대로 보인다. 그

실낱같은 머리털은 햇빛 오라기인가. 둥글고 이쁜 어깨가 손에 잡힐 듯하다.

* * *

그것은 엄청나게 커다랗고 무서웠다. 장식이 현란한 화관에 큰 비녀, 비녀를 감아 내린 앞댕기 같은 것이 기괴한 모양으로 비죽비죽 솟아나고 부풀어 보이고 하여, 활옷을 입은 둥실한 몸체와 더불어 엄청나게 커다란 그림자가 촛불에 따라 흔들리는 것이었다. 촛불이 흔들리자 그림자는 순식간에 천장으로 오른다.

그것은 금방이라도 강모를 덮어 누르려고 두 팔을 벌리고 있었다.

* * *

그는, 본디, 그의 부친 병의(秉儀)씨로부터 물려받은 문장(文章)과 필재(筆才)가 남달랐다. 거기다가 명석, 민활하였다. 그리고 일찍부터 외처(外處)의 바람을 많이 쏜 탓인지, 현실에 적응하는 것도 그만큼 빨랐다. 그 눈의 형형함은 장형 이기채 못지않았다. 그러나, 이기채의 눈빛이, 강단과 집념에 빛나고 있다면, 기표는, 날카롭게 꿰뚫어보는 것 같다고 할까. 작고 가늘면서도 각이 진 눈의 안광은 차가웠다.

사람들은, 아들 강태가 꼭 아버지를 닮았다고도 하였는데 그 눈빛은 때때로 남모르게 번쩍이고 푸른빛을 띠었다. 거기다가 이기채의 깐깐하고 작은 체구에 비하여, 기표의 풍채는 시원하고 늠연(凜然) 하였다.

* * *

신부는 다홍치마를 동산처럼 부풀리며 재배를 하고 일어선다.

삼에 가리어졌던 얼굴이 드러나자, 흰 이마의 한가운데 곤지의 선명한 붉은 빛이, 매화잠(梅花簪)의 푸른 청옥 잠두(簪頭)와 그 빛깔이 부딪치면서 그네의 얼굴을 차갑고 단단하게 비쳐 주었다. 거기다가 고개를 약간 숙인 듯하였으나 사실은 아래턱만을 목 안쪽으로 당긴 채, 지그시 눈을 내리감은 그네의 모습에서는, 열여덟 살 새 신부의 수줍음과 다감한 풋내보다는 차라리 일종의 위엄이 번져나고 있었다.

그것은, 그네의 골격 때문인지도 몰랐다.

아버지 허 담의 큰 키와도 거의 엇비슷할 만큼 솟은 키에 호리를 곧추세우고, 어깨를 높이 펴고 있는 자세는, 오색찬란한 활옷과 화관으로 하여 더욱 그런 느낌을 주는 것 같았다. 그러나 그네의 그런 모습과는 달리, 화관에 장식된 청강석(靑剛石) 나비가 하르르 하르르 떨고 있는 것은 숨길 수 없는 일이었다.

신부의 속눈썹도 나비를 따라 떨린다.

(한길사, 1996)

□ 최명희 「혼불 2」

확실히 이기채는 평정을 잃고 있었다.

그의 안색이 노랗게 졸아들었다.

본디도 이재에 밝은 삶이었지만, 그가 눈에 핏발을 세우며 재산을 관리하기 시작한 것이 바로 이 무렵이었다.

이기채의 곤두선 신경 때문에 그의 소맷자락까지도 손이 스치면 베일 정도로 날이 서 있었고, 기표는 이기채의 사랑에서 살다시피 하였다. 이기채는 문갑 속에 쟁여져 있는 문서들을 빈틈없이 점검하고, 산판(算板)으로 계산을 맞추고, 때때로 깊은 한숨을 쉬었다. 어느 결엔지 가슴이 무너진 자리에는 불안이 소리 없이 스며들어 조금씩 이기채를 삼키고 있었다.

* * *

물지게를 지고 오느라고 땀투성이가 된 붙들이의 얼굴은 황토 흙을 함빡 뒤집어써서 호물호물한 늙은이처럼 보였다. 아직 중머슴이 되지 못하고 물을 지어 나르는 물담살이 노릇을 하는 그는 열네 살이 되었건만 몸집이 작고, 무엇이 시원치 않아 그런지 물외 꼭지 마른 것 모양으로 힘이 없이 시들어져 보이는 아이였다.

* * *

이기채는 그만 속이 메슥거리면서 휘잉하니 어지럼증이 돌았다.

그것은 이기채에게 이제는 고질이 되어 버린 병이었다. 워낙 위가 실치 못하여 삼시(三時)를 죽으로 살아온 그였지만 창씨의 일이 있은 뒤 그의 심신은 몰라보게 쇠삭하여, 눈을 감고 누워있으면 의식을 놓아버리다시피 한 청암부인과 별반 다를 바가 없었다.

그는 머리도 허옇게 세어 버리고 수염도 누르께한 빛으로 바래어, 일어나 앉아 있는 모습조차도 종잇장처럼 얇아 보였다.

* * *

더구나 기표는 이야기를 하다가 도중에 눈을 가늘게 뜨고 상대방의 눈 속을 지그시 들여다볼 때가 있었다.

그것은 어쩌다 한번 그러는 것이 아니었다.

자신의 말이 고비에 이르거나 꼭 관철시키고 싶은 확신이 전신에 팽팽하게 차오를 때, 마치 상대방의 속셈을 한눈에 캐내려고 하는 것도 같고, 자기의 계획을 상대방에게 심지 박으려고 하는 것도 같은 지긋함이었다. 지긋함이라고 표현하지만, 그 눈빛은 오히려 바늘끝같이 예리하여 피할 수 없는 것이었는데, 그런 눈빛을 눈치 채지 못하게 하기 위하여 눈꺼풀로 눈동자를 가리는 형국이라는 편이 옳았다.

계산과 집념.

강모는 그런 기표의 눈빛에서 사갈(蛇蝎)의 차가운 번뜩임을 느낀다. 그리고 그때마다 그 파충의 바늘이 자신의 살갗에 밀착하여 휘감기는 섬뜩한 감촉을 어쩌지 못하였다.

* * *

남색치마에 연두색 저고리를 입은 율촌댁은 저고리에 물린 자주색 회장으로 인하여 그 단아하고 고운 모습을 유감없이 보여 주고 있었다. 평소에 치장을 하지 않아 누구의 눈에 휘황하게 띄지 않는 편이었으나, 그네가 용색이 단려한 것은 누구나 알고 있는 사실이었다. 거기다가 이렇게 물색 고운 옷을 격식대로 갖추어 입고 나서니, 그 얼굴빛은 분홍이 물들어 비치고, 이제 막 무르익은 삼십대 여인의 여염함까지도 숨길 수 없이 번져나서, 한 집의 사람도 다시 돌아다보았다.

* * *

어둠 속에서도, 여자의 조그만 어깨와, 작은 얼굴, 그리고 둥글고 커다란 눈이 겁먹은 듯한 빛으로 흔들리는 것이 그대로 보인다.

* * *

오유끼는 야마시따와 강모의 사이에 앉았다.

그네는 얼굴을 공손하게 숙이며 무릎을 꿇고 두 손을 앞으로 모아 절을 했다. 수그린 고개의 뒷목이 깊이 파이고, 앞쪽의 깃은 가슴의 흰 살이 거의 드러나 보일 만큼 아래까지 내려와 있었다.

오유끼는 황금빛 공단 바탕에, 화려한 꽃무늬가 수놓인 보라색 오비를 매었다. 그 오비의 빛깔 때문이었는지, 아니면 연지의 탓이었는지, 그녀의 입술에도 보랏빛이 돌았다. 그래서 추워 보이기도 했다.

얼굴로 보아서는 아직 어린 여자가 분명한데, 표정은 측은할 정도로 어른스러웠다.

* * *

어둠 속에서는 그래도 잘 모르겠더니 방안의 불빛 아래 드러난 강모의 얼굴은 누렇고 초췌하다.

부스시 일어선 머리카락이 땀과 먼지에 엉겨 부옇게 보이고, 그의 뒤통수에는 새집마저 엉성하게 지어져 있었다.

불안하고 외롭다.

강모는 오유끼가 떠온 냉수를 벌컥벌컥, 소리가 나게 마신다.

오유끼는 조심스럽게 강모의 안색을 살핀다.

아까부터 감히 입을 못 여는 것이다.

그만큼 강모의 얼굴은 차갑고 초췌하여 낯선 느낌을 주기 때문이었다. 언제인가처럼 그네의 귀에는 추운 솜털이 허옇게 일어선다.

* * *

강모는 청암부인의 마른 손을 쥐었다. 뼈가 잡혔다. 가냘프고 연약한 잎사귀. 바짝 말라 이미 예전의 모습을 찾을 길 없는 얼굴은, 뼈 위에 그대로 살가죽을 씌워 놓은 것이나 한가지였다.

도도록이 나온 이마와 움푹 들어가 거멓게 죽은 눈자위, 그리고 날카롭게 솟아오른 양쪽의 광대뼈, 주머니처럼 주름이 잡혀 있는 푸르고 초라한 입술, 펑하니 뚫려 구멍이 들여다보이는 코.

* * *

보면 볼수록 영락없는 고사리 같기만 하고 앙징스럽다. 청암부인의 엄지손가락 만큼밖에 되어 보이지 않는 작은 주먹은, 손가락들이 안으로 도르르 말려 있었다. 거기다 어쩌면 그렇게 눈곱만큼씩한 손톱은 또 제대로 격식을 갖추어 생겨 나 있는지. 그 비늘같이 얇고 조그만 손톱에 분홍빛이 돌고 있다. 그것도 손가락이라고 마디가 다 있다. 마디에 자잘한 주름까지 잡혀 있다.

하나하나 세어 보고 싶을 지경으로 그 마디들은 재미있고 귀엽다. 잠들어 있지만 않다면 단풍의 어린 잎사귀 같은 이 손바닥의 손금까지도 들여다볼 수 있으련만. 청암부인은 바람이 일지 않게 가만히 이불자락을 들어 올려 조그만 발을 본다. 완두콩 같은 발가락들이 조르르 달려 있는 것을 보던 청암부인은 그만 소리내어 웃고 말았다.

* * *

어여쁜 조카 철재를 안고 의연하게 대청마루에 서 있던 효원의 모습이 강모의 뒤쪽에 비친다. 그네에게서는 알 수 없는 광채가 났다. 서릿발같은 광채였다. 그 빛에 지질려 강실이는 더욱 깊고 캄캄한 어둠 속으로 떠밀려 버린다. 철재의 희고 둥근 얼굴이 해도 같고 달고 같다. 눈이 부시어 똑바로 볼 수가 없었다. 다시 보니 철재는 강모였다. 기둥처럼 우뚝 선 효원이 그 두 팔로 강모를 안고 있는 것이다. 무안하고 서러운 강실이가 죄 지은 듯 그 모습을 훔쳐본다. 효원이 손을 들어 저리 가라는 시늉을 한다. 그네의 얼굴은 푸르고도 여염(麗艶)하다. 평소의 효원이 아니었다. 본 일이 없는 얼굴이다. 자태조차도 농숙(濃熟)하여 보는 이를 휘황하게 한다. 무르녹듯 익어 넘치는 몸매에 교태가 어린다. 그네는 강모를 휘어 감으며 강모에게 안긴다. 두 사람이 붙안고 선 자리에 요기(妖氣)가 빛난다. 오유끼.

□ 최명희 「혼불 4」

무슨 마음을 먹고 저렇게 천연덕스럽게 저기 앉아 있는 것일까.

강모가 다시 목을 틀어 뒤를 돌아보았을 때, 오유끼는 옆자리 노인네한테 고구마를 한 개 먹어보라고 껍질까지 벗겨 주며 권하고 있었다. 아마 기찻간 에서 요기를 하려고 집에서부터 쪄 온 모양이었다.

그러고 보니 복장도 전혀 평소의 오유끼 같지가 않았다.

아까 어쩌면 그래서도 얼른 그네를 못 알아보았는지 모른다.

그 차림은, 어디 전주 매안간같이 가까운 거리가 아니라 먼 길 가려고 작 정한 사람처럼 아예 펑펑한 몸빼를 터억 꿰어 입고, 윗도리는 솜 놓은 핫저 고리 풍신하게 입은 위에다, 중늙은이가 몇 년 입었다 벗은 것 같은 고동색 마고자를 아무렇게나 걸친 것이었다.

그런데도 태생이 있는지라 자르르 어딘지 모르게 아양스럽고, 눈웃음치는 몸짓 탯거리가 여염의 아낙하고는 다른 것이 한눈에 멀리서도 보였다.

* * *

몸이 방에 있어 이야기를 듣는 중이라 말로는 그렇게 물으면서도 정작 생 각은 다른 곳에 가 있는, 그런 말투였다.

그러고 보니 이 며칠 동안은 얼굴조차 볼 수가 없었던 춘복이였다.

허우대 벌어지고 힘 또한 남의 일 몇 몫은 하면서, 거멍굴의 근심바우 저 쪽 동산 기슭에 얼기설기 제 손으로 얽은 농막에 혼자 살고 있는 춘복이는, 부모도 없고, 형제나 일가붙이 하나도 없는 떠꺼머리였다. 그러나 말이 떠꺼 머리지 나이 서른의 턱에 걸려, 걱실걱실한 생김새에 번듯한 인물을 가지고, 무엇이 모자라 장가를 못 가는가 하여 공배 내외는 애를 많이 태우면서, 몇 번인가는 그 일로 아주 차분히 마음먹고 타이른 적도 있었다.

(한길사, 1996)

□ 최명희 「혼불 5」

청암부인이 모반에 엿을 담아 내주며 만면에 미소를 머금고, 세배 온 강실이의 손을 잡았다. 강실이는 손을 잡힌 채 고개를 외로 돌리며 얼굴을 붉히었다. 그네의 검은 머릿단 끝에는 검자주 제비부리 댕기가 곱게 물려 있고, 수줍음에 물이 든 귀와 흰 목의 언저리에는 살구꽃 빛이 아련히 돌았다. 그리고 거기에 몇 오라기의 잔머리가 애잔한데, 장지에 은은히 비쳐드는 밝은 햇살을 등지고 앉은 그네의 둥근 어깨 너머로 완자 살창은 햇빛의 그림자를 드리우고 있었다. 연분홍 치마에 연노랑 명주 저고리를 입은 강실이는 무지개 같았다.

그러나 지금은 아니었다.

여위고 파리해진 얼굴에 수심이 깊어 희푸른 빛이 서리고, 마른 목은 머리를 지탱하기 겨워 보였다. 그리고 단정히 빗었으나 윤기 없어 까칠한 머릿단이 좁은 등의 한가운데를 검은 고랑처럼 타고 내려가다가 시르르 멈춘 모습은, 당혼한 처녀로서 한참 피어나야 할 나이라기에는 누가 보아도 예사롭지 않은 것이었다.

(한길사, 1996)

□ 최명희 「혼불 6」

젊은 청상부인은 머리맡에 칼을 놓고 잤다.

잘 갈아서 푸르게 날이 선 낫 같은 칼 두 자루를 머리맡에 사람 인(人)자로 놓아두고, 사람 기척 없는 빈방의 찬 자리에 차가운 이부자리를 펼치는 그네의 온 몸에는 상도(霜刀)에 돋는 서릿발이 베이게 어려 있었다. 십장생 백수백복(白壽百福) 꽃 병풍을 두르는 대신, 시퍼런 칼의 쌍날을 머리 위에 광배처럼 두른 채, 반은 자고 반은 깨어 그네는 한 세월의 밤을 보냈다.

* * *

옹구네는 시퍼렇게 심지 박힌 음성을 어금니로 짓갈아 응등그려 물면서
그렇게 비꼬고는, 외마디 한숨을 토했다.

춘복이는 주빗주빗 뒤엉켜 부스시 일어선 부엉머리를 봉분만하게 이고 앉
아 아무 대꾸도 하지 않았다. 성질같이 뻔세게 쑤실쑤실 휘감아 솟구친 눈썹
도 웬일인지 숨이 죽어 시커먼 빛이 가시고, 낯색도 해쓱하여 여윈 듯한 모
습이 도무지 평소의 그답지 않은 춘복이는, 넋 나간 사람처럼 두 팔로 무릎
을 깍지 끼고 앉은 채 꺼부정한 등허리를 구부리고 있었다. 그는 입술조차
퍼르스름 핏기 없이 질린 빛이었다. 그는 푸른 물이 묻어난 백짓장같이 엷아
보였다.

(한길사, 1996)

□ 최명희 「혼불 7」

명심하라, 어머니가 이르며 건네준 그 글을 심중에 간직하여 품고 앉은 효
원의 모습은, 청암부인의 큰 방 가득히 둘러앉은 부인들 누구의 눈에도 당당
하고 떳떳하고 의젓하게 보였다.

훤출한 이마에 검은 머리 한가운데 희고 곧은 가르마 반듯이 갈라진 효원
의 남치마 노랑 저고리 어깨가 견고하고 우뚝한데, 강실이는 목 언저리 머리
털 수줍게 흘러내린, 연두저고리 연분홍 치마 안개처럼 자욱하게 에워 입고,
둥근 어깨 달같이 두르고 있었다.

* * *

이헌의의 뒤를 쫓아 기웅이 핼쑥한 얼굴로 나타났다. 누렇게 뜨다 못해 질
린 자리는 푸릿푸릿 죽은 살같이 반점이 돋아나 기웅의 얼굴은 보는 사람을
놀라게 할 만하였다. 낯색만 그런 것이 아니라 백짓장같이 바래고 마른 입술
이며 쑥 들어가 핏발진 눈들이 어제 보던 기웅이 아니었다. 거기다가 이마를

찢은 상처 또한 싯붉었으니.

(한길사, 1996)

□ 최수철 「고래뱃속에서」

사내는 그리 나이가 많아 보이지도 않았는데 벌써 볼 주변에 검버섯이 피려는 기미가 보이고 있었고, 이마에 인접해 있는 머리카락이 유난히 희게 세어 있었다. 그 늙은 사내의 어깨 너머로 방바닥과 벽에 비스듬히 기댄 채 천장을 멀뚱멀뚱 쳐다보고 있는 젊은 여자의 모습이 보였다. 늙은 사내는 말없이 버티고 서있는 그의 시선이 여자가 누워 있는 안쪽으로 향해 있는 것을 눈치 채고는 그 구부정한 어깨를 조금 더 일으켜 세워서 그의 시선을 차단하려 하고 있었다. 사내의 눈에 채근과 독촉의 빛이 떠올랐다.

* * *

춤을 마친 젊은 사내는 다시 한 번 앉자마자 여러 개의 맥주병이 동시에 그의 잔에 술을 부었다. 약간은 쑥스러워하면서도 큰 만족감을 얼굴에 떠올리고 있는 사내는 거품이 마구 넘쳐흐르는 잔을 들어 입으로 가져가서 단숨에 들이켰다. 사내의 입가에서 흘러내린 술이 목줄기를 거쳐 땀으로 번들거리고 있는 윗가슴을 적셨다. 고개를 뒤로 젖힌 채 목젖을 움직이고 있는 사내의 꼿꼿이 세워진 등줄기는 강인한 아름다움을 느끼게 하기에 충분했다. 그런 등뼈를 간수하려면 푹신한 새털침대가 필요할 듯했다. 잔을 비운 사내의 입에 여러 사람이 동시에 안주를 집어넣었다.

* * *

옆눈으로 보기에 그 사내는 얼굴의 윤곽이 울퉁불퉁해서 인상이 험해 보였고, 게다가 옷차림까지 단정하지 않아서 함부로 단정하건데 전체적으로 어딘가 접근하기 꺼려지게 하는 분위기를 지니고 있기는 하였지만, 그러나 그와 동시에 눈꺼풀을 약간 내리깔고 무언가 골똘히 생각하고 있는 듯한 모습은 그 사내가 겉모습에 상관없이 매우 신중하고 세심한 성격의 소유자라는 것을 짐작할 수 있게 하기에 충분했다.

* * *

평소와는 달리 그는 모처럼 청바지를 입고 푸른색 티셔츠를 팔꿈치까지 걷어붙인 차림으로 번화한 중심가의 지하도를 천천히 가로지르고 있었다. 남들이 첫눈에 그를 보기에, 그는 갓 서른 살쯤 되어 보일 것이었지만, 축 늘어진 어깨나 발끝에 힘이 전혀 들어가지 않는 걸음걸이, 그리고 여기저기에 음영이 드리워져 있어서 병자를 연상시키는 얼굴로만 미루어 짐작하면 그를 젊은이라고 부르는 것이 껄끄러울 수도 있었으므로, 때로 젊은이답게 경박한 호기심을 담은 눈초리로 주위를 힐끔거렸고, 심지어 아무렇게나 목과 상체를 흔들며 걷고 있기까지 하였다. 따라서 그는 평범한 의미로 말하면 젊은 남자임에 틀림없었다.

* * *

두툼한 눈두덩을 내리깔고 볼 근육을 늘어뜨린 승려에게도 어느 틈에 옆에 서서 민생고에 헐떡이고 있는 가련한 중생의 몸짓과 어투가 은밀하게 배어 있었다. 눈꺼풀 뒤에 가려진 승려의 눈동자는 사람들의 기척이 가깝게 느껴질 때마다 민감하게 움직이고 있는 기미를 드러내고 있었고, 그의 비현실적인 목소리도 세속적인 기대감을 떨쳐버리지 못하고 순간순간 음폭과 파동을 변화시키고 있었다.

* * *

그는 상하의 모두 푸른색 양복차림이었고, 하루종일 메고 있던 푸른색 줄무늬의 넥타이는 둘둘 말린 채 그의 양복 호주머니에 들어 있었다. 그리고 양복 위에 짙은 회색의 봄가을용 코트를 걸치고 있었으며 왼손에는 갈색 가죽가방을 들고 있었다.

* * *

되새김질을 하는 초식동물처럼 입 안 가득 침을 머금고서 그는 웃고 있는 백인 여자의 눈부신 은발을 바라보았다. 그녀의 몸 각 부위의 색깔과 다양함은 그를 좌절시켰다. 그녀의 머리카락의 은색과 눈동자의 푸른색, 그리고 피부의 순백색은 흑인 병사는 물론이고 검은색과 황색만을 가지고 있는 그 자신까지도 비현실적이고 허황된 존재로 만들어버리고 있었고, 동시에 어떤 면에서는 그 역으로 오히려 현란한 색채를 지닌 그녀가 비현실적이고 동물적으로 그의 눈에 비치고 있었다.

* * *

그는 옷 밖으로 드러난 그 병사의 검은색 피부를 바라보았다. 그러자 그것을 바라보는 것만으로도 그는 눈동자의 먹물색 액체가 눈 밖으로 빠져 나오는 듯한 고통을 느꼈다.

* * *

볼이 붉게 상기되어 있는 중년의 사내는 여전히 어딘가 어색함을 이기지 못하겠는지 번들거리는 작은 두 눈이 잔뜩 위쪽으로 치켜진 채로 이리저리 움직이고 있었다.

* * *

그때 기묘한 인상을 주는 한 사내의 모습이 그의 눈에 띄었다. 자세히 바라보니 사내는 소아마비로 인한 불구자였다. 왼쪽 다리를 제외한 몸 전체는 정상적인 성인과 하등 다를 바가 없었으나, 왼쪽 다리만은 오른쪽 다리의 반 정도의 굵기밖에 되지 않았고 그나마 심하게 뒤틀려 있었다.

* * *

그 빈 곳의 거의 중앙에서 창을 향해 서 있는 그의 바로 앞자리에는 첫눈에 너무도 낯설어서 가히 비현실적이라고 할 수밖에 없는 한 존재가 자리를 잡고 앉아 있었던 것이었다. 그가 갑작스럽게 맞닥뜨린 그 중년의 사내는 얼굴 생김새뿐만 아니라 몸 전체, 분위기, 눈빛, 앉아 있는 모습 등등의 모든 것이 그야말로 충격적이었다. 우선 그의 머리카락은 그야말로 봉두난발인 데다가 군데군데 엉겨붙은 채로 하늘로 치솟아 올라서 마치 분기탱천한 메두사의 모습을 보여주는 듯했으며, 얼굴과 목덜미는 새카맣게 더께가 앉은 때

로 덮여 있었다. 게다가 옷차림은 일부러 그렇게 차려 입으려 해도 어려울
정도로 남루하고 괴상망측하였는데, 상체에는 맨몸에 더러운 런닝셔츠만을
두 벌이나 걸치고 있었고, 무슨 천으로 만들어졌는지 짐작조차 할 수 없는
비닐로 된 밀가루 푸대같이 보이는 바지의 아랫단은 무릎 근처까지 갈가리
찢어져 있었다. 말하자면 사십대 후반으로 보이는 그 사내는 과장되게 분장
을 한 영화배우처럼 보였다. 허리띠로는 다 낡은 군용 요대를 쓰고 있었으며,
터진 바지단의 몇 가닥은 발목 위에서 묶여 있었다. 그리고 양말은 한쪽 발
에는 신겨져 있었는데 그나마도 발끝에만 간신히 걸려 있을 뿐이었다. 그러
고 보니 다른 쪽 맨발의 여기저기에는 무엇엔가에 긁힌 자국이 거무스레한
핏빛을 내비치고 있었다. 그뿐만 아니라 조금 눈길을 거슬러 올려보자 바지
한가운데의 지퍼는 아랫부분까지 활짝 열려 있었다. 아마도 그 지퍼는 열려
있는 것이 아니라 망가져 버린 것일 터였다.

(문학사상사, 1989)

□ 최서해 「고국」

처음으로 북면모를 푹 눌러쓴 아래에 힘없이 꿈벅이는 눈하며, 턱과 코밑
에 거칠거칠한 수염하며, 그가 오 년 전 예리예리하던 운심이라고는 친한 사
람도 몰랐다.

(어문각, 1973)

□ 최서해 「박돌의 죽음」

쫑그리고 무릎 위에 손을 꽂고 불을 빤히 쳐다보는 그의 눈은 유리를 박
은 듯이 까닥하지 않는다. 때가 까만 코 아래 파랗게 질린 입술은 뜨거운 불
기운을 받은 가지처럼 초들초들하다. 그의 눈에는 등불이 큰 물 항아리같이
보였다가는 작은 술 잔같이도 보이고 두셋이나 되었다가는 햇발같이 아래위
좌우로 씰룩씰룩 퍼지기도 한다.

* * *

박돌의 호흡은 점점 미미하여진다. 느른하던 수족은 점점 꿋꿋하며 차다. 피부를 들먹거리던 맥박은 식어 가는 열과 같이 점점 사라져버렸다. 이제는 구토도 멎고 설사도 멎었다. 몹시 붉던 낯은 창백하여졌다.

"으응 끽!"

숯구멍에 놓은 뜸숙이 타 들어서 머리카락과 살 타는 소리가 뿌지직뿌지직 할 때마다 꼼짝 않고 늘어졌던 박돌이는 힘없이 감았던 눈을 떠서 애원스럽게 어머니를 쳐다보면서 괴로운 신음소리를 친다. 그때마다 목에서 몹시 끓던 담 소리는 잠깐 그쳤다가 다시 그르렁그르렁한다.

* * *

박돌이는 폐기 한 번을 하였다. 따라서 목에서 뚝 하는 소리가 났다. 박돌이는 소리 없이 눈을 획 흡떴다. 두 눈의 검은자위는 곤줄을 서고 흰자위만 보였다. 그의 낯빛은 핼끔하고 푸르다.

* * *

먼지가 풀썩이는 구들, 거적자리 위에 박돌이는 고요히 누웠다. 쥐마당같이 때가 지덕지덕한 그 낯은 무쇠 빛같이 검푸르다. 감은 두 눈은 푹 꺼져 있다. 삐죽하게 벌어진 입술 속에 꼭 악문 누릿한 이빨이 보인다. 그의 몸에는 누더기가 걸치었다.

* * *

이를 꼭 아문 병인의 이마에는 진땀이 좁쌀같이 빠직빠직 돋았다. 사들사들한 두 입술은 쇠빛같이 파랗다. 콧등에도 땀방울이 뽀직뽀직 흐른다. 그의 호흡은 몹시 급하다. 여러 날 경험에 병세를 짐작하는 경수의 모자는 포대기를 들고 병인의 팔과 다리를 보았다. 열 발가락, 열 손가락은 꼭꼭 곱아들었고 팔다리의 관절은 말끔 줄어 붙어서 소위 소나무통에다 집어넣은 사람같이 되었다.

(혜원, 1988)

□ 최 윤 「회색 눈사람」

창백하기는 그녀나 나나 마찬가지였을 것이다. 조금 섬뜩한 아름다움을 지닌 얼굴이었다. 아주 먼 곳에서 와서 아주 먼 곳으로 떠나가 버릴 것 같은 느낌을 자아내는 얼굴. 그렇지만 그녀의 거친 표정이나 행색은 그 모든 것을 교묘하게 가려버리고 있었다. 그녀의 눈은 열에 들떠 번들거리고 있었다.

(동아, 1995)

□ 최인석 「아름다운 나의 귀신」

형이 가슴을 풀어헤쳤다. 그의 가슴이 드러난 순간 나는 아, 하고 감탄했다. 그는 세 개의 유방을 가지고 있었다. 크고 둥글고 팽팽한 세 개의 유방을 가지고 있었다. 크고 둥글고 팽팽한 세 개의 유방은 보름달처럼 훤했다. 그것은 완벽한 아름다움 완전한 균형이었다.

* * *

그의 별명은 피고인, 이름은 김학규였다. 국사담당이었다. 법대를 졸업하고 사법고시를 준비하다가 포기, 학교로 들어왔다는 그는 수업 중에 학생을 호명할 일이 생기면 피고인 아무개, 하고 소리쳐 불렀다. 그런데 이제 나는 정말 여기 피고인이 되어 서있었다. 그의 별명이 또하나 있는데 그것은 심봉사였다. 그의 이름의 패러디에서 시작된, 그러니까 김학규, 심학규 심봉사하는 식으로 명명된 그 별명은 또한 그가 수업 시간이건 시험 시간이건 눈을 감고 있는 것처럼 보인다 해서 생긴 별명으로 많은 학생들의 사랑을 받았다.

(문학동네, 1999)

□ 최인호 「돌의 초상」

옷을 벗기자 관목처럼 마른 앙상한 피부가 드러났다. 몸은 한때의 싱싱함을 완전히 상실하고 삭아버린 재에 불과하였다. 뼈마디가 아른아른 드러났다. 마치 생물실에 걸린 플라스틱으로 만든 모조 인체 골격 표본 같앉다. 그저 한때 당당하고 굵은 체격을 가졌었다는 흔적이 보일 뿐 고분 발굴 현장에서 흙더미를 헤치고 발견한 돌촉의 파편 같은 뼈마디들이 간신히 붙어 있을 뿐이었다. 피부는 뼈 위에 비틀리며 말라져 있었다.

* * *

노인은 바위처럼 꼼짝도 않고 앉아 있었다. 그뿐인가. 어딘지 이상할 정도로 울긋불긋한 새 한복에 새 모자 새 고무신을 신고 있는 것처럼 보였다. 미동도 하지 않았으므로 노인은 마치 옮겨 놓은 이삿짐처럼 보이고 있었다. 사진관에서 사진 찍을 때처럼 정지되어 있는 노인네의 모습은 그렇다면 이처럼 멀리 떨어져 몰래 카메라를 들이대고 있는 나의 존재를 눈치채고 있는 것일까. 대부분의 사람들은 잘 웃다가도 막상 카메라를 들이대면 근엄해지거나 굳어버리곤 하는데 노인의 모습이 바로 그러했다.

* * *

노인은 정물처럼 앉아 있었다. 새 한복의 깃은 하얗게 빛나고 한복단추가 햇빛에 번득이었다. 모자와 흰 고무신은 먼지 하나 묻지 않았다. 정갈한 성미를 가진 노인네가 애써 깨끗이 복장에 신경을 썼다라기보다는 어딘지 자연스럽지 못한 분위기가 있었다. 마치 녹을 갑자기 벗겨내고 새로 도금을 한 것과 같은 인위적인 느낌이었다. 과장해서 말한다면 갓 죽은 시체에 다린 옷을 입히고 억지로 화장을 한 것 같은 기묘한 성장(盛裝)이었다. 시체의 부패한 냄새를 방지하기 위해서 기름을 바르고 향수를 뿌린 것처럼 노인네의 모습에선 본인의 의사가 아닌 타인에 의해서 곱게 꾸며진 듯한 이상스런 분위기가 있었다.

(나남, 1993)

□ 최인호 「모범 동화」

그런데 그해의 신학년 초, 6학년 1반으로 전학되어 온 아이가 한 명 있었다. 담임선생님의 소개에 따라 그는 인사를 꾸벅했다. 마치 꼴 보기 싫은 녀석들에게나 인사한다는 듯, 그는 억울해하며 빈 의자에 앉았다. 그는 굉장히 못생긴 녀석이었다.

옷차림도 남루했고 옷저고리는 단추 하나를 제외하고는 모두 떨어져 있었다. 머리는 헌데투성이였고, 얼굴엔 나이답지 않게 주름살이 가득했다. 그는 좀 유다른 녀석이었다. 노는 시간에도 혼자 우두커니 위대한 바보 아니면 위대한 천재, 둘 중의 하나인 표정을 하고 앉아 있었다. 얼굴은 씻지 않았고 언제나 꾸벅꾸벅 졸았다. 성적은 향상될 것 같지 않았다. 지각도 도맡아했다.

(나남, 1993)

□ **최인호 「무서운 복수」**

우리는 공항 입구 버스 정류장에서 헤어졌다. 그는 영등포 쪽으로 사라졌고 나는 신촌 쪽으로 가야 했던 것이다. 외출 나온 단 하루의 외박은 지독한 고통이었다. 도대체가 내겐 군복 따위가 어울리는 녀석은 아니었다. 나는 어느 편이냐 하면 머리는 산발하고 담배를 짓씹으며 침을 퉤퉤 뱉어가면서 연극이나 해대고 애들에게 재미있는 음담패설이나 해주는 자유인에 어울리는 녀석이었다.

(민음사, 1992)

□ **최인호 「사랑의 기쁨 (상)」**

그렇지 않아도 알레르기가 있었던 엄마는 해마다의 봄이면 집안의 문이란 문은 모두 굳게 닫고 그 최루탄 연기를 견디어 내곤 했었다. 굳게 문을 잠가도 방안 깊숙이까지 최루탄 연기가 밀려들면 엄마는 마스크를 쓰고 끊임없이 눈물을 줄줄 흘리면서 계속 콜록콜록 기침을 해댔었다.

나중에는 운동권 학생들에게 배운 대로 비닐 랩에 치약을 묻혀서 그것을 얼굴에 뒤집어쓰고 마스크까지 한 복면의 모습으로 하루하루를 견디어 내기까지 하였었다.

그 독가스는 초여름까지 계속되어서 한여름이면 엄마는 되게 몸살을 앓곤 하였다.

* * *

"전기 기술자를 부르면 되잖아요, 엄마."

어둠 속에서 촛불을 밝히는 엄마의 모습이 초라하고 궁상스러워 채희가 소리를 지르면 엄마는 시치미를 떼면서 이렇게 말하곤 하였다.

"난 촛불이 오히려 더 좋아."

채희는 그런 대답이 엄마의 거짓말임을 잘 알고 있었다. 간단한 수리 같은 것은 직접 할 수 있었던 채희가 퓨즈를 갈아 끼워 밝은 전등불이 들어오면 엄마는 어린애처럼 신이 나서 손뼉을 치며 즐거워했었다.

"너는 마법의 손을 갖고 있구나. 나는 네가 내 딸이라는 것이 믿어지지 않는다. 어쩜, 어떻게 네가 네 손으로 전기를 고칠 줄 안단 말이냐."

* * *

책표지를 펼치자 한 사람의 사진이 나타났다.

그 한 장의 사진이야말로 지금까지 그림자만을 보이고 절대로 자신의 정체는 드러내지 않았던 최현민 교수의 실제 모습이었던 것이다. 사진은 요즈음처럼 천연색으로 촬영되지 않고 흑백사진이었는데 사진 밑에는 다음과 같은 사진 설명이 덧붙여져 있었다.

'저자 근영'

근영(近影)이라면 가장 최근에 찍은 인물사진이라는 뜻이었는데 그렇다면 이 사진은 최현민 교수가 이 책을 발간한 1975년에서 가장 가까운 시일 안에 찍은 사진이었던 것이다.

채희는 처음으로 맞대면하게 되는 최 교수의 얼굴을 유심히 바라보았다. 20년 전의 흑백사진이었지만 특수종이에 인쇄된 사진이었으므로 본문에 찍힌 활자보다는 선명하였다.

한겨울에 찍은 사진이었는지 두터운 겨울옷 차림이었는데 무슨 사진관이나 스튜디오에서 찍은 사진이 아니라 길거리에서 찍은 스냅사진이었다. 얼굴만 찍지 않고 자연스럽게 상반신까지 나온 사진이었다. 일부러 찍으려고 포즈를 취한 것이 아니라 어디론가 볼일을 보러가다가 한순간에 사진기에 포착된 것 같은 모습이었다. 한 손에는 서류용 종이봉투를 들고 있었으므로 정면으로 찍은 사진이 아니라 측면에서 본 프로필의 모습이었다.

머리카락은 올백형으로 쓸어 올리고 있었고 반백으로 물들어 있었다. 쓸어 올린 머리카락 몇 가닥이 넓은 이마에 흘러내려 있었다. 안경을 쓰고 있었는데 안경너머로의 눈매가 분명하게 보이고 있었다.

채희는 그 눈을 바라보았다. 사진을 찍히는 일이 부끄럽고 쑥스러운 일인 듯 얼굴 전체가 약간의 미소를 띈 얼굴이었다. 특히 안경 너머로의 두 눈은 웃음을 담고 있었다. 한마디로 선한 눈빛이었다.

안경이 썩 잘 어울렸던 것은 오똑한 콧날 때문일 것이다. 코의 선이 또렷이 살아있어 전체적으로 얼굴의 윤곽이 입체적이며 개성적으로 돋보이게 하고 있었다. 입술은 알맞게 두터웠는데 사진을 찍히는 것이 쑥스러운 듯 미소를 띠느라고 입술의 끝이 약간 말려 올라가 있었다.

검정 스웨터의 네크라인이 목까지 바짝 올라가 있어 마치 로만 칼라를 한 신부와 같은 느낌을 불러일으키고 있었다.

채희는 본능적으로 최현민 교수의 손을 보았다.

사람의 인상을 볼 때면 특히 남자의 인상을 볼 때면 채희는 무엇보다 먼저 그 사람의 손부터 보는 습관이 있었기 때문이었다. 아무리 이지적인 사람이라도 델리킷한 손을 가진 사람은 드문 편이었다. 다행스럽게도 사진은 상반신의 모습을 담고 있어서 서류 봉투를 가슴 높이로 들고 있는 최교수의 손을 분명하게 드러내고 있었다.

실제로 보는 모습은 아니었어도 봉투를 들고 있는 최교수의 손은 충분히 섬세하였다. 그래서 무슨 학자의 손이라기보다는 건반을 두드리고 있는 피아니스트의 손처럼 보이고 있었다. 전체적으로는 부드럽지만 그러나 또한 어딘가 근엄한 분위기가 함께 깃들여 있는 모습이었다.

(여백, 1997)

□ 최인호 「산문(山門)」

경내 앞마당에는 늘 세워져 있던 6인승 작은 승합차의 모습이 보이지 않는 것으로 보아 부목 김씨가 차를 몰고 산길을 내려가 절에서 먹을 찬거리를 사거나, 각종 공과금을 내는 등 시내로 볼일을 보러 간 것이 분명하였다. 부목은 원래 절에서 나무 땔감을 하는 사람을 말함인데 김씨는 절 살림을 도맡아하고 있었다. 비록 전쟁통에 팔 하나를 잃은 상이군인이긴 하였지만 차 한 대가 겨우 다닐 만한 작은 산길을 능숙하게 오르내리는 운전사이기도 하였으며, 절의 각종 허드렛일을 능숙하게 처리하곤 하였다. 머리만 깎지 않았을 뿐 머리만 깎았다면 절 살림을 도맡아하는 원주(院主)스님이라고 해서 법운은 가끔 농삼아 부목 김씨를 원주스님이라고 부르곤 하였다. 부목 김씨가 법운이 부엌에서 장작더미를 한아름 안고 나오는 것을 보면 틀림없이 법운의 손에서 이를 빼앗아들고 자신이 불을 지핀다고 자진해서 나설 것이 분명하였으므로 법운은 앞마당에서 승합차가 보이지 않자 우선 마음이 놓였다.

* * *

법운이 부엌에서 들어갔을 때 공양주는 찬밥에 물을 말아 부뚜막에 앉아서 손가락으로 소금에 절인 오이지를 찢어서 먹고 있었다. 60이 좀 넘은 할머니였는데 머리는 하얗게 세고 등이 굽어 있었다. 키가 아주 작아서 법당에 놓인 초에 불을 밝히지도 못하였다. 원래 키가 작기도 했지만 아이에 비해서 등이 많이 굽었으므로 마치 반 토막의 새우와도 같아 보였다. 그녀는 밥을 짓고, 빨래를 하고, 절 안팎을 쓸어내는 작은 일을 해주는 것으로 절에 몸을 기탁하고 있었다. 그녀는 자신이 직접 만든 먹물들인 승복을 입고 있었는데 가는귀까지 먹어 웬만큼 소리 지르지 않으면 대화가 되지 않았다. 그런데도 할머니는 항상 웃고 다니고 있었으므로 마치 영원히 웃고 있는 탈바가지를 뒤집어쓰고 덧뵈기 탈놀이를 하고 있는 남사당패 같아 보였다.

(현대문학사, 1993)

□ 최인호 「술꾼」

네댓 사람의 취한 눈길은 남루한 그 아이에게서 멎었다. 그 아이는 모두의
눈길이 자기에게 멎어주자, 당황해져서 쓰레기통을 뒤지다 들킨 아이처럼 비
실비실 별스러운 몸짓으로 물러나려 했다. 그 녀석은 지독하나 못생긴 녀석
이었다. 머리는 기계충의 상흔으로 벽보판처럼 지저분했고, 중국식 소매에서
빠져 나온 작은 손은 때에 절어 잘 닦은 탄피처럼 번들거렸다.

* * *

아이의 몸 구조는 스위스제 시계 부속처럼 생생하고 앙증스러웠다. 엉뚱하
게도 USARMY의 표지가 아이의 가슴팍에 계급장처럼 반짝이고, 녀석의 얼굴
은 빌로드 색깔로 번들거렸다. 옷은 되는대로 껴입어서 마치 갑각류 곤충처
럼 부자연스러워 보였다.

* * *

그 사람과 비교하면 또 한 사내는 아주 달랐다. 그는 술만 취하면 벙어리
처럼 말이 없었다. 걷어올린 팔뚝에 문신(文身)이 거뭇거뭇한 사내로, 말없이
가만히 앉아 있다 나이프를 던지곤 했다. 아이는 그 사내의 웃음을 꼭 한 번
본 일이 있었다. 언젠가 이 평양집의 문을 열고 안녕허세요 하며 인사를 했
던 순간 부웅 하고 무엇이 날랜 생선 비늘처럼 공기를 가르며 자기 얼굴을
지나 자기 머리하고는 한 뼘도 떨어지지 않은 문설주에 꽂힌 것을 아이는 보
았다. 그것은 그의 나이프였다. 전쟁에서 잃은 그의 오른손의 분신이었던 것
이다.

* * *

구레나룻 기른 사내가 껄껄거리며 웃었다. 술만 취하면 그는 늘 웃었다.
제 여편네가 피난통에 총알 맞아 배에 공기구멍이 휑하니 나서 죽어 버렸
다는 얘기를 하면서도 웃었고, 자기는 이제 혼자 살아갈 수밖에 없다 면
서도 웃었다. 나이 오십 되기 전에 자살하겠다면서도 웃었다. 도대체가 그
사내는 웃는 것밖에 모르는 모양이었다. 그는 역에 숨어 들어가 연탄을

훔쳐 빼돌리는 것으로 직업을 삼았는데, 한번은 감시원에게 걸려 얼굴 형태가 바뀌어지도록 맞았는데도, 연신 허허허 웃으며 입이 부었으면 코로 술을 먹지 하면서 술을 마시는, 좀 모자란 사람 같기도 하고 폼이 넉넉하게 남아 돌아가게 보이기도 하는 별스러운 사람이었다.

(민음사, 1992)

□ 최인호 「이 지상에서 가장 큰 집(황진이)」

풍문에 의하면 송공 대부인(宋公 大夫人)의 수연(壽宴)석상에서 이름난 기생치고 하나 빠짐없이 가지각색의 오색찬란한 비단옷 차림과 현란한 노리개와 분, 연지 등으로 단장하여 미색을 다투고 있었는데, 유독 황진이만큼은 화장을 하나도 하지 않았건만 광채가 사람을 움직일 정도로 그 존재는 한 떨기의 청순한 국화와도 같이 이채를 띠어, 보는 이마다 칭찬하지 아니하는 사람이 없다고 하였으며, 외국의 사신이 여국유천하절색(汝國有天下絶色)이라 감탄하였다고 하니, 천하의 대장부인 주체에 어디 한번이라도 내가 황진이의 사람됨을 직접 보고 오겠노라 했던 것이다.

(청아, 1997)

□ 최인호 「처세술 개론」

나의 아버지는 키가 크고, 거인(巨人)이었던 술주정뱅이였다. 술만 먹으면 우리들 형제를 때리거나 공술이나 얻어먹은 날이라야 그 껄끌껄끌한 수염의 감촉을 누이들 얼굴에 부비곤 했으므로, 우리들은 어려서부터 아버지의 표정을 판독(判讀)하고 아버지의 발걸음 소리를 듣기만 해도 그날이 과연 아버지가 기분 좋은 날인가 기분 나쁜 날인가를 점치는 데 익숙해져 있었다. 그에 비하면 어머니는 키가 아주 작아 두 분이 서 있는 모습은 그 모습으로부터 웃기려는 싸구려 쇼 코미디언처럼 희화적이었는데 성격도 아주 달라서, 어머니는 그래도 일요일이면 예배당에 나가시고 주기도문도 외우고 그러다가는 가끔 훌쩍훌쩍 울다가 이내 깔깔 웃기도 잘하는 여인이었다.

* * *

　나는 어릴 때 남자답지 않게 이쁘게 생겨서 국민학교 거의 졸업할 때까지 어머니를 따라 여자목욕탕에 가곤 했었는데 그래서 가끔 차라리 여자로 태어날 걸 그랬지 하고 생각할 때도 있을 정도였다. 나는 어머니를 빼다 박은 듯 닮아 키는 작았으나 살결이 희었고 입술은 연지를 바른 듯 붉었으며 행동도 예의발라 거리를 지나노라면 동리 사람들이, "아아 고 녀석 지 애비하구는 영 딴판으로 생겼네." "거 지 엄마 닮아서 그러지 않나." 하는 소리를 듣는 적이 많았다. 그래서 나는 항상 모범생 같은 표정을 짓고 다녔으며, 어머니의 광적일 정도로 강한 애정을 받고 성장했다.

* * *

　그 곁에는 갈색머리를 한 계집애가 앉아 있었는데 나는 그 애가 행실 나쁜 이모의 딸인 것을 알아차렸다. 그 계집애는 참으로 이상한 몸매를 하고 있었다. 나이는 내 나이하고 동갑으로 열 살 가량이었으나 몇 살은 족히 더 먹어 보였다. 푸른색 원피스를 입고 있었는데 앞쪽엔 희고 큰 단추가 점점이 달려 있었기 때문에 마치 배추벌레 같은 옷차림이었다. 등뒤에는 큰 리본을 매고 있었고 머리는 굉장히 파마를 해서 토인용 가발을 쓴 것처럼 보였다. 얼굴은 붉었는데 그것은 원래 붉어서라기보다는 연극 배우용 화장품을 너무 발랐기 때문이었다. 매우 말라 빠져서 할머님이 마시는 주스에 꽂혀진 밀짚 대같이 보였지만, 그러면서도 이상하게 얼굴만은 살이 쪄 있었다. 손가락에는 모조 반지가 빛나고 있었고 손톱에 붉은 매니큐어가 칠해져 있었다. 한마디로 말해서 그 계집애는 어미를 닮아서 이쁘고 매혹적이긴 했지만 그러나 제 어미를 닮아서 속되어 보였다.

(나남, 1993)

□ 최인호 「침묵은 금이다」

　그는 이상한 사람이었다.

처음부터 이상한 사람은 아니었다. 그는 잘생긴 사람이었으며, 또한 잘생긴 부인과 두 아이를 가지고 있던 사람이었다. 그는 이제 겨우 서른 다섯 살이었으며, 그 나이에 벌써 유수한 기업체에 부장이 되어 있었다. 그의 승진은 예상되어 있었으며, 그는 훌륭한 주택을 가지고 있었다. 은행에도 이백만 원쯤 예금을 가진 착실한 가장이었다. 그것은 쉬운 일이 아니다. 월급은 쓰고 남을 만큼 풍족했으며 남는 돈으로는 저축을 할 수 있었다. 그는 좋은 이웃이었으며 아침마다 골목을 청소하는 부지런한 사내였는데 자기 집 앞만 쓰는 것이 아니라 온 동리, 온 골목을 샅샅이 빗자루로 쓸고 다녔으므로 동리 주민들은 그를 착하고 좋은 이웃으로 생각하고 있었다.

(열림원, 1992)

□ 최인훈 「가면고」

여자는 가볍게 거절했다. 얼음처럼 쌀쌀해 보였다. 그녀의 귀걸이가 반짝 빛났다. 가볍게 고개를 움직인 거절의 동작이 그녀의 귀에 달린 금붙이의 빛깔보다 차가웠다. 나비넥타이는 미안하다는 인사를 남기며 떨어진 곳에 홀로 앉은 댄서 쪽으로 옮아갔다. 그가 고개를 돌렸을 때, 여자의 장난꾸러기 같은 웃음을 머금은 눈이 그를 맞았다. 방금 보여준 그 쌀쌀한 얼음은 벌써 끄트머리도 없었다. 그는 또 한 번 느긋하지 않을 수 없었다. 그는 소다수를 마시는 그녀의 둥그스름한 목이 보여주는 움직임을 보고 있었다. 그 목은, 희고 탄력 있는 부피가 차분히 오른 썩 잘된 조각 같았다. 어쩌면 그는 이 목 때문에 그녀에게 끌리기 시작했는지도 모른다. 그 목 아래, V자로 팬 이브닝드레스의 가슴은, 오늘저녁 처음 보는 부분이었다. 그 목에 의당 어울리는 좋은 가슴이었다. 그러나 그는 거기를 오래 보지는 않았다. 겸연쩍었기 때문에. 그는 무슨 말을 해야 하겠다고 생각했다.

* * *

신의 창조에 들러리 선 사람만이 가질 만한 자신을 꾸민 눈. 바로 그것을 어기고 있는 입의 선. 탈의 데생은 위태로워 어느 선 하나 차분함이 없다. 양식의 모방에 과장된 필체로 그려진 서투른 초상화였다. 저 탈을 피가 흐르도록 잡아 벗겼으면. 그 뒤에는 깨끗하고 탄력 있는 살갗으로 싸인 얼굴이 분명 감춰진 것을 알고 있다. 그 탈을 떼내는 일에서 어딘가 민은 미지근하게 해왔음이 사실이었다. 용서 사정없이 그 거짓의 얼굴 가죽을 벗겨내는 작업에 정실이 섞였다면 그것은 또 어찌 생각하면 그 탈이 벗겨진 다음의 맨얼굴을 은근히 두려워한 까닭이 아니었을까? 바싹 얼굴을 거울에 갖다대었다. 살눈썹이 날카로운 풀잎처럼 뻗쳐 보인다. 콧날이 육중히 돌아선 황소의 등뼈 언저리마냥 무딘 부피로 다가온다. 바른 각도로 들여다보아선 시선이 상쇄해서 저편 동공의 표정을 알 수 없다.

(민음사, 1995)

□ 최인훈 「광장」

구레나룻이 탐스런 그 얼굴은, 아리안 핏줄에서 좋은 데만 갖춘 듯, 거무스름하게 칠한 깎아놓은 토막을 떠올리게 한다. 앉으면서, 커피잔을 입으로 가져간다. 수용소에서 마시던 것보다 쌉쌀한 맛이 나는 인도 차를, 별미라고 이렇게 가끔 불러서 내놓는다. 선장을 멍하니 쳐다보고 있던 눈길을 옮겨, 왼쪽 창으로 내다본다. 마스트 꼭대기 말고는 여기가, 으뜸 잘 보이는 자리다. 바다는 그쪽에서 활짝 펴진, 눈부신, 빛의 부채다.

* * *

할멈이 커피를 가지고 들어온다. 선생보다 대여섯 살 위로 보이는 할멈은, 언제나 거의 말이 없다. 선생을 보살피는 그녀의 품으로 말할 것 같으면 옛날 종이 대감 대하듯 한다. 그는 몬테크리스토 백작과 그의 그리스 노예 에테를 떠올린다.

* * *

모시 치마저고리에 고무신을 신고 있었다. 그 모습에는, 몇 해 전처럼 싱싱한 데가 없는 대신에, 점잖은 티가 깃들여 있었다. 고생스럽게 걱정으로 지내는 여자로서는 여유가 있어 보였으나, 그녀의 눈과 가는 목이 어쩔 수 없이 애처로웠다.

* * *

정선생은 고고학자이며, 여행가다.

그는 마흔 살 넘기고도 결혼하지 않고, 할멈을 데리고 이 널찍한 한식집에서 혼자 살고 있는 사람이다. 역사의 뒷골목 이야기를 다루는 대가이며, 그의 책 서양사 아라비안나이트, 동양사 아라비안나이트, 두 권은 지금도 꾸준히 잘 나가는 책들이다. 선생은 코 언저리가 약간 얽었으나 중키에 알맞게 상이 있고, 무엇보다 선생은 링컨에게 위함을 받을 사람이다. 마흔 살 넘어서는 사람 얼굴을 제 탓이라고 링컨이 말한 그런 뜻에서다. 좋은 얼굴이다.

* * *

수갑을 차고 고개를 숙인 태식은, 며칠 내리 받은 고문 때문에 코의 테두리가 허물어져 있었다. 코 언저리가 두루뭉실하니 비뚤어진 부은 얼굴은, 얼핏 문둥이처럼 보였다. 그를 보자 솟아난 기쁨을 명준은 풀이할 수 없었다.

(문학과지성사, 1976)

□ 최인훈 「웃음소리」

순자는 이마에 흩어지는 머리카락을 밀어 올리면서 또 한 번 웃었다. 부엌 일을 거들고 있던 순자는 바가 닫히던 무렵에 화장이며 맵시가 부쩍 '언니'들을 닮아서 때가 빠지고 있었다. 그녀는 자기가 가끔 순자에게 쓰다 남은 매니큐어 약이며 루주를 집어준 생각을 하였다.

(민음사, 1995)

□ 최일남 「너무 큰 나무」

대학교에 다니는 이 댁 큰아들은, 일어나기는 아침 아홉 시쯤이나 되어 슬금슬금 자리에서 기어 나오는데 그 뒤부터는 발동이 걸린 사람처럼 어디를 그렇게 쏘다니는지, 꼭 자기 아버지보다 한 시간쯤만 일찍 들어온다. 학생이니까 공부하느라고 그렇겠지만 꼭 그렇지만도 않은 것이, 방학 때도 노상 그 모양이었다. 후딱하면 외출이요 후딱하면 전화질이요 후딱하면 등산이다 캠핑이다 해서 여러 날 집을 비울 때도 있다. 고3짜리 이 댁 큰딸은 학교에서 돌아오기가 무섭게, 오늘은 수학과외 가고, 오늘은 영어과외 가고, 오늘은 국어과외 가느라고 코빼기조차 보기 힘든 때가 많다. 무슨 놈의 공부를 한곳에서 진득이 앉아서 할 일인지, 비싼 돈 퍼들여서 그렇게 따로따로 하는 건지 나로서는 이해가 안 가는 대목이다. 중학교 1학년인 이 댁의 막내딸─요게 또 그렇게 바쁘다. 하교해서 가방을 휙 던지고는 나더러 탱(분말 주스)을 한 컵 타 달래서 벌컥벌컥 들이켜고 나면, 자기 키보다 더 큰 첼론지 뭔지를 낑낑거리며 안고는 어디론지 나간다. 알고 보니 그것으로 끝나는 게 아니라, 오다가는 또 과외방에 들러서 한바탕 공부를 하고 오는 모양이다.

* * *

안 본 사람은 모르겠지만 우리 아저씨가 아침마다 척 차려 입고 대문을 나서는 모습은 요란 빽적하다. 우리 아저씨는 허우대도 근사하려니와 생기기도 근엄하게 잘생겼다. 아래위 감색 양복으로 쪽 빼고 웃옷 왼쪽 주머니에는 분홍색 손수건을 살짝 나비처럼 접어서 세모꼴로 삐죽이 꽂고, 뚜벅뚜벅 걸어나가는 모습은 누가 보아도 당당하다. 기사 아저씨가 허리를 칠십 도쯤 굽히고 열어주는 자동차의 뒷좌석에 지그시 기대고, 차가 부릉부릉 하면서 슬슬 미끄러져 나갈 때 아주머니와 나를 향해 손을 하늘하늘 흔들 때는 나도 모르게 허리가 굽신거려질 만큼 의젓하다.

(문학사상사, 1992)

□ 최일남 「노새 두 마리」

사실 아버지는 노상 시커먼 몰골을 하고 다녔다. 옷은 물론 국방색, 신발도 어느새 깜장 구두가 되어 있었다. 손 얼굴 할 것 없이 온몸이 껌정투성이였다. 어쩌다가 헹 하고 코를 풀면 콧물조차도 까맸다. 그런 가운데에서도 눈 하나만은 퀭하니 크게 빛났다.

(나남, 1993)

□ 최일남 「서울 사람들」

지금 국영기업체의 비서실장으로 있는 김성달은 내리 사 년을 가정교사로 학비를 벌었을 뿐 아니라 대학을 졸업하고도 일 년 반은 더 가정교사 노릇을 했다. 고등학교 교사인 윤경수는 그 무렵 한창 붐을 이루었던 태권도 도장 사범의 조수 노릇을 하면서 학비를 벌었고, 을지로에서 TV가게를 벌이고 있는 최진철은 닥치는 대로, 가령 밤이면 길바닥에서 가스등을 켜놓고 싸구려 책을 판다든가, 그것도 시원치 않으면 심지어 사설 댄스 강습소에서 유한마담들에게 춤을 가르치면서 돈을 번다든가 해서 겨우겨우 대학 과정을 마친 처지였다. 시내 복판은 아니지만 그래도 왕십리에 건축설계사무소를 차리고 있는 나도 그 무렵은 예외 없이 형편없는 대학생활을 보내고 있었다. 사글세 방을 하나 얻어서 중학생을 모아 가르쳐 보기도 하고, 프린트 가게의 임시 고용원으로 필경을 도와주기도 하였다.

(나남, 1993)

□ 최일남 「쑥 이야기」

야위다 못해 막가지처럼 뻣뻣하게 뻗어난 손가락들이 징그럽다. 쭈그리고 앉아 바싹 마른 몸뚱이의 중간에 이달이 산월이라는, 분묘를 연상케 하는 불룩한 배가 보기 흉하게 두 무릎과 가슴패기 사이에 끼어서 색색 괴로워하는 어머니는, 단 십 분을 제대로 배기지 못해 자주 풀밭에 반쯤 누워서 숨을 돌리곤 한다. 인순이는 어머니가 딴 낯모르는 사람인 양 느껴진다. 어쩌면 저렇게도 야위었담. 광대뼈가 보기 사납게 불거지고 손질 한 번 않은 헝클어진 머릿단에 남루한 옷차림새가 밤에 본다면 흡사 얘기 속에 나오는 귀신 형용이라고 하겠다.

(신구문화사, 1981)

□ 최일남 「시작은 아름답다」

아닌게 아니라 퍼렇게 쏟아지는 달빛 아래 애매모호하게 떠있는 준기 누이의 얼굴은, 낮에 보던 때와는 달리 몽롱한 애처로움으로도 다가왔다. 머릿결에서 야하지 않게 살짝 풍기는 비누냄새는 짱짱하게 얼어붙은 냉기가 가진 해맑은 청결감과 더불어, 한순간 상규의 기분을 말끔히 훑어내렸다.

* * *

개중에는 태수를 구석으로 끌고 가 귓속말로 쏙달거리는 친구도 있었다. 고개를 끄덕이기도 하고 옆으로 젖히기도 하면서, 그런 친구를 대하는 태수의 표정은 아주 넉넉해 보였다. 어느새 저만한 매무새와 여유를 몸에 붙였을까를 의심할 만큼. 처음의 머뭇거림은 이제 찾아볼 수 없었다. 아직은 앳돼 뵈는 얼굴의 어느 부분이 무척 차분하게 가라앉아 있는 것도, 신통하다면 신통한 변화의 하나였다.

* * *

방문객용으로 현관에 놓아둔 걸상에서 부시시 일어난 만호 부친은, 생각보다 젊어 보였다. 아직 노인티가 나지도 않고, 시골서 살기는 할망정 막일을 하지 않아도 되는 소상인의 내력이 몸에 밴 탓일까, 초면인데도 퍽 사근사근한 말씨로 다가왔다. 객쩍게 악수를 청하는 바람에 너무 어색하여 두 손으로 만호 아버지의 하얀 손등을 맞잡는 상규에게, 해라도 아니요 높임말도 아닌 엉거주춤한 말투로 쓰는 것도 부담스러웠다.

(해냄, 1988)

□ 최일남 「장씨의 수염」

퍽 앳돼 뵈는 주모는 꼭 다문 입모양과는 달리 손놀림이 무척 재빨랐다.

몰려올 손님들에 대비하는 것인지, 무를 설겅설겅 썰기도 하고, 더 손볼 것도 없는 미나리를 다시 다듬는 시늉을 해 보이기도 하였다. 그 손끝에는 손님이 적게 오면 어떡하나 하는 걱정과, 어떤 기대가 반반씩 묻어 있는 것도 같았다.

(나남, 1993)

□ 최일남 「타령」

동태가 이 시장에 언제적부터 들어와 있었는지는 아무도 모른다. 다리를 저는 데다가 머리도 모자라고 눈알 하나가 허옇게 튀어나와 있어서 동태라는 별명이 붙었는데, 본인 자신도 그렇게 부른다고 해서 화를 내거나 하지는 않았다. 그런, 동태 같은 처지의 사람은 어느 시장에나 하나씩 있는 법, 이 변두리 시장에도 그런 구색을 갖추느라고 그가 어디서 나타났는지도 모른다.

* * *

나물전 여자는 생기기도 콩나물처럼 삐죽 말라 있는데 몸에서는 고사리 냄새가 나는 것 같고, 건어물상 아저씨는 북어처럼 생긴 것 같고, 닭장수 아줌마는 노상 꼬꼬댁거리고, 복숭아를 파는 소녀는 얼굴이 잘 익은 자두빛이다.

(나남, 1993)

□ 최일남 「하얀 손」

사와무라는 다리 하나를 이불 밖으로 툭 떨어뜨리며 말했다. 그의 유난스런 버릇이다. 지금처럼 늦은 아침의 가벼운 뒤엉킴을 끝내고 나서 그러는 것만이 아니다. 자다가도 그랬다. 탕 소리를 내며 침대를 치는 바람에 처음엔 번번이 질겁을 했다. 침대 스프링이 그때마다 튀어오를 지경이어서 퍽이나 짜증스러웠다. 단골로 관계를 유지하는 동안 차츰 그의 별스런 잠버릇에 익숙해졌다. 신통하게도 그의 '왼발차기 선수' 덕마저 보았다면 본 셈이다. 사와무라는 복심이를 항상 오른쪽으로 누이기 때문에, 그가 왼발을 일단 디딜 방아의 방아새처럼 살짝 들어올렸다가 직각으로 꽈당 내리찍는다 하더라도 압살당할 염려는 없었다. 만약 방향이 반대였더라면 오늘날의 인연도 일찍 마감했을 터이다. 오른발 전용이었거나 양수 겸장 아닌 양족 겸장이었다면 큰일 날 뻔했다.

(문학사상사, 1994)

□ 최정희 「인맥」

혜봉의 말을 들으면 그 사나이는 감옥에서 전향한 자로 며칠 전에 가출옥했다는 아주 성격이 씩씩하고 정열적인 좋은 사나이인데 똑 한가지 흠이 여자면 누구나 좋아하는 것이라 했습니다. 어쩐지 첫인상이 징그러운 것이 그러리라고 보여졌습니다. 이름은 김동호라 했습니다. 내가 그 이름까지 쉬이 기억한 것은 그가 너무 심하게 시커멓고 툭 불거진 눈알을 굴리며 옆눈질하던 것이 몸서리치도록 싫었기 때문입니다.

(어문각, 1973)

□ 최정희 「지맥」

친구가 내게 처음 해준 이야기를 들어보면 김연화는 기생이라곤 해도 요새 햇내기로 까불고 모양내고 그저 아무런 비판 없이 웃음을 팔아 남자들의 돈만 빼앗아 내려는 기생들과는 달라서 교양 있고 춤 잘 추고 소리 잘하는 서울에도 몇째 안 가는 고급 기생으로 본래 심성이 좋을 뿐 아니라 나이가 삼십 고개를 넘자니까 인생의 쓴맛 단맛을 다 알 수 있는 좋은 기생이라 했으나, 나는 무엇이 교양이고 성품이 좋으며 세상을 아는 것인지 알 수 없었다.

(어문각, 1973)

□ 최정희 「천맥」

알고 보아서 그런지 모두 내력대로 짐작되는 얼굴들이었다. 특히 여선생은 이름과 같이 우람했다. 옥색 죠세트 치마 기슭으로 드러나는 굵은 다리, 긴 얼굴, 꺼실꺼실한 음성, 어느 것이나 남자에 가깝다는 인상을 주는 것.

(어문각, 1973)

□ 하근찬 「공예가 심씨의 집」

근래에 와서는 주로 장도를 만든다는 공예가 심씨는 코밑이며 턱에 수염을 기르고 있었다. 은빛으로 곱게 센 수염인데, 풍성하지는 못하고, 염소 수염 같았다.

* * *

심씨는 머리도 백발이었다. 그러나 얼굴에 주름이 거의 없고, 피부에 윤기가 있을 뿐 아니라, 혈색도 연한 도화빛 같아서 마치 하얀 가발과 가수를 달고 있는 듯한 인상이었다. 아마 회갑을 조금 넘지 않았을까 싶었다. 모발이 일찍 새는 형인 모양이었다.

* * *

고 생원은 웃으면 어찌 된 셈인지, 두 개의 콧구멍이 벌름벌름 움직였다. 우선 코의 생김새부터가 유별났다. 무엇에 밟히기라도 한 듯 허리는 푹 꺼져 들어가고, 끝만 몽툭 위로 쳐들려 있었다. 그리고 그 끝대가리는 노상 뻘겋게 물들어 있었다.

(일신서적, 1970)

□ 하근찬 「화가 남궁씨의 수염」

진수정 여사는 인사동에 '水靜'이라는 화랑을 경영하고 있는, 오십대 중반의 여자다. 수정은 자기 이름이다. 그러나 본명은 수정(水貞)이다. 음을 그대로 살려서 평소에 수정(水靜)이라고도 쓰고 있다. 간혹 수필도 써서 여성 잡지 같은 데에 발표한다. 말하자면 멋쟁이다.

(일신서적, 1985)

□ 하근찬 「흰 종이 수염」

꺼멓게 탄 얼굴에 움푹 꺼져 들어간 두 눈자위, 그리고 코밑이랑 턱에는 수염이 지저분했다. 목덜미로 식은땀이 흐르고 있었고, 입 언저리에는 파리떼가 바글바글 엉켜 붙어 있었다. 그러나 아버지는 그런 줄도 모르고 푸푸 코를 불면서 자고만 있다.

(일신서적, 1959)

□ 하성란 「내가 사랑한 것은 그녀의 등허리였을까」

K가 실종되던 날 밤, 그녀와 맨 나중까지 있었던 사람은 바로 남자였다. K는 꽃분홍색의 파카와 비둘기색 코르덴 바지 차림에, 머리에는 주먹만한 털방울이 달린 우스꽝스러운 털모자를 눌러 쓰고 있었다.

* * *

러닝셔츠 하나 걸치지 않은 웃통 위로 간선도로까지 표시된 교통 지도처럼 혈관이 드러나 있다. 사내는 용수철이 다섯 개 달린 익스팬을 두 팔에 쥐고 있다.

* * *

밀랍 인형처럼 하얀 얼굴이다. 귀에 이어폰을 끼고 있다. 가로 멘 가방 속으로 이어폰의 선이 숨어들고 있다. 햇빛이 따가운지 여자는 얼굴을 찌푸리고 손으로 차양을 만든다. 광장을 가로질러 가는 여자의 하이힐에서 맑은 구두 징 소리가 울린다. 여자는 땅바닥만 보고 걷는다.

(문학동네, 1997)

□ 하성란 「내 가슴속의 부표」

사내는 손거울을 꺼내들고 주름진 이마와 귀밑으로 돋기 시작하는 흰 머리칼을 들여다본다. 이제 갓 마흔을 넘겼지만 손거울 속에는 오십이 넘은 얼굴이 들어 있다. 햇빛에 얼굴과 온몸은 거북이 등처럼 두터워지고 살갗은 탄력이 없다. 하루에도 몇 번씩 뱃줄을 끌어당기는 손바닥에는 굳은살이 박혀, 잘 오므려지지 않는다.

* * *

여자는 수돗가에 쭈그리고 앉아 아침 쌀을 씻는다. 평상에 동그란 얼굴이 앉아 있다. 지워진 화장 아래로 모래알 같은 기미가 드러났고 뒤로 단정하게 묶었던 머리칼이 흘러나와 엉클어져 있다. 임신복 아랫자락에는 얼룩과 풀물이 들어있다.

(문학동네, 1997)

□ 하성란 「당신의 백미러」

비에 젖은 머리카락이 얼굴을 감싸고 낙지 다리처럼 달라붙어 있다. 우산으로 가리지 못한 발목까지 오는 치마는 빗물을 빨아들여 허벅다리까지 물기를 머금고 있었다. 여자는 흘러내린 머리카락을 쓸어 올리고 치맛자락을 무릎께로 모아 힘껏 비틀어 물기를 짜낸다.

* * *

여자는 어깨끈이 달린 원피스 수영복 같은 무대복 차림이다. 여자가 움직일 때마다 옷에 붙은 스팽글이 광채를 내며 소리를 낸다. 셔츠를 받쳐 입지 않은 맨 목에 나비넥타이를 맸고 머리에는 영국 신사 모자를 쓰고 있다. 엉덩이에는 새의 꽁지처럼 깃털 다발을 꽂았는데 여자가 사뿐사뿐 걸을 때마다 깃털이 부채처럼 팔랑거린다.

(문학사상사, 1999)

□ 하성란 「두 개의 다우징」

비치 파라솔 아래 언니는 어떤 남자와 밀려오는 파도를 향해 앉아 있다. 그때 카메라를 들고 있던 동행이 뒤에서 부른 모양이다. 막 고개를 돌리는 눈으로 햇살이 가득 들어와 언니는 얼굴을 찌푸리고 있었다. 옆에 앉은 남자는 오른쪽 귀가 반쯤 나왔다. 귀밑을 따라 퍼런 수염 자국이 목덜미까지 이어져 있다.

(문학동네, 1997)

□ 하성란 「루빈의 술잔」

하늘하늘한 실크 치마 속으로 슬쩍슬쩍 날다리가 비친다. 파마끼가 풀린 부스스한 머리카락과 기미가 드러난 꺼칠한 얼굴 위에 길지 않은 알전구 같은 두 눈동자가 박혀 있다. 올이 풀린 스타킹과 치맛단이 터진 구김이 간 빌로드 치마 차림에 한 손에는 커다란 트렁크를 끌고 가고 있다. 거울 속, 여자의 얼굴에는 피로와 먼지가 잔뜩 끼여 있다.

(문학동네, 1997)

□ 하성란 「시즈오카현의 한 호텔은 후지산이 보이는 날만 숙박료를 받는다」

정말 오늘은 여자는 손톱을 물어뜯고 있을 것이 분명하다. 아니면 식탁 위에 올라앉아 암코양이처럼 온몸을 도사리고 있을지도 모른다. 왜 아무 말도 없어요? 뭐라고 말을 해야 할 것 아니에요? 신경질적으로 소리를 지르는 바람에 목소리 끝이 갈라진다. 잔뜩 찌푸린 여자의 이마가 들어온다. 맨 처음 본 여자의 얼굴이 그랬다. 거울 속으로 비치는 여자의 옆얼굴은 단단히 여문 호두알 같았다. 한 번도 잇몸을 드러내고 웃지 않는다. 망치로 깨뜨려야 할 것같이 입술을 바스러지게 다물고 주인이 남자의 머리를 커트하는 내내 그 가위 끝만 따라가고 있었다.

* * *

여자의 얼굴은 여자가 손을 든 표백된 수건처럼 핏기가 없다. 영업 끝났는데요, 여자의 윗니가 가지런히 드러난다. 다문 니 사이에 작은 틈이 벌어져 있다 여자가 황급히 입을 다문다. 호두 속 같은 주름이 이마 가득 잡힌다.

(문학동네, 1997)

□ 하성란 「양파」

옥수수대 끝으로 올라온 자동차를 보느라 지금 둘의 고개는 완전히 뒤로 젖혀져서 주름이 이마로 쏠리고 목젖이 크게 부풀어 있다. 하나는 키가 크고 깡말랐으며 다른 하나는 벨트를 맨 바지 허릿단 위로 두툼한 비곗살이 비어져 나와 있다.

(조선일보사, 1998)

□ 하성란 「치약」

창가로 쏠리는 낯선 얼굴들 사이에서 그 여자의 얼굴은 단박에 두드러진다. 최소 한 번 이상 만난 적이 있는 얼굴이다. 여자는 앞으로 넘어지지 않기 위해 의자의 등받이를 두 팔로 힘껏 떠밀며 뒷사람들을 버텨내고 있다. 하지만 볼록거울 속에서 눈 코 입 사이가 벌어지고 일그러진 얼굴은 스마일 배지처럼 우스꽝스럽게 보인다. 화장기 없는 맨 얼굴 위로 어딘가를 노려보고 있는 두 눈 밑으로 검보랏빛 그늘이 져 있다.

(이수, 1999)

□ 하성란 「풀」

파란색 물통을 쥔 사내의 한쪽 다리가 기역자로 꺾인다. 주머니를 뒤적거려 담배를 피워 문다. 베란다 밖으로 드러난 상반신, 방수 처리가 된 번들거리는 츄리닝 속으로 얼핏 푸른 정맥 같은 줄무늬 런닝셔츠가 비친다.

* * *

사내는 빈 양동이를 들고 가게 안의 주방 쪽으로 걸어간다. 상체만 유난히 발달한 사내의 역삼각형 몸체의 가는 한쪽 다리는 한 박자마다 힘없이 기역자로 꺾인다. 그 때문인지 건강한 한쪽다리는 마치 땅에 호치키스를 박는 모양이다. 머리카락이 흘러나오지 않도록 머리에는 하얀 두건을 둘렀다. 양동이를 든 사내의 손에는 팔뚝까지 밀가루 반죽이 묻어 있다.

(문학동네, 1997)

□ 하일지 「경마장 가는 길」

R의 늙은 아버지는 책상다리를 하고 앉아 있지 못하고 마치 재래식 변소에 앉아 있는 사람의 자세로 앉아 있었다. 말하자면 두 무르팍을 우뚝 세우고 양 어깨가 거기에 닿을 만큼 몸을 웅크리고 앉아 있었다. 물론 이때 엉덩이는 방바닥에서부터 약 오 센티 정도 떨어져 있고, 가슴패기는 두 무릎 사이에 닿아 있었다. 이러한 자세는 그의 습관인지 모른다. 왜냐하면 그가 R의 절을 받을 때에도 그리고 그 후에도 내내 그 자세를 바꾸지 않았기 때문이다. 그러한 그의 자세 때문에 그가 입고 있는 색이 바랜 허름한 와이셔츠 위로 그의 등뼈의 마디들이 솟아 나와 있었고 짧고 바짓가랑이 밑으로 여윈 발목과 굵은 복사뼈가 내보였다. 무르팍 사이로 쳐들고 있는 그의 거무튀튀한 얼굴에는 깊은 주름살이 여기저기 마구 그어져 있었다. 두 볼은 움푹 들어가 있었다. 그리고 그는 눈이 한쪽 없었다. 그의 왼쪽 눈은 눈동자가 없이 우윳빛이었다. R의 늙은 어머니는 다른 사람들처럼 감정을 억제하지 못한다는 이유로 남편으로부터, 딸들로부터 연신 핀잔을 받으면서도 아들 곁에 붙어 앉아 질금질금 울기를 멈추지 못했다. 그녀의 얼굴은 그녀의 남편이나 큰딸처럼 거무튀튀하고 병이 있는 것처럼 푸석푸석했다. 머리는 회색이었다. 그녀의 얼굴은 넓은 편이었고 코는 펑펑했다. 눈두덩 위에는 좁쌀보다 조금 큰 검정 사마귀들이 주렁주렁 달려 있었다. 그리고 두 눈에는 눈곱이 가득하고 눈 언저리는 온통 짓물러 있었다.

* * *

두 아이 중 하나는 아홉 살쯤 먹은 계집아이였고, 다른 하나는 일곱 살쯤 되어 보이는 사내아이였다. 계집아이는 앞 이빨이 없는 잇몸을 드러내고 흥 흥 웃으며 들어와 R의 아버지 뒤에 쌓여 있는 이불 위로 껑충 뛰어올라 갔다.

* * *

그녀의 눈은 동양인 여자들의 그것처럼 쪽 찢어진 것이 아니라 서양의 옛날 초상화에 나오는 여자들의 눈처럼 둥그런데 한쪽 눈이 다른 쪽 눈보다 눈에 띌 만큼 컸다. 게다가 그녀의 두 눈동자는 약간 사팔뜨기처럼 보였다. 그리고 눈꺼풀은 멍이 든 것처럼 푸르스름했다. 그녀의 두 눈이 이와 같이 좀 이상하게 보이는 것은 그녀가 시집오기 전, 대학시절에 했던 쌍꺼풀 수술이 잘못되어 그런 것이었다. 게다가 그녀의 코에도 이상이 있었다. 그녀의 코는 매부리코처럼 아랫부분이 약간 오그라들어 있는데 콧구멍이 너무나 비좁다는 것을 누구나 첫눈에 느낄 수 있었다. 게다가 얼핏 보면 코도 약간 삐뚤하다는 느낌을 받을 수도 있었다. 그녀의 코도 역시 대학시절에 한 성형수술의 실패인데 나이가 들면서 코의 살이 두꺼워지면서 콧구멍이 점점 더 비좁아진 것이었다. 그녀의 입은 크고 입술은 두꺼웠다.

* * *

여인은 얼핏 옆모습으로 보아서는 물론 육십대 초반이라고 할 수 있었지만, 그녀의 단정하게 빗어 틀어올린 뒷머리며 알맞은 키와 그녀가 입은 고급스러워 보이는 원피스와 오른쪽 겨드랑이 밑에 끼고 있는 흰색 핸드백과 그리고 정갈한 하이힐 소리 등으로 봐서는 사십대 초반이나 삼십대 중반이라는 착각을 일으킬 수도 있었다. 이러한 느낌은 물론 그녀를 뒤에서 보았을 때 그렇다는 말이다. 앞에서 보았더라면 아마도 다른 느낌을 받았을 수도 있었을 것이다. 한편 그녀를 뒤따르는 남자로 말하면 그는 단정한 머리며 단정하게 차려입은 다소 무거운 색깔의 양복이며 흰 와이셔츠며 화려한 넥타이 따위로 보아 삼십대 초반이라는 느낌을 주었다.

* * *

한 젊은 부부가 아이를 데리고 산성에서 나오고 있었다. 남자는 여자와 아이를 뒤에 두고 약 십 미터 뛰어가 저쪽으로부터 걸어오고 있는 여자와 아이를 카메라에 담기 위하여 카메라를 눈에 댄 채 쪼그리고 앉았다. 그러나 잘되지 않았던지 다시 일어나 좀더 멀리 달려가 웅크리고 앉았다. 여자는 아이의 시선을 카메라 쪽으로 보내게 하기 위하여 남자가 앉아 있는 쪽을 손가락으로 가리켜 보였지만 아이는 다른 방향으로 고개를 돌린 채 아장아장 걸어오고 있었다. 그러다가 아이는 곧 길바닥에 넘어졌고 '앙' 하고 울음을 터뜨렸다. 아이 어머니는 깜짝 놀라며 넘어진 아이를 일으켜 세우고 가슴이며 무르팍에 묻은 흙먼지를 털어 주며 아이를 달래기 시작했다.

* * *

그녀는 이따금 고개를 들고 볼펜의 머리로 그녀의 약간 벌어진 입술 사이로 보이는 이빨에 부딪치기도 하며 그녀가 쓴 것을 검토해 보기로 했다. 이때 그녀의 표정은 삼류 청춘 드라마를 담고 있는 영화에서 볼 수 있는 젊은 여주인공의 그것처럼 전혀 현실감이 나지 않은 과장된 진지함이 보였다. 또 그녀는 때때로 글쓰기를 멈추고 재빠르게 탁자 위, 그녀의 왼쪽 팔꿈치 곁에 놓여 있는 주스 잔에 잠겨 있는 녹색 빨대로 입을 가져가 주스를 빨기도 했다. 그러나 그녀는 한 번도 눈을 들어 다른 사람, 이를테면 그녀 앞 저만치에 앉아 있는 R을 바라보지 않았다.

* * *

그녀의 알몸은 작았다. 그녀의 두 젖무덤 사이의 가슴패기에는 마치 우두 자국과도 같은, 그러나 우두 자국보다는 조금 작지만 더 깊어서 금방 눈에 띌 수 있는 흉터가 있었다.

(민음사, 1990)

□ 하일지 「경마장에서 생긴 일」

이십대 중반으로 보이는 젊은 운전사는 운전석에 비스듬히 앉은 채 차에 오르고 있는 승객들을 물끄러미 돌아보고 있었다. 그러한 그의 입 속에는 껌이 들어 있는지 그는 끊임없이 우물우물 입을 움직이고 있었다.

* * *

푸른 제복을 입은 한 사람이 나타났다. 그는 어릴 때 소아마비를 심하게 앓았는지 다리를 절고 있었다. 그는 그 공항의 직원인 것 같았다.

* * *

그녀는 이십대 중반으로 보이는데 대단히 좋은 몸매를 하고 있었다. 적당한 키에 풍만한 가슴과 허리를 하고 있었다.

하긴 그녀가 입고 있는 그 허리가 잘록한 푸른 제복이 그녀의 몸매를 그토록 돋보이게 했을지도 모른다. 그러나 그렇게 말할 수만은 없는 것이 그녀의 푸른 제복의 스커트 밑으로 드러난 두 다리도 그림처럼 날씬했다. 몸부림부터가 그녀는 대단히 우아하고 다소는 육감적인 데가 있었다. 게다가 그녀는 얼굴 윤곽이 뚜렷하고 살결도 깨끗했다.

* * *

그녀는 K를 바라보는 순간 흠칫 놀라는 표정을 지어 보였다. 이어 그녀는 무엇에 홀린 듯한 눈으로 K를 바라보고 있었다. 그녀는 이제 갓 고등학교를 졸업했을까 싶은 어린 소녀였는데 영양이 좋지 않았는지 키가 작고 몸집은 왜소했다. 그녀의 얼굴빛은 누르스름하고 콧잔등에는 깨알같은 주근깨가 돋아 있었다.

* * *

키가 작고 얼굴이 둥근 사내는 다시 한번 이렇게 말하며 벽면에 붙어 있는 열쇠걸이에서 열쇠 하나를 벗겨내어 카운터 위에 내려놓았다.

* * *

무엇보다 놀라운 것은 우선 그 부장이 생각했던 것과는 달리 아주 새파랗게 젊었다는 점이었다. 그는 아무리 봐도 이십대 중반을 넘기지 못한 그야말로 새파란 청년에 불과했다. 그의 얼굴은 주름살 하나 잡히지 않은 홍안이었다.

(민음사, 1993)

□ 하일지 「경마장을 위하여」

저만치 떨어진 자리에 앉아 있는 청년 하나는 아래턱을 천천히, 아주 힘없이 우물우물 움직이고 있었는데 그는 아마도 껌을 씹고 있는 것 같았다. 그런가 하면 또다른 청년 하나는 연신 코를 훌쩍거리며 콧물을 들이마시고 있었다. 그밖에도 많은 청년들이 이발소의 긴 나무의자에 앉아 제 차례가 되기를 기다리고 있었는데 그들은 모두 무표정한 혹은 멍청하다고 할 수도 있을 얼굴들을 하고 있었다. 그들은 아무도 서로 말을 하는 사람은 없었다.

* * *

K는 서점 안을 잠시 들여다보기도 했다. 서점 안에는 아까 본 그 키가 작고 앳된 얼굴의 여자가 같은 의자에 상체를 옆으로 약간 비틀고 앉아 책상 위에 얹힌 음식 그릇 위에 고개를 수그리고 라면을 먹고 있었다. 그녀는 젓가락으로 라면을 떠 입으로 가져가면서도 여전히 오른쪽 다리를 흔들흔들 흔들어대고 있었다. 그때 그녀의 스커트 밑으로 드러난 그녀의 양 무르팍 사이의 거리는 거의 이십 센티 정도였을 것이다. 그녀의 사타구니가 그만큼 벌어져 있는 것은 그녀가 라면을 먹기 위하여 상체를 왼쪽으로 완전히 틀어 앉았기 때문일 것이다. 그러나 그녀 자신은 정작 자신의 가랑이가 다소 눈에 띌 정도로 벌어져 있다는 것을 전혀 의식하지 못하는 것 같았다.

* * *

그림 속의 여자가 서 있는 곳은 아스팔트 바닥이었다. 그녀는 여름용 샌들을 신고 있었다. 그러나 오른쪽 발은 신발이 벗겨져 나갔기 때문에 맨발이었다. 그녀의 벗겨진 오른쪽 샌들은 그녀의 약간 뒤편 길바닥에 쓰러져 있었다.

그림 속의 여자의 블라우스 앞자락은 마구 풀어헤쳐져 있었는데 그래서 그녀는 아직 완전히 성숙했다고 할 수 없을 왼쪽 유방을 고스란히 드러내고 있었다. 그러나 그녀는 지금 너무 겁에 질려 비명을 지르고 있는 중이기 때문에 자신의 유방이 드러나 있다는 것을 전혀 의식하지 못하는 것 같았다. 화가는 그녀의 젖꼭지를 진한 빨간색으로 처리하고 있어서 그녀의 젖꼭지는 그녀의 유방에 비하여 앞으로 많이 돌출되어 있다는 느낌을 줄 수 있었다. 그것은 어쩌면 한 정신병자를 재현한 그림인지도 모른다.

(민음사, 1991)

□ 하일지 「경마장의 오리나무」

서울역 역사 입구에는 이십대 후반의 남자 한 사람이 바닥에 쓰러져 있었다. 그는 시멘트 바닥에 등을 대고 누운 채, 마치 거꾸로 뒤집어진 곤충과 같이 두 팔과 두 다리를 허공에 쳐든 채 부르르 떨고 있었다. 그의 눈에는 눈동자가 없고 흰자위만 있었다. 그의 입에서는 거품이 흘러나오고 있었다.

그의 차림새는 그다지 남루해 보이지 않았다. 그는 진한 밤색 바지와 미색 오리털 잠바를 입고 있었다. 그가 신고 있는 끝이 뾰족한 구두는 아직도 멀쩡한 것이었다. 그러나 그의 구두는 뒤축 바깥쪽이 좀 심하게 닳아 거의 삼십 도 각도로 경사가 지게 깎여 있었다.

* * *

나의 맞은편 자리에는 대단히 뚱뚱한 사내아이 하나와 역시 뚱뚱한 계집아이 하나가 앉아 있었는데 그들은 내가 자리를 찾아와 앉았을 때부터 무엇인가 먹고 있었다. 두 아이가 먹고 있는 것은 기름에 튀긴 과자 종류였다. 사내아이는 한 손으로는 그 과자가 든 커다란 종이봉지를 든 채 다른 한 손으로는 과자를 꺼내어 먹고 있었다. 계집아이는 사내아이가 과자 봉지를 약간 높게 들고 있었기 때문에 어깨를 약간 쳐든 채 과자를 꺼내어 먹곤 했다. 두 아이는 남매간처럼 보였다. 사내아이가 오빠고 계집아이가 동생인 것 같았다.

나의 옆자리에는 삼십대 초반의 남자가 앉았는데 그는 기차가 출발하자 자신의 무릎 위에 얹어 놓은 검은색의 딱딱한 가방을 찰칵 하고 소리가 나도록 열고는 얇은 소책자 하나를 꺼내어 읽기 시작했다. 그 소책자는 상품명세서 같아 보였다. 그는 볼펜을 꺼내어 들고 그 소책자에 적힌 항목 하나하나를 짚어가며 아주 진지하게, 대단히 열심히 보고 있었다. 그는 지방으로 출장을 떠나는 영업사원처럼 보였다.

* * *

진료를 받기 위하여 기다리고 있는 사람은 많지는 않았다. 나의 맞은편 저만치 수족관을 등지고 칠십대 노인이 하나 이쪽을 향하여 앉아 있었다. 그 노인 곁에는 노인의 보호자로 보이는 삼십대 후반의 아낙네가 앉아 있었다. 노인은 몹시 여위고 창백했으며 눈길이 희미했다. 노인은 아마도 몹시 심한 병에 걸린 것 같았다. 노인은 처음부터 내 쪽을 물끄러미 건너다보고 있었다. 노인의 머리 뒤로 보이는 수족관에는 커다란 물고기들이 아주 천천히 움직이고 있었다. 그 노인 곁에 앉은 삼십대 후반의 아낙네는 끊임없이 딱딱 소리가 나게 껌을 씹으면서 여성잡지의 책장을 넘기고 있었다. 껌을 씹고 있었기 때문에 끊임없이 오물오물 움직이고 있는 그녀의 입술은 진한 루즈를 칠했기 때문에 몹시 빨갛게 보였다.

* * *

그런데 내가 막 여관 계단을 내려가고 있을 때였다. 현관 옆 카운터 앞에 서서 여관집 주인을 상대로 무엇인가 대화를 나누고 있던 삼십대 중반의 가죽잠바를 입은 한 사람이 계단을 내려가고 있는 나를 쳐다보며 깜짝 놀라는 표정을 지었다. 그의 키는 작은 편이었다. 약간 키가 작아 보이기는 했지만 이마가 다소 눈에 띄게 벗겨졌고 얼굴은 통통했다. 얼굴이 통통하기 때문에 그렇게 보이는 건지는 모르지만 눈은 작고 쪽 찢어진 모양이었다.

* * *

내가 한창 제방 기슭을 태우고 있을 때 제방 위에서 누군가가 까르르 웃는 소리가 들려왔다. 제방 위에는 두 눈이 동그랗고 콧날이 오똑한 중학교 이 학년쯤 되어 보이는 계집아이가 서서 나를 굽어보고 있었다. 그녀는 이제 상복 대신에 청바지에 약간 헐렁한 연두색 티셔츠를 입고 있었다. 그리고 허리에는 워크맨을 차고 귀에는 리시버를 꽂고 있었다.

* * *

그녀는 이십대 후반으로 보이는데 다소 눈에 띄는 용모를 하고 있었다. 그녀는 허벅지가 거의 다 드러나는 짧은 치마를 입고 있었고 얼굴에는 온통 진한 화장을 하고 있었다. 그 진한 화장 때문에 그렇게 보이는지는 모르지만 그녀의 얼굴은 무슨 병이라도 앓고 있는 듯 창백해 보였다. 얼굴뿐 아니라 몸도 다소 허약해 보였다.

(민음사, 1992)

□ 하일지 「새」

남대문 근처에서 A가 택시에서 내렸을 때 남산 쪽에서부터 흰옷을 입은 한 무리의 남자들이 몰려 내려오고 있었다.

처음에 A는 그것이 무슨 데모대려니 생각했다. 그러나 가까이 가보니 데모대 같지는 않았다. 그들은 구호도 외치지 않았고, 피켓이나 플래카드 같은 것도 들고 있지 않았다.

그런데도 그들이 무슨 시위대처럼 보였던 것은 그들의 특이한 옷차림 때문이었다. 그들이 입고 있는 흰 옷은 서양 수도사들의 망토처럼 생겼는데, 품이 크고 길이가 길었다. 그리고 목덜미 부분에 커다란 고깔 모자가 부착되어 있었는데, 그들은 하나같이 그 모자를 올려 쓰고 있어서 얼굴은 잘 볼 수가 없었다. 옷차림으로 보아서는 무슨 종교집단의 사람들 같았다.

* * *

단발머리에 멜빵이 달린 헐렁한 바지를 입고 있는 그녀는 중학교 2학년쯤이나 되어 보였다. 발에는 굽이 높은 흰 운동화를 신고 있었는데, 그 운동화에는 때가 끼어 있었다. 그녀는 커다란 가방 하나를 들고 있었는데 잃어버릴까봐 걱정이 되는지 그것을 두 팔로 껴안고 있었다.

* * *

여자가 모습을 드러내자 A는 우선 그녀의 옷차림에 놀랐다. 여자는 새빨간 원피스를 입고 있었는데, 옷이 너무나 짧아 허벅다리와 젖가슴이 하얗게 드러나보였다. 게다가 여자는 굽이 높은 하이힐을 바닥에 벗어놓은 채 소파 위에 두 팔을 올리고 비스듬히 앉아 있었는데 그런 자세 때문에 그녀의 몸은 더욱 노출될 수밖에 없었던 것이다. 그녀는 몹시 권태로워하는 표정으로 다시 한 번 물었다.

* * *

손에 신문을 들고 A 주위를 서성거리고 있는 것은 그런데 예상과 달리 늙고 힘없는 초라한 사내였다. 그렇다고 나이가 많이 든 노인이라는 말은 아니다. 많아 봐야 사십대 후반일 것이다. 그런데도 그는 나이에 비해 퍽 늙어 보이고, 지쳐 보이는 그런 타입의 남자였다. 멋없이 큰 키에 허리는 약간 굽어 있고, 얼굴은 바짝 여위어 양 볼따구니가 움푹 들어가고, 양복에 넥타이까지 매고는 있지만 어딘지 모르게 후줄근하게 보이는 그런 남자였다. 게다가 그는 머리에 여름용 중절모까지 쓰고 있었는데, 유행이 지난 중절모가 더더욱 그를 우스꽝스럽게 보이게 했다.

* * *

부인이 말했다. 단정한 자세로 앉아 이렇게 말하는 그녀는 정말이지 나이에 비해 믿기지 않을 만큼 의젓하고 교양있어 보였다. 게다가, 햇살을 받고 있어 그런지는 모르겠지만 그녀의 피부는 투명하게 느껴지리 만큼 곱고, 이목구비는 수려했다. 무엇보다도 인상적인 것은 영롱하면서도 부드러운 눈빛과 조용한 미소였다.

(민음사, 1999)

□ 하재봉 「블루스 하우스」

나는 그녀의 눈을 천천히 바라본다. 커다란 검은 눈 어디서 본 듯한 눈이다. 나는 그녀의 짙은 눈썹과 기름기 없는 눈꺼풀, 긴 속눈썹을 열고 검은 눈 속으로 들어간다.

그녀의 목소리는 가늘고 작았으나 낮게 가라앉는다. 조금 의외다.

(세계사, 1993)

□ 하재봉 「영화」

나는 그의 얼굴을 알고 있었지만 그는 나의 얼굴을 모르고 있었다. 나는 그가 쓴 모든 책을 다 읽었지만 그는 내가 만든 영화를 한 편도 보지 않았다. 왜 작가들이 자신의 책에 작가 사진을 넣는지 나는 이해할 수가 없었다. 그들은 배우가 아니지 않은가? 나는 책에 실린 사진을 통해서 그의 얼굴을 알고 있었다. 얼굴 사진만 보아서는 키가 1미터 80센티미터는 될 것 같았는데, 실제로 보니까 1미터 65센티미터도 안 되는 것 같았다. 집에서 TV를 보다가 잠깐 슈퍼에 음료수나 담배를 사러 나온 것처럼 그는 어슬렁거렸다.

* * *

박영민이라는 남자였는데, 전형적인 샌님 얼굴이었다. 기름기 없는 갸름한 얼굴, 마른 몸매에 꺼벙한 옷을 입고, 머리는 스트레이트파마를 한 것처럼 곧게 뻗어 내렸는데, 말할 때 말끝이 덜덜 떨리고 손이 가늘게 떨리는 것으로 보아 소심한 성격의 남자였다.

(이레, 1999)

□ 하재봉 「쿨째즈」

그녀는 문을 연다. 나이든 경비원이다. 그의 피부는 오래된 홍시의 껍질처럼 쭈글쭈글하다. 두 사람의 경비원이 교대로 근무하는데, 이 사람은 미리 가다다를 데리고 올라올 때마다 눈꼬리를 찌푸렸다.

* * *

박 국장은 여전히 앞을 바라보며 말한다. 한번쯤은 강유선을 바라볼 만도 한데 그렇지 않다. 흰머리가 듬성히 난 50대 초반의 남자. 몸매도 청년처럼 날렵하고 얼굴도 깨끗한 데다가 눈이 아름답게 생겼다. 쌍꺼풀인 것이다. 강유선은 나이 든 남자가 쌍꺼풀눈을 하고 있는 것이 신기하다.

(해냄출판사, 1995)

□ 한말숙 「광대 김선생」

시커멓고 고목 껍질처럼 거친 다섯 손가락이 어떻게 그처럼 섬세하고 웅장한 음악을 만들어내는지 이상한 느낌조차 준다. 얼굴도 손 못지 않게 못생겼으나 그 선량한 눈 때문인지 그 음악 때문인지, 그는 사랑하지도 않는 여자들에게 붙들리어 공연한 고생을 하고 있는 것 같았다. 여자들이라 해도 모두가 기생 출신들이다.

* * *

김 선생은 고개를 뒤로 돌려 무엇인가 찾는 듯이 두리번거리더니, 호주머니에서 손수건을 꺼내어 땀도 없는데 얼굴을 한 번 훔쳐냈다. 어딘지 침착성을 잃고 있다. 춤춘 것이 어색하고 부끄러워 어쩔 줄을 모르는 것 같다. 그는 무슨 말인지 입속말로 하면서 안방으로 가서 가야금을 가지고 나왔다.

(풀빛, 1999)

□ 한말숙 「노파와 고양이」

식모는 그녀가 진종일 집안을 쏘다니는 것이 정말이지 밉살스럽고 귀찮다. 쿵쾅거리고 시끄러울 뿐더러, 쭈글쭈글한 얼굴에 윤기 없는 눈동자를 뽀얗게 뜨고, 흡사 고양이같이 까칠한 음성으로 엉뚱한 말을 불쑥 하는 것이 딱 질색이었다. 게다가 하루에 한 번은 반드시 꽃병이나 유리창 같은 것을 깨뜨리거나 그렇지 않으면 그녀 자신의 정수리에 딱지를 붙이는 것이 이를 데 없이 보기 싫었다.

(풀빛, 1999)

□ 한말숙 「상처」

어깨에서부터 호릿하게 떨쳐진 하얀 팔이 분홍빛 손톱 끝에서 산뜻하게 맺혀서, 마치 맑은 물 속에서 물고기가 비늘을 반짝이며 힘차게 뛰놀고 있는 것 같다. 신선하다. 까만 스커트에 흰 블라우스를 입고 무거운 듯이 가방을 들고 학교에 다니던 그때는 대학 신입생이었다. 고등학생처럼 단발을 하고 있었다. 지금은…… 머리를 길게 커얼하고 입술 연지를 발랐구나. 그러나 조금도 세월의 자국이 없다. 기석은 입을 한일자로 다물고 이럴 때마다 나오는 깊은 한숨을 입 속에서 깨물어 버린다.

(풀빛, 1999)

□ 한말숙 「신과의 약속」

영희는 경옥의 조그만 이마를 짚어 보았다. 여전히 뜨겁다. 얼굴빛이며 입술도 흙빛 그대로이다.

* * *

경옥의 눈동자는 점점 더 위로 넘어가며 고개가 뒤로 젖혀진다. 낯빛이 흙갈색으로 청동색으로 변해 간다.

* * *

순복은 굵직한 다리를 의자에 올려놓고 잠이 한참 고부라졌다.

* * *

두 살 난 정옥은 더워서 팬츠와 가슴둘렁이만 입혔는데 엄마 방에 가서 엄마 찾아오라고 떼를 쓰더니 혼자서 농 밑에서 경대 뒤까지 들여다보고 엄마가 없다는 것을 알았는지,

"엄마 없다, 엄마 없다."

하며 가슴둘렁이 위로 심장께를 손바닥으로 마구 문질렀다 한다.

(한국일보사, 1988)

□ 한말숙 「아름다운 영가」

흰머리도 없고, 얼굴에 주름살 한 가닥이 없어도, 피부며 몸 전체에서 풍기는 분위기가 젊은 때와는 어딘가 다르다. 보고 듣고 겪고 생각하며, 한 육체가 40년이 넘었으니, 달라지는 것은 당연한 이치였다. 아무 저항 없이 연륜이 쌓여가다가 늙어서, 죽는 것은 자연의 과정이다. 인간이 자연 이상의 무엇이겠는가? 그녀는 자연에 동화해 가는 안정감 같은 것을 느끼는 작금이었다.

* * *

석규는 발음이 서툴러서 뜻이 명확하지 않는 데도 있으나, '요단강 건너가 만나리'에서는 발음도 또렷하고 목청도 한층 크고 씩씩했다. 동녘에 떠오르는 태양빛을 받은 눈망울은, '만나리'에서 유난히 밝게 빛났다. 그는 그 가사를 확신하고 부르는 것 같았다. 노래가 끝난 석규는 우쭐한 눈빛으로 유진을 보았다.

* * *

낡고 초라한 검은 외투에 방한모를 쓴 강 노인의 얼굴은 주름이 고목껍질처럼 얽혀 있다. 그 주름 사이에서 두 눈은 흐린 거울처럼 뿌옇다. 뿌연 것을 걷으면 그 속에서 칠십 해를 넘도록 본 갖가지의 영상들이 한 장씩 한 장씩 끝없이 쌓여 있는 것 같다.

* * *

진주댁은 선 채 앉아있는 정임을 내려다보며 말했다. 위에서 정임의 두개골을 보니, 가마는 정수리 가운데에 바로 박히고, 좌우 전후 어느 한 모서리도 이그러진 데가 없다. 잘생긴 두상이다. 보잘것없는 여자로 평생을 마치기에는 아무래도 아까운 상이다. 양가에 태어나고, 고등교육을 받았으면 남들이 우러러볼 사람의 배필이 되었을 것이고, 비천한 집에 태어났어도 남자를 멀리하고 독학이라도 했다면 일세를 떨칠 여걸이었음에 틀림없었을 것 같다. 그러나 옥이 진흙에 묻혀서 천대를 받으니까 미처 깨닫지 못하고 스스로를 흙덩인 줄만 알고, 그렇게 일생을 마쳐버린 것이다.

* * *

마음이 맑아선지 진주댁은 언제나 얼굴빛이 행복해 보였고 아름다웠다. 생각하니 그녀와 사귄 지도 어언 삼십 년이 넘는다. 친구 집에서 용한 상쟁이가 왔으니 빨리 와서 보라고 해서 상을 보인 것이 그녀와의 인연의 시작이었다. 진주댁은 남편이 소실을 얻고 학대해서 불행해졌고, 정임은 남의 소실이 되어 전전하며 불행해졌다. 진주댁은 말 한마디로 돈을 얼마든지 벌 수 있는데도 허욕을 부리지 않아 늘 겨우 최하의 의식주나 해결했고, 정임은 남자의 호주머니만 노려 전전긍긍하며 십억 대의 재산을 가졌다. 누가 행복한가 하면 진주댁이었다. 정임은 늘 외롭고, 분했다. 불행했다. 그들은 선과 악의 상반된 방법으로 살면서 묘하게 서로를 아꼈다. 그것도 전세의 인연인가?

(인문당, 1981)

□ 한말숙 「초콜릿 친구」

김찬은 마른 편이고 일 미터 팔십이 넘는 키였다. 그래서 영희의 방 밖에 서서 창턱 위에 두 팔꿈치를 올려놓고 편안한 자세로 곧잘 얘기를 하곤 했다.

* * *

그러던 어느 날 텐트 교실 앞에서 영희는 찬을 우연히 만났다. 영희는 반가워서 소리쳤으나 찬은 그렇지 않았다. 그의 큰 키는 힘없이 조금 굽어 있었고 안색은 누렇고 환자 같았다. 말소리에도 힘이 없었다. 눈의 표정도 멍하니 딴 곳을 보고 있는 것 같았다.

(풀빛, 1999)

□ 한말숙 「한잔의 커피」

학구는 단숨에 그간에 지낸 일을 쏟아놓더니 전화 얘기를 하며 사뭇 화를 낸다. 1주일 전에 서용이와 저녁을 먹고 다방에서 차를 마시는데 학구가 불쑥 인사를 건네 왔었다. 과는 다르나 대학의 2년 선배였다. 그는 훌륭한 체격이나 남성다운 생김새가 남달리 눈에 띄는 타입이었다. 콤파스가 긴 탓도 있겠으나 허리를 조금 굽혀 성큼성큼 걷는 양이 마치 호랑이라도 잡을 듯이 공격적인 인상을 주었다. 학교 때는 한 번도 말을 나눠 본 일이 없으니까 혜영과는 초면인 셈인데도 그는 졸업하자 미국에 유학 갔었다는 둥 박사학위를 못 땄으나 여기 이태쯤 지내다가 다시 가서 학위논문을 낼 생각이라느니, 지금은 모교에서 시간 강사로 있다는 말까지 했다. 그리고 혜영의 이름을 확인하고 친구들과 같이 왔으니 하는 수 없이 그냥 간다고 하며 아무도 붙들지도 않는데도 혼자 미안한 얼굴로 일어섰었다. 문학 강의를 같이 들은 일이 더러 있어서 혜영의 얼굴만은 뚜렷이 기억하고 있었다고 한다.

(풀빛, 1999)

□ 한무숙 「만남」

다만 파랗게 민 머리에, 관자놀이에서 뻗은 굵은 핏줄이 불끈 솟고, 그것이 가끔 지렁이처럼 꿈틀거렸다. 이런 사미가 들고 들어온 촛불이 그들의 앞을 지난 때 다산은 찌그러진 그 얼굴들이 온통 눈물로 범벅이 되어 있는 것을 보았다.

＊ ＊ ＊

그의 학문에 대한 열정과 집념은 처절하기조차 했다. 신유사옥이 처음 터졌던 그해 이른 봄, 서소문 밖 형장에서 바로 위의 형 약종은 끝내 치명 순교하고, 둘째형 약전은 전라도 신지도로, 그는 경상도 장기로 유배를 가야 했던 천고에 없는 기막힌 일을 당하였지만, 그는 그해 겨울이 오기 전에『기해방례변(己亥邦禮辨)』이라는 책을 저술하고 있었다. 다산은 그런 사람이었다.

＊ ＊ ＊

오랜 칩거 생활 탓인지 창백할 정도로 피부 빛이 희고, 짙은 검은 수염은 아름다우나 작달만한 키에 출중치 못한 인물이라고 자타가 말하고 있지만 표서방에게는 부신 용모다.

* * *

다산은 무명 바지저고리에 흰 중치막을 입고, 검푸른 띠만 띤 가벼운 차림 새다. 출타를 삼가는 칩거 생활로 오랫동안 자릿대에 걸친 채 있는 도포를 입으려다가, 자신의 처지를 새삼 깨닫고 테 넓은 음양립(陰陽笠)만 썼다. 그래도 벌어진 어깨하며 백설의 살결, 짙은 눈썹과 아름다운 턱수염으로 하여 예사로운 풍모가 아니다. 위엄과 귀티가 뚝뚝 흘렀다.

* * *

깡깡 마른 중키에 먹물 바지저고리만 입었다. 법의도 입지 않았거니와 중생끼리 만날 때 불자들이 흔히 하는 합장도 하지 않는다. 빡빡 깎은 두피에 커다란 흉터가 하나 눈에 뜨인다. 날카로운 콧날, 콧날보다 더 날카로운 눈빛을 하고 있다. 다산은 직감적으로 그가 혜장임을 알았다.

* * *

화안한 얼굴이다. 넓고 반듯한 이마, 꽉 찬 관골, 짙은 눈썹과 높은 콧마루, 그리고 어글어글한 맑은 눈ー인물댁으로 이름난 압해정씨가의 특징을 빠짐 없이 구비한 젊은이가 서 있었다. 옆에 서 있는 윤종심보다 목 하나 더 큰 훤칠한 키도, 떡 벌어진 어깨도 다산을 제외한 모두의 체격이다. 그러면서 어딘가 몹시 서툴다.

* * *

하상의 행색은 동저고리 바지 차림이다. 숱이 많은 머리로 장정의 팔뚝만 큼 커다란 상투를 틀어올리고 흰 수건으로 그 위를 질끈 동였다. 무릎 밑과 발목을 바지 위에서 끈으로 매어 행전을 대신한 완전한 상사람의 행색이다.

* * *

하상은 문짝을 등진 채 그 자리에 그대로 앉아 있었다. 건장한 몸은 외짝 문을 꽉 채우고 부피를 가진 그림자같이 보였다. 어설픈 상투가 역시 그림자 같이 빛을 잃은 채 불쑥 솟아 있다. 역광(逆光)으로 앉아 그렇게 보이는 조카의 모습은 듬직하고 믿음직스러웠다.

* * *

마재에서 듣던 대로 숙부의 눈썹은 좀 색달랐다. '삼미(三眉)'라고 했다던가. 그는 마마를 자국 하나 없이 곱게 치렀는데 바른쪽 눈썹 바로 위에 꼭 하나 흉터가 남아 그쪽 눈썹은 둘로 갈라져 왼쪽하고 합하여 눈썹이 세 개로 보이는 것이었다.

* * *

고개를 든 하상은 노을빛을 정면으로 받고 있었다. 순간 다산은 하마터면 '형님!' 하고 외칠 뻔했다. 시원한 이마, 짙은 눈썹, 화안한 눈, 높은 콧마루, 그리고 관자놀이에 까만 사마귀―젊은 날의 셋째형 약종이 거기 서 있었다.

* * *

김 프란치스꼬는 금세 들은 말을 벌써 잊고 어느덧 꿇어앉아 있었다. 삼십구 세, 청장의 나이이면서 이마에는 두어 줄 상처 같은 주름이 패이고 한쪽 법령만이 코 옆으로부터 입 언저리를 지나 턱 가까이까지 또렷이 내리그어진 것이 왠지 마음을 아프게 하는 얼굴이었다. 그것은 연령에 따라 코 양쪽에 자연히 나타나는 피부의 현상이 아니고 극렬한 고통으로 받은 상처같이 보였다. 한쪽 뺨에만 패어진 법령 때문에 약간 일그러진 얼굴에 새겨진 그 고뇌의 빛은 깊숙한 눈 속에서 타고 있는 맑은 불꽃 같은 정열과 이것만은 아직도 젊은, 가볍게 다물어진 고운 입술과 어울려 알 수 없는 기품을 지니게 하고 있었다.

* * *

하룻밤 사이에 김씨 부인은 핼쑥하게 핏기를 잃고 있었다. 눈자위가 약간 꺼져 콧날이 더 상큼하게 높다. 밤을 새웠건만 꺼풀이 얇은 눈은 푸르도록 맑다. 여윈 대로 이를 데 없이 아름다운 뺨과 턱에서부터 가녀린 목으로 흘러내리는 선의 절묘함, 애련한 고운 입술―절색이었다. 약간 흐트러진 머리카락이 처염하다.

* * *

삼백 눈이 좀 눈에 거슬렸으나 맑은 피부와 날이 선 코와 귀여운 입모습으로 그는 인물 좋은 숫총각이다. 행동거지도 천착스러운 데가 없어 숱이 많은 머리를 치렁치렁 땋은 것을 걷어올려 수건을 맨 천한 차림새마저도 그리 천덕스럽지는 않았다.

* * *

넙데데한 얼굴에 쿵턱 코, 입술은 두껍고, 작은 눈의 그녀는 무수리의 복장을 하고 있었다. 무수리는 대궐 안의 하인 중에서도 가장 낮은 사람으로 각처소마다에 있고 물긷기, 불때기 등 험한 일을 맡아한다. 달빛 아래라 색깔은 확실치 않지만 머슴 옷처럼 저고리를 길게 입고 넓직한 허리띠를 매고 있다.

* * *

'도둑 깨냉이'는 여덟 살쯤 되어 보이는 거지 계집아이였다. 쑥대 같은 머리가 비에 젖어 형상이 말이 아니다. 얼굴은 언제 씻었는지 때투성이이고 어디를 헤매고 왔는지 옷은 갈가리 찢어져 군데군데 살이 드러나 보였다. 부엌 뒷문 기둥에 기대앉아 계집아이는 훔쳐본 북어조림과 삶은 달걀을 아귀같이 먹고 있었던 것이다.

* * *

소녀 무(巫) 나비는 무지개 치마 위에 원삼, 족두리, 큰머리로 성장하고 있었다. 이것은 중부 지방의 지노귀굿에서 바리공주를 칭할 때 하는 차림이다. 곱게 화장한 얼굴은 너무나 아름다워 섬뜩한 느낌조차 준다. 요물이 아니면 선녀의 모습이다.

* * *

그는 이제 천인 차림이 아니다. 테가 넓은 음야립에 흰 도포를 입고 북청색 술띠를 가슴 위에 매고 있었다. 육 척을 훨씬 넘는 키에 떡 벌어진 어깨, 행전을 친 두 다리가 작은 기둥만큼이나 굵고 길다.

* * *

다음에는 굵은 밀화를 꿴 구슬 끈이 달린 벙거지를 쓰고 전대 띠를 띠고 목화를 신은 장년의 말 탄 모습이 나타났다. 숱이 많은 콧수염과 구레나룻만으로도 위풍이 당당한데 환도를 차고 등채를 손에 들었다. 다투어 앞으로 나아가려던 군중은 멈칫하고 마상의 위장부를 두려운 눈으로 올려다본다.

* * *

　뒷가마에서도 젊은 처자 하나가 가마 밖으로 나온다. 열예닐곱쯤이나 되었을까. 가무잡잡한 매끈한 피부와 그녀는 쌍꺼풀진 큰 눈에 겁을 잔뜩 담고 있었다. 사람들의 눈길은 일제히 그쪽으로 쏠렸다.

* * *

　뽑아 다듬은 것 같은 반달눈썹, 빚어 붙인 것 같은 높고 얇지 않은 곧은 콧날, 가볍게 다물어진 자그만 입매, 그녀는 귀도 턱도 쳐다보면 눈이 먼다던 어머니를 그대로 찍어낸 아름다움을 지니고 있었다. 투명하도록 맑은 피부의 그녀는 소달구지 위에 얹은 나무 우리에 갇히어 마치 운반되어 가는 명장의 절묘한 걸작 조상같이 보였다. 아우성을 치던 구경꾼들은 그녀가 탄 달구지가 눈앞에 나타나면 모두 말을 삼켰다.

* * *

　침묵이 흘렀다. 다산은 조카를 지켜보았다. 여전히 완강하고 늠름한 모습이다. 워낙 큰 키니 만큼 그는 선키도 앉은키도 크다. 손을 두 무릎 위에 하나씩 얹고 정좌하고 있는 모습은 바위처럼 듬직하고 믿음직스럽다. 길고 숱이 많은 눈썹, 높은 콧마루에는 위엄마저 서려 있다. 떡 벌어진 어깨, 구릿빛으로 탄 살빛, 험한 일로 마디진 거칠은 큰 손, 몸 전체가 모두 그의 사람됨과 걸어온 험하고 장한 길을 말해주고 있다.

* * *

　무인년 가을, 아버지와 영원한 생이별을 할 때 열두 살이었던 홍님은 이제 열아홉의 과년한 처녀가 되어 있었다. 까무잡잡하나 기름을 바른 듯 윤기있는 피부와 쌍꺼풀진 눈이 여자로서는 너무 크고 길어서 예쁘지는 않아도 시

원스럽게 생겼다고 보는 사람마다가 생각하는 용모는 아버지로부터 받은 것
이었다.

(을유문화사, 1992)

□ 한무숙 「역사는 흐른다」

군수는 금년 삼십삼 세의 장년, 이조판서 조덕하의 큰아들로 열여섯에 초
시(初試)에 급제하고 스물다섯에 복시에 장원급제하였으나 내직에는 제수되
지 않고 의성이 두 고을째의 외방살이 중이었다.

대대 잠영(簪纓)에 가세가 부유하고 나이 어려서부터 수재 익명이 높고 성
격이 결곡하니 관직을 더럽힌 일이 없는 인물이었다.

* * *

어렵고 부끄러워 매끈한 뺨이 볼그레 홍조된 것이 영창에 비치는 달빛 아
래 요요하다. 사르르 내리감은 고운 눈매, 도톰한 귀여운 입술, 빚어 붙인 듯
한 코, 약간 허덕이고 있는 가냘픈 어깨, 다홍 제비댕기를 드린 소담한 머리.

* * *

십팔 세 소년으로 소과 급제한 아우 동원은 열 살 때 어버이를 여읜 후 엄
형의 슬하에서 양육을 받아왔다.

조실부모한 까닭인지 숙성하고 조용한 소년으로 형 앞에 공손하고 착한
아우였다. 다만 동준의 눈에 거슬린 것은 동원이 서적보다 화기(畵技)를 좋아
하고 형의 눈을 가려가면서도 화필을 놓지 않는 것이었다.

허문부화(虛文浮華)에 젖은 당시 양반으로서 화도(畵道)는 말기(末技)로 멸시
하는 경향이 농후하였으므로 형은 되도록 아우의 화필을 꺾으려 하였다. 모
두가 다 아우를 위한 마음에서 나온 조치다.

* * *

이리하여 어린 금년이는 그 아버지의 생일날, 즐거이 노는 아버지의 웃음
소리를 들으며 신음하는 가련한 어머니의 무서운 고통 속에서 생을 받았다.

금년은 귀엽게 자라갔다. 유도가 흔하고 순한 까닭에 마디가 잘쑥잘쑥 하도록 살이 올라 누구든지 한번 안아보고 싶도록 귀여웠다. 납다디한 얼굴에 포동포동한 살이 햇솜 같고 쌍꺼풀진 새까만 눈이 사르르 눈웃음 치는 것을 보면 쌀쌀스러운 송씨 부인까지 한번 얼러보고 웃었다.

집안에 어린아이가 없었으므로 금년은 상하에서 사랑을 받고 심지어는 도련님들 등에 업히기까지 하였다.

* * *

병구는 늠름하게, 용구는 해사하게 자라갔다. 듬직하고 큰아들다운 병구는 어려서부터 점잖고 종조의 훈도로 모든 절차 범절에 능통하여 종손으로서 부족이 없었으나, 기백이 없고 뛰어난 재주도 없고 일관한 신념도 열정도 없는 한 개의 소극적인 선비가 되어 있었다. 용구는 어머니 송씨를 닮아 냉철하고 총명했다. 형보다도 깨달음성이 빨라 연소하였으나 학력은 형을 오히려 능가하였다. 그러나 지조가 없고 너무나 약게 돌았다.

* * *

송씨 부인의 딸 완구는 상냥하고 안존하게 자라났다. 둘째 오라비 용구댁이 들어온 지 삼 년 후 열여섯 해 되던 봄에 을미년 국모시해 이후 일본의 포학에 분개하여 척왜상소(斥倭上疏)를 하다가 원사한 참판 이현종(李鉉鐘)의 둘째아들 규직(揆稷)이와 성례하고 신부례를 기다리는 몸이었다.

마음씨가 곱고 무던한 그는 해를 거듭해 갈수록 인정이 말라가는 어머니에게 눌려지내는 사람들을 두둔하여 상하에서 사랑과 존경을 받고 있었다. 두 오라비댁들은 말할 것도 없고 망나니 석구까지 누이라면 그만이었다.

* * *

이참판의 큰아들 규혁이 어학에 정통하다는 풍문에 조정에서 예를 후히 하여 역관으로 초빙하니 역대를 통해 중인의 소임으로 멸시하던 이 자리를 맡은 최초의 양반 출신의 인물이기도 하였다.

자그마한 몸집에 깨끗한 피부, 번개 같은 재기가 번득이는 맑은 눈, 유창한 언변을 뜻대로 놀려, 때로는 날카로운 혀끝으로 조국을 뭇 호랑이 앞에 놓인 하룻강아지 놀리듯 하는 무례(無禮)한 외인들을 누르기도 하여 조선에 인물 있다는 감을 깊이 주었다.

그는 외국서적들을 통하여, 또 그들과 접촉하면서 세계정세를 알게 되었고 조국의 앞길이 암담함을 개탄하지 않을 수 없었다.

(자유문학사, 1989)

□ 한수산 「모든 것에 이별을」

양파같이 동근 얼굴. 이마가 좀 튀어나와서 만약 그녀가 중이 되어 머리를 깎는다면 정말로 양파 같은 모습이 될지도 모르겠다고 나는 생각했다.

(삼진기획, 1997)

□ 한수산 「모래 위의 집」

옆집 여자는 무자상이다. 엉덩이가 좁고 배가 홀쪽한 게 키는 후리후리하다. 아이가 없을 것이라 그녀는 첫눈에 알아보았었다. 눈 아래 와잠과 누당 부근이 푸른빛을 띠고 있었던 것이다. 아마 손금을 본다면 결혼선과 자녀선 첫머리의 여덟 팔자 형선이 희미할 것이다.

* * *

그녀는 딸의 얼굴을 마주보았다. 경미는 눈썹이 버들잎 같다. 부드럽고 긴 털이다. 코는 유선형이면서 산근에서부터 준두에 이르기까지 곧고 바르다. 재주 있을 얼굴이다.

* * *

예뻐서 이쁜이가 아니다. 뚱뚱한 체구에 걸맞지 않게 염치없는 짓만 골라서 하는 이쁜이, 예쁜 짓만 골라서 하고 다닌다고 해서 지어진 별명이다.

* * *

그러나 그의 나이나 모습을 자기 또래의 동급생으로 낮춰놓고 본다고 해도 그는 아주 다른 사람이었다. 무엇보다도 나이를 짐작할 수 없었고, 수북수북 담아서 또 꾸욱꾸욱 누른 것 같은 낮고 탁한 목소리를 이해할 수 없었고, 들쑥날쑥이라는 말로는 표현할 수 없이 무자비하게 자란 수염을 용납할 수 없었고, 여름이면 소매를 걷어올렸다가 가을이면 내려서 입고 겨울이면 그 위에 하나 더 껴입은 그의 한결같은 옷차림을 납득할 수도 없었고, 그리고 그가 가진 이론이나 행동의 정당성을 가늠하기 이전에 그가 가치있다고 믿는 것에 바치는 그의 열정을 기이하다고밖에 생각할 수 없었다. 다만 하나, 그가 자신이 옳다고 생각하는 일과 그 믿음을 말할 때 분명한 것이 있었다. 그것은 그에게 압도된다는 것이었다. 논리의 옳고 그름이나, 행위의 많고 적음이 거기서는 계산되어지지 않았었다. 그것은 주술이었다.

(동아출판사, 1995)

□ 한수산 「진흙과 갈대」

그의 얼굴이 거기에 있었다. 굳게 다문 입술, 부리부리한 눈매, 그리고 언제 보아도 저건 좀 커 하고 생각하게 했던 그의 코, 그의 얼굴이 거기에 있었다. 웃고 있지도 않았고 이쪽을 보고 있지도 않는 얼굴이었다.

* * *

낮술을 마셨던가. 벌겋게 된 얼굴로 차에 올라타 내내 잠을 자고 있던 앞자리의 남자가 하품을 하며 눈을 떴다. 그는 양복에 셔츠 차림이었다. 늘어지게 잤구나 하는 표정으로 주위를 두리번거리고 나서 그는 자리에서 일어나 누가 보아도 화장실에 가는 게 분명할 걸음걸이로 통로를 빠져나갔다.

* * *

조용히 나무의자에 앉아서 명주는 그를 바라보았다. 언제나 짧은 머리모양, 멋 같은 것을 내는 일이 없이 언제나 같은 양복. 운수업하는 사람치고 노름을 모른다는 이야기를 하기도 했고, 부인이 몸이 안 좋다는 말을 하기도 했다.

(중앙일보사, 1992)

□ 한승원 「검은 댕기 두루미」

김군의 체구는 작달막하면서도 실팍했다. 화장을 곱게 한 예쁜 여자처럼 얼굴이 희고 고왔다. 코가 오똑했고, 입술이 얇다라면서 붉었다. 눈에는 흰자위가 많았고, 말을 할 때엔 그 순한 눈을 깜박거리며 수줍게 웃곤 했다. 가슴이 알맞게 벌어지고 허리와 다리가 늘씬했다. 이발을 말끔하게 하고 면도를 날마다 하다시피 했다. 몸에서 늘 비누 냄새 샴푸 냄새가 끊이지 않았다.

* * *

콧등이 높고 눈썹밭이 까맣고 짙은 데다가 면도날로 밀어낸 구레나룻 밑뿌리가 검푸른 창기의 불안정하게 흔들리던 눈빛이 그녀의 눈알을 더듬었다.

* * *

그는 꾀죄죄한 바지에 낡은 점퍼를 입고 있었다. 몸이 깡말랐고, 피부가 거칠었고 머리도 윤기 없어 부스스했고, 광대뼈가 튀어나왔고, 눈치를 보면서 쭈뼛거렸었다.

* * *

그녀는 볼썽사납게 어기적거리고 기우뚱거리며 걸었다. 바람 한 점 없었다. 무더위 때문에 그녀의 얼굴은 뜨거운 불로 익혀 놓은 것처럼 빨개져 있었다. 몸은 금방 멱을 감고 난 것처럼 젖어 있었다.

(문학사상사, 1999)

□ 한승원 「사랑」

기초화장을 간단하게 했을 뿐이었다. 입술은 물론 눈썹도 그리지 않았다. 내 섣부른 감식력으로는 나이를 어림할 수 없었다. 작달만한 키에 군살이 붙지 않았고 짧은 치마 아래로 내리 뻗은 다리는 가을철의 매운 맛없는 늘씬한 열무 같았다. 눈꼬리 양쪽에 은실주름 한두 개씩이 그어지고 아래쪽의 눈자위에 잿빛이 그늘이 거짓말처럼 드리워져 있었다. 미장원엘 가본 지 오래인 암말의 갈기 같은 머리칼들은 짧은 소매 옥색 블라우스의 등과 가슴에 어지럽게 걸쳐져 있었다.

* * *

가슴과 얼굴 살갗이 동시에 후끈 달아올랐다. 그 여자의 눈 때문이었다. 새까맣고 긴 속눈썹이 위쪽으로 휘어져 있었다. 아, 이 여자도 인조 눈썹은 붙이고 있구나. 그러나 자세히 보니, 그것은 그녀의 생리적인 것이었다. 그 눈썹 아래에 호수같이 맑은 눈동자가 있었는데, 그 속에 흰 모시베 바지저고리만을 걸치고 있는 한 풋늙은이의 호리호리한 영상이 담겨 있었다.

* * *

그의 키는 훤칠하고 갸름한 얼굴에 살갗은 희고 맑았다. 눈망울과 입 가장자리에 정체를 알 수 없는 슬픈 그늘이 어리어 있었다. 이 세상을 적막강산으로 여기고 있는 표정이었다. 어떤 그윽하고 아늑한 곳에 이르러 동병상련의 정을 풀어놓고 싶어 하고 있었다.

* * *

그의 어머니는 '꼬부랑 할머니'라는 말을 들은 만하게 폭삭 늙어 있었다. 농사짓고 김 양식하여 시동생들을 다 키우고 성혼시키고 분가시키느라고 소나 말처럼 중노동을 하고 애를 태운 까닭이었다. 머리칼이 하얗게 세었고, 얼굴에는 참나무 껍질같이 짙은 주름살들이 가득했고 어금니가 빠져 볼이 우묵 들어가 있었다. 그런데다가 눈까지 어두워 먼데 있는 사람은 제대로 알아보지 못했다.

* * *

그 여자의 나이를 쉽게 헤아릴 수 없었다. 눈가에 명주올 같은 잔주름 서넛이 있는 것으로 미루어 보면 삼십대 중반이나 후반쯤일 것 같은데 갸름한 얼굴이나 작달막하고 가는 몸매와 흰자위 많은 눈과 작은 입과 보송보송한 살결은 이십대 후반이나 삼십대 초반쯤일 듯 싶었다.

그녀의 차림새와 진한 화장과 몸에서 풍기는 아릿한 향내가 더욱 알 수 없는 혼란 속에 빠뜨렸다. 그녀는 비둘기빛 블라우스에 백합꽃잎 색깔의 짧은 치마를 입고, 옆머리는 생째로 두고, 앞머리는 곱슬거리게 부풀려 놓았다. 길이가 적어도 50센티미터쯤은 될 듯한 뒷머리는 일부러 서투른 솜씨로 설렁설렁하게 땋았고, 끝 부분을 옥색 스카프로 느슨하게 묶은 다음 진홍 장식이 달린 수컷 사마귀만한 금색의 핀으로 고정을 시켜 놓았다. 그 머리채를 등허리 한복판에 두지 않고, 왼쪽 어깨 앞쪽의 젖가슴으로 넘겨 놓았다. 그 까닭에 뒷목의 젖빛 살결이 모두 드러났다. 그 살결이 그의 가슴을 서늘하게 했다.

* * *

그는 그 종업원의 얼굴을 자세히 보았다. 이마와 볼에 잘못 죽여 발긋발긋하고 푸릇푸릇해진 여드름 자국들이 선명했다. 코밑과 양쪽 볼에 복숭아의 잔털 같은 것들이 거무스레했다. 눈썹이 유달리 새까맸다. 그의 머릿속에 먹물을 들여놓은 듯하던 선영이의 거웃이 떠올랐다.

* * *

그 여자는 슬프게 웃었다. 얼굴 살갗이 복사꽃처럼 붉어졌다. 눈썹과 눈꼬리에 잡히는 실주름살과 가는 목줄기와 운두 높은 코와 검은 콧구멍과 주근깨와 기미 주변에 슬픔과 외로움의 그림자가 투영되고 있었다.

* * *

잔을 부딪치자고 제안했다. 술 담긴 유리잔의 울림은, 울음 머금은 콧소리처럼 겉으로는 짧은 듯하면서 속으로 길었다. 그 여자는 한 잔을 단숨에 들이켰다. 시인의 혼백이 된 나무라는 백양나무의 몸통을 절단한 톱밥 같은 거품이 입 가장자리에 묻었다. 숨을 가쁘게 쉬었고 콧구멍이 커졌다. 콧구멍 속이 까맸다. 창문에서 날아온 투명한 빛살이, 그 여자가 짙은 화장으로 주근깨와 기미를 감추려고 애썼음을 말해주고 있었다. 안개 너울 같은 화장기 안쪽에서 드러나고 있는 배반의 주근깨와 기미들은 여러 가지였다. 겨자씨만한 것들도 있고, 배추씨만한 것들도 있고, 뱁새의 까만 눈망울만한 것들도 몇 개 있었다. 얼룩 같은 기미는 콧등과 광대뼈 근처에 퍼져 있었다. 목줄이 가늘고 길었다. 그의 얼굴과 상체의 영상이 염주 속의 부처님처럼 비쳐 있는 동공

안쪽 벽 너머에, 정화조 속에 담겨 있는 것 같은 어둠이 들어 있었다. 안구 바깥에는 물기가 어려 있었다.

* * *

맞선의 상대는 경찰서의 경리과에서 일하고 있다는 다소곳한 처녀였다. 얼굴이 갸름하고 살갗이 백합꽃같이 희고 탐스러웠다. 쌍꺼풀진 눈과 깊게 패곤 하는 보조개가 예뻤다. 키는 큰 편도 작은 편도 아니었고, 약간 호리호리한 몸매였다. 작은아버지는 그와 처녀를 마주 앉혀 놓은 채로 다짜고짜 "어떠냐, 좋지? 우리 관내에서 착실하고 순하고 영리하다고 소문이 난 진짜 숫처녀고, 총각 순경들이 하나같이 욕심을 내는 규수다.

* * *

그는 그 처녀의 얼굴을 뚫을 듯이 바라보았다. 속눈썹이 여치의 더듬이처럼 길었고, 입이 조그마했고, 코의 운두가 부드럽게 굽어진데다 나지막했고, 볼에 군살이 붙지 않았고, 목줄기가 길었다. 가을의 흰 코스모스 같은 여자였다.

(문이당, 2000)

□ 한승원 「새끼무당」

두 해 전에 큰무당 달순이가 죽었다. 잠들 듯이 죽어갔다. 그녀의 말대로 어디론가 날아갔다. 그녀는 그야말로 빡빡 늙었다. 머리칼들이 풀어놓은 은실 타래나 잘 바래 놓은 삼단처럼 희고, 살결은 은딱지를 입혀 놓은 것같이 윤기가 흘렀다.

* * *

소복을 하고 있는 새끼무당 윤월이는 한 송이 백합꽃 같았다. 나보다 두 살이 위였는데 나를 건너다보는 그 새끼무당 윤월이의 눈길은 내 가슴을 늘 도려내는 듯 싶이 아릿했다. 윤월이의 얼굴 살갗은 복숭아살처럼 보얗고 입술은 얄따란 듯 도톰하고 잘 익은 앵두색이었다. 코는 오똑 솟아 있었고 양볼에는 깊은 볼우물이 있었다. 그녀에게서는 새물내가 건너오곤 했다.

* * *

윤월이 무당은 머리가 흰 것과는 달리 얼굴은 처녀의 그것처럼 주름살 하나도 없이 곱다고 했고 항상 소복만 하고 있다고 했다. 그녀와 마주앉으면 그녀의 몸에서 신기가 쩌릿쩌릿하게 번져오곤 한다고 했다. 바야흐로 쉰 고개를 넘어선 그녀는 벌써 오래 전부터 굿을 하러 다니지 않는다고 했다. 굿이 들어오면 신딸들이 다 하곤 한다는 것이었다. 다만 들어오는 점만 쳐주곤 한다고 했다. 윤월이 무당의 귀신점은 근동뿐만이 아니고 장흥관내에서 유명하다고 했다. 광주나 전주나 서울이나 부산에서도 연줄 연줄을 타고 찾아오기도 했다.

* * *

번쩍거리는 비늘무늬의 옷을 입은 데다가 눈꼬리가 칼끝처럼 날카롭고 입술이 새빨갛고 머리가 뱀의 머리처럼 세모난, 요염한 젊은 아낙 형상의 사신 앞에는 나무로 깎은 개구리 몇 마리가 놓여 있었다. 검은색과 잿빛 무늬 뚜렷한 비늘에 덮인 꼬리가 치맛자락 밖으로 한 뼘쯤이나 내다보였다.

특히 솜씨를 내서 예쁘고 곱게 그린다고 그린 해낭신은 처녀의 모습을 하고 있었다. 분을 하얗게 바른 얼굴에는 연지와 곤지를 찍었으며 입술을 앵두빛으로 도톰하게 그렸다. 옷섶에는 노리개를 차고 있고, 손에는 가락지를 끼었다.

* * *

김판봉이는 나보다 나이가 세 살 위이고 학교에서는 한 학년이 위였다. 학교 안에는 그가 공부를 잘하지 못한다고 소문이 나 있었다. 덧셈 뺄셈을 겨우 할 수 있을 뿐, 구구법도 못 외고 나눗셈도 못하고 국어책도 제대로 읽지를 못한다고 했다. 힘만 장사라고 했다. 씨름을 하거나 깽깽이를 하면 그에게 이기는 또래 아이들이 없다고 했다.

김판봉의 어머니는 그가 국민학교를 졸업하자마자 웃학교엘 보내주려 하고 있었지만 그는 장차 배를 타겠다고 말하곤 했다. 선장이 되어 세상의 모든 바다를 휩쓸고 다니겠다는 것이었다. 그는 늘 마도로스에 대한 이야기를 하곤 했다. 책보자기로 마도로스의 모자를 만들어 쓰고 연필을 입 가장자리에 물고 파이프 담배를 뻐금뻐금 피우는 시늉을 했다. 국민학교 5학년 때부터는 대나무의 꼬부라진 뿌리로 파이프를 만들어 실제로 담배를 다져 넣어서 불을 붙이고 뻐끔거리곤 했다.

(『문예중앙』 봄호, 1994)

□ 한승원 「새터말 사람들 2」

앞으로 약간 튀어나온 뻐드렁니, 곱슬머리, 볼과 턱 부분이 동그스름하게 처진 것을 빼면 모든 것이 당고개의 늙은 당숙하고 흡사하다고 태원이는 생각했다. 이마가 널따란 것, 코의 운두가 우뚝한 것, 눈이 부리부리한 것, 입술이 두툼한 것들이 모두 그랬다.

* * *

그러한 일이 거듭되자 그의 술은 버릇이 되었고, 그는 점차 알코올 중독 증세를 보이기 시작했다. 피부가 검어지기 시작했고, 술을 마시지 않으면 힘이 없어서 낫자루를 잡을 수도 없게 되었다. 술을 마시지 않으면 다리나 팔뚝에 힘이 없어지고 부들부들 떨리기 때문이었다. 그 떨림을 없애기 위하여 그는 소주를 늘 마시곤 했다. 마시면 취하게 되고 취하면 녹초가 되도록 마시게 되는 것이다. 그것이 잦아지다가 보니 밥넘이 없어지고, 술을 밥 삼아 마시게 되었다. 그리하여 끝내는 환각 증세까지 있게 되었다.

* * *

제 형 갑식이가 작달막한데다 얼굴의 구멍새들이 좀상좀상한 데 비하여 그놈 자식이는 키가 하늘을 쑤셔버릴 만큼 컸고, 얼굴의 구멍새들이 큼직큼직했다. 눈이 부리부리하고 입술이 두껍고 검붉었으며 코가 주먹처럼 뭉툭했다.

(문학사상사, 1993)

□ 한승원 「포구의 달」

당숙은 두 다리를 꽤얹은 채 윗몸을 양옆으로 천천히 흔들면서 아침 햇살에 든 동창을 응시하다가 고개를 한 번 갸웃했다. 반백의 머리에 주름살이 깊은 당숙의 얼굴은 도닦는 사람의 그것처럼 엄숙하게 굳어져 있었다.

* * *

그녀는 어떤 경우에도 소리를 내고 우는 법이 없었다. 흐느끼는 소리도 내지 않았고, 눈물 때문에 막힌 코도 풀지를 않았다. 그저 바위틈에서 흘러나오는 샘물같이 눈물을 한없이 쏟아낼 뿐이었다. 그 눈물이 그녀의 말이었다.

* * *

성진은 지금 선창을 향해 달려오고 있을 낚시 안내 관광선의 키를 잡고 있는 한 남자의 얼굴을 떠올렸다. 귓바퀴와 뒷목을 남바위처럼 덮은 머리칼에, 길쭉한 얼굴에, 뭉쿨한 코에, 쌍꺼풀진 눈매에, 굳게 다문 약간 두툼한 입술에, 지쳐 있는 모습에…… 그것은 그의 자신이었다. 머리 박박 깎은 채 탁자 앞에 앉아 있는 자기는 그의 껍질일 뿐이고, 밤 저쪽의 관광선 위에 앉아 있는 자기가 그의 진짜 알맹이일 것만 같았다.

(계몽사, 1995)

□ 현기영 「마지막 테우리」

햇볕에 탄 흙빛 얼굴, 마른 땅거죽의 균열처럼 그물 친 주름살, 나무옹이처럼 툭툭 불거진 굳은살, 시든 입술, 마른 억새줄기 같은 두 가닥의 목 심줄, 억새꽃 같은 흰 터럭의 머리칼과 구레나룻, 소처럼 알 수 없게 모호한 눈빛… 총각이 보기에 노인은 늦가을의 초원 그 자체였다.

(창작과비평사, 1994)

□ 현진건 「고향」

대구에서 서울로 올라오는 차 중에서 생긴 일이다. 나는 나와 마주앉은 그를 매우 흥미 있게 바라보고, 또 바라보았다. 두루마기 격으로 기모노를 둘렀고, 그 안에서 옥양목 저고리가 내어 보이며, 아랫도리엔 중국식 바지를 입었다. 그것은 그네들이 흔히 입는 유지 모양으로 번질번질한 암갈색 피륙으로 지은 것이었다. 그리고, 발은 감발을 하였는데 짚신을 신었고, 고부가리로 깎은 머리엔 모자도 쓰지 않았다. 우연히 이따금 기묘한 모임을 꾸미는 것이다.

나는 그의 얼굴이 웃기보다 찡그리기에 가장 적당한 얼굴임을 발견하였다. 군데군데 찢어진 건성드뭇한 눈썹이 알알이 일어서며, 아래로 축 처지는 서슬에 양미간에는 여러 가닥 주름이 잡히고, 광대뼈 위로 뺨살이 실룩실룩 보이자 두 볼은 쪽 빨아든다. 입은 소태나 먹은 것처럼 왼편으로 삐뚤어지게 찌어 올라가고, 조이던 눈엔 눈물이 괸 듯 30세밖에 안 되어 보이는 그 얼굴이 10년 가량은 늙어진 듯하였다. 나는 그 신사스러운 표정이 얼마쯤 감동이 되어서 그에게 대한 반감이 풀어지는 듯하였다.

(금성, 1981)

□ 현진건 「까막잡기」

상춘은 사내보담 여자에 가까운 얼굴의 남자였다. 분을 따고 넣은 듯한 살결, 핏물이 도는 듯한 붉은 입술, 초생달 모양 같은 가늘고도 진한 눈썹, 은행 꺼풀 같은 눈시울, 여자라도 여간 예쁜 미인이 아니리라, 그와 반대로 학수의 얼굴은 차마 볼 수 없이 못생긴 얼굴이었다. 살빛의 검기란 아프리카의 흑인인가 의심할 만하다. 조금 거짓말을 보태면 귀까지 찢어졌다고 할 수 있는 입 장도리나 무엇으로 퍽퍽 찍어서 내려 앉힌 듯한 콧대, 광대뼈는 불거지고 뺨은 후벼 파놓은 듯, 그 우들두들한 품이 천병만마가 지나간 고전 전쟁터와 같은 느낌이었다.

(어문각, 1970)

□ 현진건 「불」

제 얼굴을 솥뚜껑 모양으로 덮은 남편의 얼굴을 보았다. 함지박만한 큰 상판의 검은 부분은 어두운 밤빛과 어우러졌는데 번쩍이는 눈깔의 흰자위, 침이 께 흐르는 입술, 그것이 삐뚤어지게 열리며 드러난 누런 이빨만 무시무시하도록 뚜렷이 알아볼 수가 있었다. 그러자 가뜩이나 큰 얼굴이 자꾸자꾸 부어오르더니 주악빛으로 지져 놓은 암갈색의 어깨판도 따라서 확대되어서 깍짓동만 하게 되고 집 채 만하게 된다.

(어문각, 1970)

□ 현진건 「B사감과 러브레터」

사십에 가까운 노처녀인 그는 주근깨투성이 얼굴이 처녀다운 맛이란 약에 쓰려도 찾을 수 없을 뿐인가, 시들고 거칠고 마르고 누렇게 뜬 품이 곰팡 슬은 굴비를 생각나게 한다. 여러 겹 주름이 잡힌 훨렁 벗겨진 이마라든지, 숱이 적어서 법대로 쪽지거나 틀어 올리지를 못하고 엉성하게 그냥 빗어 넘긴 머리꼬리가 뒤통수에 염소 똥 만하게 붙은 것이라든지, 벌써 늙어 가는 자취를 감출 길이 없었다. 뾰족한 입을 앙다물고 돋보기 너머로 쌀쌀한 눈이 노릴 때엔 기숙생들이 오싹하고 몸서리를 치릴 만큼 그는 엄격하고 매서웠다.

(어문각, 1970)

□ 현진건 「운수 좋은 날」

그의 우글우글 살진 얼굴은 주홍이 오른 듯 온 턱과 뺨에 시커멓게 구레나룻이 덮이고, 노르탱탱한 얼굴이 바짝 말라서 여기저기 고랑이 파이고, 수염도 있대야 턱밑에만, 마치 솔잎 송이를 거꾸로 붙여 놓은 듯한 김첨지의 풍채하고는 기이한 대상을 짓고 있었다.

(어문각, 1970)

□ 현진건 「타락자」

나의 주의는 처음부터 그에게로 끌리었다. 공평하게 말하면 그 또한 미인

축에 끼지는 못할는지 모르리라. 이마는 조금 좁고 코끝은 약간 오근 듯하였다. 하나 그 어여쁜 뺨뽀리와 귀여운 입 언저리가 그런 결점을 감추고도 남았다. 그것보담 그 어린 우유 모양으로 하늘하늘한 앳된 살이 더할 수 없이 아름다웠다.

(어문각, 1970)

□ 현진건 「희생화」

두 손으로 기운 없이 뒤로 큰 방문을 짚고 비스듬히 문에다 몸을 반만 실려 웃는 양이 말할 수없이 어여뻤다. 여린 우유에 분홍물을 들인 듯한 두 뺨은 부풀어오른 듯 하고 장미꽃빛 같은 입술이 방실 벌어지며 보일 듯 말 듯이 흰 이빨이 반짝거린다. 춘산(春山)을 그린 듯한 눈썹은 살짝 위로 치어오른 듯하며 그 밑에서 추수(秋水)가 맑은 눈의 웃음의 가는 물결을 친다.

(어문각, 1970)

□ 홍명희 「임꺽정」

그 처녀는 분홍 모시적삼에 청베 치마를 입었는데 적삼은 낡아서 군데군데 미어졌고 치마는 승새가 굵어서 어레미집 같으니 구차한 집 처자인 것이 분명하고, 또 빨래하는 손을 보더라도 살이 희기는 희나 결이 곱지 못하고 마디가 굵으니 험한 일을 하는 표적이 드러난다.

(사계절, 1996)

□ 홍성암 「가족」

방현술 씨가 고혈압 증세로 쓰러진 것도 벌써 삼 년째였다. 그는 썩은 고목이 넘어가듯 그렇게 어느 날 갑자기 쓰러졌다. 그리고 삼 년이 넘도록 그의 몸은 풀리지 않았다. 마치 참나무 등걸처럼 딱딱하게 마비되어 있었다. 그는 멀뚱멀뚱 눈을 뜨고는 있었지만 의식이 있는 건지는 분명치 않았다. 혀가 굳어버려서 말을 할 수 없는 것은 물론이고 손발을 움직일 수도 없었다.

* * *

기실은 순자의 오빠라고 칭하면서 찾아오는 젊은 녀석도 유쾌한 존재는 아니었다. 인상부터가 우락부락한 놈이 걸핏하면 나타나서 돈을 요구하는 모양이 틀림없었다.

* * *

필서는 누구의 눈에도 병색이 완연했다. 피부색깔이 누렇게 뜨기도 하고 눈동자가 간단없이 움직이기도 했다. 필서도 자신의 병이 재발되는 게 아닌가 하는 두려움에 잠기는 듯했다. 그는 신경쇠약이란 병명으로 두 번이나 입원한 경력이 있었다. 그래서 경숙은 남편을 설득했다.

* * *

사내는 낯선 방문객이 늘 그렇듯 조심스럽고 조금 더듬는 목소리로 말했다. 경숙은 사내를 쳐다보다가 움찔했다. 훤칠한 키의 사내였다. 키 큰 사내가 대체로 그렇듯 그는 허리가 조금 구부정했다. 그러나 경숙이 놀란 것은 그의 구부정한 키 때문이 아니고 그의 모습에서 느껴지는 어떤 친숙함 때문이었다.

* * *

필서는 아주 깔끔한 성격이었다. 아침엔 반드시 세수 겸 샤워를 했다. 그리고는 면도로 수염을 다듬고 또 손톱과 발톱을 다듬었다. 얼굴에 로션을 바르고 크림으로 문질렀다. 외출할 때는 잊지 않고 향수를 뿌렸다. 필서는 여자인 경숙이보다 자신의 몸을 가꾸는 데 더 공을 들이는 것 같았다. 옷차림 또한 그랬다. 바지엔 주름이 곧게 잡혀 있고 와이셔츠의 칼라는 항상 빳빳했다. 경숙이 직장일로 바쁘다 보니 옷을 다리는 일은 필서가 직접 하는 경우가 많았다. 그는 경숙의 도움 없이도 그런 일에 익숙했다.

필서는 또한 예절바른 사람이었다. 결혼한 아내인 경숙에게도 말을 함부로 하는 일이 없었다. 외형적으로 보아서 나무랄 데가 없는 사람이었다. 그저 한 가지 부족한 점이 있다면 그에게 직장이 없다는 점이었다. 어떤 점에서 그것은 무엇보다 중요한 결점이기도 했다. 경제력이 없는 가장이 가정을 꾸려갈 수는 없기 때문이다. 결혼 초에는 그런 대로 견딜 수가 있었다. 그러나 경숙이 애를 배고부터는 그냥저냥 넘어갈 문제가 아니었다.

(새로운사람들, 1999)

□ 홍성암 「어떤 귀향」

산돼지처럼 머리를 처박고 밀고 오는 모양이 흡사 두선을 연상케 했다. 두선도 걸핏하면 웃통을 벗어붙이고 타관놈은 이렇게 당하기만 해야 하느냐고 머리를 들이밀었던 것이다.

* * *

그런 울산댁을 보니 두선이 처가 된 순녀가 생각났다. 젊고 빼어난 용모도 용모지만 불같은 성미마저도 너무나 닮았다. 순녀는 영덕 바로 옆에 있는 죽산이 고향이라 했다. 그래서 죽산댁이라 불리었다. 사실 순녀는 먼저 눈독을 들린 것은 뭉치였지만 순녀는 어찌된 건지 그들보다 나이가 한참 위인 팔푼이 취급당하는 두선의 아내가 된 것이다.

* * *

규서의 눈이 금방 게슴츠레 풀어졌다. 알코올 중독자 특유의 표정이었다. 코끝이 더욱 빨갛게 달아올랐다. 준석이 눈여겨보니 술잔을 내민 손은 왼손이었고, 술잔을 든 손이 사뭇 떨렸다. 그의 오른쪽 손은 무릎 위에서 건들거렸는데 팔목 안쪽으로 수술하고 바느질한 흔적이 흉측하게 남아 있었다.

* * *

어둠의 그림자들 저 너머로 자꾸만 영녀의 얼굴이 떠올랐다. 이십 년도 넘은 옛일이었다. 그녀가 어쩌자고 자꾸만 떠오르는 것일까? 이미 까마득히 잊은 여자라고 생각했다. 불영계곡에서 버스가 굴러 떨어질 때 그녀는 예전 모습 그대로였다. 미소를 짓고 있었다. 그녀는 늘 그렇게 미소를 지었지. 그럴 때면 그녀의 얼굴 둘레로 달무리가 지듯 환히 밝아왔다. 환히 밝은 얼굴의 그녀가 못 견디게 그를 잡아당기고 있는 것이었다.

* * *

허리가 잘록하게 들어가고 배우처럼 예쁘장한 젊은 여자야말로 그 좌석에서의 군주였다. 재벌의 삼호쯤 될는지 모른다. 고급 공무원의 숨겨진 첩일 수도 있겠지. 수십 채의 아파트를 소유하고 있으면서 부동산 투기로 수십억 재물을 챙긴 여자였다.

(새로운사람들, 1999)

□ 홍성원 「먼동」

아래로 굽은 비탈길을 내려가자니 누군가가 산모퉁이 느티나무 그늘에 앉았다가 풀어헤친 적삼을 바로 여미며 부리나케 이쪽으로 올라온다. 엄장이 크고 이목구비가 큼직큼직해서 사내는 검게 그을은 뱃놈의 살색에도 불구하고 어딘가 사람을 끄는 서글서글한 눈매와 상호를 하고 있다. 손을 크게 휘저으며 비탈을 급히 올라오던 사내가 갑자기 무슨 생각이 났던지 열두어 간 상거한 저쪽에서 걸음을 늦추어 틀을 잡듯이 느릿느릿 걸어온다. 오종이가 마주 사내에게 내려가려다가 영환이 들을 만하게 허공을 보고 씨부렁거리듯 입을 연다.

* * *

육기 없는 뻣뻣한 체구의 부친 종학은 뼈대가 굵고 이마가 유난히 넓다. 길게 째진 가는 눈에 턱이 또 든든해서 그는 얼핏 보아서는 서반 출신의 무변 같은 인상이다. 하긴 그는 산관 잡직이라 동서반을 따질 계제도 아니다. 그나마 일찍 관직을 버리고 물러나서 지금은 누가 보더라도 시골에 묻힌 한적한 백두인 것이다.

* * *

말이 끊긴다. 동탄은 원래 조백이라 짧은 머리털과 긴 수염이 쉰 살 나이에도 하얗게 세어 있다. 안거 때는 볕을 보지 못해 얼굴이 분홍빛 동안이더니 지금은 볕에 많이 그을러 안색이 조금 붉어졌다. 찬찬히 바라보는 그의 눈빛에는 젊은 사람을 사랑하는 나이 든 사람의 넉넉한 품이 느껴진다. 살피듯 바라보는 동탄의 시선에 인섭은 견디지 못하고 어색하게 입을 연다.

* * *

방안에서 이내 인기척이 들리더니 방문이 열리며 아이 하나가 밖을 내다본다. 더벅머리에 눈이 새까맣고, 나이는 이제 겨우 네댓 살쯤 되어 뵈는 아이다. 낯선 어른을 눈앞에 보고도 아이는 낯가림을 않는 듯 놀라는 기색 없이 말끄러미 인섭을 쳐다본다. 아이가 풍기는 인상에서 인섭은 곧 이 아이가 제 집안의 피를 받은 박씨 자손임을 알아차린다. 마루 끝에 엉덩이를 걸치며 인섭이 아이에게 다가가 가볍게 손짓을 해 보인다.

* * *

반백의 머리에 몸은 늙어 수척한 편이지만, 내지르는 목소리만은 젊은 사람 못지 않게 다부지고 앙칼진 할멈이다. 그러나 할멈의 세찬 기세에도 불구하고 성질 눅은 총각 인섭은 별로 당황하는 기색이 아니다. 가슴을 떠밀 듯 다가오는 할멈에게 인섭은 오히려 넉살좋게 싱긋이 웃어 보인다.

* * *

굵고 짙은 근술의 눈썹이 한껏 치올라가 이마에 여러 겹의 주름살을 만들고 있다. 사천왕 같은 고리눈을 부릅뜬 채 근술은 한참동안 아무런 말이 없다. 그러나 다시 탕건 쓴 사내가 제 동아리 편을 들어 부드럽게 입을 연다.

(문학과지성사, 1993)

□ 홍성원 「무사와 악사」

굵은 음성에 왕방울 눈을 딱 부릅뜬 채 기범은 전이나 지금이나 어릿어릿한 표정이었다. 그러나 그의 검붉은 얼굴에도 십 년의 세월은 속일 수가 없었다. 팽팽하던 피부에 잔주름이 잡히기 시작했고, 겁 없이 내지르던 그의 큰 음성에도 윤기와 박력 대신에 탁음과 헛기침이 간간이 섞여 나왔다.

(동아, 1995)

□ 홍성원 「삼인행」

청년은 주먹만한 방울이 달린 회색 털모자를 눈썹 위에까지 눌러썼고, 배꼽 밑으로 맞잡은 두 손에는 코트를 반으로 접어 토시처럼 걸치고 있다. 사내의 눈길을 받은 청년은 허리를 굽혀 느릿느릿 차에 오른다.

* * *

옆머리에 희끗희끗 백발 몇 가닥이 섞인 중년은 당뇨병이라도 앓는 사람처럼 혈색이 누르딩딩하고 부석부석 부은 듯한 얼굴이다. 그러나 이런 우중충한 인상에도 불구하고 중년은 서양 사람에게서나 가끔 보는 지극히 선량해 보이는 어글어글한 쌍꺼풀눈을 하고 있다. 쌍꺼풀만 없었다면 그는 심술과 고집으로 뭉친 영락없는 시골 형사다.

(동아, 1995)

□ 홍성원 「폭군」

육 척에 가까운 훤칠한 키에 그는 뼈대가 지렛대처럼 억센 장한이다. 이마가 좀 불거지고 양미간이 좁아서 전체적인 인상은 어딘가 답답하고 우울해 보인다. 그러나 움푹한 눈에 얼굴 복판으로 매부리코가 큼직하게 굽어 있어서, 선이 뚜렷한 아래턱과 함께 강하고 고집스런 무인의 풍모가 있다. 특히 그는 두 팔이 길어 손 처리가 항상 어색하고, 오랜 군인생활이 몸에 베어 행동에 매우 절도가 있다. 많은 부하들을 다루어본 경험으로 그는 지도력이 자연스레 몸에 베어 있고, 상대가 아무리 키가 작아도 절대로 머리나 허리를 굽혀 상대의 키에 맞춰 주지 않는다. 언제나 철장 같은 꼿꼿한 자세로 상대방의 정수리를 향해 일방적으로 지껄이는 것이다.

(동아, 1995)

□ 홍성원 「흔들리는 땅」

재득은 잠자코 서서 주인 여편네의 얼굴을 쏘아본다. 핏기 없는 하얀 피부에 잔주름이 거미발처럼 가득히 얽혀 있다. 서울 토박이인 이 여편네는 아무리 독살스러운 말도, 언성 하나 높이지 않는다. 자기 할 말만 야무지게 뱉어놓고, 상대편 사정 따위는 들으려고도 하지 않는다.

(동아, 1995)

□ 황석영 「삼포 가는 길」

다가오는 사람이 숲 그늘을 벗어났는데 신발 끝에 벌겋게 붙어 올라온 진흙 뭉치가 걸을 때마다 뒤로 몇 점씩 흩어지고 있었다. 그는 길가에 우두커니 서서 담배를 태우고 있는 영달이 쪽을 보면서 왔다. 그는 키가 훌쩍 크고 영달이는 작달막했다. 그는 팽팽하게 불러 오른 맹꽁이 배낭을 한쪽 어깨에 걸쳐 메고 머리에는 개털모자를 귀까지 가려 쓰고 있었다. 검게 물들인 야전 잠바의 깃 속에 턱이 반나마 파묻혀서 누군지 쌍통을 알아볼 도리가 없었다. 그는 몇 걸음 남겨 놓고 서더니 털모자의 챙을 이마빡에 붙도록 척 올리면서 말했다.

(동아, 1995)

□ 황석영 「섬섬옥수」

그는 기름투성이의 검게 물들인 작업복을 입고 있었다. 코끝과 뺨에 모빌유가 검게 묻었고, 바닥이 시꺼멓게 더럽고 끝이 다 떨어진 목장갑을 끼고 있었다. 머리카락이 오른편 눈썹 위에 길게 늘어졌는데 꽉 잠겨서 억지로 나오는 듯한 목소리가 듣기에 괜찮았다.

(동아, 1995)

□ 황순원 「그늘」

그러는 동안에 청년은 이 선술집 단골이 되었다. 다른 단골손님으로는 온 몸에 검댕칠을 해 가지고 다니는 굴뚝 소제부와, 언제나 허튼 소리를 주고받기 잘하는 회사원 두 사람과, 또 언제나 조개구이를 화롯불에 구워 안주하는, 대님을 묶지 않고 바짓가랑이를 걷어올리고 다니는 사내와, 그리고 소리없이 들어와 막걸리 한 잔 아니면 두 잔을 마시고 들어올 때처럼, 소리없이 없어지는 남도사내, 이 중에서 제일 오랜 단골이 나이도 제일 많은 굴뚝 소제부인 듯했다.

* * *

남도사내의 갸름한 얼굴에 그다지 고행으로 해 생긴 주름살 같지 않은 잔주름이 몇 개 가로 건너간 이마와, 노르께한 수염발이 잡힌 코밑과, 어딘가 전날에 소홀하지 않은 지체 속에서 생활해왔다는 위엄을 발산하는 듯한 턱, 그것은 곁에서 보기에 고독하고 쓰라리기까지 한 위엄이었다. 그리고 보면 이 남도사내는 남도의 어떤 몰락한 양반의 후예의 하나인 것만 같았다. 상투를 갓 자른 듯한 치거슬려 뵈는 머리털과 망건 자리였던 듯 다른 데보다 좀 희어 뵈는 머리의 아랫둘레. 이 남도사내보다 더 분명했던 아버지의 상투 자른 머릿둘레. 손수 자기 상투를 잘랐다고 저런 자식은 내 자식이 아니라고 몽둥이를 들고 따라다니는 할아버지에게 쫓기던 아버지. 쫓기다 서울로 도망간 지 얼마 안 되어 무슨 학당엔가 다닌다는 소식이 있었고, 그런지 불과 달포도 못 되어 이번에는 송장이 되어 돌아온 아버지, 그러한 일이 있은 지 또 얼마 안 되어 이번에는 손자인 자기의 머리채를 손수 잘라 주신 할아버지.

(일신, 1993)

□ 황순원 「나무들 비탈에 서다」

열아홉 살이라는 이 소녀의 얼굴에는 도무지 감정의 움직임이 나타나지 않는 것이었다. 분이 잘 먹는 새하얀 살갗 안에 모든 감정은 차갑게 사장돼

있는 듯했다. 어쩌다 입가에 웃음을 떠올릴 적에도 내면의 감정이나 의사와
는 아무 관련 없이 다만 기계적으로 입술이 약간 벌어지는 느낌을 주곤 했
다. 그리고 입술 새로 드러나는 희고 잔 촘촘한 이가 한층 차갑게 보일 뿐이
다.

* * *

아무 감정도 담겨져 있지 않은 인사말을 건네고는 술상 맞은편에 와 앉
는다. 오른쪽 무릎을 세우고 그 위에 양손을 포개어 얹은 단정한 자세였
다. 필시 주인아주머니한테 손님 앞에서는 꼭 그렇게 앉으라는 가르침을
받았음에 틀림없는 이 자세를 언제까지나 헝클지 않는 것이었다. 술을 따
를 때만 무릎을 포개 얹었던 오른손으로 주전자를 잡고 왼손은 오른손 소
매 끝을 받드는 동장을 기계적으로 되풀이할 따름인 것이다.

* * *

호리호리한 키에 로우힐의 걸음새가 단정했다. 보랏빛이 도는 진회색 타
이트스커트에 같은 색깔의 쇼트코트를 입고 있었다. 그리 희지 않은 갸름
한 얼굴은 입술연지나 눈썹도 그리지 않은 채였다. 목에 감은 젖빛 바탕에
빨강 파랑 노랑의 큰 물방울무늬가 깔린 스카프만이 그중 화사한 빛깔이
었다.

(문학과사상사, 1999)

□ 황순원 「내 고향 사람들」

운두가 없고 넓적한 헌팅캡을 써서 그런지 김구장의 키는 더 작아 뵈고
탄대를 띤 몸집이 뚱그래 보였다. 그는 내 인사를 받고는 거기 아무데나 주
저앉는 것이었다. 땀이 줄을 지어 흐르는 그의 얼굴에는 어딘가 지겨운 빛이
어려 있었다. 그렇건만 그는 헌팅캡을 벗거나 땀을 훔치려고도 하지 않았다.

(일신, 1993)

□ 황순원 「별」

열네 살의 소년이 된 아이는 뒷집 계집애보다 더 예쁜 소녀와 알게 되었다. 검고 맑고 깊은 눈이며, 신선하고 건강한 볼, 그리고 약간 붉은 듯한 머리카락에서 풍기는 숱한 향기, 아이는 소녀와 함께 있으면서 그 맑은 눈과 건강한 볼과 머리카락 향기에 완전히 홀린 마음으로 그녀를 바라보기만 하면 그만이었다.

(조광, 1969)

□ 황순원 「인간접목」

아버지는 미장이였는데, 봄철에 얼음만 풀리믄 날마다 흙손을 들고 나갔어요. 그렇지만 돈은 별로 가져오지 못했어요. 노름을 좋아했으니까요. 술, 담배는 입에두 대지 않았지만요. 아버지는 노름에서 따는 것보담두 늘 잃기만 하는 것 같았어요. 그래서 같은 노름꾼들한테 돌아가며 빚을 지는 모양이었어요. 이런 빚을 갚기에두 아버지는 버는 돈으룬 터무니두 없었지요. 그러면서두 아버진 끝끝내 노름을 그만두지 못했어요. 어머니가 죽은 것두 아버지가 노름을 끊지 못해 그만 울화병이 나서 죽었다는 말을 동네 아주머니한테 들은 일이 있어요.

* * *

원장 한씨는 해방 후, 직조업으로 성공한 사람의 하나로 홍 집사와 같이 김목사가 맡아보는 교회의 장로였다. 6·25 때는 사업체가 부서지다시피 되었던 것을 1·4 후퇴 뒤 부산서 다시 일으켜 가지고 휴전협정이 성립되기도 전에 환도해 온 것이었다.

* * *

장태운 소년에 관해서는 김 목사의 노트 속에 적혀 있지 않았지만, 그도 이번 전란 통에 고아가 된 애였다. 방공호 속에서 부모와 동생을 한꺼번에 잃고 자기 혼자만 살아남은 애였다. 이 애가 소년원 내에서 제일 학력이 좋았다. 사변 나던 해 봄에 중학에 입학했었던 것이다.

* * *

종호의 눈에도 이미 다르게 비친 애였다. 누구와 섞여 노는 법도 없이 언제나 침울한 얼굴로 외진 곳에 혼자 있기를 잘하는 것이다. 식사 때 같은 때도 제일 늦게 자기 방을 찾아 들어가는 것이었다.

"저 애는 다른 애들처럼 거리에서 붙들려온 애가 아닙니다. 제 발루 여길 찾아 들어온 애지요. 자기 말루는 이번 사변 통에 부모를 잃어버렸다구요. 그러나 전 그렇게 보지 않습니다. 반드시 부모가 있는 앱니다."

* * *

한장호는 키가 다섯 자 아홉 치나 되는 장신인 데다가 몸이 여윈 편이어서 실제의 키보다도 더 커 보였다. 지난날 그가 미션 계통 중학에 다닐 때 어느 선교사 밑에 있으면서 고학을 할 수 있게 된 것도 그의 훤칠한 키가 선교사의 호감을 샀다는 말이 있을 정도였다. 얼굴도 길고 광대뼈가 튀어나와 있었다. 쉰다섯 살치곤 머리숱이 많았다. 그 속에서 눈만이 작았다. 종호는 처음 소개편지를 들고 원장의 자택을 방문했을 때, 이 눈을 보고 그 몸과 얼굴에서 오는 인상과는 달리 어딘가 어린애의 눈과 같다는 느낌을 받은 일이 있었다.

(신원문화사, 1995)

□ 황순원 「일월」

남방셔츠에 등산모를 쓰고 운동화를 신은 지교수의 걸음새는 오십대 같지 않게 가벼웠다. 선글라스를 꺼내어 쓸까 하다가 그만둔다. 여윈 편인 왼쪽 어깨가 약간 위로 치켜져 있었다. 그쪽에 멘 카메라가 덜렁거리지 않도록 한 손으로 쥐었다.

* * *

가까이서 보는 노인의 인상이 어딘가 이상한 느낌을 주었다. 무명 고의 적

삶을 입은 작달만한 키에 빡빡 깎았다. 약간 돋은 머리와 눈썹은 까맣고, 역시 빡빡 밀었다 돋아난 수염은 하얗게 세어 있는 것이었다. 그리고 잿빛 눈에 붉은 입술을 하고 있었다.

* * *

소매 없는 블루빛 블라우스에, 그보다 짙은 색 주름치마를 패티코트로 받쳐 짧게 입고, 검정 벨트로 허리를 졸라 악센트를 준 그네의 호리호리한 몸매가 가까이 오며 갸름한 얼굴에 보일 듯 말 듯한 엷은 미소를 입가에 띄우고 있었다.

* * *

어둑한 그늘에 눈이 익어지면서 삼십이 좀 넘어 뵈는 사내의 얼굴 모습이 차차 똑똑히 드러났다. 스포츠형으로 깎은 머리와 까칠한 턱밑 수염이 나 있는 갸름한 얼굴, 그리고 끝이 뾰족한 코와 윗입술에 비겨 아랫입술이 유달리 도톰한 큰 입. 인철은 그 얼굴에서 무엇을 찾아내려는 듯 바라보며, 광주와 자기 집안 이야기를 간단히 했다.

사내는 인철을 쏘아보는 눈으로 잠자코 듣고 있었다. 그 눈이 빛나고 있었으나 동대문 밖에서 본 사내들처럼 붉은 물이 들여져 있는지 어쩐지는 분별할 수 없었다.

* * *

이번에도 역시 구태여 인철의 의견을 듣고자하는 억양은 아니었다. 그저 궁글은 목청에 별로 감정이 담겨져 있지 않은 말씨인데도 어딘가 뼈가 있는 것처럼 들렸다. 옆으로 보는 뾰족한 콧날이 더 날카롭게 보였다.

* * *

놀라 바라보는 앞에서 그네는 입을 다문 채 얼굴 가득히 웃음을 담고 방안을 한번 살펴보고는 코트를 벗어 걸었다. 이어 스카프도. 인철의 눈에도 익은 세피아색 세무코트에 브라운색 실크 스카프. 속은 집에서 입은 조선옷 바람이었다.

* * *

　광대뼈가 솟고 턱이 억센 상진영감의 얼굴이 치미는 노기로 해서 벌겋게 물들여지며 실룩실룩 경련을 일으켰다.

　그러자 인철은 어째서 또 그런 느낌이 들었는지 모르나 아버지의 얼굴에서 백정의 모습을 보게 되었다. 백정의 얼굴 생김이 꼭 이러해야 한다는 건 없겠지만 적어도 분디나뭇골 큰아버지의 얼굴에서보다는 더 그런 느낌이 왔던 것이다.

* * *

　코트 밑으로 드러나 뵈던 새빨간 치마와 흰 버선의 강한 콘트라스트가 인상적이었지. 오늘 어떠한 복장을 하고 나오건 대번 알아볼 수 있을 거야. 그 입가에 미소를 지은 약간 갸름한 얼굴하며 좀 짙게 루즈를 바른 야무져 보이는 입술하며 아이섀도로 그늘 지워진 큰 눈.

* * *

　담요를 네 절로 접어 깔고 무릎을 꿇고 엎드려 있는 어머니는 꼭 기진맥진하여 앞으로 쓰러져 있는 사람의 형상이었다. 검고 육중한 바위와 역시 거무튀튀한 아름드리 소나무 등걸 곁에서 어머니의 흰옷 입은 몸뚱아리가 전에 없이 조그맣게 졸아들어 보였다.

* * *

　정작 마주보는 어머니의 얼굴은 저런 병원에서 퇴원할 때보다는 더 상한 것 같지는 않았다. 오히려 볕에 그을러 안색이 좋아진 것처럼 보였다. 눈이 또한 그랬다. 어느 때보다도 광채가 어린 시선이었다. 그러나 그 시선이 인철 자기를 쳐다본다기보다 자기 뒤쪽 어디로 부어진 눈길만 같았다.

(학원출판공사, 1992)

□ 황순원 「잃어버린 사람들」

　그동안 명자의 얼굴은 누르퉁퉁해지고, 희던 머리는 윤기를 잃어 잿빛으로 변한 데다가 꺼진 눈가에 검버섯이 내돋혀 있었다.

* * *

가을이 되어 마당질이 끝날 무렵에는 그런대로 석이의 희던 이마가 제법 구릿빛으로 변하고 말랑거리던 손바닥에 굳은살이 박혔다.

(일신, 1993)

□ 황순원 「카인의 후예」

소녀시절에는 웃기 잘하기로 유명했던 오작녀 어머니였다. 대수롭지 않은 일에도 웃음이 앞서곤 했다. 갓 시집와서도 그랬다. 웃어른 없는 시집살이라 흉허물 없이 동네 젊은 여인들과 만나면, 무슨 이야기 끝에고 곧잘 웃음을 터뜨리곤 했던 것이었다. 이렇던 웃음이 어느새 그네의 동글납작한 얼굴로부터 자취를 감추어버리고 말았다. 살림이 고된 탓은 아니었다.

* * *

오작녀 아버지 도섭영감은 이십여 년 동안이나 훈네 토지를 관리해 온 마름이었다. 그동안 웬만한 지주 못지 않게 잘 살아왔다. 그것이 요즘 토지개혁이란 걸 앞두고는 모든 행동에 있어서 달라진 것이었다. 그게 오작녀에게는 못마땅했다.

* * *

조심히 뒷문을 밀어 열었다. 교단에서 웬 낯선 사내가 강의를 하고 있었다. 언뜻 보는 눈에, 개털오바를 입은 키가 작은 자그마한 청년이었다. 함경도 사투리가 억세었다. 교단 옆 의자에는 언제나처럼 홍수가 꼬딱하니 앉아 있었다. 이 사람은 훈과 함께 야학을 시작한 사람 중의 한 사람이었다. 그리고 언제나 같이 남폿불 옆자리에는 오작녀가 앉아서 열심히 교단 쪽을 바라보고 있었다. 그런데 훈이 채 방에 들어서기도 전에, 거기 뒤켠에 앉았던 청년 하나가 맞받아 나왔다. 명구였다. 이 사람도 처음부터 훈을 도와 야학을 해오는 청년 중의 한 사람이었다.

* * *

감은 훈의 우묵한 눈이 검은 눈썹 밑에서 더 그늘져 있었다. 그저 땀기 머금은 넓은 이마만이 남폿불에 엇비치어 희게 드러나 보였다. 스물아홉이라고는 도저히 볼 수 없는, 서른이 훨씬 넘어 뵈는 얼굴이었다.

* * *

오작녀의 눈은 전과 다름없었다. 그저 훈과 한집에 있게 된 후로도, 그네는 좀처럼 훈을 향해 그 눈을 바로 쳐들지 않는 것이었다. 볕에 그을었어도 본래의 맑은 맵시를 간직하고 있는 그 도톰하고도 부드러운 선으로 둘린 얼굴. 이것은 훈을 대할 적마다 무엇에 수줍은 듯 다소곳이 숙여버리는 것이었다. 어떤 애수에 가까운 그늘이 그네의 몸 전체를 감싸고 있는 듯했다. 어려서 명랑하던 사람이, 아마 그것은 결혼에 실패한 여인이 지녀야만 하는 모습인지도 몰랐다. 훈은 처녀 오작녀를 마지막으로 본 뒤로 오늘에 이르기까지의 십여 년이라는 세월이 풍겨다 주는 어떤 적막감 같은 걸 느껴야만 했다.

* * *

이런 오작녀의 얼굴에, 걷히었던 핏기가 차차 되살아왔다. 귀밑에, 뺨에, 눈언저리에, 코에, 그러다가 코끝에 핏기가 모이는 듯하더니 눈이 몇 번 실룩거렸다. 거기에 이슬방울이 맺혀 나왔다. 이슬방울이 부서졌다. 꼬리를 물고 뺨을 흘러내렸다. 얼굴이 흔들렸다. 어깨와 가슴이 흔들렸다. 아랫도리가 흔들렸다. 온몸이 흔들렸다.

* * *

강서방은 목수일을 제법 잘했다. 그래서 강목수라는 이름으로 통했다. 동네에서 새로 집을 세운다든가 낡은 집을 고칠 때는 으레 강서방을 불러대지만, 강서방 편에서 자진해서 남의 집이나 닭장 지어주기, 지게 만들어주기, 심지어는 맷돌손잡이 깎아주기에 이르기까지 아주 신이 나서 해주는 것이었다. 이 강목수가 또 어디서 주워들이는지 바깥소문은 제일 먼저 옮겨 놓곤 하는 것이었다.

* * *

　묘지에서는 남이 어머니가 묘판 자리에서 퍽이나 떨어진 곳에 가 돌아 앉아있었다. 우는 것 같지도 않았다. 고개와 어깨가 그대로 조용했다. 하관이 시작되자, 자리에서 일어났다. 두리번거리며 누구를 찾는 눈치였다. 그러는 그네의 눈만이 꽈리알처럼 피가 뭉쳐 있었다.

* * *

　오작녀는 입술을 살포시 연 채 그냥 잠이 들어있었다. 숨결도 골랐다. 이런 오작녀의 얼굴도 산나리꽃빛으로 물들어 있는 것만 같았다.

* * *

　우편국 쪽으로 꺾이는데 어떤 집 유리창에 얼굴이 하나 내비치었다. 창백한 여인의 얼굴이었다. 빡빡 깎았던 머리가 텁수룩이 돋아나 있었다. 훈은 해방 직후 시골 들길에서 이렇게 머리를 깎은 여인을 한둘 아니게 보았다. 떼거지 같은 사람들이 들길가에 주저앉아 무엇을 우물우물 씹고 있는 것이다. 그들은 훈을 보다 일제히 놀리는 입을 멈추고 외면들을 했다. 그러는 그들의 무릎 사이에는 날수수 이삭 같은 것이 감추어져 있는 것이었다. 사람들 틈에 파아랗게 갓 깎은 머리에 수건을 동이고, 얼굴에는 숯검정칠을 한 사내들이 끼어 있었다. 그게 모두 여자인 것이었다. 우편국 거의 다 나갔을 즈음, 훈은 몇 걸음 앞에 걸어가는 한 여인에게 눈을 멈추었다. 깨끗한 일본 옷을 입은 여인이었다. 해방 후에 이렇게 거리를 활보해 다니는 일본 여인을 처음 보는 터라 유심히 보았다. 머리는 일단 깎았다 기른 것이리라. 사내처럼 올백을 해 기름으로 재워 넘겼다. 입술에 루즈가 빨갰다. 좀전에 유리창 너머로 보인 여자보다는 한편 안면에 윤기가 돌았다.

(삼중당, 1990)

● 작품명 ●

ㄱ

● **편저자 조병무**

문학평론가·시인. 동국대학교 국어국문학과 졸업, ≪현대문학≫지 문학평론으로 데뷔, 〈신년대〉 동인, 제24회 현대문학상, 제10회 시문학상, 제13회 윤동주 문학상 본상, 제10회 동국문학상 수상. 저서『꿈사설』『떠나가는 시간』『머문 자리 그대로』(시집),『가설의 옹호』『새로운 명제』『시짜기와 시쓰기』『시를 어떻게 쓸 것인가』(문학평론집),『니그로오다 황금사슴 이야기』『꽃바람 불던 날』『기호가 말을 한다』(수필집),『한국소설묘사사전』(전6권), 국제펜클럽 한국본부 이사, 96문학의 해 기획팀장 및 기획분과 회장, 한국문인협회 이사, 한국문학평론가협회 부회장, 서울문인클럽 감사, 한국현대시인협회 회장, 동덕여자대학교 문예창작과 교수.

한국소설묘사사전 2
인물 | 외양·용모

1판 1쇄 · 2002년 5월 7일
1판 2쇄 · 2014년 3월 5일

지은이 · 조병무
펴낸이 · 한봉숙
펴낸곳 · 푸른사상사

편집 · 지순이 | 교정 · 김수란 | 마케팅 관리 · 한정규
등록 · 1999년 7월 8일 제2-2876호
주소 · 경기도 파주시 회동길 337-16 푸른사상사
대표전화 · 031) 955-9111(2) | 팩시밀리 · 031) 955-9114
이메일 · prun21c@hanmail.net / prunsasang@naver.com
홈페이지 · http://www.prun21c.com

ⓒ 조병무, 2002
ISBN 978-89-5640-009-9　　03800
값 33,000원